Anastasia Glawatzki

Splitterstürme – verstoßen

Splitter
STÜRME

VERSTOßEN

BOOKAPI
VERLAG

Bibliografische Information der Deutschen Nationalbibliothek: Die Deutsche Nationalbibliothek verzeichnet diese Publikation in der Deutschen Nationalbibliografie; detaillierte bibliografische Daten sind im Internet über http://dnb.dnb.de abrufbar.

1.Auflage

Wallgrabenstraße 27, 89340 Leipheim

Coverdesign: Nina Hirschlehner
Lektorat & Korrektorat: Nina Hirschlehner
Layout & Satz: Stefanie Scheurich,
Bildmaterial: freepik.com, pexels.com

Druck: booksfactory
ISBN: 978-3-9824-0152-2

Auszug aus dem Lehrbuch

»Grundwissen über Ilmestys: Geografie, Geschichte und Politik«

Verpflichtende Lektüre für Schüler des 6. Jahrgangs
(Begleitmaterial)

Herausgeber: Synthesphär-Komplex

GEOGRAFIE VON ILMESTYS

Ilmestys ist in vier sichelförmige Sphären aufgebaut, die in verschiedenen Richtungen rotieren. Das Leben in Ilmestys begann mit dem Zusammenstoß des Sterns mit der Velensphäre. Bis heute ist der Himmelskörper mit der Velensphäre verbunden und reguliert den Wach- und Schlafrhythmus, aber auch die Nahrung der Sphärenbewohner: *Menschen, Azren, Velen* und *Splitternde.* Letztere sind auf das Quecksilber angewiesen, das sich in leuchtenden Flüssen ausgehend vom Stern über die Azren- und Velenebene verteilt *(Sternnarben).*

Während die unteren drei Sphären schon seit der Geburtsstunde von Ilmestys zusammengehören, ist die menschliche, oberste Ebene erst im fünften Umbruch dazugekommen. Daher verfügt sie auch nicht über die typische Vegetation der anderen Sphären.

Obwohl zwischen den Sphären keine direkten Verbindungen bestehen, können sich die Bewohner von Ilmestys dennoch von einer Ebene auf die andere fortbewegen. Dafür nutzen sie *Vassel* - begehbare Blasen aus Sternstaub. Diese bilden sich während des Zwielichts und umkreisen die Sphären bis zum frühen *Unverhangenen.*

DIE WACH- UND SCHLAFRHYTHMEN AUF ILMESTYS

In Ilmestys existieren zwei unterschiedliche Wach- und Schlafrhythmen nebeneinander. Die Velen, Azren und Splitternden leben instinktiv nach dem Rhythmus, den ihnen der Stern vorgibt:

- Im *Niedergekommenen* fallen große Sternbrocken vom Himmel (ca. 18 Stunden lang). Um der Verletzung durch diese zu entgehen, schlafen Velen, Azren und Splitternde zu dieser Zeit gewöhnlich oder erledigen Aufgaben, für die sie sich nicht draußen aufhalten müssen.
- Im *Unverhangenen* gehen Velen, Azren und Splitternde ihren Berufen nach. Zu dieser Zeit strahlt der Stern am hellsten (ca. 23 Stunden lang).
- Das *Zwielicht* steht zwischen dem Niedergekommenen und dem Unverhangenen und markiert den Übergang zwischen der Wach- und Schlafphase (ca. 9 Stunden lang). Der Stern wird getrübt vom kosmischen Staub, der sein Leuchten dimmt. Gleichzeitig legt er sich aber auch in dünnen, zerbrechlichen Schalen auf den Boden. Diese lösen sich im Unverhangenen auf.

Der volle Durchlauf aus dem Niedergekommenen, Zwielicht und Unverhangenen ist ein *Zyklus.* 150 Zyklen ergeben eine *Chronik,* 500 Chroniken einen *Umbruch.*

Menschen haben ihren Wach- und Schlafrhythmus an ihre Forschung angepasst. Ihr *Tag* besteht aus dem *Morgen,* dem *Mittag,* dem *Abend* und der *Nacht* und dauert 25 Stunden. Die größeren Maßeinheiten (Chroniken und Umbrüche) sind jedoch gleich.

DIE KOMPLEXE AUF DER MENSCHENSPHÄRE

Die Menschensphäre ist die oberste Ebene von Ilmestys. Hier leben und arbeiten Menschen in wissenschaftlichen Komplexen zusammen. Die *Remedium*-Forscher kennen sich mit der psychischen und physischen Gesundheit am besten aus. In *Synthesphär* beschäftigen sich die Wissenschaftler mit der Flora und Fauna von Ilmestys. *Kerntum* spezialisiert sich auf physikalische Naturprozesse. *Energetik*-Forscher befassen sich mit der Einnahme und Ausgabe von Energie und *Datik* entwickelt und pflegt die Informationstechnologie von Ilmestys.

Die wichtigsten wissenschaftlichen Erfindungen der Komplexe sind:

- Der *Blid* (Chip zur Informationsspeicherung und Gefühlsregulation für die Menschen)
- Die *NLes* (Kontrollchips für die Azren)
- Die *Esks und OrEsks* (Nachrichtenübertragungsdienste für die Velen)

Wichtiger Hinweis:

Dieses Buch enthält potenziell triggernde Inhalte und deshalb auch eine Triggerwarnung auf der letzten Seite. Diese beinhaltet Spoiler für die gesamte Geschichte. Wir bitten zu berücksichtigen, dass jeder Mensch anders mit schweren Schicksalsschlägen umgeht und dieses Buch keinen Ersatz für therapeutische Hilfe darstellt.

Prolog

Es spielt keine Rolle, als was man geboren wird. Sondern einzig, als was man stirbt. Und ich schwöre, ich werde als Vollkommener sterben.

Ich habe einen Velenjungen davon erzählen hören, dass es auf der Welt ein Gleichgewicht gäbe. Umrankt von Ästen und Gräsern erklärte er seinem Begleiter, man müsse nur gut leben, um Gutes zurückzubekommen. Akzeptanz und Freundschaft, Wertschätzung und Liebe. Er sagte, dass jedes Wesen, solange es diese Regel befolgte, niemals verstoßen würde. Während ich, Verachteter, mich in der Baumkrone verstecken musste, um nicht von den Velen verschleppt und abgeschlachtet zu werden.

Als ich die Jungen tötete, sprachen sie nicht mehr vom Gleichgewicht. Denn dieses Gebot, von dem sie erzählt hatten, dieses Gebot gilt nur für die Vollkommenen. Bis ich zu einem von ihnen werde, muss die Welt in Ungerechtigkeit und Chaos zerfallen.

Und sie zerfiel.

In dem Moment, als ich ihnen die Seelensplitter nahm und meine Seele damit bestückte, kehrte sich das verdammte Gleichgewicht des Systems um.

Zwei Vollkommene für einen Splitternden, der sich dem Ideal annähert. Und die Ordnung, fragt ihr? Was ist mit dem Gesetz, dass nur den wirklich Guten Gutes zuteilwird? Ich habe schließlich gemordet. Aber diese Regel ist eine Lüge. Ein Märchen für die, die ihre Vollkommenheit wie ein beiläufiges verschimmeltes

Geschenk vom Stern bekamen und niemals darum kämpfen mussten. Es ist leicht, gut zu sein, wenn das System die Guten liebt. Mich hasst es. Doch es hat nicht bedacht, wie stark und geduldig mich dieser Hass macht. Ich werde mein Ziel erreichen.

Die Privilegien merken nicht, ob ihrem Träger Goldblut an den Händen klebt. Sie schmiegen sich bloß an ihn und verheimlichen alles außer seiner Vollkommenheit.

KAPITEL 1

Tamnes

Ein Azre vergaß niemals, wenn er sich nicht dazu entschied. Doch vermutlich war die eigene Geburt zu gewöhnlich, um sich an sie zu erinnern. Unbedeutend im Vergleich zur Freude, Trauer, Hoffnung und Furcht einer ganzen Welt, mit der er seinen Kopf in den nächsten Chroniken befüllen würde.

Tamnes wusste, dass diese Erinnerung es nicht wert war, behalten zu werden, als er die Augen aufschlug und seinen Kokon erblickte. Seine Wurzeln, nackt und empfindlich in dieser neuen Welt, erkundeten wie von selbst die schuppigen Verflechtungen, tasteten über deren Erhebungen und Risse. Rau und fordernd breitete sich das Gespann unter ihm aus.

Er zögerte. Es war … *unangenehm.*

Ja, so hatten seine Eltern diese Empfindung genannt – und all die Generationen Azren vor ihnen, deren gesammelte Erinnerungen sich schwerfällig in seinem Geist zu ordnen versuchten. Zehn Chroniken lang hatten sie sich in seine Seele hineingefädelt. Jetzt sortierten sie sich neu. Es fühlte sich nach Zusammensetzen an, seine Äste an den Kokonwänden entlanggleiten zu lassen. Nach

Beginnen. Aber gleichzeitig ... Nach dem ewigen Da-gewesensein.

Tamnes verstärkte den Druck. Von einer Seite bog sich ihm das Gespinst entgegen, furchte sich und riss mit einem Ziepen auseinander. Diffuses Licht strömte von außen herein und benetzte seine Haut mit einem gräulichen Schimmer.

In den Erinnerungen seiner Eltern hatte der Stern silbrig geleuchtet.

Etwas energischer schob Tamnes den Spalt weiter auf. Die Kruste des Kokons schnitt ihn, sodass sich seine Gesichtsmuskeln zu einer ungelenken Grimasse verzogen. Wie lange dauerte es, bis er sich an sich selbst gewöhnen würde?

Ein weiterer Ruck und der Kokon zerfiel vollkommen. Glitzernder Staub kräuselte sich um seinen Körper, warm wie das Gestrick, das ihm lange Schutz geboten hatte. Trotzdem bedeckte sich seine Brust mit Kältepusteln. Fasziniert sah Tamnes an sich herab: dunkler Teint, der mit dem warmen Erdton harmonierte, starke Wurzeln, die ihn durch all seine Wanderungen tragen würden. Noch immer schien es ihm fremd, sie zu bewegen. Als würden sie zu einem anderen Geschöpf gehören.

Dieser ... Körper. Probeweise streckte er seine Glieder aus, scharrte über den körnigen Boden. Lehmsteinchen drückten sich darin ein und zerbröselten, sodass sich ein feiner Geruch von Staub entkapselte.

Er war geboren.

Da war sie also, die Welt aus den Erinnerungen Hunderter Azren.

Tamnes wandte sich um. In unregelmäßigen Pfützen befleckte flüssiges silbriges Licht die Erde. Es musste von einer der oberen Sphären getropft sein, wo der Stern in Lichtflüsse schmolz, die sich über den Boden schlängelten. Hier unten erhellte das Glimmen der Sternnarben nur ein wenig die Inseln, die sich in einer rauchenden Flüssigkeit verstreuten. Zum Rauschen eines entfernten Wasserfalls fächerten sich Schirme in Iris- und Papayatönen auf. Und ihre Farben ... Oh, gegen ihre Buntheit verblassten die Bilder in seinen Erinnerungen!

Unter den Pflanzen drückten sich Kokons unterschiedlicher Größen aneinander – ähnlich dem, den er gerade zerbrochen hatte. Es waren Dutzende. Nein, Hunderte! Voller Ehrfurcht hielt Tamnes den Atem an. Wie groß war sein Volk, wenn es so viele Ungeborene gab?

Instinktiv bewegte er sich erneut auf seinen Kokon zu. Zwei weitere kleinere Kugeln schmiegten sich an den violetten Schirm über ihm. Tamnes musste nicht lange überlegen, um zu wissen, dass es seine Geschwister waren. Er hatte die Erinnerung daran geerbt. Wie auch daran, dass die dünnen Verknotungen, die den Schirm stabilisierten, einst zwei Azren gewesen waren. Seine Eltern. Zwei Väter – das wusste er aus seinen Erinnerungen, denn Azren konnten auch zwei Mütter haben.

Wenn er sich anstrengte, konnte er im Glimmen der Sternnarben die Hörner erkennen, die seinen Eltern gehört hatten. Sie verschwanden als Letztes, nachdem der restliche Körper zu einer Pflanze geworden war. Bis dahin würden sie ihre Gedächtnisse unter den übrigen Kindern aufteilen.

Eher neugierig als achtungsvoll fuhr Tamnes an der Oberfläche des Schirms entlang. Samtiges Wohlsein kribbelte in seinen Nerven, verbreitete sich in jeder seiner Zellen. Dann trat er zurück und lief los.

Die Dunkelheit der unteren Azrensphäre lag sanft auf seiner Netzhaut. Die Erinnerungen seiner Ahnen besagten, dass es auf den anderen, höheren Ebenen heller war. Besonders auf der Velensphäre, mit der der Stern vor Urzeiten zusammengekracht war. Oh, er musste den Himmelskörper mit eigenen Augen sehen!

Mit jedem Schritt näherte sich Tamnes der Grenze der Sphäre an. Vor wenigen Minuten hatten seine Gedanken noch getaumelt, jetzt klärten sie sich. Sein Körper gehorchte ihm. Er war Tamnes, ein Azre. Hüter und Händler von Geschehnissen, an die sich kein anderes Wesen in vollem Detail erinnern konnte. Er wollte sie vermehren. Er wollte sie bündeln und spalten und neu räumen. Er wollte … Er wollte so viele davon *besitzen*, dass sich plötzlich ein leerer Schmerz in ihm ausbreitete.

»Hunger.« Er drehte das Wort auf seiner Zunge. »Ich glaube, ich habe Hunger.«

Tamnes beeilte sich, seine Wurzeln nach vorn zu schieben. Vor Unvertrautheit schlang er sie mehrfach übereinander, verrenkte sich und schaffte es trotzdem, nicht hinzufallen. Endlich blieb er stehen und horchte auf. Die bunten Schirme um ihn herum waren verschwunden. Die Inseln hatten sich zu einer rauchigen Plattform formiert, die von mehreren Sternnarben durchzogen war. Hier musste es sein.

Er reckte den Kopf hoch und blinzelte. Einige Zeit lang geschah nichts. Dann, langsam nur, materialisierte sich eine flimmernde Blase aus dem Dunst und schwebte auf ihn zu. Gebannt wartete er, bis sich der Vassel direkt vor ihm befand. Er verharrte in der Luft, beinahe fragend, ob er Tamnes auf seiner Reise mitnehmen sollte. Und er schritt hinein.

Das Innere des Vassels war leer. Als hätte er es schon viele Male zuvor getan, umwand Tamnes die Blase von innen mit seinen Wurzeln. Zwar steuerte er sie mit seinen Gedanken, aber dafür war eine körperliche Verbindung nötig.

Zur mittleren Azrensphäre.

Die Blase gehorchte seiner Anleitung und schwang hoch, vorbei am Wasserfall, der von der Velensphäre nach unten toste. Tamnes starrte durch ihre transparenten Wände. Er durfte nicht den Blick von seiner Umgebung abwenden. Sonst riskierte er, mit dem Vassel mitten im Nirgendwo zu verharren und sich nicht mehr vom Fleck rühren zu können. Tamnes fröstelte. Nein, das wollte er wirklich nicht.

Je höher er stieg, desto mehr Strahlen durchdrangen die Dunkelheit. Unter gespannten Rippenbögen sog sich seine Lunge mit Luft voll, die vom Quecksilbergeruch des Sterns durchsetzt war. Sie zirkulierte in ihm. Und während sie seinen Körper mit Neuem anreicherte, seine Nase sich an ihren Geruch gewöhnte und seine Wurzeln an die aufgerauten Partikel in ihr, fiel der Rest seiner Umnebelung von ihm ab.

All diese Empfindungen ... Vielleicht würde er doch ein winziges bisschen bedauern, sie zu vergessen. Aber es würde Platz für Neues schaffen.

Er erreichte die obere Azrensphäre in wenigen Minuten. Wenn er über ihr geschwebt wäre, hätte er gesehen, dass sie wie die anderen zwei Sphären sichelförmig war. So aber dehnte sie sich lang und breit vor ihm aus. Hügel und windumwundene Baumkronen erschienen vor ihm, selbst zu dieser Zeit des Zyklus so grün und hell, dass er die Augen zukniff. Tamnes erahnte die Flüsse, die keine waren, und die brückenartigen Verbindungen zwischen den Bäumen.

Die Erde riecht lecker, dachte er. Sein Bauch grummelte. Er musste dringend etwas essen.

Vorsichtig löste er seine Wurzeln vom Vassel und trat heraus, damit die Blase ohne ihn weiterflog. Unter ihm klirrte Sternstaub, der sich zu hauchdünnen runden Schalen verfestigt hatte – der Überrest des Zwielichts.

Tamnes bemühte sich, die Splitter zu meiden. Er mochte das spitze Geräusch nicht, das sie beim Auftreten erzeugten.

In einiger Entfernung zum Punkt, an dem der Vassel ihn abgesetzt hatte, hielt er inne und vergrub seine Wurzeln genüsslich in der Erde. Seine Glieder streckten sich tief in den Lehm aus, umkreisten liebevoll die Steinchen darin. Weiter unten schmeckte er dunkler, intensiver. Angereichert mit Erinnerungen von Geschöpfen, die vor langer Zeit an dieser Stelle gestorben waren.

Schon spürte er, wie sie an seinen Spitzen zogen, ihn in ihre Richtung lenkten …

»He, Freundchen! Warum bist du nicht bei der Krönungszeremonie?«

Tamnes zuckte zusammen. Auch seine Wurzeln ruckten zur Seite, fort vom Sog der Erinnerung. Jetzt würde er sie bestimmt nicht mehr wiederfinden. Beim Ältesten! Was sollte das?

»Hups, wollte dich nicht erschreck'n.« Von hinten näherte sich ihm ein anderer Azre. Das Moos und der Farn, die ihn bis zum Hals bedeckten, wiesen sein hohes Alter aus. Blätter aller erdenklichen Formen sprossen aus seiner Haut und bauschten sich wie ein wundersames Kleid um ihn auf. Tamnes konnte kaum den Blick von ihnen abwenden. Es würde Dutzende Chroniken dauern, bis ihm nur halb so viele Pflanzen am Körper wachsen würden.

»Nicht schlimm«, beruhigte er den Fremden, machte jedoch keine Anstalten, seine Wurzeln aus der Erde zu ziehen. »Du hast etwas von einer Zeremonie gesagt?«

Die goldbestäubten Augenbrauen des Unbekannten schossen hoch. »Die Krönungszeremonie natürlich! Alle Azren versammeln sich vor dem Palast und gratulier'n dem Ältesten. Ich denk', die Krone wird ihm besser steh'n als jedem Velen. Er wird gleich zum König erklärt, ja! Wir hab'n zu lange drauf gewartet. Wurde auch endlich Zeit, dass jemand die Velen von ihrem Podest schubst. Betrüger, sie alle …«

Der Wortschwall des Fremden nahm kein Ende.

Tamnes kratzte sich am Kopf.

»Sag nicht, dass du nichts davon weißt. Wo bist du gewesen, Freundchen? Nach dem Krieg hat man über nichts anderes gesprochen!«

»Ich … kann mich nicht an einen Krieg erinnern«, erwiderte Tamnes leise. Ihre eigenen Erlebnisse vererbten die Azreneltern gleichermaßen an ihre Kinder. Nur die Erinnerungen, die sie selbst in der Erde gefunden hatten, teilten sie unterschiedlich auf. Hatte er sie einfach nicht bekommen?

»Was hast du in den letzten zehn Zyklen getrieben?« Die goldenen Pollen an den Blättern des Fremden wirbelten hinunter, weil er energisch die Äste schüttelte.

»Mich entwickelt.«

Die Lippen des Azren teilten sich. Gerade wollte er zu einer Antwort ansetzen, da fiel sein Blick auf Tamnes' Haut, an der noch immer die feinen weißen Schuppen des Kokons hafteten. Er stöhnte auf. »Hörner des ersten Azren, du hast ja alles verpasst! Hast dich in deinem warmen Kokon ausgeruht, während wir für die Freiheit gekämpft hab'n! Einen ungünstigeren Zeitpunkt für die Geburt gibt's ja kaum –«

»Ich habe mich nicht ausgeruht«, unterbrach Tamnes ihn. »Und außerdem kann ich nichts dafür, dass ich nicht dabei gewesen bin.« Ob es unhöflich war, dass er noch immer aß? Seine Wurzeln wühlten in der Erde. *Nein, ist es nicht,* beschloss er, *dieser Azre verhält sich auch nicht besonders feinfühlig.*

»Natürlich nicht.« Sein Gegenüber verzog den Mund. An der Art, wie sich seine Stirn furchte, merkte Tamnes, dass er ihn gern länger für sein Unwissen tadeln würde.

»Vielleicht kannst du mir einfach erzählen, was in den letzten Zyklen passiert ist?«, schlug Tamnes schnell vor.

»Was zu erwarten war. Nach all den Chroniken haben die Velen bekommen, was sie sich eingebrockt hab'n, ja. Diese Biester konnten uns nicht ewig kleinmachen. Glaubten wohl, wir wär'n Zimmerpflanzen, die sie sich in den Palast stellen könnten. So eine Befragungsmaschine, das ist es! Könnt schon glatt von den Menschen kommen, sie mit ihren verschimmelten Erfindungen. Unser Wissen gehört –«

»Aber der Krieg, der Krieg!«, drängte Tamnes. Wenn er nicht eingriff, würde seine Frage wahrscheinlich in der Redeflut des

Fremden untergehen. »Wie konntet ihr die Velen angreifen, wenn sie uns über NLes vollständig kontrollieren?«

Bereits bei der bloßen Frage überlief Tamnes ein Schauer. Die NLes waren technische Chips, über die die Velen sein Volk schon seit mehr als zehn Umbrüchen lenkten. Ein einziger Befehl von ihnen genügte, damit sich Azren unverzüglich in den Palast begaben. Der Schmerz, den der Chip ansonsten erzeugte … Seine Verästelungen kribbelten. Sein Vater hatte eine unerträgliche Folter erlebt, als er sich dem Gerät einmal widersetzt hatte. Brennen, Stechen und Trocknen. Eine seiner Wurzeln war für immer unempfänglich für Erinnerungen geworden.

Das ist nicht nur ein Gedanke, den deine Eltern an dich weitergegeben haben. Du wirst es erleben. Dutzende und Dutzende Male, wenn du ungehorsam bist. Bis es auch zu deiner Erinnerung wird, die du deinen Kindern hinterlässt.

Sein Gegenüber winkte ab. »Der Älteste hat das geregelt. Der hat alles im Griff im Gegensatz zu den Velen, ja. Wird einen besseren Herrscher abgeben. Die NLes funktionieren nicht mehr. Hast du nicht gedacht, ja? Hat niemand. Aber der Älteste hat's geschafft. War ein hörnig guter Vorteil, als es dann zur Sache ging. Die Velen sind's nicht gewohnt, dass wir uns wehren.« Er breitete seine Äste vielsagend aus. Die Rinde auf ihnen platzte an einigen Stellen auf und üppiges Moos heilte die Risse. *Er ist überwältigend schön.* »Jetzt sind sie die Verlierer, ja. Beide Könige sind tot und ihre Nachfolger abgezischt. Der Krieg hat nur wenige Zyklen gedauert. Und ich denk': Er hat trotzdem besser gewirkt als jeder bisherige Protest.«

Die NLes funktionieren nicht mehr. Die Worte wirbelten in Tamnes' Geist, ruhelos, unbestimmt. Konnte es tatsächlich sein? Damals hatten die Azren die NLes unwissentlich mit der Nahrung aufgenommen. Und als seine Eltern noch lebten, hatte kein Azre herausgefunden, wo genau sie in ihrem Körper eingesetzt waren. Geschweige denn, wie sie ausgeschaltet werden konnten.

»He, hörst du mir überhaupt zu? Der Älteste wird König! Freu dich!«

»König?«, wiederholte Tamnes überrascht. Er war so sehr auf die NLes fixiert gewesen, dass er nicht mitbekommen hatte, wie der Azre seine Erzählung fortgesetzt hatte. »Aber es kann doch gar keinen Azrenkönig geben.«

»Wieso nicht?« Der Fremde beäugte ihn empört. Vor Schock vergaß er offenbar, das Ja an seinen Satz zu hängen.

»Na, weil es die Velen und Azren vor langer Zeit so beschlossen haben.« *Was für eine seltsame Frage.* »Der Schwur zwischen den Völkern?«, hakte er nach, als das Gesicht des Unbekannten keine Regung zeigte. »Damals hat es keine NLes gegeben. Wir waren alle gleich. Nur die Splitternden wurden verachtet. Die Velen konnten uns vor ihnen schützen und deswegen ...«

Immer noch keine Reaktion. Nur der Farn über der Wange des Azren neigte sich traurig hinab.

»Nur Velen können herrschen! Jeder andere, der die Krone aufgesetzt bekommt, wird sterben!«, rief Tamnes aus.

»Woher ... hast du diese Erinnerung?« Die Stimme des Fremden wurde brüchig.

»Von meinen Eltern.«

»Und sie selbst?«

»Von ihren Eltern. Das ist eine familiäre Erinnerung, keine gesammelte.«

Die braunen Augen des Azren weiteten sich.

Einige Sekunden lang starrte Tamnes ihn an. Versuchte zu verstehen, was von seinem Gesagten diese Bestürzung ausgelöst hatte. Er musste doch wissen ...

Und dann begriff er.

»Niemand außer mir kennt diese Wahrheit«, krächzte er.

Langsam wog der Unbekannte den Kopf hin- und her. »Niemand.«

»Und wann ist die Krönung?«

»Jetzt.«

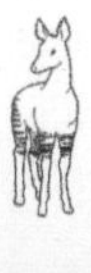

KAPITEL 2

Tamnes

Alles in Tamnes verkrampfte von dem Lauf. Der rasende Pflanzensaft zerriss beinahe seine Herzkammern und seine Sehnen spannten sich so sehr an, dass sie gleich von seinen Knochen fallen mussten. Trotzdem hastete er weiter. Nach kurzer Zeit hatte er den unbekannten Azren überholt. Seine Rufe verhallten hinter ihm. Egal. Seine Erinnerungen würden ihm den Weg schon zeigen. Zum Glück bestand zwischen der Velen- und der mittleren Azrensphäre eine Verbindung. Um diese Uhrzeit würde niemand mehr freiwillig mit dem Vassel reisen. Die Blasen waren schon vorhin dünn gewesen, also würden sie sich gleich über einer Schlucht auflösen.

Er wünschte, er könnte stehenbleiben und alles abwägen. Warum musste der Älteste ausgerechnet jetzt gekrönt werden? Tamnes war gerade geboren. Und dieser Krieg … Er musste doch erst einmal überlegen, was er für die Azren bedeutete … Und nicht kopfüber irgendwohin stürzen!

Tamnes erhöhte seine Geschwindigkeit. Das Zerren in seiner Brust verdrängte die Gedanken. So war es gut. Er war der Einzige, der den Tod des Ältesten verhindern konnte. Er musste es, musste es. Musste es.

Wie er es hasste, keine Zeit zum Nachdenken zu haben!

Tamnes schlitterte über das Wasser, das sich unter den Kernbäumen zu Seen gesammelt hatte. Rot und anklagend starrten ihn die Waben an, aus denen sich Zweige hochkrümmten – Unterkünfte der Azren. Vom Rand dieser Kerne hingen feste Schlingen herab.

Und wenn er sich daran festhielt, in eine Wabe kletterte und in Ruhe über alles grübelte? Niemand wusste, dass ein Wesen mit der Erinnerung an den Schwur existierte. Niemand würde ihn suchen. Er würde einfach …

»Du, Azre! Wie war nochmal dein Name? Warte mal!«

… wohlüberlegt falsch handeln.

Tamnes ließ sich zurückfallen, damit der Unbekannte ihn einholen konnte. Staub bedeckte dessen Wangen. Unter den Gräsern an seinem Kopf perlten Schweißtropfen hinab.

»Dieser Weg … Zu lang … Über die Brücken … Kürzer«, brachte er hervor.

»Dann zeig ihn mir. Beweg deine Wurzeln, verdammt nochmal!«

Ächzend bog der Azre ab und hechtete den Waldhang hinauf. Dort griff er um die Äste des nächstgelegenen Kernbaums, schwang sich hoch und umfasste mit seinen Wurzeln eine andere Ranke. Diese Pflanzenbrücken führten sie schneller zur Velensphäre, als es die Wege über die Seen oder Mooshöcker tun konnten.

Mit brennender Lunge folgte Tamnes ihm durch das Gewirr aus Ästen und Flechten, die an einzelnen Stellen gebrochen und gebogen waren. Ob es die Auswirkungen des Krieges waren? Wann hatte er geendet?

Halten, springen. Vor seinen Augen flackerte es grün. Ob es noch weit war? Lange würde er das nicht mehr durchhalten.

Endlich, endlich erhoben sich kahle Berge aus den Seen und blau leuchtende Schwimmpflanzen betupften das Wasser. Die Lichtflut. Der Palast war also schon nah.

Der Azre vor ihm stolperte von der Brücke zwischen zwei Kernbäumen zurück auf die Erde. »Wir müssen so weiter«, erklärte er im Lauf. »Hier gibt es … weniger … Bäume.«

Er hatte recht. Zwischen den Sphären änderte sich die Landschaft: Immer mehr schwarzes Gestein verdrängte den Azrenwald und leuchtende, runde Figuren schwollen vor ihnen an. Quallen. Es waren hohle Pflanzen, die Velen als Wohnungen dienten. Auch sie trugen die Spuren des vergangenen Krieges an sich. Ihre Tentakel, die im Wind flattern sollten, waren abgeschnitten und hingen in verbrannten Stummeln herab.

Tamnes röchelte. *Nur noch ein wenig …*

»Da sind sie!«

Tamnes lief dem Fremden nach, der durch einen Spalt im Felsen hindurchgeschlüpft war. Kälte und Unbehagen bliesen ihm vom nächtlichen Gestein entgegen. Für wenige Augenblicke blendete ihn das Licht des Sterns, der auf dieser Sphäre so nah war. Und dann erkannte er sie.

Die Erhebung, auf der Tamnes stand, erlaubte ihm, die Versammlung zu überblicken. Eine Menge aus Hunderten Azren breitete sich im Kreis vor einer großen Quallengruppe aus, die zum Palast gehörte. In endlosen Reihen drängten sie sich aneinander, so nah, dass sich ihre Wurzeln und Äste ineinander verhakten. Rufe wurden laut; Jubel und Gesang. Auf der freien Fläche zwischen ihnen und dem Palast stand ein Thron aus schwarzem Felsgestein. Und der Azre, der sich direkt davor inmitten zweier Soldaten aufgebaut hatte … Das musste der Älteste sein!

»Wir sind zu spät«, hauchte Tamnes, die Worte wund in seiner Kehle.

»Nein. Schau, die Krone. Sie tragen sie zu ihm. Haben's gerade noch zur richtigen Minute geschafft, ja.«

Tamnes folgte seinem Blick. Tatsächlich ließen sich zwei dürre Gestalten nacheinander an den Tentakeln einer Qualle herunter und trotteten auf den Ältesten zu. Ihre blauen Gestalten hoben sich deutlich von der Rinde und dem erdigen Teint der Azren ab. Selbst aus der Entfernung heraus glühten ihre goldenen Adern. Velen.

Erst jetzt bemerkte Tamnes, dass sich noch mehr von ihnen rund um die Azren postiert hatten. Mit gesenkten Köpfen standen sie da und beobachteten die Krönungszeremonie – das Symbol ihres Versagens.

Die Schreie nahmen zu, als die Velen weiter auf den Thron und den Azren daneben zu schritten. In Tamnes' Ohren dröhnte und donnerte jeder von ihnen. *Selbst wenn ich den Schwur hinausschreie, wird mich niemand hören,* dachte er verzweifelt. Er musste eine Möglichkeit finden. Er konnte doch nicht hier stehen und zusehen, wie der Älteste starb! Oder etwa schon? Das alles war nicht seine Aufgabe!

»Ab dem heutigen Tag«, erhob sich eine männliche Stimme aus dem Lärm, »übergeben wir unsere Königsmacht an das Volk der Azren.«

Tamnes erzitterte. Stille legte sich über die Anwesenden wie schwelendes Moos und erstickte jeden Laut. Hatte einer der Velen gesprochen? Ihre Könige? Hatte sein unbekannter Begleiter nicht gesagt, dass sie getötet worden wären? Er reckte den Hals in der Hoffnung, besser sehen zu können. Konnte die Stimme einem der Soldaten gehören, die den Ältesten bewachten?

Der Azre stieß ihn von der Seite an. »Wolltest du nicht eingreifen? Wieso machst du nichts? Du solltest sie an den Schwur erinnern, ja!«

»Als Preis für ihren Sieg«, fuhr die Stimme unbeirrt fort, »versprechen wir ihnen uneingeschränkte Herrschaft über Ilmestys.« Einer der Soldaten trat vor. Er war der Sprecher, da war sich

Tamnes nun sicher. Der Vele war in eine feierliche Uniform gekleidet: Metall glänzte an seinen Schultern und seiner Brust, sein Lederumhang wehte im Wind und die Waffen, die an seinem Gürtel befestigt waren, spalteten das Licht an ihren Klingen. *Armeeführer,* erkannte Tamnes. Und der Mann, der den Azrenältesten von der anderen Seite flankierte, musste der Fraktionsführer sein. Er war zu weit weg, um in seinem Gesicht lesen zu können, und dennoch schwappte die dunkle Aura, die ihn umgab, zu ihm hinüber. Unnachgiebig. Bedrohlich. Tödlich.

Erneut erhob sich zustimmendes Gemurmel in der Azrenschar. Tamnes jedoch war wie gelähmt. Gleichermaßen entsetzt wie fasziniert klebte sein Blick an den beiden Velen, die bei der kleinen Gruppe vor dem Thron angelangt waren und sich seitlich neben den Fraktionsführer positionierten. Die Strahlen des Sterns, der sich riesig hinter dem Palast erhob, schienen sich um den Gegenstand in ihren Händen zu verdichten: eine Krone, die einen Heiligenschein formte.

»Dich soll der Beteh fressen, Azre!«, brüllte der Fremde. »Was glotzt du? Sie werden ihn umbringen, ja! Das ist eine hörnig ernste Angelegenheit, wenn du das noch nicht mitbekommen hab'n solltest!«

»Ich werde nicht an ihnen vorbeikommen!«

Wenn kein Azre regieren konnte, würden die Velen sie wieder unterdrücken. Sollte er den Ältesten schützen und zulassen, dass sein Volk weiter ausgebeutet wurde? Aber war der Azre nicht ohnehin verloren?

War es ungerecht, gerecht zu handeln?

»Wir vertrauen darauf, dass Azren gute Könige sein werden«, sprach der Armeeführer weiter.

»Hörner des ersten Azren, du versuchst es nicht einmal!« Die Äste des Fremden wanden sich um Tamnes, rüttelten ihn durch.

»Ich muss nachdenken! Solche Entscheidungen fällt man nicht in Sekunden!«

»… und krönen ihren Vertreter, den Ältesten.«

Stille. Allein Tamnes' Herz hämmerte ohrenbetäubend laut. Dann – ein helles Aufblitzen. Tamnes wusste nicht, ob es der Stern war oder die Krone, die aufflammte, als sie auf den Kopf des Ältesten gesetzt wurde.

»Nein!« Ein gellender Schrei durchzuckte die Ruhe. Nur an der Vibration unter seinen Rippen erkannte Tamnes, dass es sein eigener war.

Die Azren vor ihm, die vorher ganz in die Zeremonie vertieft gewesen waren, wandten sich sofort zu ihm um. Schock und Feindlichkeit verzerrten ihre Gesichter zu Fratzen und ließen die Hörner auf ihren Köpfen beben.

Tamnes wankte zurück. »Nein«, wiederholte er heiser. »Nein! Ihr dürft ihn nicht krönen!«

»Was heißt denn ›wir dürfen nicht‹?«, blaffte ein Azre vor ihm, dessen Nasenrücken von tiefen, mit Pflanzensaft gefüllten Furchen gezeichnet war. Er hob die Ranken zum Angriff an.

Tamnes atmete aus. Wenn der Fremde so entschlossen war, ihn zurückzudrängen, konnte das nur bedeuten, dass er die Krönung verhindert hatte. »Ihr wisst nicht, was passieren kann! Ich habe eine Erinnerung –«

»Schafft ihn weg!«

»Verräter! Verzieh dich von hier oder wir zünden deine Wurzeln an!«

»Ich will nur mit euch reden!«

Äste schlugen nach Tamnes, als er sich der Menge näherte. Hörner und Moosrücken schnitten ihm den Weg ab. Bei allen Mächten des Sterns! Warum hörte ihm bloß niemand zu?

»Es gibt einen Schwur zwischen –«

Seine Worte gingen unter. Wie eine Peitsche trafen ihn die Zweige eines Azren am Hals, zwangen ihn gurgelnd und spuckend hinab.

»Lasst ihn zu mir!« Eine neue Stimme, farbig und rau. Der Älteste? *Bitte, bitte, lass es den Ältesten sein.*

Widerwillig traten die Azren zur Seite und räumten Tamnes einen Durchgang zum Thron frei. Dennoch verzichteten einige von ihnen nicht darauf, ihre Wurzeln vor ihm auszufahren, während er auf den Ältesten zu wankte. Er hatte Mühe damit, nicht auf dem glatten schwarzen Stein auszurutschen.

Erst am Ende des Pfades traute sich Tamnes, aufzuschauen. Die Blicke des Armee- und Fraktionsführers bohrten sich in ihn. Er schreckte vor ihnen zurück. Beide hatten tintenblaue Zöpfe, die nach unten hin immer heller wurden, ausgebleichte Augenbrauen und goldene Lippen und Blutgefäße, die durch ihre Haut hindurchleuchteten. Sie waren unheimlich. Nur die stille Präsenz des Ältesten, der zwei Velensoldaten gegenüberstand, beruhigte die Panik in ihm. Auf dem Moos und den Blüten an seinem Körper konnte er seine Augen ausruhen.

»Du meintest, du hättest etwas zu sagen, Azre. Erkläre dich.«

Tamnes holte bebend Luft. »Es gibt einen Schwur«, begann er. »Die Velen und Azren haben ihn im elften Umbruch geleistet.«

Jetzt, da er sich vollkommen darauf konzentrieren konnte, brach die Erinnerung seine Sinne so heftig, dass er sich innerlich vor Schmerz krümmte. In diesem Moment hasste er es, ein Neugeborener zu sein. Die Körper der älteren Azren hatten sich längst auf all das eingestellt.

Ein Azre, dessen Gestalt ganz mit Moos bedeckt ist, schließt seine Äste um die Hand eines Velen. Ihre Berührung ist eine seltsame Komposition aus Nacht und Erde.

»Ich vertraue darauf, dass dein Volk uns beschützen wird«, murmelt der Azre und der Vele nickt. Seine Augen sind grau Quecksilber; nur in eins hat jemand blaue Sterne hineingekippt.

»Das werden wir. Lass mich dein König sein und ich schwöre, dass ihr euch nie mehr vor Splitternden fürchten müsst.«

»Ihr Versprechen verbietet es dir, König zu werden. Genauso wie allen anderen Wesen außer ihnen.« Tamnes deutete auf die zwei Velen, die vor dem Ältesten verharrten. Unschlüssig hielten sie ihm die Krone entgegen. »Du wirst bei der Krönung sterben.«

Stille barst wieder über sie herein, diesmal sauer und beißend. Sie wussten alle, dass er nicht lügen konnte. Kein Azre konnte das. Und selbst wenn sie nur einen Rebellen in ihm sahen – selbst dann wäre er an die Wahrheit gebunden.

»Sprich weiter.« Der Kopf des Ältesten zuckte zur Seite, wodurch Farnsporen und feine Blütenhaare in alle Richtungen flogen.

Tamnes sah ihn verstohlen an. Obwohl sich der Älteste sichtbar Mühe gab, ungerührt zu wirken, pulsierten dicke Knoten unter seinen Ästen. »Meine Eltern haben Erinnerungen an Geschichte gesammelt. Mein Vater Nalar war der höchste Berater der verstorbenen Könige. Deswegen hat er vom Schwur gewusst.«

Unter dem Gewicht der Wahrheit schrumpfte der Älteste zusammen. Die Farnblätter an seinem Kopf neigten sich traurig hinab.

Der Fraktionsführer und der Armeeführer tauschten einen Blick.

»Vor zehn Chroniken ist er mit meinem zweiten Vater auf die untere Azrensphäre gereist und eine Verbindung eingegangen. Niemand von ihnen konnte den Krieg verhindern. Und ich bin erst heute geboren.«

»Das bedeutet –«, flüsterte der Älteste.

»Dass du kein Anrecht auf die Königsmacht hast.«

Ein Raunen ging durch die Menge. Velen traten aus ihren Reihen und sammelten sich schützend um das Paar, das die Krone umklammert hielt. Ihre Nasenflügel blähten sich. In den Fingern einiger blitzte etwas auf. Etwas Metallisches. Und etwas aus Glas.

Tamnes schnappte nach Luft. *Das kann doch nicht ... Das werden sie doch nicht ...*

»Ihr habt uns angelogen!«

»Wir haben gesiegt! Ihr könnt nicht über uns befehlen!«

»Beruft einen Rat ein!«

»Mitentscheidung für Azren!«

Das Chaos aus Stimmen überwältigte Tamnes. Die Antwort der Velen ging im Lärm unter, in dem die Azren auf sie zu stürzten. Mit pochendendem Herzen duckte er sich und brachte sich hinter den Quallen in Sicherheit.

In seinem Augenwinkel glitzerte etwas. Es war ein kleines Fläschchen mit grauer Flüssigkeit. *Verflüssigter Stein.* Der Vele vor Tamnes führte es zu seinem Mund, trank es in einem Zug leer und federte mit einer Hand den Schlag ab, den ein Azre auf ihn niederdonnerte. Dann noch einen. Und noch mehr.

Es geht ihnen nicht darum, mit uns zu kämpfen. Sie weichen nur aus.

Direkt neben ihm parierte ein Vele den Angriff von zwei Azren mit einem Dolch. Die Waffe sirrte vor Tamnes' Augen. Der Vele hatte sie mit der flachen Seite gehalten, sodass die Äste der Azren unverwundet blieben. Diese jedoch schien seine Zurückhaltung nur aggressiver zu stimmen.

So war das alles nicht geplant gewesen!

»Komm her, Blaugesicht!«

»Du hast nicht genug vom Krieg bekommen, was?«

Angst rann Tamnes' Wirbelsäule hinunter. Er musste hier weg. Verdammt nochmal, er musste dringend hier weg!

An seinem Rücken fühlte sich die Qualle feucht und glitschig an. Tamnes stemmte sich mit seinem vollen Körpergewicht dagegen. Er wünschte, er könnte sich einfach in ihr auflösen wie Splitternde.

Fahrig suchte er nach einer Möglichkeit, sich an den Kämpfenden vorbei zu schleichen. Ob sie ihn mit hineinziehen würden? Ob sie erwarteten, dass er die Velen mit ihnen attackierte?

Ein bekanntes, moosumrandetes Gesicht schoss an ihm vorbei. Der Älteste stürze sich auf die Velen. Seinen Kopf hielt er leicht nach oben, damit seine Hörner nicht verletzt wurden.

»Ältester!«

Andere Azren stürmten vor, um ihm Unterstützung und Deckung zu bieten. Gemeinsam verstärkten sie ihren Druck auf die Velen. Einer von ihnen – der Fremde, mit dem Tamnes hergekommen war – warf seine Zweige immer wieder zur Seite, als zöge er an etwas Unsichtbarem. Das Gestein unter Tamnes grollte. Was war das?

»Alle zurück!«, brüllten die Velen.

Jetzt oder nie, beschloss Tamnes. Bevor der Felsboden erste Risse bekam, preschte er nach vorn. Vorbei an den Velen, die der bröckelnde Stein in alle Richtungen vertrieben hatte. Niemand kümmerte sich um ihn.

Er wusste nicht, wie lange er rannte. Mehrmals rutschte er auf den Sternnarben aus und hielt nur mit Mühe das Gleichgewicht. Aber als er hinter sich ein lautes Knarzen hörte, ein Brechen und ein Krachen, hatte er bereits eine ausreichende Distanz zwischen sich und die Quallen gebracht.

Rasselnd atmete Tamnes aus. Hier, inmitten eines Felsenzirkels der Velensphäre, konnte er sich eine Pause erlauben. Schwarzer Kiesel häufte sich vor den Bergen und flachte an einem klaren See ab. Lichtflut besprenkelte die Wasseroberfläche. Zur Mitte des Sees seltener tummelten sich die blauen Schwimmblätter am Strand und ließen die Spalten zwischen den Steinchen leuchten.

Tamnes tauchte seine Wurzeln ins Wasser. Es brannte scheußlich. Sogar seine Gedanken juckten. Erst jetzt machten sich die vielen kleinen Wunden vom heutigen Lauf bemerkbar. Azren rasten normalerweise nicht.

Wenige Sekunden lang klebte die Lichtflut kühl an ihm, danach drehte sie sich um und schwamm fort.

Drei Dinge waren Tamnes klar. Erstens hatte seine Erinnerung den brüchigen Frieden zwischen Azren und Velen erschüttert. Zweitens hielt er sich lieber in nächster Zeit vom Ältesten fern.

Und drittens konnte wahrscheinlich kein anderer Azre von sich behaupten, direkt nach seiner Geburt Geschichte geschrieben zu haben.

Er würde die Erinnerung daran zu keinem Preis hergeben.

Ganz im Gegenteil. Von heute an würde er noch mehr davon suchen.

KAPITEL 3

Vemery

Vielleicht ergab es keinen Sinn, dass das gesamte System die Splitternden hasste.

»Willst du noch lange vor diesem hässlichen Baum herumlungern? Wenn dich die Fraktion tötet, werde ich sie nicht aufhalten.«

Vielleicht hasste sie sich selbst nicht genug, um das zu verstehen.

Seufzend wandte sie sich von dem Windesbaum ab, warf zuvor jedoch einen letzten Blick darauf. Böen umwickelten seine Krone in dicken Ringen. Der Baum verlor sich in ihnen. Sie wünschte, sie könnte einfach hierbleiben. Sie wollte seinen Stamm hochklettern, diese verfluchten goldenen Schuppen von ihrem Körper reißen und ihre Hände an seiner Rinde blutig kratzen. Am höchsten Punkt würde sie sich in sein Astwerk setzen und eins mit ihm werden. Bloß, um zu fühlen, wie es war, wenn der Wind sie berührte. Um zu fühlen, wie es war, wenn man sie nicht verstieß.

»Vemery!« Clifs Stimme klang reißender, ungeduldiger.

Mit hohler Brust wankte sie auf ihn zu und hob das Kinn. Goldschuppen wuchsen an seinen Schultern und seinem Hals bis zu seinem Gesicht, das wunderschön blau war. Ihn anzusehen machte ihr schmerzlich bewusst, wie weit sie selbst von der Vollkommenheit entfernt war. »Wo willst du heute hin?«, fragte sie müde.

Clif verzog den Mund. »Etwas mehr Motivation würde dir nicht schaden, Schwester. Schließlich hast du sie von uns beiden am dringendsten nötig.«

Sie konnte nicht verhindern, dass ihr Blick an sich hinabglitt. Schuppenbesetzte Brust, Beine, Arme. Allein ihr Gesicht war frei von den Goldplättchen, nur über ihre Wange zogen sie sich in einer breiten, narbigen Linie. Er wusste, wie abscheulich sie diesen Körper fand. Und genau deshalb erinnerte er sie immer wieder daran.

»Ich … bessere mich«, hauchte sie.

Er kniff die Augen zu blassen Schlitzen zusammen. »Ich erwarte es. Ich habe kein Interesse daran, faulen Abschaum mit mir herumzuschleppen.«

»Ja.«

»Ich will, dass du heute tötest.«

»Ja.« Sie schaute auf ihre Füße. Ihre Zehen hatte sie in der Erde vergraben, die sie krümelig und warm umschloss. Gut so. Mehr Gold würde sie nicht ertragen.

Ohne auf sie zu achten, kehrte Clif ihr den Rücken zu und marschierte vom Windesbaum fort. Sie trottete ihm hinterher. Er würde sich nicht nach ihr umdrehen, das wusste sie. Das tat er nie. Und sie hatte keine Wut in sich, keinen Hass, um ihm das übel zu nehmen. Ihrer Seele fehlten die Splitter, die diese Gefühle in sich trugen.

Die Sternnarben auf dem Boden schienen die Landschaft zu kartografieren. Große Hügel wölbten sich Vemery entgegen und Berge schossen aus der Erde hoch, an deren Flanken widerspenstig Moos klebte. Auf diesem kleinen Landstrich zwischen der Velen- und Azrensphäre gefiel es Vemery am besten. Hier war sie noch nie auf ein anderes Wesen getroffen. Und war nie gezwungen gewesen, es umzubringen.

»Wie viele Seelensplitter brauchst du noch?« Sie biss sich auf die Lippe. Was für eine sinnlose, unnütze Frage. Genauso wie sie sehen konnte, welche Seelensplitter er besaß, erkannte sie auch, wie viele ihm fehlten. Die Anzahl seiner Schuppen war nicht das Einzige, das es verriet. Für Splitternde zeigten sich Seelenpartikel als Mosaik: Die Bestandteile unterschiedlicher Seelen schimmerten in verschiedenen Farben.

»Weniger als du.« Clif beäugte sie naserümpfend. Das Blau und Chrysantemenrot der Splitter, die seine Silhouette nachzeichneten, bewegte sich mit ihm. »Vielleicht haben wir heute Glück und uns begegnet ein alter, erbärmlicher Vele. Der würde dir bestimmt danken, dass du ihn von seinen Qualen erlöst. Und deine dämliche *Moral* würde auch Ruhe geben.«

Vemerys ohnehin dürrer Körper fiel in sich zusammen. Sie hatte geahnt, dass er das antworten würde. Gewissermaßen hatte sie es so gewollt. Wenn er sie beschimpfte, sprach er mit ihr. Kein anderes Geschöpf würde sich dazu herabwürdigen.

Ein Klirren zupfte von weit weg an ihrem Gehör. *Die Fraktion veranstaltet wieder Mutproben.* Wenn der Niedergekommene gerade vorbei war, liefen die Novizen der Fraktion über die Schalen aus Sternstaub. Wer nicht schnell genug zurück in den Quallen war, riskierte, von den Resten des Niedergekommenen getroffen zu werden – großen Sternbrocken, die vom Himmel herabdonnerten. Zu dieser Zeit, im Zwielicht, fielen sie nur noch unregelmäßig. Dennoch bestand jederzeit die Gefahr, erwischt zu werden.

Bei der Erinnerung an die Schmerzen wurde ihr kalt. Aber sie war eine Splitternde und hatte nichts zu verlieren außer hässlichen Schuppen, die der Sternhagel gern von ihr brechen konnte.

Die streichenden Klänge der Schalen verstärkten sich, je mehr sie sich den Spielenden näherten. Hatte Clif es auf die Fraktion abgesehen? Unmöglich. Kein Splitternder war so todesmutig, jemanden aus der Sondereinheit der Soldaten zu jagen.

Als hätte er sie seinen Namen denken gehört, blieb Clif stehen und tätschelte die Tentakel einer rötlichen Qualle, die sich neben ihnen über dem Boden wellten. Die Pflanze war die erste aus einem großen Gefüge weiter vorn, scheinbar unbewohnt. Jedenfalls konnte Vemery keine Prägung auf ihrem Schirm entdecken.

»Wir müssen an der Fraktion vorbei. Am Rand der Velensphäre nehmen wir einen Vassel. So kurz nach dem Niedergekommenen müssten sie sich in Mengen hier herumtreiben.« Clif trat zur Seite und strecke einladend den Arm nach vorn. Feindseligkeit zerbröckelte in seinen Mundwinkeln. »Du gehst vor.«

Wie immer, fügte Vemery in Gedanken hinzu. Nur langsam nickte sie, setzte zum Gehen an. *Sollte ich ... könnte ich ...* »Clif?«

»Was?«

»Würde es irgendetwas ändern, wenn sie mich kriegen?«

Einen Wimpernschlag lang starrte Clif sie verwundert an. Dann lachte er; ein scharfes, gnadenloses Lachen. »Natürlich nicht.«

»Ich meine ... für dich?«

»Natürlich nicht«, wiederholte er und sie wusste, dass er log. Es würde sehr wohl etwas verändern. Er würde ihre Seelensplitter an sich nehmen, kurz bevor sie starb. Er würde nicht zulassen, dass sie sich mit ihr in der Erde auflösten. Selbst Partikel, die nicht zu seiner stahlblauen Mehrheitsseele passten, ließe er sich niemals entgehen.

Ob es seine Existenz erträglicher machte, keine Skrupel zu haben? Wäre sie genauso wie er, wenn sie seinen Hass fühlen könnte?

Mit schmerzenden Füßen umrundete Vemery die Qualle und schlich auf die Nächste zu. Im selben Moment bauschte sich deren Schirm auf und versteifte sich dann wieder. Misstrauisch beäugte Vemery sie. Die Pflanze machte einen unschuldigen Eindruck, wie sie in der Luft schwebte und ihre Membran Mal für Mal von kleinen Schwingungen erfasst wurde. Es wirkte beinahe so, als würde sie mit den Sternschalen vibrieren, die die Velen beim Rennen zerdrückten.

Vemery hechtete zur nächsten Qualle hinüber.

Nur noch zehn Laufsprünge trennten sie von der Fraktion. Höchstens fünfzehn. Die feingliedrigen Silhouetten der Velen huschten über einen Felsboden, der leicht vom Wasser glänzte. Die Tentakel zerschnitten ihre Konturen in bizarre Streifen. Solange Vemery und Clif hinter ihnen blieben, würde man sie nicht entdecken.

Neben ihr schepperte etwas zu Boden und zerschellte. Vemery zuckte zusammen. Der Schrei, der sich fast von ihren Lippen gelöst hatte, verstummte bei Clifs Anblick. Die Hände zu Fäusten geballt, starrte er sie durchdringend an. Gold flutete seine Augen, bis Weiß und Grau daraus völlig verschwunden waren.

»Es ist der Niedergekommene«, raunte er ihr zu. »Denk ja nicht daran, in Panik zu verfallen. Wir müssen weiter. Weiter, weiter!«

Zitternd lugte sie hinter dem ledrigen Schirm hervor. Lachen und Jubeln drang zu ihr, aber die Velen schienen sich weiter links von ihnen zu befinden.

Ein Sprung und Vemery wechselte erneut ihr Versteck.

»He, du da!«

Vemery erstarrte. Der Atem verklumpte in ihrem Hals. Hatten sie sie gesehen? Wohin sollte sie fliehen?

»Du bist nicht die volle Strecke gelaufen!«

Erleichterung spülte durch Vemerys Adern und löste die Verkrampfung in ihren Muskeln. Man hatte sie nicht bemerkt. Nur für wenige Sekunden erlaubte sie es sich, die Beine unter ihr einknicken zu lassen, auf die Knie zu sinken. Es sollte ausreichen, um sich zu sammeln, und dann …

Clifs Geruch nach Asche raute die Luft auf. »Möchtest du eine persönliche Einladung aussprechen, uns anzugreifen? Oder warum wartest du so lange?«

Ihre Lider brannten. Fahrig, mit zerschossenen Gedanken, schlitterte sie über den glatten Felsen nach vorn. Genau im selben Augenblick lief ein Vele zwischen zwei Quallen hindurch. Ihre Blicke kreuzten sich.

Eine Ewigkeit lang war alles still. Wie in Zeitlupe legte er den Kopf schief, sodass die Venen an seinem Hals wie Geschwüre hervortraten. Ein junger Soldat, nicht älter als sie selbst. Er machte einen Schritt auf sie zu. »Wen haben wir denn da? Wollt ihr etwa mitspielen?«, säuselte er. »Hier sind zwei Splitternde!«

Lauf. Vemery konnte nicht sagen, ob es Instinkt oder Angst war, die sie nach vorn hetzte. Clifs Keuchen, die Rufe, die an ihrer Kehle kratzte – alles knüllte sich in ihrem Kopf. Sie konnte nicht atmen und nicht sehen. Fast blind raste sie zwischen den Quallen hindurch. Die Schirme verspotteten sie mit ihrem Leuchten.

»Fangt sie!«

»Das Mädchen ist da hinten!«

»Sie hat einen Partner! Werft sie ab, töten können wir sie gleich noch!«

Etwas Flaches schoss sirrend an ihr vorbei und blieb knapp über ihr im Quallenkörper stecken. Glibberige Flüssigkeit tropfte auf ihre Schulter. Vemery wagte es nicht, aufzuschauen. Hinter ihr ertönten Schritte, aber sie klangen nicht so wie die ihres Bruders.

»Clif?«, rief sie auf die Gefahr hin, noch mehr Aufmerksamkeit auf sich zu ziehen.

Die Velen waren ihr dicht auf den Fersen. Und es waren zu viele, als dass sie sich vor ihnen im Gestein verstecken könnte. Mindestens einer würde ihr so lange auflauern, bis sie sich aus dem Material herauslösen würde.

Sie würden sie töten.

Hinter ihr fluchte jemand. *Komm schon, komm schon.* Vemery nahm eine scharfe Kurve zwischen zwei Pflanzen. Eine kleine Pfütze hatte sich vor einer von ihnen gebildet. Sie rutschte darauf aus und schlug hart auf dem Felsenboden auf. Gesteinssplitter bohrten sich in ihre Handballen und Ellenbogen. Stöhnend richtete sie sich wieder auf. *Weiterlaufen. Nicht anhalten. Immer weiter laufen.*

Ob Clif in der Nähe war? Ob er sich zum Vassel retten konnte? Es fehlte nicht viel bis dorthin.

Sie flehte ihren Körper an, schneller zu rennen. Die Quallen schwebten nicht mehr dicht beieinander. Je näher sie dem Sphärenrand kam, desto weniger Verstecke würde es geben. Auf offener Fläche würden sie sie leicht abschießen.

Denk nicht daran.

Dutzende Pfützen fügten sich zu einem flachen See zusammen, in dem ihre Füße verzweifelt nach Halt suchten. Wenn sie hinfiel, war sie geliefert.

»Ich hab sie!«

Etwas Spitzes bohrte sich in ihren Oberarm, tauschte Kraft gegen Schmerz ein. Schreiend drückte Vemery die Hand darauf. Sie umfasste den hölzernen Griff eines Metallhalbrings: ein Zerteiler. Mit zusammengebissenen Zähnen zog sie daran und löste die Waffe aus sich heraus. Gold sprudelte in Schwallen aus der Wunde. Der Zerteiler hatte ihre Venen zerfetzt.

Ihr Sichtfeld flimmerte. Sie umklammerte den Halbring mit der gesunden Hand fester und floh durch das Wasser. Es reichte jetzt schon bis zu den Knöcheln. Spritzer stoben auf und jagten Schauer über ihre Haut. Zwei Zerteiler. Nur so viel hatte jeder Fraktionssoldat, um aus der Ferne Splitternde anzugreifen. Solange sie einen bei sich behielt, hatten sie einen Wurf weniger.

»Komm her, Mädchen! Du weißt, dass es sinnlos ist!«

Vemery drehte sich nicht um. In immer unregelmäßiger werdendem Zickzack manövrierte sie zwischen den Quallen. Wenn nur einer hinter ihr her war – hatte sie die anderen abgehängt? Verfolgten sie Clif?

Ihr Arm baumelte schlaff an ihrer Seite. Überall, wo sie entlang rannte, zogen sich goldene Schlieren durch das Wasser und blieben ölig an der Oberfläche haften.

»Möchtest du eine persönliche Einladung aussprechen, uns anzugreifen?« Schluchzend drückte Vemery die Wunde mit dem anderen Arm zusammen. Das Metall des Zerteilers an ihrer Haut war scheußlich kalt.

Dort hinten! Eine große Blase schwamm auf dem Wasser. Vemery hatte den Vassel fast erreicht. Sie konnte es schaffen. Sie konnte es.

Nur noch zwanzig Schritte.

Ein lautes Platschen zerriss ihr Gehör. Dann ein gequältes Stöhnen. »Vemery!«

Clif. Sie riss ihren Kopf herum. In einiger Entfernung zu ihr war Clif zu Boden gesunken und hielt sich beide Hände an das Knie. Eine goldene Lache hatte sich um ihn gebildet. In ihrer Mitte lag ein silberner Brocken, der aussah wie ein Stein, aber etwas anderes war. *Ihn hat der Niedergekommene erwischt.*

»Ich kriege dich!« Nur fünfzehn Schritte trennten den Soldaten von ihr. Genauso viele, wie ihr zu Clif fehlten. Oder zum Vassel.

»Vemery, hilf mir!«

Sie musste nicht lange überlegen. Tränen rannen über ihre Wangen, als sie auf ihren Bruder zu spurtete und ihn hoch zerrte. Sie wuchtete seinen Arm um sich, zwang ihn mit sich nach vorn. Das doppelte Gewicht drückte sie herunter.

»Du kannst das, los, los!«

»Es tut weh –«

»Ich weiß, aber du musst!« Er atmete schwer. Seine Bewegungen waren zu langsam, viel zu langsam. Er bremste sie beide aus. Trotzdem. Sie mussten es schaffen.

Noch sieben Schritte.

»Ihr könnt nicht fliehen, dreckige Missgeburten!«

Völlig mechanisch beugte sich Vemery hinunter und zog Clif mit sich. Keine Sekunde zu spät. Der zweite Zerteiler schoss über sie hinweg und versank im Wasser. Hinter ihr brüllte der Velensoldat vor Wut auf.

Noch fünf Schritte.

Vemery wirbelte herum. Der Vele war ihr so nah, dass sie seinen verzerrten Mund erkannte, den blauen Haaransatz, das schmale Kinn. Das Gesicht eines Wesens, das sie hasste und doch werden wollte. Weil man sie nur dann auf dieser Welt dulden würde.

Aber vielleicht war nicht jeder Vele ein Zugewinn und jeder Splitternde ein Fluch.

Bevor der Fraktionssoldat reagieren konnte, schmetterte sie den Zerteiler auf ihn, riss Clif näher an sich und tauchte in das Innere des Vassels ein.

KAPITEL 4

Ophiot

»Ein Azre hat gestern Morgen die Krönung des Ältesten verhindert. Der anonyme Teilnehmer unterbrach die Zeremonie, indem er von einem antiken Schwur zwischen den Velen und Azren berichtete. Demnach können nur die Velen das Königsamt bekleiden.«

Ophiot runzelte die Stirn. Das elektrische Feld der Projektion kribbelte unter seinen Fingerkuppen, während er langsam daran entlangfuhr. Sofort flogen die Kacheln des Screens auseinander, setzten sich in einem Zylinder um ihn neu zusammen und erzeugten wieder dasselbe Bild.

Fünf irisierende Quallen formierten sich vor Ophiot zu einem Kreis. Vor, hinter und neben ihm reihten sich Azren aneinander, die ihre Äste zum Zeichen des Protests in die Höhe reckten. Die gesamte Grafik wirkte zum Verwechseln echt. Beinahe konnte Ophiot spüren, wie jemandes Wurzel in diesem Getümmel versehentlich nach ihm schlug.

»Für Velen bedeutet diese Wendung, dass ihre Herrschaft weiterhin besteht«, führte die Stimme eines Journalisten aus. »Somit erlischt das Anrecht der Azren auf die Krone, die sie als Sieger im Krieg eingefordert haben.«

Ophiot pfiff durch die Zähne. Die Velen mussten sich stark zusammengerissen haben, um bei dieser Nachricht neutral zu bleiben.

Das Bild um ihn veränderte sich: Die Kamera zoomte an den Ältesten heran, der verloren zwischen dem Armee- und dem Fraktionsführer stand. Vor ihm hatten zwei Velendiener in der Bewegung innegehalten. Die Wurzeln unschlüssig ineinander verschlungen, wartete der Älteste darauf, dass sie ihm die Krone überreichten. Sie jedoch schienen nicht die geringste Absicht dazu zu haben. Mit steifen Rücken hörten sie einem anderen Azren zu, der sich durch die Menge gedrängt hatte und mit seinen Ranken gestikulierte. Er sah jung aus, wie er sein Kinn vorgeschoben hatte, der Kopf hörnerlos und die Lippen feminin voll.

Dieses Kind hatte also seinen Plan zerstört. Ophiot gab einen halb beeindruckten, halb nachdenklichen Laut von sich.

»Nachdem die Könige Dagian und Fearne im Krieg gestorben sind, fehlt jetzt ein rechtsgültiger Herrscher. Seit gestern Abend suchen mehrere Soldatentrupps auf allen Sphären nach ihren Nachfolgern. Aistyra und Hone gelten noch immer als verschwunden.«

Ophiot kratzte sich am Hals. Wie wahrscheinlich war es, dass sie den Krieg überlebt hatten? Auch wenn es sich dabei im Grunde genommen nur um einen Überraschungsangriff auf den Palast gehandelt hatte – nein, eben *genau deswegen.* Keinesfalls hätten sie beide unbeschadet davonkommen können. Die Könige hätten keine Zeit gehabt, um eine Flucht zu organisieren.

So hatte er es mit dem Azrenältesten abgesprochen.

»… mit dem Ausgang der Situation nicht zufrieden. Sie protestieren dagegen, dass die Velenregierung genau wie vor dem Krieg fortgeführt wird. Die Azren verlangen nach einem neuen Rat, der vor den Königen für ihre Rechte einstehen könnte. Gleichzeitig bestehen sie darauf, dass die NLes, die seit dem Anfang des Krieges

ausgefallen sind, ganz ausgeschaltet werden. Datik erforscht derzeit, warum die Geräte nicht mehr funktionieren.«

Ophiot lachte auf. Nun, das konnte die Datik lange erforschen. Es würde ihn interessieren, ob seine Kollegen die Ursache des System-Shutdowns im Programmcode vermuteten. Auf eine überhitzte Leitung konnten sie es schon einmal nicht schieben. Aber dass es einer aus ihren Reihen gewesen war … Dass es Ophiot gewesen war, der die Malware in ihr Netzwerk eingeschleust hatte – das würden sie niemals herausfinden.

»Bisher gehen die Wissenschaftler davon aus, dass sich ein Fehler im Programmcode befindet, der sich lange Zeit nicht geäußert hat. Teile der technischen Befehle für die NLes wurden dadurch langfristig beschädigt. Auf diese Weise …«

Er hatte es ja vermutet. Erneut wischte Ophiot über die Kacheln. Er sah noch, wie sich das Bild umstrukturierte und vier Datik-Wissenschaftler in weiß-grauen Uniformen zeigte. Das Hologramm, das sie betrachteten, dehnte sich für eine Millisekunde unproportional aus, weil Ophiots Screen wieder auseinander glitt. Dann hatte sich die Projektion auf ihre ursprüngliche Größe verkleinert.

Ophiot tippte an seine Schläfe und die Grafik verschwand. Er hatte genug gesehen.

Nachdenklich strich er sich über sein Kinn. Dort, wo sein Bart wachsen sollte, spürte er nur glattes Plastik. Nach einem Sturz beim Kampftraining hatte man seinen Kiefer mitsamt Muskeln und Haut ausgetauscht. Schwarze Platten ergänzten sein Gesicht unterhalb der Ohren. Erst vor drei Chroniken hatte der Remedium-Komplex ihre Funktionsfähigkeit nachgeprüft. Einwandfrei.

Ophiot lief zum Ausgabegerät, das im vorderen Teil seiner Wohnung positioniert war. Die Datik hatte das Material seiner Wände so programmiert, dass sie Licht von außen durchließen, ohne transparent zu sein. Der gesamte Wohnbereich war in warmen, sanften Schein getaucht, der sich über seine Schlafecke und einen Tisch verteilte. Remedium zufolge erleichterte er das Aufwachen. Und da sich diese Wissenschaftler bestens mit der Gesundheit des Menschen auskannten, vertraute er ihnen.

Das Ausgabegerät – eine große weiße Box, die sich nicht sonderlich von der übrigen Innenausstattung unterschied – blinkte, als die Zeitanzeige darauf auf sieben Uhr umsprang.

»Frühstück«, kündigte eine automatische Frauenstimme an. In der Mitte der Box erschien eine rechteckige Fläche, wurde durchsichtig und verschwand dann vollständig. Ophiot griff hinein und zog eine Schale heraus. »Frühstück entnommen«, kommentierte die Stimme.

Ophiot entfernte sich einige Schritte vom Ausgabegerät. An einem langen Blatt Stahl, das zu einem Stehtisch zusammengefaltet war, hielt er inne und stellte sein Essen darauf ab. Cremige weiße Masse füllte die Schale aus, durchmischt von gelben und grünen Geleewürfeln. Zum Mittag- und Abendessen wechselte ihre Farbe. Mehr jedoch nicht. Der Brei versorgte seinen Körper mit allen Vitaminen und Mineralstoffen, die er benötigte.

Ophiot ließ die joghurtähnliche Substanz nur kurz auf seiner Zunge weilen, ehe er sie hinunterschluckte. Synthetisierte Nahrung schmeckte nach nichts. Warum beschäftigte man sich überhaupt noch mit etwas so Banalem wie Essen? Hatte nicht ein Kollege aus Remedium beim letzten Kongress erwähnt, dass man zurzeit an Nahrungspflastern arbeitete? Aufkleber, die die Nährstoffe in festgelegtem Rhythmus selbst in den Kreislauf gaben? Ophiot würde sich heute nach deren Stand erkundigen.

Eine leise Vibration in seinem rechten Ohr zog seine Aufmerksamkeit auf sich. Es war der Blid.

»Frühstückszeit beendet«, stellte die Frauenstimme fest, die ihn durch den Morgen leitete. »Bitte begeben Sie sich an einen sicheren Ort und schalten Sie den Blid aus. Sie haben anderthalb Stunden, um sich mit Ihren Gefühlen und Erinnerungen zu beschäftigen. Seien Sie nicht verunsichert: Empfindungen von Wut, Trauer oder Angst sind zu dieser Zeit normal. Sollten sich Ihre psychischen Werte kritisch verändern, meldet Ihr Blid das umgehend an den Remedium-Komplex …«

»… und Sie bekommen ärztliche Unterstützung«, beendete Ophiot, während er das Hologramm mit Beschreibungen der Gefühle wegdrückte. Er hatte nicht vor, sich diesem Thema jemals wieder zu widmen. Nicht, nachdem er es achtzehn Chroniken lang ignoriert hatte. Und solange der Blid keine psychische Instabilität maß, kümmerte es auch niemanden.

Er räumte die leere Schale zurück in den Automaten und setzte sich wieder an den Tisch. Mit einem Fingertippen aktivierte er die Ordner des Blids, navigierte sie als Projektion vor sich und gab sieben Passwörter ein. Seine privaten Notizen materialisierten sich als Hologramm vor ihm.

Mit zusammengezogenen Augenbrauen beäugte Ophiot die Vermerke.

»Azrenältester = neuer König. Zweiter König entweder überflüssig (Umstrukturierung der Regierung anstreben! Azren als Herrscher ohne Partner?) oder von Velen + Azren gewählt«, lautete die Erste. Direkt darunter, in kursiver Schrift, hieß es: *»Nach dem Sieg im Krieg vertraut der Azrenälteste mir. Sollte ausreichen, um an den gesellschaftlichen Sinn meiner Reformvorschläge zu glauben.«*

Ophiot rollte mit den Schultern. Der Älteste konnte also kein König werden. Damit löste sich seine gesamte Argumentation auf, die er zwei Chroniken lang in diesen morgendlichen anderthalb Stunden geknüpft hatte.

Wenn er seinen Blid ausgeschaltet hätte, würde ihn bei dieser

Erkenntnis Verzweiflung überwältigen. Jedenfalls definierte es die Tabelle so, die er vor einigen Minuten weggeklickt hatte: »Starke Empfindung von Traurigkeit ohne ein absehbares Ende.« Wie es sich wirklich anfühlte, hatte er schon längst vergessen. Noch ein positiver Nebeneffekt davon, dass er sein Gerät niemals deaktivierte.

Mit einer Hand am Kinn scrollte Ophiot durch das Dokument. Eine Liste möglicher Änderungen in der Welt, aufgeteilt nach Schritten und versehen mit Dutzenden kryptischen Anmerkungen zu den Zeitpunkten, Voraussetzungen und Wirkungen. Eine Tabelle mit Schwachstellen in Ilmestys' Politik. Konzepte von Erfindungen, die diese Reformen ermöglichten. Sollte er das alles löschen? Es aufbewahren?

Die Velen würden zwei neue Könige ernennen. Individuen, die er nicht kannte und auf deren Entscheidungen er keinen Einfluss nahm. Wie konnte er sie davon überzeugen, seine Ideen umzusetzen? Er müsste schon vor der Krönung eine persönliche Beziehung mit ihnen aufbauen. Aber wie?

Ophiot strich sich über die Nase. Lang, mit einem kleinen Höcker in der Mitte – wie bei seiner Mutter. Ob sie ihn unterstützen würde, wenn er sie bei den technischen Entwicklungen um Hilfe bat? Sie war eine talentierte Wissenschaftlerin gewesen, damals, als sie noch dem Datik-Komplex angehört hatte. Allerdings war es riskant, einen anderen in sein Vorhaben einzuweihen.

Mit einem Seufzer schloss Ophiot die Dokumente und änderte die Passwörter. Er würde sich später weiter damit beschäftigen. Wenn er Glück hatte, würde sich die Situation bis morgen schon etwas strukturiert haben.

Die digitale Uhr, die der Blid fortwährend an den Rand seines Sichtfelds projizierte, zeigte fünf nach acht an. Ihm blieb fast eine Stunde, bis er zur Arbeit gehen würde. Und da diese Zeit der Auseinandersetzung mit seinen Gefühlen vorbehalten war, sollte er nicht schon früher ankommen.

»Entweder du kniest dich in die Arbeit oder du bist ein Loser.« Die Worte seines Vaters hallten in ihm nach.

Ophiot loggte sich in das zentrale System des Kerntums ein und rief die Aufzeichnungen vom letzten Arbeitstag auf. Seine Finger schwebten über seinem eigenen Ordner, als ihm einfiel, dass er noch Kadyns Forschungsbericht lesen musste. Hoffentlich war der Novize nicht so unfähig wie der vorherige.

»Seelengekoppelte Technologien.
Grundlagenforschung.
Leitfrage: Wie wirken sich die zusätzlichen Seelensplitter bei Wesen mit vollkommenen Seelen auf den geistigen Zustand aus?
Hintergrund: Die Emotionen von Splitternden hängen mit der Anzahl ihrer Seelensplitter zusammen. Da sie bei der Geburt keine besitzen, sind ihre Handlungen so lange instinktgeleitet, bis sie den ersten Seelensplitter erlangen.«

»Ungenau. Ergänzung: meist durch Töten«, fügte Ophiot als Anmerkung hinzu.

»Je mehr Seelensplitter sie bekommen, desto mehr Gefühle können sie empfinden. Dass ihnen ein bestimmtes Gefühl fehlt, liegt daran, dass sie nicht den zuständigen Splitter besitzen. Dabei ist es irrelevant, ob dieser Splitter der Mehrheitsseele angehört oder nicht.«

»Den ersten Teil insgesamt kürzer halten«, notierte Ophiot an den Rand und fettete das Wort »kürzer«. »Allgemeinwissen hat keinen Platz in Forschungsberichten. Überarbeite das.«

»Die vollkommenen Seelen von Menschen, Azren und Velen sorgen dafür, dass sie alle Gefühle stark empfinden können. Wie das Splitternden-Beispiel zeigt, bedeuten mehr Seelenteile mehr Emotionen. Inwieweit trifft das auf vollkommene Wesen mit zusätzlichen Seelensplittern zu?«

»Sieh dir nochmal den Aufbau von wissenschaftlichen Texten an«, schrieb Ophiot unter den Text. Wo blieb die Hypothese? Die Methode? Hatte der Junge seine gesamte Schulzeit verschlafen? Oder dachte er, seine wissenschaftliche Karriere wäre sicher, weil er ihn als Betreuer bekommen hatte?

»Willst du Mitläufer oder Initiator sein, Sohn?«

»Kümmere dich darum, dass der erste Teil des Berichts bis zehn Uhr fertig ist. Du hast dich für Kerntum entschieden, Kadyn. Wir erforschen hier Atome und Moleküle auf der Mikroebene, dieser Forschungsbericht ist weit davon entfernt. Wenn du dich nicht anstrengst, fliegst du raus.«

Ophiot schloss die Datei und plante ihren Versand auf exakt neun Uhr ein. Kadyn würde eine Benachrichtigung bekommen, sobald er das Gebäude betreten hätte. Eine Stunde sollte ausreichen, um den Bericht zu verbessern. Er wollte nicht länger als nötig an diesem kleinen Projekt festhängen.

Für ihn gab es weitaus wichtigere Dinge zu erforschen.

ARCHIV:
Dokumente zur komplexübergreifenden Zusammenarbeit

Entwicklung des Blids
Beiblatt 1: Empfehlungen zu nützlichen Funktionen
Version: 1 (intern)
Mitbearbeiter: Arical Brios (Energetik), Kamilla Wretkonor (Kerntum), Hendix Raqual (Datik), Zeke Majazee (Remedium), Grecia Howaldene (Synthesphär)

Hintergrundinformationen
Für Details siehe Blatt 1-10 des Dokuments »Konzept zum Aufbau und zur Umsetzung des Blids« im Ordner »Entwicklung des Blids«.

Beim Blid handelt es sich um einen Informations- und Funktionschip, der in den Gehörgang kurz vor dem Trommelfell eingesetzt wird. Mithilfe seiner physiologischen Anpassung an den Körper sieht ihn der Organismus nach der Eingewöhnung als Teil von sich selbst an. Im Idealfall ist der Blid daher lebenslang funktionsfähig. Ein Ersatz ist nicht nötig, da kein Verschleiß entsteht.

> *Anmerkung vom Remedium: Spekulation. Wir können noch nicht genau sagen, ob der Blid über viele Chroniken störungsfrei bleibt. Ich schlage vor, dass wir das Gerät in der Testphase alle zehn Chroniken wechseln, um die Gesundheit des Trägers nicht zu gefährden. Alternativ können wir Untersuchungen zur Prophylaxe durchführen.*

Die Wirkung des Blids beruht auf Schallwellen. Diese sendet das Gerät im angeschalteten Zustand aus und beeinflusst die Neuronen im Gehirn. Obwohl ein Ohr somit zusätzlich belastet ist, hört der Träger weiterhin einwandfrei.

Vorgeschlagene Funktionen

1. Speicherung aller Informationen zur Identität
2. Navigationssystem und Tracking von zurückgelegten Routen

   Anmerkung von Synthesphär: Wäre es möglich, eine typografische Karte von Ilmestys zu erstellen?

   Anmerkung von Datik: Daran arbeiten wir gerade. Der Chip hat geringe Speicherkapazitäten. Daher sollten wir uns zuerst nur darauf konzentrieren, eine Karte von der Menschensphäre aufzunehmen und die Träger dort zu tracken. Alle weiteren Bereiche können wir später integrieren.
3. Speichermedium für persönliche und berufliche Unterlagen
4. Empfang und Präsentation von Nachrichten

   Anmerkung von Datik: Hier müssen wir mit dem Nachrichtensystem der Velen Absprache halten. Eigentlich sollte es kein Problem sein, die OrEsks der Journalisten und den Blid zu synchronisieren. Aber sie sollten damit einverstanden sein. Nicht, dass das wieder ausartet.

   Anmerkung von Energetik: Was soll die Anspielung, Hendix? Ihr von Datik wart allein schuld daran, dass es beim letzten Mal so schlecht gelaufen ist.
5. Audio-/Video-Calls über Hologramme
6. Trennung des Geistes in Wissen, Erinnerungen und Emotionen

   Anmerkung von Kerntum: Das ist geplant, aber steht noch nicht fest. Die Erinnerungsforschung hat sich bisher nur mit den Erinnerungskategorien der Azren beschäftigt. Das lässt sich nicht auf Menschen übertragen. Die ersten Ergebnisse werden ungefähr in einer Chronik vorliegen.

   Anmerkung von Remedium: Warum ist die Funktion der An- und Ausschaltung von Gefühlen nicht in der Liste? Das haben wir doch besprochen.

   Anmerkung von Energetik: Nach dem bisherigen Konzept wird der Blid allein von Emotionen betrieben. Daraus zieht er seine Energie. Diese sind aber den Großteil des Tages ausgeschaltet. Das heißt, wir hätten ein Problem mit der Energieversorgung.

Anmerkung von Remedium: Ich glaube nicht, dass es keine alternativen Versorgungsmethoden gibt. Wie funktionieren dann NLes?

Anmerkung von Synthesphär: Das ergibt für mich auch keinen Sinn, Arical. Beim letzten Kongress hast du behauptet, dein Team habe eine Lösung dafür gefunden. Sollen wir uns Sorgen um die Besetzung von Energetik machen, wenn selbst die höchsten Wissenschaftler vorhandenes Wissen nicht nutzen können?

Anmerkung von Energetik: In Ordnung, ich sage es direkt: Ich bezweifle, dass man uns diese Idee durchwinken wird. Das Ausschalten von Gefühlen ist ein zu großer Eingriff in die Privatsphäre. Besonders, wenn sie automatisiert erfolgt. Warum sollten Menschen auf der Arbeit leistungsfähiger sein, wenn sie nichts fühlen?

Anmerkung von Remedium: »Nichts« ist das falsche Wort, Arical. Positive Emotionen wie Neugierde, Ehrgeiz oder Stolz können und sollen auch während der Arbeitszeit zugelassen werden. Mit dem Rest können sich die Träger zu bestimmten Zeiten auseinandersetzen. Die gesundheitlichen Vorteile davon habe ich beim letzten Kongress erklärt. Wenn du nicht von unserem Projekt überzeugt bist, verlasse das Team. So einfach.

KAPITEL 5

Ophiot

In großen Tropfen prasselte Regen auf die Straßen der Menschensphäre, kullerte über ihre Plastikoberfläche und wurde von den Kanälen zwischen den Platten verschluckt. Sein sandig-metallischer Geruch drang scharf in Ophiots Nase. Er würde ihn niemals angenehm finden. Und das, obwohl er ihn jeden Morgen spürte.

Ophiot hob den Zeigefinger zu seiner Schläfe und drehte ihn zweimal schnell im Kreis. Ausgehend vom Blid klappte eine flimmernde, durchsichtige Fläche über ihm auf, die den Regen abschirmte. Er trat aus seiner Wohnung und schloss die Tür mit seinem Fingerabdruck ab.

Er bog um sein Haus und folgte der Straße. Ausgewaschen vom Regen glänzte das Plastik nur noch mehr. Leuchtend pinke, orangene und gelbe Häuserfronten spiegelten sich in Pfützen auf dem weißen Weg. Die Uniformen der Menschen waren in deutlich schlichteren Farben gehalten – Hosen und lange schwarze Tuniken, deren Kragen bis zum Nacken hochreichten. Die Ärmel, die ebenso wie der Kragen metallisch versetzt waren, entblößten ein

Tattoo auf jedem Arm. Ein Kreis, umschlungen von zwei Wellen. Das Symbol von Kerntum.

Jemand anderen würde er in diesem Bereich der Sphäre nicht treffen. Alle Wissenschaftler wohnten in direkter Nähe zu ihrem Komplex. Was bei Kerntum am Rand der Sphäre war.

Ophiot blinzelte zum Himmel hoch. In unregelmäßigen Abständen zuckte das dünne Netz, das den Niedergekommenen zum Regen wandelte. Der Steinhagel traf die oberste Sphäre am stärksten. Ohne die Hilfe der Kuppel könnten sie ihr Zuhause neun Stunden lang nicht verlassen. Stunden, in denen die Forschung stillstehen würde. Das konnten sich die Velen und Azren auf der unteren Sphäre vielleicht leisten, aber sicher nicht die Menschen.

So aber zerstäubte das Netz den Hagel und versetzte ihn mit Wasser. Ungefährlich für die Menschen und gleichzeitig eine herausragende Reinigung für die Stadt. Der Forscher, der das erfunden hatte, war genau der Typ Mann, der sein Vater von ihm erwartet hatte zu sein. Ein Initiator. Der Beste in seinem Komplex, der Beste unter fünfzigtausend Menschen.

Irgendwann würde Ophiot genauso wie er Ilmestys revolutionieren.

Je näher er dem Kerntum kam, desto mehr Forscher quollen aus den Seitenstraßen und vereinten sich zu einem dunklen Schwarm. Die regenabweisenden Projektionen über ihren Köpfen schlossen sich zu einer einzigen schimmernden Ebene zusammen. Ophiot erkannte Gesichter, die er zufällig im Labor gesehen hatte und andere, die ihm auf den Fluren der unteren Trakte begegnet waren. Dort, wo die Versuchsobjekte gelagert wurden. Und wo Forscher arbeiteten, die es nicht so hoch geschafft hatten wie er.

Ophiot schob sich an einer rothaarigen Frau vorbei, die mit ihren Schnürboots zu laut auf das Straßenplastik hämmerte. Das Überholen hatte allerdings wenig Sinn: Nur einen Augenblick später musste er sein Tempo verlangsamen. Eine Menschenmenge flutete die Straße und bremste alle aus. Die Zeitanzeige des Blids, ausgestrahlt auf eine Pfütze neben ihm, wechselte auf 09:11.

Er musste eine andere Route nehmen, wenn er nicht zu spät kommen wollte. Das würde weder zu seinem Rang noch zu seinen Ansprüchen passen.

Ophiot schaltete die Navigation ein und ließ sich vom Blid durch die engeren Gassen leiten. Bei jedem Schritt schmatzte das Wasser unter seinen Füßen. Als sich der Komplex endlich zwischen den Häusern vor ihm materialisierte, waren nur wenige Minuten vergangen.

Das Kerntum war eine hohe, v-förmige Konstruktion, die auf einem Plateau aus hellem Plastik fußte. Die rechte Hälfte, etwas niedriger als die linke, umspannte eine löcherige Membran aus Glas. Jetzt sammelte sich der Regen in den Spalten und speiste mit seiner Wasserenergie die zentrale Beleuchtung des Himmels.

Zusammen mit anderen Menschen passierte Ophiot das Haupttor zum Kerntum und fand sich in einer weiten Halle wieder, in deren Wände bunte Lichtstreifen eingelassen waren. In diesem Teil des Gebäudes herrschte geschäftiges Treiben. Hunderte Forscher eilten an ihm vorbei zu den Fahrstühlen und den schwebenden Korridoren zum hinteren Flügel. Zweimal rannte Ophiot fast jemanden um, weil er den Blick nach vorn gerichtet hielt.

»Leader Zrogka!«

Ophiot wandte sich um. Ein junger Mann hastete auf ihn zu, dessen Uniform nass an seinem Körper baumelte. Seine schwarzen Haare klebten ihm im Gesicht und die Schnürsenkel seiner Boots schleiften über den Plastikboden.

»Kadyn«, erwiderte Ophiot ungerührt. »Soweit ich weiß, ist eine Dusche am Morgen nicht vorgesehen. Was hat diese Aufmachung zu bedeuten?«

»Ich war unterwegs in Gedanken vertieft, Leader. An unser Projekt. Erlauben Sie, dass –«

»Sei bitte vernünftig und bring dich wieder in Ordnung. Ich habe dir eine Aufgabe geschickt, die bis zehn Uhr fertig sein soll.« Ohne den Schritt zu verlangsamen, erreichte Ophiot den Aufzug in der Ecke der Eingangshalle und hielt das Kerntum-Tattoo an seinem Arm an den Scanner. Ein dunkler Strahl erfasste das Motiv, dann blinkte ein Schriftzug an der Wand neben ihm: »Zutritt gestattet. Lift kommt.«

»Ja, es geht genau um diese Aufgabe, Leader, ich –«

Ophiot machte eine wegwerfende Handbewegung. »Als Novize solltest du in der Lage sein, diesen Bericht selbst zu verfassen. Alles, was du dafür brauchst, findest du in der Literatursammlung. Ich muss ins Labor.«

Leise glitt eine gläserne Kabine hinunter, an deren Kanten blaue Leuchtstäbe glühten. Das Schwarz des Quaders kontrastierte mit Kerntums sonst steril-weißer Einrichtung. Mit einem gedämpften Zischen öffnete sich die Tür und Ophiot stieg ein.

»Zehn Uhr«, wiederholte er an Kadyn gewandt. »Du findest mich in meinem Labor. Viel Erfolg.«

Kadyn schaffte es nicht mehr, ihm zu antworten. Sanft schloss sich die Tür und der Aufzug bewegte sich nach oben, bis Ophiot nur noch Kadyns Scheitel mit den dunklen Wirbeln erahnen konnte. Der Junge musste vieles lernen, ehe er ihm als Assistent wirklich helfen konnte.

Er hatte sich damals schneller entwickelt. Aber vielleicht hatten ihm die Lernstunden mit Amaranthe einen Vorsprung verschafft.

Ophiot musste dem Fahrstuhl keinen Befehl erteilen, damit er ihn zu seinem Labor brachte. Der Nanochip, der in sein Kerntum-Tattoo eingesetzt worden war, enthielt alle Informationen über ihn.

Nach wenigen Sekunden verharrte der Aufzug auf der Stelle und öffnete sich wieder. Kalte Luft schlug Ophiot entgegen, künstlich rein im Vergleich zur schwülen Empfangshalle. Aber auch in allem anderen unterschied sich diese Etage vom Erdgeschoss. Glühende Ringe waren in den Boden eingelassen und beleuchteten einen langen Flur, dessen Plastikwände sich mit durchsichtigen Energiefeldern abwechselten. Dahinter befanden sich die Labore der höchstrangigen Forscher von Kerntum. Und auch das seine.

Ein weiterer Scanner wartete vor dem Eingang auf ihn. Einen Moment lang streichelte sein Licht Ophiots Oberarm, um sogleich zu versiegen und das flimmernde Energiefeld vor ihm auszuschalten.

Zwei metallische Tafeln in der Größe eines Menschen schoben sich von der Seite auf ihn zu, kaum, dass er einen Fuß ins Labor gesetzt hatte. Ihr leises Summen ging im Knistern des Energiefeldes unter.

Ophiot schloss die Augen. Er hatte die Prozedur so oft durchlaufen, dass er es nicht mehr unangenehm fand, wie die Platten seinen gesamten Körper mit grellen Strahlen durchleuchteten. In seiner Anfangszeit hatten ihm die Augen selbst bei gesenkten Lidern geschmerzt.

»Desinfektion abgeschlossen«, ertönte eine maschinelle Stimme und Ophiot hob den Blick. Eine Glasfront fuhr vor ihm hoch – so klar, dass ein unwissender Besucher hineingestolpert wäre.

Ophiot schlüpfte unter ihr hindurch und trat in einen hellen, weiten Raum, dessen geringe Ausstattung rund um ein Gestell in der Mitte organisiert war. Doch er beachtete es nicht. Stattdessen hielt er zielstrebig auf ein Regal etwas abseits zu, in dem sich schimmernde Scheiben aufeinandertürmten. Seelenkopien. Auf den Regalbrettern unter ihnen waren Dutzende Schilder mit Aufschriften befestigt.

»Splitterndenkinder in der Entwicklung«, murmelte Ophiot und fuhr mit dem Daumen über die Kennzeichnungen. »Wachstum von Seelenfragmenten … Nein, nein, nicht das …«

Endlich entdeckte er in der Ecke des Regals, wonach er gesucht hatte. Er holte einen Stapel Scheiben hervor, die in die Kategorie »Velenseelen« fielen.

Ophiots Gang war beflügelt, als er mit den Kopien in der Hand auf das Gestell im Zentrum des Labors zusteuerte. Seine Finger kribbelten. Er würde sein Mikroskop auf diese Platten richten und etwas erfahren, das die Welt vor ihm nie gesehen hatte. Vielleicht lag die Antwort darauf, wie alle Kreaturen von Ilmestys frei werden konnten, in einer dieser Scheiben vor ihm.

Vorsichtig legte Ophiot den Stapel auf dem Tisch ab, der einen Teil des Gestells einnahm. Ein großer Ring umschloss die Arbeitsfläche. Von diesem wiederum gingen sechs zusammenklappbare Plastikarme aus und hielten alle Geräte, die sich ein Wissenschaftler nur wünschen konnte. Ophiot zog zwei von ihnen zu sich herunter: einen metallischen Stift mit flacher Spitze und einen dünnen Bildschirm.

Die Seelenkopien waren zu groß, um sie aufzubewahren, also verkleinerte man sie. Der Mikroskopstift würde sie wieder zu ihren ursprünglichen Maßen zurückbringen und auf den Screen projizieren.

Wir Menschen entscheiden frei darüber, was wir sein wollen. Andere Arten sind an die Möglichkeit ihrer Art gebunden. Ist es nicht ungerecht? Ein Mensch kann in der Datik forschen, in Energetik, Kerntum, Remedium oder Synthesphär. Aber Velen werden sich nie im Holz oder Glas verstecken. Splitternde niemals Erinnerungen sammeln. Und Azren nie den Zeitlauf manipulieren, nachdem sie verflüssigtes Kupfer getrunken haben.

Vorsichtig setzte Ophiot das Mikroskop an der ersten Platte an und beobachtete, wie sich das Bild auf dem Screen formierte. Eine Wolke in Grüntönen, nur an zwei Stellen durch einen blauen und einen gelben Partikel ergänzt. Diese schienen nicht zu ihr zu gehören. Sie wirkten wie Fremdkörper, die sich an etwas hefteten, das auch ohne sie vollkommen war. Ophiot hatte einen Velen mit zusätzlichen Seelenpartikeln erwischt.

Von Geburt an sind sie ungleiche Existenzen in einer ungleichen Welt. Solange sie verschieden sind, wird keiner von ihnen frei sein.

Er wollte es beenden. Und dafür musste er herausfinden, woher ihre Magie stammte.

Ophiot tippte an seine Schläfe und rief erneut die Ordner des Kerntums auf. Das Hologramm vor ihm flackerte immer wieder, als er sich durch die Ordnerstruktur klickte und nach der Datei für sein Forschungsprojekt suchte. Schließlich erschien es vor ihm – ein leeres Dokument, nur mit der üblichen Kopfzeile der Kerntum-Berichte beschrieben. Ophiots Finger flogen über die virtuelle Tastatur.

»Angewandte Forschung. Seelengekoppelte Technologien. Leitfrage: Wie kann die Magie von Velen, Azren und Splitternden auf die jeweils anderen Wesen übertragen werden? Unterfrage: Welche Elemente der Seele sind für die Kräfte verantwortlich?«

Ophiot machte eine kurze Pause.

»Hintergrund: Bei den genannten Arten wird der Körperbau nicht vererbt, dafür aber einige Teile der Seele. Deswegen müssen Letztere die Unterschiede verursachen. Hypothese: fehlt, da erste thematische Annäherung an das Untersuchungsobjekt.«

Ophiot warf einen Blick auf den silbernen Aufkleber, der unten an der Kopie befestigt war.

»Erste Beobachtungen an Seelenkopien. Objekt G65kD besitzt eine grüne vollkommene Seele mit einem gelben und blauen Seelensplitter.«

Er bewegte den Mikroskopstift wieder über die Platte. Die Wolke, die zuvor formlos und willkürlich erschienen war, fügte sich zu einer Silhouette zusammen. Eine Nachahmung des Velenkörpers.

»Der gelbe Splitter überlappt die Mehrheitsseele im Bereich des Schlüsselbeins. Der Grüne im linken Knie. Im gesamten Körper verteilt sich die vollkommene Seele sehr regelmäßig. Es sind keine dunkleren Stellen erkennbar, die auf eine Verklumpung hindeuten.«

Ophiot presste die Lippen aufeinander. So weit war er beim letzten Mal auch gekommen. Vor einer Woche, bevor Kadyn in seine Obhut gefallen war, hatte er alle Seelenkopien von Azren und Splitternden analysiert. Und er war zu weniger als unzureichenden Ergebnissen gelangt. Die Seelen unterschieden sich in nichts, abgesehen von ihrer Farbe und Form, die sich dem Körper des Trägers anpasste. Es gab keinen Hinweis darauf, was der Grund für ihre Magie war. Also hatte er seine Aufzeichnungen gelöscht und von neu angefangen.

Er musste anders an diese Sache herangehen.

Was verbirgst du vor mir?

Ophiot drehte die Kopie hin- und her und betastete ihre glatte Oberfläche. Im Schwarz der Platte starrte ihn sein eigenes Spiegelbild an: Harter Plastikkiefer und verkrampfte Muskeln um die Augenpartie.

Er schob sie beiseite und nahm die nächste Kopie vom Stapel.

Ebenfalls eine grüne vollkommene Seele. Zwei Splitter, gelb und blau, die am Hals und am Arm des Velen klebten.

Ophiot legte die Stirn in Falten. Der Code auf den Aufklebern der beiden Scheiben war identisch. Es handelte sich um Aufnahmen derselben Seele, wenn auch im zeitlichen Abstand zueinander. Es war höchst unwahrscheinlich, dass das Kopiergerät die Abbildung verfälscht hatte. Was bedeutete …

Rasch griff Ophiot wieder nach der ersten Platte und fuhr mit dem Stift darüber. Keine Schlieren in den Farben, keine monochromen Flecken und keine Unschärfe. Die Kopie war völlig korrekt. Er atmete aus. Die beiden Seelensplitter hatten ihren Platz im Körper geändert.

Splitternde lebten in ständiger Neuordnung. Nur so war es ihren Seelenpartikeln möglich, sich mit neu gefundenen Splittern derselben Seele zu vereinen. Es würde ihn nicht wundern, wenn er einen davon zuerst im Kopf und nur wenige Minuten später im Bauch entdecken würde. Das entsprach ihrer Art.

Aber Velen … Wenn sie zu ihrer vollkommenen Seele zusätzliche Splitter besaßen, erfüllten diese keine Aufgabe. Denn sie würden niemals eine neue Seele ausbilden. Er hatte angenommen, dass sie deshalb an derselben Stelle blieben.

Sie sollten sich nicht bewegen. Und doch taten sie es.

Sie sollten sich nicht bewegen.

Die Arme vor der Brust verschränkt, schritt Ophiot um den Tisch herum.

Und wenn sie sich bewegten? Wenn sie mal in der Wade funkelten und mal am äußersten Rand des Fingernagels? So weit außen, dass ein kleiner Impuls sie aus dem Körper heraussprengen konnte, ohne Schmerzen zu verursachen?

Was wäre, wenn Splitternde andere nicht töten müssten, um deren Seelenpartikel zu erhalten?

LABORBERICHT 865420OZ

Angewandte Forschung Kerntum
Seelengekoppelte Technologien
Konzept des Seelensprengers
Version: 1 (intern)
Mitbearbeiter: Ophiot Zrogka

Vorbemerkung

Der vorliegende Bericht bezieht sich auf die Seelensplitter von Azren, Velen und Splitternden. Menschen sind bewusst von dieser Gruppe ausgeschlossen. Unsere Art ist drei Umbrüche nach dem Vorfall entstanden, bei dem vollkommene Seelen zu Splittern zerschlagen wurden und sich auf die Flora und Fauna verteilt haben. Daher kommen Seelensplitter bei Vertretern unserer Spezies so selten vor, dass sie nicht erwähnt werden müssen.

These 1: Seelensplitter bewegen sich

Bei der Erforschung davon, welche Seelenfaktoren die Magie von Splitternden, Azren und Velen bedingen, hat sich eine Besonderheit in einem anderen Feld gezeigt. Entgegen der geläufigen Annahme bewegen sich Seelensplitter nicht nur im Körper von Splitternden, sondern auch in denen von vollkommenen Wesen.

Anmerkung: Nachweis siehe Seelenkopien von Objekt G65kD – Aufnahmen derselben Velenseele zu zwei unterschiedlichen Zeitpunkten.

Nach Durchsicht weiterer Kopien lassen sich bisher keine Regeln oder Muster erkennen, wie die Partikel wandern. Sie verhalten sich eher willkürlich und ungesteuert. Wie lange sie an derselben Position bleiben, ist unklar. Dennoch gelangen sie in unregelmäßigen Abständen in Randbereiche des Körpers.

These 2: Seelensplitter sind geladen

Forschungen an Splitterndenseelen ergaben, dass jede Seele und damit auch jeder ihrer Partikel geladen ist. Splitter derselben Seele teilen dieselbe Ladung, die sich von der der anderen Seelen unterscheidet.

Anmerkung: Bei Splitternden führt die gleiche Ladung ihrer gesammelten Splitter nicht zu gegenseitiger Abstoßung. Vielmehr vereinen sich mehrere Splitter derselben Seele zu einem größeren Splitter. Das wird an den Goldschuppen dieser Art deutlich. Deren Fläche verkleinert sich in nur einem Bereich des Körpers und nicht in vielen einzelnen. Letzteres würde darauf hindeuten, dass sich die Seelensplitter wegen gleicher Ladung nicht zusammenfügen können. Für Details siehe »Seelensammlung durch Splitternde« von Kaia Tatowari.

Konzept des Seelensprengers: Theoretische Überlegungen

Der Seelensprenger soll Splitternden zu einem schnelleren Gewinn neuer Seelensplitter verhelfen. Dabei wären sie nicht mehr darauf angewiesen, das Geschöpf zu töten, das diese Splitter besitzt. Das Gerät könnte als Pistole mit besonderen Kugeln gebaut werden. Die Voraussetzungen für seine Benutzung sind:

1. Ein Splitternder findet in einer anderen Kreatur (Vele, Azre oder Splitternder) einen Seelensplitter, den er selbst benötigt.
2. Dieser Seelensplitter hält sich im Außenbereich des Körpers auf (z. B. im Fingernagel oder in der Haut).

Eine Kugel des Seelensprengers, die in die Nähe eines beliebigen Wesens geschossen wird, soll ein Energiefeld erzeugen. Seine Ladung müsste der des Seelensplitters entsprechen, den der Splitternde von seinem Gegenüber erhalten möchte.

Die Ladungsgleichheit bewirkt, dass der Seelensplitter aus dem Körper seines Besitzers herausgesprengt wird. Da sich

dieser ohnehin außen am Körper befindet, würde der Prozess keine Schmerzen erzeugen. Der Splitternde seinerseits könnte den Partikel aufsammeln und sich auf diese Weise der Vollkommenheit annähern.

KAPITEL 6

Aistyra

Destillierte man die Gedanken aller Wesen, blieb nichts mehr übrig außer Egoismus, Neid und Gier. Egoismus, weil sich jedes Geschöpf in diesem bescheuerten System nach vorn drängte – egal, ob es dort erwünscht war oder nicht. Neid, weil jeder danach lechzte, was sein Nachbar besaß – egal, ob er damit umgehen konnte oder nicht. Und Gier, weil sich jeder verzweifelt an die Brocken klammerte, die ihm dieses Leben zuwarf. Und sollte er daran ersticken, er würde sie nicht teilen.

Letzteres traf wohl vor allem auf sie zu.

Beherzt trat Aistyra gegen den riesigen Pilz, der über ihr auf der pinken Wiese thronte. Sein Stiel wackelte bedrohlich. Im selben Moment donnerte etwas Spitzes, Zierliches auf ihren Kopf herab. Ein kleiner Mond.

Aistyra unterdrückte einen Fluch. Mit zusammengekniffenen Augen starrte sie die Mondsichel an, wie sie sich in das kniehohe Gras rollte und von den Halmen schützend umfangen wurde. Natürlich. Sie hatte ganz vergessen, dass diese Missgestalten von Pilzen Monde statt eines Hutes trugen.

Aistyra stapfte weiter durch das Gras. Die Halme piksten sie an den Waden, die ihr knielanges Kleid entblößte. Wie stachelige Beeren streiften sie den verschlissenen Chiffon und befleckten sein Weiß mit dunklem Rot.

Heiliger Sternendreck, wo steckten ihre Soldaten? Warum holte niemand sie von dieser Sphäreninsel hoch? Fearne und Dagian hatten ihr versichert, dass sie nur so lange hierbleiben würde, bis sie die Aufstände der Azren beschwichtigt hätten. Auch wenn es verdammt nochmal nicht mehr nach einem kleinen Aufstand ausgesehen hatte, als diese Viecher in die Palastquallen eingebrochen waren. Sondern nach einem echten Schlamassel aus peitschenden Pflanzen und köpfenden Ranken. Und dieses Miststück Hone …

»Nur allein bist du alles.«

Aistyra schüttelte sich, um die Erinnerung zu verscheuchen. Woran es auch lag, dass niemand nach ihr sah: Die Velen hatten sich beim Angriff nicht überwältigen lassen. Das konnten sie einfach nicht. Dass man sie hier versteckt hatte, war eine reine Vorsichtsmaßnahme gewesen.

Unwillkürlich hatte sich Aistyra wieder umgedreht und war auf den kleinen Wald zugelaufen, in den sie schon so häufig geflüchtet war. Das Zwielicht, das dort herrschte, beruhigte ihre Augen nach dem grellen Leuchten der Wiese. Das Licht des Sterns drang nicht bis hierhin und die untere Azrensphäre, die als monströser Erdbrocken etwa zehn Meter über ihr hing, schloss den Himmel aus. Es hätte nicht so hell sein dürfen. Und dennoch war es das. Dieser Ort war vollkommen widernatürlich.

Die Bäume um sie wurden dichter, schluckten das Licht und verströmten einen beißend rauchigen Geruch. Ihre Wurzeln, die aller Natur entgegen nach oben wuchsen, spreizten ihre Verästelungen hungrig in jede Richtung aus. Krumm und spröde tasteten sie in ihre Umgebung. Bereit, einander die Traumschwaden wegzureißen, sobald sich diese nur in ihre Nähe wagten.

Weil sich jeder verzweifelt an die Brocken klammert, die ihm dieses Leben zuwirft. Im Grunde genommen waren Bäume nicht schlechter und nicht besser als andere Kreaturen.

Raue, löcherige Luft, in der etwas Wichtiges zu fehlen schien, schmiegte sich an ihre Haut und ließ sie husten. Alles an diesem Ort war beschissen. Besser vielleicht als diese Schlampe, die sie lächelnd den Azren ausgeliefert hatte, aber dennoch beschissen. Diese verrottete Luft musste schuld daran sein, dass die Erschöpfung sie schon seit gestern meuchelte. Und doch konnte sie dieses hässliche Sphärenanhängsel nicht verlassen. Nur die Könige und ihre Nachfolger kannten diesen Ort unterhalb der Sphäre, auf der die Azren geboren wurden. Aus irgendeinem Grund war die Erde der Azrenebene an dieser Stelle herabgerutscht und hatte einen neuen Ausläufer gebildet, wie eine zweite Etage. Sie war nur mit dem Vassel erreichbar, in weniger als einer Stunde vollständig umrundet und diente als Versteck für Momente wie diesen. Und Aistyra hasste ihn.

Sie lehnte sich an einen Baumstamm und glitt langsam daran zu Boden. Spröde, erdige Brocken blätterten von den Wurzeln ab und verfingen sich in ihrem Haar. Wenn jemand sie in diesem Zustand sehen würde, würde er die stolze Thronfolgerin in ihr nicht wiedererkennen. Aistyra zerzauste die Strähnen stärker. Sollten sie doch staunen. Zukünftige Königin, wie man sie kannte und liebte. Sie lachte trocken.

Der Duft um sie veränderte sich, wurde holziger, wärmer. Mit einem Kreischen schoss ein Balph durch das Geäst und flatterte zu ihr. Seine rotorangenen Flügel loderten im Halbdunkel des Waldes.

»Ceder«, begrüßte sie ihn. »Ich dachte schon, du kommst nie.«

Der Balph legte den Kopf schief, sodass das Federtürmchen zwischen seinen Ohren wackelte. Unter den bleichen Augenbrauen musterten sie selbstgefällige grüne Augen.

Aistyra gähnte. »Mir ist langweilig, Ceder. Du musst das verstehen. Auch wenn ich es wirklich selbstlos von dir finde, dass du bei mir bleibst. An deiner Stelle wäre ich schon längst von hier abgehauen.«

Der Balph breitete ungerührt seinen Flügel aus und zupfte mit dem Schnabel daran. Seine Federn blendeten sie. *»Du solltest ein bisschen mehr Dankbarkeit zeigen, Aistyra. Man hat dich hier um deinetwillen versteckt. Um dich zu beschützen.«*

Aistyra schnaubte. Es kam selten vor, dass Ceder von der Gedankenverbindung Gebrauch machte, um mit ihr direkt zu sprechen. Allerdings konnte nur er den Kanal öffnen und nutzte ihn unverschämt dazu aus, ihr Standpauken zu halten.

»Ich sollte mir einen anderen Balphen zulegen, wenn das mit dir so weitergeht. Ich brauche keine Anweisungen.«

»Ohne mich würdest du hier vollkommen durchdrehen.«

»Ohne dich hätte ich eine Sache weniger, die meine Nerven strapaziert.«

»Dann war die Entscheidung, dich zur Königskandidatin aufstellen zu lassen, doch nicht so klug. Hier sind deine Nerven nicht sicher.«

»Halt den Schnabel«, entgegnete Aistyra, und Ceder stolzierte mit aufgerichteten Ohren davon. Selbst auf seinen dünnen Beinen schaffte er es, dabei majestätisch auszusehen.

Sie runzelte die Stirn. Verdammter Balph.

Aistyra legte den Kopf in den Nacken und musterte den Wald unter halb geschlossenen Lidern. Zerfaserte Traumschwaden schwirrten von oben zwischen die Bäume. Nach außen schwarz, hellten sie sich zur Mitte auf und spalteten sich immer wieder in glühende Blitze. Ein Donnern drang an ihre Ohren. Schreie und Stöhnen entstiegen der Traumwolke. Im selben Moment zischten gleich mehrere Baumwurzeln nach vorn, krachten gegeneinander und wirbelten Staub und Asche auf.

Hustend erhob sich Aistyra. Im erdigen Nebel rollten die Wurzeln widerwillig auseinander und krochen zu ihren Bäumen zurück, wo sie sich wieder an der Rinde hochstemmten. Nur eine von ihnen hatte den Traum gefangen. Die Schmatzgeräusche hinter ihr ließen keinen Zweifel daran, welche es war.

Der Baum, an den sie sich lehnte, zitterte wohlig, während seine Wurzel die Traumwolke näher an den Stamm führte. Halb gedreht beobachtete Aistyra, wie sich die Rinde an einer Stelle leicht furchte. In den entstandenen Hohlraum legte die Wurzel den Traum hinein. Der Baum gab ein zufriedenes Summen von sich, schluckte den Traum und …

Bebte so heftig, dass Aistyra fast vornübergekippt wäre. *Albträume schmecken nicht, du Hohlstock.* Anscheinend glichen sich die Pflanzen an diesem Ort und auf der Velensphäre in nur einem Punkt, und zwar nicht in einem guten. Sie waren alle absolut stumpf.

Ein schwarzes Geschwür bildete sich an der Stelle, an der sich die Rinde geöffnet hatte. Daraus kullerten Tropfen schattigen Saftes hervor. Aistyra beeilte sich, Abstand zwischen sich und den Baum zu bringen.

»Ceder?« Aistyra wandte sich um. Der Balph musste fortgeflogen sein, während die Bäume um die Traumwolke gestritten hatten. Wo er gesessen hatte, lugte eine feurige Feder unter einigen Ascheflocken hervor.

Aistyra zuckte die Schultern. Er würde schon zurückkommen. Das tat er immer. Und sei es nur, um ihr eine neue Predigt zu halten.

Sie warf sich ihren Umhang über die Schulter und stapfte tiefer in den Wald hinein. Er war nicht groß. Nichts hier war es. Wie es aussah, bestand diese gesamte Ebene allein aus dem Wald und der pinken Wiese, die ihr mit ihrem Leuchten fast die Augen ausgestochen hatte. Und bei allen Mächten des Sterns, es gab hier kaum Quecksilber! Was angesichts ihrer Geografie Sinn ergab – die Sternnarben, aus denen sie ihre Nahrung schöpfte, erstreckten sich nur über die Velenebene und die mittlere Azrensphäre. Die untere Azrensphäre bekam nur etwas davon mit, weil die Flüsse über den Rand der Ebene tropften und zwischen den Azrenkokons landeten.

Verdammtes Anhängsel.

Ihr Bauch grummelte. Sie musste diese dünne Sternnarbe suchen, die sie gestern entdeckt hatte, diesen kleinen Tümpel am anderen Ende des Waldes. Offenbar hatte sich in der Azrenebene darüber eine Vertiefung gebildet, durch die Quecksilber hindurchgesickert war. Zwar nicht viel und schmutzig vom Lehm und Wasser, das es überwunden hatte, aber es war besser als nichts.

Aistyra biss die Zähne zusammen. Sie würde hier nicht verrecken.

Weitere Traumschwaden segelten an ihr vorbei: solche, die aus dem Inneren strahlten und solche, die in spitzen Blitzen zerrissen. Die Bäume hatten sie noch nicht gewittert. Ihre Wurzeln streckten sich schnuppernd in die Luft und schlängelten sich um sie, ohne zuzuschlagen. Aistyra hatte sich immer gefragt, wohin ihre Träume verschwanden, wenn sie zu Ende geträumt waren. In ihren Vorstellungen dienten sie keiner monströsen Pflanze als Nachtisch.

Ein vertrautes Kreischen durchzuckte die Stille. Aistyra grinste. »Da hält es wohl jemand nicht aus, lange beleidigt zu sein«, säuselte sie.

Ceders Flügel schienen die Bäume anzuzünden, als er an ihr vorbeiraste und schreiend nach vorn schoss. In einem winzigen Moment brannte sein Federhuckel vor ihren Augen. Es war in dieselbe Richtung gebeugt, in die er stürmte. Er roch …

»Splitternde«, flüsterte sie.

Ihre Gedanken rasten. Splitternde. Sie war zusammen mit einem Splitternden hier. Auf einer Ebene, die nicht groß genug war, um ständig vor ihm zu fliehen. Ohne eine Fraktion, die sie beschützen könnte. Und ohne eine Waffe.

Heiliger Sternendreck. Sie war geliefert.

Alles, was danach passierte, rauschte an ihr vorbei. Aistyra realisierte nicht, wie sie in die Tasche ihrer Weste griff und ein Fläschchen herauszog. Sah nicht die Essenz, die in silbrigen Schlieren die Gefäßwände leckte. Schmeckte nicht die Bitterkeit des flüssigen Steins.

Die Flüssigkeit befüllte ihre Venen mit Druck und Echo. Sie kippte sie ganz hinunter, sog sie bis auf den letzten Tropfen auf.

Sie wusste, sie sollte es nicht tun. Nicht so hastig. Aber es war keine Zeit mehr.

Erneut ein Kreischen. Der Splitternde war dicht bei ihr. Ceder hatte ihn erspäht. Schritte näherten sich ihr; zu viele, um von einem Wesen zu stammen.

Aistyra ballte die Hände zu Fäusten. Die Welt um sie schaukelte – oder war sie es, die schwankte? Oh, diese Luft … Diese plötzliche Schwäche …

Sie atmete aus, um Gleichgewicht ringend. Bloß nicht hinfallen. Ihr Körper musste sich auf den Stein einstellen, danach wäre sie stark. Stark genug, um es mit den Splitternden aufzunehmen.

Warum hatte sie bloß keine Waffe dabei?

Ihr Blick raste. *Wo seid ihr? Wo seid ihr, wo seid ihr, wo seid ihr …*

Stille. Spitz und schrill. Nur jemand, der gleich getötet würde, konnte die Stille so empfinden.

»Du hast Glück, Vemery. Das wird eine königliche Jagd.«

KAPITEL 7

Vemery

»Nein.« Ihre Stimme war ein Flehen, ein Flimmern in der Tonleiter. Eine misslungene Note, die man ignorieren musste.

Clif stieß sie von hinten an, sodass sie nach vorn stolperte. Auf die Frau zu.

»Weißt du, wer das ist?« Das Flüstern ihres Bruders jagte Gänsehaut über ihren Nacken. »Aistyra. Das ist die verschwundene Thronfolgerin, Vemery. So eine Gelegenheit bekommt man nur einmal.«

»Nein«, hauchte sie erneut. Schüttelte den Kopf. *Aistyra.* Sie hatte diesen Namen gehört. Zwei Velen hatten ihn geflüstert, bevor Clif sie überfallen und getötet hatte. Und jetzt stand sie vor ihr. Milchig grau und blau bohrten sich ihre Augen in Vemerys Körper, zerschossen ihn in Millionen Splitter. Vielleicht wäre es leichter, wenn sie ihn ebenso mühsam zusammensetzen müsste wie ihre Seele.

»Ihr werdet mich nicht verletzen«, warnte die Vele, die Hände zu Fäusten geballt. Obwohl ihre Stimme fest war, rasselte ihr Atem. Sie fürchtete sich. Jeder fürchtete sich vor ihr.

»Sie hat Splitter, die du brauchst.«

Als sie zurückwich, spießte Vemery ihren Rücken fast an Clifs spitzen Fingernägeln auf. Er hatte recht. Sie musste nicht hinsehen, um zu wissen, dass ein samtig grüner Funke knapp über Aistyras Knie pulsierte. Sie spürte ihn. Der Ruf des Seelensplitters legte sich monochrom süß auf ihre Zunge. Sie könnte ihn haben. Ein Mord, und sie würde ein bisschen weniger das sein, was sie hasste.

»Verschwindet von hier!«

»Du hast es versprochen, Vemery.«

Sie könnte sich verstecken. Hier, in der Baumrinde, könnte sie sich auflösen und erst wieder hervorkriechen, wenn das alles vorbei war. Wenn Clif Aistyra zerfetzt hatte und ihr Körper nicht mehr so scheußlich wehtat.

Ich darf Clif nicht allein hier zurücklassen. Er ist verletzt ... wie ich. Gold rann noch immer aus ihrem Oberarm und ließ ihren Kopf dröhnen.

Vemery streckte die Hand nach dem Baum neben ihr aus. Ein Fehler. Aistyra verstand die Geste als Angriff und stürzte auf sie zu. Sie wollte sie attackieren, bevor Vemery es tun könnte. Ihre Faust schnellte nach vorn und traf Vemery genau an ihrer Verletzung. Die Furcht steigerte ihre Kraft. Schmerz sirrte durch Vemerys Körper. Ächzend wankte sie zurück und verschloss die Wunde mit der freien Hand.

»Ich will dir nichts tun«, schluchzte sie.

»Du lügst!«, kreischte Aistyra. Ein weiterer Hieb, diesmal in den Bauch. Die Blutgefäße in ihr schienen vor Druck zu zerplatzen. Sie musste etwas getrunken haben ... Eines ihrer verflüssigten Materialien. Die Velen waren sonst nicht so stark.

»Clif!« Sie duckte sich gerade noch rechtzeitig, bevor die Vele ihren Kopf treffen konnte. Jetzt, da sie sich so nah waren, sah Vemery die Entschlossenheit, die das Gesicht der Königin verzerrte. Sie kannte sie. Es war derselbe Überlebensinstinkt, der auch sie anleitete. Sie würde sie töten, um ihr eigenes Leben zu retten.

Dabei wollte sie nicht gegen sie kämpfen. Sie wollte nicht, wollte nicht, wollte nicht …

»Clif!« Sie wich einem Schlag aus. Wo war er? Er hatte doch hinter ihr gestanden!

»Dein Freund ist abgehauen«, zischte Aistyra und drosch auf ihre ungeschützte Seite ein. In ihren Augen lag Hass direkt neben Panik. Eine Splitternde, selbst eine so hilflose, jagte ihr Angst ein.

Stöhnend langte Vemery nach einem anderen Baum. Sie war so weit zurückgetaumelt, dass sie ihn fast erreicht hatte. Sie musste ihn nur berühren … nur …

»Nein.«

Vemery schaffte es nicht rechtzeitig, den Arm zu heben. Der Schlag erwischte sie über der Augenbraue, sprengte die Welt aus ihrem Rahmen und flutete die Risse mit Leid. Sie hörte kaum, wie sie schrie.

»Ver … Verscho … Verschone mich!«

»Mich habt ihr damals nicht verschont!«

»Ich war … das nicht.«

»Ihr seid alle gleich!«

Gurgelnd vor saurem Gold, das ihren Mund füllte, setzte Vemery zu einem letzten Versuch an. Sie wirbelte umher und griff in die Luft. Wenn sie nur eine der Wurzeln zu fassen bekam … Sie reckten sich überall in die Höhe, sie musste sie doch treffen!

Ihr Atem ging stoßweise. Trockene, knorrige Oberfläche bröckelte unter ihren Fingern. Sie hielt daran fest, fühlte schon das Prickeln in ihren Gliedern, als sich ihr Körper langsam zu zersetzen begann …

»Du kannst nicht weglaufen, Miststück.« Eine männliche Stimme, härter und klarer als die von Clif. Dann ein dumpfer Schlag. Und das Scheppern einer Kette, die auf sie niederfiel und sie bewusstlos brannte. »Keiner von euch wird mir je entkommen, das schwöre ich dir.«

Vermutlich sind es wir selbst, mit denen wir zusammenstoßen. Unsere eigenen lächerlichen, unvollkommenen Seelenfragmente sind unsere Feinde. Zu gern würde ich ihnen in einer Form gegenübertreten, in der sie und ich verschiedene Materie sind. Ich würde sie töten. Zu gern würde ich mich in mir töten.

»Du denkst so, weil du noch zu schwach bist«, sagst du und lässt dich neben mir in den Rauch nieder. Deine Zehen bluten, aufgekratzt von den Felsen der Velensphäre, über die wir gehastet sind. »Früher war ich genauso wie du. Ich habe nur aus Trauer und Selbsthass bestanden. Wir hatten beide das Pech, die schlechten Emotionen zuerst gesammelt zu haben. Mit mehr Splittern hört das auf. Du kannst einfach mehr fühlen. Auch die positiven Dinge.«

Ich nicke still. Die Dunkelheit um uns liebkost mich mit ihren Schatten und für einen Moment glaube ich, ich könnte das so akzeptieren. Würdest du bei mir bleiben, wenn ich dich darum bitte, nie von hier fortzugehen?

Deine Präsenz beruhigt mich. Dass du mich erträgst, ist ein Wunder – ich kenne kein Geschöpf, das nicht vor mir davonlaufen würde, sobald es meine Schuppen erblickt. Du jedoch scheinst dich nicht an mir zu stören. Und obwohl ich dieses Gefühl nicht verstehe, liebe ich es, dir überall hin zu folgen.

Ich tauche meine Fingerspitzen in die Nebelschwaden, die zwischen den Inseln mit den Azrenbäumen schweben. »Danke, dass du mich nicht verabscheust, Clif«, wispere ich.

Du lachst, und der Nebel erhebt sich, als könnte er das Geräusch einfangen. Ich wünschte, ich könnte dein Gesicht sehen. Doch die Schwärze versteckt dich eifersüchtig vor mir. Nur das Glühen deiner Splitter verrät mir, dass du echt bist. »Ich verabscheue dich, Vemery. Ich besitze bloß Seelenpartikel, die es vor dir verstecken. Mitleid zum Beispiel.«

»Aber du brauchst mich«, widerspreche ich zaghaft. Warum solltest du mich sonst bei dir akzeptieren? Freundschaft oder Verpflichtung existieren nicht zwischen Splitternden.

»Ja. Und dafür verabscheue ich dich noch mehr.«

Die Erinnerung krachte mit der Wucht des Niedergekommenen in sie und schleuderte sie zurück in die Realität. Als sie ihre Augen öffnete, verklebte verkrustetes Gold ihre Lider. Ächzend fuhr sie mit den Fingern darüber und Schmerz wallte durch ihren Körper. Sie unterdrückte ein Wimmern.

»Du bist wach.« Keine Feststellung, sondern eine Anschuldigung – als wäre es ihm lieber, wenn sie nie wieder aufwachen würde. Der Kontrast zwischen ihm und dem Clif aus ihrem Traum schmerzte beinahe physisch. Sie hatte lange nicht mehr an dieses Gespräch gedacht. Es stammte aus einer Zeit, in der er noch Geduld für sie übrighatte. Warum hatte sie wieder davon geträumt?

»Was ist passiert?«, krächzte sie. Ein fahler Geschmack hatte sich in ihr Zahnfleisch gegraben. Sie versuchte, sich an ihren Ellenbogen hochzustemmen, aber vor Schwäche gaben die Arme unter ihr nach und ihr Kopf fiel auf etwas Weiches, Geleeartiges. Wo war sie? Sie sah nichts außer Dunkelheit.

»Das müsstest du mir erklären.« Der Laut, der über Clifs Lippen rollte, war eine skurrile Kombination aus einem Knurren und Krächzen. »Schließlich hast du uns zu diesem beschissenen Sphärenanhängsel gebracht. Hast das alles geplant, hm? Wolltest du dich an mir rächen, nachdem ich dir befohlen habe, eine Vele zu töten?«

»Was? Nein, nein, ich –«

»Du hast den Vassel gesteuert! Hättest du uns an einen anderen Ort geflogen, wären wir jetzt nicht hier!«

In Vemerys Ohren klingelte es. Zitternd bedeckte sie sie mit ihren Händen und betete, dass die Millionen Stiche in ihrem Kopf endlich aufhörten. Vergeblich. *Kannst du nicht wieder freundlich zu mir sein?*

Ein Rasseln an ihren Handgelenken brach durch die Wolke aus Qualen. Vemery keuchte auf. Sie war gefesselt. Eine breitgliedrige Kette schlang sich um jeden ihrer Arme und führte nach hinten, wo ihr Sichtfeld vom Gold aus ihrer Wunde überschwemmt wurde. Auch die Kette selbst bestand daraus, bloß aus einer etwas abgewandelten Form. Velengold, verfestigt und poliert zu einem einzigen Zweck: Splitternden ihre Magie zu nehmen. Obwohl Finsternis alles um sie eingenommen hatte, brauchte sie kein Licht, um das zu wissen. Das Sengen an ihren Händen war Antwort genug. Sie hatten sie angebunden, weil ihre Freiheit sie bedrohte.

Schwärze kräuselte sich in ihren Gedanken und schwappte über die Worte, die sie hatte aussprechen wollen und jetzt vergaß. Alles war so schwer ... So unendlich schwer.

»Sei stolz auf dich, Schwester.« Aus Clifs Richtung kam ein Klappern. Man hatte ihn genauso angekettet wie sie.

Erneut versuchte Vemery, sich aufzurichten. Übelkeit schleuderte ihren Rumpf von einer Seite zur anderen, kaum, dass sie eine sitzende Position eingenommen hatte. Sie umklammerte ihren Bauch fest, um sich nicht zu übergeben.

»Ich ... weiß nicht ... wovon du sprichst. Wo sind wir hier? Warum sind wir gefesselt?«

Stille. Im dunkelblauen Schummer, der um sie herrschte, konnte Vemery Clifs Silhouette nicht ausfindig machen. Nur sein Aschegeruch schwirrte um sie herum, aber es konnte bloß eine Einbildung sein. Vielleicht war seine Stimme eine Halluzination gewesen, eine Überreaktion ihres geschundenen Körpers. Sie konnte keine Stelle nennen, die nicht wehtat. Alles heulte und brannte vor unzähligen Venenquetschungen, die Aistyras Schläge verursacht hatten. Den Schnitt vom Zerteiler nahm sie kaum mehr wahr.

»Clif?« Panik wuchs in ihr heran, ein dicker schleimiger Klumpen. Was, wenn sie allein war? Was, wenn Aistyra Clif getötet und sie selbst irgendwo auf diesem Sphärenanhängsel abgeworfen hatte? Aber war es nicht ohnehin besser, das alles endlich enden zu lassen? Die Königin hätte ihr etwas geschenkt, das sie sich selbst nicht zu geben traute. Den Tod.

»Uns ist ein Soldat gefolgt.« Wieder der vertraute Tenor. Ihr Bruder war hier. Sie hatte sich nicht getäuscht. Ein Beben durchfuhr ihren Körper, doch diesmal war es Erleichterung.

Vemery krabbelte nach vorn, näher, näher an ihn heran, so weit ihre Ketten es erlaubten. Er konnte sie beschimpfen. Er konnte sie anschreien. Selbst wenn sie beide nie wieder diesen Frieden wie damals zwischen den Azrenkokons erleben würden, würde sie es dankend annehmen, weil er bei ihr war. »Du meinst, einer aus der Fraktion? Der Junge, den ich mit dem Zerteiler abgeschossen habe?«

»Nein, nicht er. Ein anderer. Viel älter. Vernarbte Lippen, dunkle Augen und eine Goldader quer übers Gesicht. Er war, glaube ich, so etwas wie ihr Anführer. Aistyra kannte ihn.«

Vemery schluckte. Der Geschmack von Fäulnis setzte sich in ihrem Hals fest und verstärkte ihren Drang, würgen zu müssen. Dieser Fraktionsmann hatte sie an die Velen ausgeliefert. Sie befand sich nicht auf der kleinen Sphäreninsel, die Clif und sie zufällig unter der Azrenebene entdeckt hatten. Viel schlimmer.

Man hatte sie in ein Quallengefängnis gesperrt.

»Aistyra meinte, du hättest dich versteckt«, hauchte sie.

Ein Schnauben. Erst nach langer Pause entgegnete Clif: »Nein, das wäre hoffnungslos gewesen. Aistyra hatte diese Balphenbestie bei sich. Sie hätte mich aufgespürt. Und wie es aussah, hatte diese Schlampe dort unten genug Langweile. Sie hätte mich so lange belauert, bis ich mich aus dem Baum herauslösen müsste.«

Der Hass in seinen Worten ließ sie zurückweichen. Er schien so übermächtig, so verzehrend, wie er ihren Bruder voll ausfüllte.

So hungrig, dass kein Körper der Welt für ihn je genug sein würde. Er war nicht immer so gewesen. Oder war es ihr bloß nie aufgefallen? Wie konnte es erstrebenswert sein, so etwas zu fühlen?

»Im Nachhinein hätte ich es einfach machen sollen. Das Fraktionsarschloch hat Aistyra und ihr Vieh mit nach oben genommen. Hat irgendetwas davon gelabert, dass man sie lange sucht und das Volk auf sie wartet.« Er stockte und Vemery fürchtete schon, dass er sie erneut in dieser grässlichen Stille allein lassen würde. Doch sie irrte sich. »Du wärst eine perfekte Ablenkung gewesen, Schwester. Sie waren so sehr mit dir und sich selbst beschäftigt, dass sie nicht gemerkt hätten, wenn ich untergetaucht wäre.«

»Stattdessen hast du versucht, wegzulaufen.« Vemery streckte ihren Arm aus und tastete in der Dunkelheit nach Clif. Die Kettenlänge reichte nicht aus. Und er kam ihr nicht entgegen.

»Der Soldat hat mich überwältigt, bevor ich auch nur das Wort Vassel aussprechen konnte.«

Im Schweigen, das daraufhin einkehrte, spürte Vemery die Schwingungen der Qualle mit einer solchen Intensität, dass sie vornüberkippte. Sie wollte nicht nach der Kraft in sich suchen, die zum Aufstehen nötig war.

Vielleicht ist es in Ordnung, liegen zu bleiben.

Sie hatte das Leben einer Vele bewahrt und dafür mit Clifs Leben bezahlt. Sie allein trug die Schuld. Das einzige Geschöpf, das sie jemals bei sich geduldet hatte, würde wegen ihr sterben.

War es gerecht, jemanden zu schonen, den das System liebte? War es ungerecht, jemanden zu opfern, der zum Opfer geboren war?

»Es tut mir leid, Clif«, wisperte sie.

Er antwortete nicht.

Die Kettenglieder brannten sich heiß in ihre Hände und bedeckten sie mit juckenden Pusteln.

Manche Wesen existieren für die Weisheit und andere für das Herr-

schen. Splitternde existieren für das Sterben. Kann ich die Welt dafür beschuldigen, dass sie so funktioniert?

»Es tut mir leid«, wiederholte sie.

»Nicht ein einziges Mal in deinem jämmerlichen Leben hast du getan, was ich dir gesagt habe. Wir wären schon bei einem normalen Velen geliefert gewesen, weil *du gezögert* hast. Aber du musstest deine Feigheit unbedingt *der Königin* vorführen. Und wofür?« Er hustete heftig. »Damit sie uns vor Augen ihres beschissenen Volkes abschlachtet. Du hättest sie einfach umbringen sollen.«

Ist es gerecht, jemanden zu schonen, den das System liebt? Kann ich die Welt dafür beschuldigen, dass sie so funktioniert?

»Ja.« Sie schloss die Augen. »Ja, das hätte ich.«

KAPITEL 8

Tamnes

Die Schwärze der Quallenmembran versetzte Tamnes in eine ziepende Unruhe. Als wäre mit dem Licht auch die Freiheit verschwunden, fühlte er sich gefangen, kaum, dass er das Innere der Palastquallen betreten hatte. Jetzt, während er auf die Königin wartete, streckten sich seine Wurzeln instinktiv in Richtung des Ausgangs.

»Ich freue mich, dass du gekommen bist, Tamnes. Es ist immer schöner, die Situation aus dem Mund eines Zeugen zu hören.«

Er drehte sich um. Hinter ihm, die Finger an die Quallenmembran gelegt und die Beine überkreuzt, stand eine Vele. Die Krone auf ihrem Kopf rahmte ein Gesicht, das vor Gegensätzen strotzte. Ihr harter Kiefer harmonierte nicht mit den vollen Wangen, ihre schmalen Augenbrauen nicht mit dem breiten Nasenrücken. In all den Erinnerungen seiner Eltern hatte er niemanden gesehen, der so viele Widersprüche in sich vereinte.

Einen Moment zu spät schlug Tamnes seine vorderen Wurzeln übereinander. »Ich danke Euch für die Einladung, Eure Majestät Aistyra.«

Er hatte darauf gehofft, man würde den Namen des Azren vergessen, der die Geschichte vom Schwur überbracht hatte. Wie wahrscheinlich war es schon gewesen, dass sich jemand bei all dem Chaos an ihn erinnerte? Aber die Königin tat es. Zwei Zyklen nach ihrem Amtseintritt hatte ihn ein Botschafter aufgesucht.

»Du hast etwas Spektakuläreres erwartet.«

Überrascht hob Tamnes die Augenbrauen.

Aistyra löste sich von der Quallenmembran und starrte ihn mit unverhohlenem Interesse an. Ihr Duft nach Silber schwappte zu ihm herüber.

»Ich dachte –«

»Du kannst nicht lügen, und ich will nicht die Wahrheit hören«, schnitt sie ihm das Wort ab.

Die Kokonfasern auf seinen Schultern stellten sich auf. Das fing nicht gut an.

»Du fühlst dich unwohl in der Dunkelheit, habe ich recht? Lass uns in eine der helleren Quallen gehen.« In der Finsternis blitzte Aistyras Umhang auf. Sie tauchte in einen Durchgang, der zwei Quallen miteinander verband.

Unschlüssig folgte er ihr. Nach den Aufständen, die die Azren seit der gescheiterten Krönung veranstalteten, hatte er nicht damit gerechnet, dass die Königin Rücksicht auf ihn nehmen würde. Oder war sie nur so wohlwollend, weil sie ahnte, dass diese Proteste nichts an ihrer Herrschaft ändern würden?

»Hat man Königin Hone immer noch nicht gefunden?«, fragte er, während er seine Wurzeln vorsichtig über die glitschige Membran schob.

»Nein. Die Soldaten suchen nach ihr, aber sie ist immer noch verschollen. Die Bitte um deinen Besuch kam allein von mir.« Aistyra drehte sich zu ihm um – prüfend, abwartend. Sie hatte *verschollen* gesagt. Nicht *vermisst.* Bedeutete das etwa …

Sie durchquerten eine weitere Qualle, deren Dunkelheit ihn fast genauso durchdrang wie die Blicke der Königin. Er würde niemals verstehen, wie jemand freiwillig in dieser Düsternis leben konnte.

Lichtmangel, Depression und Schwäche. So hatte es sich für all seine Vorfahren angefühlt, Dutzende Zyklen hierzubleiben. Doch im Gegensatz zu ihm hatten sie keine andere Wahl gehabt. Tamnes war seiner Neugier gefolgt, als er die Einladung angenommen hatte. Sie waren von ihren NLes dazu gezwungen worden. Verriet er sie, indem er sich mit der Königin traf? Andererseits würde er dadurch vielleicht neues Wissen erlangen – Wissen, das seine Art über alles andere stellte.

»Hier entlang.«

Seine Wurzelspitzen kribbelten in der Vorahnung des Lichts. Nach einer Biegung betraten sie eine große türkisfarbene Qualle, deren Schirm durch goldene Lungenfäden zu atmen schien. Ein Schimmern ging von ihrem Gewebe aus. Tamnes seufzte vor Erleichterung.

»Dagian und Fearne bevorzugten es, ihre Gäste in der Thronqualle zu empfangen.« Aistyra umrundete einen Tisch, der fast den gesamten Raum für sich beanspruchte. »Ich denke, dieser Ort hier passt besser zu unserem Gespräch.«

Sie verzichtet darauf, mir ihre Macht zu präsentieren, dachte er. *Warum?*

Nachdenklich näherte sich Tamnes der Königin. Das Felsgestein des runden Tisches hätte ihren Umhang reflektieren müssen. Stattdessen schluckte ihn seine Schwärze. Er beäugte die Rillen darin. Ob es schwer gewesen war, diese Bergbrocken in eine Qualle zu wuchten?

»Ich schlage dir nicht vor, dich zu setzen, weil ich weiß, dass Azren lieber stehen.« Geschmeidig ließ sich Aistyra ihm gegenüber auf einen Stuhl nieder, der aus demselben Gestein geschliffen war. Er selbst hielt davor inne.

»Ihr seid sehr aufmerksam, Eure Majestät.«

»Ich halte nicht viel von Diplomatie und leeren Floskeln. Also komme ich am besten direkt zur Sache.« Aistyra faltete ihre blauen Hände ineinander. Der hauchdünne Stoff auf ihrer Haut war mit Perlen bestickt; Silber auf dem Gold ihrer Venen. Tamnes konnte sich nicht erklären, warum ihn dieser Kontrast in Aufruhr versetzte.

»Ist dir bewusst, was du damit bewirkt hast, dass du den Azren vom Schwur erzählt hast?«

»Das Ergebnis steht vor mir. Ihr seid an die Macht gekommen und die Azren rebellieren.«

Aistyra verengte die Augen, das Blaue etwas mehr als das Weiße. Dann nickte sie. »Ich verstehe, warum dein Volk unzufrieden ist. Ihr habt euch die Herrschaft im Krieg erkämpft und bekommt sie nicht. Die Aufstände werden noch lange dauern.«

»Warum erfüllt Ihr nicht einfach, was wir verlangen?« Führte sie die Politik der getöteten Könige weiter? So kurz nach dem Krieg würde es ihr keine Beliebtheit bei den Azren einbringen, ihre Ansprüche zu ignorieren. Unabhängig davon, wie wenige Zyklen die Kämpfe gedauert hatten: Ihr Sieg hatte den Azren gezeigt, dass sie sich durchsetzen konnten.

»Weil es nicht einfach ist.«

»Ich verstehe nicht.« Er ahmte Aistyras Pose nach und legte seine Äste auf dem Tisch ab.

Aistyra rieb sich über die Schulter, sodass die engen Ärmel ihres tief ausgeschnittenen weißen Kleides raschelten. Wenigstens wirkte sie nicht wie jemand, der unüberlegte Entscheidungen traf. Etwas, was er ihr als Azre hoch anrechnete. »Ich habe nicht vor, meine Strategie mit dir zu teilen.«

Direkt, aber klug. Obwohl er es nicht gern zugab, bewunderte Tamnes sie für die Taktik, mit der sie jede ihrer Aussagen abwog.

»Ich habe versprochen, die NLes nicht wieder anzuschalten. Damit ist eure Hauptforderung erfüllt. Alle anderen, besonders die Einberufung eines Azrenrats, stehen außer Betracht.«

Tamnes senkte den Kopf. Er hatte für sein Volk gehofft, dass ihr Beschluss anders lauten würde. Aber die Velen hatten ihre Macht nie geteilt. »Dann weiß ich nicht, wobei ich Euch helfen könnte, Eure Majestät.«

Der Schatten eines Lächelns huschte über Aistyras Mund, ganz schnell nur und sogleich ersetzt von Undurchdringbarkeit. Lachte sie ihn aus? Tamnes versteifte sich.

»Du könntest mein Botschafter sein«, erwiderte sie schlicht.

Botschafter. Kein Azre hatte jemals dieses Amt besetzt. Es waren stets Velen, die zwischen den Völkern vermittelten. Geschöpfe, die das höchste Vertrauen des Königspaares genossen. Aistyras Vorschlag anzunehmen bedeutete, zu werden wie sie. Sein Volk zu verraten. Konnte er das wirklich anstreben?

Andererseits würde ihn diese Position in die Mitte der Geschehnisse rücken. Dorthin, wo Geschichte geschrieben wurde. Und wo Erinnerungen wuchsen, die Azren mehr schätzten als alles andere.

»Warum schlagt Ihr mir das vor? Ich bin ein Neugeborener. Ein Azre mit Erfahrungen würde euch mehr nützen.«

Aistyra strich nicht vorhandene Falschmotten von ihrem Korsett, zwischen dessen Stäben blaue Haut hervorblitzte. Ihr Selbstbewusstsein grenzte an verwöhnte Arroganz. »Du hast diese Sache ins Rollen gebracht. Bei der Krönungszeremonie hast du die Herrschaft der Velen verteidigt, egal, ob du es beabsichtigt hast oder nicht. Aber die Azren haben deine Einmischung nicht negativ gewertet. Immerhin hast du die Wahrheit gesagt und dabei das Leben des Ältesten bewahrt.«

Tamnes zuckte zusammen. Das war es also, was Aistyra sich von ihm erhoffte – glaubwürdige Überzeugungsarbeit für die Velen. Sie brauchte jemanden, der von Natur aus nicht lügen konnte. Seine Wurzelspitzen wurden kalt. Es war pervers, welche Ideen sie aus der Rettung des Ältesten zog.

»Ich verstehe, worauf Ihr hinauswollt.« Er hatte große Mühe damit, seiner Stimme einen neutralen Klang zu verleihen. Tausende Azren in seinen Erinnerungen schrien ihn an, schrien Aistyra durch ihn hindurch an. Unterdrückung unzähliger Leben, vereint in einem einzigen Geist. Wie konnte sie annehmen, dass er ihren Vorschlag überdenken würde?

»Du hast kein Interesse.« Aistyra krümmte die Finger.

»Nein.«

»Nun, das ist bedauerlich, aber ich kann es wohl nicht ändern.«

Tamnes riss die Augen auf. Er hatte eine eisige Tonlage erwartet. Einen nicht sonderlich subtilen Hinweis darauf, dass sie ihm für seinen Widerspruch das erste Horn abhacken ließe, das ihm wachsen würde. Azren kamen nicht ungestraft davon, wenn sie sich offen gegen die Könige stellten. Aistyra jedoch machte keine Anstalten, ihm zu drohen. Sichtbar gelangweilt betrachtete sie ihre Fingernägel.

Nach einigen Minuten richtete sie ihre Aufmerksamkeit wieder auf ihn. »Ich kenne keinen so hirnverbrannten Azren, der nicht direkt seine Wurzeln schwingt, wenn er entlassen wird.«

Tamnes blinzelte. »Wie bitte?«

»Ich habe dir ein Angebot gemacht. Du hast es abgelehnt. Du kannst gehen.«

Ungläubig wiegte er den Kopf hin und her. Warum versuchte sie nicht einmal, ihn zu überreden? All das widersprach seiner Vorstellung davon, wie eine Velenkönigin auftrat. Nach welchen Kriterien hatte das tote Königspaar sie ausgewählt, wenn nicht nach ihrer Unnachgiebigkeit?

»Ich danke Euch für Eure Zeit, Majestät«, stammelte er und setzte zum Gehen an.

Sie beachtete ihn nicht. Erst nachdem er den Durchgang zwischen den Quallen erreicht hatte, stoppten ihn ihre Worte. »Mein Vorschlag gilt noch immer, Tamnes. Solltest du es dir anders überlegen, weißt du, wo du mich findest.«

Nach der schweren, silbergesättigten Luft des Palastes dankte Tamnes für die Frische, die in seine Lunge strömte. Er öffnete den Mund und atmete sie ein, immer wieder, bis sie seine Gedanken beruhigt und die Finsternis der Quallen aus seinen Augenwinkeln vertrieben hatte. Er war so lange gelaufen, dass seine Wurzeln über die Erde schrammten. Schon zum zweiten Mal in seinem kurzen Leben schädigte er seinen Körper. Diesmal merkte er es kaum.

Zwischen den grün bewachsenen Steinbrocken wand sich ein Fluss, der keiner war. Geformt aus Licht und Schatten, erstreckte er sich tief in das Herz des Azrenwaldes. Vorsichtig trat Tamnes in das Flussbett. Schatten leckten an seinen Verflechtungen und das Licht schien seine Wunden zu heilen.

Warum hatte Aistyra ihn so einfach fortgehen lassen? Sie hatte nicht dafür argumentiert, dass er die Rolle des Botschafters annahm, sondern ihm die Entscheidung überlassen. Dabei hätte es ihr so viele Vorteile geboten.

Am Ufer des Lichtflusses stellen sich Windesbäume auf wie stumme Wächter. Ihre Stämme bestanden aus Hunderten Ruten, die sich in Schluchzern aus Pflanzensaft aneinanderklammerten. Die Stürme in ihren Kronen glichen Tamnes' Innerem.

Jetzt, nachdem die Azren ein Stückchen ihrer Freiheit wiedererlangt hatten, würde es sich schnell herumsprechen, wenn Aistyra sie wieder untergrub. Sobald sie einen Azren ohne NLes zu etwas zwang, würde die Lage eskalieren. Wollte sie ihre Reputation schützen? Ihren Eintritt ins Königsamt erleichtern? War das alles professioneller Egoismus?

Tamnes seufzte. Diese Zukunft erwartete also sein Volk: Die Illusion einer Gerechtigkeit, die nur dazu diente, die Beliebtheit der Regierung zu steigern. In seinen Erinnerungen trug er ihre Wunden auf ewig weiter. Der Schmerz fühlte sich wie sein eigener an, bloß etwas dumpfer, abgeschwächt über die Zeit. Auch wenn es wehtat, würde er sich nicht wünschen, losgelöst vom Leid

seiner Ahnen zu leben. Die Bürde ihrer Erlebnisse war gleichzeitig ein Warnruf. Seine Generation trug die Verantwortung dafür, dass sich die Schrecken aus der Vergangenheit nicht wiederholten.

Und er war sich sicher, dass er das mit einem Botschafteramt nicht vereinen konnte.

Tamnes schleppte sich aus dem Fluss zu einem Landfleck, den die Windesbäume über ihm verdunkelten. Inmitten von gelben Flechten und Moos grub er seine Wurzeln hinein. Fade Erde bröckelte ihm entgegen, der die Azren vor ihm zwar nicht alle Nährstoffe, dafür aber den Geschmack jeder Erinnerung entzogen hatten. Er brummte. Vier Sphären, die übereinander schwebten und unendliche Weiten boten, und trotzdem hatte ihm jemand die Nahrung weggegessen.

Tamnes wartete darauf, dass seine Wurzeln von erhaltenen Mineralien anschwollen. Jedes Atom kribbelte in ihren Verflechtungen, hinterließ eine wohlige Sättigung, die er mit all seinen Sinnen genoss. Fast hörte er, wie die Energie durch ihn pulsierte. Er senkte die Lider und …

Etwas Pelziges, Weiches streifte seine Schulter. Tamnes erstarrte. *Langsam.*

Er drehte sich um. Vor ihm, den buschigen Schwanz um die dürren Beine gelegt, stand ein Hurku. Die Hörner in seiner Mähne vibrierten kaum merklich.

»O nein«, flüsterte er.

Der Hurku kicherte. Sein buckliger Rücken bog sich fast durch, während er Tamnes für einen Wimpernschlag fixierte.

Er hielt den Atem an.

Mit einem Gickeln tappte der Hurku näher. Eine dicke Fellschicht bedeckte seine Arme bis zu den Ellenbogen, wo sie von nackter schwarzer Haut ersetzt wurde. Seine Hände formten sich zu einem Klatschen.

»Nicht!«, rief Tamnes ihm zu.

Und die Welt verlor ihren Zusammenhang.

KAPITEL 9

Tamnes

»Ein Hurku also, hm?« Die Blätter am Hals des Ältesten knisterten.

Tamnes konnte nicht der Versuchung widerstehen, zu ihm hinüber zu schielen. Seine Haut hatte eine dicke Moosschicht hervorgebracht, in der sich Gräser und Blüten verloren. Erinnerungen, kondensiert in so vielen verschiedenen Formen. Es war wunderschön. *Er* war wunderschön.

»Tamnes?«

Ertappt stolperte Tamnes weiter. Aus dem Augenwinkel entdeckte er, dass sich die vollen Lippen des Ältesten zu einem Lächeln kräuselten. »Ja, ein Hurku. Ich habe gegessen und über etwas nachgedacht … etwas Wichtiges, glaube ich. Er kam aus dem Nichts. Ich habe mitbekommen, wie er in die Hände geklatscht hat und …« Und jeder Sinn, jede Logik waren aus ihren Halterungen gefallen. Die Kälte, die diese Verständnislosigkeit verursacht hatte, saß noch immer in seinen Ästen. Er konnte nicht sagen, wie lange er dagestanden und die Windesbäume angestarrt hatte. Irgendwann hatte der Älteste ihn gefunden.

Der Azre nickte ernst. »Sie erscheinen jedes Mal plötzlich.«

»Wie genau machen sie das? Das Verwirren, meine ich? Meine Eltern haben es sich immer gefragt.«

»Damit sind sie nicht allein. Niemand kennt das Wie tatsächlich. Das Verwirren ist die Gabe der Hurkus, so wie unsere das Hüten von Erinnerungen ist. Sie manipulieren unser Gedächtnis und können uns alles vergessen lassen. Du hast Glück, wenn es nur einen kurzen Gedanken betrifft. Ich kenne einen Azren, der sich nach so einer Begegnung nicht an den Namen seiner Mutter erinnert hat.«

Tamnes umging einen Felsbrocken, der aus dem Moosteppich unter ihm aufragte. Es war Unverhangener, die hellste Zeit des Zyklus. Der Niedergekommene war schon seit zwölf Stunden vorbei und auch vom Zwielicht mit seinem Sternstaub, der sich vor dem Himmelskörper und im Gras verteilte, war nichts mehr zu sehen. Der Stern strahlte ungetrübt und reicherte das Grün mit Tiefen und Lichtern an.

»Die scheinen ja ganz schön viel Spaß an Streichen zu haben.«

»Es ist ihre Gabe«, wiederholte der Älteste schulterzuckend. »Und gleichzeitig ihre Existenzgrundlage. Sie ernähren sich von der Energie, die wir freisetzen, während wir uns neu ordnen.« Er pausierte. »Was ist das Letzte, woran du dich erinnern kannst?«

Tamnes musterte die Hügel, aus deren Kuppen niedrige, grün umflochtene Felsen brachen. Die flache Landschaft war Erhebungen gewichen und Windesbäume vereinzelten Kernbäumen. Während des Niedergekommenen schliefen die Azren in deren Waben, doch jetzt suchten sie alle nach Erinnerungen.

Wie lange wanderten sie schon? Im Gespräch war die Zeit völlig verflogen. Und es lag nicht nur daran, dass er sich bei dem ruhigen, weisen Ältesten wohlfühlte – es war seine Natur, so zu leben. Die Azren verbrachten Zyklen damit, in der Welt umherzustreifen.

»Ich bin von einem Treffen zurückgekehrt«, erklärte Tamnes, darauf bedacht, sein Gespräch mit der Königin nicht zu erwähnen.

Der Älteste sollte nicht von dem Angebot erfahren, das Aistyra ihm unterbreitet hatte. Schon darüber zu reden, kam ihm wie ein Betrug vor.

»Einem Treffen.« Wie beiläufig rollte der Azre seine Wurzel vor Tamnes' und hinderte ihn daran, weiter nach vorn zu gleiten.

»Es war nichts Interessantes.« Vorsichtig wölbte Tamnes seine Wurzeln und stieg über den Ältesten hinweg. »Wo gehen wir eigentlich hin?«

»Zu nichts Interessantem.« Belustigung schwang in seiner Stimme mit, aber hinter ihr hörte Tamnes noch etwas anderes heraus. War es Respekt?

Er widmete sich wieder seiner Umgebung. Stille bevölkerte diesen Teil der mittleren Azrensphäre, die sich sichelförmig an die Velensphäre anschloss. Sie stiegen hinab: Leichte Schwebe begleitete seine Schritte und die Hügel hinter ihm schienen zu wachsen.

»Ich dachte, du wärest wütend auf mich«, gab er überrascht über sich selbst zu. Er hatte es nicht angesprochen, als der Älteste ihn wiedererkannt hatte. Und dennoch hatte es an ihm genagt, das Offensichtliche zu ignorieren. Den Grund dafür, dass der Älteste nun mit ihm wanderte und nicht damit beschäftigt war, Befehle zu geben und sich mit wichtigen Personen zu treffen. Er fühlte sich irgendwie … schuldig deswegen.

Der Älteste lachte auf. »Warum sollte ich?«

»Na ja, ich habe deine Krönung verhindert und damit die Regierung der Velen zurückgerufen. Und du wurdest verletzt.« Er deutete auf die Seite des Azren. Die Farnblätter daran waren bis zur Hälfte abgetrennt und verdeckten nicht die lange Wunde, die ein Stecher verursacht haben musste. Eine Velenwaffe, ein Armreif mit zwei scharfen Zwillingsklingen. Beim Anblick der dunklen Nässe um den Schnitt herum schluckte Tamnes. Fast spürte er die Klinge an seinem eigenen Körper herabgleiten, metallisch und frostig.

Der Älteste zupfte den Farn zurecht, sodass er die Verletzung verhüllte. »Ich habe den Krieg angeführt, Tamnes. Ein Kratzer und ein paar heißadrige Velen sind nichts, was mich weiter belastet.«

Tamnes senkte das Kinn. Scham übermannte ihn, weil das kalte Ziehen in seiner Seite nicht aufhörte. Dieser Schmerz, vom Stecher getroffen zu werden … Auf einmal hatte er das dringende Bedürfnis, die Erinnerung an die Azrenkrönung zusammenzuknüllen und in die Erde zu werfen.

»Du hast mir das Leben gerettet und dein Wissen mit uns geteilt. Es gibt nichts, warum ich wütend auf dich sein könnte.«

»Die Azren werteten diese Einmischung nicht negativ.« Wenigstens in einem hatte Aistyra recht behalten.

»Ja«, murmelte Tamnes, weil er nicht wusste, was er sonst erwidern sollte.

Sie folgten einem Pfad zwischen Kernbäumen. Ihre Zweige bildeten keine Brücken von der Art, über die Tamnes auf seinem ersten Weg zur Velensphäre gehastet war. Statt sich in die Höhe zu recken, knickten sie in krankhaften Winkeln ein und drückten ihr Gewicht gegen die Waben unter ihnen. Das Rot der Azrenbehausungen erlosch im schlammigen Grün. Tamnes rümpfte die Nase. Hier würde kein Azre den Niedergekommenen abwarten, der sich selbst im Ansatz respektierte.

»Wieso haben wir eigentlich gesiegt? Im Krieg, meine ich. Die Velen sind viel stärker als wir. Nur einer von ihnen muss verflüssigtes Feuer trinken und Dutzende von uns verkohlen.«

»Sie haben nicht mit dem Angriff von Zehntausenden gerechnet.« Der Älteste wich einem wulstigen, infektiös stinkenden Bündel Lianen aus, der von den Waben des Baums herunterbaumelte.

»Das habe ich gehört.« Tamnes, der sich dicht an den Azren gehalten hatte, tappte direkt hinein. Die Schlingen klatschten in sein Gesicht und hinterließen eine ölige Spur. Angewidert wankte er zurück.

»Dann weißt du alles, was du als Nicht-Beteiligter wissen kannst.« Angespannt beobachtete der Älteste ihn dabei, wie er sich den Schmutz von den Wangen wischte. Ein Muskel zuckte in seinem Kiefer. Er verheimlichte ihm etwas.

»Die Überraschung stand auf eurer Seite, das stimmt. Trotzdem hätten euch die Velen schlagen müssen. Sie haben Magie.« Tamnes hielt seinem Blick stand. Es wunderte ihn nicht, dass der Älteste seinen zuerst abwandte. »Wir nicht.«

Der Azre musste sich dessen bewusst sein. Grübelnd fuhr er sich mit einem Zweig über die Hörner. Eine nachlässige Geste, doch Tamnes konnte nicht anders, als die perfekten Rundungen zu bestaunen, die Knochenplättchen, die sich im Laufe der Chroniken zu dem aufgeschichtet hatten, was sie jetzt waren. Seine Wurzeln prickelten. Dieses Wesen vor ihm war so ästhetisch.

»Ich habe Erinnerungen an die Schlacht«, gab der Azre zu. »Und auch daran, was uns den entscheidenden Vorteil verschafft hat. Allerdings finde ich Geschichte genauso spannend wie du, Tamnes. Ich würde dir diese Erinnerung geben, aber nur für eine gleichwertige.«

Tamnes verharrte in der Bewegung. Deswegen also dieses Schweigen. Selbst der älteste Azre hütete seine Erinnerungen so sorgfältig wie ein Hurku seine Finger. »Ich könnte den Schwur dagegen eintauschen. Das Band zwischen Velen und Azren –«

»Zu banal.« Der Älteste lief weiter, ohne auf Tamnes zu achten. »Du hast unsere Pläne damit zwar ordentlich durcheinander gebracht, aber letztendlich ist dieser Schwur so grundlegend, dass ihn bald niemand mehr besonders finden wird.«

Tamnes spurtete, um den Ältesten wieder einzuholen. »Ich habe noch nicht so viele eigenen Erinnerungen.«

»Dann werde ich nicht mit dir tauschen.«

Die Endgültigkeit dieser Aussage zerschlug etwas in ihm. Vielleicht war es sein Stolz oder der Wille, alle Ereignisse und Gefühle

von Ilmestys in sich zu versammeln. Warum war er nur so neu auf dieser Welt! Zu gern würde er sie vollkommen aufnehmen, jedes Wort, das ein Wesen jemals gedacht oder ausgesprochen hatte. Das Verlangen danach brachte ihn um den Verstand. Er würde es niemals erfüllen. Neben ihm gab es andere Azren, die genauso begierig darauf waren.

»Und es besteht gar keine Möglichkeit, dass du sie mir weitergibst?«, wimmerte er, unwillig, die Hoffnung aufzugeben.

»Ich kann dir die Schlacht beschreiben, aber«, der Älteste tippte auf die Pilze über seinem Ohr, »du weißt, dass es nicht dasselbe ist.«

Natürlich ist es das nicht. Eine Erzählung, egal wie lebendig er sie gestaltete, zeigte nur einen Bruchteil der Wahrheit. Ein farbloses Nichts im Vergleich zu einer Erinnerung, die all die Emotionen und Wahrnehmungen ihres Trägers erfasste.

Tamnes seufzte. Er war süchtig. Sie alle waren es. Es zählte nur, wer die Droge zuerst an sich riss.

Tamnes bemerkte nicht, wie sie weiterliefen. Er nahm seine Umgebung erst dann wieder wahr, als er seine Wurzel ausstreckte … und keinen Halt fand.

Er stolperte zurück. Direkt vor ihm, ungeschützt durch die Kernbäume, lag der Abgrund. In Kaskaden senkte sich die Erde ins Nichts hinab. Nur feine Pflanzen spannten sich darüber und hinderten sie daran, endgültig nach unten zu sacken. Sie waren am Rand der Azrensphäre angelangt. Und er war nur einen Schritt davon entfernt, in einem ewigen Fall aus der Welt zu stürzen.

Er wankte weiter zurück. »Du hast mich nicht vorgewarnt«, krächzte er.

»Ich bin davon ausgegangen, dass du auf deine Umgebung achtest.« Der Älteste stellte sich neben ihn. Beide schauten sie in die Tiefe hinunter, die sich in die Unendlichkeit ausdehnte. Weiße Fäden strömten wie Wasserfälle über angefressenes Moos. An vielen Stellen lösten sich die Fasern auf und hingen in traurigen Fetzen hinab.

Ein Ruck ging durch Tamnes' Körper. Was, wenn sie nachgaben? Die Erde würde abrutschen und er mit ihr.

»Kennst du diese Pflanzen?«

Er blinzelte, um die Vision der auseinanderkrachenden Azrensphäre zu verdrängen. »Nein. Meine Eltern sind hier niemals vorbeigekommen. Und die Erinnerungen meiner Großeltern sind noch verschleiert. Ich habe keinen Zugang zu ihnen.«

Der Älteste hob einen Mundwinkel. »Ja, nicht viele besuchen diesen Ort. Er beherbergt das Versagen unseres Systems. Den größten Fehler, den es zugelassen hat.«

»Das Versagen unseres Systems?«, wiederholte Tamnes. Unter seinen Wimpern inspizierte er die natürlichen Etagen, die aus diesem Spiel von Fallen und Festhalten entstanden waren. Dunstwolken schwebten zwischen den Fasern hervor und verpufften nach wenigen Sekunden zu Asche.

»Das hier sind Seelenweber. Vor siebenundzwanzig Umbrüchen wurden die Seelen noch nicht von den Eltern vererbt, sondern von diesen Pflanzen genäht. Sobald eine neue Kreatur geboren wurde, flogen sie zu ihrem Körper und füllten ihn aus.«

»Damals hat es noch keine Splitternden gegeben.«

»Nein, hat es nicht. Und noch lange keine Azren«, bestätigte der Älteste. Falten zeichneten sich auf seiner braunen Stirn ab.

Es tut ihm leid, stellte Tamnes fest, *es tut ihm leid, dass die Splitternden durch einen Fehler entstanden sind.* Vermutlich war er das erste Wesen in Ilmestys, das ihnen gegenüber etwas anderes empfand als Hass.

»Die Seelen, die diese Pflanzen produzierten, waren vollkommen. Nach dem Tod ihres Trägers erhoben sie sich in die Luft, befreiten sich von all seinen Erinnerungen und kehrten zu den Seelenwebern zurück. Dort wurden sie zu neuen Seelen umgeflochten.«

»Bis die Seelenweber irgendwann nicht mehr funktionierten.«

»Während eines Umbruchs ändern sich die Dinge«, sagte der Älteste bitter.

Tamnes überkreuzte die Wurzeln. Ja, ein Umbruch konnte jede beliebige Regel des Systems außer Kraft setzen. Jedes Mal, wenn die sich drehenden Sphären einen Ring bildeten, geschah etwas Neues. Seine Eltern hatten noch gelebt, als Gold für Velen giftig geworden war. Einen Umbruch zuvor waren aus dem Moor der Azrensphäre Betehs ausgebrochen – riesige Bestien mit einem Geweih und ledrigen Flügeln, die alles töteten, was ihnen in die Krallen kam. Bei der Vorstellung von ihrem blutverkrusteten Fell klapperten seine Zähne aufeinander.

»Die Seelenweber schufen weniger Seelen, als benötigt wurden. Deswegen flogen Balphen hierhin und schlugen sie zu Splittern, die sich auf die neugeborenen Velen verteilten. Sie wurden zur ersten Generation der Splitternden.«

»Deshalb können die Balphen sie spüren. Sie haben sie erschaffen«, hauchte Tamnes, fasziniert von den Zusammenhängen dieser uralten Erinnerung.

Der Älteste verstummte. Eine unförmige weiße Wolke löste sich aus dem Fadengeflecht direkt unter ihnen und segelte auf sie zu. Eine unvollendete Seele? Er griff danach, erwischte jedoch nur schwarze Glut, zu der sie im Flug verbrannt war. Selbst heute zahlten die Pflanzen für den Schaden, den sie angerichtet hatten.

»Ich kann mir vorstellen, dass es schwer ist. Du *weißt* nicht nur, dass Splitternde wegen eines fremden Fehlers leiden müssen. Du *erinnerst* dich daran. Jeden Zyklus aufs Neue.« Tamnes erschauderte. »Fragst du dich manchmal, wie es wäre, wenn es dich auch getroffen hätte? Wenn Azren schon damals existiert hätten und auch in unserem Volk Splitternde geboren wären?«

Der Älteste richtete seine grünen Augen auf ihn. Tamnes las kein eigenes Mitleid darin; nur vererbtes, verbrauchtes Bedauern. »Ich glaube nicht daran, dass jeder Splitternde unglücklich ist,

Tamnes. Genauso wie nicht jeder Vele glücklich ist, bloß weil er frei ist und herrschen kann. Ich glaube nicht«, er machte eine Pause, »dass jeder Splitternde ein Vele werden will.«

Die Worte des Ältesten sirrten zwischen ihnen, ohne dass Tamnes sie einfangen und in seinem Kopf falten konnte. Diese Aussage widersprach der Ordnung des Systems. Bei den Hörnern des ersten Azren, sie vernichtete den einzigen Grund dafür, diese Geschöpfe zu töten! Sollte er recht haben, waren einige Splitternde keine Bedrohung … und waren umsonst gestorben.

Obwohl es warm war, zog sich Tamnes' Haut vor Kälte zusammen.

Sein Gegenüber lachte über seinen entsetzten Gesichtsausdruck. »Das wäre eine wertvolle Erinnerung, findest du nicht? Einen Splitternden zu kennen, der nicht vollkommen werden möchte. Ich würde alles dagegen tauschen.«

»Sogar die Erinnerung daran, wie wir den Krieg gewinnen konnten?«

»Sogar die.«

KAPITEL 10

Ophiot

Wie viel Ladung hatte eine Seele?

Schon zum zehnten Mal an diesem Tag breitete Ophiot die Seelenkopien auf dem Tisch vor sich aus und fuhr mit den Fingerspitzen darüber. Selbst bei den niedrigen Temperaturen des Labors kühlte das dünne, glasartige Material seine Haut. Er zog die Projektion des Laborberichts an sich, den er vor siebzehn Tagen geschrieben hatte. Eine Passage war rot markiert.

»Forschungen an Splitterndenseelen ergaben, dass jede Seele und damit auch jeder ihrer Partikel geladen ist. Splitter derselben Seele teilen dieselbe Ladung, die sich von der der anderen Seelen unterscheidet.«

Ophiot biss sich auf die Unterlippe. Die Forscher vor ihm hatten ihre Messungen an lebendigen Versuchsobjekten durchgeführt. Er nicht. Wie konnte er die Ladung von Seelen herausfinden, die ihm nicht vorlagen? Die Kopien zeigten nur deren Splitter oder Vollkommenheit an. Nicht mehr.

Vielleicht hatten seine Kollegen die Ladungen der Seelen aufgezeichnet, die sie untersucht hatten? Das wäre wenigstens ein Anfang. Er rief Kerntums Archiv auf und überflog einen Bericht nach dem anderen, der sich auch nur im Entferntesten mit Splitterndenseelen beschäftigte.

»Geburt der Splitternden«

»Prognosen zur zukünftigen Entwicklung von Splitternden«

»Erlangen von Vollkommenheit – statistische Abwägungen«

Die digitale Bibliothek des Komplexes war riesig.

»Komm schon, irgendwo musst du doch sein.« Ophiot tippte »Seelen« und »Ladung« in das Suchfeld ein. Dann »Seelen« und »Energie«. Ein grünes Buch mit dem Titel »Seelenenergie zur medizinischen Betäubung« erschien, sonst nichts.

Was hatte es hier verloren? Er öffnete die Datei.

»In Kerntum arbeiten nur Arschlöcher« lautete der einzige Text auf der ersten Seite, und direkt darunter: »Ich scheiße auf Blids und Höflichkeit.«

Offenbar hatte sich ein Praktikant einen Witz erlaubt. Er hatte schon damals bei Amaranthe nicht verstanden, warum es manchen Menschen so viel Spaß bereitete, Regeln zu brechen. Hatten sie denn überhaupt keine Angst vor den Konsequenzen, die dieser verantwortungslose Umgang mit dem Blid nach sich zog? So wie sein Vater damals?

»Es tut mir leid, Papa.«

»Es war die einzig richtige Entscheidung, Ophiot. Es war dein erster Schritt ... nicht so zu werden wie ich.«

Mit einem Klick beförderte er das Dokument in den Papierkorb. Womit er den einzigen Treffer seiner Suche löschte.

Ophiot starrte auf die leere Ergebnisliste. Er hatte keine Ahnung, wie er weiter vorgehen sollte.

Die Augenbrauen zusammengezogen, lief er um das Tischgestell herum und hielt auf eine schlanke Plastiktreppe zu. Als eines

der wenigen Labore Kerntums besaß dieses eine halbe zweite Etage. Das jährliche Ranking der Mitarbeiter entschied darüber, wer hier forschen durfte. Und seit sechs Chroniken hielt Ophiot die Stellung.

Die gesamte hintere Wand des Stockwerks nahm ein Garten ein. Unter einer Glaskuppel, mehrfach verkabelt, wuchs ein blühender Baum. Die Wurzeln seines Stammes endeten in Schläuchen, auf denen leuchtende Käfer krabbelten. Im Vorbeigehen schnappte Ophiot den feinen, blumigen Duft auf, den das Gewächs verströmte. Er wurde dazu verwendet, die Straßen sauber zu halten.

Ophiot näherte sich einem Fach in der Wand, das konturlos mit dem weißen Plastik verschmolz. Als er die Finger darauf legte, blinkte das Symbol zweimal und förderte eine Schublade zutage. Darin befand sich eine kantige Pistole.

Sorgfältig holte Ophiot den Seelensprenger hervor. Er hatte so lange an der Erfindung gearbeitet, dass es ihm gelungen war, ihr Gewicht um die Hälfte zu reduzieren. Jetzt streichelte er den schwarzen Kunststoff und fuhr an den Rillen entlang, die sich über die gesamte Länge der Pistole erstreckten. Aus einem Gehäusespalt kurz vor dem Griff ragten zwei große Ringe hervor. Dazwischen waren in regelmäßigen Abständen hohle Kugeln befestigt – Munitionsfächer.

Er drückte den Abzug und die Ringe drehten sich, sodass die nächste Kugel in den Lauf geschoben wurde. Der Mechanismus funktionierte einwandfrei. Sobald er die Patronen fertiggestellt hätte, würde er den ersten Test starten.

In wenigen Tagen würde er das Gerät an einen Splitternden übergeben und ihm zur Vollkommenheit verhelfen. Er würde einen eigenen Velen erschaffen. Jemanden, der sich so perfekt in die Gesellschaft einfügte, dass er zum zweiten König aufsteigen könnte. Und der aus Verpflichtung Ophiot gegenüber jeden Rat von ihm befolgen würde. Durch ihn würde Ophiot die Reformen durchsetzen, für die es längst Zeit war: absolute Gleichheit und geteilte Magie.

Sein Plan, den Azrenältesten an die Machtspitze zu bringen, war gescheitert. Jetzt würde er sich seinen Herrscher selbst konstruieren.

Dieser Traum durfte nicht daran scheitern, dass er die Ladung der Seelen nicht ermitteln konnte.

Denk nach. Ophiot massierte sich die Schläfen. *Mein einziger Anhaltspunkt sind Kopien, die ich unter dem Mikroskop betrachtet habe. Sie fangen nur die Farbe, Größe und Position der Seelensplitter ein.*

Ophiot ging im Raum auf und ab. Seine Silhouette spiegelte sich verschwommen im weißen Plastikboden. *Konzentriere dich auf die Chancen, die dein Material bietet, statt dich auf seine Grenzen zu versteifen.* Ein elementarer Satz. Das Erste, was er in der Schule gelernt hatte.

Seelenkopien waren genaue Abbilder. Er hatte selbst oft beobachtet, wie beim Kopieren Strahlen aus zehn Richtungen das Versuchsobjekt durchleuchtet und die Parameter der Seele erfasst hatten. Sie hatten ein Hologramm erzeugt, das alle Merkmale des Originals enthielt. Aber als man es verkleinert und auf einer Scheibe gespeichert hatte …

Er hielt inne. Die Seelenkopien! Ophiot hatte sie bisher nur von außen untersucht. Natürlich, denn bevor er auf die Idee für den Seelensprenger gekommen war, hatte er an etwas anderem geforscht. Er wollte herausfinden, welches Element der Seele die Magie verantwortete. Dafür reichten die Kopien völlig aus. Doch daran arbeitete er schon seit siebzehn Tagen nicht mehr. Der Seelensprenger hatte ihn so gepackt, dass er sich direkt in die Forschung gestürzt und sowohl das Material als auch die Methode beibehalten hatte. Ohne darüber nachzudenken, ob es zum Projekt passte oder nicht.

Ophiot schlug sich die Hand auf die Stirn. Dreiundvierzig, einer der besten Wissenschaftler Kerntums und er handelte wie ein

Novize. Er hatte mit dem Mikroskop über die Seelenkopien gekratzt und dabei vergessen, dass viel mehr *in* ihnen steckte. Das Gewicht der Seele. Ihre Ladung. Ihr Geruch. Alles, was bei der Übertragung des Hologramms auf die Scheiben verloren gegangen war.

Hastig rannte Ophiot die Treppe hinunter. Er würde einen Weg finden, die ursprünglichen Aufnahmen aus den Platten zu ziehen.

Der Stoff seiner Sportkleidung schmiegte sich angenehm an seine Haut. Seine Hose und Tunika von der Arbeit hatte er gegen einen dunklen Overall mit verstärktem Brust- und Lendenbereich getauscht, an dessen Ärmeln das Kerntum-Logo prangte. Bei kleinster Regung jagte der Stoff einen elektrisierenden Impuls durch seine Nerven. Sein Körper bereitete sich auf die Anstrengung vor.

»Arme anheben, bitte.«

Ophiot folgte der Aufforderung. Eine Frau mit hellem Teint und weißblondem Bob beugte sich neben ihm und zog ein Kabel durch die Tasche an seiner Seite. Er hatte sie nie hier gesehen. Vermutlich hatte sie normalerweise immer dann Dienst bei der Ankleidehilfe, wenn er beim Parkour oder beim Joggen war.

Ophiot sah sich in der Halle um. Dutzende Frauen und Männer wuselten in dem weißen Raum, der außer den Schweberegalen mit den Kabeln keine Möbel besaß. Auf der Kleidung der Anwesenden leuchteten die Symbole aller Komplexe. Direkt neben ihm befestigte ein Mann aus Datik das letzte Kabel am Hals einer Remedium-Mitarbeiterin. Und hinten, durch die Menge an die Wand gedrängt, stellte sich ein Energetik-Forscher breitbeinig auf, damit sein Kollege aus Kerntum leichter an seine Waden herankam. Beim Sport verschwamm die Trennung zwischen ihnen.

»Mist, es will nicht.« Seine Helferin nestelte an dem Kabel herum, bemüht, es in seinen Overall zu zwängen. Für jemanden, der das schon mehrfach gemacht hatte, zappelten ihre Finger zu stark.

»Lassen Sie mich Ihnen helfen.« Ophiot nahm ihr das Kabel ab und führte es in den Stoff ein. Der vertraute Stich in seinen Muskeln kündigte an, dass es sich aktiviert hatte.

»Sorry, ich bin neu hier.« Die Frau hob den Kopf.

Vor Verblüffung riss Ophiot am Kabel und warf es hinunter. Es lag weder an ihrem künstlichen Auge, das ihn farblos ansah, noch an dem Spinnennetz aus Narben, das sich von der Prothese aus über ihre gesamte Gesichtshälfte spannte. Was Ophiot verwirrte, waren die Grübchen neben ihren Lippen. Das spitze Kinn. Sie erinnerte ihn an …

»Ist alles okay?« Eine einzige steile Falte formte sich zwischen ihren Augenbrauen. Es war dieselbe Mimik wie bei *ihr*.

»Entschuldigen Sie, dass ich so direkt frage, aber sind Sie zufällig die Schwester von Amaranthe Goss?«

»Ja. Wieso?« Das künstliche Auge musterte ihn. Was auch immer ihr Blick bedeutete, er war nicht neutral. Hatte sie ihren Blid nicht eingeschaltet?

»Ich habe mit ihr eine Zeit lang zusammengearbeitet. Sie sehen ihr ähnlich.«

Im Hintergrund rief jemand, sie sollten sich beeilen. Der letzte Aufzug startete in drei Minuten.

Die Frau ignorierte den Hinweis genau wie er. »Ophiot Zrogka, nicht wahr?« Sie unterdrückte ein Lächeln. »Ja, meine Schwester hat mir viel von Ihnen erzählt.« Die Art, wie sie das Wort »viel« betonte, klang herausfordernd. Sie hatte ihren Blid definitiv ausgeschaltet. Und er hatte bereits zweimal erfahren, wie unberechenbar solche Menschen waren.

Sie hockte sich neben ihm hin, hob das hinuntergefallene Kabel auf und führte es wieder in Ophiots Kleidung ein. »Amaranthe bedauert es, dass Sie nach dem Praktikum nicht in ihrem Komplex geblieben sind. Wir beide stehen noch in engem Kontakt, obwohl ich mich für Datik entschieden habe.« Sie zeigte auf die zwei ineinander verschränkten Rechtecke, die die Ärmel ihres Overalls zierten.

»Die Forschung in Kerntum hat mich mehr interessiert«, entgegnete er. Amaranthe würde jedes Detail dieses Gesprächs erfahren. Sie wusste besser nicht, dass er Energetik vor allem verlassen hatte, um ihrer Manipulation zu entgehen. Diese Frau war ebenso genial wie irrational. Er hatte nicht vor, seine Karriere ihren Rachespielchen zu opfern.

»Zwei Minuten noch!«, warnte dieselbe Stimme. Die Menge um Ophiot wogte in Richtung der Tür, die sich in einem gewölbten weißen Block öffnete.

»Natürlich hat sie es.« Mit methodischen Griffen fädelte seine Helferin die restlichen Kabel in seinen Overall: Arme, Waden, Brust. Dennoch pulsierte in jeder ihrer Bewegungen eine Spannung, die ihr Geheimnis verriet. Hatte sie nicht gelernt, zu verstecken, dass sie den Blid nicht benutzte? Oder riskierte sie gern, deswegen in Therapie verwiesen zu werden?

Amaranthes Schwester erhob sich. »Sie sind fertig, Leader.« Sie nickte in Richtung der Tür, hinter der schon die meisten Wissenschaftler verschwunden waren. Der Geruch von Wind und Metall wehte in den Raum hinein, und der erste Schwall Adrenalin schoss durch seine Adern.

»Danke«, sagte er schlicht und wandte sich schon zum Gehen, da hielt sie ihn an der Schulter fest.

»Ich werde Amaranthe von Ihnen grüßen.«

»Nicht nötig.« Er musste sie nicht ansehen, um ihr spöttisches Grinsen zu erkennen. Sie war ein Spiegel ihrer Schwester. Nur dass dieser Gesichtsausdruck ihn jetzt, im Besitz des Titels, den sie so abschätzig ausspuckte, nicht mehr traf. Und solange er den Blid angeschaltet ließ, würde es so bleiben.

Mit großen Schritten durchquerte er die Halle und trat in den Aufzug genau in der Sekunde, in der sich die Türen schlossen. Ihn umfing zerkratzter schwarzer Stahl mit Haltegriffen an jeder Wand und einem Hebel, der nur eine Aufschrift trug: »Nach oben.«

Ophiot zog daran. Röhrend setzte sich der Lift in Bewegung, ratterte mühselig die ersten Meter hoch und beschleunigte dann so abrupt, dass er sich in die Griffe krallte. Das Tempo ließ ihn jeden Gedanken an Amaranthe und ihre Schwester vergessen.

Seine Fingerknöchel traten weiß hervor, während der Fahrstuhl mit schwindelerregender Geschwindigkeit in die Höhe schoss. Der Stopp war genauso plötzlich wie das Tempo.

Keuchend stolperte Ophiot heraus.

Das Erste, was ihm auffiel, waren die stürmischen Böen, die ihn fast wieder zurück in den Fahrstuhl drückten. Das Zweite die Höhe.

Er stand auf einer wackeligen Plastikplatte am oberen Ende der Menschenebene. Die Spitzen des Kerntum-Komplexes tauchten aus dem Häusermeer unter ihm auf, unendlich klein und fern. Von oben jedoch … Direkt über seinem Kopf schloss sich das Netz um ihre Sphäre zu einer Naht zusammen, in die Millionen Leuchtkörper eingelassen waren. Ihr Tageslicht. So nah, wie er es sich nie hatte vorstellen können.

»Leader Zrogka!«

Die Himmelskonstellation hatte Ophiot so eingenommen, dass er den anderen Menschen auf der Plattform nicht beachtet hatte. Dieser eilte auf ihn zu, die dunklen Lockenwirbel wie immer in den Augen, der Overall an den Knien verrutscht.

Kadyn drückte auf sein Schlüsselbein und projizierte eine große, um sich drehende Blase, die ihn völlig einschloss. Die Sterta. »Sie haben mir nicht erzählt, dass Sie aufgestiegen sind.«

»Du hast mir nicht erzählt, dass du so weit oben spielst.« Er folgte Kadyns Beispiel und fasste sich an den Hals, wo das längste Kabel in seiner Kleidung endete. Für einen Moment verkrampften sich seine Muskeln, die Haut schien zu eng für seinen Körper zu werden. Dann materialisierte sich die Sterta auch um ihn als goldene Sphäre. »Aber ehrlicherweise hat mich das gerade selbst überrascht. Ich habe vergessen, mir meine Punkte nach dem letzten Sieg anzuschauen.« Er hatte nicht damit gerechnet, dass sie für einen Aufstieg in die höchste Liga des Sterta-Kampfes ausreichten.

Kadyn lachte. »Ja, das sieht Ihnen ähnlich. Sie sind immer in Gedanken bei der Forschung.« Die Blase um den Novizen blinkte zweimal. Rasch griff er hinein und zog ein langes Messer heraus, das er in seiner Hand hin und her schwenkte. »Wie es aussieht, fangen wir mit Nahkampf an. Ich schlage vor, Sie konzentrieren sich jetzt, Leader.«

Ophiot erwiderte sein Lächeln nicht. Kontrolliert, als würde er jeden Impuls aufsparen wollen, um ihn danach in voller Stärke einzusetzen, versenkte er die Finger in der Sterta-Blase. Die Kabel an seinem Körper reagierten mit einem Knistern auf die Berührung.

»Nahkampf«, bestätigte Ophiot und richtete die Klinge auf Kadyn. Obwohl die Waffe nur ein Hologramm war, hatten die Erfinder ihr Gewicht an die Realität angepasst. Er hielt ein Messer, das so schwer war wie Metall.

Mit antrainierter Eleganz sprang Kadyn auf ihn zu und griff ihn an. Ophiot wich zurück. Kadyns Attacke verfehlte seine Sterta um viele Zentimeter.

»Und so spielt man hier oben?« Er schüttelte den Kopf. »Für die höchste Liga ziemlich schwach.«

»Ich möchte nur, dass Sie sich aufwärmen, Leader.« Eine halbe Drehung, ein Ausfallschritt und Kadyns Waffe rückte nah an ihn heran. Ophiot schlug das Messer zur Seite und brachte sich wieder in Sicherheit.

»Sie sind gut.«

Ophiot grinste. »Deswegen bin ich hier.«

Der nächste Schlag kam von rechts. Ophiot wirbelte herum, Klinge klirrte auf Klinge. Das Kabel an seinem Oberschenkel versetzte ihm einen Elektroschock. In dem Moment, in dem ihn der Schmerz ablenkte, schoss Kadyn vor und knallte das Messer gegen die Sterta-Blase. Goldene Funken spritzten in alle Richtungen. Als Antwort darauf fuhr ein Schwall glühender Energie durch seine Glieder.

»Was tust du denn, Junge?! Du musst doch nicht direkt das ganze Energiefeld anzünden!«

»Dann machen Sie endlich was!«

Brüllend fasste Ophiot in die Sterta. Seine Finger schlossen sich um etwas Scharfes, Breites. Er ertastete das Heft. Durch den Staub aus Funken, der nur langsam zu Boden sank, preschte er vor und ließ die Waffe durch die Luft sausen. Sie krachte gegen Kadyns Schneide.

Jetzt war es an ihm, abzuwehren.

»Sie sind viel zu vorhersehbar«, rief Kadyn ihm stattdessen zu.

Ophiot machte einen Bogen und donnerte das Schwert von links auf ihn herab. Seine ungeschützte Seite. Doch der Junge beugte sich nur geschmeidig und tänzelte von ihm fort. Er hatte es nie mit einem so schnellen Gegner zu tun gehabt.

Er würde diesen Kampf nicht verlieren. Nicht gegen seinen Assistenten.

Ophiot täuschte einen Angriff vor, ließ sich dann zurückfallen und rammte das Schwert von unten in Kadyns Sterta. Aber er hatte die Länge der Klinge überschätzt. Ihre Spitze verharrte knapp vor der Blase, als Kadyn auswich und über den Boden schlitterte.

»Brauchen Sie eine Pause?«

Die Sterta vor ihm blinkte. Schon wieder ein Waffenwechsel. Das Programm für heute lautete anscheinend Tempo.

Gleichzeitig holten sie ihre Stecher aus den Blasen hervor. Ophiot band sich die Manschette mit den Zwillingsklingen um das Handgelenk.

»Nicht, solange du noch auf der Plattform bist.«

Bevor er etwas hinzufügen konnte, hetzte Kadyn vor und holte aus. Seine Zähne blitzten im geöffneten Mund auf.

Das war der Moment, in dem sich der Boden bewegte. Die Platte unter ihnen kippte nach rechts und Ophiot taumelte, stürzte, rutschte auf ihren Rand zu. Fort von Kadyn, der mit irrsinniger Geschwindigkeit zur hohen Kante rannte.

Verkrampft versuchte Ophiot, sich in eine hockende Position zu bringen. Er würde hier nicht hinunterfallen. Egal, wie viele Sicherheitsnetze ihn dort unten auffingen. Stürzen war nie eine schöne Erfahrung.

Er rutschte immer tiefer.

»Wenn Sie jetzt hinunterfliegen, habe ich gewonnen und Sie können sich von der obersten Liga verabschieden«, schrie Kadyn ihn an. »Also rappeln Sie sich endlich auf!«

Ophiot knurrte. Er hämmerte den Stecher in das Plastik, in der Hoffnung, sich daran festhalten zu können. Doch der glitt quietschend hinunter. Zusammen mit ihm.

Seine Füße erreichten die Kante der Plattform. Dann seine Knie. Seine Fingernägel brachen, weil er sich in den Boden krallte.

Die Plattform neigte sich weiter.

»Sie müssen sich jetzt festhalten!«

»Das weiß ich!«

Sein gesamter Unterkörper hing in der Luft. Die Plattform neigte sich stärker. Ein Schrei von weiter oben – offenbar hatte auch Kadyn den Halt verloren. Das Gesicht an das kalte Plastik gepresst, sah er aus dem Augenwinkel, wie der Junge zu ihm nach unten schlitterte.

Und während er beobachtete, wie das Gold seiner Blase immer näher kam, während er sich nur mit der Kraft seiner Arme oben hielt, durchzuckte ihn eine Idee.

Er wartete, bis Kadyn auf seiner Höhe angelangt war. Löste dann die Hand von der Plattform, an der er den Stecher befestigt hatte. Und ehe Kadyn etwas sagen konnte, stieß er die Waffe in dessen Sterta.

Flammende Elektrizität in seinen Armen. Ein Regen aus Gold blendete ihn. Und mit einem Schrei fiel Kadyn hinunter.

Ophiots Muskeln drohten zu reißen, als die Plattform endlich zu kippen aufhörte. Knatternd hielt sie an und drehte sich langsam zurück. Mit zitternden Armen stemmte er sich wieder nach oben, wo er atemlos in sich zusammensackte.

Er hatte Kadyn buchstäblich aus der obersten Liga geworfen.

ARCHIV:
Interne Kommunikation Energetik

Thread: Forschungsprojekt zum Erinnerungssystem der Azren
Aktualität: Thread gelöscht
Beteiligte: Ophiot Zrogka und Amaranthe Goss

Amaranthe (11:48): Hey, Ophi. Ich habe mir gerade nochmal unsere Aufzeichnungen von gestern angesehen. Wir haben uns ja gefragt, woher die Energie kommt, die das Erinnerungs-Kategoriensystem der Azren am Laufen hält. Du weißt schon – dass sie sie nach Zeit und Thema sortieren und unwichtige Erinnerungen in ihre Hörner, Blätter und Pilze auslagern.

Ophiot (11:48): Hast du etwas Neues herausgefunden?

Ophiot (11:49): Und nenn mich bitte nicht Ophi. Ich heiße Ophiot.

Amaranthe (11:55): Ich nenne dich so lange Ophi, wie du unter meiner Leitung stehst, mein Lieber. Und ja, ich hatte einen bahnbrechenden Gedanken.

Ophiot (11:55): Schalte deinen Blid an, Amaranthe. Was ist dir aufgefallen?

Amaranthe (12:20): Ich glaube, das Kategoriensystem selbst erzeugt die Energie. Wie eine Art geschlossener Kreislauf. Wir haben gar nicht darüber nachgedacht, dass sich die Erinnerung bei ihrer Erstaufnahme durch den gesamten Körper bewegt. Von den Wurzeln in den Kopf hinein. Wenn der Azre sie in einem anderen Körperteil konserviert, wird die Strecke sogar größer.

Ophiot (12:21): Du meinst, die Erinnerung produziert durch ihre Bewegung Energie? Die dann das Kategoriensystem speist?

Amaranthe (12:22): Ein Glück, dass ich einen so schnell denkenden Helfer habe. Du hast es begriffen. Und, was sagst du? Die Hypothese ist revolutionär.

Ophiot (12:22): Du bist abgelenkt. Schalte deinen Blid an. Du weißt, dass du dich so besser auf die Arbeit konzentrieren kannst.

Ophiot (12:23): Aber du hast recht, wir sollten dem Gedanken nachgehen. Er ergibt durchaus Sinn.

Ophiot (12:23): Stell dir vor, man könnte auf dieser Basis die Funktion der NLes optimieren! Bisher werden sie doch von einer anderen Energieform betrieben. Könnte man nicht stattdessen die Bewegungsenergie von den Erinnerungen dafür verwenden? Die Azren werden nicht alles davon verbrauchen.

Ophiot (12:24): Vielleicht kann man dieses Konzept auf andere Zusammenhänge übertragen? Was wäre, wenn Splitternde auch Bewegungsenergie nutzen, um neue Splitter zu ihrer Seele hinzuzufügen?

Amaranthe (12:35): Tausend Ideen in deinem niedlichen Köpfchen.

Ophiot (12:50): Ich werde nicht darauf eingehen.

Amaranthe (12:56): Doch, das wirst du. Weil du darauf stehst, Schätzchen. Dein Körper hat dich an jenem Abend verraten. Lern lieber, ihn zu kontrollieren.

Ophiot (12:57): Wann werden wir mit deinen Erkenntnissen weiterarbeiten?

Amaranthe (13:20): Ach, ich weiß nicht. Ehrlich gesagt, habe ich gerade andere Projekte, die vorgehen. Streng genommen war diese ganze Sache ja nur ein kleines Experiment. Ich habe das Interesse daran verloren.

Ophiot (13:21): Das kannst du nicht behaupten, Amaranthe. Der Gedanke könnte zu Durchbrüchen in deinem Komplex führen. Du kannst das nicht einfach unter den Tisch kehren.

Amaranthe (13:50): Ich bin der Leader dieses Komplexes. Ich kann machen, was ich will.

Ophiot (13:52): Amaranthe, denk rational! Es wäre ein großer Fehler, nicht weiter daran zu arbeiten.

Amaranthe (13:52): Dann sorge dafür, dass ich ihn nicht begehe.

Amaranthe (13:55): Wenn du willst, dass die Sache weiterlebt, musst du dich schon etwas mehr ins Zeug legen.

Ophiot (13:56): Das ist kein wissenschaftliches Vorgehen. Schalte deinen Blid an.

Amaranthe (13:59): Du hast noch eine Minute, bevor meine Mittagspause anfängt und sich dieser Thread löscht. Eine Minute für deine Entscheidung. Willst du das Thema fortführen oder nicht?

Ophiot (13:59): Ja.

Amaranthe (13:59): Dann bis heute Abend.

KAPITEL 11

Aistyra

Die Felsenbrocken reißen die Haut meiner Fersen auf, während ich einen Fuß vor den anderen setze und ihre spitzen Kanten ertaste. Meine Zehen umspielen die Schlitze darin, bis die Härte des Berges in mich dringt. Ich habe es schon immer geliebt, das Material zu berühren, das ich trinke. Den Stein, der meine Beine und Arme stählt und das Wasser, das mir seine Schnelligkeit leiht. Sie an meiner Haut zu spüren, hat etwas Intimes, Vertrautes.

Doch diesmal gehe ich nicht barfuß, weil ich die Sphären fühlen möchte. Diesmal mache ich es, um ihm lautlos zu folgen.

Auch heute kannte sie den Weg und die Steine schnitten an ihren Sohlen. Nach zwölf Chroniken hatte sie nicht den Riss in der Felsenwand vergessen, der in einem engen Durchgang mündete. Der Gebirgswall im Osten der Velensphäre galt als unpassierbar. Dahinter lag nur der Abgrund. So jedenfalls sagte man es sich. Doch was man sagte, war selten die Wahrheit.

Sie hatte den Palast im frühen Niedergekommenen verlassen. Die Wachen hatten keine Fragen gestellt, als sie verkündet hatte, für wichtige Angelegenheiten fortzugehen. Vermutlich wagten sie es nicht, sich ihr als Begleiter aufzudrängen. Sie hatte direkt nach ihrem Amtseintritt deutlich genug gemacht, dass sie sich nicht in ihrer Bewegung einschränken lassen würde – weder vom vergangenen Krieg noch von den Bedenken der Soldaten. Ihnen blieb nichts anderes, als das zu akzeptieren.

Aistyras Körper war noch ebenso schlank wie an dem Zyklus, als sie diesen Weg zum ersten Mal erkundet hatte. Der Vorteil einer Knochenlosen: der Ausgleich für diese bescheuerte Schwäche, mit der jeder Vele bei seiner Geburt bestraft wurde. Mit Leichtigkeit schlüpfte sie in den Spalt und umarmte die Dunkelheit.

Er ahnt nicht, dass ich ihm folge. Der schwere, feste Beutel an seinem Rücken drückt ihn zu Boden, verlangsamt seine Schritte. Seitdem er die Quallen der Fließer verlassen hat, hat er sich kein einziges Mal umgedreht. Er denkt wohl, seine Selbstsicherheit würde ihn tarnen.

Ich lächele freudlos. Für einen Dieb ist er wirklich grottig.

Ich warte, bis er sich einige Meter nach vorn geschleppt hat, schließe dann zu ihm auf und halte mich nah an ihn. Vor Anstrengung schnaubt er so heftig, dass er nichts hört. Der Verbrecher, der seit vielen Zyklen Geräte zum Verflüssigen stiehlt, ist ein alter Hohlkopf.

Ihre Finger leiteten sie. Mit den Händen fuhr sie an den Felsenwänden entlang, erinnerte sich an jede Rille und Erhebung, die sie damals als Mädchen ertastet hatte. Immer wieder zweigten weitere Gänge von dem Bergpfad ab, und die Struktur des Steins wies ihr die Richtung. Unpassierbar, hah! Die Velen, die das behaupteten, hatten die Felsenwand entweder noch nie mit eigenen Augen gesehen oder sie besaßen nicht genug Mumm, um hineinzugehen. Wenigstens in dem Punkt war der Dieb nicht ganz so einfältig gewesen.

Ein Teil von mir bewundert ihn dafür. Ich bin es gewohnt, die Schwächen aller zu entblößen, noch lange bevor sie mir ihre Stärken zeigen könnten. Bei ihm sehe ich zuerst die Intelligenz, und es verwirrt mich. Er hat eine Straftat begangen. Wofür auch immer er die Geräte verwendet, er hat sie gestohlen. Die Könige werden ihn dafür in Goldfesseln schlagen.

Damit hätten sie ihre Chance verpasst. Als Königin gehörten die Laster dieser Kreaturen ihr. Sie konnte sie dafür bestrafen. Oder sie konnte sie für ihren Zweck nutzen. Sie würde zur Königin der Betrüger werden, die sie in ihre Strategien einweihten, und zur Königin der Schwarzhändler, die ihre beste Ware für sie aufhoben.

Es war die richtige Entscheidung gewesen, den Fließern nicht zu erzählen, dass sie dem Dieb auf die Spur gekommen war.

Irgendwo vor uns öffnen sich die Felsen und Licht wogt hinein. Es spült über die Steine in Wellen, als ob es weiter vorn von einer großen Wasseroberfläche gebrochen und ins Zittern versetzt würde. Hastig lasse ich mich in den Schatten fallen und bringe Distanz zwischen uns. Er wird mich nicht ertappen, das habe ich mir geschworen. Erst als sich seine Silhouette schwarz vor dem einfallenden Licht abzeichnet und zur Seite verschwindet, folge ich ihm.

Je näher ich dem Ausgang komme, desto intensiver wird dieser seltsame Geruch in meiner Nase. Brennendes Glas und Säure, eingebettet in etwas Pflanzliches. Lichtflut? Was, bei allen schimmelnden Quallen, macht er hier?

Den Rücken gegen den Stein gepresst, verdrehe ich den Hals und spähe um den Felsenvorsprung herum.

Heute versteckte sie sich nicht mehr. Ohne auch nur eine Sekunde zu zögern, duckte sie sich darunter hindurch und trat hinaus.

Ringsum breitet sich schwarzer Kieselstrand aus. Ein finsterer Wasserspiegel schmiegt sich daran, ein See, nein, ein Meer. Es ist so riesig, dass meine Augen schmerzen, wenn ich sein Ende am Horizont suche. Weil er keins hat, erschrecke ich mich. Hier endet die Sichel der Velensphäre. Darunter, leicht versetzt, liegt nur die untere Azrenebene. Das Wasser fällt Dutzende Meter in die Tiefe.

Ein reizender Gedanke, jemanden hier zu ertränken. Es war sicherer für alle, dass sie die Entfernung zu den Palastquallen nicht allzu oft in Versuchung brachte.

Ungehalten stapfte Aistyra über das Geröll. Lichtflut besprenkelte das Wasser am Ufer – glibberige, leuchtende Pflanzen, die aufploppten und blaue Lichttümpel ausspuckten. Das war die Quelle des Schimmers, den sie im Berginneren bemerkt hatte. Sie sprang zur Seite, um nicht von den Spritzern getroffen zu werden.

Ich entdecke ihn nicht direkt. In sicherem Abstand zum Wasser, halb verdeckt durch ein hervorragendes Kliff, sitzt er und wühlt in einem geflickten Sack. Trotz der Meter zwischen uns erkenne ich die Instrumente wieder, die er um sich herum angeordnet hat. Die Spitzzangen und das Sieb, die Kochschüssel und den Rührer aus Wimmerstein. Allesamt Geräte, die seit vielen Zyklen aus den Quallenfabriken der Fließer verschwunden sind. Und die er jetzt mit der Routine eines Velen ordnet, der Dutzende Chroniken in diesem Beruf verbracht hat.

Sie entdeckte ihn sofort. Sein Versteck hatte sich ebenso wenig geändert wie er selbst: die Mantelärmel um die zu kurzen Arme gekrempelt, das Haar zu einem Dutt zusammengebunden, aus dem die Hälfte der Strähnen heraushing. Er hatte sich mit dem Rücken zu ihr gedreht. Wind stellte seinen Kragen auf und dünne Rauchfäden zwirbelten sich vor ihm in die Höhe, die nach brennendem Glas stanken.

Diese silbrigen Scherben, die er aus seinem Beutel nimmt ... Er verflüssigt den Niedergekommenen! Ich würde diese feste, schillernde Masse mit keiner anderen verwechseln. Davon stammt also der Geruch!

Ich presse mir die Hände vor den Mund. Dieser Vele hat die Geräte nicht gestohlen, damit er zum Spaß ein bisschen Feuer verflüssigen und die Quallen seiner Feinde ankokeln kann. Den Niedergekommenen in trinkbare Form zu bringen ist strengstens verboten. Und er will sich dessen Kraft aneignen. Die Macht, die Gedanken aller Wesen in seiner Nähe lesen zu können.

Die Macht, allwissend zu sein.

Zitternd stolpere ich zurück in den Felsengang und renne los. Nicht zu den Fließern und auch nicht zu den Königen. Ich werde sein Verbrechen für mich behalten. Erstmal. Doch wenn die Zeit reif ist, werde ich zurückkehren.

Sie war zurückgekehrt. Mit einem Grinsen auf den Lippen überwand Aistyra die letzten Meter zu dem Mann, der für sein Vergehen nicht mit Fesseln und Goldgift bezahlen würde. Sie würde ihm ein Angebot unterbreiten. Es war seine Entscheidung, ob er die gerechte Strafe oder die Bestechung wählte.

»Ich weiß, was du hier tust, Fließer.«

Sie hatte ein Zusammenzucken erwartet. Wenigstens einen Aufschrei. Stattdessen beugte er sich langsam über den Sack mit dem Niedergekommenen und schützte ihn mit seinem Bauch.

»Wer immer du bist – verpiss dich«, krächzte er, ohne sich umzudrehen.

»Ach wirklich?« Sie packte ihn am Kragen und riss ihn zu sich herum. Sein Arm schweifte in einem unkontrollierten Schwenker zur Seite und schlug gegen den Beutel. Es klirrte.

Sofort war er auf den Beinen. »Ich habe dir doch gesagt, du sollst dich ver-« Die Aggression in seinem Gesicht verblasste augenblicklich. »Eure Majestät?«

»Höchstpersönlich.« Aistyra ließ seinen Kragen los.

Laut fluchend wankte er zurück, sodass sein Rücken die Geräte und den Beutel verdeckte. Glaubte er wirklich, dass sie so leicht zu täuschen war?

Sie verschränkte die Arme vor der Brust. »Wahrscheinlich hast du mich nicht verstanden. Ich weiß, was du hier tust. Du hast dir die Geräte von deinen Fließer-Kollegen gekrallt und verflüssigst illegal den Niedergekommenen. Ich muss dich nicht daran erinnern, was das für Folgen hat.«

»Ihr seid allein hier«, stieß er durch die rauchvergilbten Zähne hervor, machte aber sicherheitshalber noch einen Schritt zurück. »Niemand würde euch so eine Geschichte glauben. Ihr könnt nichts beweisen!«

»Wie praktisch, dass ich alle Strafverfahren führe.«

Beim Zurückweichen fiel der Fließer beinahe über das Sieb, das dröhnend zur Seite rumpelte. Er plusterte die blauen Wangen auf und wirbelte mit den Armen.

Aistyra hielt ihn fest. Einen Moment zu lang ließ sie ihre Hand auf seiner Schulter ruhen. »Hör mir zu, Fließer. Es liegt nicht in meinem Interesse, dich zu bestrafen. Eine Zusammenarbeit könnte sich für uns beide als profitabel erweisen. Ich behalte dein Verbrechen für mich und du –«

»Warum sollte ich Euch vertrauen?«

»Und du«, sprach sie weiter, »lieferst mir im Gegenzug die Fläschchen, die du herstellst.«

Ich werde zur Königin der Betrüger, die mich in ihre Strategien einweihen, und zur Königin der Schwarzhändler, die ihre beste Ware für mich aufheben.

Der Fließer keuchte auf. Schweißperlen rannen über seine Stirn und verschmierten die Asche auf seiner Haut zu fettigen Schlieren. Aistyra zwang sich, ihren Ekel hinunterzuschlucken. Sie musste ihm ins Gesicht sehen.

»Es ist mir egal, an wen du den Niedergekommenen normalerweise vertickst und zu welchem Preis. Kooperierst du nicht, sorge ich dafür, dass du alles verlierst. Stimmst du zu, kriegst du von mir das beste Angebot, das du jemals erhalten hast. Schweigen.«

Das Kinn des Fließers bebte. »Das ist … Korruption!«, stieß er mit sterbender Stimme hervor.

»Das lass mal lieber meine Angelegenheit sein.«

»Ich erzähle den Journalisten davon!«

Sie hob die Augenbrauen. »Niemand wird dir glauben.«

Der Fließer schnappte nach Luft. *Komm schon. Gib es auf.* Für jemanden, dessen Freiheit auf dem Spiel stand, wehrte er sich viel zu energisch. Sollte sie ihm mehr drohen? Stärker auf ihre Dominanz beharren? König Dagian hätte es genauso gemacht.

Sie öffnete den Mund, doch der Vele kam ihr zuvor. »Ihr versprecht es?«

»So aufrichtig, wie es eine korrupte Königin nur versprechen kann.«

In seinen Augen spiegelte sich das schiefe Lächeln, das sie ihm zuwarf. Humor für die Mächtigen.

Sie spreizte ihre Finger und hielt sie ihm seitlich hin. »Du hast mein Wort.«

Der Fließer zögerte. Seine Zähne knirschten.

»Vier Chroniken lang an einen Baum auf der untersten Azrensphäre gefesselt«, erinnerte sie ihn. »Man wird deinen Mund aufreißen und Goldgift in deinen Hals kippen. Deine Venen werden so löcherig sein wie dieses Sieb da vorn, das du geklaut hast. Jedes Mal, das du verflüssigtes Material trinkst, wirst du innerlich brennen.« Oh, und wie es ihn versengen würde! Wenn es nur halb so viel Schaden anrichten würde wie das Feuer, das sie als Kind versehentlich in einem Zug geleert hatte, würde er lange leiden.

»Stopp!« Die Mimik des Fließers verzerrte sich zu einer Fratze. Er legte seine Finger zwischen ihre und drückte ihre Hände zusammen. »Ich bin einverstanden.«

Endlich. Sie löste sich von ihm und versuchte, seinen Schweiß möglichst unauffällig von ihrer Hand zu schütteln. »Lieferung zehn Mal pro Chronik. Ich gebe dir etwas Zeit, um deine Produktion auf unsere Vereinbarung einzustellen und dich von deinen sonstigen Käufern zu verabschieden. Drei Zyklen, dann will ich meinen ersten Anteil sehen.«

Er schluckte und wollte protestieren, aber sie beachtete ihn nicht. »Das ist ein fairer Deal, Fließer. In drei Zyklen treffen wir uns genau hier.«

»In Ordnung«, knurrte er.

»Fein.« Sie wandte sich zum Gehen. Erst jetzt, da der Vertrag geschlossen war, fiel ihr auf, wie sich der Geruch des Niedergekommenen verändert hatte: vom flammenden Glas zum verkohlten Silber. Über die Schulter hinweg deutete sie auf die Kochschüssel. »Ein Rat von mir als ehemalige Fließerin: Vergiss nicht, den Niedergekommenen umzurühren. Er schmilzt bei fünfhundertsechzig Grad.«

Mit einem schockierten Blick des Velen im Rücken drehte sie sich wieder um und schlenderte über den Strand zurück zum Palast.

KAPITEL 12

Ophiot

»Und welche Vorteile verschafft mir dieser Azrendünger?« Königin Aistyra beäugte den Screen, der wie eine Trennwand zwischen ihr und seinen Kollegen flackerte. Die Vertreter aller fünf Komplexe hatten sich im Palast versammelt, um über ihre Erfindungen zu sprechen. Vier von ihnen Initiatoren und damit die absoluten Führer. Die verwirrten Seitenblicke zeigten klarer als Worte, wie unterlegen er hier war.

»Wenn Ihr euch einmal die Darstellung anschaut, Eure Majestät.«

Aistyra zog die Augenbrauen enger zusammen, widmete sich aber trotzdem der Projektion.

Selbst die höchste Vele verabscheut Technik, dachte er.

Die Initiatorin aus Synthesphär, eine sommersprossige Frau im blauen Kleid, vergrößerte die Balken im Diagramm. »Unser Komplex hat gemeinsam mit Energetik einige Tests durchgeführt. Mit dieser Formel ziehen Azren fast doppelt so viele Erinnerungen und Mineralien aus der Erde. Die Wirkung nimmt zwar ab, je mehr sich ihr Körper an den Dünger gewöhnt, aber am Anfang sorgt das für spektakuläre Ergebnisse.«

»Und welche Vorteile habe *ich* von diesem Azrendünger?«, wiederholte die Königin ungerührt.

Ophiot knackte mit den Fingern. Dreistigkeit in der Diplomatie. Aistyra hinterfragte mehr als die Könige vor ihr, die von den Menschen nur knappe Berichte verlangt hatten. Würde es bei ihr schwieriger sein, seine Reformen durchzusetzen?

Abwesend betrachtete er die goldenen Fäden in der Quallenmembran, die sich mit ihr wie Lungen wölbten und zusammenzogen. Er musste eine Möglichkeit finden, mit Aistyra allein zu sprechen. In den letzten Tagen hatte er die Kugeln für den Seelensprenger fertiggestellt. Nach einer Testphase wäre das Gerät einsatzbereit. Was jetzt fehlte, waren seine Anwender. Splitternde. Und nirgendwo würde er sie leichter bekommen als bei der Königin selbst, die sie in ihren Haftquallen gefangen hielt.

Weicher, eindringlicher Singsang holte ihn in das Gespräch zurück. »Wir wollen nicht in Eure strategische Planung eingreifen, Eure Majestät. Allerdings würde es Eure Beliebtheit bei den Azren steigern, wenn Ihr auf ihre Bedürfnisse eingeht. Das eröffnet neue Handlungsspielräume.«

Sie starrten einander an: die kalten Augen der Königin gegen das samtige Braun von Amaranthe.

»Wer sagte, dass ich ...«, setzte Aistyra an, hielt dann jedoch inne und runzelte die Stirn. »Ich werde es mir überlegen.«

Die Grübchen um Amaranthes Mundwinkel vertieften sich. All die Zeit lang hatte sie ihn ignoriert. Sie hatte nur ihre Brille gerichtet, als sie ihn anstelle des Initiators entdeckt hatte, und ihm seitdem mit geradem Rücken gegenüber gesessen. Vielleicht hatte er ihr zu Unrecht Leichtsinn vorgeworfen.

Sein Gedanke wurde vom sanften Reiben an seinem Schenkel unterbrochen. Unter dem Tisch aus schwarzem Felsen streichelte ihn Amaranthes Fuß.

Er zog seine Beine zurück.

»Was hat Kerntum zu unserer Entwickung beizutragen, Leader Zrogka?« Die Königin rückte die Krone zurecht, die zu weit auf ihre Stirn vor gerutscht war.

»Leider noch nichts, Eure Majestät. Wir arbeiten gerade an einem Thema und melden uns bei Euch, sobald uns erste Erkenntnisse vorliegen.«

Gleich mehrere Abteilungen Kerntums forschten daran, die Magie der unteren Sphären zu verbessern. Gleichheit zu schaffen. Doch er konnte sich ausmalen, wie viele Proteste es gäbe, wenn Azren durch seelengekoppelte Technologien die Kräfte von Velen erhalten oder Splitternde zum vollwertigen Teil der Gesellschaft aufsteigen würden. Genau deshalb galt es, zu schweigen. So lange, bis sie die Geräte produziert und ihre Argumente gesammelt hätten. Und da er immer noch nicht geklärt hatte, was in der Seele für die Magie zuständig war, dürfte das dauern.

Aistyra spitzte die Lippen. Das Gold, das sie sich darauf getupft hatte, passte zu ihrem goldenen Hosenanzug. »Und Sie können uns keinen Zwischenstand geben?«

»Nein, tut mir leid. Die Ergebnisse sind zu schwammig.«

»Ihr Komplex hat schon seit zwei Chroniken keine Entwicklungen für uns geliefert, Leader Zrogka.« Das Blau ihrer Haut schien sich um ihre Nase zu verdichten, wodurch ihr Nasenrücken noch breiter wirkte. »Ich schlage vor, Sie bleiben nach der Konferenz hier, damit wir diesen *Umstand* zu zweit besprechen können.«

Ophiot lächelte in sich hinein. So ließe sich ein Gespräch unter vier Augen auch arrangieren. »Natürlich, Eure Majestät.«

»Gut. Ich will von Datik hören.«

Ein glatzköpfiger, stark nach Desinfektionsmittel riechender Mann stand für seinen Vortrag auf, und Ophiot rieb sich über die Lider. Der Blid projizierte die Uhrzeit 21:30 in die schwingende Quallenmembran. Seine Sinne streikten beim Anblick des Lichts, das noch immer in die Qualle strömte. Es war so engstirnig, dass

sich die unteren Völker weigerten, Tag und Nacht künstlich zu regulieren. Sie verließen sich nur auf den natürlichen Rhythmus vom Niedergekommenen, Zwielicht und Unverhangenen.

Bei all ihrer Abscheu gegenüber der Wissenschaft ist es fast absurd, dass wir für unsere Unabhängigkeit mit Technik zahlen, schoss es ihm durch den Kopf.

Das Tablet, das vor ihm auf dem schwarzen Gestein ruhte, surrte leise. Nachricht von Amaranthe Goss. Sie hatte ihn im Privatchat angeschrieben. Zum ersten Mal. Früher hatte sie immer die selbstlöschenden Threads von Energetik dazu genutzt.

Der Text blinkte blau auf dem Bildschirm.

»… auf diese Weise ist es uns gelungen, die Datenbank der Ska zu erweitern …«

Ophiot schielte zur Königin hinüber. Diese war völlig in den Bericht des Datik-Initiators vertieft und achtete nicht auf Amaranthe.

Warum schrieb sie ihm? Nahm sie die Spiele von damals wieder auf? Oder war er bloß voreingenommen und sie wollte ihm nur etwas zum Meeting sagen? Ihr künstlich faltenloses Gesicht verriet nichts.

Er klickte auf die Nachricht. »Zwei Chroniken Arbeit und ihr tappt immer noch an derselben Stelle? Kerntum hat schon mal besser dagestanden.«

Keine Rückkehr zum Alten und keine rationale Diskussion. Sie wollte ihn provozieren. Wahrscheinlich war es ihre Art, damit umzugehen, dass er fast dieselbe Position in der Hierarchie erlangt hatte wie sie.

Mit einem Wischen schloss er den Chat, doch das Fenster verblasste nur ein wenig, glitt zum Rand des Bildschirms und hängte sich auf. Die Nachricht von Amaranthe bedrängte ihn mit grauen Serifen.

»… in Zukunft Informationen über alle Velen zentral abrufbar …« Die monotone Stimme des Datik-Initiators strengte seine Ohren an. Es musste an der Uhrzeit liegen, dass er so unkonzentriert war. Seine Gedanken schweiften zu dem Bett ab, das in einer der Gästequallen auf ihn wartete.

»Die Ruheplätze der Initiatoren sind gemütlich, Ophiot. Warum kommst du nicht vorbei und wir plaudern ein bisschen darüber, wie du die Ehre von deinem Komplex retten könntest?«

Ophiot schmeckte Säure. Zweiundzwanzig Chroniken waren vergangen und sie nahm an, dass sich nichts geändert hatte. Sie jedenfalls hatte es nicht getan – egal, wie oft er sie vor dem falschen Gebrauch des Blids gewarnt hatte. Es würde sie umbringen und er würde sie nicht bedauern.

»Es tut mir leid, Papa.«

Seine Finger schwebten über dem Screen.

»Vielen Dank für Ihre ausführliche Präsentation, Initiator Thomn. Es freut mich zu hören, dass die meisten Komplexe ihre Versprechen erfüllen.« Aistyra trommelte mit den Fingernägeln auf dem Tisch. Das kratzende, warnende Geräusch galt eindeutig ihm.

Auf der anderen Seite des Felsenblocks hob Amaranthe einen Mundwinkel. »Nimm mein Angebot lieber an, bevor dich die Geier fressen«, lautete ihre nächste Nachricht.

»Kein Interesse«, tippte er zurück.

»Wenn ich es richtig sehe, bleibt uns noch Energetik. Initiatorin Goss, Sie haben bereits erwähnt, dass Sie Synthesphär bei den Messungen zum neuen Azrendünger unterstützt haben. Was haben Sie noch vorzuweisen?«

Ophiot atmete aus, als Amaranthe ihr Tablet aus den Händen legte und sich erhob. Im selben Moment verschwand das Chatfenster von seinem Bildschirm. Hatte sie sich etwa in sein System gehackt, um ihn zu belästigen? Bei den brüchigen Verbindungen auf der Velensphäre hätte es sie vor keine großen Herausforderungen gestellt. Diese Frau hatte völlig den Verstand verloren.

»Nach dem Ausfall der NLes war es unsere höchste Priorität, die Ursachen zu identifizieren. In dem Punkt decken sich unsere Aufgaben der letzten fünfzehn Tage mit denen der anderen Komplexe«, sagte Amaranthe gedehnt. Ihr Blick glitt über die Versammelten und blieb an Ophiot hängen. Für sie alle wirkte es wie eine Beiläufigkeit, doch ihm entging nicht, wie sie ihr Kinn minimal vorschob. Er kannte diese Mimik. Diesen Versuch, ihn zu ergründen.

Ich durchschaue dich.

Ophiots Schultern verkrampften sich.

»Genauso wie den anderen Komplexen ist es uns nicht gelungen.«

Pause. Es war kein Geheimnis, dass der Kerntum-Initiator ihm die Verantwortung übertragen hatte, den Grund für den Funktionsverlust herauszufinden. Die Medien hatten darüber berichtet. Und Amaranthe kannte ihn gut genug, um zu wissen, dass er Dinge sehr gründlich untersuchte. Es sei denn, er hatte großes Interesse daran, dass niemand von ihnen erfuhr.

Ophiot war sich sicher, dass sie sein Zusammenzucken bemerkte.

»Fahren Sie fort«, forderte Aistyra.

»Dass die NLes bis heute nicht funktionieren, hat uns auf einen wichtigen Gedanken gebracht. Auch in Zukunft könnten technische Störungen auftreten. Wir brauchen keine bessere Ursachenanalyse, sondern ein besseres Konzept. Mikrochips, die sich so natürlich in den Organismus der Azren einfügen, dass er sie als Teil von sich ansieht. In dem Fall würde er die Schäden selbst reparieren und die NLes wären unzerstörbar.«

»Und dieses Konzept … Ihr habt es?« Die Vele klang atemlos.

»Ja. Wir stellen es euch bereit, wenn Ihr wünscht.«

Wie bitte? Erst in der Stille nach Amaranthes Verkündung fiel ihm auf, dass die Königin nicht mehr auf den Felsen trommelte. Sie federte hoch, lief um den Tisch herum und blieb mit dem Rücken zu ihnen stehen. Nur das unablässige Kratzen an ihrer

Schulter bewies ihre Bestürzung. Die feine Seide an ihrer Haut würde gleich reißen.

Ophiot schüttelte den Kopf. Amaranthe bluffte eindeutig. In der Geschichte der Menschen hatte niemand in so kurzer Zeit eine so bahnbrechende Technologie entwickelt. Diese riskante Behauptung zielte auf etwas anderes ab, etwas viel Größeres. Wollte sie seine Reaktion testen?

Wenn sie ahnte, dass er hinter dem Vorfall mit den NLes steckte …

»Wie ist das möglich?« Der Datik-Initiator neben ihm hustete. »Ihr Komplex hat allein in wenigen Zyklen ein Gerät gebaut, für dessen Vorgänger wir zusammen anderthalb Chroniken gebraucht haben?«

Die Remedium-Wissenschaftlerin stützte sich am Tisch ab. »Warum haben Sie keinen anderen Komplex in die Forschungen eingeweiht?«

»Ich schätze, die Ergebnisse sprechen dafür, dass wir das Problem hervorragend allein lösen konnten.« Amaranthes Ausdruck blieb hart. *Sie sagt die Wahrheit.* Also hatte sie gar nicht versucht, seine Schuld am Ausfall der NLes zu entschleiern? Ihre Blicke, als sie über das Versagen der anderen Komplexe gesprochen hatte – hatten sie nur dazu gedient, ihn zu erniedrigen?

»Egal, wie hoch du aufsteigst, du wirst niemals besser sein als ich. Also bleib schön unten, Kleiner. Und das nicht nur körperlich.«

»Vielen Dank für Ihren wissenschaftlichen Einsatz.« Aistyra drehte sich wieder zu ihnen um. Ihre Hosen, die gerade noch perfekt an ihren Beinen entlang fielen, wirkten zerknittert. »Dennoch habe ich kein Interesse daran, die NLes in irgendeiner Form zu aktivieren. Ich werde mein Versprechen den Azren gegenüber nicht brechen.«

»Wie Ihr wollt, Eure Majestät.« Amaranthe verneigte sich knapp und ließ sich auf dem Gesteinsstuhl nieder.

Vergeblich suchte er in ihrem Gesicht nach einer Spur von Genugtuung, irgendetwas, was darauf hinwies, dass sie mit ihrem Auftritt zufrieden war. Sie hatte die Komplexe herabgesetzt und bewiesen, dass Energetik im Alleingang mehr schaffte als alle anderen gemeinsam. Das müsste ihrer Überheblichkeit einen ordentlichen Schub verpasst haben. Doch da war nichts.

Einen Wimpernschlag später tauchte eine Nachricht auf seinem Screen auf: »Du solltest deine Geheimnisse besser hüten.«

KAPITEL 13

Aistyra

Im Normalfall sah sie die anderen und durchschaute sie. Ihre Motive waren nicht schwer zu erraten, weil sich jede ihrer Emotionen auf sich selbst bezog. Neid war der Wunsch, selbst etwas zu besitzen, was sich ein anderer bereits weggeschnappt hatte. Ehrgeiz die Absicht, für die eigenen Ziele zu arbeiten. Mut die Ausblendung von Selbstzweifeln und Angst die Anwesenheit davon.

Komplexeste Gefühle, zerlegt in ihren einzigen Baustein: Egoismus. Jeder, der das begriffen hatte, konnte ganz Ilmestys kontrollieren.

Nur die Menschen nicht. Denn ihre Rationalität war nicht egoistisch. Ihre Rationalität war nicht kontrollierbar. Und genau das trieb Aistyra in den Wahnsinn.

Sie verschränkte die Finger auf dem Tisch ineinander. »Vielen Dank, dass Sie sich die Zeit genommen haben, Leader Zrogka.«

»Selbstverständlich, Eure Majestät.« Ophiot deutete auf den flachen Bildschirm, der vor ihm auf dem Felsenblock lag. Das bläuliche Licht erhellte seine schwarze Uniform und spiegelte sich in seinem metallischen Kragen. Warum mussten die Menschen alles mit ihrer Technik zumüllen? »Ihr wolltet Euch über die Gründe dafür unterhalten, dass der Kerntum-Komplex so lange keine Entwicklungen geliefert hat.«

Beim Sprechen verursachte sein Kiefer feine Geräusche – als ob die Plastikteile nicht ideal gefertigt wären und leicht aneinander rieben. Aistyra unterdrückte den Impuls, sich die Ohren zuzuhalten. All diese Implantate ... Es widerte sie an, wie die Menschen ihre Körper entstellten.

»Ja. Sie müssen verstehen, dass Sie im Gegensatz zu den anderen Komplexen sehr schlecht abschneiden, Leader. Dagian und Fearne haben Ihre Langsamkeit toleriert. Ich finde sie unbefriedigend.«

»Soweit ich mich erinnern kann, haben wir jede Verzögerung durch wertvolle Erfindungen ausgeglichen. Forschung lässt sich leider nicht immer beschleunigen, Eure Majestät. Proben und Experimente brauchen ihre Zeit.«

Es gefiel Aistyra nicht, wie viel Selbstsicherheit seine Haltung ausstrahlte. Zu viel Selbstsicherheit für jemanden, der sich vor ihr rechtfertigen musste.

Rationalität ist nicht kontrollierbar. Sie wippte mit dem Fuß. »Ich setze darauf, dass mein *gesamtes* Volk vollen Einsatz zeigt, Leader. Besonders unter den aktuellen Umständen.«

Bei der Behauptung, die Menschensphäre zähle zu ihrem Machtbereich, zuckten seine Lippen kaum merklich. Also doch nicht so nebulos rational, wie sie befürchtet hatte.

Ich hätte dem Fließer befehlen sollen, mir den Niedergekommenen schon heute auszuliefern. Alles wäre so viel einfacher, wenn ich seine verdammten Gedanken lesen könnte.

»Ich könnte die Forschung in Ihrem Komplex eindämmen, wenn sie mir keine Vorteile verschafft.«

»Das würde ich Euch nicht raten.« Die blassgrauen Augen des Wissenschaftlers verdunkelten sich.

Das Licht, das gerade noch sanft in die Qualle geströmt war, stach plötzlich ihre Haut. Drohte er ihr etwa?

»Warum sollte ich es nicht tun?«, fragte sie, jedes Wort überbetont spitz.

»Weil Ihr mir sonst einen Grund dazu gebt, Euer Geheimnis aufzudecken. Ihr seid korrupt.«

Was? Ihre Venen verengten sich schmerzhaft. Was bildete er sich ein, es ihr vorzuwerfen? Er konnte es nicht wissen, keiner wusste es!

»Und ich nehme an, Sie möchten mir erklären, was Sie zu einer derart irrsinnigen Behauptung verleitet hat?«, fragte sie kühl.

»Mein Blid misst die Umgebungstemperatur in der Qualle, Majestät.« Ophiot zeigte auf sein Ohr. »Sie ist drastisch gesunken, sobald ich Euch auf dieses Thema angesprochen habe. Ihr lügt.«

Diese verfluchte Technologie. Aistyra rieb sich die Schulter. Kälte kringelte sich unter ihrem Daumen, als die Seide riss. Sollte sie ihm widersprechen? Ihm sagen, dass auch etwas anderes den Temperatursturz verursacht haben könnte?

»Ihr trinkt verflüssigten Niedergekommenen. Die aktuellen Gesetze verbieten das. Der Besitzer könnte durch das Gedankenlesen unzulässig starke Kraft erhalten. Kritisch, wenn sie in die Hände der Königin gerät – der Vele mit der ohnehin größten Macht, die aktuell sogar ohne einen Partner regiert.«

Aistyra verkrampfte sich. Er wusste es wirklich. Die Beschreibung war zu genau für einen Betrug. Aber wie, wer hatte ihm die Information gegeben? Der Fließer? Unmöglich. Was verband einen einfachen Velendieb mit einem hoch angesehenen Forscher? Ihre Gedanken dröhnten. Wer könnte es sonst gewesen sein? An dem Zyklus war ihr niemand gefolgt.

Ophiot legte den Kopf schief.

Sie musste einen Weg finden, diese Situation zu ihren Gunsten zu wenden. *Denk nach, denk nach, denk nach!*

»Warum sollte jemand an diese Theorie glauben?« Sie vertiefte ihr Lächeln. Er durfte nicht mitbekommen, wie sehr er sie verunsicherte. »Ich habe meine Unzufriedenheit mit Ihrer Arbeit nicht verheimlicht. Ihre Kollegen können das bestätigen. Ihre Anklage würde den Anschein erwecken, dass Sie mich um Freiräume für Ihren Komplex erpressen wollen.« Sie breitete ihre Hände auf dem Tisch aus. Das musste funktionieren.

»Das würde sie nicht. Euch fehlt das Rückgrat eines loyalen Volkes, Eure Majestät. Niemanden wird es interessieren, wie realistisch meine Anklage wirklich ist. Sie laut auszusprechen, reicht aus, um Eure Legitimation zu vernichten.«

Aistyra schnappte nach Luft. Er hatte recht. Bei allen Mächten des Sterns, er hatte recht! Wäre die Lage stabil, würde dieser Vorwurf ihre Herrschaft nicht im Geringsten gefährden. Aber jetzt, so kurz nach dem Krieg … während die Azren rebellierten und die Velen nicht an ihre Fähigkeit glaubten, Ilmestys allein regieren zu können … Jetzt würde der kleinste öffentliche Fehler all ihre Macht infrage stellen.

Rationalität ist nicht kontrollierbar. Sie hatte die Kontrolle verloren. Schwindel überfiel sie und sie stand auf, um ihre Mimik vor ihm zu verbergen.

In zwanghaft ruhigen Schritten stakste sie an der Quallenmembran entlang. Ophiot sollte den Eindruck bekommen, sie hätte sich nur erhoben, um das Lichtspiel auf deren zarter Haut zu bewundern.

»Ich nehme meine Ansprüche zurück. Kerntum ist davon befreit, in der nächsten Chronik Erfindungen liefern zu müssen«, sagte sie mit fester Stimme. *Das muss reichen. Bitte, bitte, lass ihn nicht mehr verlangen.*

»Das reicht nicht.«

Heiliger Sternendreck.

»Was wollen Sie von mir?«

»Euch muss bekannt sein, dass Kerntum zu Splitternden forscht.«

Sie nickte vorsichtig. Egal, wohin das führte, es würde keine gute Richtung einschlagen. Niemand würde den Vorteil, den er ihr gegenüber hatte, für nutzlose Bitten verschwenden.

»Ich brauche Untersuchungsobjekte. Als Mensch sind sie nicht einfach zu besorgen, aber Ihr habt Eure Fraktion. Händigt mir Splitternde aus und ich garantiere Euch mein Schweigen.«

Aistyras Zunge schmeckte pelzig.

»Kooperierst du nicht, sorge ich dafür, dass du alles verlierst. Stimmst du zu, kriegst du von mir das beste Angebot, das du jemals erhalten hast. Schweigen.«

Dieselbe Drohung, die sie nur einen Zyklus zuvor dem Fließer gegenüber ausgesprochen hatte, setzte Ophiot jetzt gegen sie ein. Dieser verdammte Quallenlutscher! Es ging nicht darum, wie leicht seine Forderung zu erfüllen war. Er hatte etwas, womit er sie erpressen konnte, und er nutzte es schamlos aus.

Aber welche Wahl blieb ihr?

»Das ist alles?«, erkundigte sie sich schroff.

»Eins noch. Ich brauche die Splitternden sofort.«

Sie leckte sich die Lippen. Waren da nicht diese beiden Geschwister, die in einer Gefängnisqualle verrotteten? Die Splitternden, die Zastan auf dem Sphärenanhängsel niedergestreckt hatte, als er sie nach oben geholt hatte? Sie könnte sie eintauschen. Wertlose Leben gegen das Geheimnis einer Königin. Und dennoch stimmte hier etwas nicht.

»Warum diese Dringlichkeit, Leader? Splitternde sind nicht leicht zu fangen. Außerdem richten wir sie im Normalfall öffentlich hin, um die Stärke von Ilmestys zu beweisen. Sie erhalten sie, sobald sich die Möglichkeit dazu ergibt.«

»Nein.«

»Nein?« Sie drehte sich zu ihm um.

Mit einer Hand fuhr sich der Wissenschaftler durch die kurz geschorenen Haare. »Ich verlange sie sofort. Ich bin mir sicher, Ihr

könnt einige Exemplare in Ihrer Haftqualle finden. Seit dem Tod des Königspaares haben keine Hinrichtungen stattgefunden. Ich kann mir nicht vorstellen, dass Ihre Fraktion seitdem keine Splitternden erjagt hat.«

Misstrauisch taxierte Aistyra ihn. *Was strebst du an?*

Ophiot hatte ihr Geheimnis nicht nur dazu enthüllt, Splitternde für seine abstruse Forschung zu gewinnen. Er hätte sie offiziell beantragen können und sie hätte sie ihm geschenkt. Doch er wählte den Umweg. Band sie an ihr Schweigen, genauso wie sie von seinem abhing. Warum?

Ophiot lehnte sich zurück. »Es ist Eure Entscheidung. An Eurer Stelle würde ich allerdings nicht allzu lange zögern. Skandale verbreiten sich schnell.«

Wage es nicht!, wollte sie am liebsten schreien. Stattdessen lächelte sie nur und stolzierte wieder auf ihn zu. Denn das war es, was eine Königin von einem Wissenschaftler unterschied: Erstere handelte niemals offen.

»Ich vertraue darauf, dass es nicht nötig sein wird, Leader. Sie kriegen Ihre Splitternden.«

Und danach kriege ich dich.

KAPITEL 14

Ophiot

Nicht alle Gesetze der Velen galten für Menschen. Als Zugeständnis ihrer Unabhängigkeit lebte die oberste Sphäre zum größten Teil nach eigenen Regeln, die von der Wissenschaft diktiert wurden. Ophiot hatte sich nicht erkundigt, welche Strafe sie für eine Entführung vorsahen.

Es war ihm egal. Der Sinn seiner Forschung stand über dem Leben des Einzelnen. Damit viele Splitternde Freiheit und Anerkennung gewannen, musste er die einer Vele aufopfern. Gleichheit ließ sich niemals mit gerechten Mitteln erlangen.

Das Treffen auf der Velenebene hatte es ihm leicht gemacht. Hier unten trackte der Blid seine Bewegung nicht. Der Initiator wusste, dass er sich für die Konferenz mit der Königin auf der Velensphäre aufhielt, und würde keine Fragen stellen. Niemand würde sich über das Gepäck wundern, das er für seine Reise mitgenommen hatte. Und in dem statt Instrumenten eine Vele lag. Ein Mädchen, die Glieder verbogen im Koffer, die weißen Haare eingeklemmt im Reißverschluss. Eine Fraktionsnovize. Bei den Mutproben kurz nach dem Niedergekommenen war sie weit fortgelaufen. Vermutlich wollte sie ihre Freunde beeindrucken. Aber im Klang der Sternenschalen, die unter ihren Füßen zerbrachen, sorgte ein einziger Schuss dafür, dass sie ihre Runde nicht beendete.

Der Sterta-Kampf hatte ihn gelehrt, niemals zu verfehlen.

Ophiot hatte sie gescannt. Drei Splitter schwammen in ihrer vollkommenen Seele. Drei Chancen, den Seelensprenger auszutesten. Er würde sie in sein Labor bringen, in den künstlichen Garten, zu dem kein anderer einen Zugang hatte. Wie er mit ihrem Körper danach verfuhr, hatte er noch nicht entschieden.

In wenigen Stunden, wenn er die Empfangshalle des Kerntums betrat, würde niemand merken, was er getan hatte. Er würde still die Welt revolutionieren.

LABORBERICHT 865421OZ

Angewandte Forschung Kerntum
Seelengekoppelte Technologien
Erster Test des Seelensprengers
Version: 1 (intern)
Mitbearbeiter: Ophiot Zrogka

Für das Konzept des Seelensprengers siehe LABORBERICHT 865420OZ.

Vorbereitung

Für den Test des Seelensprengers wurde eine Vele mit drei zusätzlichen Seelensplittern ausgewählt.

Anmerkung: Als Nachweis dient die Seelenkopie L99iF: Die Partikel sind jeweils violett und rot zu erkennen.

Um die Forschung zu erleichtern, wurde das Untersuchungsobjekt in künstliches Koma versetzt. Da die Dauer und die Anzahl der Tests nicht im Vorfeld ersichtlich waren, eignete sich diese Methode besser als die Vollnarkose. Zudem konnte sich der Körper des Objekts in diesem Zustand darauf fokussieren, Verletzungen zu heilen, die im Laufe der Tests hätten entstehen können.

In der gesamten Testphase hielten Versorgungsschläuche alle Vitalfunktionen des Objekts aufrecht.

Durchführung

Das Objekt wurde vier Tage lang mit einem Seelenscanner überwacht. Sobald sich die Seelenpartikel in den äußeren Körperregionen sammelten, wurde mit dem Seelensprenger in die Nähe geschossen. Beim Entfalten sollten die Kugeln ein Energiefeld erzeugen und den entsprechenden Splitter heraussprengen. Insgesamt wurden acht Kugeln verwendet:

- vier Kugeln, deren Energiefeld die gleiche Ladung besaß wie die violetten Seelensplitter; jeweils zwei in Typ A und B
- vier Kugeln, deren Energiefeld die gleiche Ladung besaß wie die roten Seelensplitter, jeweils zwei in Typ A und B

Anmerkung: Die beiden Typen unterscheiden sich in der Zusammensetzung der Kugelhülle. Für weitere Ausführungen siehe Ergänzung zum LABORBERICHT 865420OZ.

Ergebnisse

Die Seelenpartikel des Objekts ließen sich erfolgreich heraussprengen. Dabei entwickelten die Kugeln des Typs B eine höhere Geschwindigkeit beim Schuss.

Wenige Stunden nach der Durchführung des Experiments bildeten sich goldene Schuppen an der Stelle, an der sich der herausgesprengte Seelensplitter befand. Dieses Phänomen ist bisher nur bei Splitternden bekannt. Die Fläche ihrer Goldschuppen vergrößert sich, wenn sie weitere Teile ihrer Seele verlieren. Dies legt die Vermutung nahe, dass auch vollkommene Wesen zu Splitternden werden können. Allerdings handelt es sich hierbei um eine Einzelfallbeobachtung, die nicht verallgemeinert werden kann.

Erkenntnisse und Anschlusshandlungen

Obwohl der bisherige Seelensprenger sein Ziel erreicht, benötigt er ein praktischeres Design. Das Gerät sollte handlicher sein. Eventuell würde sich eine Schlaufe oder ein Griff zum Befestigen am Körper des Trägers anbieten.

Zudem müssten für alle Seelentypen entsprechende Kugeln produziert werden. Wegen der höheren Geschwindigkeit ist Typ B zu bevorzugen.

Abschluss der Testphase
Nach der unerwarteten Aufsplitterung des Testobjekts wurde seine Seele auf einer Seelenkopie festgehalten. So können die Gründe für den Vorfall erforscht werden.

Da es sich hierbei um eine höchst sensible Beobachtung handelt, die bisher nicht öffentlichkeitsfähig ist, unterliegen die Testergebnisse der Schweigepflicht. Das Untersuchungsobjekt Vele wurde eliminiert, um die Geheimhaltung nicht zu gefährden.

KAPITEL 15

Aistyra

Als sie zugestimmt hatte, zur Nachfolgerin der Könige aufzusteigen, hatte sie nicht gewusst, wie unbequem der Thron war. Entnervt wechselte sie die Pose und lehnte sich auf dem Felsenblock zurück, der ihr mit seinen zwei hoch aufragenden Wimmersäulen Größe und Prestige verleihen sollte. Einen Scheiß. Das Einzige, was er ihr verlieh, waren donnernde Rückenschmerzen.

Den Balphen schien das zu amüsieren. Ceder hatte auf einer der beiden geriffelten Halbsäulen Platz genommen, die den Eingang der Qualle säumten, und beobachtete sie mit geöffnetem Schnabel. Wenn er könnte, würde er sich vermutlich Nüsse oder anderen Müll reinwerfen.

»Spaßig, hm?«, spie sie aus.

»Du lässt dich von einer brüllenden Azrenmeute nicht verunsichern und verlierst deine Selbstbeherrschung vor einem Balphen?« Zastan schaute zwischen ihr und Ceder hin und her. Das Lachen, in das er ausbrach, kostete sie die Reste ihrer Fassung. Es passte so gar nicht zu dem ernsten Anführer der Fraktion, der vor wenigen Minuten die große, runde Thronqualle betreten hatte.

Diesmal hatte Zastan keine Zeit darauf verschwendet, seine dunkle Kampfmontur gegen das perlenbesetzte Jackett zu tauschen. Schwarzer Staub hatte sich an seinen Stiefeln gesammelt und dämpfte den Glanz seiner Brust- und Schulterplatten. Offenbar war er direkt vom Training gekommen. Aistyra musste zugeben, dass er ihr so am liebsten gefiel: rau, temperamentvoll, tödlich.

»Hast du mir sonst noch etwas zu sagen, außer dass ich mich nicht von meinem Balphen beeindrucken lassen soll?«

»Deine Lage ist verdammt scheiße.«

Aistyra bleckte die Zähne. Bei jedem anderen Velen hätte sie diese Bemerkung übergangen und das Gespräch weitergeführt, ohne etwas von ihrer Gereiztheit preiszugeben. Nicht bei Zastan. Sie kannte ihn zu lange, als dass sie sich überhaupt die Mühe machen würde, ihre Gefühle vor ihm zu verheimlichen.

»Danke, du Quallenlutscher, das ist nichts Neues. Seitdem du mich von diesem Sphärenanhängsel hierhin geholt hast, ist meine Lage durchgehend verdammt scheiße.«

»Nein, ich meine nicht die Sache mit den Azren.« Zastan näherte sich ihr. Beim Gehen hinkte er leicht auf dem rechten Bein, dort, wo ihn ein Beteh vor einer Chronik übel zugerichtet hatte. Sein gesamter Oberschenkel war aufgeschlitzt und seine Venen völlig zerfetzt gewesen, als man ihn an die Heiler übergeben hatte. Bei der Erinnerung an die Goldlache kroch Kälte in ihre Brust. Sie war sich sicher gewesen, ihn zu verlieren.

»Hast du gehört, was sie fordern? Ich kann mir nicht vorstellen, dass es ein größeres Problem gibt als das.«

Zastan winkte ab. Der OrEsk – ein feiner Draht an seiner Ohrmuschel, über den er mit der Fraktion kommunizierte – schimmerte silbrig. »Einen Azrenrat und einen Velentrupp, der sie ins Moor begleitet, damit sie dort Erinnerungen sammeln können. Kleinigkeiten.«

»Was?« Aistyra sprang auf. »Bei diesem netten Spaziergang werden Soldaten draufgehen! Dort leben *Betehs,* Zastan.« Sie schauderte. Im vorletzten Umbruch hatte lebendiger Nebel den Ort verschlungen, an dem früher Dutzende Kernbäume gewachsen waren. Man erzählte sich, der Dunst folterte alle, die sich hineintrauten, und verfütterte sie danach an seine Bestien. In ihrer kurzen Zeit als Journalistin hatte sie genug Geschichten von Schwachköpfen gehört, die die Warnung nicht ernst genommen hatten.

»Deine Soldaten sind immer mit ihnen fertig geworden.«

»Hörst du mir überhaupt zu? Von mir aus können die Azren halb aufgefressen zurückkehren und mit ihren Erinnerungen prahlen. Aber ich lasse nicht zu, dass die Betehs meine Velen anknabbern!«

»Hast du nicht diesen neuen Botschafter? Tamnes oder so?« Wie selbstverständlich plumpste Zastan auf den zweiten Thron neben ihrem. Aistyras entgeisterten Blick ignorierte er.

»Ja, er hat die Stelle gestern angetreten.«

»Dann lassen wir ihn sich darum kümmern. Er soll die Azren besänftigen und ihnen die Idee ausreden. Wir haben ihn genau dafür eingeplant.«

»Bisschen viel ›wir‹, findest du nicht? Ich fälle hier die Entscheidungen.« Ohne, dass sie es beabsichtigt hatte, schlich sich ein giftiger Unterton in ihre Worte ein. Sie hatte Zastan nicht verletzen wollen. Doch sie reagierte allergisch auf jeden, der einen Teil ihrer Kontrolle für sich beanspruchte. Selbst auf Zastan, den Mann, der lieber sein Leben lang die Wurzeln eines Azren putzen würde als mit ihr das Amt zu tauschen.

Ihm war ihr Stimmungswechsel aufgefallen. Und statt sich zurückzuziehen, provozierte er sie weiter. »Ach komm schon, Aist, gib zu, dass ich dein König bin.«

»Nenn mich nicht Aist. Und geh vom Thron herunter.«

»Er ist gemütlich.«

»Ist er nicht!«

»Jetzt bist du selbst heruntergegangen. Hör zu, was würdest du davon halten, wenn ich als König kandidiere? Es sind schon fünfzehn Zyklen vergangen und wir haben Hone immer noch nicht gefunden. Vermutlich ist sie tot. Du brauchst einen neue Partnerin oder einen neuen Partner.«

»Was für einen Mist redest du da?« Aufgewühlt bäumte sie sich direkt vor Zastan auf und stemmte die Hände in die Hüften, die kompliziert genähten Brokatfalten umspielten.

Sein Geruch nach Sturm und Pfeffer brachte sie um den Verstand. *Er soll aufstehen. Heiliger Sternendreck, er soll vom Thron aufstehen oder ich werde ihn eigenhändig dort herunterzerren.*

Zu seinem Glück schwang Zastan von selbst hoch und stellte sich vor sie, so nah, dass sie die einzige, quer über sein Gesicht laufende Goldader pochen sah. Im dunklen Blau seiner Haut gingen seine Augen fast unter. »Der Mist ist«, schnurrte er, »dass dein treu ergebenes Volk lauthals nach einem zweiten König verlangt. Und solltest du die Forderung nicht erfüllen, brichst du nicht nur mit einer uralten Tradition. Du bringst dich selbst in eine Lage, die du nicht *im Griff* hast.«

Hilflosigkeit. Das Gefühl, den Umständen ausgeliefert zu sein, ohne sie jemals wieder beherrschen zu können. Es war wie Fallen. Nur, dass sie in ihre bodenlose Seele stürzte.

»Ich komme gut zurecht«, keuchte sie und senkte die Arme zu ihren Seiten.

Zastan umfasste ihre Schultern und führte sie zum Thron zurück. Verstört sank sie auf die Kante des Steins.

»Hast du von der Sache mit den Splitternden gehört? Das, was vor drei Zyklen passiert ist?« Seine Stimme wurde brüchig.

Kälte sackte in ihren Bauch. Sie schüttelte den Kopf.

»Es gab einen neuen Todesfall. Eine kleine Vele vom Rand der Sphäre ist verschwunden, Nires. Wir gehen davon aus, dass ein

Splitternder dahintersteckt. In den letzten Zyklen häufen sich ihre Angriffe. Sie fühlen sich sicherer, glauben, dass du bei deinen vielen Aufgaben nicht die Zeit hast, die Verbrechen zu verfolgen.«

»Es … es tut mir leid.« Aistyras Inneres drehte sich quälend um. Sie wusste, wie nah Zastan jeden Tod nahm, den die Splitternden verantworteten. Diese Monster hatten ihm seinen Geliebten gestohlen und er war nicht schnell genug zu ihm geeilt, um ihn zu beschützen. Jeder weitere Mord … Bei allen Mächten des Sterns, es musste sich für ihn so anfühlen, als hätte er wieder versagt.

Diesmal legte Zastan eine längere Pause ein, bevor er etwas erwiderte. Lautlos bewegte er sich zu der Säule, auf der Ceder an seinen Federn pikte, und strich ihm über den feurigen Hukel am Kopf. Im Schummer der Qualle flammte er hell.

»Du solltest die Medien beobachten, Aist«, sagte Zastan schließlich gedrückt, »alle zerreißen sich das Maul darüber und du hörst nichts.«

Ich habe dich gebraucht.

Hinter Aistyras Stirn pulsierte Leere. »Ich kann nicht auf alles gleichzeitig Acht geben!«, wollte sie ihn anschreien. Doch das würde nichts daran ändern, dass Zastan trauerte und sie nicht für ihn da gewesen war. Sie hatte ihn im Stich gelassen, ihren einzigen Freund. Oder wer auch immer er für sie war. »Es tut mir wahnsinnig leid«, wiederholte sie.

»Das ist erst der Anfang. Die Splitternden werden weiter morden, solange es niemanden gibt, der sie bestraft. Das Geschwisterpaar, das ich auf dem Sphärenanhängsel festgenommen habe – hast du es hinrichten lassen?«

Diese verfluchten Splitternden! Aistyra hatte sie und Ophiot völlig vergessen. Sie hätte doch etwas über ihn herausfinden müssen, ein schmutziges Geheimnis, ein unschlagbares Argument, mit dem sie seine Erpressung hätte stoppen können. Aber sie war zu beschäftigt mit anderen Dingen gewesen. Und jetzt musste sie schweigen und tun, was er von ihr verlangt hatte – egal, wie unmöglich das erschien. »Sie sitzen noch in der Haftqualle.«

Zastans Knurren vibrierte in der Quallenmembran. Er war von Trauer zu Wut übergesprungen, weil es so viel einfacher war. »Dann töte sie. Morgen.«

Und händige dem Wissenschaftler ihre Leichen aus? Er würde ihr kleines korruptes Geheimnis nicht aus reiner Nächstenliebe für sich behalten. Aistyra musste sich zurückhalten, nicht laut loszuheulen. Ohne es selbst zu wissen, ritt Zastan sie noch tiefer in das Schlamassel, aus dem er sie herauszuziehen versuchte.

»Deine Reputation wird davon profitieren. Zeig den Velen, dass sie sich mit dir an der Macht sicher fühlen können.«

Das wird leider nichts bringen, weil ich nach diesem Prozess nicht mehr lange an der Macht bleiben werde.

»Willst du dabei sein?«

»Du kennst meine Art von Rache besser als jeder andere.« Seine Hand verharrte im Nacken von Ceder. Der Balph witterte die Gefahr und erhob sich in die Luft. Schlagartig kühlte die Temperatur in der Qualle ab. »Ich werde sie zu dir bringen. Und danach werde ich losziehen und jeden von ihnen abschlachten, den ich in die Finger bekomme.«

Da war er, der Soldat, den Dagian wegen seiner Präzision zum Fraktionsführer ernannt hatte. Ein Mörder, dessen Loyalität Leben kostete. Sie konnte es ihm nicht verübeln. Nicht, nachdem sein Geliebter den Splitternden zum Opfer gefallen war. Nicht, nachdem er Nires und so viele Velen vor ihr in Leichentücher gewickelt hatte. *Und noch wickeln wird.* An seiner Stelle wäre sie genauso geworden.

Nichts in ihr zitterte, als sie sich erhob und ihm zunickte. »Streck so viele von ihnen nieder wie du kannst.«

»Ich mache meine Arbeit.« Er senkte das Kinn. »Mach du deine. Wähle einen zweiten König, Aist. Und überlege dir, wie du die Meute ruhig stellst. Sowohl die Azren als auch die Velen.«

Mit diesen Worten kehrte er ihr den Rücken zu und verließ die Thronqualle.

Ihr blieben etwa vierzig Stunden Zeit. Weniger als ein Zyklus, um sich auszudenken, wie sie die öffentliche Hinrichtung der Splitternden fälschen konnte.

KAPITEL 16

Vemery

Deine Hand liegt auf meiner und schließt meine Finger enger um den Zerteiler. Sie zittern so seltsam, diese Finger. Noch nie hat sich mein knochenloser Körper so versteift angefühlt. Irgendwie gefrostet.

»Schieß seitlich und guck weg. Dann musst du sein Goldblut nicht sehen.« Deine Worte sind ein Befehl, den du in Wind bettest. Sie rauschen durch mein Bewusstsein, verwüsten mich auf eine freundliche Weise.

»Ich bin mir nicht sicher, ob –«

»Du schaffst das.« Du klingst überzeugt. Ich wünschte, ich könnte so selbstbewusst sein wie du. Da liegt Kraft in der Annahme, dass sie uns das Leben schulden. Schließlich bekommen sie es von Geburt an, einfach so. Wir kämpfen dafür, und doch weigern sie sich, es uns zu geben. Du sagst, dann müssen wir es uns selbst holen. Das sei gerecht.

Ich verstehe nicht, was Gerechtigkeit bedeutet.

»Er geht weg. Komm schon, du darfst nicht den Moment verpassen!«

Der Velenjunge, der innegehalten hat, um den Fluss aus Licht zu bestaunen, tappt verträumt weiter. Die Windesbäume werfen Schatten auf seine zu große Tunika und in seinem Nacken lodern orangene Seelensplitter. Er muss sehr jung sein; nur kleine Velenkinder wandern so ziellos über die Sphären. Du hast einmal erzählt, dass der Chip in ihrer Haut ihnen alles über Ilmestys beibringt wie ein Lehrer.

Warum habe ich keinen Mentor, der mir das Sein lehrt?

Das Beben in mir schwächt ab. Wie von allein richtet sich mein Arm auf und nimmt eine Wurfhaltung ein. Eine Böe scheucht Haare über meine Augen, als ob sie mich aufhalten wollte. Doch du fährst über meine Wange – nie zuvor war deine Berührung zärtlicher – und streichst mir die Strähnen hinter das Ohr.

Ich mache das Richtige, *sage ich mir.* Wenn du daran glaubst, muss das richtig sein.

»Gut so. Jetzt schieß ihn ab.«

Mein Atem fährt durch die Zähne. Für den Bruchteil einer Sekunde überlege ich, mir den Zerteiler selbst in die Brust zu rammen, und in der nächsten hole ich aus und lasse die Waffe los. Der metallische Ring fliegt nur wenige Meter.

Der Junge hört das Sirren, mit dem er die Luft zerschneidet. Er dreht sich um. Starrt mich direkt an, die kindlich vollen Lippen zu einem Oh geformt.

Und dann trifft der Zerteiler seinen Hals und trennt den Kopf vom Körper. In der Explosion aus Gold und Tränen verschwimmen die orangenen Seelenpartikel. Entsetzlich langsam, als hätte die Welt angehalten, damit ich die Konsequenzen meiner Entscheidung voll erfassen kann, fällt sein Schädel hinab. Rollt auf die Wiese. Goldblut beschmiert sein Gesicht, sickert in Bläschen in das Loch über seinem Kinn. Sein Mund. Als seine Lippen krampfhaft zucken, kommt kein Laut heraus.

Ich schreie an seiner Stelle.

Das Wachsein begann mit einem Schrei. Vemery schrie so lange, bis der Druck das Blut in ihren Gefäßen nach unten presste und ihre Adern fast in sich zusammenfielen, weil es nichts mehr darin gab, das sie aufspannte. Schmerz klingelte in ihren Ohren, und sie hörte nicht auf. Blind in der Dunkelheit packte sie ihren Kopf, drückte, drückte ihn zurück an den Hals. Sie musste ihn festhalten, er durfte nicht abfallen! Wie konnte es sein, dass ein Kopf so leicht abgetrennt wurde? Sie hatte den Zerteiler doch nicht mit so viel Kraft geworfen! Vielleicht war es noch nicht zu spät ... Sie musste ihn wiederbeleben, er durfte nicht tot sein!

Bitte, bitte stirb nicht!

»Halt den Mund!« Clifs Grölen übertönte sie. Ihr Schrei wandelte sich in ein Krächzen und sie kippte nach vorn ins goldüberflossene Gras. Ihre Hände zitterten heftig an ihren Schläfen. Wenn sie weiter schrie – würde der Junge dann verschwinden?

Bitte steh auf!

»Vemery!« Es war diese einzige Warnung, die das Gras unter ihr fortriss und sie stattdessen auf die glitschige Quallenmembran schleuderte. Nur Drohungen konnten sie aus ihren Albträumen zerren; die Vorahnung, dass die Realität schlimmer war als jeder Traum. Clif sorgte dafür.

Hustend blieb sie unten liegen. Ihr Sichtfeld flackerte. Sie konnte nicht sagen, ob es an der Wunde an ihrer Augenbraue lag, aus der flüssiges Gold sickerte. Ihr eigener Schrei hatte sie betäubt. Zwickend und kribbelnd kehrte das Gefühl in ihren Körper zurück: die Kette an ihren Handgelenken und das Brennen in ihrem Oberarm. Einatmen, ausatmen. Sie war nicht dort. Dieser Mord ... war zehn Chroniken her.

»Was ist nur in dich gefahren?« Die Kette auf der gegenüberliegenden Seite schepperte über den Boden. Clif bewegte sich. »Willst du die Wächter auf uns hetzen? Das Warten auf unsere Hinrichtung dauert dir wohl zu lang?«

Sie wimmerte. Schreie und Goldblut und Seelensplitter. Sie hatte den Jungen getötet. Für nichts – für die Fantasie einer Vollkommenheit, die sie niemals erreichen würde. Und nach diesem ersten Mord hatte sie es nochmal getan. Immer wieder.

»Bist du taub geworden?«

»Tut mir leid.« Schwerfällig rappelte Vemery sich auf und bereute es sofort. Vor Schwäche klappte sie zusammen und stürzte auf ein verhärtetes Geschwür auf der Qualle. Sie streckte die Hände nicht rechtzeitig aus. Beim Aufprall riss die Wunde über ihrem Auge auf, sodass warme Flüssigkeit ihre Wange hinab lief. Wäre ihr Inneres nicht so entsetzlich leer gewesen, hätte sie sich vom Geruch nach Metall übergeben. »Ich habe schlecht geträumt.«

Clifs Schnauben glich dem eines müden Tiers. »Nicht verwunderlich in diesem Loch.«

»Hast du … hast du keine Albträume? Von all denen, die du getötet hast?«

»Warum sollte ich?«

Zitternd stemmte sie sich hoch, damit sie ihn wieder sehen konnte. Das verworrene Licht in der Qualle ließ die Risse in seiner stahlblauen Seele kleiner erscheinen – die Lücken, für die ihm noch die Seelensplitter fehlten. Nein. Jemand, den nur so wenig von der Vollkommenheit trennte, bereute nichts.

»Schuld ist ein Konzept für Versager, Vemery. Ihr habt es nur erfunden, damit ihr euch trösten könnt, wenn die Besseren an ihrem Ziel angelangen.« Er grunzte. »Zu denken, dass die Erfolgreicheren tief im moralischen Dreck stecken, hilft euch dabei, euch selbst zu ertragen.«

Vemery erschauerte. Er wusste, wie sehr sie ihn verurteilte. Er hatte es schon vor langer Zeit begriffen und es hatte ihn nicht gestört. Weil er davon ausging, dass er im Gegensatz zu ihr am Ende zu einem Velen würde. Und in einer Zukunft, in der man sie nicht gefangen genommen hätte, wäre sein Plan aufgegangen.

Sie waren beide der Abschaum des Systems. Bloß hatte sie versucht, nach höheren Prinzipien zu leben, während er verstanden hatte, dass sie nichts nützten. Nicht für Wesen, die man vor Ewigkeiten aus diesem System getilgt hatte.

»Wie lange sind wir schon hier?«, krächzte sie.

»Keine Ahnung. Fünfzehn Zyklen bestimmt.«

»Fünfzehn!« Waren es wirklich so viele? Qualen und Erschöpfung hatten die Konturen der Stunden zersetzt. Splitternde überlebten länger ohne Quecksilber als Velen. Doch ihr Körper würde nachgeben. Besonders, weil ihre Wunden Kraft zum Heilen zehrten. »Wir werden verhungern.«

»Nicht der Tod, den du dir vorgestellt hast, was?« Clif lachte trocken, umklammerte aber sogleich fluchend sein Knie. Die Lache unter seinem Bein glänzte im Schummer ihres Gefängnisses. »Dann schrei nochmal, Schwester. Womöglich hören sie dich und beschleunigen das Ganze ein bisschen.«

Im selben Moment kratzte etwas von außen an der Qualle. Der Boden unter ihnen wölbte sich. Ein kleiner Spalt tat sich neben Vemery auf, und sie verdeckte ihre Augen vor dem Licht, das in ihr Gefängnis strömte. Sie hatte sie angelockt. Wäre sie bloß still gewesen, hätte man sie vielleicht vergessen! Sie drückte sich in die Quallenmembran.

Schritte. Eine kalte Präsenz in ihrer Nähe, die zinnoberrot loderte. Dann: »Bleibt nur die Frage, ob ich bei eurem Anblick kotzen oder lachen soll.«

Vemery verkrampfte sich. Diese Stimme würde sie überall wiedererkennen. Es war derselbe Mann, der ihr im Kampf gegen Aistyra den letzten Schlag verpasst hatte. Er hatte sie und Clif hierhin gebracht. Jetzt war er gekommen, um seine Aufgabe zu beenden.

Sie wusste, sie hätte Angst haben sollen. Sie hatte sich gefürchtet, als man sie in die Qualle gezerrt und gefesselt hatte. Aber jetzt war das Gefühl abgestumpft, als hätte der Hunger ihre Emotionen und nicht nur ihren Körper ausgehöhlt.

»Ihr seid widerwärtig.« Die Stiefel des Soldaten scharrten so ungnädig über die Quallenmembran, dass sich die Pflanze vor Schmerz zusammenzog.

Vemery presste die Finger stärker an ihre Augen. Sie wollte blind sein, wenn er sie tötete.

»Da fühlt sich jemand ja besonders mächtig, zwei gefesselte Splitternde zu beleidigen«, blaffte Clif.

»Ich *bin* mächtig. Was ich von dir, Missgeburt, wirklich nicht behaupten kann.«

Clif stöhnte. Seine Kette fiel klirrend auf den Boden.

»Steh auf.«

Oh, er wird ihn töten! Mit klopfenden Adern riss Vemery ihre Hände herunter und streckte sie nach ihrem Bruder aus. Die Kette schrammte brennend an ihrer Haut entlang. »Clif!«

Der Soldat beachtete sie nicht. Sein Umhang fiel an seiner Schulter hinunter, als er sich über ihren Bruder beugte und ihn an seinen Ketten hoch zerrte. Durch die Wunde an seinem Oberschenkel knickte Clif ein, strauchelte und kämpfte sich auf die Beine. Kaum stand er aufrecht, krachte die Faust des Mannes gegen sein Kinn.

Vemery schrie auf.

»Und jetzt halt schön deine Fresse, Splitternder. Los, vorwärts.«

Gold spuckend hinkte Clif zu ihr hinüber. Vemery verfolgte ihn mit dem Blick.

Der Vele kam hinter Clifs Rücken hervor, und zum ersten Mal sah Vemery ihn von vorn. Ausgefranste Augenbrauen hingen tief über seinen Augen und eine wulstige goldene Ader durchkreuzte sein Antlitz wie eine Narbe. Das Gesicht eines Monsters. Eines schlimmeren, als sie selbst es war?

»Zeit zu sterben, Liebes.«

Sie wimmerte, als er sich zu ihr hinab bückte, doch er streifte nur einen perlenbesetzten Handschuh ab und griff nach ihren Fesseln. Hitze jagte durch das Metall und schoss in hungrigen Blitzen durch ihre Venen. Dann war es vorbei.

Der Soldat zog wieder seinen Handschuh an. »Aufstehen.«

Trotz des Schwindels, der sie ergriff, unterwarf sich Vemery. Hinter ihr fiel die Hälfte der Kette hinab und stieß einen ätzenden

Geruch nach verbranntem Gold aus. *Er hat unsere Fesseln versengt,* dachte sie entsetzt, *deswegen auch der Handschuh. Er hat Feuer getrunken. Eine einzige Berührung und er äschert mich ein.*

Die Velen tranken flüssige Materialien, um ihre Schwächen zu bezwingen. Stärker zu werden, schneller, dehnbarer. Aber bei einem Soldaten der Fraktion, der schon ohne sie unbesiegbar war …

Vemery schluchzte. Sie waren verloren.

Angetrieben vom Velen humpelten Clif und sie auf die Öffnung in der Qualle zu. Jetzt wandte sich Vemery nicht mehr von den Strahlen ab, die sich flammend auf ihrer Netzhaut einprägten. Wozu auch? Sie würde ohnehin nicht mehr lange sehen können.

Der Soldat zwang sie zum Innehalten. »Unter dem Quallenschirm befinden sich Tentakel. Ihr lasst euch zuerst hinunter, ich halte eure Ketten fest. Beim kleinsten Fluchtversuch seid ihr tot.«

Vemery gehorchte. Blinzelnd kniete sie sich hin und ertastete die ledrigen Fangarme, die vom Quallenkörper hinab hingen. Greifen, springen. Alles geschah völlig intuitiv. Als hätte sie die Bewegungen antrainiert wie eine Vele, die in den Quallen wohnte. Dabei hatte sie die Pflanzen nur dazu genutzt, sich vor ihren Verfolgern zu verstecken.

Sie bekam nicht mit, wie Clif und der Velensoldat herab kletterten. Nebel stieg in ihr auf und blendete alle Geräusche aus. Sie hörte nicht die geflüsterten Flüche, die Clif an ihrer Seite ausstieß, auch nicht die Drohungen des Soldaten, der ihnen voran marschierte. Den Blick auf den schwarzen Steinboden geheftet, ertrank sie im Licht, das die Velensphäre überschwemmte. Sie wünschte, sie könnte sich darin auflösen.

Körperlos zu sein ist die Art, wie sich das System über uns lustig macht. Wir sind Meister der Flucht, aber entkommen nie uns selbst.

Warum dachte sie darüber nach? Wieso nahm sie es so leichtfertig hin, in wenigen Minuten zu sterben?

Weil ich mein ganzes Leben lang gestorben bin. Mit jeder Kreatur, die ich ermordet habe, war ich um einen Seelensplitter mehr tot.

Irgendwann erreichten sie ihr Ziel. Der Palast, eine riesige Ansammlung an Quallen, schwebte wie ein irisierend blauer Parasit über der Erde. Das letzte Mal war sie vor dem Krieg hier gewesen. Noch immer erholten sich die Quallenschirme von den Kämpfen. Löcher und Risse prangten auf ihrer Haut, und etwas in Vemery brach vor Mitleid. Diese Pflanzen trugen keine Schuld an den Sünden ihrer Besitzer.

»Nach oben mit euch.« Die Kette um ihre Hände schien schwerer zu werden, während sie die Qualle an ihren Tentakeln erklomm und den Schirm betrat. Die farbige Finsternis im Palast beruhigte Vemery: Violett und Frostblau waren Rhythmen, die seit jeher in ihren Adern schlugen. Sie vergaß sich im Wechsel der Farben, jedes Mal, wenn sie eine Pflanze verließen und die Nächste beschritten. Wäre der Soldat nicht abrupt stehen geblieben, wäre sie weitergelaufen. So aber stolperte sie über ihre eigenen Füße und wimmerte, weil die Kette gegen ihr Bein schwenkte.

»Eure Majestät Königin Aistyra«, grüßte der Vele laut und straffte die Schultern. Hinter seinem Rücken erahnte Vemery den Eingang in eine neue Qualle, aus der Getuschel erklang. Ihre Membran hatte sich an den Seiten zurückgezogen und bildete eine runde Öffnung. »Ich bringe Euch zwei Splitternde. Im Zeichen unserer Tradition übergebe ich Euch ihre Ketten und damit auch die Macht über ihre Leben. Ich vertraue darauf, dass Ihr das Richtige tun werdet.«

Der Soldat schritt nach vorn. Gezogen von ihren Fesseln taumelten Vemery und Clif hinterher.

»Hast du bekommen, was du dir gewünscht hast?«, zischte ihr Bruder sie an. »Sie werden uns umbringen!«

»Ich würde für uns beide sterben, wenn ich könnte.«

»Komm herein, Zastan. Du hast großartige Arbeit geleistet.«

Auch diese Stimme kannte sie. Als sich der Soldat verneigte, trafen sich ihre Augen mit denen der Sprecherin, die von einem erhöhten Podest auf sie hinabblickte. Spott und Flehen verschränkten sich ineinander. Instinktiv schlang Vemery die Arme um ihren Körper. Der Schmerz sollte ein Loch in sie brennen. Bis an den Ort in ihr, wo die Erinnerungen an den Zyklus lagen, an dem sie dieser Frau zum ersten Mal begegnet war.

Zastan erhob sich aus der Verbeugung und stelzte in die Qualle hinein. Sie und Clif wurden einfach mitgerissen. Das Raunen nahm zu. Dutzende Velen drängten sich in einer Qualle von reichem Blau aneinander und reckten die Köpfe, um einen Blick auf sie zu erhaschen. Jetzt, da sie gefesselt waren, hatte niemand mehr Angst. Glucksend und brüllend wallte die Menge ihnen entgegen, ein Meer aus bunten Seelen. Nur der ausgestreckte Degen des Soldaten hielt sie davor zurück, Clif und sie zu überfallen. *Finger und Blicke, Blicke und Finger.* Sie waren eine gezähmte Wildheit. Eine Exklusivität, die man anfassen wollte.

»Mein Volk! Heute richten wir die, die uns quälen.« Die Worte der Königin übertönten das Jubeln. Sie 8 ganz nah. Doch der Weg vorbei an den Dutzenden Körpern schien unendlich. Die Luft stank nach Aufregung und Gewaltlust. »Die Geburt der Splitternden markierte das Ende von Ilmestys. Sie bereichern sich an den Seelen Unschuldiger und töten dafür unsere Lieben, Freunde und Kinder. Solange sie leben, sind wir nicht in Sicherheit.«

»Tod den Splitternden!«, brüllte jemand neben ihr, und gleich mehrere Velen stiegen in die Rufe ein.

»Sie sollen elend verrecken!«

»Lasst sie bluten!«

Eine Hand langte nach ihr und stach sie mit etwas Spitzem. Vemery stöhnte leise.

»Sie sind verrückt«, hauchte Clif, die Lippen grau vor Angst. »Vemery, sie sind verrückt geworden! Was sollen wir tun?«

»Sie träumen davon, so zu werden wie wir. Sie wollen sich in unsere Gesellschaft einschleichen und uns unsere Arbeit und unseren Lebensraum stehlen. Sie glauben, als neugeborene Velen wären sie unsichtbar für uns. Doch wir würden den Mörder in ihnen enttarnen«, fuhr die Königin fort.

»Sie haben keinen Platz bei uns!«

»Tötet den Abschaum!«

Fäuste schossen hoch. Neben ihr tauchten Gesichter auf und verschwanden wieder, eine goldunterbrochene blaue Masse. Vemery schaute sie nicht an. Sie waren ohnehin alle gleich: wütender Speichel in den Mundwinkeln und …

Wer war das? Dort hinten, reglos gegen die Quallenmembran gepresst? Braune Haut, zitternde Nasenflügel. Ein Azre?

Der Zug an ihrer Kette riss sie nach vorn.

»Heute werden wir ihnen zeigen, wo sie wirklich hingehören.« Aistyras Versprechen löste eine weitere Welle der Begeisterung aus. Durch die Mühen des Soldaten schwappte die Menge zurück und teilte sich.

Vemery stand direkt vor zwei riesigen, geschliffenen Thronen aus Stein, deren Säulen den Quallenschirm über ihnen sprengten. Berge blauen Samts türmten sich auf den Sitzen und flossen zum Felsplateau hinunter, wo sie von der Dunkelheit der Qualle verschlungen wurden. Auf einem der Königsstühle, gehüllt in ein weißes Kleid, saß Aistyra.

»Sie gehören getötet«, sagte sie langsam.

Johlen. Röhren. Das Toben der Velen folgte einem Rhythmus, kreierte eine eigene Dissonanz, die wunderschön klingen würde, wenn Vemery das Pochen in ihren Ohren ausblendete. *Weil du die störende Note in dieser Melodie bist. Ohne dich wäre die Welt perfekt.*

Unter dem Brüllen ihres Volkes stand Aistyra auf, hob ein Schwert hoch und zerschlug damit Vemerys Fesseln, die Zastan ihr hinhielt. Alles geschah so schnell, dass sie nichts spürte; nur das Gewicht, das von ihren Handgelenken fiel. Ungläubig beäugte sie die wenigen Kettenglieder, die noch an ihren Armen baumelten. Warum befreite man sie?

Im gleichen Moment ächzte Clif und stürzte. Ein Tritt aus der Menge warf ihn zu Boden. Keuchend beugte sich Vemery zu ihm herunter, zog ihn hoch. *Darum* also.

»Du bist entlassen, Zastan.« Die Königin nickte ihm zu. »Die Hinrichtung hat offiziell begonnen. Diese Geschwister werden für die Verbrechen ihrer Art zahlen.«

Stille krachte in die Qualle. Sie senkte sich nicht langsam – sie fuhr wummernd in Vemerys Geist und erstickte sie. Und egal, wie oft sie krampfhaft Luft in ihre Venen pumpte, sie füllten sich nicht damit. Es hatte angefangen, das Sterben. Jetzt war es unausweichlich.

»Keiner von euch wird mir je entkommen, das schwöre ich dir.«

»An die Quallenmembran mit euch!«, kommandierte Aistyra. Vemerys Beine gehorchten. Vielleicht würde es einfacher werden, wenn sie sich an die Qualle lehnte? Einen Teil ihrer Last an die Wände abgeben, sich leichter fühlen … wenigstens ein einziges Mal, bevor sie starb.

Um sie herum hielten alle den Atem an.

Die Membran wölbte sich ihr entgegen, als sie sich dagegen presste. Vemery strich über ihre geleeartige Oberfläche. Sie war so weich wie im Gefängnis.

»Du darfst das nicht zulassen«, hauchte Clif an ihrer Seite. »Du kannst doch nicht hier stehen und zuschauen, wie sie mich abschlachten! Mach etwas!«

Jubelschreie aus Hunderten Kehlen. Vemery verstand es nicht – bis sie das Kinn hob und den schwarzen Felsblock sah, den ein Velensoldat vor Aistyra geschoben hatte. Aus den Löchern darin ragten zwei Dutzend Messergriffe hervor.

Vemerys Zähne klapperten aufeinander. Man würde ihren Tod zu einer langen Vorführung ausdehnen.

»Mach etwas, Vemery! Bitte!«

»Ich, eure Königin, werde euch vor den Splitternden beschützen. Unser Feind wird nicht siegen, solange ich an der Macht bin.«

»Schlachtet sie ab!«

»Wir wollen ihr Flehen hören!«

Betont langsam zog Aistyra das erste Messer aus dem Block und warf es hoch und herunter. Auf der kurzen spitz zulaufenden Klinge glänzte Gold. Alles in Vemery verknotete sich vor Angst.

Hatte sie sich nicht so oft den Tod gewünscht? Warum empfing sie ihn nicht mit Freude?

Weil er auch Clif treffen wird.

Als hätte die Königin ihre Gedanken gelesen, breitete sich ein brutales Grinsen in ihrem Gesicht aus. »Für damals«, hauchte sie, ihre Stimme wie ein Messer in Seide gewickelt. Und dann hob sie die Waffe über den Kopf und schmetterte sie nach vorn.

Heißer Schmerz brandete durch die Adern in ihrem Arm. Sie schrie auf. Orangen-grüne Seelensplitter sprangen durch die Gegend.

»Mehr! Mehr!«

»Vemery! Tu etwas, ich flehe dich –« Clifs Bitte riss in einem kehligen Laut ab. Ein Messer hatte sein Knie getroffen und drang direkt in seine offene Wunde. Das Gold, das daraus über seinen Unterschenkel lief, fiel in großen schnellen Tropfen auf den Quallenboden. Gold auf Blau. Unvollkommenheit auf Perfektion.

Stöhnend streckte Vemery die Hand nach ihrem Bruder aus. Doch er krümmte sich nur im verzweifelten Versuch, seine Wunde zu bedecken. Bis ein weiteres Messer durch seine Schulter glitt und ihn an der Qualle festnagelte.

Diesmal grölte die Menge lauter.

»Bitte nicht.« Vemerys Worte waren kaum mehr als ein Luftzug. Aistyra durfte ihn nicht umbringen, nicht Clif! Von ihnen beiden verdiente er das Leben am meisten.

Aistyra sah sie triumphierend an. »Bettle, Missgeburt.«

»Bitte … verschont ihn!«

»Mich habt ihr damals nicht verschont«, wiederholte die Königin die Worte, die sie schon bei ihrem ersten Treffen gesagt hatte. Und ehe Vemery darüber nachdenken konnte, ehe sie etwas entgegnen konnte, holte Aistyra aus und warf das nächste Messer. Seine Klinge vergrub sich in ihrem Oberschenkel. Der Schrei, den Vemery ausstieß, zerfetzte ihre Kehle. Sie zuckte zusammen, stieß nach vorn … vergeblich. Die Waffe hatte ihr Bein durchbohrt und sie an die Quallenmembran genagelt.

Nicht bewegen. Bloß nicht bewegen, dann tut es nicht weh … Oh, bei allen Mächten des Sterns!

»Bettle!«

Vemerys Hals war zu aufgekratzt für eine Antwort. Das Messer in ihrem anderen Oberschenkel bestrafte sie dafür. Flammen jagten durch ihre Venen und sprudelten in Goldblut aus ihr heraus. Von den Einstichen breitete sich Taubheit in ihrem Körper aus. Alles verschwand, blich aus … Vemery hieß es willkommen.

Vielleicht verwischt diese Welt, damit eine Neue erwachsen kann. Eine, in der jeder das Recht auf eine Existenz besitzt.

Du hast das nicht verdient.

Die Quallenmembran hinter ihr drückte sich ein und schoss wieder nach vorn. Es war die Reaktion auf eine Masse, auf einen Körper, der durch Druck in sie hinein geschleudert wurde. Zu spät verstand sie, dass es ihr eigener war.

»Vemery.« Ein Krächzen, erstickt von einem gurgelnden Geräusch. Clif? Ja, ja, das musste Clif sein … Aber warum schrie er?

Warum schrie sie? Der Schmerz spülte ihren Verstand fort. Nur das Kreischen war geblieben, dieser scheußliche Lärm. Wer waren all die Wesen um sie herum? Was wollten sie von ihr? Ihre Gedanken geronnen zu einem wunden Klumpen Leben.

Etwas surrte durch die Luft. Die Augen verengt, konzentrierte sie sich auf dieses lange dunkle Ding, das sie fast erreicht hatte …

Es verschwamm. Sie musste es festhalten … Sollte sie danach greifen? Ihr Arm erschlaffte. Wann war alles in ihr so schwer geworden?

Gold explodierte in ihrem Sichtfeld und spritzte feucht auf ihre Stirn. Es roch anders als zuvor. Irgendwie endlicher.

Wusstest du, dass uns und die Velen etwas vereint, Bruder? Wusstest du das? Sie leben in Vollkommenheit. Und wir sterben vollkommen. Am Ende sind wir gleich.

»Gebt ihnen den Rest!«

»In den Kopf! Reißt ihnen die Schädel ab!«

Was war das für ein Schmerz in ihrer Seite? Sie hatte ihn gerade nicht gespürt. Oder doch? Wo hörte eine Wunde auf und begann die nächste?

»Lang lebe die Königin!«

Angestrengt versuchte Vemery, ihre Lider zu heben. Sie musste etwas sagen, da war sie sich sicher. Es hatte ihr viel bedeutet, bevor sie es vergaß.

»Ich …« Das Wort kam unhörbar über ihre Lippen. »Ich«, setzte sie erneut an, diesmal lauter. Warum sah sie alles so undeutlich?

Ein Messer durchlöcherte ihre Brust und drückte sie tiefer in die Quallenmembran. Sie ahnte, dass es der letzte Stich sein würde, noch bevor Gold in Schwallen aus ihr herausquoll.

»Ich hab dich lieb, Clif«, flüsterte sie. Und ihre Augen fielen zu.

KAPITEL 17

Vemery

Ihre Gedanken waren ein Vakuum. Eine Leere statt der Schmerzen. Ein hohles Bewusstsein statt der Dinge, die sie so intensiv gefühlt hatte, dass sie implodiert waren. Jetzt blieb da nichts mehr.

Vemerys Zellmembranen spannten sich so weit auseinander wie nie zuvor, um all die Substanzlosigkeit in ihnen zusammenhalten zu können. Doch irgendwann gaben auch sie nach und die Leere sprengte ihren Körper.

Sie war tot.

Vielleicht war es gut so. In diesem Moment zerriss alles, was sie einst ausgemacht hatte, und von ihr blieb nichts übrig als ein Haufen unvollendeter Existenz. Eine Erinnerung für die Azren. Und damit zum ersten Mal etwas Wertvolles. Oh, wie gern sie wenigstens nach ihrem Tod eine Bedeutung bekommen würde.

Stimmen über ihr, verweht vom Wind, dem der beißende Geruch nach Zersetzung anhaftete. Es waren zwei Sprecher. Beide männlich. Azren? Vemery hatte nicht gewusst, dass Tote hören konnten. Verschwanden die Sinneseindrücke, sobald ihre Seele aufgefressen würde? Wenn tatsächlich zwei Azren auf sie gestoßen waren, würde das bald eintreten.

Sie bemühte sich, ihre Sprache zu verstehen. Was in ihr hörte, jetzt, da sie keinen Körper, keine Ohren mehr besaß?

»Warum braucht das Gegengift bei ihr so lange?«

»Sie hatte mehr Verletzungen als du. Die Königin hat ihre Show vor allem an ihr ausgelebt. Dich hat sie geschont.«

Ein Knurren. Irgendetwas in ihr – sie suchte nach dem Namen für dieses körperlose Fragment – prickelte, reifte und streckte sich dem Geräusch entgegen. Sie hatte es so häufig vernommen, damals. Aber warum? Was daran kam ihr so bekannt vor?

Zersetzten sich ihre Erinnerungen von selbst, wenn kein Azre sie verwahrte? Würde sie sich ohne ihn gänzlich auflösen? Das durfte nicht passieren!

Bitte, bitte, komm zu mir!, flehte Vemery die Gestalten an. Ihre Wurzeln ... Oh, sie müssten doch spüren, dass ihre Seele in der Erde vergraben war! Warum verschlangen sie sie nicht? Sie war zu müde, um selbstständig weiterzuleben!

»Was bei allen schimmelnden Quallen hast du mit uns vor? Was interessiert es einen blasierten Wissenschaftler, ob wir leben oder sterben?«

Ein Wissenschaftler. Kein Azre? Aber warum ... Wie war er hierher gelangt? Befand sie sich auf der Menschensphäre? Nein, nein, sie erinnerte sich an den geleeartigen Schummer und die Gesichter, die Schreie, das Jubeln. Sie war in der Palastqualle gestorben. Sie dürfte nicht hier sein. Und doch krümelte unter ihr weiche modrige Erde.

»Wie gesagt: Das erkläre ich, sobald sie aufwacht.«

Er klang nicht nach einem Azren. Die Töne verschreckten sie, ließen sie sich wieder in diese warme, sichere Empfindungslosigkeit zurückwünschen, die nichts versprach und nichts forderte.

Wo war sie? Wer war er?

»Dann mach, dass meine Schwester aufwacht!«

Schwester. Es war dieses Wort, dass Vemery aus der Taubheit schmerzvoll an die Oberfläche ihres Bewusstseins spülte. Das Aufwachen presste jede ihrer Venen aus, drehte sich um, tauschte ihren Platz. Alles ordnete sich neu. *Schwester.* Sie war zerschossen und fügte sich jetzt zusammen.

»Clif!« Keuchen und Husten überfluteten sie. Impulse zuckten durch ihre Arme und Beine. Sie ruderte mit ihnen und bäumte sich auf. Atmen hatte sie noch nie so gequält. Die Luft sammelte sich in Scherben in ihren Adern. Sie konnte nicht anders, als ihren Hals durchzustrecken und zu röcheln, bis der Schmerz abebbte.

»Atme ruhig, du darfst dich nicht zu stark anspannen. Ja, genau so. Deine Venen sind noch etwas beschädigt, aber das geht vorbei. Ganz ruhig. Einatmen, ausatmen.«

Vemery hatte keine Ahnung, wieso sie diesem Befehl folgte. Vielleicht lag es daran, dass diese Stimme der einzige Anker war, an dem sie sich festhalten konnte, solange ihre Augen geschlossen waren. Sie konnte sie nicht öffnen. Zitternd suchte sie Halt in der Erde und entspannte sich. Sofort ließ der Druck in ihrem Inneren nach. Die Luft strömte nicht mehr so spitz durch ihre Venen, beinahe erträglich. Sie öffnete den Mund und sog sie auf. Zuerst kleine Züge, danach größere. Mit jedem von ihnen zog Kraft in ihren geschundenen Leib ein. *Mein Körper,* dachte sie. *Er gehört noch zu mir. Ich bin nicht substanzlos.*

»Sehr gut. Roll die Schultern zurück, ja, perfekt. Wird es besser?«

»Ja.« Sie erkannte ihre Stimme nicht wieder. Dieses Krächzen – war das wirklich sie?

Vielleicht träume ich bloß. Können Seelen träumen, nachdem ihre Körper getötet wurden?

»Du darfst die Augen öffnen«, sagte die Stimme.

Flammen auf ihrer Netzhaut. Das Licht brannte so scheußlich, dass sie aufschrie und die Hände vor das Gesicht presste, damit es sie nicht versengte. Warum war diese Welt so grell?

»Clif«, röchelte sie. »Bist du hier?«

Da – eine Bewegung links von ihr. Es dauerte unerträglich lange Sekunden, dann drangen die Schemen ihrer Umgebung durch all die Helligkeit zu ihr hindurch. Unterbrochene Ketten von Kernbäumen umstanden sie, deren Äste verdreht und verzerrt auf die Waben hinabfielen. Schatten wanden sich vor ihren Augen und formten sich zu einer Silhouette: spitze Schultern und Beine, die selbst angewinkelt zu lang wirkten. Clif. Sie hatte sich nicht getäuscht. Er war am Leben! *Wie ich.* Nur langsam nistete sich der Gedanke in ihrem Verstand ein. Wie konnte das passiert sein?

»Clif«, murmelte sie wieder. Sie streckte die Arme nach ihm aus – Arme, an denen keine Fesseln hingen, wie sie feststellte.

Er drehte sich von ihr weg.

»Sie ist wach«, blaffte er. »Erklärst du uns jetzt endlich, was wir hier machen?«

Vemery blinzelte. Diese Frage hatte er eindeutig nicht an sie gerichtet. Schwerfällig hob sie den Kopf und blickte direkt in das Gesicht eines Mannes, dessen gesamter Kiefer von schwarzen Plastikplatten verunstaltet war. Sie zuckte zurück. Der Schock dieser ruckartigen Bewegung hallte überall in ihr wider.

»Clif, wo sind wir hier? Wer ist –«

»Halt deinen Mund!«

»Ophiot Zrogka, Leader aus dem Kerntum-Komplex der Menschen.« Diese Stimme! Vemery hatte sie für die eines Azren gehalten. Sie gehörte ihm.

Der Mann ließ sich vor ihr auf dem schlammigen Moos nieder. Jetzt, da er sie nicht mehr überragte, wirkte er weniger bedrohlich. Er war in Schwarz gekleidet: Ein langärmeliges Shirt mit Rollkragen und eine Hose, deren Stoff den Eindruck erweckte, für lange Reisen genäht worden zu sein. Ein Mensch. Ein … Leader? Was bedeutete das?

Der Mann lächelte. Seine dunklen Plastiklippen jagten ihr einen

Schauer über den Rücken. Sie hatte schon andere Menschen beobachtet, die unnatürliche Einsätze am Körper trugen. Bei keinem hatten sie so bedrohlich ausgesehen wie bei diesem Fremden.

»Wie heißt du?«

»Vem … Vemery«, stotterte sie, den Blick hilfesuchend auf Clif gerichtet. Er achtete nicht auf sie.

»Du brauchst keine Angst vor mir zu haben, Vemery. Du und dein Bruder seid hier, weil ich die Königin darum gebeten habe. Die Velen denken, dass ihr gestorben seid. Sie sahen euch das Bewusstsein verlieren.«

Sie schnappte nach Luft.

Er legte ihr beruhigend die Hand auf die Schulter. »In Wahrheit hat Königin Aistyra euch mit dem Gift betäubt, in das die Messerspitzen getunkt waren. Du hast es bestimmt gesehen. Es ähnelte Gold, war aber etwas anderes.«

Vemerys Beine zitterten unkontrolliert. Sie umklammerte sie mit beiden Armen und presste ihr Gesicht darauf. Die Kernbäume um sie herum schwankten gefährlich.

Betont langsam zieht Aistyra das erste Messer aus dem Block und wirft es hoch und herunter. Auf der kurzen spitz zulaufenden Klinge glänzt Gold. Jeder Einstich hatte die Taubheit in ihr vervielfacht.

»Sie hat die Messer so abgeworfen, dass sie eure zentralen Venenknoten trafen«, erklärte der Mann. »So verbreitete sich das Gift sehr schnell. Es hat euer Blut verklumpt, sodass ihr nicht viel davon verloren habt. Das Gegengift löst die Gerinnsel auf.«

Sechs Atemzüge lang harrte Vemery reglos aus. Sechs Atemzüge – wie sechs Schüsse. Arme, Oberschenkel, Seite, Brust. Alle perfekt genau getroffen. Es hatte sich so angefühlt, als wäre sie innerlich verblutet. Der Schmerz war noch genauso echt, auch wenn sie sich ihn nur einbildete. Wann hatte er aufgehört?

»Genug wissenschaftliches Gelaber!« Clifs Bellen weckte sie aus ihrer Trance. Sie blinzelte zu ihrem Bruder hoch, der aufgestanden war und mit verschränkten Armen vor einem Kernbaum innehielt. Die letzten seiner Blätter waren längst auf die dürftigen Grasflecken gefallen, von wo aus sie den Gestank von Fäulnis verbreiteten. An ihrer Stelle kämpften sich aus den verschrumpelten roten Waben verdrehte Zweige hoch. Noch nie zuvor hatte Vemery eine Pflanze gesehen, die in so einem entsetzlichen Zustand war. Von einem Baum breitete sich die Krankheit wie ein Lauffeuer auf die anderen aus.

Wo war sie hier?

»Was geht es *dich* an, was die Königin mit uns vorhatte? Warum hast du uns hierher gebracht?«

Der Mensch ließ sich nicht von Clif beeindrucken. »Ich bitte dich darum, etwas höflicher zu sein. Ich verlange keine Dankbarkeit, aber wenigstens Respekt dafür, dass ich euch aus dem Palast geschafft und mit Gegenmittel versorgt habe.«

»Niemand«, knurrte Clif, »tut etwas für einen anderen ohne Eigennutz.« Trotz der Wut in seiner Anschuldigung entging Vemery nicht die Müdigkeit, die seine Züge aus der Form brachte und schlaff herunterhängen ließ. An seinem Körper prangten keine sichtbaren Verletzungen, und dennoch war er nicht vollkommen geheilt. *Anderenfalls wäre er längst nicht mehr hier.*

Sie stemmte sich hoch und hinkte zu ihm hinüber. Er durfte nicht gehen. Sie hatte ihn gerade erst wieder lebendig gewonnen. Sie brauchte ihn!

»Pass auf, wo du hinläufst!« Blitzschnell war Ophiot bei ihr und hielt sie fest. Sie wollte ihn abschütteln, machte einen weiteren Schritt auf Clif zu und … wäre fast in den Abgrund geschlittert. Ihr Bruder stand direkt davor.

»Bei allen Mächten des Sterns«, raunte sie. Unter ihr stürzte die Erde kaskadenartig in die Tiefe und riss hunderte feine Fäden mit sich, die wie Wasserfälle hinunterströmten.

Der Griff des Wissenschaftlers lockerte sich. Erst in diesem

Moment fiel ihr auf, dass Clif sie nicht festgehalten hätte. Er stand gleichgültig neben ihr, seine weißen Haarsträhnen klebten ihm goldverschmutzt in der Stirn.

Vemerys Schultern fielen ein.

»Du hast recht, Clif«, setzte Ophiot so ruhig an, als hätte er sie nicht gerade zum zweiten Mal vor dem Tod bewahrt. »Es ist nur rational, dass jede Handlung einen Preis hat. Ich habe der Königin für euch gezahlt. Ihr müsst mir für eure Rettung zahlen.«

»Ach ja, und womit? Willst du an uns deine pseudowissenschaftlichen Experimente durchführen? Hast du uns als billige Versuchsobjekte verhandelt, hm?«

»Clif, du solltest ihn nicht beleidigen. Er hat uns gehol-«

»Ich habe dich nicht nach deiner Meinung gefragt!«

»Wisst ihr, was das ist?« Der Wissenschaftler deutete auf die Fasern zu ihren Füßen. Unsicher sah Vemery zwischen ihm und Clif hin und her. Sie würde gern mit dem Menschen reden. Er wirkte freundlich, so wie er sich um sie gekümmert hatte. Nie hatte sie jemanden kennengelernt, der sich nicht mit einer gezückten Waffe auf sie gestürzt oder panisch fortgelaufen wäre.

Aber es musste doch einen Grund geben, warum Clif ihn so anfuhr! Worüber hatten sie gesprochen, bevor sie aufgewacht war?

»Das sind Seelenweber.« Ophiot beantwortete seine Frage selbst. »Früher haben sie die Seelen aller Kreaturen genäht. Eure Art ist aufgrund eines Fehlers in ihrer Produktion entstanden.«

Ein Fehler in der Produktion. Vemery senkte das Kinn. Warum stürmte es in ihr, wenn jemand diese Worte aussprach? Ihr ganzes Leben lang hatte sie nichts anderes gehört. Ein Versagen des Systems. Ein Makel. Eine Missgeburt.

»Unser Komplex beschäftigt sich seit vielen Chroniken mit der Frage, wie Splitternde möglichst schadenlos zu Vollkommenen gemacht werden können. Ich habe eine Methode dafür entwickelt, wie ihr Seelensplitter sammelt, ohne andere töten zu müssen.«

»Das … Das wäre möglich?« Vemery zupfte an ihren Haarspitzen. Der Mann sprach eigenartig, sie verstand nicht alles. Aber das, was sie begriffen hatte … Konnte es wahr sein? Wenn die Menschen NLes erfanden und Plastikplatten in ihre Kiefer einbauten – würden sie auch einen Weg finden, sie von den Morden zu befreien?

Ophiot hatte sich nicht von den Seelenwebern abgewendet. »Ja«, erwiderte er schlicht.

»Was?« Clif schob den Kopf vor. Eine seltsame Spannung hatte sich in seinen Gliedern verfangen: keine Wut mehr, aber noch kein Vertrauen.

Sie umwand ihren Bauch mit den Armen. Es beunruhigte sie, nicht zu wissen, was er spürte.

»Wir suchen unser ganzes Leben lang nach Splittern und fast niemand schafft es, alle zu finden.« Clif bleckte die Zähne. »Wenn ihr die Sache um ein paar Zyklen verkürzt, ändert sich nichts.«

»Ich rede nicht von Zyklen.« Endlich wandte sich Ophiot wieder ihnen zu. Ein dünner Schatten lag um seinen Mund. »Ich habe ein Gerät erfunden, mit dem ihr alle eure Splitter in höchstens einer Chronik sammeln könnt. Wenn ihr zu dem Zeitpunkt schon viele Splitter gesammelt habt, sogar schneller.«

Stille. Die Worte gingen unter ihre Haut und schlichen sich in ihre Gedanken, ehe sie sich vor ihnen schützen konnte. Sie wollte sie herausreißen, wollte sie vor sich halten, um sie genauer zu betrachten und abzuwägen. Doch es war zu spät. Nun hafteten sie fest an dieser Stelle in ihr, die noch immer zu hoffen wagte.

Einmal ebenbürtig sein. Vollkommen.

Er sagte, es wäre möglich für sie.

Was Clif erwiderte, hörte sie nicht. Ihr Blick schweifte zu den Seelenwebern ab, die sich in weißen Sehnenbündeln in die Tiefe streckten. Sie trugen die Schuld daran, dass der erste Splitternde entstanden war – aber Vemery war es, die das System dafür bestrafte. Jetzt könnte sie den Hass dieser Welt von sich abwälzen. Nach Chroniken des Irrens bei ihr selbst ankommen, *toleriert* werden.

Clifs Keuchen unterbrach ihr Grübeln. Seine Augen glänzten fiebrig. »Welches Gerät?«

»Ein Seelensprenger. Eine Schusswaffe, ich habe sie selbst konstruiert. Sie befindet sich in meinem Labor. Mit ihrer Hilfe werdet ihr eure gewünschten Seelensplitter aus dem Körper ihrer Besitzer herausbrechen.«

»Brechen?«, mischte sich Vemery ein und ignorierte Clifs missgünstiges Schnauben. Das würde sicherlich wehtun. Nach allem, was sie aushalten musste, würde sie nicht zulassen, dass jemand anderes für sie litt. Unter keiner Bedingung.

Anscheinend hatte der Mann ihre Angst erkannt, denn er fuhr sanfter fort: »Bei meinem Experiment wurde das Testobjekt nicht stark verletzt.«

»Experiment?« Er hatte Versuche an einem lebendigen Wesen durchgeführt? Vemery wich zurück. Nein, nein, das konnte nicht richtig sein!

»Was willst du eigentlich, Vemery?« Clif rückte mit zusammengezogenen Augenbrauen auf sie zu. Sie stolperte weiter nach hinten. »Ophiot hat dein beschissenes Leben gerettet. Er bietet dir eine Erfindung an, mit deren Hilfe du nie wieder in diesen Dreck gelangst. Wir haben die Chance, Velen zu werden, verstehst du das nicht? Wir haben unser Leben lang darauf hingearbeitet und jetzt liegt das Ziel direkt vor unserer Nase!«

Clifs Atem ging stoßweise. Irgendwann hatte er das verkrustete Gold aus seinen Wunden von seiner Haut geschält. Jetzt, da sie nicht mehr damit befleckt wurde, schüchterte Vemery sein blauer Teint wieder ein. Im Vergleich zu ihr wuchsen ihm so wenige Goldschuppen …

»Es tut mir leid. Ich meine, dass wir nicht den Kopf verlieren dürfen, Clif. Diese Splitter gehören irgendwem. Wir nehmen sie fühlenden, denkenden Wesen weg.«

»Ach wirklich? Was haben sie gedacht, als Aistyra dich an die Quallenmembran genagelt hat wie einen verdammten Beteh? Was haben sie gefühlt, als du um Gnade gewimmert hast?«

»Bloß weil sie brutale Monster sind, musst du nicht auch dazu werden!«

Wenige Wimpernschläge lang starrten sie einander an. Vemery hoffte, betete, dass ihre Vernunft ihn überzeugen würde. *Die Welt wird nicht gerechter, wenn Gejagte zu Jägern aufsteigen,* wollte sie ihn anschreien, doch sie blieb stumm. Sie hatten so viel Leid erfahren, sie beide. Zu viel, um es anderen zuzufügen. Er musste es verstehen.

Aber Clif bleckte nur die Zähne und ließ von ihr ab. »Du warst es niemals würdig, vollkommen zu werden.«

»Ihr werdet beide mitkommen«, donnerte die Stimme von Ophiot. Vemery hatte ihn fast vergessen.

»Sie ist *ungeeignet*«, zischte Clif. »Siehst du nicht, wie sie zweifelt? Du solltest den Seelensprenger nur mir anvertrauen.«

»Ich habe euch beide hergeholt und ihr werdet beide das Gerät austesten. Wir fliegen mit dem Vassel zur Menschensphäre. Ihr löst euch in einem Gebäude kurz vor meinem Komplex auf und ich hole den Seelensprenger aus dem Labor.« Die Mimik des Wissenschaftlers war unerbittlich.

Plötzlich schmeckte die Luft nach Säure. »Clif hat recht«, sagte sie hastig. »Ich brauche das wirklich nicht. Danke für Euer Angebot und dafür, dass Ihr mich gerettet habt, aber –«

»Du wirst *nicht* gehen, Vemery.« Erneut hielt Ophiot sie an der Schulter fest. Diesmal hatte seine Berührung nichts Tröstendes mehr. Ihre Haut kühlte ab.

»Clif könnte genauso gut wie ich das Gerät ausprobieren. Warum zwingt Ihr mich dazu?«

»Hörst du das? Sie wird alles nur ruinieren! Wahrscheinlich läuft sie in ihrer Dummheit sogar selbst zu einem Velen und drückt ihm deine Erfindung in die Hand. Das willst du doch nicht, oder?«

Zum ersten Mal dankte Vemery Clif innerlich für seine Beleidigungen. Vielleicht würden sie Ophiot umstimmen. Einfach wegzulaufen erschien so undankbar. Aus welchen Motiven er auch immer gehandelt hatte, dieser Mann hatte sie aus dem Palast fortgebracht und geheilt. Er verdiente eine Erklärung.

»Ich bin nicht die Richtige dafür«, sagte sie wieder. »Clif kann das bestätigen. Ich bin nicht gut darin … andere zu verletzen. Selbst wenn es nur ein wenig ist.« Sie schluckte und bemühte sich vergeblich darum, Clifs Flüche über ihre Schwäche auszublenden. »Ich möchte nicht vollkommen werden. Jedenfalls nicht so.«

Unter Clifs Beschimpfungen schraubte sich der Griff des Mannes enger um ihre Schulter. Stöhnend versuchte Vemery, sich zu befreien. Erfolglos. Er war zu stark. Wieso besaß ein Mensch, ein Forscher, diese Kraft?

»Du weißt zu viel, um unkontrolliert über die Sphären zu streifen.«

»Es gibt niemanden, dem ich davon erzählen könnte!«

»Das entscheide ich.«

In ihrem Kopf zerschellte etwas. Ihr Blick war glasig, als sie ihn auf Ophiot richtete. »Bitte. Ich werde Euch nicht im Weg stehen. Lasst mich gehen.«

»Nein.«

Schwere klopfte hinter Vemerys Stirn, füllte sie von innen aus und verdrängte jeden Gedanken außer einem: So würde das enden. Dieser Mann würde sie zur Vollkommenheit zwingen, nach der sie so lange gestrebt hatte, dass die Vorstellung davon in Angst umgekehrt war. Angst vor den Opfern dieser Verwandlung. Und vor sich selbst, sobald diese einmal vollzogen war.

Sie durfte es nicht zulassen.

Fliehen, schnell, fort von hier! Sie könnte sich in einem der Kernbäume verstecken und sich erst wieder herauslösen, wenn Clif und Ophiot gegangen wären. Oder würden sie ihr auflauern?

Ja, sie sollte weiter rennen, ihre Wunden hinderten sie nicht mehr daran. Aber Clif! Sie durfte ihn nicht allein zurücklassen!

Er stößt mich von sich. Ich störe ihn nur; ein unbequemes Anhängsel, das ihn von seinem Traum abhält.

»Wir müssen los. Man erwartet mich mit dringenden Bodenproben zurück. Ihr werdet –«

Ein lautes Rascheln lenkte Ophiots Aufmerksamkeit von ihr auf zwei einsame Kernbäume, von deren Waben geschwollene Lianen hinunter hingen. Sie schaukelten leicht, als ob sie jemand angestoßen hätte.

Die Finger um ihre Schulter entkrampften sich, wurden weicher, unsicherer. Das war ihre Chance. Schnell sah sie zu ihrem Bruder, sah die Entschlossenheit in seinem zusammengepressten Kiefer. Hatte sie das Recht, ihm diese Wahl abzusprechen? Ihn in ein Leben zurückzudrängen, das er hasste? Was erhob sie dazu, zu bestimmen, was richtig und falsch für ihn war?

Mit einem Sprung entriss sie sich Ophiots Griff und hastete von ihm fort. In der nächsten Sekunde hatte er schon ihren Ellenbogen gepackt, drehte sie zu sich herum und nahm sie in den Schwitzkasten. Sie röchelte.

»Wir gehen gesammelt«, stellte er klar, jede Note seiner Stimme kurz und harsch vor Anspannung. Rückwärts, ohne die Kernbäume aus den Augen zu verlieren, zerrte er sie zurück. Ihre Füße versanken in der faulend weichen Erde. Nein, nein, *nein!*

Clif beachtete ihren Fluchtversuch nicht einmal. Ebenso wie der Wissenschaftler fixierte er die beiden Kernbäume und taumelte langsam zurück. War es ihm wirklich gleich, ob sie ihn verließ oder nicht?

Warum fiel es ihr so schwer, das endlich zu akzeptieren?

Wind zischte über die Lichtung und warf ihr ihre Strähnen ins Gesicht. In dem Moment, bevor sie ihre Sicht verdeckten, glaubte sie, das Aufblitzen weißen Fells gesehen zu haben. Nur kurz, vermutlich ein Trugbild …

»Da ist etwas! Links von dir, Ophiot!«, rief Clif.

»Was?«

Pfoten, die schnell über die Erde tappten. Ein dumpfes Klatschen.

Und plötzlich fiel die Welt aus ihrem Takt. Verlangsamte sich, als hätte jemand Öl über ihr ausgekippt. So stockend, wie sie sich ihr nun darbot, konnte Vemery alles sehen und an alles denken.

Alles, was jemals war und werden könnte.

Mit einem Ächzen ließ Ophiot sie los und sie stand dem Wesen gegenüber. Volles weißes Fell, das seinen dürren Körper aufbauschte. Ledrig schwarze Haut an den Händen und Unterschenkeln. Sie war ihm schon oft begegnet. Instinktiv tastete sie nach ihren Gedanken, in der Hoffnung, dass er ihr einen der schmerzvollen genommen hatte. Vielleicht würde sie sich nicht mehr an den rollenden Kopf ihres ersten Opfers erinnern oder an den Speichel auf dem Kinn des Soldaten, der sie einmal fast getötet hatte.

Doch der Hurku hatte seine Magie nicht gegen sie eingesetzt. Denn sie war bei vollem Bewusstsein, als sie in seine glühend orangenen Iriden starrte. Was bedeutete, dass sein Klatschen einem anderen gegolten hatte.

Das mundlose Herzchengesicht wirkte erwartungsvoll, beinahe fragend. Gefangen im Blick des Hurkus kostete es sie große Mühe, sich Clif und Ophiot zuzuwenden. Beide waren an ihren Positionen erstarrt und betrachteten das Wesen, ohne zu blinzeln.

»Du hast sie … zerstreut«, hauchte Vemery. »Sie zwei. Aber … mich nicht.«

Der Hurku gickelte. Sein Schwanz zuckte in die Richtung, in die sie geflüchtet war – ein stummes Angebot. Clif und Ophiot würden sich nicht daran erinnern, wie sie sich fortgestohlen hatte. Ihre Verwirrung würde nicht lange anhalten, aber die Zeit reichte aus, um sich in der Rinde des Kernbaums zu zersetzen. Nur wenige Schritte und sie wäre frei.

Vemerys Blick schwappte zu Clif hinüber. Vermutlich würde er ihre Abwesenheit nicht einmal bemerken, sobald er sich neu geordnet hatte. Er hatte sie nicht nötig. Aber sie, wer würde sie sein? Seit ihrer Geburt war sie stets sein Schatten gewesen.

Der Hurku trat von einem Bein auf das andere. Und während die Welt ihrer Entscheidung ausharrte, rasten Fetzen ungeschehener Realitäten durch ihren Kopf. Zerrieben ihren Verstand. Zermarterten ihren Körper. In diesem Augenblick war sie alles, was sie jemals war und werden könnte.

Wenn sie blieb, würde Ophiot sie dazu zwingen, den Seelensprenger zu benutzen. Doch wenn sie floh, würde sie für immer das Monster bleiben, das sie war.

»Wir haben unser Leben lang darauf hingearbeitet und jetzt liegt das Ziel direkt vor unserer Nase!«

Konnte sie es aufgeben? Hatte sie es nicht schon getan, damals, als sie das erste Mal dafür getötet hatte?

Blei beschwerte ihre Füße und hinderte sie daran, sich zu rühren. Zwang oder Freiheit. Minderwertigkeit oder Vollkommenheit. In welcher dieser Versionen würde sie glücklich werden? Gab es Glück für eine Kreatur, der alle nur den Tod wünschten?

Ihre Lider brannten. Erneut kicherte der Hurku, schüttelte sich und hechtete lautlos davon.

Durfte sie sich für sich entscheiden? Bedeutete es, dass sie sich gegen Clif entschied?

Alles, was ich werden könnte.

Vemery folgte ihm.

Die Waben verschlangen sie, kaum, dass sie ihre Hand auf ihre knorpelige Membran gelegt hatte. Lenden und Nacken kribbelten und verloren ihr Gewicht. Danach ihre Zähne, Waden, all ihre Venen. *Löcherige Existenz.* Sie wurde zu kullernden Atomen, die nicht gelernt hatten, sich zu einem Körper zusammenzufügen, zu einer Materie, die nicht bereit war, sich auf eine Erscheinung festzulegen. In diesem Zustand war sie alles und nichts zugleich.

Sie liebte es, das Zersetzen. Die vielen Formen, in die sie ihren Geist presste, weil ihr Körper keine Barriere mehr bildete. In diesen Momenten tastete sie sich an die Grenzen ihres Seins heran und überwand sie fast. Wurde zu etwas Neuem. Wenn sie sich in fremdem Material auflöste, lieh sie sich dessen Struktur und Empfindungen. Sie war ein anderes Leben.

Und jedes Leben war erträglicher als das ihre.

Die Waben filterten die Realität in roten Strahlen. Vemery passte sich ihnen an und vergaß alle Farben außer dieser. Rotwund und verschwommen konturierte sie die Wirklichkeit, der sie so entrückt war, dass sie sich fragte, wie sie jemals anders gefühlt haben könnte. Rot waren die Figuren der beiden Männer, die sich langsam aus ihrer Erstarrung lösten und miteinander sprachen. Was sie sagten, erreichte sie nicht. Sie hatte ihr Gehör aufgegeben, als sie mit dem Kernbaum eins geworden war.

Ohne ihre Sinne war es so friedlich. Nichts drang so nah an ihr Bewusstsein, dass es sie aus ihrer Vegetation reißen konnte. Die Männer redeten und gingen, und alles, worum sich Vemery kümmerte, war, wie dicht sich die mohnroten Schatten in ihren Kniekehlen aneinanderdrängten. Während sie atmete – bloß atmete –, sehnte sie sich nach niemandem und bereute nichts.

Müdigkeit überfiel sie. Sie wollte fallen, tiefer in den Kernbaum hinein.

Aber sollte sie sich nicht von ihm trennen? Gab es da nicht etwas, das sie tun musste, das einst wichtig gewesen war? Ihre Erinnerungen entglitten ihr. Sie festzuhalten, kostete sie untragbare Kraft.

Es ist in Ordnung, Vemery. Du brauchst nicht zu denken. Lass los, du bist ein Teil von diesem Baum.

Nein, da war ganz sicher etwas gewesen … Eine Absicht, ein Ziel, aus dem sie mit dem Kernbaum verschmolzen war … Was war es?

Du täuschst dich. Es gibt keine Aufgabe für dich, außer die Welt zu beobachten. Lass los.

Nein!

Ein Schrei, der die sanften Rundungen der Waben zum Beben brachte. Auf einmal brach einer der Knorpel, ihre Vakuolen platzten und überwältigende Farben überschwemmten sie aus allen Richtungen. Das Rot war nur eine von ihnen. Vemery musste sich nicht darauf beschränken.

Ich bin nicht der Kernbaum.

Der Satz stach wie ein Messer in das Geschwür aus Tier und Pflanze, das sie war. Ein weiterer Knorpel in den Waben brach. Es schmerzte sie nicht, weil er nicht zu ihr gehörte. Ihr Körper war ein anderer.

Also nahm sie Anlauf und kämpfte sich wieder nach oben. Zurück zu ihrem Bewusstsein, das sie fast aufgegeben hätte und fort von dem Baum, der sie nie sein sollte. Sie ballte ihre Kraft zu einem Bündel. Und dann sprengte sie sich aus den Waben heraus.

Vemerys Partikel schossen durch die Luft. Der Wind wirbelte sie schmerzhaft weit auseinander. Viele quälend lange Sekunden verstrichen, bis sie sie zu sich selbst gesammelt hatte. Ihr Körper fühlte sich falsch zusammengesetzt an, ein misslungenes Mosaik. Und dennoch war sie wieder ganz. Eine Splitternde.

All die Gedanken, die der Kernbaum von ihr genommen hatte, prasselten jetzt wie Hiebe auf sie ein. Der Hurku. Clifs Aufbruch. Der Seelensprenger. Ophiots herrischer Tonfall und nochmals Clifs Aufbruch. Sie hatte ihren Bruder verloren. Mehr noch: Sie hatte ihn bereitwillig einem Mann überlassen, dessen Handlungen sie verurteilte. Wie er sie festgehalten hatte … Er würde keinen Widerspruch dulden. Er hatte ihren Bruder mit seiner Sehnsucht gelockt und ihn manipuliert. Wozu würde dieser Seelensprenger Clif machen?

Zu etwas Besserem als du es bist. Denn er hat sich getraut, sich zu nehmen, was du dir so lange wünschst. Wenn ihr euch wiederbegegnet, wird er ein Vele sein – geschätzt und geliebt. Und du, du bleibst weiter der Abschaum, der an jedem Ort dieser Welt ein Flüchtling ist.

Direkt vor dem Kernbaum, ein weißer Fleck auf der schlammgrünen Lichtung, sank Vemery auf die Knie. Ihre Tränen versickerten in den Goldschuppen auf ihrer Wange.

KAPITEL 18

Aistyra

»Was wettest du, wann wird die Königin fallen?«

»Ich gebe ihr eine Chronik.«

»Wie großzügig von dir.«

Grölen, dann Klatschen. Auch ohne Zastans vielsagenden Blick hätte Aistyra ihre Schritte verlangsamt und sich an die Quallenmembran gelehnt. In stillem Einverständnis tat er es ihr gleich. Die Strähnen ihres weißen Haars verfingen sich ineinander, als sie mit angehaltenem Atem lauschten.

»Ich würde ihr keine ganze Chronik zutrauen. Sie ist so machtlos, dass sogar die Azren sie knechten. Und sie stöckelt nur in ihren Gemächern herum und geilt sich am Porträt des Fraktionsführers auf. Oh, Zastan, greif mich fester!«

Der Ausbruch von Lachen ließ die Quallenmembran genauso beben wie sie selbst. Aistyra hielt sich nur schwer davon ab, nicht ihr Versteck zu verlassen und irgendetwas Gewichtiges auf die Wachmänner zu schleudern.

Aber das wäre zu impulsiv. Es wäre eines unterbelichteten Soldaten würdig und keiner Königin, die strategisch plante. Genau deswegen stieß Aistyra die Zähne zusammen und drückte sich tiefer in die Qualle hinein. Die Spitze an ihrer Brust war dünn genug, um die feuchte Kälte hindurchzulassen.

»Ein Porträt, Aist? Ernsthaft?« Zastans Augen glühten dunkel.

»Noch Wünsche offen?«, zischte sie ihn an. »Halt die Klappe und hör zu.«

»Ruf mich doch persönlich, wenn du etwas zum Gucken haben willst.«

Entgeistert starrte sie ihn an. Sein Mund war geöffnet und seine weißen Wimpern zitterten leicht. Und dieser Geruch … Die Aufregung hatte seinen Duft nach Pfeffer und Sturm intensiviert.

»Verschimmel doch«, gab sie zurück. Noch während sie sich wieder von ihm wegdrehte, sah sie das Grinsen um seine Lippen zucken.

Das Johlen aus der Qualle vor ihnen wurde lauter. »Hast du gesehen, was für eine ernste Miene sie bei der Hinrichtung dieser Splitternden gezogen hat?«

»Du meinst die von vorgestern?«

»Macht durch Messertricks! Die neue Ära der Velenherrschaft!«

Das Brüllen der Wachen zerfetzte jeden Faden ihrer Selbstbeherrschung. Sie wagten es! Wie unantastbar glaubte sich ihr Volk, wenn sich selbst die Diener im Palast das Maul über sie zerrissen? Nahmen sie wirklich an, sie hätte keine Mittel, um sie für immer zum Schweigen zu bringen? Genug, dass sie sich damit erniedrigt hatte, sich einem Menschen zu unterwerfen und die Hinrichtung für ihn zu fälschen. Jetzt maßten sich auch die Velen an, sie zu schmähen!

»Es gab bestimmt ein paar Trottel, die ihr die Show abgekauft haben und sich jetzt unter ihren Fittichen sicher fühlen. Die breite Masse hat nicht angebissen. Allein wird sie Ilmestys in den Ruin treiben.«

»Ja, und dann kommt eine hübsche, fette Revolution.«

»Hoffentlich wird man zwei fähigere Könige bestimmen.«

Es reicht. Sie hatte genug gehört, um zu wissen, dass Zastan recht hatte. Niemand in diesem beschissenen Königreich stand auf ihrer Seite. In Wirklichkeit täuschten alle ihren Gehorsam nur vor und warteten schon sehnsüchtig auf den Zyklus, an dem sie versagen würde. Sie würden es lieben, all das Drama.

Aistyra rückte von der Quallenmembran ab und rauschte zum Durchgang auf der gegenüberliegenden Seite. Ihr silberner Umhang blähte sich vom schnellen Schritt auf. Erst nach einer langen Pause klangen Zastans Stiefel hinter ihr auf dem Boden auf – er beeilte sich nicht, ihr zu folgen.

»Wo geht es jetzt hin?«, fragte er gelassen. Als hätte er nicht gehört, wie dieses Gesindel über sie abgelästert hatte!

»Dahin, wo du nicht bist.«

»Ich rate dir, die Wachmänner nicht zu bestrafen. Damit bringst du das Volk nur noch mehr gegen dich auf.«

»Mit diesem Vorschlag beweist du erfolgreich, dass du nicht alle deiner Denkvenen mit verflüssigtem Feuer abgefackelt hast. Wie viel davon säufst du eigentlich täglich? Ich sollte die Ration kürzen, die ich der Fraktion austeile, wenn du deinen Rekruten alles wegtrinkst.«

Zastan lachte leise. Obwohl sie ihr Tempo nicht verlangsamte, hatte er keine Mühe, aufzuholen. Wollte er sie provozieren? Die Art, wie er mit seinen langen Beinen betont locker neben ihr schlenderte, deutete darauf hin. »Sehr schön, Aist. Wenn du spottest, haben dich die Aussagen dieser Hohlköpfe nicht getroffen.«

Schweigend bog sie in eine türkisfarbene Qualle ab, von deren Schirm violette Fäden herunter hingen. Ihre Absätze bohrten sich ein bisschen zu tief in den geleeartigen Boden, sodass sich die Membran unter ihr furchte und wellte.

»Vergiss sie, Aist.«

»Ihre Meinung ist die des Volkes. Soll ich mein ganzes Volk vergessen?«

Das Stakkato ihres Laufs raubte Aistyra den Atem. *Die Machtdemonstration war ihnen nicht genug. Sie haben mir nicht geglaubt ... Wie kann ich sie überzeugen? Allein werden sie mich stürzen ... Dagian und Fearne sind gefallen und ich bin die Nächste. Und dieser verdammte Wissenschaftler ... Was, wenn er noch mehr von mir fordert? Sein Wissen gibt ihm zu viel Macht über mich. Und er selbst ist aalglatt, unfehlbar!*

Vor Wut und Verzweiflung hätte sie am liebsten laut aufgeheult. Wieso konnte sie nicht wie Zastan auf irgendetwas eindreschen und sich danach besser fühlen?

»Du sollst Narren ignorieren. Was den kleinen Rest von Ilmestys angeht: Hör nicht mit den öffentlichen Hinrichtungen auf. Gestalte sie brutaler. Und dann organisiere ein Fest, bei dem sich die Velen mit verflüssigtem Material abschießen wie nie zuvor. Je grausamer die Morde, desto exzessiver die Feier.«

Aistyra blieb stehen und blickte ihm ins Gesicht. Dunkelheit gerann in seinen Augen, die vom tiefroten Leuchten der Qualle verstärkt wurde. Die Velen sagten ihm nach, dass man in ihnen kein Spiegelbild fand. Sie hatte die Opfer gesehen, die er über viele Zyklen gefoltert hatte. Allesamt zerstörte Geschöpfe, die irgendetwas davon lispelten, dass es sie nicht mehr gäbe.

Jetzt verstand sie, warum. Seine Augen boten keinen Anker. Dass sie sich selbst darin nicht widerspiegelte, ließ sie für ein paar Sekunden daran zweifeln, dass sie da war. Hätte sie ihn gefürchtet, wenn sie nicht Königin und er nicht ihr einziger Freund gewesen wäre?

»Gewalt ist nicht immer die beste Lösung, Zastan.«

»Es ist die Politik der Könige.«

»Es *war* die Politik von Dagian und Fearne. Glücklicherweise bin ich nicht sie.«

»Aber ihre Nachfolgerin. Deine Untertanen sind nichts anderes gewohnt. Gerade ist nicht der richtige Zeitpunkt für Reformen, Aist. Wenn du akzeptiert werden willst, musst du dich daran halten, was sie kennen.«

Die Zeit dehnte und wölbte sich um sie herum, während sie sprachen. Aistyra konnte nicht sagen, ob Zastan mit verflüssigtem Kupfer deren Lauf manipulierte oder ob ihr Gefühl sie täuschte.

»Deine Rekruten erwarten dich beim Training«, entgegnete sie schroff. *Misch dich nicht in meine Angelegenheiten ein.*

Er öffnete den Mund, entschied sich aber dagegen, weiter auf seiner Meinung zu beharren. Von einem Moment auf den anderen entspannte sich seine Mimik: Seine markanten Augenbrauen hoben sich leicht und ein Lächeln zog seine Mundwinkel hoch.

»Dann gehe ich jetzt und spiele ein bisschen mit meinen Muskeln«, schnurrte er. »Solltest du dich nach einem geschliffenen Männerkörper zur Ablenkung sehnen, weißt du, wo du mich findest.«

»Ich bin für dich da, wenn du mich brauchst.« Die versteckte Botschaft in seinen Worten ließ Aistyra erschauern. Die Art, wie er ihr seine Hilfe anbot ... Zastan wusste, dass es sie demütigen würde, wenn er auf ihrer Hilflosigkeit beharrte. Und so zog er sich zurück, sobald sie sich bedrängt fühlte. Lenkte sie mit einem Spiel ab.

Sie spielte es so viel lieber, als königliche Kämpfe in ihren Gedanken auszufechten.

»Sicher, dass du das willst?« Sie legte den Kopf schief und fuhr mit den Fingerspitzen ihren Hals entlang. Zastans Pupillen weiteten sich. »Vielleicht hat dich der Künstler auf dem Porträt etwas beschönigt. Ich könnte enttäuscht werden.«

»Finde es heraus.« Der feste schwarze Stoff seiner Kampfmontur raschelte, als er den Arm hob und sie vorsichtig an der Schulter berührte. Dort, wo die Spitze einer heruntergekrachten Säule ihre Adern so sehr zerrissen hatte, dass sich heute zu wenig Gewebe über zu viel Fläche spannte. Sie würde nie wieder verflüssigtes Feuer zu sich nehmen können.

Nur allein bist du alles.

Sie hatte Zastan von diesem Mantra erzählt. Davon, woher es kam und was es mit ihr machte. Sie konnte seinen Gedanken beinahe hören: *»Du musst das nicht allein tragen.«*

Seine Finger zitterten kaum merkbar. Er erwartete, dass sie ihn verstieß. Doch sie griff um seine Hand und hielt ihn fest. »Danke. Für alles.«

Er lächelte. Ihr Blick blieb an seinen Lippen hängen, an ihrer sanften Wölbung und den Narben, die die feine Haut verhärteten. Sie hatte nie beachtet, was für ein attraktiver Mann er war.

»Aist«, flüsterte er.

Sie hob das Kinn. Die Schwärze knisterte in seinen Augen: eine Einladung, von der sie sich nicht sicher war, ob sie sie annehmen sollte. Eine Ewigkeit lang versanken sie ineinander und die herbe Intensität seiner Emotionen flutete ihre Poren. Da waren keine Wachmänner mehr, die wenige Quallen weiter über sie herzogen, und auch keine Azren, die mit einer Revolution drohten. Nur er und sie. Sie hätte nichts dagegen, wenn es für immer so bliebe.

»Aistyra«, wiederholte er. Seine Stimme war rauchiger geworden.

Ihre Zunge erschlaffte. Konnte sie es zulassen? Nicht mehr alles zerdenken, sondern sich in ihn fallen lassen, in dieses Gefühl zwischen ihnen? Es würde sie so verletzlich machen.

Sie wich zurück und schob seine Hand von sich. »Ich muss zu Eune.«

»Ja.« Er nickte. Schwach, danach entschiedener. Voller Sicherheit, dass sie schon bald an der Stelle weitermachen würden, an der sie aufgehört hatten.

Sie wusste nicht, was das für sie bedeutete. Atemlos stolperte sie von ihm fort. Und dann, ohne sich selbst die Möglichkeit zum Zögern zu geben, drehte sie sich um und stöckelte davon.

Eune wartete in der Konferenzqualle auf sie. Den Rücken so gerade durchgestreckt, als würden ihn Knochen am rechten Platz halten, stand sie am Felsentisch und streichelte Ceder, der seine Federn vor Genuss aufplusterte. Aistyra musste sich bremsen, Eune deswegen nicht zu überfallen. Sie hatte sich die denkbar schlechteste Methode ausgesucht, um sich nach all den Chroniken wieder bei ihr beliebt zu machen.

»Eune.« Trotz ihrer Bemühungen klang Aistyras Begrüßung missgünstig. *Das kann ja heiter werden.*

Eune wirbelte herum. Sie hatte sich kaum verändert: noch immer dieselbe spitze Nase und zu großen Ohren, die der nach hinten geflochtene Zopf umso mehr betonte. An ihrer rechten Ohrmuschel glänzte ein dünner silberner Draht. Genauso wie die Soldaten mussten die Journalisten den OrEsk – ihr Kommunikationsgerät – immer tragen. Ein Grund mehr, warum sich Aistyra niemals für diesen Beruf entschieden hätte.

»Ai- Eure Majestät.« Eune riss sich hastig von Ceder los. Der Balph, der sich nicht mit dem Ende der Liebkosung zufriedengab, schlug mit den Flügeln und schnappte nach ihr. Keuchend rückte Eune von ihm ab. »Danke, dass Ihr die Zeit für mich gefunden habt.«

»Das gehört zu meinen Aufgaben.« Mit einer Geste wies Aistyra sie an, sich ihr gegenüber an den Tisch aus schwarzem Stein zu setzen. Etwas zögerlich folgte Eune ihrer Bitte. »Du scheinst Erfolge als Journalistin zu haben. Gratuliere.«

»Danke.« Schüchtern streckte Eune die Hand nach Ceder aus, aber er krähte nur und flatterte zu Aistyra hinüber. »Wir haben schon lange nichts mehr voneinander gehört. Ich glaube, das letzte Mal gesprochen haben wir …« Sie verstummte und fummelte an der silbernen Spitze herum, die ihr Jackett auf einer Brusthälfte ersetzte. Hinter all der Eleganz und Exklusivität würde sie nicht vor ihr verbergen, was in ihr steckte. Ein Feigling. Jemand, der floh, während seine Freundin fast getötet wurde.

Ceder stupste Aistyra mit seinem gebogenen Schnabel an. Betont lässig fuhr sie ihm durch das Gefieder.

»Reden wir nicht darüber«, bestimmte sie. »Was gibt es Neues bei den Journalisten? Ich höre nur eure Nachrichten, nichts über euch selbst.« Aistyra deutete auf die goldenen Fäden, die das wunderschöne Blau der Qualle infizierten. Es waren die Esks, eine der Menschentechnologien, mit der man bedauerlicherweise alle Quallen schon vor hunderten Chroniken zugekleistert hatte. Am Anfang des Niedergekommenen knatterten sie die Nachrichten ab, die die Journalisten auf ihre OrEsks eingesprochen hatten.

Eune verkrampfte. »Die Stimmung ist etwas ... angespannt. Aber das dürfte Euch bekannt sein.«

Aistyra lächelte süßlich. Dass die Journalisten ihre Königin nicht in den samtigsten Tönen beschrieben, hatte sie mitbekommen. Eune war eine der wenigen unter ihnen, die sich zurückhielten. Vielleicht aus nostalgischen Gefühlen zu ihrer Freundschaft. Oder aus gesundem Respekt vor ihrer Macht. Das Zweite wäre ihr lieber.

»Tja. Beschissene Arbeit, die du dir da ausgesucht hast.«

»Nicht viel schlimmer als Eure. Ihr hättet bei den Journalisten hoch aufsteigen können.«

»Ich habe nur schlechte Erinnerungen an unsere Berufserkundung.« Ihre Kurzausbildung bei den Journalisten war die fünfte von acht gewesen, die Velenkinder absolvierten. Davor war sie zehn Chroniken lang über die Sphären gewandert, begleitet nur von dem Ska, einem Chip, der sie alles über Ilmestys lehrte und sich danach selbst vernichtete. Man könnte meinen, diese Wanderungen hätten sie auf das Leben als Journalistin vorbereitet. In Wahrheit quälte sie sich in jedem Zwielicht mit blutenden Füßen und pochendem Rücken aus ihrer Qualle. Nur durch ihre Freundschaft zu Eune hatte sie all den Schlamassel ertragen. Bis zu jenem Zyklus.

Eune kaute auf ihrer Wange. Ihre blaue Haut wirkte ungewöhnlich blass. »Es tut mir leid … was ich getan habe. Ich habe mich nie wirklich dafür entschuldigt.«

Es tut mir leid, dass ich bei unserem ersten Ausflug abgezischt bin, als uns Splitternde angegriffen haben. Es tut mir leid, dass ich dich ihnen zum Zerfetzen überlassen habe und selbst in einem Vassel davongerauscht bin. Es tut mir leid, dass nicht ich mit dir gekämpft habe, sondern Zastan. Der sich als Neuling in der Fraktion nur zufällig dorthin verirrt hat.

Aistyra drückte ihre Nägel in die Handflächen. Seit Eunes Verrat hatte sie sich immer nur auf sich selbst verlassen. Sie würde ihren Fehler nicht noch einmal begehen.

»Wir sind nicht hier, um alte Geschichten wieder aufzurollen«, sagte sie steif.

Eune sackte in sich zusammen. »Nein, natürlich nicht. Entschuldigt mich.« Hilfesuchend schaute sie zu Ceder hinüber, der mit dem Federhuckel wackelte und zu ihr hinüberflog. Die dürren Beine breit aufgestellt, postierte er sich schützend vor ihr. *Selbst ein Balph ist mutiger als du.*

Eune, die ihre Feindseligkeit gespürt haben musste, rutschte auf dem schwarzen Stuhl hin und her. »Ich wollte Euch zu der Anreicherung befragen, die Ihr für die Azren plant. Ihr habt nichts dagegen, wenn ich den OrEsk zur Aufzeichnung anschalte, oder?«

Aistyra nickte wortlos.

»Danke.« Eune strich über den geschwungenen Draht an ihrem Ohr. Das Silber zerfloss auf ihrer Ohrmuschel, verschmolz fast mit ihrer Haut. Angewidert wandte Aistyra den Blick ab.

»Eure Majestät, Ihr habt verkündet, in drei Zyklen die erste Anreicherung für die Azren in Eurer Herrschaft durchzuführen. Für die Zuhörer, die diese Zeremonie noch nie miterlebt haben: Verratet uns doch, was das ist.«

»Bei der Anreicherung bestreuen wir alle Sphären mit Dünger, meistens in Form von Blüten oder Körnern. Er füllt die Erde mit neuen Nährstoffen auf und stärkt die Gesundheit von Azren. Gleichzeitig schiebt er Erinnerungen aus der Tiefe weiter nach oben, sodass die Azren sie mit ihren Wurzeln besser erreichen können. Und er säubert sie von der Verblassung, die sie nach einigen Chroniken ohne Träger bekommen.«

»Das heißt, die Azren nehmen mehr und intensivere Erinnerungen auf.« Eune war völlig in ihrem Element. Sie beugte sich zu ihr vor und ignorierte sogar Ceder, der sich in der Erwartung einer Streicheleinheit an sie gedrückt hatte. Er krähte frustriert.

»Genau.«

»Vielen Dank für die Erklärung. Wie unsere Zuhörer wissen, hat die Anreicherung eine lange Tradition. Was ist in dieser Chronik anders?«

Aistyra spannte sich an. Worauf wollte sie hinaus? »Die Forscher aus Synthesphär und Energetik haben uns eine verbesserte Rezeptur für den Dünger bereitgestellt«, sagte sie langsam. »Ihren Berechnungen zufolge ziehen die Azren damit die doppelte Menge an Mineralien und Erinnerungen aus der Erde.«

Eune verengte die Augen. Die Nervosität, die ihre Mimik vorher beherrscht hatte, war verschwunden. Sie fühlte sich sicherer, jetzt, da ihr OrEsk jedes Aistyras Worte festhielt. Hatte Eune sie so wenig gekannt, dass sie ernsthaft befürchtete, Aistyra würde ihr irgendetwas vorwerfen? »Was erhofft Ihr Euch davon, Eure Majestät?«

Warum fragte Eune sie das? Wollte sie sie bloßstellen? Ihre Beweggründe anzweifeln? *Ich hätte verflüssigten Niedergekommenen trinken sollen, bevor ich mich auf das Gespräch mit ihr eingelassen habe. Wenn ich ihre Gedanken bloß kennen würde ...*

Wie beiläufig schob Aistyra ihre Krone zurecht. »Was erhoffe ich mir wovon?«

Eune hatte ihre warnende Geste nicht bemerkt oder sie hatte beschlossen, diese zu ignorieren. »Vor weniger als fünfzig Zyklen hat ein Krieg geendet, in dem die Azren den Velen zum ersten Mal ihre Überlegenheit bewiesen haben. Ihr habt die Anreicherung vorverlegt. Nach dem Kalender sollte sie erst in fünfzig Zyklen stattfinden. Das Volk fragt sich, ob es sich um einen strategischen Schritt Eurerseits handelt.«

»Was wettest du, wann wird die Königin fallen?«

Der Stein des Felsentisches unter ihr fühlte sich plötzlich heiß an; zu heiß für ihre kalte Haut. Wo führte das alles hin? Das war ein Verhör, kein Interview. *Warum habe ich angenommen, dass ich den Niedergekommenen bei diesem Treffen nicht brauchen würde? Eune war früher eine Freundin. Trotzdem. Es befreit sie nicht von gewissen Absichten.*

»Und warum genau sollte ich nach der Meinung des Volkes diesen Schritt einleiten?«

»Um die Azren zu besänftigen.«

Die Qualle um Aistyra drehte sich. Grell glühend sprangen die Esks aus der Membran und wirbelten vor ihr, versengten sie mit ihrer Helligkeit. *»Sie ist so machtlos, dass sogar die Azren sie knechten.«* Erst nach mehrmaligem Blinzeln hatte sich ihre Sicht normalisiert.

»Es würde die Proteste der Azren beschwichtigen, sensibel auf ihre Bedürfnisse zu reagieren.«

»Damit du sie dann untergraben kannst.« Das war es also, woran ihr Volk glaubte: dass es ihr bei all dem um nichts anderes ging als den schönen Schein. Dachten sie, dass sie die NLes wieder aktivieren würde, sobald sich die Lage etwas beruhigt hatte? Glaubten sie, dass all ihre Mühen, mit den Azren Frieden zu schließen, nur eine strategische Farce waren?

»Es ist die Politik der Könige, Aist.«

Aistyra hustete. »Schalte den OrEsk aus.«

»Es ist nicht so, dass wir Eure Motive nicht verstehen können, Eure Majestät. Die instabile Lage erfordert Kompromisse. Es beweist Eure Intelligenz, diese auszuhandeln.« Eune überhörte sie. Dieser Enthusiasmus in ihrer Stimme … Spottete sie über sie? Und ganz Ilmestys würde ihr zustimmen, würde sie genauso bewerten wie Eune. Sie durfte das nicht zulassen!

Was willst du ihnen beweisen? Sie haben das Verhalten der Könige über viele Chroniken studiert. Keiner von ihnen hat jemals uneigennützig gehandelt. Glaubst du etwa, sie würden es dir zutrauen?

»Schalte den OrEsk aus!«

»Eure Majestät, wir sind überzeugt davon, dass –«

»Mach den Dreck aus oder ich schwöre bei allen schimmelnden Quallen, ich reiße ihn dir aus dem Ohr!«

Eunes blaue Augen wurden groß. Der Wortschwall, der sich über ihre Lippen ergießen sollte, blieb sichtbar in ihrem Hals stecken. Unter Ceders aufgeregtem Flügelschlagen berührte sie ihr Ohr und brachte so das flüssige Silber dazu, sich wieder zu einem Draht zu formen. »Verzeiht mir«, flüsterte sie.

Es war zu spät. Aistyra schoss hoch. »Was erlaubst du dir, Eune? Bist du mit dem beschissenen Ziel hergekommen, eine unterhaltsame Geschichte aus meinem Leben zu machen? ›Die Gleichberechtigung ist vorbei, Königin unterwirft Azren wieder.‹ War es das, was du wolltest?«

Eune drückte sich tiefer in ihren Stuhl hinein. Ceder kreiste über ihnen. »Bei allen Mächten des Sterns! Das war nicht meine Absicht!«

»Was ist dein verdammtes Problem, Eune? Warum kommst du nicht einfach hierher und sagst mir deine schmutzige Meinung? Nein, du spielst mir Reue vor und demütigst mich dann in deiner journalistischen Manier! Damit es alle hören!«

»Ich habe meine Entschuldigung ernst gemeint!« Nun sprang auch Eune auf. Oh, jetzt täuschte sie also Unschuld vor! Das verdammte Miststück!

»Ach wirklich? Warum hast du sie dann nicht schon vor neun Chroniken geäußert? Nein, du bist abgehauen und hast keinen einzigen Klumpen in deinen Venen bekommen, als ich die Journalisten verlassen habe!«

»Ich hatte Angst!«

»Ach so, und ich nicht? Ich hatte keine Angst vor den Splitternden, die mich ohne Zastan erledigt hätten? Ich hatte keine Angst, dass meine bis dahin einzige Freundin mich verraten hat? Und es jetzt wieder tut?« Ihre Stimme ging in einen schrillen Schrei über.

Alles um sie zertrümmerte. Es bröckelte schon seit dem Zyklus, an dem Zastan sie von dem Sphärenanhängsel in den Palast gebracht hatte. Nein, noch viel länger. Seitdem die ersten Velen ihre Throne bestiegen hatten. Die Könige erbten Steinlawinen und pokerten darauf, dass sie in ihrer Dynastie niemand lostrat. Aistyra hatte es erwischt.

»Das war doch nur ein Interview, Aistyra! Ich werde es löschen, wenn du willst!«

All ihre Kontrollversuche … Das alles durfte nicht untergehen. Sie hatte die Macht. Niemand würde sie ihr stehlen können, keine Wachmänner und erst recht keine Journalistin!

»Lüg mich nicht an! Du wolltest damit die Azrenmeute noch mehr gegen mich aufstacheln! ›Kommt her und freut euch über das Geschenk der Königin, die euch versklavt!‹ Glaubst du, ich hätte nicht verstanden, wohin deine Fragen geführt haben?«

»Was?« Eunes Mimik fiel aus den Zügen. Sie presste ihre Hände an ihr Jackett. In einer der Quallen hinter ihnen dröhnten Schritte. Wachen. »Wovon redest du? Bitte beruhige dich, das ist doch kein normales Gespräch mehr –«

»Ich scheiße auf ein normales Gespräch mit dir! Hast du vergessen, was mit denen geschieht, die mich anzweifeln?«

Das Poltern der Schritte wurde lauter.

»Aistyra, bitte! Lass es mich dir erklären!«

»Du begehst Hochverrat, Eune. Und genauso wirst du auch behandelt. Wie eine Verräterin!« Bei den letzten Worten stürmten fünf Velensoldaten in die Qualle, deren Membran vor ihren Stechern und Piken zurückzuckte. Unter ihren engen gipsgrauen Kampfjacken spannten sich die Körper vor Aufregung. Diese allerdings flaute ab, sobald sie niemanden außer Eune und Aistyra entdeckten. Ceder hatte sich klugerweise entfernt.

»Eure Majestät!«, rief einer der Männer, ein Glatzkopf, dessen Venen am Scheitel ein Kreismuster bildeten. Sie erkannte den nasalen Tenor sofort. Es war der Soldat, der die Wette auf ihren schnellen Fall vorgeschlagen hatte. *Umso besser.*

Sie warf einen Blick zu Eune hinüber, die mit derselben geschockten Miene festgefroren war. »Wachen«, sagte sie betont gelassen. »Diese Frau wollte mich öffentlich verleumden. Bringt sie für fünf Chroniken ins Gefängnis. Das sollte reichen, um über ihr Vergehen nachzudenken. Stellt sicher, dass sie etwas zu essen bekommt. Alles andere überlasse ich euch.«

Für einige Sekunden senkte sich Stille über die Qualle. Die Soldaten tauschten entsetzte Blicke, und Aistyra genoss es, das Chaos ihrer Emotionen in ihnen abzulesen. Respekt beugte leicht ihre Knie und wischte die letzten Spuren von Grinsen aus ihren Gesichtern. Respekt – und Angst. *Ihr habt mich unterschätzt, Quallenlutscher.*

»Wird ausgeführt, Eure Majestät.«

»Aistyra!« Eune hatte sich aus ihrer Erstarrung gelöst und taumelte mit ausgebreiteten Armen auf sie zu. Die Piken versperrten ihr den Weg.

»Mitkommen!«, bellte einer der Männer und griff nach ihr. Seine gebogenen Nägel hinterließen Kratzspuren an ihren Armen.

»Aistyra, bitte! Du weißt selbst, dass es nicht das Richtige ist. Lass uns reden wie vernünftige Velen. Ich hatte nichts von dem vor, was du mir vorwirfst!«

Sie antwortete nicht. Mit einem Nicken erlaubte sie dem Glatzkopf, Eune eine Kette aus Gold um die Handgelenke zu legen. Obwohl der Schmerz einen sichtbaren Schauder durch ihre Adern jagte, wehrte sie sich nicht.

»Aistyra«, bat sie leise.

Aistyra wandte den Blick ab. *Es ist richtig so. Sie hätte dich verraten, zum zweiten Mal. Lass dich nicht von alten Sympathien verunsichern.*

Eunes Gang war ruhig, als die Wachen sie zum Ausgang drängten. »Die Aistyra, die ich kannte, hat andere immer angehört.«

Aistyra erwiderte nichts. Versteift in ihrer ursprünglichen Position wartete sie, bis der letzte Wachmann hinter Eune die Qualle verließ und das Klirren der Piken in der Ferne verklang. Die Quellenmembran wölbte sich und glitt mit einem leisen Ploppen wieder zusammen, um den Ausgang zu verschließen. Erst da fiel ihr auf, dass sie all die Zeit die Luft angehalten hatte. Rasselnd atmete sie aus.

»Die Aistyra, die du kanntest, war keine Königin«, wisperte sie.

KAPITEL 19

Tamnes

Er war der Botschafter der Königin geworden. Nach dem Tauschangebot des Ältesten hatte er nicht lange überlegen müssen und war in den Palast geeilt, wo die Königin ihn ohne weitere Fragen angenommen hatte. Sie brauchte ihn genauso wie er sie. Und nun war er hier, wanderte zwischen den saftigen Hügeln der Azrensphäre und horchte aus, was sein Volk von der Anreicherung hielt.

Einem Teil von ihm widerstrebte es, dieses Amt angetreten zu haben. Doch dieser entstammte nicht ihm, sondern seinen Ahnen, klemmte als hartnäckige Erinnerung zwischen seinen Gedanken fest. Er zwang sich dazu, ihn auszublenden. Das Schicksal der Azren musste sich nicht wiederholen. Vielleicht konnte er irgendwann, wenn er seine Rolle nicht mehr geheim halten musste, sogar ein Zeichen dafür setzen, dass Azren und Velen friedlich zusammenarbeiten konnten.

Er seufzte. Die Gespräche mit den Azren, die seine Identität aufgedeckt hatten, ließen seine Hoffnung eher schrumpfen.

Langsam bewegte er seine Wurzeln über die warme Erde und tauchte sie in die Tiefe. Die Königin hatte ihm erzählt, welche

Wirkung der neue Dünger auf ihn ausüben würde. Doch weder ihre Worte noch seine Erinnerungen an die Anreicherungen der letzten Chroniken hatten ihn darauf vorbereitet, was er heute spürte.

Was seine Vorfahren für Erinnerungen hielten, begrenzte sich auf monochromes Rauschen – eine gebrauchte, durchlebte Wirklichkeit. Wahr, aber blass und fern. Vielmehr ein Ereignis als ein Gefühl. Jetzt fielen alle Barrieren zwischen seinem und den Leben in den Erinnerungen. Und als sich ihre Existenzen über die Zeiten vermischten, erlosch der Unterschied zwischen ihm und den Tausenden anderen Kreaturen, die Ilmestys jemals bevölkert hatten.

Er vergrub seine Wurzeln in der Erde. *Federn sprießen aus meiner Haut. Ziepend und juckend drängen sie sich am Moosflaum vorbei, der erst seit kurzem meine Brust bedeckt, und richten sich feuerrot auf. Ich schrumpfe. Meine Äste formen sich zu Flügeln und meine Wurzeln zu staksigen Beinen, mit denen ich nicht umzugehen weiß. Mein Gesicht verlängert, verhärtet sich. Und dann erhebe ich mich und schwebe durch die Luft. So selbstverständlich, als hätte ich nie etwas anderes getan, schieße ich durch die Kronen der Windesbäume und verstecke ihre Stürme unter meinem Federkleid. In der Ferne sprengen Felsen die Erdkruste, langen nach mir mit ihren gespreizten Rifffingern. Sie werden mich nicht erreichen. Jubel grollt in meiner kleinen Kehle. Der Huckel an meinem Kopf zittert, während ich ihn hinausschrie. Kein anderes Gefühl könnte schöner sein als dieses.*

Eine kleine Bewegung seiner Wurzeln und Tamnes stürzte in die nächste Erinnerung. *Mein Leib dehnt sich aus, meine Knochen zerbröseln und warmes Gold sprudelt mit einer Wucht in mich hinein, die mich zu Boden krachen lässt. Der scharfe Geruch erstickt mich fast. Goldene Schuppen schneiden meine Haut auf. Wohin ich auch sehe, ich bestehe vollkommen daraus.*

Warum brennen meine Oberschenkel so heftig? Ich kann mich nicht aufrichten. Sehnen platzen, meine Stimmbänder reißen in einem langen

Schmerzensschrei. Bei allen Mächten des Sterns, es tut so weh! Hat man mir die Beine abgetrennt? Steine kerben meinen Rücken, etwas Schweres hockt auf mir und drückt mich hinunter. Jeder Atemstoß zerfetzt meinen Hals, den ich schon vor langer Zeit wund gebrüllt habe. Es nimmt kein Ende. Ich wünsche, es würde einfach vorbei sein.

»Winsele, Missgeburt.« Jemand drängt sich in mein Sichtfeld. Blaue Haut – oh, wie wunderschön dieses vollkommene Blau ist! – und eine Goldader, die quer über sein Gesicht pocht. Doch das Erschreckende an dem Velen sind die Augen. Unrettbar schwarz verschlingen sie mich und zerreiben meine Existenz zu dunklem Staub.

Staub, der kein Spiegelbild besitzt. Ich besitze kein Spiegelbild.

Als ein weiterer Schrei meinen Körper herumschleudert, kann ich nicht sagen, ob es mein eigener ist. Es gibt mich nicht mehr. Es gibt mich nicht mehr, gibt mich nicht mehr.

Warum hört der Schmerz bloß nicht auf? Unter dem Gewicht des Velen auf mir krampfen meine Oberschenkel unkontrolliert. Meine Venen erschlaffen vor Goldverlust. Trotzdem pumpt jede Zuckung mehr davon auf die Wiese und entflammt meine Wunden. Ich würge. Ob es sich um Gold oder Gewebe handelt, weiß ich nicht.

»Das passiert mit deinesgleichen, wenn ihr uns jagt.« Der Vele auf mir lächelt nicht. Da ist kein Triumph in seinen Zügen, keine Befriedigung. Vielleicht wird er sie nicht bekommen, bis er den letzten Splitternden ermordet hat. Er hebt die Hand. Etwas Sichelförmiges, Silbernes blitzt für einen Moment auf. Und dann fährt die Waffe auf mich nieder.

Bohrt sich in meinen Bauch, sodass ich mich auf meinen Beinstümpfen aufbäume. Schießt hoch. Goldene Häufchen aus Adern und Sehnen kleben an der Klinge und klatschen nass auf meinen Oberkörper. Dann versinkt die Waffe wieder in mir, diesmal in meiner Brust. Ich spüre den Ruck, mit dem das Metall in meinen Körper eindringt und das Spannen und Zerren der Venen, weil der Soldat die Waffe in meiner Wunde dreht. Die Taubheit, die ich verzweifelt herbeigesehnt habe; diese Taubheit kommt nicht.

Ich flehe nicht mehr. Wie könnte ich auch? Gold spritzt glitschig und metallisch in meinen Mund. Es ist so viel, dass es mein Wimmern erstickt. Und während der Vele den Stecher tiefer in meinen Körper schraubt und auf meinen Tod wartet, kann ich den Blick nicht von seinen dunklen Augen abwenden. Von der ankerlosen Finsternis, die darin haust. Es gibt mich nicht mehr.

Ich schreie.

Tamnes schrie. Halb versunken in der Erinnerung riss er seine Wurzeln aus der Erde und taumelte nach hinten. *Wurzeln, keine Beine. Und sie sind noch da! Ich bin unverletzt ... Das ist alles nicht passiert ... Nur eine Erinnerung ... Ein Azre, kein Splitternder ...*

Die Erde unter ihm neigte sich. Er rutschte an ihr hinab und tastete fiebrig nach seinen Wurzeln, streichelte die vertraute Kruste. Seine Verästelungen griffen ineinander, er stolperte und fiel rücklings hin. Sein Kopf krachte gegen etwas Hartes. Stöhnend rieb sich Tamnes über den Nacken.

»He, Freundchen, alles in Ordnung bei dir?«

Tamnes blinzelte. Nur langsam trieben die Konturen der Erinnerung auseinander und ließen die Realität herein. Moosbestickte Hügel um ihn herum, umrandet von kleinen Pfaden. Der Geruch von Wind und satter Rinde stieg ihm in die Nase und Böen stellten den Flaum auf seinem Rücken auf. Er war gegen einen Windesbaum gestoßen.

»Du da! Geht's dir gut?«

Benommen vom Aufprall glitt Tamnes am Baumstamm herab und schwenkte seinen Kopf hin und her. Bis auf zwei weitere Azren, die auf einer Pfadwindung innehielten und aßen, schien sich kein anderes Wesen hierhin verirrt zu haben. Oder ... Doch! Dort hinten, halb verdeckt von einem buschigen Gewächs eilte jemand auf ihn zu.

»Ja!«, rief er schwach und versuchte, sich aufzurichten. Seine Wurzeln glitten ungeordnet auseinander und sein Kopf prallte wieder gegen den Baum.

Diese Erinnerung … Diese Augen … Die ankerlose Finsternis darin. Er kannte diesen Velen, hatte ihn schon einmal gesehen. Er hatte bei der Krönung neben dem Ältesten gestanden. Der Mann, dessen kalter, mitleidloser Blick ihn auch damals verschreckt hatte und das Monster, das die Splitternde aus seiner Erinnerung so grausam ermordet hatte – sie waren dieselbe Person. Der Fraktionsführer.

Tamnes erschauerte, unfähig, die Bilder der Qual zu überwinden. Der Jemand näherte sich ihm weiter, und auf eine bizarre Art schien sich auch das Gestrüpp mit ihm zu bewegen. Nein; es bewegte sich nicht mit ihm, es war er! Der Azre trug so viele Blätter an seinem Körper, dass Tamnes ihn ursprünglich für eine Pflanze gehalten hatte. Fransig, samtig, gekräuselt schlugen sie in alle Richtungen aus, bepudert mit goldenen Pollen.

»Komm her, lass mich dir hoch helfen. Das sah echt gefährlich aus, wie du gegen den Windesbaum geknallt bist. Hab schon ein paar solcher wie dich heut' getroffen, ja. So ein verschimmelter Dünger, den sie uns da untergejubelt haben. Lässt die Sachen viel zu echt wirken, ja. Wenn du mich fragst …«

Tamnes fragte nicht. Der Wortschwall des Fremden spülte die entsetzliche Erinnerung hinfort. Überwältigt ließ er zu, dass der Azre zwischen seine Äste griff und ihn anhob. Ihre Ranken könnten nicht unterschiedlicher sein. Seine waren dürr und kantig, während der Unbekannte dicke, kräftigere besaß. Von häufigen Bewegungen hatte sich die Rinde an einigen Stellen übereinander gestülpt und war an anderen aufgebrochen. Pilzköpfe und Moos lugten aus den Spalten hervor. Vor Neid seufzte Tamnes auf.

»… erste Anreicherung?«

Verwirrt schaute Tamnes zum Azren hoch. Er hatte sich so sehr in der Betrachtung seiner Zweige verloren, dass er nicht mitbekommen hatte, wie der Azre weitergesprochen hatte. »W-was?«

»Ob das deine erste Anreicherung ist. Hab's mir schon gedacht bei deiner mooslosen Haut. Musst sehr jung sein, ja? Hast dir keine

schöne Zeit für die Geburt ausgesucht. Die Velen wollen uns mit diesem Düngerzeug beschwipsen, das glaub' ich! Damit wir nur an die Erinnerungen denken und nicht mehr aufmucken.« Der Azre trat von ihm zurück und musterte ihn aufmerksam. Plötzlich krochen seine goldbestäubten Augenbrauen in die Höhe. »Hups, dich kenne ich doch! Du bist doch der … Der –«

Tamnes runzelte die Stirn. »Ich glaube nicht, dass wir –«

»Der eine Neugeborene, der den Schwur zwischen den Azren und Velen gekannt hat. Du hast den Tod des Ältesten verhindert, ja. War ja eine hörnig knappe Sache damals! He, Shyael, Nesin, schaut mal, wen ich hier hab'!«

Der Unbekannte winkte die beiden Azren herbei, die Tamnes bereits auf dem Pfad unter seinem Hügel entdeckt hatte. Widerstrebend, als hätte der Ruf ihres Freundes sie aus einer köstlichen Erinnerung gerissen, lösten sie ihre Wurzeln aus der Erde und glitten auf sie zu.

Unbehagen kitzelte Tamnes' Äste. Sobald sie erfuhren, wer er war, würde ihr Gespräch in Beleidigungen und Flüche ausarten. Genauso wie er es bei den anderen Azren erlebt hatte, die er im Auftrag der Königin zur Anreicherung befragt hatte. Für sie alle hatte sich Tamnes vom Retter der Azren zum Verräter gemausert, der für den Palast arbeitete.

»Sag ihnen nicht deinen Namen. Mit dem Vertreter der Velen würden sie niemals so offen sprechen wie mit einem von ihnen«, wiederholte er Aistyras Anweisungen. Nachdem er zurückgekehrt war, um zu ihrem Botschafter zu werden, hatte sie ihm das als ersten Befehl übergeben.

»Ich dachte, du hättest die Erinnerung an mich verworfen«, murmelte er.

»Wie könnt' ich nur! Ich hab' dich doch zum Palast geführt, ja. Hörner des Ältesten, ohne mich hätt'st du die Krönungszeremonie verpasst. Hast blöd herumgestanden, während sich alle vernünftigen Azren längst dort versammelt hab'n …«

Verunsichert überkreuzte Tamnes seine seitlichen Wurzeln. Hatte ihn dieser Fremde zum Palast begleitet? Er horchte in seinen Schläfen nach, schickte seine Gedanken auf die Suche in die kleinsten Wirbel seines Rückgrats. Die Erinnerung lagerte nirgendwo.

»... Und wie wir dann gerast sind! Ich hab' mich zwei Zyklen lang in einem Kernbaum verkrochen und meine Wurzeln mit Lichtfarn umwickelt. Solche Blasen hatt' ich, ja!«

»Ich ... Ich glaube, ich habe es vergessen«, gab Tamnes leise zu. Genauso wie seine Geburt. Solange ihm noch keine Farne und Pilze wuchsen, in denen er seine Erinnerungen verstauen könnte, würde er den Platz in seinem Körper nicht für unwichtiges Wissen verschwenden. Besonders, da es so viel Bedeutenderes gab, das er lernen wollte.

»Das wäre eine wertvolle Erinnerung, findest du nicht? Einen Splitternden zu kennen, der nicht vollkommen werden möchte. Ich würde alles dagegen tauschen.«

»Sogar die Erinnerung daran, wie wir den Krieg gewinnen konnten?«

»Sogar die.«

Der Fremde blähte die Nasenflügel, wandte sich aber sogleich seinen Freunden zu. Sie hatten den Hügel erklommen und standen nun still vor ihm, die runden braunen Köpfe einander zugeneigt. Im Licht des Unverhangenen glänzten ihre Hörner, die zwischen Flechten und Zapfen aufstiegen. *Oh, wenn ich bloß älter sein könnte!*

Der Fremde nahm eine aufrechtere Haltung ein. »Das ist er.« Er klopfte Tamnes auf die Schulter. »Der Azre, der den Ältesten gerettet hat, ja.«

»Es ist eine Ehre, dich kennenzulernen«, sagte der Rechte von beiden mit einer Stimme, die wie Wald eingewickelt in Seide klang. »Ich bin Shyael. Das ist Nesin.«

Unter halb verschlossenen dunklen Lidern musterte Nesin ihn fast abfällig. Das Kribbeln in Tamnes' Ästen verstärkte sich. Ahnte er etwas? Nein, unmöglich. Über die Esks der Quallen hatte

Tamnes nur seinen Namen als neuer Botschafter gehört. Nichts zu seinem Aussehen oder seiner Vergangenheit.

»Freut mich. Genießt ihr auch die Anreicherung? Nettes Plätzchen hier. Ganz schön viele … Erinnerungen«, plapperte er, in der Hoffnung, es würde sie von ihm selbst ablenken.

Die Blätter auf Shyaels Wange knisterten, als er eine bittere Grimasse schnitt. »Die Anreicherung ist eine reine Vorführung, kein Friedensangebot. Die Königin will, dass wir uns beruhigen. Sobald sich die Lage etwas entspannt hat, wird sie uns wieder Fesseln um die Wurzeln legen.«

»Das sage ich auch immer, ja! Verschimmelte Heuchelei. Ein Vele wird niemals gerecht herrschen!«

Eine Böe vom Windesbaum schlug gegen Tamnes' Seite und ließ ihn frösteln. Er rutschte von ihm fort. Alle Azren, die er auf seiner Wanderung getroffen hatte, hatten dasselbe behauptet wie Shyael. Königin Aistyra würde nicht glücklich darüber sein.

»Denkt ihr nicht«, setzte er vorsichtig an, »dass sich die Zeiten ändern? Früher haben die Velen ihre Herrschaft nicht dazu missbraucht, uns zu unterdrücken. Vielleicht entwickeln wir uns –«

»Pah, damals! Wie viele Umbrüche in der Geschichte willst du zurückgehen, Freundchen?« Der Azre mit den vielen Blättern schlug sich gegen die Brust. »Die Velen sind Tyrannen. Und sie werden es immer bleiben, ja!«

»Aber sie kommen uns mit dieser Anreicherung entgegen. Sie tun etwas für uns.« Tamnes sah die Azren nacheinander an. Keiner von ihnen schien von seinem Einwand überzeugt zu sein.

»Machen sie es wirklich für uns?« Hinter Shyaels Ohr rieselten Pollen von einer roten Blume. »Die Menschen haben den Dünger gemischt. Dieselben Menschen, die für Velen die NLes gebaut haben. Nesin und ich nehmen in den nächsten Zyklen jedenfalls nichts aus der Erde auf, was wir nicht zwingend brauchen. Essen müssen wir. Erinnerungen können wir auch später sammeln.« Demonstrativ rollte Shyael seine Wurzeln ein.

Tamnes ließ den Kopf hängen. Er würde ihre Meinung nicht ändern können, egal, wie sehr er sich darum bemühte. Sie sehnten sich nach Gerechtigkeit, aber glaubten gleichzeitig nicht daran.

Er ließ seinen Blick über die Hügelrippen vor ihm schweifen, auf denen sich schmale, symmetrische Figuren bewegten und etwas verteilten. Immer wieder blieben sie stehen, lachten und sahen sich suchend um. Velen. Ob sie ihn von dort aus erkannten? Hofften sie darauf, dass sie mit dieser Anreicherung Frieden mit seinem Volk schließen würden?

Wir streben alle nach demselben, wir Azren und Velen. Aber wir misstrauen einander so sehr, dass wir das Gute im anderen selbst dann nicht erkennen wollen, wenn es offensichtlich vor uns steht. Uralte Vorurteile verschließen uns die Augen.

Tamnes wandte sich Nesin zu, der während ihres Gesprächs geschwiegen hatte. Unter dessen gesenkten dunklen Wimpern konnte er seine Gefühle nur erraten. »Was denkst du darüber?«

»Ich?« Er hob den Blick. Kohlschwarze Schatten konturierten seine Augen und dämmten das grüne Leuchten darin. »Ich denke, dass der Botschafter der Königin nicht an meiner ehrlichen Meinung interessiert ist.«

Schwere Stille zerfloss in der Luft. Am liebsten hätte er den schalen Geschmack auf seiner Zunge ausgespuckt. Wie konnte er … Woher wusste er …

Verschwinde! Du musst diese Diskussion nicht zum zweiten Mal führen. Du hast erlebt, wie sie endet!

»T-tut mir leid«, keuchte er.

»Tamnes, wenn ich mich nicht irre?« Nesins Nasenflügel blähten sich. »Ich habe von einem anderen Azren gehört, dass der Botschafter der Königin hier herumschnüffelt. Was ich jedoch nicht erwartet habe, ist, dass es sich dabei um unseren jungen Helden handelt.« Der Spott in seiner Stimme war Zugwind zwischen seinen Rippenbögen.

Shyael und der Azre, der sich ihm noch immer nicht vorgestellt hatte, starrten ihn an. Er kannte diesen Blick. Jetzt, *jetzt* würden sich ihre Münder zu Fratzen verziehen und Beschimpfungen übelster Art ausspeien. Genau wie bei vielen anderen Azren, denen er heute begegnet war.

»Stimmt das?« Shyael spreizte seine Äste.

»Er ist ein Betrüger! Wärmt sich die Wurzeln im Palast auf und glaubt, er wär' bei uns willkommen! Ein Betrüger hat die Krönung des Ältesten verhindert! Und ich hab' ihn hingeführt, ja!«

»Die Krönungszeremonie war –«

»Stimmt es oder stimmt es nicht?«, unterbrach Shyael ihn.

Das Gras unter ihm fühlte sich auf einmal spröde und rissig an. Wann hatte er beschlossen, sich auf dieses sinnfreie Gespräch einzulassen? Die Azren akzeptierten keinen anderen Grund für Treuebruch als Gier. Niemand von ihnen würde glauben, dass er ihn für die heiligste Aufgabe der Azren begangen hatte: Erinnerungen zu sammeln.

»Einen Splitternden zu kennen, der nicht vollkommen werden möchte.« Nirgendwo als im Palast würde er die Chance dazu bekommen, ohne sofort ermordet zu werden.

»Es stimmt«, flüsterte er.

Nesin verzog den Mund. »Schoßazre der Velen!«

»Ich hab' von Anfang an geahnt, dass du nur Schande über unser Volk bringen wirst! Schon als du mit deinem dämlichen Schwur ankamst, ja!«

Ihre Erfahrungen mit den Velen setzten Grenzen, die ihr Denken niemals überschritt. Ihre Realität endete bei ihren Erinnerungen. *Ich habe nie beachtet, wie unsere Bestimmung uns einengt. Erinnerungen lehren keine Offenheit, sondern Kategorisierung.*

»Tut mir leid«, wiederholte er stumpf.

»Das tut es nicht! Du hast doch keine Ahnung, was Reue bedeutet, ja!«

»Schwing deine Wurzeln! Kriech zu deiner Königin und sag ihr, dass uns diese verfluchte Anreicherung nicht den Mund stopfen wird!«

»Das werde ich tun.« Es wunderte ihn selbst, wie tonlos er seine Absicht aussprach. Er konnte sich vorstellen, was sie über ihn dachten: Ein Verräter kehrte zu seiner Herrin zurück, um seine Belohnung zu erhalten. Verstoßen von seinem Volk war er gezwungen, dem Feind lebenslang zu dienen. In diesem klaren Weltbild blieb kein Platz für andere Motive.

Shyael schüttelte heftig den Kopf. Nesin rief ihm etwas zu. Er konnte es ihnen nicht verübeln. Selbst so weise Kreaturen wie Azren mussten ihre Erlebnisse sortieren. Und die Schubladen der Vorbehalte waren schon immer leicht zu öffnen.

Also drehte sich Tamnes um und schleppte sich langsam den Hügel hinunter. Er hörte nicht, wie die Azren ihm Beleidigungen nachriefen. Er wollte es nicht hören. Zu Beginn der Anreicherung im Zwielicht hatte es ihn gekränkt, verurteilt zu werden, ehe er sich überhaupt erklären konnte. Jetzt störte es ihn nicht mehr. Denn diese Provokationen und Erniedrigungen richteten sich nicht gegen ihn, sondern gegen die Kreatur mit den Plänen und Wünschen, die sie durch ihre Erinnerungen in ihm sahen.

Nachdenklich glitt Tamnes über den Pfad, der in eine Senke zwischen zwei Erhebungen führte. Der Stern, den der Staub des Niedergekommenen nicht mehr trübte, tauchte hinter den moosigen Bäuchen der Hügel unter. Auf der Velensphäre war er deutlich zu sehen, aber hier verschwand er häufig zwischen den Hügeln und Bäumen. Kühle Dämmerung beherrschte das Tal wie alle Orte in Ilmestys, die der Himmelskörper nicht direkt anstrahlte. In manchen Gebieten wurde es niemals hell. Die Velen würden für die Anreicherung zuerst die Plätze besuchen, deren Beleuchtung von der Uhrzeit abhing. Was bedeutete, dass er hier für eine Weile allein sein konnte.

Mit einem Seufzer ließ sich Tamnes auf das dichte dunkle Gras nieder. Es waren Schattengewächse, die im Schummerlicht besonders gut gediehen.

Vielleicht ist es unser Fluch, dass wir die Erinnerungen der vorherigen Generationen erben. Wir halten uns für weise. Dabei ist alles Wissen, das wir besitzen, das Echo einer alten Welt. Vergangenheiten leiten das Denken an, das die Zukunft formt. Wir bewerten entlang der Muster, die unsere Ahnen vor vielen Umbrüchen festgelegt haben. Vermutlich hält die Feindschaft zwischen Azren und Velen deshalb so lange an: Weil es niemanden gibt, der die früheren Fehler vergisst und verzeiht. Wir erinnern uns. Wir erinnern uns ewig.

Tamnes strich über die Grashalme, die ölige schwarze Tränen auf seinen Ästen hinterließen. Seine Generation war die erste, die ohne NLes aufwachsen würde. Sie könnten ihrem Volk Frieden bringen, Gerechtigkeit. Aber wie sollten sie es tun, wenn die älteren Azren es nicht annahmen? Vielleicht musste er sich damit anfreunden, nichts Großes in der Welt bewegen zu können. Doch vielleicht reichte es aus, selbst nach diesem Ideal zu leben. Gerecht zu sein zu Azren, zu Velen, zu Splitternden. Wenn er einen ihrer Art traf, der nicht töten wollte …

Tamnes hielt inne. Nach allem, was er in dieser Erinnerung durchlebt hatte, war das undenkbar.

Kälte beschlich ihn, presste ihre hohlen Henkerlippen an sein Brustbein. Genau an die Stelle, wo der Fraktionsführer das Splitterndenmädchen erstochen hatte. Bereits der Phantomschmerz war unerträglich. Wie unwahrscheinlich war es, dass wirklich ein Wesen lebte, das dieser Existenz kein Ende setzen wollte! Das sich aus freien Stücken dazu entschied, verfolgt und gehasst zu werden … in der ständigen Angst, grausam zu sterben.

Tamnes vergrub sein Gesicht in den Zweigen. Es war schier

unmöglich, auf einen solchen Splitternden zu treffen. Vermutlich würde er sein Leben lang über die Sphären irren und nichts Bedeutsames zum Erinnerungsschatz der Azren beitragen.

Würde er irgendwann auch so scheinbar allwissend, so engstirnig werden wie die drei Azren? Es wäre das Schlimmste, in dieser Selbstgenügsamkeit zu stocken. Aber wieso sollte sein Schicksal anders werden als das seines Volkes?

KAPITEL 20

Vemery

In der rauchigen Dunkelheit der Qualle sehe ich bloß deine Umrisse: eine goldschuppige Halsbeuge und ein Unterschenkel, der den meinen fast berührt. Dein Geruch nach Asche umwölkt uns. Die Beine angezogen, lasse ich mein Knie leicht gegen deines fallen. Du weichst nicht zurück.

Da liegt eine seltene Harmonie zwischen uns, zwirbelt sich an der Quallenmembran hoch, die uns warm umfängt. Ich bin mir sicher, sie wird verfliegen, sobald wir unseren Unterschlupf verlassen. Sie wird in dieser Qualle bleiben, harrend auf jene, die besser auf sie aufpassen können als wir.

Aber der Niedergekommene, der draußen klirrend auf den Steinen zerschellt, schenkt uns noch einige Stunden Frieden in unserer Zuflucht. Er ist so kostbar, dass ich jede Sekunde davon inhalieren und in meinen Venen tragen möchte, für Zyklen, in denen du mir nicht so wohlgesonnen bist wie heute. Ich will mit dir wachen und reden, bis sich der Schlaf uns holt und wir ihm zum Opfer fallen.

»Hast du dir schon einmal gewünscht, schreiben zu können?« Die Feuchtigkeit der Qualle klebt sich an meine Zunge, weicht meine Stimme auf.

Du lächelst still; ich sehe es bloß an der Schwärze, die sich um deinen Mund kringelt. Vielleicht liegt deine Ruhe daran, dass du heute zwei neue Seelensplitter gefunden hast. Wärst du glücklich als Vollkommener, Clif? Würde dich deine Verbitterung endlich loslassen? Ich wünsche es mir für dich.

»Nein. Wie kommst du auf die Frage?«

Ich reibe meine Fersen an der glibberigen Quallenmembran. Die Kühle ist angenehm nach unserer langen Wanderung. »Ich weiß nicht. Es ist bloß ... Ich fühle manchmal so viel, dass mein Kopf beinahe explodiert. Wenn ich schreiben könnte, würde ich das alles besser verarbeiten. Aufräumen, meine Gedanken lüften. Sie überwältigen mich.«

Sternstaub, gefroren zu festen Brocken, donnert draußen unaufhörlich auf die Erde hinab. Unsere Qualle zieht sich zusammen, als eine größere Scherbe den Schirm trifft.

»Verstehst du, was ich meine?«, frage ich.

»Ich denke schon. Aber ich hatte das Bedürfnis noch nie.«

Ich kaue an meiner Lippe. Von den vielen Bissen ist die Haut eine offene Wunde; eine Kruste reißt auf und Gold sickert daraus. Ich lecke es ab. »Bin ich seltsam, Clif?«

Du drehst dich zu mir um. Zu gern würde ich in deinem Gesicht lesen, aber der Schummer der Qualle verbirgt es vor mir. Ich bin ein blinder Krüppel, darauf angewiesen, deine Emotionen an den kleinsten Veränderungen in deinem Duft, deiner Temperatur zu erkennen. Doch es ist kaum anders, als ich sonst bin.

»Wir sind Splitternde. Wäre an uns nichts seltsam, hätte mich das gewundert.«

Ich befreie eine Haarsträhne aus meinem Mundwinkel. »Ist das gut oder schlecht?«

»An unserem Leben ist nichts gut.« Dein Knie stößt ganz leicht gegen meines. Vertrauensvoll, tröstend. Ich bin so ausgehungert nach deiner Nähe – nach der Nähe einer beliebigen Kreatur, die mich bei sich duldet –, dass ich erschauere. »Du wärst eine gute Schriftstellerin, Vemery.«

Mein Atem setzt aus. Noch nie zuvor ... hast du mir zugesprochen. Dein Lob spült in mich, heilt Wunden, lindert das scheußliche Jucken der Haut, die an meinen Schuppen aufplatzt. Die Empfindungen überwältigen mich. Und während Wärme und Zuversicht über mich schwappen, ringe ich nach Worten, unfähig, meine Emotionen einzuordnen. Fühlt es sich so an, gemocht zu werden?

»Denkst du, ich werde irgendwann schreiben können?«

»Ja.« Du schweigst. »Sobald du zu einer Vele wirst.«

Vemery erkannte die Qualle sofort wieder. Sie war eine türkisfarbene Kugel, unauffällig in einer Reihe fast gleicher Pflanzen. Fransige, gerillte Streifen hingen von ihrem Schirm herunter und die Tentakel schaukelten im seichten Wind.

Vorsichtig spähte sie um die Rundung der aufgedunsenen Qualle, hinter der sie sich versteckt hielt. Außer ihr schien sich niemand auf der Ebene zu befinden. Dennoch verrieten die geschwungenen Prägungen auf den Schirmen, dass Velen darin wohnten. Es war riskant, so offen durch ihr Dorf zu spazieren. Aber der Unverhangene hatte die meisten zur Arbeit aus ihren Behausungen getrieben und sie war für nichts anderes hierhergekommen.

Lautlos hastete Vemery durch das Wasser, das den felsigen Untergrund nur um wenige Zentimeter bedeckte. Die leuchtend silbernen Sternnarben, die vom Stein in den See ausliefen, kräuselten sich in Schlieren und hafteten an ihren verhornten Füßen. Wenigstens bluteten sie nicht. Sie durfte keine Spuren hinterlassen.

Als sie bei der Qualle angelangt war, schlüpfte sie eilig zwischen die Tentakel. Sie hatte nicht vor, lange hierzubleiben, aber für die wenigen Minuten würden sie sie vor fremden Blicken schützen. *Hier.* Der Geschmack von faulenden Pflanzen breitete sich auf ihrer Zunge aus. Ja, hier hatten sie diesen Niedergekommenen verbracht, an dem sie ihrem Bruder so nah gewesen war wie nie zuvor. Sie konnte die Male, in denen Clif sie nicht mit Verachtung und Abscheu gestraft hatte, an den Fingern einer Hand abzählen.

Ihr Gespräch in dieser Qualle vor sechs Chroniken war eines davon.

Aber seit einigen Zyklen war sie allein und ihr Bruder in den Fängen eines Wissenschaftlers, in die er bereitwillig geflohen war. Ihre Lider brannten. Vemery hielt die Tränen zurück. Sie würden die Wunde auf der Wange entzünden, aus der sie ihre Schuppen herausgerissen hatte.

Sie hatte gehofft, es würde ihr helfen, all die Orte zu besuchen, die eine Bedeutung für sie gespielt hatten. Sie hatte gedacht, dann würde sie ihn verstehen.

Noch immer erschloss es sich ihr nicht, wie Clif so einfach hatte mit Ophiot gehen können. Hatte er es bereut, sich gegen sie entschieden zu haben, nachdem der Zauber des Hurkus nachgelassen und er ihre Flucht bemerkt hatte? Vermisste er sie manchmal, während er mit diesem schrecklichen Gerät über die Sphären wanderte?

Vemery lehnte sich in die Tentakel und ließ zu, dass sie die dünnen Fetzen Stoff auf ihr nässten. Abseits weniger Momente der Eintracht hatte Clif ihr nie verheimlicht, wie sehr er sie für ihr Dasein verabscheute. Ihr Gespräch aus ihrer Erinnerung … Damals hatte er angenommen, ihre Zurückhaltung beim Morden sei kindliche Angst gewesen, die genauso einfach zu töten war wie Azren und Velen. Vermutlich hatte er deswegen Geduld mit ihr gezeigt. Je mehr er ihre wahren Motive begriffen hatte, desto weniger hatte er seine Grobheit und Aggression zurückgehalten.

Vemery schluchzte. Oh, diese verdammten Tränen! Hatte Clif sich darüber gefreut, sich von ihr zu befreien? Ohne sie würde er seinen Traum schneller erreichen. Hatte er darauf gewartet, sie endlich loszuwerden? Aber warum hatte er sie all die Chroniken bei sich ertragen?

Wenn wir lang genug von allen verstoßen werden, hören wir auf, wählerisch zu sein. Selbst die Gesellschaft von denen, die wir hassen, ist uns lieber, als von der Einsamkeit gefressen zu werden.

»Entschuldige … Ich will dich nicht stören.«

Die Stimme eines Fremden schnitt in ihr Gehör. Panik schoss durch ihre Adern. Intuitiv duckte sie sich. Bis zur Grenze des Velendorfes waren es dreißig Schritte. Zu viele. Und sie konnte sich nicht in der Qualle auflösen …

»Bitte hab keine Angst vor mir!« Es war die Verzweiflung in seinem Ruf, die ihre Panik einfrieren ließ. Er fürchtete sich davor, sie verschreckt zu haben. *Nicht davor, einer Splitternden ausgeliefert zu sein.*

Langsam, den Körper in Laufbereitschaft angespannt, drehte sie sich um. Er wartete wenige Meter vor ihr. Ein Azre, den fehlenden Hörnern und dem zarten Flaum auf der Haut nach zu urteilen noch ein Kind. Eine vollkommene emeraldgrüne Seele ohne zusätzliche Splitter. Seine Wurzeln standen in alle Richtungen ab – als hätte er sich nicht entschieden, wie er sie am besten drapierte, damit er nicht selbst darüber stolperte.

»Was willst du?«, stieß sie hervor. Ihr Blick raste zwischen dem Azren und den Quallen hinter ihm. Er war allein. Jedenfalls schien es so.

»Entschuldige. Ich wollte dir wirklich keine Angst einjagen.« Seine braunen Augen wirkten sanft, flehend. *Ein Azrenkind,* beruhigte sie sich. *Kein Vele oder Fraktionssoldat. Er wird mich nicht angreifen.*

»Was machst du hier? Warum fliehst du nicht vor mir?«

»Du siehst nicht bedrohlich aus.«

Vemery schnappte nach Luft. Die Neugier in seinen Worten verwirrte, verunsicherte sie. Azren logen nicht. Er fürchtete sich nicht vor ihr. Clif hatte ihr erklärt, dass die Menschen fast keine Emotionen empfanden. Aber ein Azre?

»Du hast verloren gewirkt«, fuhr der Fremde eilig fort. »Ich dachte, dass eine Splitternde, die sich so traurig unter einer Qualle zusammenkauert, nicht schlecht sein kann. Also für dich ist es natürlich schlecht, dass du allein hier stehst, aber für mich … Du weißt schon.« Er breitete seine Zweige aus.

Dieser Azre war hilfloser als sie selbst. Vermutlich war er nie einem Splitternden begegnet oder hatte seine Erinnerungen daran verworfen. Zwar besaß er keine zusätzlichen Seelensplitter, die ihn zur Beute für ihre Art machten, aber er konnte es nicht wissen. Niemand außer den Splitternden selbst sah das. Es musste also einen anderen Grund haben, warum er sich sicher fühlte.

Ein weiteres Mal überzeugte sie sich davon, dass sie nicht beobachtet wurde, dann bückte sie sich unter den Tentakeln hindurch und huschte in die Richtung, aus der sie gekommen war.

»He, bitte geh nicht weg!« Der Azre hatte Mühe, ihr zu folgen. Er schlitterte über das Wasser, rutschte mit seinen Wurzeln auf den Steinen aus und griff nach einer Qualle, als sie scharf abbog. Aus dem Augenwinkel sah sie seine Zweige um Halt ringen.

»Ich bin Tamnes!«, rief er ihr hinterher. »Hüter von geschichtlichen Erinnerungen. Ich wollte nur mit dir reden … Ich tue dir nichts!«

Wollte er tatsächlich mit ihr sprechen? Niemals hatte jemand ein Gespräch mit ihr gesucht, der sie nicht gleich töten wollte. Der Wissenschaftler war eine Ausnahme gewesen, aber er hatte sie benutzt. *Und dieser Azre?*

Sie verlangsamte ihr Tempo. Tamnes, der vor Anstrengung laut schnaufte, schloss zu ihr auf.

»Warum ich?« Vemery musste sich zurückhalten, nicht wieder nach vorn zu preschen, damit er sie nicht mehr erreichen würde.

Tamnes verschränkte seine Äste ineinander. »Ich habe dich schon einmal getroffen. Bei deiner … Hinrichtung. Deine Schuppen haben sich seit dem Zyklus kaum bewegt, deshalb habe ich

dich erkannt. Ich dachte, du wärst gestorben, aber scheinbar nicht. Dieser andere Splitternde, dein Bruder. Hat er es nicht geschafft?«

Vemery hielt inne. Schmerz riss die Welt aus ihren Halterungen, wirbelte das Wasser umher und fuhr dröhnend in ihren Kopf. Die Erinnerung schmetterte sie weiter über die Velensphäre in eine Qualle, zu klein für die Menge, die sich fäusteschüttelnd in ihr versammelt hatte. Blutfeuchte Rufe auf den Lippen der Velen. In ihrer blauen Masse leuchteten die goldenen Adern intensiver. Bis auf einen, dessen Haut von einem erdigen Braun war. Mit weit aufgerissenen Augen hatte er sich an die Quallenmembran gedrängt und beobachtet, wie Clif und sie elend starben.

»Du bist der … der königliche Botschafter«, würgte sie. Die Erinnerung brach so abrupt ab, dass sie ihr den Boden unter den Füßen entriss. Sie musste sich an einer Qualle abstützen, bis ihre Umgebung aufgehört hatte, sich zu drehen.

»Was? Ja, bin ich … Es tut mir so leid, dass euch das passiert ist. Du hast nicht ausgesehen wie jemand, der diese Hinrichtung verdient hat. Wahre Mörder wehren sich. Das weiß ich, weil mein Vater beim Tod mehrerer Splitternder dabei gewesen ist. Aber du … He, warte!«

Vemery beachtete ihn nicht. Ihre Venen rissen fast, als sie abrupt losrannte. Die Erinnerung hatte sich in ihren Adern festgesetzt und wanderte jetzt wie ein Geschwür durch sie, infizierte alles mit Trauer und Leid. Dieser Azre war der Gehilfe der Königin. Der Diener der Vele, die sie zur Demonstration ihrer Macht gequält und danach einem Menschen ausgeliefert hatte. War er hergekommen, um sie zurückzubringen? Wollte Aistyra beenden, was sie begonnen hatte? Wahrscheinlich hatte sie herausgefunden, dass sie dem Wissenschaftler entkommen war.

»Ich habe euch beide hergeholt und ihr werdet beide das Gerät austesten.«

Vergangenheit vermischte sich mit der Gegenwart. Sie konnte nicht mehr unterscheiden, ob es die Seelenweber waren, die zu ihren Füßen flimmerten, oder die Schlieren Quecksilber im Wasser.

»Bitte lauf nicht weg! Es tut mir leid, was ich gesagt habe. Ich verspreche, ich werde dir nichts tun!«

»Lass mich in Ruhe!«, wimmerte Vemery. Sie manövrierte zwischen zwei feurig roten Schirmen und ließ den Azren immer weiter hinter sich. Mitten in einem Velendorf war es zu gefährlich, sich für eine unbestimmte Zeit in einer Qualle zu verstecken. Wenn sie nur schnell genug floh, würde …

Hinter der nächsten Biegung stolperte sie über einen Felsbrocken, der steil aus dem Wasser herausragte. Sie ruderte mit den Armen. Vergeblich. Den Mund voller Schreie, krachte sie auf den Boden und schlug sich das Knie am Stein auf. Wasserspritzer stoben auf, benetzten ihre Wunde mit einem frischen Nebel. Vemery unterdrückte einen Schluchzer. *Steh auf, steh auf, steh auf* … Ihr Körper gehorchte nicht. Es war keine große Verletzung, aber sie reichte aus, um sie zu lähmen.

»Du bist hingefallen!« Hinter einer pink glühenden Qualle trat Tamnes hervor. Seine Wurzeln waren geschwollen vor Erschöpfung. Unfähig, sich aufzurichten, robbte Vemery von ihm fort und machte sich so klein wie möglich.

Der Azre ließ sich davon nicht beirren. Langsam, als fürchtete er sich davor, sie durch eine unvorsichtige Bewegung zu verscheuchen, bog er seine Verästelungen und hockte sich neben sie.

»Bitte … geh«, flehte sie.

»Ich will dir doch nur helfen.« Zaghaft streckte er die Zweige nach ihrem Knie aus. Seine Berührung kribbelte an ihrer Haut, linderte den Schmerz. Ein paar Tropfen Pflanzensaft sickerten aus seiner Rinde und verklebten ihre Wunde.

Sie schaute zu ihm hoch. Konnte ein Wesen, das so ehrlich freundlich zu ihr war, zu etwas Bösem imstande sein? *Der Wissenschaftler ist auch freundlich gewesen.*

»Bitte verschleppe mich nicht zur Königin.«

Tamnes hielt in der Bewegung inne und starrte sie an. Seine kindlich vollen Lippen flatterten. »Zur Königin?«, wiederholte er verständnislos.

»Aistyra«, krächzte sie. »Du bist ihr Diener. Hat sie dir befohlen, mich zu finden? Sie will mich töten, nicht wahr?«

Tamnes blinzelte. Einmal. Zweimal. »Hätte sie jemanden auf die Suche nach dir geschickt, wäre es die Fraktion gewesen. Sicherlich kein Azre, der langsamer läuft als jeder Splitternde. Abgesehen davon: Woher soll sie wissen, dass du nicht tot bist? Ich dachte, du hättest nur durch Glück überlebt. Deswegen ist dein Bruder doch nicht bei dir ... Oder nicht?«

Das Ende seiner Frage war so leise, dass Vemery es mehr erriet als hörte. Aufmerksam beugte er sich zu ihr vor, sodass sein Geruch nach Moos und Erde sie einhüllte.

Sie atmete hastig aus. Die Königin ahnte nichts von ihrer Freiheit. Was bedeutete, dass dieser Azre sie nicht angesprochen hatte, um sie zu entführen ...

Darf ich einem Geschöpf vertrauen, das mir nicht offensichtlich den Tod wünscht? Gibt es für Splitternde eine höhere Form von Zuversicht?

»Warum bist du mir gefolgt? Was an mir interessiert dich, wenn nicht das Lob deiner Königin? Du bist ein Azre. Ich habe keine Erinnerungen, die du gebrauchen könntest.«

»Das würde ich so nicht sagen.«

Sie schüttelte den Kopf. »Ich verstehe das nicht.«

»Vielleicht musst du es auch nicht.« Tamnes erhob sich. »Komm.« Die Zweige einladend ausgestreckt, wartete er darauf, dass sie nach ihnen griff und sich zu ihm gesellte. Bedeutete diese Geste Zuneigung? Das musste es sein; sie hatte schon oft gesehen, wie sich Velen an den Händen hielten. Clif hatte jede Berührung zu ihr gemieden.

Sie sah von seinen Zweigen zu sich herunter. »Wohin?«

»Ist das nicht egal?« Er lächelte.

Jetzt war sie es, die blinzelte. Er sagte es so, als würde es tatsächlich keine Rolle spielen, als wäre es vollkommen natürlich, dass sie beide zusammen umherwanderten. Und ein Teil von ihr – ein Teil, den sie in Clifs Gegenwart immer zurückgedrängt hatte – erhob sich bei diesen Worten, flatterte und streckte sich ihm entgegen.

Er glitt zur Seite. Und vielleicht lag es an der Güte, die in seinen braunen Augen lag oder daran, dass sie sich noch vor wenigen Minuten so nach ihrem Bruder gesehnt hatte. Vielleicht war es naiv und vielleicht würde sie es bereuen. Aber Vemery rappelte sich auf und folgte ihm.

INTERLOG

Die Vollkommenheit zerreißt mich, um mich endlich ganz zu machen. Meine Augen fallen aus ihren Höhlen, meine Stirn verschiebt sich und meine Arme, in denen der Rückschlag des Schusses nachhallt, zerquetschen einander. Ich bin zusammengeballt, eine Explosion auf kleinstem Raum. Schreiend sinke ich zu Boden und halte meine eigenen erschlafften Venen in den Fingern, aus denen Goldblut tropft. *Ich* tropfe aus ihnen. Das, was ich gewesen bin.

Da ist keine andere Empfindung mehr außer dem Schmerz. Ist das die Strafe für all die Morde, die ich begangen habe? Für diesen letzten Velen, den ich mit dem Seelensprenger abgeknallt habe? Wenn es sie ist, nehme ich sie gerne an. Sie trifft nur den Teil in mir, der schon vor langer Zeit elend krepiert sein muss, während der andere erschaffen wird. Sobald ich ein Vele bin, werde ich davon gereinigt sein. In diesem neuen Leben wird jede Tat, die der Splitternde in mir verschuldet hat, zurückversetzt. Eine Wiedergeburt. Ein Nullpunkt.

Das Dröhnen in mir sprengt meinen Verstand. Kann ich diesen Übergang überstehen? Ich zerplatze in Millionen Einzelteile – Schuppen, Haare, Nägel – und weiß nicht, ob ich mich je wieder zusammenfügen kann. Gewichtslos schwebe ich in der Luft. Bis mich etwas mit voller Wucht zusammenpresst.

Meine Beine schrauben sich an meinen Rumpf. Mein Kopf kracht auf meinen Hals. Adern schießen durch meinen Körper und Haut spannt sich über sie. Ich fühle sie. Meine Hände stützen sich auf weichem Gras ab und meine Knie versacken in der Erde. Ich lebe. Die restlichen Körperteile renken sich in ihre Positionen und stechen mir den Atem heraus, aber ich lebe. Zitternd in dieser neuen, fremden Seele hebe ich die Finger und berühre meine Schultern. Keine Schuppen.

Ich bin vollkommen.

Mit noch blinden Augen starre ich in den Wald, während die Bäume nur langsam in mein Sichtfeld treten. Ich habe mich verwandelt. Ich bin ein Vele. Der Gedanke scheint einem anderen zu gehören, und dennoch ist er meiner. Und als sich die Realität vor mir formiert hat, kippe ich auf die Wiese und umarme das, was ich bin. Ich umarme meine Vollkommenheit.

KAPITEL 21

Ophiot

»Lange nicht gesehen, Ophiot.«

Ophiot drehte sich um. Hinter ihm, den Kopf lächelnd zur Seite geneigt, stand eine Frau in Energetik-Uniform: schwarze Boots und ein kniehohes Kleid, das aus geometrischen Lederplatten zusammengenäht worden war. Die Grübchen um ihre Mundwinkel waren unverkennbar.

»Hallo Amaranthe.« Ohne ihr Lächeln zu erwidern, trat er auf den Automaten für die Essensausgabe zu, den der Mann vor ihm gerade verlassen hatte. »Was machst du hier?«

»Ich könnte glatt meinen, meine Ankunft hätte dir die Laune verdorben, aber ich ahne, dass du den Blid an hast.« Ungerührt stellte sie sich zu ihm. Die Grübchen um ihre Lippen vertieften sich. »Braver Wissenschaftler.«

Ophiot hielt das Tattoo an seinem Arm unter den Scanner. Ein Lichtstrahl strich darüber, dann erschienen auf dem Bildschirm der weißen Box sein Name und die Zusammensetzung seiner Nahrung. »Zusätzliches Eisen auf Empfehlung des Remediums«, lautete die erste Zeile. Bei seiner letzten Kontrolle hatte man einen geringen Eisenspiegel festgestellt.

»Du hast meine Frage nicht beantwortet.«

»Ich habe vor, Mittag zu essen, falls es nicht offensichtlich ist.«

Das Gerät brummte, während es sein Mittagsessen zubereitete. Im Vergleich zum Automaten bei ihm zu Hause brauchte dieser länger dafür, weil er sich an die wechselnden Bedürfnisse der vielen Wissenschaftler anpasste.

Ophiot hob die Augenbraue. »Du bist für deine Pause von Energetik zu Kerntum gelaufen?«

»Für die Pause und für die Arbeit danach.«

Eine rechteckige Fläche in der Wand des Automaten wurde durchlässig und löste sich auf. Ophiot zog eine Schale daraus hervor.

»Fangen wir direkt nach dem Essen an?«

Er sah sie stirnrunzelnd an. Eine rote Strähne hatte sich aus ihrem strengen Zopf gelöst und wippte an ihrer Wange. Sie schob sich an ihm vorbei zum Automaten.

»Mit unserem Projekt, Ophiot. Genetik der Seelen. Wir forschen daran, welche Quelle für die Magie der Arten verantwortlich ist.«

Er konnte nicht anders, als sie verständnislos anzustarren, während sie den Ärmel raffte und das Tattoo für den Scanner entblößte. Die drei Balken mit dem Kreis an der Seite zeichneten sich hart auf ihrer weißen Haut ab.

Dieses Projekt, von dem sie sprach … Er arbeitete schon seit achtzig Tagen daran. Allein.

»Ich vermute, du hattest Besseres zu tun als zum letzten Kongress zu erscheinen.« Ihr süffisanter Ton prallte an seiner Emotionslosigkeit ab. »Wenn du da gewesen wärst, hättest du gehört, dass Initiator Crawls deinen Fortschritt beklagt hat.«

Seit dem Seelensprenger hatte er das Projekt vernachlässigt. Offenbar war das seine Strafe dafür.

»Er hat angedeutet, jemand aus einem anderen Komplex könnte dich vielleicht anstoßen. Dir die Erfahrung leihen, die einem jungen Forscher fehlt, weißt du?«

»Die einem jungen Forscher fehlt.« Ophiot zuckte zusammen. Er war dreiundvierzig und nach dem Initiator selbst der beste Wissenschaftler, den Kerntum vorzuzeigen hatte. Ganz bestimmt war er kein junger, unerfahrener Forscher. Crawls hatte es sicherlich nicht so ausgedrückt. Und dennoch …

Dennoch …

»Glaubst du etwa, du leistest genug, Ophiot? Es ist nie *genug, solange du an etwas anderes denken kannst!«*

»Darf ich an das Ausgabegerät, Leader?«

Eine Frau mit Dreads und spitzem Kinn rollte sich auf den Fußballen ab. Wie lange hatte er hier gestanden und ihr den Weg versperrt?

»Ja … Ja, entschuldigen Sie.«

»Es muss vorangehen.« Gemeinsam mit ihm schlenderte Amaranthe auf die zwei Tischreihen zu, die den Hauptteil der Etage einnahmen. Daran saßen Hunderte Männer und Frauen, genau wie er allesamt in Schwarz gekleidet. Ihre leisen Gespräche füllten den Raum mit kontinuierlichem Summen. »Es würde Kerntums Image ruinieren, wenn Projekte so lange in der Luft schweben. Ich und noch ein paar Forscher unter meiner Leitung haben uns freundlicherweise bereit erklärt, dir zu helfen.«

Lüge.

»Das Projekt ist nicht in der Schwebe«, widersprach er.

Sie nahm am Ende eines Tisches Platz. »Du hast achtzig Tage lang bewiesen, dass die Seele keinen Einfluss auf die Magie hat.«

»Sie *hat* einen Einfluss, ich –«

»Habe ihn nur nicht gefunden. Schon klar.« Amaranthe verzog spöttisch die Lippen. Er hatte diesen Ausdruck fast vergessen. Wie schnell doch die Erinnerung an sein Praktikum in Energetik hochkam, wenn er sie traf. Diese Frau vereinte seine brillanten Anfänge als Forscher mit seinen übelsten Erlebnissen. Noch nie in seinem Leben war er dankbarer für seinen Blid und das, was er ihn nicht fühlen ließ.

Noch nie, außer …

»Es tut mir leid, Papa.«

Rasch blickte er zum gläsernen Boden hinunter. Unter seinen Boots flimmerten die Labore: rechteckige Zellen, die durch orange Leuchtstäbe in den Wänden voneinander getrennt wurden. Hatte sein Vater in einem ähnlichen Block gearbeitet?

»Hör zu, Ophiot –«

»Es kann nicht sein, dass nur die Umwelt die magischen Fähigkeiten bedingt«, unterbrach er sie. »Die Azren sind auf ihren Wanderungen verschiedenen Umwelten ausgesetzt. Ihre Kräfte ändern sich aber nicht.«

Sie hörte auf, in ihrem Joghurt zu rühren. Auf ihrem künstlich ebenmäßigen Gesicht spielte die Andeutung eines Grinsens. Sie liebte es, gegen ihn zu argumentieren. Wie oft hatten sie es damals getan? Ihre Streits hatten immer mit zwei Dingen geendet: Lakenfalten zwischen seinen Fingern und einem schwereren schwitzenden Körper auf ihm.

»Die Azren leben die ersten zehn Chroniken in ihrem Kokon und werden mit ihren Fähigkeiten geboren«, sagte sie. »Die Velen kommen in der Mündung eines Flusses aus Quecksilber zur Welt. Mit einer anderen Magie, wenn ich dich erinnern darf.«

»Und Splitternde ebenfalls. Sie ernähren sich sogar genauso wie Velen. Dass ihre Magie eine andere ist, liegt also an ihrer Seele.«

»Und trotzdem darfst du den Umweltkontext nicht per se ausklammern.«

»Darf ich, wenn es mir schnellere Ergebnisse liefert. Was Initiator Crawls anscheinend will.« *Niemand braucht dich hier.*

Amaranthe stützte sich am Ellenbogen ab. »Welches Ziel verfolgst du, Ophiot?«

Ophiots Plastikkiefer quietschte, als er den leeren Löffel daran heruntergleiten ließ. Der Vorteil seiner alleinigen Forschung war, dass ihn niemand nach ihrem Sinn fragte. Keiner würde davon erfahren, dass Ophiot mit dem Wissen um die Magieherkunft ein Gerät erfände, das jeder Kreatur alle Kräfte schenkte. Er musste nicht erklären, dass er nur auf den Tag wartete, an dem Aistyra nachgeben und einen zweiten König auswählen würde, der diese Erfindung einführte. Oder dass er dafür längst einen Kandidaten vorbereitet hatte: einen Splitternden, den er vollkommen machen würde.

Amaranthes Beteiligung an diesem Projekt würde alles verderben.

»Grundlagenforschung«, log er sicher. »Etwas anderes wäre verboten. Schließlich haben wir kein Recht dazu, die Magie der Arten in jeglicher Weise zu verändern. Selbst wenn es der Optimierung dient.«

Ophiot zuckte zusammen, als ein glatt rasierter Mann neben ihm laut hustete. Ein anderer klopfte ihm auf den Rücken.

Das Lächeln, das hartnäckig nicht aus Amaranthes Gesicht wich, sprach davon, dass sie ihm nicht glaubte. »Grundlagenforschung also.«

»Du sagst es so, als wäre es etwas Verwerfliches.«

»Auf gar keinen Fall. Ich bin froh, zu etwas beizutragen, was die Generationen nach uns noch benutzen können. Du und ich und die Theorien. Ganz wie in alten Zeiten.«

Er rührte energischer in seiner Schale. In seinem Praktikum in Energetik hatte sie ihn mit dem Versprechen ins Bett geholt, ihm mehr Wissen beizubringen. *»Wir sehen uns bei unserer Theoriestunde am Abend, Ophiot.«*

Sie legte eine Hand auf seine und verhinderte, dass er den Löffel länger kreisen ließ.

»Ich bin nicht interessiert daran, alte Zeiten wieder aufleben zu lassen, Amaranthe. Wenn wir zusammen forschen, dann unter meinen Bedingungen.« Er beugte sich zu ihr vor. Sie hatte ihre Uniform mit Parfum besprüht – Parfum *hier!* – und ihr Duft nach

Rosen kitzelte unangenehm seine Nase. »Wir sprechen ausschließlich zum Thema miteinander. Und du lässt deinen Blid an.«

Sie brach in Gelächter aus. Die anderen Forscher schielten zu ihnen hinüber. »Aber natürlich. Wie kommst du denn darauf, dass ich die Regeln missachten würde?«

Ohne seine Antwort abzuwarten, federte sie hoch und kippte das Wasser hinunter, das in einem Gefäß auf dem Tisch stand und sich selbst nachfüllte. Sie hob ihre leere Schale auf. »Wir sehen uns nach der Mittagspause, Ophiot. Ich freue mich auf dich.«

Und dann marschierte sie davon.

Ophiot sah auf seine Schale hinunter. Im weißen Joghurt, den er bereits am Morgen gegessen hatte, schwammen gelbe und grüne Geleewürfel neben blauen Kügelchen. Das duftlose Essen verdünnte ihren Geruch nach Rosen, der noch in seiner Nase hing.

Was würde aus all dem werden? Er hatte keinen Zweifel daran, dass Amaranthe diesem Projekt nicht aus reiner Hilfsbereitschaft beigetreten war. Was immer sie anstrebte, er wollte damit nichts zu tun haben.

Er rieb sich über die Augen. Wenigstens hatte sie angekündigt, weitere Forscher mitzubringen. Obwohl er es nicht begrüßte, mit ihren Leuten zusammenzuarbeiten, würden sie nicht allein sein.

Eine Vibration in seinem Ohr lenkte ihn ab. Der Blid kündigte eine neue Meldung an. Ophiot tippte sich auf die Schläfe. Ein cyanfarbenes Hologramm baute sich vor ihm auf, das nur für ihn sichtbar war. Darauf blinkte die Tonspur einer Audioaufnahme, die mit einer Zeile beschriftet war: »Nachricht von Clif«.

Clif! Ophiot musste sich zurückhalten, sofort aufzustehen. Er hatte dem Splitternden ein Kom-Gerät mitgegeben, mit der Bitte, ihn zu kontaktieren, sobald er die Vollkommenheit erreicht hatte. Seit siebenundvierzig Tagen hatte er nichts mehr von ihm gehört. Bis heute. Diese Nachricht … War sie die Bestätigung, dass sein Plan funktioniert hatte?

Er musste sie sich anhören. In Ruhe, in seinem Labor.

Der Blid warf die Zahlen 13:34 in die Luft. Er hatte sechsundzwanzig Minuten Pause übrig. Das würde reichen.

Lautlos, um nach Amaranthes Lachanfall nicht noch mehr Aufmerksamkeit auf sich zu ziehen, beförderte Ophiot den letzten Löffel des Joghurts in den Mund und trank sein Wasser aus. Erst dann erlaubte er sich, aufzustehen.

Mit einem Nicken verabschiedete er sich von den anderen Forschern, räumte die Schale zurück in den Automaten und durchquerte die Kantine mit langen Schritten. Der Speisesaal surrte vor Gesprächen, als sich die Tür hinter ihm schloss und er in den Aufzug stieg.

Die Kühle darin entspannte ihn. Rational betrachtet gab es so viele anderen Gründe, warum Clif ihm die Nachricht geschickt haben könnte. Vielleicht war der Seelensprenger ausgefallen oder der Splitternde hatte sich umentschieden und wollte das Gerät zurückbringen. Aber Ophiot hatte die Waffe zuvor ausgiebig getestet. Und er konnte sich beim besten Willen nicht vorstellen, dass sich ein Splitternder gegen schnelle Vollkommenheit entscheiden würde.

Neugier trug ihn durch den Flur, der vom Aufzug zu seinem Labor führte. Kaum, dass die Desinfektion abgeschlossen und die schalldichte Glasfront des Raums hinter ihm hinuntergefahren war, öffnete er das Mitteilungsboard des Blids und tippte die Nachricht an.

Es knisterte, raschelte dann, als wäre der Sprecher unsicher, ob die Aufnahme schon gestartet hatte, und würde das Gerät hin und her drehen. Erst nach vielen Sekunden ertönte eine holzige, tiefe Stimme. »Hallo, Ophiot, hier ist Clif. Du … Du hast mich darum gebeten, dass ich … Ach heiliger Sternendreck, nimmst du auf oder nicht? Scheißding.« Das Rascheln verstärkte sich. Schüttelte er etwa das Kom-Gerät? »Hallo, Ophiot, hier ist Clif«, setzte er neu an. »Du hast mich darum gebeten, dass ich mich bei dir melde, sobald ich es geschafft habe. Na ja, also ...«

Leises Fluchen. Ophiot meinte, »Vollkommenheit« und »aufgeschmissen« herauszuhören.

»Ich bin ein Vele geworden. Seit ein paar Zyklen. Und ich ... Du ...« Schweigen. »Bei allen schimmelnden Quallen, warum kann ich nicht mehr vernünftig sprechen? Das muss an diesem Rosthaufen liegen!«, brüllte Clif in sein Ohr.

Ophiot zuckte zusammen.

»Ich brauche deine Hilfe. Ich glaube ... Ich komme nicht zurecht. Können wir uns treffen?«

Erneut rauschte es, und einen Moment später brach die Aufnahme ab. Ophiot stand reglos im Zentrum seines Labors, die Finger an der Abspieltaste. Es war vollbracht. Clif hatte die Vollkommenheit erreicht – mithilfe seiner Erfindung. Der Seelensprenger hatte seinen Zweck erfüllt. Und jetzt war Clif ein Vele. Desorientiert und einsam in einer Welt, in die er sich als Splitternder nicht einfügen konnte, weil ihre Völker ihn hassten, und als Vele nicht, weil er nie gelernt hatte, akzeptiert zu werden. Er war auf ihn angewiesen; auf den Menschen, der ihm den Weg zu diesem Zustand gewiesen hatte.

Sein Plan war gelungen.

Ophiot stützte sich am Plastikarm des Tischgestells ab. Es war möglich. An dem Tag, an dem er beschlossen hatte, einen eigenen Velen zu erschaffen, war ihm das Vorhaben irrsinnig und zu komplex vorgekommen. Ganz abgesehen von den nächsten Schritten. Aber es war möglich.

Ophiots Finger flogen über die Tastatur des Hologramms, da erinnerte er sich daran, dass der Splitternde nicht lesen konnte. Er drückte auf die Audiotaste. »Hallo, Clif. Natürlich. Ich kann ein Treffen einrichten. Passt es dir morgen am Ende des Unverhangenen bei den Seelenwebern? Ich muss ohnehin einige Bodenproben von der Azrensphäre nehmen.«

Die Antwort ließ nicht lange auf sich warten. Clif ging es wirklich miserabel, wenn er so ungeduldig auf Ophiots Reaktion wartete. Diesmal hielt sich das Rauschen am Anfang der Aufnahme kürzer. »Morgen ist gut.« Er klang deutlich erleichtert. Lag es daran, dass er ihn nicht zurückgewiesen hatte? »Aber bei den Seelenwebern ist es etwas ungünstig. In den letzten Zyklen haben sich zu viele Splitternde dort herumgetrieben. Was hältst du vom Sphärenanhängsel an der Azrenebene?«

»Was für ein Anhängsel meinst du? Ich kann dir nicht folgen.«

»Du musst mit dem Vassel hinfliegen. Hier ... Du hast doch erklärt, dass ich dir mit diesem Ding meinen Standort schicken kann ...«

Eine kurze Reihe von Koordinaten erschien, die der Blid vor das Regal mit den Seelenkopien projizierte. Wenigstens diese Funktion hatte der Splitternde behalten. Als Ophiot die Zahlen anklickte, färbten sich die Kacheln des Screens schwarz und erzeugten das Bild von übereinandergelegten Sicheln, von denen zwei auf gleicher Höhe schwebten. Das Sphärensystem von Ilmestys. Unter der untersten Ebene blinkte ein roter Punkt – scheinbar im Nichts, das die Sphären umgab.

Ophiot runzelte die Stirn. »Bist du dort schon einmal gewesen?«

»Ja. Vertrau mir. Du musst nur mit dem Vassel hinunterschweben. Ich werde dort auf dich warten.«

Hatte die Karte des Blids einen Fehler? Ophiot hatte nie etwas von diesem Ort mitbekommen. Andererseits bereisten Splitternde das Sphärensystem intensiver als die Menschen, die die Daten in das Gerät eingespeist hatten. Wer wusste schon, wohin Clif die Flucht vor einem Velen geführt hatte.

»Ich werde kommen.«

Stille. Ophiots Blick hing noch immer am Hologramm: wartend, grübelnd. Gerade als er den Chat wieder schließen wollte, erschien eine weitere Audioaufnahme, eine Sekunde lang: »Danke.«

Harte, kantige Konsonanten, die seine Zunge unwillkürlich wiederholte. Nach diesem Wort schmeckte also der Erfolg.

ARCHIV:

LABORBERICHT 7553160ID

Psychologische Gutachten Remedium
Blid-Technologie
Psychologische Auswirkungen bei langfristiger Blid-Ausschaltung
Untersuchte Person: Irwin Zrogka (Leader, Synthesphär)
Version: öffentlich
Mitbearbeiter: Louwe Dwoos, Xander Peverco

1. Psychologisches Gutachten

Leader Irwin Zrogka wurde bei uns wegen verringerter Arbeitsleistung vorstellig. Er erschien freiwillig. Seine Kollegen bemängelten seine fehlende Konzentration, geringere Produktivität sowie schnellere Erschöpfung und Überforderung. Zusätzlich wurde Leader Zrogka als reizbar beschrieben.

Der körperliche Test ergab negative Aktivitäten im Gehirn:

- Vergrößerung der Amygdala, was für langanhaltenden Stress spricht
- Zunahme der neuronalen Verbindungen zu anderen Hirnregionen, sodass die Amygdala permanent überstimuliert wird
- folglich hoher Cortisolspiegel, der die Reizbarkeit und Überforderung des Patienten begründet
- anormal niedrige Zellproduktion im Hippocampus, was den Konzentrationsverlust und die verringerte Lernfähigkeit verursacht haben könnte

Im Gespräch wirkte Leader Zrogka abwesend, knetete seine Hände und wippte mit dem Bein. Erst nach intensiven Nachfragen gab er zu, seinen Blid häufig länger als empfohlen ausgeschaltet zu lassen. Dies habe nach der Scheidung von seiner Ehefrau Naeve Wece angefangen, mit der er das gemeinsame Kind Ophiot Zrogka hat. Aus Unverständnis für die Situation hat Irwin Zrogka diese emotional analysiert und dabei vergessen, seinen Blid wieder zu aktivieren. Folglich war er viele Zyklen lang auch auf der Arbeit Stress ausgesetzt. Dies erklärt die Symptome, die seine Forscherkollegen geschildert haben.

Wir legten Leader Zrogka nahe, seinen Blid wieder anzuschalten. Er erhielt zudem Tzyamen und Minuscol, die er zwölf Zyklen lang einnehmen soll, um seinen Hirnzustand zu normalisieren. Zur Kontrolle wurde ein zweiter Termin vereinbart.

KAPITEL 22

Ophiot

Grashalme piksten die Haut zwischen seinen Socken und Hosenbeinen. Ophiot hatte nicht damit gerechnet, dass es an einem Ort, der in diesem Winkel zum Stern stand, hell war. Eine pink leuchtende Wiese erstreckte sich über mehrere Quadratkilometer und blendete ihn so sehr, dass er es bereute, seine Lichtschutzbrille nicht mitgenommen zu haben.

»Ich glaube, das ist das heimliche Versteck der Könige. Aistyra ist während des Krieges hierhin geflohen«, sagte Clif.

»Aha.« Das erklärte, warum niemand über diesen Ort sprach. Ophiot fragte nicht, woher Clif ihn dennoch kannte. Dafür konnte es nur einen Grund geben, und dieser hatte damit geendet, dass der Splitternde in einer Gefängnisqualle einsam die Zyklen bis zu seiner Hinrichtung abzählte. »Du hast mich um Hilfe gebeten.«

Clif deutete in die Richtung des Waldes, der sich hinter der Wiese erhob. Der Wind brachte dessen Duft nach Blitzen und Rauch zu ihnen. »Gehen wir ein Stück.«

Ophiot folgte ihm. Bei jeder flüchtigen Berührung brachen die Grashalme auf und tröpfelten roten Saft auf seine Uniform. Dieser

Ort war mit nichts vergleichbar, das er schon einmal gesehen hatte. Auch die Luft hier war eine andere: rauer, gröber, wenn das einen Sinn ergab. Er nahm jeden seiner Atemzüge bewusster wahr, weil sie seine Nasenschleimhaut auszutrocknen schienen. Seltsam.

Amaranthes Einmischung in sein Projekt missfiel ihm immer noch, aber in einem Punkt hatte sie recht gehabt: Er sollte die Umwelt stärker in seine Untersuchungen einbeziehen.

Er hockte sich hin und presste einen Grashalm in seine Phiole aus. »Du hast gesagt, dass du nicht zurechtkommst.«

»Ja. Womöglich … habe ich mir das alles falsch vorgestellt. Einfacher. Und das Leben eines neugeborenen Velen ist alles andere als das.«

Ophiot inspizierte Clif. Seine glatten Haare und die wuchtigen bleichen Augenbrauen waren unverändert geblieben. Nun jedoch kontrastierten sie mit einer makellos blauen Haut, und ohne die Schuppen erstrahlten die Venen in seinem Körper. Die Vollkommenheit hatte die ungeordneten Züge eines Splitternden zurechtgerückt. Es war nur eine Kleinigkeit wie die Transplantation neuer Wimpern oder die Korrektur einer gebrochenen Nase. Doch jetzt wohnte seinem Gesicht eine Symmetrie inne, die es verändert hatte.

Mit einer routinierten Bewegung verschloss Ophiot die Phiole und stand wieder auf. »Vermisst du etwa das Splitterndendasein? Warum? Du hattest doch niemanden. Und jetzt steht dir die Welt offen.«

Clif rollte die Schultern ein. Auch diese Geste war neu an ihm. Der Mann, der sich mit Giftresten in den Adern hochgestemmt und Ophiot angebrüllt hatte, hatte keine Unsicherheit zugelassen. Die Verwandlung hatte ihm seine Selbstsicherheit genommen. In Ophiots Händen lag eine formbare Masse, eine Kreatur, die er nach eigenem Ermessen knetete.

»Nein, nein, ich hänge nicht am Splitterndendasein. Mir geht es besser … jetzt.«

»Was ist dann dein Anliegen?«

»Ich …« Clif verstummte. Er schien um Worte zu ringen, genauso wie bei seiner Tonaufnahme. »Ich habe keine Ahnung, wie ich mich in diese Gesellschaft einfinde. Die Velen lernen es von der Geburt an. Sie haben diese Chips, die ihnen alles beibringen.«

Die Skas. Die Züchter pflanzten sie in dem Stadium in die Velen ein, in dem sie kaum mehr waren als ein Haufen Venen, herausgetrennt aus den Körpern ihrer Eltern. Über die ersten zehn Chroniken ihres Lebens gaben die Chips ihnen Instruktionen und sammelten alle Daten zu ihrem Aufwachsen, die bei Datik gespeichert wurden. Im unwahrscheinlichen Fall, dass Ophiot es schaffen würde, einen Ska für Clif zu besorgen, würde er unter Beobachtung stehen. Mit genau dem gleichen Erfolg könnte er öffentlich bekunden, dass er mit einem Splitternden kooperierte.

Clif räusperte sich. »Velen gründen Gemeinschaften. Wie soll ich mich ihnen anschließen, nachdem ich mein ganzes Leben lang allein über die Sphären geirrt bin? Bei allen Mächten des Sterns, wie soll ich jemals einen *Beruf* ausüben?« Seine Stimme kletterte eine Oktave höher.

Ophiot hingegen hörte bloß zu. Mit einem einzigen Versprechen konnte er Clif an sich binden. Ihn von einem Nichts zu einem bekannten Velen aufbauen, damit er seinen Zielen diente. Aber vorher musste Clif ihm dafür die Erlaubnis geben.

»Ich verstehe nicht, wie Velenmagie funktioniert. Was mache ich in einem Notfall? Sollte mich … ein Splitternder angreifen? Ich kann mich nicht mehr verstecken wie vorher. Und ich kann auch nicht meine neuen Kräfte einsetzen. Ich werde sterben, bevor ich richtig gelebt habe!« Clif raufte sich die Haare. Kaum, dass sie den Wald betreten hatten, hatte er sich auf die Erde sinken lassen. Er lehnte den Kopf an die Wurzeln eines Baums, die sich auf unerklärliche Weise nach oben reckten. Sicherheitshalber entfernte sich Ophiot von ihnen.

»Du möchtest, dass ich dich bei all dem unterstütze.«

Clif sah ihn an. Im Halbdunkel des Waldes glühten seine Augen. »Du hast mir gezeigt, wie ich vollkommen werde. Zeig mir, wie ich zu einem Velen werde.«

Keine Bitte. Clif forderte. Und das war der Moment, der Ophiots Handeln endgültig legitimierte. Alles, was er durchsetzen würde, geschah, weil der Splitternde es so gewollt hatte.

Ophiot leckte sich über die Lippe. Er schmeckte kühles Plastik. »Ich kann dir tatsächlich etwas anbieten.«

»Was?« Clif sprang auf. Eine Wurzel wand sich mit ihm hoch, schlug gegen seinen Arm und haschte nach einer zerfaserten Wolke, die aus einem Gestrüpp emportauchte. In derselben Sekunde schossen die Wurzeln benachbarter Bäume hoch und krachten gegen die erste. Im Versuch, den Schwaden an sich zu reißen, zerfetzten sie ihn und zogen sich mit unbefriedigten Kaugeräuschen zurück.

Beeindruckt starrte Ophiot die Pflanzen an. Traumfresser. Er hatte gedacht, die Geschichten von ihnen wären nur erfunden. Aber anscheinend fanden die Träume, die von allen Sphären hinabstiegen, hier tatsächlich ihre letzte Stätte.

»Du hast von einem Angebot gesprochen.« Clif rieb sich über den Arm und fixierte ihn mit vorgeschobenem Kinn.

»Entschuldige. Wie du richtig gesagt hast, ist die Velengesellschaft in Berufen organisiert. Um zu einem Teil von ihr zu werden, musst du dich bei der Königin für eine Arbeit bewerben. Am besten für eine, in der du erst nach und nach sichtbar für die anderen Velen wirst. In der Zwischenzeit kannst du dir das Wissen aneignen, das dir fehlt.«

Clif wartete. Sein rechtes Bein wippte, was die löchrige Hose nicht kaschieren konnte.

»Die Königin hat vor einigen Zyklen eine Journalistin entlassen. Du könntest ihren Platz einnehmen.«

Clifs hoffnungsvolle Miene verdüsterte sich sofort. »Ich kann das nicht.«

»Doch, kannst du. Sie hat die Journalistin nicht einfach so bestraft, Clif. Aistyra überhört die Beleidigungen aller Velen und dreht durch, wenn eine von ihnen sie konfrontiert?« Er schnalzte mit der Zunge. »Sie hat emotional gehandelt. Womöglich aus Rache. Sie wird froh darüber sein, das Thema abzuhaken. Glaub mir, sie wird die Stelle an den Erstbesten übergeben, der danach fragt.«

»Nein, du verstehst nicht.« Clif schüttelte den Kopf. Versalzene Strähnen schlugen gegen seine Wangen. »*Ich* kann das nicht, Ophiot. *Ich,* nicht sie. Vielleicht hast du es vergessen, aber Splitternde«, er spuckte den Namen aus, »haben niemanden, der ihnen Lesen und Schreiben beibringt.«

»Du hast mich doch um Hilfe gebeten, oder? Ich werde es dich lehren.« Ophiot beobachtete, wie die Abschätzung aus Clifs Zügen verschwand und durch Zuversicht ersetzt wurde. Zweifel. Vertrauen. Dann wieder Unglauben. Ob es perfide war, so mit seinen Wünschen zu spielen? Sicher. Aber der Zweck wusch die Mittel rein. Optimierung kannte keine zu großen Kosten.

»Ich werde dir eine Apparatur geben, mit der du alles über Ilmestys erfahren kannst. Lesen und Schreiben, Geschichte, Traditionen, Magie.«

Er würde Clif sein altes Lerngerät leihen, das ihn in seinem ersten Schuljahr begleitet hatte. Die Lektionen darin richteten sich speziell an menschliche Forscher, doch die Datenbank enthielt Informationen, die sich zur Bildung jeder Spezies eigneten.

»Sei fleißig und innerhalb von zwanzig Zyklen bist du ein Vele. In dieser Zeit wanderst du durch Ilmestys, sammelst Neuigkeiten und sprichst sie auf dem OrEsk ein. Das ist ein Chip, den alle

Journalisten von der Königin erhalten. Wenn du etwas zusammenfassen oder schreiben musst, werde ich es für dich übernehmen.«

Clif kniff sich immer wieder in den Oberarm, als würde er an Schuppen zupfen, die längst verschwunden waren. »Die Königin wird mich wiedererkennen.«

»Nicht als Vele. Bei deiner Hinrichtung bestand dein Körper zu über zwanzig Prozent aus Goldschuppen. Sie würde niemals auf die Idee kommen, dass du die fehlenden Splitter so schnell hättest sammeln können.«

»Wenn nicht sie, dann ein anderer! Ich mache mich angreifbar und –«

»Stellst du deine Angst über das Ziel, das du seit deiner Geburt verfolgst? In ihrer Reihe stehen, einer von ihnen sein. Hast du den Seelensprenger nicht genau deswegen angenommen? Willst du so kurz vor deinem Erfolg aufhören?«

Clif knetete seine Hände. Seine Fingernägel schnitten weiße Rechtecke in seine Haut.

Ein leichter Wind blies in den Wald hinein und kühlte Ophiots Nacken. Achtundvierzig Tage lang hatte er auf diesen Moment gewartet. Er hatte Szenarien dieses Gesprächs entworfen und seine Antworten einstudiert, Einwände erwogen und Gegenargumente formuliert. Clif würde nachgeben. Logik gewann immer. Und die einzige Logik, der er folgte, war die Sehnsucht nach Anerkennung.

»Du wirst in ihre Gesellschaft hineinwachsen und bekannt werden. Sie werden dich für deine Texte bewundern. Zeig ihnen, wozu ein Splitternder fähig ist.«

Eine Traumwolke segelte unbemerkt von den dösenden Bäumen über den Boden. Der silbrige Fleck in ihrem Rauch reflektierte und zerlief in wirre Silhouetten. Womöglich gehörte dieser Traum einem Splitternden, den viele Chroniken von der Vollkommenheit trennten.

Clif schien an dasselbe gedacht zu haben. Sein Duft veränderte

sich: von Asche zu saurem Schweiß, der den stickigen Geruchskompost des Waldes ergänzte. »Sobald du die Texte nicht mehr für mich schreibst, werde ich versagen. Sie werden viel schlechter sein als deine. Das wird auffallen und –«

»Dafür wirst du trainieren. An deinem Stil feilen. Deinen Wortschatz vergrößern. Alles ist möglich, solange du es willst.«

Clif presste die Finger an die Schläfen.

»Du suchst nach Ausreden, Splitternder. Oder soll ich dich Vele nennen? Bisher verdienst du diesen Namen genauso wenig wie damals.«

Clifs Blick ruckte hoch. Zorn riss Furchen in seine Stirn und blähte seine Nasenflügel. Ophiot hatte genau den richtigen Punkt getroffen.

»Beim letzten Mal, als du mir angeboten hast, mir zu helfen«, blaffte Clif, »hast du erwähnt, dass jede Handlung einen Preis hat.«

Ophiot lächelte freundlich. Auch diese Mimik hatte er eingeübt: Emotionen vorzutäuschen, die er nicht empfand. Remedium hatte darüber geschrieben, dass andere Wesen mit ihrem Gegenüber mehr sympathisierten, wenn es Gefühle preisgab. »Ich strebe nach Gleichheit aller Arten. Es befriedigt mich, sie an dir durchzusetzen. Betrachte es als mein persönliches Projekt.«

Das erste Gesetz der Forschung verpflichtet zur absoluten Wahrheit. Ophiot schob die Zeile beiseite, die er in der Schule jeden Morgen heruntergebetet hatte. Dieses Konzept war selbst in der Wissenschaft eine utopische Vorstellung.

Clif schüttelte den Kopf. Setzte zum Sprechen an, schloss den Mund aber wieder. Überlegte. Zweifelte.

Entscheide dich.

Dann, endlich, begegnete er Ophiots Blick und hielt ihn fest. »Und du hilfst mir dabei?«

»Natürlich.«

Clifs Kiefer mahlten. »Einverstanden.«

KAPITEL 23

Aistyra

Neben der Musik der Sternschalen, die die Fraktion bei ihren Mutproben im frühen Zwielicht zum Klirren brachte, liebte Aistyra das Lied vom Stahl am meisten. Das Metall sang von Macht, die durch stumpfe Kraft erlangt und durch antrainierte Ausdauer erlernt werden konnte. Eine Schlacht, die sie nicht mit Intrigen und Scharfzüngigkeit ausfocht, sondern mit blanker Gewalt.

Obwohl sie sich die Krone mehr als alles andere gewünscht hatte, verlangten ihre Aufgaben ihr viel ab. Heute hatte sie Stunden damit verbracht, den Streit zwischen einem Fließer und einer Züchterin zu schlichten, die ihm vorwarf, die Quecksilbermündung mit flüssigem Glas verseucht zu haben. Danach hatte sie sich so gefühlt, als hätte man eben jenes in ihren Kopf gekippt. Alles in ihr hatte nach einer Pause geschrien.

»Auf die Königin!«

»Ich wette auf Namata!«

Jubeln und Lachen um sie herum. Ihr Konzert; der Rhythmus, zu dem sie tanzten. Bereits als Nachfolgerin der Könige war sie auf diesen Berg hochgeklettert, wo die Fraktion trainierte, und hatte ihre Gedanken mit präzisen Stichen und Schlägen geköpft. Allerdings hatte sie es damals weitaus seltener gebraucht. Sie nahm nicht die Gestalten wahr, die sich in einem Ring auf dem Felsenplateau aufgestellt hatten. Ihr Blick war auf ihre Gegnerin geheftet. Eine junge Vele, Namata, die Oberschenkel gebeugt, die Arme schützend vor der Brust pendelnd. Der Stahl ihrer Kampfmontur strahlte so sehr, dass es aus dem dünnen Licht des Sterns ein Feuer machte, und der silbrige OrEsk an ihrer Ohrmuschel blendete Aistyra zusätzlich. Also beobachtete sie die Hände der Soldatin. Wie Zastan es ihr beigebracht hatte. Wie sie es in den letzten Zyklen so oft getan hatte.

Namatas Hand schoss zuerst vor; erst danach setzte sie das Bein nach vorn und stützte sich ab. Aistyra blockierte den Angriff mit ihrem Stecher. Die Fraktion um sie herum applaudierte.

»Ihr seid gut.« Das Mädchen bleckte die Zähne.

»Ich bin nicht ganz aus der Übung.«

Die Vele wich ihrem Stecher aus. Tänzelnd umkreiste sie Aistyra und griff sie von der Seite an, aber Aistyra hielt ihre Waffe dagegen und lenkte sie ab. Die Zwillingsklingen an ihren Manschetten sangen miteinander.

»Nicht geübt genug, um eine Fraktionssoldatin zu besiegen.« Die weißen Sprenkel auf ihrer Haut verzogen sich in der Bewegung. Aistyra folgte ihnen mit den Augen. Als sie den Schlag gegen ihre Brust abwehrte, schmeckte sie herbe Überlegenheit. Sie war Namata voraus.

Es war bloß ein Täuschungsmanöver. In dem Moment, in dem Aistyra den Arm hob, sprang die Vele zu ihr und stach nach ihrem Kopf. Gerade rechtzeitig duckte Aistyra sich. Schlitterte über den glattgetretenen Stein und krachte gegen einen fremden Körper, der in Leder und Metall steckte.

»Umarmt wird sich später!«

Aistyra knurrte, als Zastan sie sanft nach vorn schubste. Das Grölen der Soldaten wurde lauter.

Das Mädchen stand provokant in der Mitte des Felsenplateaus. Die roten Federn an ihren Schultern zitterten im Wind. Ein Lächeln umspielte ihre Lippen. Und genau diese Arroganz stahl Aistyra jede Vorsicht. Sie achtete nicht mehr auf die Hände der Vele. Mit ihrer gesamten Kraft warf sie sich auf sie, das Gewicht der Waffe zu leicht in ihrer Hand.

Ihre Gegnerin hatte ihren Angriff erwartet. Funken sprühten, als ihre Klingen ineinander bissen und mit einem *Klack* voneinander abprallten. Sie attackierte wieder. Drei kurze Schläge: Bauch, Hals, Knie. Alle drei abgewehrt, ehe sie blinzeln konnte. Die spitze, kalte Luft versengte ihre Venen.

»Tut mir leid, Eure Majestät.« Das Mädchen wirbelte herum und ließ einen Schlag auf sie herabkrachen, der eine Furche in ihre Wange gerissen hätte. Doch die Drehung entzog ihr das Gleichgewicht. Sie rutschte aus, ruderte mit den Armen. Das war Aistyras Chance.

Sie schlug ihren Stiefel gegen den Fuß der Vele und brachte sie zu Fall. Mit einem feuchten Klatschen landete die Soldatin auf dem Gestein. Und bevor sie sich wieder aufrappelte, sprang Aistyra über sie und hielt ihr die Klingen vor die Kehle. Scharf, dunkel, fehlerlos. »Du hast verloren«, flüsterte sie.

Unter dem Grölen und Brüllen der Soldaten zog Aistyra die Waffenmanschette aus und reichte dem Mädchen die Hand. Schweiß rann ihren Rücken hinab, aber sie hatte sich selten so energiegeladen gefühlt. Stolz und Aufregung rauschten durch ihre Venen. Sie hatte tatsächlich gewonnen!

Halbmündig grinsend stand ihre Gegnerin auf. »Ihr habt mich erwischt, Majestät. Respekt.«

Gemeinsam drehten sie sich zu den Soldaten um. Achtundzwanzig Männer und Frauen in dunklen, glänzenden Kampfmonturen säumten das Felsplateau wie eine lebendige Mauer. So oft schon hatte sie gegen sie gekämpft – und heute ihren ersten Sieg errungen. Die Fraktion trug nicht umsonst den Namen der besten Truppe von Ilmestys. Zastan leistete exzellente Arbeit.

»Sehr gut, sehr gut.« Zastan trat aus der Reihe der Soldaten vor. Im dünnen Schein, den der Stern im Zwielicht zu ihnen schickte, leuchtete die Goldader quer über seinem Gesicht. »Gratuliere, Eure Majestät. Ihr bessert Euch. Wenn Ihr so regelmäßig zu uns stoßt wie in den letzten Zyklen, bekommen wir schon bald eine ernste Gegnerin.«

Die Soldaten johlten zustimmend. Ein paar von ihnen klatschten, die Stecher und Schwerter zwischen Arme und Oberkörper geklemmt, die anderen reckten ihre Waffen in die Höhe. Bewes klopfte Namata lachend auf die Schulter, was sie mit einem freundschaftlichen Hieb quittierte.

Aistyras Mundwinkel zuckten. Nach den Demütigungen der letzten Zyklen fühlte sie sich hier, inmitten der lärmenden Sympathie der Fraktion, endlich angenommen. Sie war hierher gestürmt, nachdem Tamnes ihr von der misslungenen Anreicherung erzählt hatte, und noch einmal, nachdem die Esks die Nachricht von neuen Revolten verkündet hatten. Jeden Zyklus händigte ihr Zastan ohne viele Fragen eine Waffe aus, lieh ihr einen Brustpanzer und ließ seine Rekruten sie über den Felsen jagen, bis sie keuchend zusammenbrach. Für ein paar Stunden trainierte sie so hart wie die anderen. Johlte so laut wie sie. Und sie schwor, in den Pfiffen der Fraktion klang Anerkennung dafür.

Sie stützte die Arme an ihren schweißnassen Hosen ab, die sie gegen ihr Königskleid eingetauscht hatte. Der reißende Wind hier oben würde sie zwar schnell trocknen, aber bis dahin würde sie frieren.

»Außer Atem, Eure Majestät?« Namata grinste sie schief an.

Aistyra erwiderte ihr Lächeln, war sich aber sicher, dass es eher nach einer Grimasse aussah. »Nur ein bisschen.«

Die Luft, die sie in gierigen Schlucken in ihre Venen trieb, schmeckte auf dem Berg anders als unten, näher an den Quallen und dem Palast. Stacheliger. Der Quecksilberduft der Sternnarben reichte nicht bis hierhin und weichte nicht das Gas auf, das Widerhaken in ihre Adern schlug.

»Tja, die Fraktion trainiert eben dort, wo die Bedingungen am schwersten sind. Nicht wahr?«

Die Soldaten grölten.

»Seid Ihr bereit für die nächste Herausforderung?« Grabbeinerne Stille erdrosselte die Rufe, sobald Zastan die Stimme erhob. Aus dem Lederbeutel zu seinen Füßen holte er zwei Phiolen heraus, in denen eine durchsichtige Flüssigkeit schwappte, und reichte ihr eine davon. Wasser. Eines von zweihundert Fläschchen, die Dagian und Fearne ihm in einer feierlichen Zeremonie vor dem Krieg übergeben hatten.

Sie nahm sie nicht entgegen. »Die verflüssigten Materialien sind für die Fraktion bestimmt, nicht für mich.«

»Die Fraktion steht und fällt mit ihrer Königin.« Ein rauchiger Unterton begleitete seine Worte – wie ein Messer, das er ihr für ein Duell zugeworfen hatte.

Die Soldaten um ihn murmelten und stießen sich angeheitert mit den Ellenbogen. Ihre Energie knisterte in der Luft.

Sie erwarten, dass ich kämpfe. Die ungeschriebenen Regeln der Fraktion verlangten Mut als Gegenleistung für Respekt und Treue. Zurückzutreten würde bedeuten, beides zu verlieren. Den Blick mit Zastans verhakt, schraubte sie die Phiole auf und kippte den Inhalt zeitgleich mit ihm herunter.

Das Wasser wirkte sofort. Klar und fatal spülte es durch ihre Adern, kühlte ebenso stark, wie es entzündete. Ein Tsunami wütete zwischen den dünnen Gefäßwänden. Schwoll an. Tobte. Raste. Verschwunden war die Erschöpfung des letzten Gefechts. Mit atemberaubender Schnelligkeit trieb das Wasser sie aus ihren Poren. Alles, was blieb, war die Geschwindigkeit.

Der Zeitlauf verlangsamte sich. Alles, oh, alles, war so entsetzlich langsam im Gegensatz zu ihr und Zastan, die in derselben Sekunde aufeinander losgingen. Die Rufe der Soldaten wogten in tauben, trägen Wellen über sie hinweg. Die Böen strichen eher ihre Wangen, als dass sie dagegen schlugen. Der Effekt hielt nur wenige Minuten an. Aber für diese Zeit würden sie so schnell sein, dass sich Sekunden zu Stunden ausdehnten.

Ein Stakkato aus Schlägen. Links, rechts, frontal. Klingen zerschnitten die Luft, die sich wie eine verhärtete Masse an sie drückte. Aber Aistyra war flinker. Zastans Stecher zielte auf ihre Brust und scheuchte sie ein paar Schritte zurück.

Sie rutschte nach hinten und stemmte ihre Stiefel gegen den Stein. Sprintete dann wieder zu ihm. Zastan erwartete sie, die Augen lichtlos, die Lippen geöffnet. Ob vor Kampflust oder Begierde, konnte sie nicht sagen. Sein Arm fing ihren Schwung ab und zog sie an sich. Seine Finger pflanzten Schauer unter ihre Haut.

Sie wollte nicht wissen, wen er in ihren Augen fand.

»Niemals ablenken lassen.« Sein Stecher zischte über ihren Kopf hinweg. Sie duckte sich und antwortete mit dem Kreuzschlag zu allen vier Seiten seines Körpers. Er drückte sich weg. Geschmeidig wie das Wasser in ihm. Aber sie war genauso schnell wie er.

Angriffduckenangriffducken. Jede Bewegung floss in die nächste. Im Kampf verschwand sein Hinken. Wie ein Tänzer glitt er über den Felsen und stach, parierte, stieß zu. Die Könige hatten Zastan aus Überzeugung zu ihrem Fraktionsführer ernannt, und jeder Hieb war eine Bestätigung dieser Entscheidung. Denn während er tanzte, wurden ihre Beine schwach. Die Kraft wich aus ihren Bewegungen. Nur die Geschwindigkeit hielt sie oben. Ihre Klingen kreuzten sich an seiner Brust, dann wieder an ihrem Bauch. Selbst jetzt, da Zastan sich deutlich zurückhielt, atmete sie Asche und ihr Schlagarm hing wie Blei an ihrer Schulter.

Und noch immer buhlten die Soldaten. Siedete das Wasser.

Solange es durch ihre Adern rann, würde sie nicht aufhören. Sie konnte SCHLAG nicht SCHLAG aufhören SCHLAG.

»Vielleicht sollte ich dir häufiger Wasser zu trinken geben, wenn es solche Leidenschaften in dir weckt«, gurrte er.

»Denkst du nicht, dass meine Leidenschaft verschwendet wäre?«

»Finden wir es heraus.«

Als Reaktion stieß sie zu ihm vor. Halbdrehung, Flinte, versteckter Hieb. Die Klinge sirrte, ohne seine Kleidung zu touchieren. Er lächelte. Verlangen, verschlossen hinter zusammengebissenen Zähnen. Und ehe sie es verhindern konnte, stellte sie sich vor, wie ihre Zunge zärtlich über diese Zähne fuhr …

»Aist«, krächzte er. Ihre Stecher klirrten aufeinander. Und als das Wasser durch die letzten Zentimeter ihrer Venen sprudelte und den Kreislauf schloss, als alles in ihr in der Geschwindigkeit erzitterte, setzte sie zur finalen Offensive an.

Stöhnte.

Schlug.

Und fiel.

Zastan hatte die Klinge abgegriffen und sie mit einer solchen Wucht von sich gestoßen, dass die Manschette von ihrem Handgelenk rutschte. Mit einem Knacken landete sie auf dem Felsen. Im selben Moment verdampfte das Wasser in ihr.

Hustend und spuckend rappelte sie sich auf und stemmte sich in die Höhe. Alles drehte sich. Das flüssige Material hatte ihren Körper verlassen und schleuderte sie zurück in ihre Zeitdimension, aber es würde dauern, bis sich auch ihre Empfindungen verlangsamt hätten. Die Welt raste um sie herum. Bei allen Mächten des Sterns, wie hielt die Fraktion es aus, jeden dritten Zyklus Wasser zu trinken?

Sie legte die Hand an den Kopf und brachte sich in eine kniende Position. Die Schreie der Soldaten, zuerst nur schleppende Silben, fügten sich nach und nach zu Worten zusammen.

»Ein Hoch auf die Königin!«

»Ihr habt Zastan einen ordentlichen Abrieb verpasst!«

Wovon redeten sie? Aistyra sah sich um. Dort hinten … Auf der gegenüberliegenden Seite des Rings, den die Velen um sie gebildet hatten, hob ein Mann den Stecher vom Berg auf. Ihre Waffe war in eine andere Richtung gepoltert. Der Druck ihres Aufpralls hatte ausgereicht, um eine unerfahrene Kämpferin zu entwaffnen. Nicht jedoch den besten Soldaten von Ilmestys. Ohne sein Zutun hätte sie niemals gegen Zastan bestanden.

Unter dem Jubel der Fraktion schlenderte er zu ihr hinüber.

»Du hast mich gewinnen lassen«, zischte sie.

Er half ihr hoch. Helle Haarsträhnen hatten sich aus seinem Zopf gelöst und fielen auf seine Stirn, über die silbrige Perlen kullerten. Was sie gerade noch über ihn gedacht hatte … Sie sog an ihrer Unterlippe.

»Womöglich.« Seine niedergeschlagenen Wimpern dämpften das Begehren in seinen Augen, aber sie kannte ihn zu lange, um sich von ihm täuschen zu lassen. Er hatte es gespürt, genauso wie sie. Und vielleicht war dieses Gefühl noch da, versteckt in kleinen Höhlungen hinter seinen Wangen, heiß und scharf, wie sie es auch empfand.

Mit einem siegreichen Lächeln hob sie die Faust und schüttelte sie. Ihr Gesicht war den Velen zugewandt. Die Worte ihm. »Warum?«

Er nickte den Rekruten zu. »In deiner Lage schadet es nicht, Verbündete zu haben, Aist. Und die Fraktion eroberst du im Kampf.«

KAPITEL 24

Tamnes

»Glaubst du an die Gerechtigkeit?«

Tamnes musterte sie. Während er sich genährt hatte, hatte sie sich an einen efeuumschlungenen Felsen gelehnt, die Knie angezogen, den Blick auf das Tal unter ihnen gerichtet. Windfäden verirrten sich in ihrem weißen Haar und wehten ihren Duft nach Iris zu ihm.

»Was meinst du damit?« Er zog seine Wurzeln aus der schlüpfrigen Erde und glitt zu ihr hinüber.

»Ich habe darüber nachgedacht … ob es Gerechtigkeit für jeden gibt. Und wenn ja, ob ›für jeden‹ Splitternde ausschließt.«

Sie fing ein Gespräch mit ihm an. Ein kleines Lächeln trat auf sein Gesicht, ganz gleich, wie schwer der Gedanke war, den sie zur Sprache brachte. Sie redete. In den ersten Zyklen nach ihrem Treffen hatte er sich zurückgehalten, sie anzusprechen – aus Angst, er könnte sie bedrängen, erschrecken. Er war sich nicht sicher gewesen, ob sie überhaupt mitkommen würde. Dass sie sich bereit erklärt hatte, ihn zu begleiten … Ihr Vertrauen war keinesfalls selbstverständlich.

»Lass uns ein Stück gehen«, schlug er vor. »Bei einem Spaziergang kann man sich am besten unterhalten.«

Vemery sah zu ihm auf. Kurz hing Unverständnis in ihren blassen Augen, dann senkte sie den Kopf und rappelte sich auf. *Sie ist es gewohnt, zu folgen.* Etwa deswegen, weil ihr Bruder sie dazu gezwungen hatte? Welche Beziehung hatte sie mit ihm geführt – diesem Splitternden, der die Hinrichtung nicht überlebt hatte? Die Frage kitzelte seine Zunge, doch es war zu früh, sie zu äußern.

»Weißt du, ich habe mich auch schon oft gefragt, ob so etwas wie Gerechtigkeit existiert. Meine Art hat in der Vergangenheit so viele Grausamkeiten erlebt.« Die Erinnerungen an die NLes, mit denen die Velen bis vor seiner Geburt die Azren gequält hatten, trocknete seinen Hals. »Wenn es dieses Konzept gibt, müsste das, was die Azren ertragen mussten, noch zu ihren Lebzeiten ausgeglichen werden.«

»Aber das ist nicht passiert.«

Vorsichtig stiegen sie von ihrer Erhöhung hinunter ins Tal, das von Rauchblumen bewachsen war. Dünne Fahnen zwirbelten sich von den Stängeln in die Höhe und ließen die Luft dunstschwanger flirren. Der Qualm wog schwer in seinen Lungen.

»Nein«, bestätigte er dumpf. »Jeder einzelne Azre ist umsonst gestorben. Ich suche nach einer Bedeutung, schon die ganze Zeit über. Aber ich finde keine.«

»Also gibt es keine.« Ihr Blick schwappte zu ihm hinüber. Verkrustetes Gold klebte in der Furche an ihrer Wange, aus der sie ihre Goldschuppen herausgerissen hatte. Nun scheuerten neue spitze Plättchen ihre Wunde auf. Wie eine schmerzhafte Erinnerung daran, was ihr fehlte … und was sie seltsamerweise nicht anzustreben schien. »Keine Gerechtigkeit, meine ich. Für Splitternde nicht und für kein anderes Wesen. Also sind Liebe, Freundschaft und ein Platz in der Welt keine Belohnung, sondern nur Zufall. Glück.«

»Vermutlich schon.« Sie senkte den Blick.

»Ich wünschte, ich könnte dir etwas anderes sagen«, murmelte er. »Vielleicht könntest du das alles besser ertragen, wenn du wüsstest, dass es nicht umsonst ist.«

»Ja, vielleicht.« Ihre Stimme war ein kaum vernehmbares Raunen. Alles in ihm zog sich dabei zusammen, sie so zu sehen. Sie verdiente etwas Besseres. Er besaß keine Erinnerungen an eine andere Splitternde, die so friedlich und zugleich so verloren war. Ihr fehlte jede Spur von Aggression oder Feindseligkeit, als hätte sie sich geweigert, Seelensplitter mit diesen Emotionen an sich zu nehmen. Konnte sie sie nicht empfinden?

War sie es? Die Splitternde, von der der Älteste erzählt hatte?

Schweigsam durchquerten sie die Senke. In einiger Entfernung zu ihnen beulte ein einsames Grüppchen an Kernbäumen den Horizont auf, deren rote Waben vom Dunst gedämpft wurden. In der Stille wirkte die Landschaft vereinsamt, als hätte über viele Chroniken hinweg kein Fuß und keine Wurzel den mürben Grund berührt. Er hatte diesen Ort noch nie betreten.

»Es gibt Gerechtigkeit nicht als Ganzes, nicht für ein volles Leben. Aber ich denke, dass wir sie teilweise erschaffen können. Dass der Einzelne gerecht sein kann, obwohl die Welt es nicht ist.« Er pausierte. »Ich habe darüber nachgedacht, wie es bei Azren möglich wäre.«

Sie blinzelte zu ihm hoch. Wie konnte jemand so viele Hoffnungsgeister in seinen Augen versammeln? Ihre Schultern sackten ein, ihr Rücken krümmte sich vor dem Leid und den Schmerzen, die sie erlebt haben musste. Obwohl die Welt sie immer wieder enttäuschte, hoffte sie noch. Auf Freundlichkeit? Auf jemanden, der ihr zusprach, der sie als das akzeptierte, was sie war?

Könnte ich es sein?, schoss ihm ein unerwarteter Gedanke durch den Kopf.

»Und was hast du herausgefunden?«, wisperte sie.

»Viele Azren sind voreingenommen.« Seine Wurzeln versanken schmatzend in der feuchten Erde. Er zog sie heraus und setzte sie auf trockenere Flächen. »Sie sind sehr alt und erfahren, aber dadurch fällt es ihnen schwer, Vergangenes zu verzeihen.« Er dachte an Shyael, Nesin und den namenlosen Azren, dem er bei der Anreicherung begegnet war. An all die anderen Geschöpfe, die die Velen für ihren Zwang und ihre Gewalt verurteilt hatten. Sie hatten nicht daran geglaubt, dass sie sich bessern könnten. »Sie sehen in jedem Velen einen Feind, gegen den sie kämpfen. Dabei suchen viele von ihnen den Frieden und wollen uns nicht unterdrücken. Aber die Azren wollen das nicht hören.«

Vemery hielt inne. Schmerz verunstaltete ihr zierliches Gesicht, Kummer, den sie offenbar so intensiv nachempfand, als wäre es ihr eigener. Fühlte sie überhaupt etwas abseits von Leid? Wie konnte die Königin in ihr eine Bedrohung gesehen haben?

»Genauso ist es doch bei den Splitternden, nicht wahr? Ihr werdet verstoßen, weil euch die Gesellschaft ein Brandmal auferlegt. Sie nennt euch Mörder. Aber nicht alle von euch wollen den Tod von anderen?« Er betonte die letzten Worte wie eine Frage. Falls er recht hatte und viele Splitternde zu Unrecht gejagt, getötet worden waren ... Es wäre ein größeres Verbrechen als die Einführung von NLes für die Azren.

Ihr Nicken ließ ihn erschauern. Sie waren den Bäumen nähergekommen und die Äste, die aus dem kugeligen Kern emporrankten, streuten fleckige Schatten zwischen sie.

»Wenn wir das verstehen könnten ... Wenn wir nur daran glauben könnten ... Gerechtigkeit fängt dort an, wo Vorurteile überwunden werden.«

»Du meinst«, hauchte sie, und ihre Wimpern flatterten. »Dass wir einander nicht nach dem, was wir sind, beurteilen sollten?«

»Und nicht nach dem, was unsere Vorfahren gewesen sind.«

»Nur nach dem, was wir tun.«

»Ja. Ich denke, das wäre eine Gerechtigkeit, zu der wir fähig wären.« Zu der er, Tamnes, fähig wäre. Egal, wie viele Erinnerungen er sammeln würde, er würde es nicht schaffen, den Azren ihre Voreingenommenheit zu nehmen. Aber er konnte bei sich selbst anfangen. Er konnte den Velen vertrauen und sie mögen, obwohl sein Volk sie hasste. Und vielleicht, ganz vielleicht, konnte er sich mit einer Splitternden anfreunden.

Tamnes sah zum Himmel auf. Nur blasses Licht strömte vom Stern auf die Sphäre, gebrochen von den Schalen, die sich um den Himmelskörper tummelten. Bald würde der Niedergekommene beginnen.

»Wir sollten in den Waben schlafen.«

»Ja.« Vemery trottete hinter ihm zu einer abgeschirmten Stelle des Kerns, wo sich vier Waben aneinanderschmiegten. Er hatte bereits nach den Lianen gegriffen, die in das Innere seiner Behausung führten, da ließ ihre Frage ihn stocken.

»Kann man Meinweh haben?«

»Meinweh?«

»Ja.« Sie seufze. »Ich habe Sehnsucht nach mir selbst. Nach der Person, die ich gewesen wäre, hätte ich mir erlaubt, ich zu sein. Wie wäre es, wenn ich schon als Splitternde ganz sein könnte? Nicht erst an dem Zyklus, an dem ich die Vollkommenheit erreiche. Schon davor. Ich möchte einfach ich sein.«

Er ließ die Liane los. Ein feiner Geruch von Verwesung und Schimmel haftete an seinen Zweigen. Die Worte, die er aussprach, klangen nach ihm und doch nicht ganz. »Du kannst es immer noch sein. Du selbst. Du kannst jederzeit damit anfangen.«

»Ich habe Angst«, wisperte sie.

»Wovor?«

»Vor mir. Ich habe nie gelernt … mich zuzulassen.«

Er schluckte. Dieses Geständnis war so intim, machte sie so verletzlich. Ob sie diese Furcht schon einmal mit jemandem geteilt hatte? Ihre Hände, die sich ineinander verkrampften, sprachen von etwas anderem. Etwas in ihm brach bei ihrem Anblick. Obwohl er sie kaum kannte, hatte er das Bedürfnis, ihr zu sagen, dass es in Ordnung war. Dass sie mit ihm darüber reden konnte und er ihr zuhören würde.

»Dann wirst du es jetzt. Ich helfe dir dabei.« Das Versprechen kam über seine Lippen, ehe er darüber nachdenken konnte.

Sie zuckte zusammen, offenbar in der Erwartung einer Beschimpfung oder ironischen Bemerkung. Dass er keine äußerte, verunsicherte sie so sehr, dass sie die Schuppen an ihrem Unterarm herauszupfte. *Sie ist Freundlichkeit nicht gewohnt. Von niemandem. Selbst wenn ich ihr das Gefühl gebe, dass sie sich nicht zu ändern braucht, wird der Hass der Welt nicht vergehen.*

Wie wahrscheinlich war es, dass sie durch seine Hilfe heilen würde – nach all den Chroniken Angst und Hetze? Womöglich war sie nicht die Splitternde, die er suchte. Würde er überhaupt eine finden, die die Anforderungen des Ältesten erfüllte?

»Danke dir.« Ihre Lippen bebten und ihre Finger zupften an den Fetzen Stoff um ihre Beine.

Tamnes lächelte. Mit einem hohlen Saugen in seinen Wurzeln umgriff er wieder die Lianen und kletterte daran in die Wabe hoch. Was wollte er von diesem Mädchen? Die Erinnerung an ihren Wunsch, nicht vollkommen zu werden, war alles, was er sich vorgenommen hatte. Aber jetzt, ganz plötzlich, wünschte er sich, sie lächeln zu sehen. Ihr die Gerechtigkeit zu schenken, die ihr ein Leben lang verwehrt blieb.

Für gewöhnlich weckten ihn seine Sinne im frühen Zwielicht. Sein Körper erkannte die Zeit, in der es sicher war, sich aus seinem Versteck zu wagen, ohne von einem Brocken verfestigten Sternstaubs erschlagen zu werden. Dann rief ihn das Flirren und Ziepen seiner Muskeln aus dem Schlaf.

Heute wachte er mit einem anderen Geräusch auf.

Ein Schaben, ein rastloses Kratzen. Direkt an der Wabe unter ihm. Und dazu der Gestank von verwestem Fleisch, dessen Noten er vorher im Rauch gerochen hatte.

Tamnes' Haut bedeckte sich mit Kältepusteln. Etwas war hier. Etwas sehr Großes, das um den Kernbaum streifte und ihn moderig anatmete. *Was ist das? Wieso ist es hier?* Seine Gedanken knitterten. Er drückte sich tiefer in das Pflanzengespinst und starrte mit klopfenden Vakuolen hinaus.

Die Waben spülten die Wirklichkeit draußen in roter Farbe weich. Alles, was er erkannte, waren verschwommene Silhouetten. Dort hinten, diese kugelige Form musste ein Kernbaum sein ... Die gerupften Schatten, die Blumen ... Aber was war vor ihm? Diese Figur hatte er hier vorher nicht gesehen. Etwas verdeckte ihm die Sicht. Bewegte sich.

»Bei den Hörnern des ersten Azren!«, hauchte er. Dieser riesige buckelige Körper, die ausgefransten Flügel, das Geweih ... Das war ein Beteh!

Hastig sandte er ein Gebet an den Ältesten, wohl wissend, dass er ihm nicht helfen würde. Niemand würde es. Dass der Beteh hier so seelenruhig umherstrich, bedeutete, dass er in sein Territorium eingedrungen war. Er hatte angenommen, das Moor wäre weit entfernt. Dabei war es doch so offensichtlich! Die Wanderung mit Vemery, ihre Versuche, bevölkerte Orte zu umgehen ... Er hatte überhaupt nicht nachgedacht!

Ein Knurren nur wenige Zentimeter vor ihm stürzte ihn fast in die Ohnmacht. Sein Kopf schwirrte. Der Beteh roch seine Angst. Er musste sich beruhigen, dann würde er vielleicht vorbeiziehen. Wenn er bloß nicht aufgewacht wäre!

Ich will nicht sterben!

RAAATSCH. Krallen quietschten über eine Wabe neben ihm. In einer von ihnen schlief Vemery. *Du kannst nicht auch sie retten.*

Sollte er hier warten? Fliehen? Aber der Beteh würde ihn auffressen, sobald er nur eine Wurzel aus der Wabe zog!

RAAATSCH. Tamnes kniff die Augen zusammen. Zitterte, flehte, traute sich nicht zu atmen. *Bitte, Ältester, bewahre mich davor.*

ICH WILL NICHT STERBEN!

RAAATSCH. RAAATSCH. RAAATSCH.

Was macht er da? Warum geht er nicht weiter?

Pflanzensaft mischte sich seinem Speichelgeschmack bei, so heftig hatte er sich auf die Zunge gebissen, um vor Panik nicht aufzuschreien. Schweißnass presste er sich in die Wabe hinein. In diesem Moment knarzte das trockene Gespinst hinter ihm.

Ganz leise.

Die Zeit hielt an. Der Schatten auf der anderen Seite hielt inne. Schnüffelte. Grunzte. Und warf vier gebogene Krallen auf ihn.

Die feine Membran platzte sofort. Die Wabe klaffte auf und riss den roten Film von der Welt ab. Stattdessen stand schmutziges Grau und Schwarz vor seinen Augen: Das Grau verfilzten Fells und das Schwarz verwester Gedärme, die daran baumelten.

Er schrie auf. Doch der Greifarm des Betehs schoss wieder vor.

»Tamnes, du musst da raus!«

Die Krallen, lang und mit blutiger Kruste darunter, verharrten genau vor seinem Bauch. Einen Zentimeter davon entfernt, seinen Magen aufzuschlitzen und seine Eingeweide in Spritzern über das Fell des Betehs zu verteilen. Nur die Stimme hatte ihn aufgehalten. *Vemery.* Sie hatte die Betehs gehört! Sie würde ihn retten!

Die Bestie knurrte verwirrt. Während ihr Kopf auf dem halslosen Körper hin- und herruderte, stellte sich Tamnes auf seinen Wurzeln auf und wich weiter zurück. In seine Wabe hinein und durch die geplatzten Fäden der Pflanze nach hinten. Die Pflanzensehnen bröselten Staub in sein Gesicht. Er sah nichts. Vertraute nur auf seinen Tastsinn, während er sich tiefer und tiefer in den Kern schob, um auf der anderen Seite wieder herauszuschlüpfen ...

Er arbeitete sich zu langsam vor. Der Beteh, der endlich verstanden hatte, dass seine Beute vor ihm floh, heulte auf und haschte erneut nach Tamnes. Seine Krallen hakten sich in seine Wurzel und zogen ihn zu sich. Tamnes brüllte vor Schmerz. *Ich darf nicht sterben. Meine Erinnerungen sind zu wertvoll!*

»Achte auf mich! Greif mich an, nicht ihn!« Und wieder Vemerys Stimme. Warum war sie noch hier? Wie …

Der Beteh ließ ihm keine Zeit zu denken. Mit einem hirnzermahlenden Kreischen wandte er sich um und rannte los, Tamnes' Wurzel an seiner Kralle. All das trockene Gestrick, durch das er geschlichen war, peitschte jetzt gegen seine Seiten und verstopfte seinen Mund. Er fiel aus der Wabe heraus und knallte auf Knorpel und Sehnen. *Ein Flügel,* realisierte er, da kreischte die Kreatur und stieß ihn von sich.

Er rollte einige Meter, bis ihn die Bestie wieder einholte. Ein kleines weißes Gesicht mit Flecken statt Augen beugte sich über ihn, der zahnlose Mund öffnete sich. Der Gestank von Blut und Erbrochenem stieg ihm in die Nase. ICH WILL NICHT STERBEN, WILL NICHT STERBEN, WILL NICHT …

»He! Ich bin hier!«

Der Beteh wirbelte herum. Schatten zweigten sich von seinen Augen ab und zerliefen im weißen Fell, als sich seine Fratze zu einem Lechzen verzog. Ohne auf Tamnes zu achten, stürzte er sich auf Vemery. Einer seiner spitzenbesetzten Flügel schnitt Tamnes die Schulter auf. Schmerz zischte durch seine Muskeln.

Egal, egal. Solange er es lebend hier herausschaffte, war das sein geringstes Problem.

Ein Schrei sirrte durch die rauchdicke Luft. Vemery. Hastig rappelte er sich auf. Neben ihm griff der Beteh die Splitternde an, die sich hinter dem Kernbaum verstecken wollte. Angestachelt durch ihre Angst riss die Kreatur den Kern auseinander. Schlag auf Schlag auf Schlag. Äste krachten herab und zerfetzte Fäden flogen umher.

Er wird sie töten, verstand Tamnes mit kalter Sicherheit. *Der Beteh wird sie umbringen.*

»Tamnes!« Er sah sie nicht. Ihre Silhouette verlor sich zwischen umherschwirrenden Pflanzenbüscheln und Flügeln. Ob sie kämpfte? Ob dies ihr letzter Schrei war? Die Wut des Betehs hörte nicht auf. Ihr Flehen auch nicht. »Tamnes!«

Er hatte keine Waffe bei sich. Konnte nicht kämpfen. Wahrscheinlich würden sie sich beide den Tod holen, wenn er sich auf den Beteh stürzte. Hatte sie sich nicht selbst dieses Ende ausgesucht? Sie hätte fliehen können. Aber es war ungerecht, es war so ungerecht!

Ich bin zu wertvoll, um zu sterben.

»Tamnes! Bitte … Hilf … Aaah!«

Knacken, Krächzen, Keuchen. Die Geräusche von Verstümmelung und Mord. Sie hätte einfach rennen können. Er war ihr zu nichts verpflichtet. *Ich bin zu wertvoll, um zu sterben.* Selbst wenn es nur bestätigte, was sie über diese Welt gesagt hatte, selbst wenn sie hier und jetzt sterben würde, musste er fliehen. Er war ein Azre. Sie eine Splitternde.

Es wäre sicherer, auf diese Erinnerung zu verzichten.

Pflanzensaft auf der Zunge, der Schulter und den Wurzeln. Er drehte sich um und stürmte davon. Zurück zur Erhebung, von der aus sie das Tal betreten hatten. Der Dunst stank nach Eisen und Leid. Ihr Name dröhnte in seinen Ohren. Seine Bewegungen waren entsetzlich langsam.

Und dann, als er den rettenden Felsvorsprung umgriff, schnappte etwas nach ihm. Wie ein Haken schloss es sich um seine Wurzeln, zerrte ihn herunter und ließ ihn rücklings auf die Erde poltern. Der Aufprall presste die Luft aus seinen Lungen. Schmetterte Sterne in sein Sichtfeld. Sobald er wieder klar sehen konnte, blickte er in zwei Flecken statt Augen.

Der Beteh hatte seine Freunde zum Festmahl eingeladen.

Maulend hob die Bestie ihre Krallen zu einem Hieb an. Gerade noch rechtzeitig rollte sich Tamnes zur Seite. Der Greifarm landete direkt neben ihm, warf im Stoß warme Erdbrocken in sein Gesicht. Hustend versuchte er sich aufzurappeln. Erfolglos. Eine zweite Pranke drückte seine Äste nieder, während die Flügel des Betehs seine Wurzeln fixierten. Die Kreatur beugte sich zu ihm vor. Ihr Speichel tropfte kalt auf seinen Bauch und das Fell an seinem Hals jagte einen Schauer nach dem anderen über seine Haut.

Panik säuerte seinen Magen an. Würde es so enden? Es durfte nicht so enden!

»Vemery!« Lebte sie noch? Könnte sie ihn retten? »Vemery!«, schrie er erneut, da drückte der Beteh seine Klauen auf seinen Hals und nahm ihm die Worte. Statt ihnen erbrach er bitteren Pflanzensaft.

Die Kreatur schmatzte und blähte die schwarzen Nüstern. In diesem Moment lockerten sich die Beine um Tamnes' Wurzeln. Es reichte aus, damit er drei von ihnen löste und gegen den Beteh schleuderte. Mehr vor Überraschung als vor Schmerz schrie die Kreatur auf, sprang hoch … und Tamnes glitt unter ihr hindurch.

Er war wieder oben. Alles kreiste um ihn. Wo war der Felsvorsprung? Wohin sollte er fliehen?

Ehe er sich orientiert hatte, stieß ihn ein mächtiges Geweih um und rang ihn zu Boden. Ein Beteh. Ein Dritter. Das Gebrüll beider Wesen drohte seinen Verstand zu zerquetschen. Spätestens jetzt war es vorbei. Sie würden ihn untereinander aufteilen. Ihr Geheul war ihre Abstimmung, wer welchen Teil von ihm fraß. Und die Erinnerungen, seine kostbaren Erinnerungen wären für immer fort …

Etwas Tiefes, Gutturales regte sich in ihm. Ein uralter Ruf. Eine Beschwörung, deren Worte er nicht kannte. Flehen und Antwort zugleich. *Höre mich, Erde. Höret mich, Pflanzen.*

Er schloss die Augen. Der drückende, faulige Geruch der Kernbäume schien intensiver zu werden, obwohl er sich von ihnen entfernt hatte. War es der Gestank vom Tod? Rochen alle Azren so, wenn man sie ermordete?

Tu etwas! Ich will nicht sterben!

Krallen fuhren in seine Seite und zogen einen tiefen Riss durch Haut und Fleisch. Grelle Nässe strömte aus der Wunde. Er schrie. Und noch einmal, als sich ein zweites Paar Klauen auf seinen unteren Bauch legte, direkt am Ansatz seiner Wurzeln. Wenn sie sie ihm abschnitten ... *Bitte!* Jemand musste ihm doch helfen!

Ich bin ein Azre, euer Herrscher.

ICH WILL NICHT STERBEN!

Er wand sich unter ihren Klauen. Jede Bewegung jagte sie ein Stück tiefer in seinen Körper, vervielfachte das Brennen. Er winselte. Die Betehs maunzten vor Vergnügen.

Und der Geruch der Kernbäume wurde noch durchdringender.

Ein Klacken über ihm. Die Geweihe der beiden Betehs schlugen gegeneinander, als sie an ihm sogen. Die Hitze ihrer Leiber erstickte ihn. Er kniff die Augen fest zusammen, wollte es nicht sehen, wollte sie nicht sehen, wollte nichts sehen ... *Erhebt euch auf meinen Ruf. Folgt meinem Befehl.*

ICH WILL NICHT STERBEN!

Es endete in einem Peitschen. Etwas Schweres, Dickes pfiff durch die Luft und landete auf seinen Angreifern, die jaulend von ihm abließen. Tamnes schreckte hoch. Es waren die Zweige der Kernbäume, die ins Unermessliche ausgewachsen waren und jetzt auf die Betehs einschlugen. Runzelige, kräftige Rinde, in der die Stärke von Chroniken hauste. Sie presste die Kreaturen in Schlingen und brach die Knorpel ihrer Flügel. Knackte ihre Schädel. Das Tal füllte sich mit Schreien und Blut. Und über all dem, durchtränkt von Wahnsinn, stand die Erkenntnis: Der Baum half ihm.

Tamnes stemmte sich hoch. Schmerz und Panik brachen die Wurzeln unter ihm weg, aber er zwang sich zum Gleichgewicht.

Er hatte nur diese eine Chance. Wenige geschenkte Minuten. Also wandte er sich um und humpelte davon.

KAPITEL 25

Aistyra

Ihre Finger tasteten über die Lichtflut. Gut ein Dutzend der geleeartigen blauen Scheiben lag ausgerollt auf dem Sekretär, jede davon mit einer Nadel am Felstisch festgehalten, damit sie sich nicht wieder eindrehte. Das Licht, das von ihnen abstrahlte, erhellte ihr Gesicht. Es reichte aus, um zu jeder Stunde in den Notizen zu lesen.

Aistyra verfolgte eine Zeile mit dem Nagel. In die glibberige Haut waren schiefe Zahlen eingeritzt worden, die sich zu Spalten und Reihen zusammenfügten. Sie verzeichneten den Bedarf an allen Berufen in den vergangenen drei Chroniken.

Aistyra knirschte mit den Zähnen, als ihr Blick wieder und wieder am abnehmenden Bestand hängen blieb. In den letzten hundert Zyklen waren dreizehn der achtzig Journalisten gestorben. Sieben davon an Krankheit, aber die anderen sechs hatten Splitternde dahingerafft. Eine beschissene Gleichung. All die Zeit über hatte sie nur fünf Stellen neu besetzen können. Was ihre Situation noch viel beschissener machte.

Sie nahm eine kunstvoll verzierte Nadel aus einer Schachtel am

Sekretär und kratzte die Zahl Siebenundsechzig neben die Ziffern vor hundert Chroniken. Wie sollte sie diesen Verlust ausgleichen? Auf ihrer nie endenden Suche nach Neuigkeiten waren die Journalisten von Splitternden am meisten bedroht. Bewerber hatten zu viel Angst. Natürlich. Jeder Narr würde bei dem Chaos, dem Ilmestys mehr und mehr verfiel, in einen sicheren Job flüchten. Was würde Werbung für den Beruf schon bewirken? *Komm vorbei, unsere Stelle ist tödlich interessant?* Aistyra verdrehte die Augen. Sie wäre selbst schleunigst abgehauen, wenn sie diese Ansprache gehört hätte.

Und trotzdem brauchte sie zusätzliche Journalisten.

»Eure Majestät?« Die Quallenmembran zog sich auseinander und öffnete den Eingang für einen Diener. Sie musste nicht aufblicken, um zu wissen, dass er den Atem angehalten hatte und mit seinen Händen die Uniform knetete.

»Habe ich nicht klar genug ausgedrückt, dass ich nicht gestört werden will?«

»Ja, verzeiht … Jemand bittet dringend, Euch zu treffen, Eure Majestät.«

»Ich gebe keine Audienzen in meinen privaten Gemächern.« Jetzt drehte sie sich doch zu ihm um. Genau wie sie es vorhergesehen hatte, drückte sich ein Diener in gipsgrauer Kleidung vor ihr in die Quallenmembran. Seine Knie schlotterten unter seiner weiten Hose. Was hatte er auch erwartet, wenn er hier hereinspazierte? »Du lenkst deine Königin von der Arbeit ab«, zischte sie. »Verschwinde.«

»Eure M-Majestät, verzeiht«, stammelte der Vele erneut.

Sie funkelte ihn an. Was verstand er an ihrem Befehl nicht?

»D-der Besucher … Es ist … d-der Fraktionsführer.«

Augenblicklich flaute ihre Wut ab. Die Hitze, die zuvor ihre Venen geflutet hatte, ließ von ihnen ab und wurde durch Frost ersetzt. Zastan würde ihre Arbeit niemals grundlos unterbrechen.

Dass er jetzt hier war und nach ihr verlangte, bedeutete, dass etwas passiert war. Etwas Schlimmes.

»Lass ihn herein«, verordnete sie mit leiser Stimme. Als sich der Diener eilig verbeugte, stand sie von ihrem Sessel auf und durchquerte ihre Gemächer. Ihre Absätze drückten Kerben in die admiralsblaue Qualle. Gegenüber dem Sekretär beherrschte ein Bett den Raum, das für mindestens vier andere Velen gereicht hätte. So viele Personen hätten hier hereingepasst. Jetzt schien alles zu eng.

Der Geruch von Goldblut verkündete seine Ankunft. Ein feiner, dunkler Dunstfaden, der vom Duft frisch gewaschenen Leinens gemildert wurde. Und dennoch nistete er sich unverkennbar faulig in die Luft ein, sodass sie einen Würgreflex unterdrücken musste. »Zastan«, raunte sie.

»Eure Majestät.« Er hielt im Eingang inne. Starrte sie an, ohne sie zu sehen. Womöglich wäre er länger stehen geblieben, wenn sich der Diener hinter ihm nicht geräuspert und leise empfohlen hätte. Dann erst trat er auf wackeligen Beinen vor und riskierte einen Schritt auf sie zu.

Einen zweiten.

Noch einen.

Und je schneller er wurde, desto mehr verlangsamte sich etwas in ihr.

Das Zittern in seinem Gang war nicht dem Hinken geschuldet. Trotz der alten Verletzung an seinem Schenkel ging der Fraktionsführer stets mit erhobenem Kopf. Jetzt aber fielen seine Schultern ein. Sein gesamter Körper kippte nach vorn und brachte ihn aus dem Gleichgewicht, als ob er für sich selbst zu schwer geworden wäre. *Was ist geschehen?*

»Danke.« Dieses Krächzen … Es schien, als hätte jemand seine Stimme an einem stumpfen Messer heruntergeschliffen. »Dass ich … kommen durfte.«

Sein Beben ging auf sie über. Kälte lief ihren Rücken herunter, trotzdem zwang sie sich, ihm entgegenzutreten und ihn zu stützen. Er fiel in ihre Arme. »Möchtest du dich setzen?«, flüsterte sie.

Der Gestank nach Blut wurde schwächer, als er sich von ihr trennte und auf ihr Bett zu stolperte. Dort umklammerte er die Pfosten aus geriffeltem Wimmerstein wie eine Krücke, ohne die er in sich zusammenbrechen würde.

Aistyra strich ihm über den Rücken. Schweiß nässte den Stoff seiner Tunika, diese kalte Art von Schweiß, die nur Angst verursachte. Zastan hatte Tod und Folter zu seinem Beruf gewählt. Allein der Stern wusste, wie viele Leben er schon hatte enden sehen. Dass er jetzt hier war … Was musste passiert sein, das ihn derart verstört hatte?

»Setz dich«, sagte sie leise.

Zastan hob die trüben Augen zu ihr.

»Setz dich zu mir.«

Es dauerte, bis er ihrer Bitte nachkam und sich in die Laken sinken ließ. Für eine Ewigkeit saßen sie bloß schweigend nebeneinander. Nur ein einziges Mal hatte sie ihn so aufgelöst erlebt: schäbige Rekrutenuniform, fallende Sternbrocken und ein geflüsterter Männername auf den Lippen. Seitdem hatte Zastan alle Details, die mit seiner Arbeit zusammenhingen, immer für sich behalten. Oder er war damit zur Fraktion gegangen. Aber jetzt war er hier.

Die Fraktion … In ihren Venen stockten Klumpen.

»Sie sind tot.«

»Was?« Sie erstickte an der Frage. Namata, Kawal, Bewes … All die Soldaten, mit denen sie noch gestern trainiert hatte. Es war nicht wahr. Das konnte es einfach nicht sein!

Zastan schien sie nicht einmal gehört zu haben. »Sie sind wegen mir gestorben. Ich habe sie in den Tod geschickt.« Er schüttelte

den Kopf. Bilder von zerfetzten Leichen und spuckefeuchten Mündern füllten die Stille zwischen ihnen.

Es ist nicht wahr. Nicht wahr, nicht wahr, nicht wahr.

»Namata hat sie gefunden«, presste er hervor. »Es war nicht ihr Gebiet, sie sollte mit Elsick, Bewes und mir die Gegend bei den Windesbäumen absuchen. Aber sie hat sie schreien gehört. Als Erste von uns allen hat sie sie schreien gehört.«

Sie ... Sie, nicht alle. Also war doch nicht die gesamte Fraktion gestorben? Aber machte es das leichter? Sie waren alle ein Körper. Wie viele Gliedmaßen konnte man davon abtrennen, bevor er versagte?

Aistyra legte ihm die Hand auf den Oberschenkel. Unter seiner Haut pochte das Goldblut wild in seinen Adern.

»Es war so schlimm, Aistyra«, flüsterte er. »Namata hat sie vor uns anderen erreicht. Aber es war trotzdem zu spät. Utare und Heyla ... Als wir bei ihnen waren, hatten die Betehs sie schon auseinandergerissen.«

Bei allen Mächten des Sterns.

»Von ihnen waren nicht mehr als blutige Häufchen übrig. Adern und Blut, überall Blut ... Ein Teil von Utares Gesicht hing noch im Fell eines Betehs.«

Sie rieb sich die Stirn. Unter ihren Fingern verstärkte sich Zastans Beben und hinter ihren Lidern zerfleischten geflügelte Bestien die Fraktion. Wie musste es erst für ihn sein?

»Wir haben kaum etwas gefunden, was wir hätten begraben können.«

»Es tut mir so leid.«

Er antwortete nicht. Sie nahm seine Hand in ihre und fuhr über den Schorf an seinem Handrücken. Blut klebte unter seinen Nägeln, schwarz und schmutzig golden. Betehs und Velen. Seine Rache hatte ihm seine Freunde nicht zurückgebracht.

»Sie waren meine Familie.« Seine Stimme klang angestrengt,

als brauchte er die volle Konzentration für jeden Satz. »Ich habe sie getötet, Aistyra.«

»Du trägst keine Schuld daran. Es war ein Unfall, du konntest nicht –«

»Ich habe sie dorthin befohlen. Zu zweit. Ich war es.« Er blinzelte zu ihr hoch. Der Ausdruck in seinem Blick war kaum zu ertragen. Die Dunkelheit darin war übergelaufen und aus seinen Augenhöhlen geflossen, wo sie sich in blauen Schatten sammelte.

Sie öffnete den Mund, schloss ihn jedoch wieder.

»Niemand geht zu zweit auf Splitterndensuche, Aistyra. Niemals.«

»Du konntest nicht wissen, dass es passieren würde.«

»Ich hätte damit *rechnen* müssen.« Er zog seine Hand weg und bedeckte sein Gesicht. Seine Finger zitterten. »Utare hat es mir selbst gesagt. Aber ich habe nicht auf ihn gehört, habe mich durchsetzen wollen …«

Worte sprudelten aus ihm, Worte, die er zu lange zurückgehalten hatte und die jetzt größer geworden waren als er selbst. Alles, was sie tun konnte, war, bei ihm zu sitzen und ihm zuzuhören. Es war so wenig. Es war seit dem Zyklus zu wenig, an dem sie vor dem Niedergekommenen in eine Qualle geflüchtet waren und er ihr von seinem Geliebten erzählt hatte.

»Utare hat immer auf Sicherheit bestanden. Große Teams, strenge Formation, Zusammenhalt.« Er verstummte. »Beim letzten Mal sind uns zwei Splitternde entkommen, weil wir uns kaum verteilt haben. Die Biester sind direkt vor unserem Gesicht geflohen … Ich habe mich dafür gehasst.«

»Deshalb hast du diesmal auf kleinere Gruppen gesetzt«, schloss sie leise.

»Ich konnte nicht zulassen, dass sie uns nochmal davonlaufen. Wenn ich daran denke, wie viele Velen und Azren sie schon ermordet haben … Für jedes Mal, das sie uns entkommen, bezahlen andere mit dem Leben.«

In der entstandenen Pause war sein Zähneklappern überdeutlich. Sie griff neben sich und legte ihm vorsichtig eine Decke um die Schultern. Zastan schien es nicht einmal zu bemerken. Nur das Klappern seiner Zähne wurde leiser und verklang dann.

»Ich wollte nicht so viele Soldaten an sicheren Stellen verschwenden. Deswegen habe ich meine Leute an gefährlicheren Orten versammelt. Damit wir uns gegenseitig stützen können, wenn wir angegriffen werden. Dort, wo ich Utare und Heyla hin beordert habe … Keiner von uns ist dort jemals Splitternden begegnet.«

Alles in ihr verkrampfte sich. Sie ahnte, was jetzt kommen würde. Sie ahnte es und sie wünschte, dass er es nicht aussprach. Die Dinge verloren an Substanz, wenn man sie verschwieg. Wie die Version einer Realität, die zu grausam war, um tatsächlich passiert zu sein.

Aber als Zastans Kiefer wieder aufeinander schlugen, wusste sie, dass es nicht funktionieren würde.

»Ich habe Utares Gesicht gesehen, Aistyra. Den Vorwurf darin. Er und Heyla haben sich mir nicht widersetzt, weil ich ihr Anführer bin und sie meine Befehle respektieren. Aber ich habe gesehen, was er von dieser Idee hielt. Trotzdem habe ich sie zu zweit gehen lassen. Ich wollte beweisen, dass ich recht hatte.« Er gab einen langen, gequälten Ton von sich. *Sag es nicht. Sag es nicht. Bitte sag es nicht.* »Und jetzt sind sie tot.«

Aistyras Körper klappte fast in sich zusammen. Nur ihr Wille verhinderte, dass sie sich neben ihm in die Decken vergrub und vor dieser Welt unter Seide und Spitze untertauchte. Sie musste für ihn da sein. Er war zu ihr gekommen, weil er den Anblick seiner trauernden Freunde nicht ertrug.

Sie war sein einziger Halt.

Also stand sie auf und reichte ihm die Hand. »Komm.«

Er lugte zu ihr hoch.

»Du musst schlafen.«

Er rührte sich nicht. Nur ein Nicken, zuerst kurz, dann kräftiger, zeugte davon, dass er verstanden hatte.

Sanft zog sie ihn zu sich hoch. Seine Arme waren so kraftlos, dass ihm die Decke entglitt und zu Boden fiel. Aistyra hob sie auf und führte ihn, noch immer an der Hand, zum Kopfende ihres Bettes. Kein Zuspruch. Keine Entschuldigungen. Sie würden ihn nur tiefer in die eigene Reue stürzen.

Er schien so gebrechlich. Schlimmer als damals, als er ihr davon erzählt hatte, wie Splitternde seinen Geliebten ausgeweidet hatten. Es war der Grund, warum er zur Fraktion gegangen war. Jetzt floh er von der Fraktion zu ihr.

Behutsam half sie ihm dabei, einen Platz zwischen ihren Kissen zu finden. Als sie ihn zudeckte, blieb er genauso liegen, wie sie ihn positioniert hatte.

»Zuerst Nires.« Sein Flüstern war so leise, dass sie es fast überhört hätte. »Und jetzt auch noch Heyla und Utare.«

Nires … Wie viele Zyklen waren vergangen, seitdem Zastan sie an die Splitternden verloren hatte? Es war nicht dasselbe. Er war nicht verantwortlich für ihren Tod. Sie war bloß verschwunden, als die Fraktion Mutproben veranstaltet hatte – leise und qualvoll. Aber sie wusste, dass er zwischen ihr und den anderen keinen Unterschied machte.

Weil alle drei tot geendet hatten.

»Sie geben dir keine Schuld daran«, entgegnete sie. »Ich bin mir sicher, dass sie dich immer noch geliebt haben, als sie fortgegangen sind. Alle drei.«

Er erwiderte nichts. Minutenlang starrte er die Quallenmembran an. Seine Augen waren so trüb wie bei einem Träumer, aber nicht so friedlich.

»Schlaf, Zastan«, murmelte sie.

Er sah sie bloß an. Das Kreuzfeuer seiner Erinnerungen war

erloschen. Nun war da nichts mehr übrig außer Asche und Finsternis.

Mit einem letzten Blick auf seine blasse blaue Stirn drehte sie sich um und wollte davongehen, doch er hielt sie fest.

»Bleib.« Seine vernarbten Lippen bewegten sich so wenig, dass sie seine Bitte eher erriet, als hörte. »Bleib, bis ich eingeschlafen bin.«

»Natürlich.«

Zastan rutschte zur Seite, damit sie sich neben ihn auf die weißen Laken setzen konnte. Nachdem sie ihre Kleider zusammengerafft und sich ihm zugewandt hatte, senkte er die Lider. Und erst in diesem Moment ließ sie zu, dass Schmerz ihre Züge verzerrte. Es war wie ein Aufatmen.

»Danke.«

Augenblicklich straffte sich ihre Stirn, doch er hatte die Augen fest geschlossen. Sie strich ihm ein weißes Haar von den Wimpern. »Schlaf, Zastan«, wiederholte sie heiser.

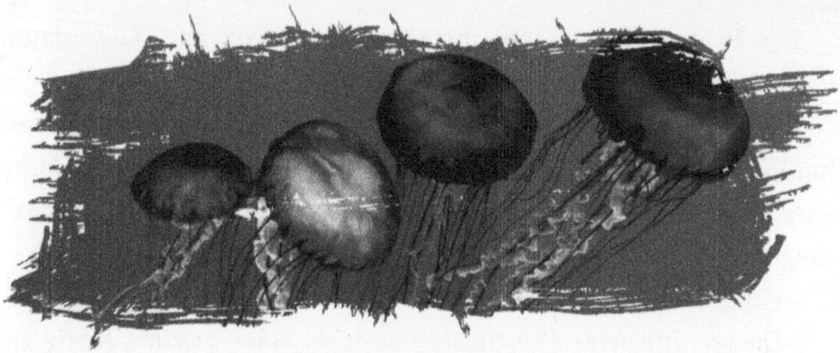

KAPITEL 26

Aistyra

»Das mit der Auswahlzeremonie klappt wohl doch nicht so wie du dachtest.« Ceders Krächzen rieb die Ruhe auf, die sie so sorgsam um sich gelegt hatte. Zum ersten Mal seit den letzten drei Zyklen hatte sie sie wiedererlangt. Das Gespräch mit Zastan hatte sie aufgewühlt, aber wenigstens hatte er nach dem langen Schlaf im Zwielicht nicht mehr so zerstört ausgesehen. Er hatte ihr versprochen, vorbeizukommen, sobald die Trauerzeit in der Fraktion zu Ende war.

»Ich kann die Prüfungen von früher nicht genauso übernehmen.« Auf ihrer Handfläche zog sich die Lichtflut zusammen, sodass sich die Buchstaben zu krakeligen Punkten kürzten. Sie erzählten von den Prüfungen der letzten dreißig Zeremonien. »Normalerweise wählt man die Könige als kleine Kinder. Ich muss mich zwischen Erwachsenen entscheiden. Von denen sich ausnahmslos jeder allzu gern auf den Thron neben mir quetschen würde.«

Die Könige von damals hatten die neuen Herrscher freiwillig bestimmt. Sie würden ihre Krone höflich stehlen, wenn sie starben. Niemand von ihnen musste einen Regenten erwählen, der ihnen zu ihrer Lebzeit Konkurrenz machen würde.

Die Prüfungen mussten ihr zeigen, wer von den Kandidaten dazu am wenigsten Potenzial hatte.

Ceder flatterte von einer Säule herunter, die rechts von ihr den herabstürzenden Quallenschirm hielt. *»Schon einmal daran gedacht, dass dir die Planung deswegen so schwerfällt, weil diese ganze Veranstaltung nicht richtig ist?«*

»Fang nicht wieder damit an.«

»Du verrätst deine Prinzipien, indem du einen zweiten König ernennst.«

Ruckartig streckte sie den Arm aus, um die Lichtflut zurück an die Quallenmembran zu hängen. »Meine Macht bricht zusammen und ich kann nicht zulassen, dass mich mein eigenes Volk stürzt.«

»Eher gibst du ihnen, was sie wollen? Sie haben nicht gesehen, welche Vorteile die ungeteilte Monarchie hat. Natürlich ist es schwierig, nach dem Krieg die Herrschaft wieder aufzubauen, aber du musst doch nicht –«

»Ich diskutiere nicht mit einem Balphen darüber, was ich muss und was nicht!«, fuhr sie ihn an. Der blaue Schummer der Qualle schien zu schwanken, als Ceder beleidigt die Flügel hochwarf. Licht leckte über die Wände wie Flammenzungen.

»Du hast versprochen, dass du es versuchen wirst.« Seine Stimme in ihren Gedanken klang nun leiser. Enttäuscht. *»Du wolltest die erste Königin sein, die Ilmestys ohne einen Partner regiert. Nur allein bist du alles, erinnerst du dich nicht mehr?«*

Aistyra erstarrte. *Krachende Äste und zischende Quallen. Schreie von draußen zerfetzen meine Ohren und kantiges Gestein drückt mich nieder, so kalt wie die Panik in mir. Es ist auf mich gefallen, hat mich gelähmt. Ich bin bewegungsunfähig. Ausgeliefert. Fast tot. Einzig ihre Stimme hallt in der leeren Qualle wider, die schon bald die Azren stürmen werden: »Nur allein bist du alles.«*

»Sag … das … nicht«, würgte sie.

»Du willst es nur nicht hören, weil es wahr ist. Aber Hone hatte recht, Aistyra. Nur allein bist du alles.«

Ceders Vorwurf fiel über sie wie damals die Qualle – glitschig, kalt und unendlich schwer. Der Gestank von Goldblut, fast genauso bitter wie der von Verrat, schoss ihr in die Nase. Egal, wie heftig die Diener die ledrige Membran geschrubbt hatten, sie hatten ihn nicht vertreiben können.

Aistyra bemerkte erst, wie fest sie ihre Fäuste zusammenballte, als die Haut auf ihren Handflächen aufplatzte und Blut unter ihre Nägel quoll. Zitternd schüttelte sie es ab. Sie war tot. Hone war tot. Ihre Weisheiten galten nicht mehr.

»Was damals passiert ist, ist nicht die Regel. Ein zweiter König bedeutet nicht immer eine Katastrophe. In den letzten fünfzig Chroniken hat es wunderbar –«

»Du bist feige, weil dich ein paar Widerstände und dreiste Velenberichte einschüchtern.« Ceder umkreiste den Saal und setzte sich dann auf ihre Schulter.

»Ich bin überhaupt nicht feige!« Aistyras Krächzen erhob sich zu einem Schrei. Die Angst von damals würgte sie mit kalten Fingern. Sie schnappte nach Luft, aber es reichte nicht. Warum hatte Ceder die Vergangenheit bloß ausgegraben? An diesem Ort fiel es ihr schwer genug, sie von sich fernzuhalten.

»Ich muss strategisch denken. Bei der Hinrichtung gestern habe ich verflüssigten Niedergekommenen getrunken. Diese Velen sind nur für das Spektakel gekommen, Ceder. Als ich die Splitternden abgeschlachtet habe, war ihr einziger Gedanke, wann es mich erwischt.«

Auf Zastans Rat hin hatte sie gestern ihre zweite öffentliche Exekution veranstaltet. In der naiven Hoffnung, die Brutalität ihrer Königin würde die Abtrünnigen einschüchtern und die Treuen aufbauen, ließ sie drei Splitternde in den weitläufigen Käfig eines Betehs sperren. Man hatte dem Wesen zum Aufputschen mit verbundenen Augen die Flügel beschnitten. Es hielt die Splitternden für Täter. Unter dem Brüllen der Menge hetzte es sie durch seinen Zwinger.

Doch grausamer als seine Krallen, die am Metallgitter schliffen, grausamer als sein verfilztes Fell, in dem die Eingeweide eines Azren hingen, waren die Splitternden selbst. Dem Sieger über die Bestie hatte Aistyra Freiheit versprochen. Und während der Beteh sie alle an seinem Geweih aufspießte, drängten sie sich gegenseitig zu ihm. Stöhnten. Spuckten Gold und Tränen. Hielten die Glieder des anderen ins Maul des Tiers und weinten, weil sich die Krallen des Betehs gleichzeitig in ihre Beine gruben.

Keiner der Splitternden hatte überlebt.

Keiner vor ihr hatte die Hinrichtung in ein derartiges Gemetzel verwandelt.

Keiner der Velen vertraute danach mehr ihrer Regierung.

In den Gedanken der Versammelten hatte Aistyra Schock und Ekel gelesen. Keine Ehrfurcht. Und keinen Gehorsam.

»Die Fraktion ist auf deiner Seite.«

»Die Fraktion wird kein ganzes beschissenes Königreich aufhalten, wenn es beschließt, dass ich ungeeignet bin!« Fauchend schob sie Ceder von ihrer Schulter. Seine Flügel brannten wie Feuer in der dunklen Qualle, doch er huschte zurück zu seiner Säule. Was an ihr erweckte den Eindruck, dass sie Anweisungen brauchte?

»Du wirst also einen zweiten König ernennen.«

»Ich muss.«

»Tötet dich das Volk zuerst oder dein Kontrollzwang?«

Nur allein bist du alles.

Sie atmete aus. Goldblut presste sich an die Wände ihrer Adern und floss in qualvollen Rinnsalen herab.

»Es geht hier nicht um meinen Kontrolldrang«, ächzte sie. »Ilmestys versinkt in Chaos. Die Splitternden ermorden fast doppelt so viele. Die Azren nutzen meine Schwäche aus, und die Anreicherung hat sie nicht beschwichtigt. Sie wollen einen Rat, Ceder! Weißt du, was das heißt?« Sie schlug die Hände über dem Kopf zusammen. Die Spitzen der Krone bohrten sich in ihre Haut.

»Mit mehr Macht kommt mehr Unabhängigkeit. Die Menschen haben sich uns bereits entzogen. Ich darf nicht zulassen, dass es auch bei Azren passiert.«

Sie schickte einen verständnissuchenden Blick zu Ceder. Der Balph plusterte sich auf. *»Das heißt, dass dich der Schwur verschlingt, wenn du nicht sofort etwas unternimmst.«*

»Richtig«, flüsterte sie. Bei der Krönung verzichteten die Auserwählten nicht auf weltliche Laster und Vergnügen. Ein König durfte lügen, betrügen, bestechen, verführen. Alles, solange er den einzigen Schwur erfüllte, zu dem er sich verpflichtete: die Macht zu wahren.

»Es gibt mehrere Wege, als Königin zu überleben.« Ceder pikte an seinen Federn. *»Du wählst, ob du dich beugst oder kämpfst.«*

Nur allein bist du alles.

Aistyra bedeckte ihr Gesicht mit den Händen. Sie hatte die Hoffnung verworfen, die Situation selbstständig zu regeln. Zu viel Zeit war verflossen. Jeden Zyklus, den sie verschwendete, nahmen die Revolten an Stärke zu. Vielleicht hätte sie doch diese neuen NLes annehmen sollen, die die Menschen bei ihrer letzten Versammlung angeboten hatten. Aber jetzt war es zu spät dafür, und ohnehin hätte sie dieses Verbrechen niemals verantworten können.

Sie hatte versagt. Sie hatte das Versprechen an sich selbst gebrochen, den Wunsch, den sie geatmet hatte, seit sie …

Seit dich dieses Miststück Hone hier, in der Lichtflutqualle, den Azren und ihrer Rache überlassen hat. Sprich es endlich aus.

Sie bohrte ihre Absätze in die Quallenmembran. »Manchmal ist es die einzig kluge Entscheidung, Kontrolle abzugeben, um sie nicht zu verlieren.«

»Ist es das?« Aus Ceders grünen Augen sah Aistyra ihr eigenes Spiegelbild entgegen: strenger Zopf, harter Kiefer, breiter Nasenrücken. Sie war nicht schön genug, um die Welt auf die Knie zu verführen. Nicht so symmetrisch und makellos wie die Schlampe,

die das Volk schon immer mehr geliebt hatte als sie. Aber Aistyra besaß die Kraft, die Hone gefehlt hatte. Ehrgeiz. Wenn das Volk nicht aus freien Stücken zu ihren Füßen niedersank, dann würde sie es dorthin knuten. Und wenn dafür ein zweiter König erforderlich war … Nun, dann würde sie ihn krönen.

»Ja«, sagte sie, diesmal fester. Im selben Moment schabte etwas an der Quallenmembran hinter ihr. Mit angespanntem Rücken drehte sie sich um.

»Eure Majestät?« Ein Wachmann, gekleidet in schlichtes Schwarz, duckte sich im Eingang der Qualle. Ein Schauder lief über ihren Rücken. War er wegen Zastan hier?

»Was ist los?«

»Ich möchte Euch nicht stören, Eure Majestät … Bitte entschuldigt, wenn ich Euch in einem Gespräch unterbrochen habe …« Der Wächter kratzte sich über die Glatze und schielte zu Ceder hinüber.

Aistyra atmete erleichtert aus. Nein, er war eindeutig nicht wegen Zastan hierhergekommen. Seitdem sie die Wetten um ihren Sturz mit Eunes Strafe beendet hatte, waren die Bediensteten bloß deutlich vorsichtiger geworden.

Aistyra wedelte mit der Hand. »Spuck es aus.«

»Ein Vele bittet um Eure Audienz. Er kommt wegen der«, wieder ein Kratzen über den Nacken, »freien Journalistenstelle.«

Sie starrte den Wächter an. Freie Journalistenstelle? *Durch Eune,* erriet sie. Nach dem … unangenehmen Ereignis zwischen ihnen hatte sie sich nicht darum gekümmert, sie durch jemand Neuen zu ersetzen. Aber wenigstens hatte sie ihre Stelle öffentlich ausgeschrieben, im Gegensatz zu denen der armen Gestalten, die durch Splitternde gestorben waren. Das hatte sie noch nicht geschafft.

Oh, Eune. Reue in ihr, sanft wie der Atem eines Neugeborenen. Sie erhängte sie in den Schlingen ihrer Adern.

Sie nickte andeutungsweise. »Bring ihn direkt hierher. Die Sache lässt sich schnell klären.«

Der Wachmann verneigte sich eilig und verschwand im violetten Schummer der Quallen. Kurze Zeit später tauchte er mit einem Velen an seiner Seite auf. »Der Bewerber, Eure Majestät.« Dann war der Soldat wieder fort.

Aistyra warf einen Blick auf den Velen, der unschlüssig an der Schwelle stehenblieb. Schulterlanges glattes Haar, starke Augenbrauen, eckige Körperlinien. Ob er wusste, welcher Gefahr er sich als Journalist aussetzte? Vielleicht liebte er das Risiko.

Gut für sie.

»Du bist angenommen.«

Erstauntes Aufseufzen. Das Rascheln von Stoff, an dem schweißnasse Hände nestelten.

Sie wollte sich bereits wieder der Lichtflut zuwenden, als die Stimme des Mannes sie innehalten ließ.

»So schnell, Eure Majestät? Wollt Ihr nichts über mich wissen?«

Langsam drehte sich Aistyra um. Diese Stimme klang wie eine Tonleiter, die man in der Mitte entzweigebrochen und aufgesplittert hatte. Sie hatte sie schon einmal gehört. »Wie heißt du?«

»Ravine, Eure Majestät.«

Ravine. Nein, diesen Namen kannte sie nicht. Verwechselte sie ihn mit jemandem? Fragend sah sie zu Ceder hinüber, doch der Balph war vollkommen darin versunken, seine Federn auf Falschmotten zu untersuchen.

»Ravine«, wiederholte sie. Unter ihrem Blick schrumpfte der Vele zusammen, wurde blass und zupfte wilder an seiner Hose. »Nun, was hast du mir zu sagen?«

»Es wäre mir eine Ehre … Euch als Journalist zu dienen, Eure Majestät. Zurzeit besetzen die Medien viele … Abtrünnige, aber meiner Treue könnt Ihr Euch sicher sein.«

Sie hob eine Augenbraue. Ravine sprach in Unterbrechungen, als würde er sich jeden Satz zuvor mühsam zurechtlegen. Keine gute Voraussetzung für einen Journalisten. Aber wenn man nicht

selbst suchen wollte, sollte man nehmen, was man bekam. Besonders, nachdem verschimmelte Splitternde die Journalisten so dezimiert hatten. Und nachdem dieser Beruf so verdammt unbeliebt geworden war.

Der Vele zog eine Lichtflut aus seiner Ledertasche und hielt sie ihr hin. Seine Mundwinkel zuckten vor Nervosität. »Hier, eine Textprobe von mir. Vielleicht wollt Ihr sie Euch durchlesen.«

Sie nahm die Lichtflut entgegen. »Du kennst die Regeln, Ravine. Ich bin überzeugt davon, dass du herausragende Arbeit leisten wirst. Ich gebe dir diese Stelle.« *Viel Vergnügen und stirb nicht allzu schnell.*

»Ihr seid gütig, Eure Majestät.« Der Vele verbeugte sich ungelenk.

Aistryra zuckte die Achseln über seine Unbeholfenheit. Er würde ihr schon nicht schlechter dienen als Eune. »Viel Glück«, wünschte sie und bedeutete ihm mit einer Kopfbewegung, dass er entlassen war. Sie hatte deutlich dringlichere Anliegen zu erledigen.

»Ich danke Euch.«

Sie hatte sich bereits der Lichtflut zugewandt, als sich der Vele verneigte und davon stakste. Das Geräusch seiner Schritte verklang in den anderen Quallen. Ob ihr Ansehen beim Volk weiter sinken würde, sobald es erführe, dass sie einen so wichtigen Beruf an den Erstbeliebigen vergeben hatte?

»Wir sind nicht besonders wählerisch heute.« Ceders warmer, holziger Geruch umfing sie, als der Balph zu ihr hinüber schwebte und sich demonstrativ vor ihr niederließ.

»Wen interessiert es? Der Vele ist in zehn Zyklen ohnehin vergessen.«

»Was macht dich da so sicher?«

»Nenn es meine Professionalität.« Sie hustete.

»Nichts für ungut, aber auf deine Professionalität würde ich zurzeit keine Feder verwetten.«

KAPITEL 27

Ophiot

»Mit der Ernennung eines Partners nimmt Ihre Majestät die Tradition der geteilten Herrschaft wieder auf.« Mit schnellen Fingern verschriftlichte er die Stichpunkte aus Clifs Audioaufnahme. »Nachdem Hone, die zweite rechtmäßige Nachfolgerin von Dagian und Fearne, im Krieg gegen die Azren gestorben ist, hat Königin Aistyra Ilmestys allein regiert. In dreißig Zyklen endet diese Periode. Die Auswahlzeremonie bestimmt, wer den leeren Thron an ihrer Seite besetzen wird.«

Ophiot setzte die Finger von der Tastatur ab und berührte die Sprachaufnahme auf dem Screen, um die letzten Sekunden von Clifs Nachricht noch einmal abzuspielen. Dreißig Zyklen. Er hatte es richtig notiert. Leider.

Er rieb sich die Stirn. Das künstliche Aufwecklicht spiegelte sich in der stählernen Oberfläche des Tisches und beruhigte seine Augen, nicht aber seine Gedanken. Dreißig Zyklen würden bei Weitem nicht ausreichen, um Clif zu einem vollwertigen Mitglied der Velengesellschaft zu machen. Erst recht nicht zu einem, dem man das Königsamt zutraute. Mit den Funktionen der verflüssigten Materialien und der Geschichte von Ilmestys kannte er sich inzwischen aus. Das Schreiben jedoch fiel ihm immer noch schwer.

Seufzend wandte er sich dem Text zu, den Clif später auf seinem OrEsk einsprechen würde. »Bisher haben sich drei Bewerber für das Königsamt aufstellen lassen. Unter ihnen sind zwei Fließer, Lorian und Oaev, und die Heilerin Juna.«

Das geht alles zu schnell.

Ophiot rückte vom Tisch ab und maß seine Wohnung mit großen Schritten. Seine Füße schlappten über den kühlen Plastikboden. Als er den Plan aufgestellt hatte, einen Splitternden zum Velen zu vervollkommnen und ins Königsamt einzuschleusen, hatte er mit deutlich mehr Zeit gerechnet. Aistyras Festhalten an der Alleinherrschaft war ihm gelegen gekommen.

Wer hätte ahnen können, dass sie so schnell unter dem Druck ihres Volkes nachgeben würde? Und jetzt war sein Plan in sich zusammengefallen.

Nein, nicht sein gesamter Plan.

Ophiot ließ sich auf sein Bett sinken. Die dünne Matratze schmiegte sich an seine Beine, auf denen er nicht mehr trug als seine Schlafshorts.

Vor einer Stunde hatte Clif ihm den Bericht über das aktuelle Geschehen gesendet. Seitdem hatte er unablässig am Text für ihn gearbeitet und gegrübelt. Er hatte selbst die Nachrichten verpasst. Es wäre ohnehin Zeitverschwendung gewesen, weil er mit Clif seine eigenen Augen in jedem Winkel des Systems hatte.

Ophiot musste einen Weg finden, die Auswahlzeremonie zu verzögern. Jetzt, da er so weit gekommen war, war Aufgeben undenkbar.

Angestrengt starrte er durch das Fenster, für das er ein Wandpanel auf volle Transparenz gestellt hatte. Nur etwas Bedeutsames würde die Königin dazu bewegen, die Zeremonie zu verschieben. Ophiot brauchte etwas Schockierendes, etwas mit schwerwiegenden Folgen. Es sollte Aistyra und ihre Diener lang genug beschäftigt halten, dass Clif zu einem bekannten Journalisten aufstieg.

Ein Skandal? Er könnte Aistyras Korruption aufdecken. Aber nein, dafür war es zu früh. Mit Clif an der Macht hätte die Enthüllung viel mehr Bedeutung – und sie würde dem Volk den Anlass dazu geben, die Königin von allen wichtigen Entscheidungen zu entfernen.

Er fuhr sich mit dem Finger über das plastikglatte Kinn. Eine Sensation. Er war auf eine Sensation angewiesen. Vielleicht könnte er eine der Palastquallen sprengen oder den Überfall von Rebellen vortäuschen. *Unsinn.* Er würde viele Tage benötigen, um eine Aktion solchen Ausmaßes vorzubereiten. Abgesehen davon könnte es die Zeremonie sogar vorverlegen. Anders sähe es aus, wenn er seinen Plan auf einen kleinen Kreis übertrug. Wenige Eingeweihte und nur ein, zwei Betroffene …

Ich könnte einen der Kandidaten umbringen.

Ophiot erhob sich. Es war gleichermaßen eine wahnsinnige wie geniale Idee. Nichts würde sein Ziel so ideal erfüllen wie ein Mord. Die Ermittlungen würden die Zeremonie ausbremsen; vor allem, wenn einer der Bewerber verdächtigt würde. Konkurrenz war immer ein gutes Motiv.

Er schüttelte den Kopf. Nein, nein, das war absolut unmöglich. Wie sollte er den Mord eines Velen arrangieren, dem die Aufmerksamkeit von ganz Ilmestys galt? Abgesehen davon war das Risiko zu hoch. Er musste sich etwas anderes überlegen.

Du hast den Programmcode von NLes gehackt, einen Krieg ausgelöst und einen Splitternden vollkommen gemacht – und jetzt lässt du dich von der Umsetzbarkeit ausbremsen?

Ophiot runzelte die Stirn. Vielleicht gab er tatsächlich zu schnell nach. In der Vergangenheit hatten sich extreme Maßnahmen immer ausgezahlt. Und ohnehin hatte er keine Zeit, um einen Alternativplan zu fassen. Er musste handeln – dringend und drastisch.

Und die Gefahr? Die Velengesetze bestraften einen Mord mit Verstümmelung oder Hinrichtung. Darauf konnte Ophiot verzichten. Er musste sicherstellen, dass die Tat nicht auf ihn zurückgeführt werden konnte. Also würde er im Geheimen agieren, am besten durch einen Mittler. Jemanden, der so tief in seiner Schuld stand, dass er alles auf sich nähme, um sich von der Bürde zu befreien. Und der, sollte die Operation misslingen, die Strafe statt ihm verbüßen würde. Er suchte einen Auftragsmörder. Und er wusste schon, wo er ihn finden würde.

Hinter dem Fenster prasselte Regen aus umgewandeltem Niedergekommenen herab und drückte einen sanften Geräuschpegel gegen die Wände. Er stellte sich davor und beobachtete, wie die ersten Menschen mit Projektionen über den Köpfen auf die Straße traten. Ein blonder Mann, der etwas zu optimistisch an seinem Abwehrschirm rüttelte, und ein Zwillingspaar, dessen Boots im Gleichklang auf dem Boden aufkamen.

In wenigen Minuten würde er sich unter die Menge mischen. Wie an jenem Morgen, an dem er das System zum Umsturz gebracht hatte.

Wie so bald, wenn er es wieder tun würde.

»Ich habe dich gerufen, um deine Schuld einzufordern.«

»Welche Schuld?« Der Azrenälteste sah sich unruhig in seiner Wohnung um. In der sterilen, praktischen Inneneinrichtung wirkten seine Wurzeln fehl am Platz. Ein Windzug hatte bei zufallender Tür Blütenhaare unter Ophiots Kleiderschrank gefegt, die jetzt über den Boden glitten. Er würde sie später aufsammeln. Oder auch nicht. Es hing davon ab, wofür sich der Azre entschied.

»Die vom Krieg.«

Der Azre sog die Luft ein und warf schnelle Blicke in alle Ecken des Raums. »Du darfst nicht so laut darüber sprechen!«

»Wir werden nicht belauscht.« Ophiot schlenderte zu seinem Ausgabegerät hinüber und zog ein Glas Wasser heraus. »Für dich auch?«

Der Azre schüttelte bloß den Kopf, wodurch goldene Pollen zwischen seinen Blättern hindurchrieselten und auf den Boden fielen.

»Mach es dir gemütlich. Es wird ein ernstes Thema.«

Der Älteste blieb angespannt in der Mitte der Wohnung stehen, während sich Ophiot an den Tisch lehnte und die Augen schloss. Er war dieses Gespräch im Kopf endlose Male durchgegangen. Gestern Morgen hatte er den Ältesten kontaktiert, der seit ihrer gemeinsamen Sache im Krieg noch immer ein Kom-Gerät bei sich trug. Heute setzte er seine Pläne um. Die Geschehnisse überschlugen sich, also würde auch er an Tempo zulegen.

»Du erinnerst dich sicherlich daran, dass ich die NLes ausgeschaltet habe, sodass du und dein Volk die Könige stürzen konntet. Ich hoffe, du erinnerst dich auch an die Gegenleistung.«

Der Ruck seiner Hörner war die einzige Regung des Azren. Abgesehen davon blieb sein Körper stramm. »Das tue ich. Allerdings hast du dein Versprechen nicht eingehalten.«

Ophiot nahm einen Schluck. »Ich habe die NLes ausgeschaltet und ihr habt gesiegt. Dass du auf dem Thron landest, war kein Teil unserer Vereinbarung.«

»Aber eine wichtige Implikation.« Unter dem Fransenvorhang aus Blättern und Farnen richteten sich die grünen Augen des Azren direkt auf ihn. Sie hatten schon einmal genauso da gestanden, sie beide. Als Ophiot ihn aufgesucht und ihm angeboten hatte, sein Volk von der Tyrannei der Velen zu erlösen, hatte der Älteste ebenso misstrauisch gewirkt.

Damals hatte Ophiot selbst darauf gesetzt, dass der Älteste der neue König würde. Seine Dankbarkeit ihm gegenüber sollte ihn dazu motivieren, Ophiots Reformen umzusetzen. Nach der gescheiterten Krönung war diese Hoffnung geplatzt. Und jetzt hatte er den Azren durch einen ehemaligen Splitternden ersetzt. Gleiches Ziel. Andere Mittel.

»Ich habe keinen Einfluss auf den Schwur, das ist dir genauso klar wie mir. Unter besseren Umständen wärst du jetzt König. Im Grunde habe ich also alles erfüllt, was wir festgehalten haben.«

Der Azre nickte, langsam und unwillig. »Was forderst du?«

»Ich bin unzufrieden mit der bisherigen Königskandidatur.« Ophiot kippte den Rest seines Wassers hinunter. Hinter dem Glasrand sah er zu, wie der Älteste mit den Wurzeln trommelte und sich erneut umschaute.

»Die bisherige Kandidatur ist die Aufgabe Ihrer Majestät«, sagte er eindringlich. »Wieso interessiert sie dich? Du solltest forschen.«

»Habe ich heute schon.« Ophiot deutete nach draußen. Dunkelheit sammelte sich hinter den Fenstern. Man hatte die Leuchtkörper in der Sphärenkuppel vor Stunden ausgeschaltet. Auch das Licht in der Wohnung war automatisch gedimmt, um die Menschen auf den Schlaf vorzubereiten.

Bis dahin stand jedem die Zeit zur freien Verfügung. Vor vielen Chroniken hatte er sie in Amaranthes Bett verbracht. Heute nutzte er sie, um den Mord an einem baldigen König zu organisieren. *Steile Steigung.*

»Es ist allein meine Sache, warum mich die aufgestellten Velen stören. Deine ist nur zu wissen, dass einer von ihnen kein König werden soll. Und dass du ihn für mich eliminierst.«

Der Kopf des Ältesten zuckte zu ihm herüber. Seine vollen Lippen teilten sich. »W-was?«

»Ich bin mir sicher, du findest einen Weg.«

Der Azre starrte ihn entgeistert an. Pollen, Staub und Sprossen flogen durch die Gegend, als er energisch mit den Ästen wedelte. »Du machst Witze!«

»Ich verschwende meine Zeit nicht mit Humor.«

Ihre Blicke verhakten sich ineinander: der eine fest, der andere ungläubig.

»Warum willst du einen unschuldigen Velen töten?«

»Das habe ich dir gerade noch erklärt: Weil ich nicht möchte, dass er König wird.«

Der Azre setzte zu einem Widerspruch an, verstummte jedoch, ohne ihn geäußert zu haben. Langsam trat Verständnis in sein Gesicht. Die Einsicht, dass der Mann, der den Tod von zwei Königen und deren Nachfolgerin verursacht hatte, sich nicht davor scheuen würde, jemand anderes aus dem Weg zu räumen.

Geduldig wartete Ophiot, bis die Pilze im Moos des Ältesten zu zittern anfingen. »Das kann ich nicht tun.«

»Ich bin mir sicher, du findest einen Weg«, wiederholte er und schwenkte das leere Wasserglas in den Fingern.

»Nein, du verstehst nicht. Ich werde das nicht tun. Ich bin ein Azre, ich sammle Erinnerungen. Ich bin kein Mörder.«

Ophiot schwieg. Der Geruch des Azren nach Erde und Blüten wurde saurer.

»Was schlägst du mir das überhaupt vor? Ich gehorche der Königin! Ihre Entscheidungen gelten dem Wohl von Ilmestys!« Seine Stimme schraubte sich in die Höhe.

»Früher hast du das nicht so gesehen. Oder warst du bereit, Dagian und Fearne mitsamt ihrer Diener abzuschlachten, weil du geglaubt hast, dass sie für das Wohl von Ilmestys einstehen?«

Der Älteste atmete rasselnd ein. Knoten pulsierten unter seiner Rinde. »Ich habe gegen die Unterdrückung gekämpft«, zischte er. »Gegen Tyrannen. Mit dem Rückhalt meines gesamten Volkes. Ich habe keine Unschuldigen niedergestochen, weil einem Unkraut von Mensch die Vakuolen durchgebrannt sind!«

»Dann stell dir vor, dass diese Kandidaten die Hetze gegen die Azren wieder aufnehmen.« Ophiot starrte den Ältesten so lange an, bis er den Kopf senkte. »Allein ist Aistyra schwach und nachgiebig. Außerdem sind die Velen gerade nicht auf ihrer Seite, weil sie die Traditionen missachtet. Sobald sie einen Partner ernennt, kehrt die Normalität wieder ein. Ihr wollt einen Azrenrat? Ihr werdet neue NLes bekommen. Ihr wollt Begleitung ins Moor? Sie werden euch ins Gefängnis werfen. Es liegt an dir, das zu verhindern.«

Der Älteste keuchte. Wasserperlen krochen über die wenigen Streifen brauner Haut, die das Moos an seinem Hals und seiner Wange offenließ. Ophiot hatte ihn in die Enge getrieben. Das leidende Volk war seine Schwachstelle und ein exzellentes Druckmittel. Vielleicht würde er nicht einmal auf die Drohung zurückgreifen müssen, die er sich für den erhöhten Widerstand zurechtgelegt hatte.

»Ich werde das nicht tun.«

Dann eben doch. »Ich würde mir das nochmals überlegen.«

Die Farne an den Seiten des Ältesten wellten sich. Ophiot wartete, bis sie zu beben begannen. »Du drohst mir«, flüsterte der Azre.

»Ja.« Ophiot spazierte zum Ausgabegerät und füllte das Wasser nach. Obwohl er nicht durstig war, zwang er sich dazu, ein paar Schlucke zu trinken. Einer der wenigen positiven Aspekte seiner Beziehung zu Amaranthe waren die Lektionen in Psychologie gewesen, die sie an ihm angewendet hatte. Die meisten von ihnen beruhten darauf, ihm Informationen vorzuenthalten. Seine Gedanken hatten das Einschüchtern für sie übernommen.

»Was willst du mir sagen?«, knurrte der Azre. *Vorhersehbar.*

»Lass mich es dir beschreiben, Ältester. Ein Azre wandert durch Ilmestys und reist auf die Menschensphäre. Er ist neugierig auf die Menschen und bittet darum, ihre Wohnungen betreten zu dürfen.« Er pausierte, ohne den Blickkontakt zum Ältesten zu unterbrechen. Seine Pupillen weiteten sich. »Ein Mensch lässt ihn herein. Nachdem er sich umgesehen hat, geht der Azre wieder fort. Das ist das, was man jetzt von uns denkt.« Ophiot fuhr mit der Zunge über die Lippen. Das Plastik schmeckte nach nichts.

»Aber es gibt auch eine andere Vorstellung. Der Anführer der Azren ist unzufrieden mit dem verlorenen Krieg und stachelt sein Volk zur Revolution an. Doch es bleibt bei kleinen Aufständen. Ohne die Macht von Magie oder Technik ist es hilflos.«

Der Älteste riss die Augen auf.

»Also begibt sich der Älteste auf die Menschensphäre und erpresst einen Wissenschaftler. Er soll ein Gerät ähnlich wie die NLes entwickeln. Diesmal soll es die Velen und nicht die Azren unterdrücken. Doch weil er sich nicht auskennt, gerät der Älteste nicht nur an einen Forscher aus dem falschen Komplex, sondern auch an einen treuen Anhänger der Königin. Dieser meldet den Vorfall.«

Der Älteste atmete heftiger.

»Für seinen Verrat werden dem Azren all seine Körperanhängsel nacheinander abgeschnitten und an einen Beteh verfüttert. Erst danach wirft man ihn selbst der Bestie vor. Aber es ist keine Erlösung, denn er hat noch viel mehr verloren als sein Leben. Er wird sein Wissen niemals weitergeben. Das Lebensziel, auf das er hingearbeitet hat, die Millionen Erinnerungen, die er gesammelt hat – sie sind für immer weg.«

Der Älteste gab ein ersticktes Keuchen von sich. Und dann, als er die Kontrolle über seine Wurzeln verlor und sie zu allen Seiten auseinander glitten, setzte Ophiot hinzu: »Überlege dir, welche Option du bevorzugst.«

Unter den raschelnden Blättern spannten sich Muskeln an. »Das würdest du nicht tun.«

»Doch.«

»Wir haben zusammengearbeitet.«

»Haben wir.«

»Du würdest mich verraten.«

»Würde ich.«

»Du würdest lügen *und* einen Mord anstiften!« Der Tenor des

Azren überschlug sich. Angesichts seiner Spezies wusste Ophiot nicht, ob er die erste oder die zweite Tatsache schockierender fand.

»Würde ich«, bestätigte er. »Und du würdest elend sterben und alle deine Erinnerungen aufgeben.«

Er hatte vorhergesehen, welche Macht dieses Argument auf den Ältesten ausüben würde. Wenn Azren von einem Beteh getötet wurden, versank ihre Weisheit nicht in der Erde und fand nicht zu den nächsten Generationen, sondern wurde für immer vernichtet. Es war die schlimmste Strafe, die einem Azren widerfahren könnte: der Nachwelt nichts zu hinterlassen. Erinnerungslos zu sein, sodass sich niemand mehr an sie erinnern würde. Eine bei näherer Betrachtung sehr irrationale Philosophie, die ihm jetzt in die Hände spielte.

Für einige Sekunden hing Stille in der Wohnung. Der Azre sah zu Ophiots Schlafecke, zum Tisch und Essensautomaten – überall hin, wo er nicht auf Ophiot selbst traf. Das Stöhnen, das ihm entwich, hatte Ophiot genau vorhergesehen.

»Wer?«, krächzte der Älteste. Er musste es nicht aussprechen, damit Ophiot verstand. Lorian. Oaev. Juna. Drei Velen, die sich mit nichts verschuldet hatten, außer ihrem Willen, Könige zu werden. In dieser korrupten Welt hatte wahrscheinlich jeder von ihnen schon einmal kleine Kriminalität begangen. Eventuell hatten die Fließer ein paar Fläschchen verflüssigten Materials mitgehen lassen oder die Heilerin hatte die Venen eines ungeliebten Velen ausgedünnt. Nichts, wofür einer von ihnen den Tod mehr verdiente als seine Konkurrenten.

Es war eine Entscheidung des Zufalls. Er ließ die Namen in seinem Kopf kreisen und griff nach einem von ihnen. Einer würde sterben, damit in Ilmestys Gleichheit hergestellt wurde. Selbst wenn es Hunderte wären, wäre es gerecht.

Das war es auch schon im Krieg gewesen.

Ophiot wandte sich dem Ältesten zu. »Lorian.«

ARCHIV:

LABORBERICHT 755316lID

Psychologische Gutachten Remedium
Blid-Technologie
Psychologische Auswirkungen bei langfristiger Blid-Ausschaltung
Untersuchte Person: Irwin Zrogka (Leader, Synthesphär)
Version: öffentlich
Mitbearbeiter: Louwe Dwoos, Xander Peverco

2. Psychologisches Gutachten
Der Termin kontrollierte die Ergebnisse der Therapie, die Leader Zrogka bei seinem letzten Besuch verschrieben wurde. Für genaue Untersuchungsergebnisse vom letzten Termin siehe LABORBERICHT 7553160ID.

Zu unserem zweiten Termin erschien Leader Zrogka freiwillig. Trotz der Medikamente besserte sich sein Zustand nicht wie erwartet. Seine Amygdala vergrößerte sich weiter und der Cortisolspiegel blieb gleich hoch. Er wirkte fahrig, widersprach sich in seiner Argumentation und stotterte leicht. Seine Fingernägel waren heruntergekaut. Trotz dieser körperlichen Verfassung erklärte uns Leader Zrogka, er hätte die Mittel genommen und würde sich nicht anders fühlen als sonst. Die Frage, ob er seinen Blid wie empfohlen anschaltete, bejahte er.

Wir wiesen Irwin Zrogka ausdrücklich darauf hin, wie wichtig es für seine Diagnose und Behandlung ist, die Wahrheit zu sagen. Offensichtlich empfand er dies als persönlichen Angriff. Er schrie und warf Remedium Inkompetenz vor. Wir waren gezwungen, ihn zu seiner eigenen Sicherheit für zwei Stunden zu isolieren.

In dieser Zeit holten wir uns im Eilverfahren Einschätzungen zum Verhalten des Patienten bei der Arbeit ein. Die Kollegen von Leader Zrogka kritisierten, dass er wichtige Pflichten vernachlässige und harsch mit Assistenten umgehe. Mehrfach wurde er dabei beobachtet, wie er an seinem Tisch saß und die Wand anstarrte.

Diese Beobachtungen und unsere Analysen beweisen, dass Leader Zrogka über seine Blid-Nutzung gelogen hat. Bei seinem Zustand gehen wir davon aus, dass er den Blid für mindestens sechs Stunden am Tag ausgeschaltet lässt – trotz oder auch wegen seiner psychischen Belastung nach der Scheidung.

Wir versuchten, ihm die Gefahren der Situation nochmals zu verdeutlichen. Dabei informierten wir ihn darüber, dass er, sollte er sein Verhalten nicht ändern, als unheilbar eingestuft und eingeschläfert würde. Nach der kurzen Isolation nahm Leader Zrogka diese Warnung ruhig auf. Er versprach, seinen Blid wie empfohlen anzuschalten. Allerdings wollte er sich morgens bei der Verarbeitung der Gefühle nicht von einem Pfleger helfen lassen.

Wir verschrieben Irwin Zrogka eine zweite Dosis Tzyamen und Minuscol. Der nächste Kontrolltermin soll in zehn Tagen stattfinden.

Nachtrag zum 2. Gutachten

Irwin Zrogkas Sohn Ophiot suchte uns soeben auf und bat um ein kurzes Gespräch. Er berichtete, dass er sich Sorgen um die psychische Gesundheit seines Vaters mache, weil er ihn letzten Abend beim Malen erwischt habe. Ophiot selbst trug mehrere frische Striemen an den Unterarmen und am Nacken. Unseren Nachfragen nach deren Herkunft wich er aus. Nachforschungen ergaben, dass Irwin Zrogka seinen Sohn vom

Kampfsport abgemeldet hat. Dort hätte sich der Junge als Einziges die Verletzungen auf natürlichem Weg zuziehen können. Wir vermuten, dass sein Vater ihn körperlich missbraucht hat. Wir werden Leader Zrogka am nächsten Morgen sofort zu uns vorladen.

KAPITEL 28

Aistyra

Bei allen schimmelnden Quallen, die jemals auf dieser dreckigen Welt verrottet sind! Aistyra knirschte mit den Zähnen. »Bitte sag mir, dass du alles sorgfältig nachgeprüft hast.«

»Ich bin ein Mörder, Aist.« Zastan lächelte mit einem Mundwinkel. Das Haar wirr über die Schultern verteilt, die Wimpern voller Staub, bot er einen schrecklichen Anblick. Nicht mehr so trostlos wie nach dem Tod von Utare und Heyla, aber dennoch elend. »Ich erkenne eine Leiche, wenn ich sie sehe.«

»Wer?« Ihr eigener Atem drückte ihr auf die Brust. »Wer war das, Zastan? Welcher beschissene Quallenlutscher ist so dreist und kopflos, einen verdammten Königskandidaten umzubringen?!«

»Das wissen wir nicht. Wir vermuten einen Splitternden dahinter.« Zastan humpelte zu ihr herüber und nahm ihr das Fläschchen mit dem Quecksilber aus der Hand. Sie hatte nicht bemerkt, wie fest ihre Finger es umschlossen hatten. Das Glas bildete bereits Risse.

»Die Journalisten … Habt ihr die Öffentlichkeit aus der Sache herausgehalten?«

»Außer mir und der Fraktion weiß niemand davon. Namata hat ihn im Zwielicht gefunden, bei der Mutprobe mit Kawal und Bewes. Er lag direkt neben seiner eigener Qualle, Aist.« Die Finsternis, die seinem Blick entstieg, brach dem Licht die Strahlen. Nur die goldenen Esks verhinderten, dass Dunkelheit über ihre Gemächer herfiel. »Herausgezerrt und ausgeweidet, den Wunden nach zu urteilen mit einem Zerteiler. Selbst unsere brutalsten Rekruten verunstalten einen Körper nicht wie der Täter.«

Sie umklammerte die Pfosten ihres Bettes so fest, dass der geriffelte Wimmerstein eine Prägung auf ihrer Haut hinterließ. Splitternde ... Die Fraktion jagte sie mit diesen Waffen. Die Halbringe waren leicht zu tragen, schnell zu werfen und einfach zu verlieren. Der Täter musste sich entsetzlich klug vorgekommen sein, als er Lorian mit demselben Zerteiler niedermetzelte, den die Velen nach ihm geschleudert hatten.

Dir ist die Kontrolle entglitten. Sie haben es vorhergesehen, sie alle. Du hast versagt. Sieh nur, die Welt bröckelt in deiner Faust. Du kannst sie nicht halten.

Du konntest es noch nie.

Sie sprang von ihrem Bett auf. Die Seide ihres Schlafkleids umfloss ihre Knöchel und verschmolz mit dem dunklen Blau der Quallenmembran. Im Normalfall nahm sie keine Besucher vor dem Frühstück an, aber diese Nachricht hatte sie aus dem Bett hochgeschreckt. »Wo sind die anderen Kandidaten?«

»In ihren Quallen. Meine Rekruten überwachen sie, bis wir den Täter ermittelt und hingerichtet haben. Ihnen wird nichts passieren.«

Jeder erledigt seine Arbeit erfolgreich. Nur du versagst. Bist du glücklich, jetzt, da es mit Lorian einen Velen weniger gibt, der Anspruch auf deine Macht erhebt? Nur allein bist du alles.

»Bei deiner Erklärung kann ich einen Punkt nicht verstehen.« Die Atemlosigkeit würgte ihre Stimme. »Warum organisiert die

Fraktion Mutproben, während direkt nebenan ein Königskandidat ermordet wird?«

Zastan, der sich auf einen seidenbestickten Sessel setzen wollte, hielt inne. Die Platten seiner Kampfmontur klirrten, als er sich aufrichtete und sie ansah. »Gibst du uns die Schuld dafür?«, fragte er scharf.

»Seid ihr denn schuldig, Zastan?« Aistyra trat auf ihn zu. Im Zwielicht, als sich der Sternstaub in Wolken um den Himmelskörper sammelte, war es in ihrer Qualle genauso schummrig wie draußen. Für dieses Gespräch hätte sie gestochen scharfes Licht bevorzugt. »Warum seid ihr nicht da gewesen, hm? Warum hat man den Fließer erst so spät entdeckt, obwohl drei Soldaten stundenlang nebenan herumgetorkelt sind?«

»Die Mutproben dauern keine Stunden, Aist.« Zastan zog die Augenbrauen zusammen. Die Goldader quer über seinem Gesicht pochte. »Lorian wurde umgebracht, als wir noch geschlafen haben.«

»Ach so, ganz gemütlich während des Niedergekommenen, was? Oder willst du mir erzählen, dass sich der Täter schon im Unverhangenen in die Qualle von einem *Königskandidaten* eingeschlichen und dort auf ihn gewartet hat?« Sie hob das Kinn, damit sie ihm in die Augen sehen konnte. Direkt in die ankerlosen Schatten darin. Die Fraktion war eine Truppe exzellent ausgebildeter Kämpfer. Was würde sie daran hindern –

»Wir verdächtigen Splitternde, Aistyra. Sich zu verstecken ist ihre Spezialität, falls du das vergessen haben solltest.« Seine Stimme schwoll an, vibrierte. Sie wusste, dass sie das alles nicht sagen sollte. Dass sie sich zurückhalten sollte, besonders, nachdem er drei Mitglieder der Fraktion verloren hatte. Aber sie konnte nicht.

Kälte schlich über ihre nackten Füße. Der Temperaturumschwung nistete sich in ihren Adern ein.

»Und die spitzen Ohren der besten Soldaten von Ilmestys hören keinen Hilfeschrei? Dieselben Ohren, die empfindlich genug für kleinsten Bewegungen von Splitternden sind?«

»Aistyra«, begann er. Seine Finger in den Lederhandschuhen zuckten.

Damals in den Griffen des Splitternden hatte sie genauso gezuckt. Bloß, dass sie seinen Angriff überlebt hatte.

Lorian nicht.

»Du willst überhaupt nicht darüber nachdenken, dass einer deiner Rekruten die Schuld tragen könnte! Es wäre dir nicht einmal in den Sinn gekommen, hätte ich es nicht ausgesprochen! Sei ehrlich: Hast du ihre Alibis überprüft? Hast du –«

»Aistyra«, wiederholte er. Die Quallenmembran mit dem Sekretär und den schwarzen Regalen rückte näher auf sie zu, schloss sie mit ihm ein. Der silberne OrEsk an seinem Ohr flammte in ihren Augen. Es musste einen Ausweg aus diesem Kontrollverlust geben. Einen Schuldigen. Wenn sie ihn fände, würde sie ihre Sicherheit zurückerlangen?

»Die Mutproben, Zastan. Die Splitternden haben Nires bei den Mutproben entführt.«

Sein Gesicht verzerrte sich zu einer schmerzerfüllten Fratze. *»Zuerst Nires, und dann Heyla und Utare.«* Das hatte er geflüstert, als er nach dem Mord an den beiden zu ihr gekommen war. Als sie ihn in ihr Bett gelegt hatte und bei ihm geblieben war, bis die Erschöpfung über seinen Horror gesiegt hatte und er eingeschlafen war.

Sie durfte diese Erinnerung nicht gegen ihn verwenden. Sie wusste, sie durfte es nicht, und dennoch …

»Erkennst du den Zusammenhang? Du vertraust ihnen gedankenlos, Zastan. Einer von ihnen könnte Lorian umgebracht haben und du würdest nichts bemerken. Weil du –«

»Wage es nicht, uns anzuzweifeln!« Nur wenige Zentimeter trennten sie voneinander. Die Spannung darin kürzte jeden davon um die Hälfte. Sie inhalierte seine Wut. Seine Kälte. »Wir stehen auf deiner Seite«, krächzte er. »Die Fraktion kämpft für dich, nicht gegen dich. Das haben wir dir geschworen.«

»Ihr habt einen schrecklichen Verlust erlitten, Zastan. Und ihr steht euch so nah wie eine Familie. Jeder kann durchdrehen, wenn seine Geschwister umgebracht werden.«

»Und deswegen sollten meine Leute zu Mördern mutieren?«

»Ihr *seid* Mörder, ihr alle!«

Stille. Schock breitete sich in seinen Zügen aus und gefror sie. Unter dem dünnen Stoff bedeckte die Angst ihre Beine mit zittrigen Küssen.

Als er wieder zu sprechen begann, war seine Stimme leise. Kontrolliert, obwohl in den tieferen Noten ein Knurren vibrierte. »So ist das? Seit wann trägt unsere Bezeichnung diesen negativen Beigeschmack? Früher warst du glücklich darüber, dir nicht selbst die Hände schmutzig machen zu müssen. Oder denkst du, du wärst jetzt noch am Leben, wenn nicht ein Mörder dich als kleines Mädchen vor den Splitternden gerettet hätte? Denkst du, dein Königreich würde noch stehen, wenn nicht ein Haufen Mörder hinter deiner hübschen Qualle Splitternde umlegen würde, die es auf dich abgesehen haben?«

»Auf wessen Seite stehst du, Zastan?«

»Ich dachte, ich stehe auf deiner. Aber offenbar hast du beschlossen, dass du Mörder nicht mehr brauchst!«

Widerhaken hielten ihre Blicke fest, rasiermesserscharfer Schmerz und Enttäuschung. Ihre Gedanken streckten sich nacheinander aus, aber schnitten sich und fielen zurück. Zastan würde niemals nachfühlen können, wie es war, keinem trauen zu können. Noch nie hatte jemand aus der Fraktion einen anderen verraten. Aber sie … Heiliger Sternendreck, sie war nur hier, weil sie selbst log und betrog!

»Du verdächtigst uns.«

Er wird es nicht begreifen. Er kann nicht.

Nicht einmal ihr einziger Freund verstand sie.

»Nicht dich. Die Fraktion!«, rief sie.

»Ich *bin* die Fraktion, Aistyra. Die Fraktion ist ich. Vertraust du meinen Soldaten nicht, vertraust du mir nicht.«

Und zweifelst du meine Soldaten an, bist du mein Feind. Sie wollte schreien, weil diese Philosophie so einseitig war, so beschränkt. Würde er zwischen ihr und seinen Rekruten wählen müssen, wäre seine Entscheidung schnell gefällt. Was bei allen Mächten des Sterns hatte sie sich dabei gedacht, den Fraktionsführer zu ihrem Verbündeten zu erheben? Warum hatte sie nie wahrgenommen, wie viel sie trennte?

»So ist das also.«

»So ist das.« Sein Duft nach Sturm und Pfeffer umwölkte sie. Noten von Verbitterung lagen darin. Und obwohl er sie anschwieg, hatte sie das Gefühl, dass da noch etwas war. Er hatte nicht alles ausgesprochen. Das Ungesagte hing als dunkle Verheißung über ihnen. Es wäre ihr lieber, wenn es sich in Blitzen und Donner entladen würde.

»Du sehnst dich zu sehr nach der Anerkennung deines Volkes, Aistyra.« Die Ader in seinem Gesicht pochte. Zwischen ihnen war die Luft so leicht entflammbar. »Pass auf, dass du dabei nicht die Anerkennung deiner Freunde verlierst.«

Ehe sie etwas erwidern konnte, drehte er sich um, warf seinen Umhang über die Schulter und schritt davon. Das Aufschlagen des Stechers an seinem Gürtel klingelte noch lange in ihren Ohren.

Selbst dann, als sie eine halbe Stunde später in einem perlenbesetzten Kleid und geflochtenem Haar ihre Gemächer verließ und die Thronqualle ansteuerte.

Ihr Gespräch mit Zastan rauschte so lange in ihr, bis es unbemerkt zum Rascheln ihres Kleides wurde. Es war ihr recht. So würde sie seine Stimme nicht mehr hören. Sie wollte nicht mehr hören, was sie angerichtet hatte.

Während sie durch die Quallen schritt, zwang sie sich dazu, sich in ihren Farben zu verlieren, ihr Inneres mit ihnen reinzuwaschen. Das Lichtspiel hatte etwas Friedliches an sich: Admiralsblaue Schirme wechselten sich mit infernoroten ab und sogen ihre Sorgen in sich auf. Bei Zastan war sie bloß eine Vele gewesen. Deren Belange spielten für eine Königin keine Rolle. Sie würde sich ihnen später widmen.

»Eure Majestät!« Ein Ruf hielt sie auf. Hinter ihr marschierte Namata auf sie zu. Ihre Kampfmontur glänzte im Halblicht der Quallen. Obwohl sie sich um Ruhe bemühte, konnte Aistyra nicht verhindern, dass ihre Venen ziepten. Sie hatte ihr gerade noch den Mord an Lorian vorgeworfen … »Eure Majestät, auf ein Wort.«

Erst jetzt erkannte Aistyra, dass die Soldatin eine gewaltige Goldkette hielt. Auf ihrer anderen Seite stolperte ein Vele hinter ihr her. Aistyra betrachtete ihn fragend.

»Dieser hier.« Mit einer abfälligen Kopfbewegung deutete Namata auf den Velen. »Er hat vor dem Palast herumgelungert und nach Euch verlangt. Ein Splitternder an der Grenze zur Vollkommenheit. Soll ich ihn einsperren?«

»Nein, kein S-splitternder!«, lispelte der Vele. »Bitte nicht eins-sperren! Eure Majestät, erlaubt mir –«

»Halt still, dreckiger Abschaum!« Namata zog die Kette enger, sodass sich die Glieder tief in die Haut des Züchters brannten. Frisches Gold beschmierte das Metall. Mit einem Schluchzer fiel der Vele auf die Knie.

»Ich sehe keinen Splitternden, Namata.« Aistyra runzelte die Stirn. Warum schleppte die Fraktionsrekrutin diesen Mann zu ihr? In seinen faltenlosen Hosen und dem Wickelhemd, unter dem mehrere Gürtel hervorlugten, wirkte er wie ein gewöhnlicher Züchter. Der blaue Teint auf Händen und im Gesicht zeigte keine Schuppen. Was hatte er hier zu suchen?

»Diese Biester tarnen sich seit Kurzem gekonnt, Eure Majestät.«

In einer unwirschen Bewegung packte Namata dem Velen um den Oberarm und zog seinen Ärmel hoch. Etwas Goldenes blitzte unter dem schwarzen Brokat auf: eine einzige Schuppe. Befeuchtet vom Eiter brach sie aus seiner Haut und fächerte sich in eine Flocke auf.

Aistyra wich zurück. Dieser Splitternde … Diese Täuschung … Er hätte bis zur Thronqualle vordringen können und sie hätte es nicht bemerkt. Er hätte in ihre privaten Gemächer spazieren können! »Bring ihn in die Gefangenenqualle. Ich weiß, was ich mit ihm tun werde.«

»Nein, keine Hinrichtung! Bitte nicht! Bitte, lass-st mich mich erklären!«

»Ich habe dir gesagt, du sollst deine verschimmelte Klappe halten!« Namata schwenkte die Kette und schlug deren Glieder gegen seinen Kopf. Gold bespritzte ihre Uniform. Er kroch trotzdem auf Aistyra zu.

»Eure Majestät, bitte! Ich war nicht immer ein S-splitternder! Ein anderer hat mich dazu gemacht, Ihr müss-st ihn finden! Er hat –«

»Bring ihn zum Schweigen, Namata. Aber schneide ihm nicht die Zunge ab. Er muss noch reden.« Angstgepolter in ihren Adern. Sie zog die Spitze ihres Kleides an sich, um ihn nicht zu berühren, und riemte ihre Stimme mit Festigkeit, die sie nicht besaß. Wie war er an die Züchtertracht herangekommen? Splitternde organisierten sich nicht und verfolgten keine Strategie. Das hier war zu intelligent für sie. Und doch war er hier. *Er hätte mich umbringen können!*

»Eure Majestät!«

»Überprüfe alle Züchter. Fließer. Journalisten. Alle anderen Berufe. Stelle sicher, dass sich keiner mehr unter ihnen befindet.«

»Eure Majestät, aber unsere Aufgabe –«

»Ich befehle es dir!«, blaffte Aistyra.

Lorian, wie er Gold gurgelte und Schreie stöhnte, weil der

Splitternde seinen Körper zerhackte. Sie selbst, wie sie mit dem Zerteiler in der Brust in ihrem Bett aufwachte.

Sie waren zu nah. Viel zu nah.

»Majestät, ich war ein Z-süchter! Der S-splitternde hat mich verwandelt! Ich wollte das-s alles-s nicht. Bitte helft mir!«

»Erledige deine Pflicht, Namata.«

Die Soldatin nickte knapp, doch hinter ihrem Kiefer saß Wut. Aistyra beachtete sie nicht. In einer kontrollierten Bewegung straffte sie die Schultern und wandte sich ab. Im selben Augenblick schepperte die Kette des Splitternden über die Qualle. Seine Finger umklammerten ihren Kleidzipfel. Eine Bitte formte sich auf seinen verkrusteten Lippen.

Namata war schneller. Diesmal führte sie den Schlag aus, den sie bei ihrem Training mit Aistyra nur vorgetäuscht hatte. Ohne das kleinste Zögern schoss ihr Stecher vor und trennte den Arm des Splitternden glatt an der Beuge ab. Und als sein Schrei durch die Gänge gellte, riss sich Aistyra von ihm fort und stöckelte in die nächste Qualle.

Ihre Gedanken rasten. Ihre Sehnen drängten sie zur Flucht. Dennoch zwang sie sich dazu, langsam zu gehen. Würdevoll und mächtig, obwohl Panik in ihren Verstand sickerte und Adernklumpen von einem Splitternden an ihren Sohlen klebten.

So, wie es eine Königin getan hätte, deren Farce der Wahrheit entsprach.

KAPITEL 29

Vemery

In den letzten Niedergekommenen hatte sie nicht von Clif geträumt. Einsam war es in ihrem Kopf gewesen, umso kahler, da es seit drei Zyklen keinen Azren gab, der sie mit seiner melodischen Stimme begleitete. *Leere wiegt nichts, und dennoch beschwert sie unsere Gedanken.*

Vemery seufzte. Der Atem pfiff schmerzhaft durch ihre durchlöcherten Venen. Er echote selbst in den Fingern ihrer rechten Hand. Finger, die sie nicht spürte und nicht spüren dürfte, weil es diese Hand nicht mehr gab.

Der Schmerz intensivierte sich, als sie sich anspannte und sich mühsam aus dem Moos erhob. Die vernarbte Wangenhaut zwischen die Zähne gepresst, um nicht aufzuschreien, schnürte sie den Blätterverband um ihren Handstumpf fester. Schwindel überkam sie. Sie fiel auf die Ellenbogen und übergab sich in das Laub. Ein fauliger Geschmack von entzündetem Gewebe hatte sich in ihrer Zunge eingerollt. Es war ein Wunder, dass sie überhaupt lebte.

Vemery wühlte sich durch das Gespinst aus Wurzeln, zwischen denen sie sich niedergelegt hatte, und krabbelte aus den Schatten zurück ans Licht. Laubkarge Bäume waren ihre einzige Gesellschaft, flüsterleise Begleiter, wohin sie auch wanderte. Sie hatte die Azrensphäre nicht verlassen – in der leichtgläubigen Hoffnung, sie würde wieder auf Tamnes treffen, der den Betehs entkommen war. Dabei hatte sie selbst gesehen, wie ihn zwei von ihnen angegriffen hatten.

Andererseits hatte auch sie überlebt. *Durch Verstecken, Vemery. Du hast dich in einer Liane aufgelöst, als der Beteh den Kernbaum zertrümmert hat. Tamnes besitzt diese Magie nicht.*

Sie presste eine Hand auf den knurrenden Bauch, stemmte sich hoch und schwankte nach vorn. Vielleicht würde sie ihn finden, wund und schlafend zwischen den Bäumen.

»Clif«, flüsterte sie. »Ich möchte nicht, dass er fort ist.« Doch ihr Blick schweifte über die Baumrippen und fand Tamnes nicht unter ihnen.

Ihre blutenden Zehen rieben Gold in die Erde, während sie immer weiter wankte und darauf achtete, den Handstumpf regungslos neben ihrem Körper zu halten. Stimmen kräuselten ihren Geist, Clifs und Tamnes' Worte ineinander verwischt. Trost und Wut, Ruhe und Abscheu. Es hatte keinen Sinn, sich an den Azren zu binden, das wusste sie. Wesen wie ihr waren keine Freunde vergönnt. Und dennoch hatte sie sich bei ihm so wohlgefühlt. Jetzt, da sie von dieser Empfindung gekostet hatte, sehnte sie sich danach wie nach nichts anderem auf dieser Welt.

Oh, warum war sie bloß als Splitternde geboren!

Die Pfade, die sich zwischen den Baumgiganten schlängelten, waren verworren wie ihre Gedanken. Auf wackeligen Beinen trottete Vemery durch den Wald und beugte sich unter den Ranken. Würde sie ihr restliches Leben genau damit verbringen – ziellos umherzustreifen? Ihrer Seele fehlte eine Navigation, da ihr Bruder fort war und sie dem Azren nicht mehr auf seinen Reisen folgte.

Jedes Wesen suchte nach etwas: Clif nach Splittern, Tamnes nach Erinnerungen. Wonach suchte sie? Würde sie nach Vollkommenheit streben, nachdem sie geheilt wäre? Wieder morden und in der toten Materie nach den Bruchstücken von Leben wühlen? Nein, nein, sie würde niemals dahin zurückkehren.

Im Gestrüpp neben ihr knarzte etwas. Vemery wirbelte herum. Ihr Handstumpf schlug gegen ihren Oberschenkel und sie keuchte auf. Hastig zog sie sich hinter einen Baumstamm zurück. Lauschte, beobachtete. Wenn jemand hier war ... Wenn jemand sie erwischen würde, verletzt und kampfunfähig ... Kälte umschlich sie. Sie würde sterben.

Stille. Hatte sie es sich bloß eingebildet? Die Betehs hatten sich genauso unauffällig angeschlichen. Hatten sie ihre Spur aufgenommen? Ihre Hand zuckte in der Erinnerung an die Krallen, die in ihrem Gewebe gestochert hatten. Einen zweiten Angriff würde sie nicht überleben. Besser sie löste sich im Baum auf. Vemery fuhr mit den Fingern über die Rinde.

Ein neues Geräusch. Trampeln, dann ein gequältes Stöhnen. Sie erstarrte. Dieses Wesen war nicht gefährlich. Es brauchte Hilfe! Doch sobald sie sich zeigen würde ... Wer konnte ihr sagen, wie viel Kraft es trotz seiner Verletzung noch hatte? Genug, um eine Splitternde zu töten?

Schwere, rauschende Schritte. Nein, keine Schritte, eher ein ruckendes Gleiten. Als würde die Kreatur an Wunden an ihren Füßen oder Wurzeln leiden, die ihre Bewegung erschwerten. Vemery hielt den Atem an. Wurzeln, natürlich! Sie war einem Azren begegnet, vielleicht sogar Tamnes!

Sekunden dehnten sich aus, krümmten und falteten sich, während sie sich sehnsuchtsvoll an den Stamm schmiegte. Etwas knisterte und knackte im Dickicht. Einen Moment später lugte ein hörnerloser Kopf hinter einem Baum hervor. Moosflaum auf der Haut, kindlich volle Lippen.

»Tamnes«, rief sie.

Der Azre stockte. Ihre Blicke kreuzten sich. Die vertraute emeraldgrüne Seele sagte ihr, dass sie sich nicht geirrt hatte. Für einen Moment stand Schreck in seinem Gesicht, dann verzogen sich seine Lippen zu einem Lächeln. »Vemery!«

»Du lebst!« Sie schlüpfte aus ihrem Versteck, hechtete auf ihn zu und blieb unschlüssig vor ihm stehen. Instinktiv erwartete sie einen Hieb, eine abfällige Bemerkung darüber, wie unpassend ihre Freude über das Wiedersehen doch war. Clif hatte keine Gelegenheit verpasst, sie auf ihre Mängel hinzuweisen. Er hatte jedes Recht dazu.

Tamnes' hob seine Äste wie zu einer Umarmung, ließ sie dann jedoch fallen. Sein Lächeln wurde beklommen. »Ja, ich … Ich glaube schon.«

Hatte sie etwas falsch gemacht?

»Vemery, deine Hand!«

Sie blinzelte die Verwirrung beiseite. Tamnes hatte nach ihrem Arm gegriffen und beäugte die Wickel aus Blättern entsetzt.

»Haben sie … haben sie …«

»Meine Hand abgerissen? Ja.« Sie befreite sich rasch aus seinen Zweigen. Sie wollte nicht allzu viel Aufmerksamkeit auf die Wunde lenken. Dieser ehrliche, teilnahmsvolle Ausdruck in seinen Augen … Er ließ sie so wichtig erscheinen. Als wäre es nicht aller Welt egal, wenn eine Splitternde die Hand verlor. Und einen Moment glaubte sie fast daran, dass es so war.

Bilde dir nichts ein. Er ist nur freundlich zu dir, weil er so unerfahren ist. Sobald er erkennt, was du wirklich bist, wird er sich von dir abwenden.

»Es hätte schlimmer sein können«, sagte sie schnell, eher zu sich selbst als zu ihm. »Gegen den Tod ist eine abgetrennte Hand nur eine Kleinigkeit.«

Er musterte sie nachdenklich, wie jedes Mal, wenn er aus ihr schlau zu werden versuchte. So vieles von dem, was sie war, hing mit Clif zusammen, aber sie hatte ihm noch immer nichts von ihrem Bruder erzählt. Vermutlich schrieb Tamnes ihre Ängstlichkeit dem Dasein als Splitternde zu. Falls es ihn wunderte, warum sie nicht mit seinem Mitgefühl umgehen konnte, stellte er keine Fragen. Wie wenn es in Ordnung wäre, ihr den Freiraum einzuräumen, den sie nie gekannt hatte.

»Verständlich«, sagte er, als hätte er ihre Sonderlichkeit vollkommen akzeptiert. »Ich könnte mir deine Wunde ansehen. Womöglich kann ich noch etwas für dich tun. Darf ich?«

Sie stockte. Wollte er … Wollte er ihr tatsächlich helfen? Zögernd reichte sie ihm die Hand und verzog das Gesicht vor Schmerz. Er hatte sie schon einmal geheilt, damals, als sie auf der Flucht vor ihm hingefallen war und sich das Knie aufgeschürft hatte. Trotzdem musste sie sich ins Gedächtnis rufen, dass er sie nicht verletzen würde. Durfte sie sich daran gewöhnen, ihm zu vertrauen?

Verdiente sie es?

Vorsichtig, damit seine Rinde nicht zu sehr an ihr kratzte, umwickelte Tamnes ihre Hand mit seinen Ästen und zog den Blätterverband auseinander. Wind blies in die Wunde und ließ ihr Inneres erkalten. Beim Anblick des goldverkrusteten Stumpfs, aus dem gezackte Schuppen herausragten, zuckte er zusammen. »Es hat sehr wehgetan«, raunte er.

»Ja.« Sie wandte sich ab und mied das Schlachtfeld aus Gold und heraushängenden Adern, in das sich ihr Unterarm verwandelt hatte. Stattdessen klammerte sie ihren Blick an die Wurzeln und Knollen, die die Moosschicht unter ihr aufrissen. Clifs Verletzungen hatte sie stets versorgt. Ihre eigenen ertrug sie nicht. Sie waren wie eine neue Schuppe auf ihrer Haut. Ein weiteres der unzähligen Beispiele ihrer Fehlerhaftigkeit.

»Wie hast du es geschafft?«, murmelte sie, unfähig, das Gewicht ihres Schwermuts länger zu stemmen.

»Ich weiß es ehrlich gesagt selbst nicht. Da war ein zweiter Beteh, er –« Seine Zweige glitten über ihren Arm. Etwas Klebriges, Warmes tropfte auf das zerfetzte Gewebe und linderte das Brennen. Sie seufzte auf.

»Er hat dich attackiert. Das habe ich mitbekommen.«

Tamnes nickte eifrig. Aus dem Augenwinkel sah sie, wie seine goldbestäubten Augenbrauen zitterten. *Die Erinnerung,* dachte sie, *er durchlebt alles noch einmal. Und er darf es nicht vergessen, weil sein Gedächtnis der Welt und nicht ihm gehört.*

Gab es sie wirklich, eine restlos glückliche Kreatur? Konnte der Weg zum Glück über Perfektion führen, wenn auch sie Kummer verursachte?

»Es tut mir so leid, dass ich dir nicht geholfen habe.«

Überrascht sah sie zu ihm auf. Erdige Furchen wellten sich über seine Stirn. »Du –«

»Du hast mich gerettet«, unterbrach er sie. »Ohne dich wäre ich in diesem Zwielicht gestorben. Und ich … Ich habe nicht dasselbe für dich getan.«

Sie starrte ihn an. Zu erwarten, dass jemand sie beschützte … Dass irgendjemand für sie sein Leben riskierte … Sie war so weit davon entfernt. Als sie den Beteh mit ihrem Schrei angelockt hatte, war es ihr nur darum gegangen, dass er entkam. Sie hatte nicht darüber nachgedacht, was mit ihr passierte. Er hatte es getan.

»Du bist mir nichts schuldig«, flüsterte sie.

Tamnes hörte nicht auf sie. Er wickelte den Verband wieder um ihren Arm, zerrte und zupfte an den Blättern, die im Schatten der Bäume dunkel waren. Hielt ihn die Erinnerung noch immer gefangen? »Als sie über mich hereingefallen sind, dachte ich, es wäre vorbei. Die Pflanzen haben mir geholfen. Es war ganz sonderbar, Vemery, ich … Ich habe so etwas noch nie zuvor gesehen.«

Tamnes sah hilfesuchend zu ihr auf. Sie jedoch traute sich nicht, zu sprechen. Sie hatte andere Kreaturen panisch winseln hören, war Hass und Gewalt begegnet. Mit all dem hatte sie umzugehen gelernt. Jemanden zu trösten überforderte sie.

»Die Pflanzen haben auf mich *gehört.* Ich habe keine Ahnung, wie das geschehen ist, aber ich hatte plötzlich diese Worte im Kopf. Diese … Beschwörung.«

»Eine Beschwörung?«

»Ja. Nein. Ich weiß es nicht.« Tamnes senkte den Kopf. Er wirkte so verloren, so scheu. Sollte sie mit der Hand über seine Rinde streicheln? Taten andere Wesen das, wenn sie einander aufmunterten? Sie hatte so ein dringendes Bedürfnis, ihm etwas zurückzugeben.

»Die Kernbäume haben mir geholfen. Ihre Zweige sind gewachsen und haben die Betehs getötet. Als würden sie mich schützen wollen.« Die Baumkronen über ihnen raschelten zur Antwort. »Ich verstehe das nicht. Ich würde so gern, aber … ich … ich habe gar keine Erinnerungen daran. Sie müssten da sein, ich habe sie nicht vergessen. Vielleicht sind sie nur … woanders in mir.«

Tamnes verschränkte seine seitlichen Wurzeln. Erst jetzt fiel ihr auf, dass zwei von ihnen verbunden und drei andere ungewöhnlich abgehackt waren. Die Betehs hatten ihn nicht verschont. Hatte er deshalb diese schlurfenden Geräusche verursacht?

»Vielleicht kannst du es noch herausfinden«, wisperte sie lautlos. Geknüllte und geknautschte Worte, ungelenk, als hätte eine Neugeborene ohne nachzudenken die Buchstaben zusammengesetzt, die ihr gefielen. Denn genau das war sie. Eine Neugeborene in dieser Beziehung, in diesem seltsamen Verhältnis zwischen ihnen, das nicht aus den Vorteilen erwuchs, sich zu zweit gegen andere verteidigen zu können. Sie verstand nicht, warum er Zeit mit ihr verbrachte. Nach dem Angriff der Betehs war sie sich sicher gewesen, ihn nie wiederzusehen – selbst wenn er überlebte. Und auch jetzt war da diese ständige Erwartung in ihr, dass er sich umdrehen und verschwinden würde. Aber er blieb.

Tamnes schob das Kinn vor. »Du meinst wirklich?«

»Ja. Du sammelst Erinnerungen. Womöglich findest du eine unter ihnen, die es dir erklärt.«

»Womöglich«, wiederholte er. Und dann noch einmal: »Womöglich.« Er trat einen Schritt zurück und ließ ihren Arm los, den er all die Zeit über festgehalten hatte. »Begleitest du mich?«

Er bat sie um ihre Gesellschaft. Nicht als Geleitschutz, nicht als Opfer, das er ihren Feinden vorwerfen würde, sollte sie jemand angreifen. Zum zweiten Mal fragte er sie nach Zeit mit ihr. Und vielleicht war es nicht so wichtig, was ihn dazu verleitete. Vielleicht reichte es aus, wie wohl sie sich bei ihm fühlte, wenn sie gemeinsam umherwanderten.

»Das werde ich.« Ein schüchternes Lächeln stahl sich auf ihre Lippen und nahm den Schuppen in ihrem Gesicht die Härte. In dem Moment, als er es erwiderte, kribbelte etwas in ihren Zehen und bahnte sich langsam den Weg nach oben.

Oh, Clif ... Kann es sein, dass du dich geirrt hast? Du sagtest, ich würde niemals gemocht werden. Aber was ist es dann, das ich spüre?

KAPITEL 30

Vemery

Das Licht des Sterns war hell, aber nicht warm. Fröstelnd grub sie ihre Zehen in die Erde, in der Hoffnung, der steinige Sand würde wenigstens ihre Füße vor Kälte schützen. Von den langen Wanderungen waren ihre Sohlen wund und verhornt und Goldblut mischte sich mit dem schwarzen Sand, als sie aus der Kuhle trat.

»Vemery?« Der Azre glitt zu ihr herüber. Seine Augen, die gerade noch vor neuen Erinnerungen geleuchtet hatten, verhängte eine Befürchtung. »Du siehst nicht gut aus. Fühlst du dich schlecht? Tut dein Arm weh?«

Sie hatte sich mittlerweile daran gewöhnt, dass er sich nach ihrem Befinden erkundigte. In den letzten Zyklen hatte er sie so oft danach gefragt, dass sich ihre Überraschung gelegt hatte. Dennoch hielt sie bei seinen Worten für einen Augenblick den Atem an. Sie waren alles andere als selbstverständlich.

»Nein, nein. Das ist es nicht.« Sie bedeutete ihm mit einem Nicken, ihr über den Pfad zwischen zwei Hügeln zu folgen. Seitdem sie wieder aufeinandergetroffen und Tamnes ihren Armstumpf versorgt hatte, waren sechzehn Zyklen vergangen. In dieser Zeit hatte die Wunde fast aufgehört, zu schmerzen. Nur ein schuppiger, verbeulter Adernknoten war an der Stelle geblieben, wo früher ihre Hand gewachsen war.

»Was ist es denn?« Tamnes musterte sie.

»Ich … ich habe nur nachgedacht und wollte dich fragen … Du sammelst schließlich Erinnerungen und könntest das wissen. Und ich kenne sonst niemanden, den ich darauf ansprechen könnte. Ehrlich gesagt, kenne ich überhaupt niemanden außer dir.«

Tamnes' Augenbrauen wanderten in die Höhe. Er verurteilte sie. Sie hätte sich nicht erkundigen, sich ihm nicht öffnen dürfen. Wie war sie bloß so naiv gewesen! »Du musst das natürlich nicht machen, wenn du nicht willst«, fügte sie schnell hinzu. »Wahrscheinlich war es eine blöde Idee, das anzubringen –«

»He.« Tamnes tätschelte sie sanft an der Schulter. »Es ist in Ordnung. Du kannst mich alles fragen.«

Oh. In der Talenge bliesen Böen und sie umschlang ihren Oberkörper mit den Armen, um sich vor ihnen zu schützen. Er verabscheute sie nicht dafür, dass sie sich an ihn gewandt hatte. Nein. Er bat sie um ihre Geschichte.

»Worum geht es, Vemery?«

»Ist es wahr, dass die Seelen aller Wesen nach dem Tod in die Erde eingehen?«

»Ja.« Tamnes nickte. »Darauf beruht unsere Magie. Unsere Erinnerungen stammen aus den Seelen von verstorbenen Geschöpfen.«

»Hast du schon einmal die Erinnerungen eines Splitternden bekommen?«

Er öffnete den Mund, aber ein plötzlicher Windzug stahl ihm die Worte von den Lippen und verwirbelte sie. Tamnes zuckte zusammen. »Das habe ich.«

Sie ließ die kalte Luft in ihre Venen strömen und barg sie fürsorglich in ihren Hohlräumen. Dort würde ihr Körper sie finden, wenn ihr Atem versagte. »Hast du … Hast du die Erinnerung an meine Eltern bekommen?«

Tamnes schwieg. Sie traute sich kaum, zu atmen, um die Stille nicht zu durchbrechen. Kannte er sie? Diese Splitternden, die ihre Adern in einem Akt der Verzweiflung herausgerissen und vereint in die Sternnarben geworfen hatten? Vielleicht würde sie ihr eigenes Leben besser begreifen, wenn sie mehr über ihre Ahnen, ihr Volk erfuhr. Außer Clif hatte sie nie einen anderen Splitternden kennengelernt.

»Ich weiß es nicht«, erwiderte Tamnes leise. »Die Erinnerungen tragen keine Namen. Ich könnte ihre Erfahrungen besitzen und es nicht merken.«

Vemery schob sich das weiße Haar hinter die Ohren, das der Wind immer wieder in ihr Gesicht scheuchte. »Ich … Ich habe es befürchtet.«

»Tut mir leid.« Seine Wurzeln malten beim Gehen geschwungene Muster in die Erde unter ihnen. »Sie waren deine einzige Familie. Ich erinnere mich sehr gut an meine Eltern. Das muss dir fehlen.«

»Ich hatte meinen Bruder«, widersprach sie. Clif. Er hatte sie beschimpft und zum Morden genötigt. Doch seine Motive waren richtig gewesen. Oder etwa nicht? Er hatte zu ihrem Wohl gehandelt, als er sie zu ihrem einzigen Ausweg aus diesem Leid gedrängt hatte. Vielleicht hatte er sie sogar geliebt.

Warum hatte er sie dann verlassen?

»Mit ihm habe ich mich nicht einsam gefühlt«, brachte sie hervor. »Es war nicht so schön wie mit dir, aber …«

Tamnes entging das Zögern nicht, das zwischen ihren Worten stand. »Ihr hattet kein gutes Verhältnis zueinander.«

Seufzend betrachtete sie die Felsgerippe, die aus den Hügeln herausragten. Durfte sie Tamnes von ihrem Bruder erzählen? Sollte sie es? Sie reisten bereits so lang gemeinsam. Noch immer war er ihr nicht von der Seite gewichen, hatte keine Angst gezeigt. Dass er ihr freundlich gesonnen war, hatte er zweimal bewiesen, indem er sie heilte. Und er fragte nach ihren Gefühlen. Clif hatte sich niemals dazu herabbegeben.

Sie wollte ihm so gern vertrauen. Sie wollte so gern *jemandem* vertrauen.

»Clif hat die Vollkommenheit immer über alles gestellt«, wisperte Vemery. »Gewissermaßen bewundere ich ihn dafür. Sein Ziel war sein Treiber. Es verging kein Zyklus, an dem er sich nur ausgeruht hat. Er ist über die Sphären gewandert und hat sich alles genommen, was er an Splittern finden konnte.«

»Und du? Was hast du gemacht?«

»Ich habe ihn beschützt.« So redete sie es sich ein. Die Sorge um ein anderes Wesen gab einer verlorenen Existenz einen beinahe heiligen Sinn. »Ich habe aufgepasst, dass uns kein Vele zu nah kommt. Bei Kämpfen war ich diejenige, die ihn gedeckt hat. Clif sollte überleben.«

»Du hättest sterben können«, sagte Tamnes weich.

Sie zuckte die Schultern. »Wenn ich es täte, hätte die Welt eine Splitternde weniger. Aber Clif … Er könnte es wirklich schaffen. Zu einem Velen werden, meine ich. Vollkommen, erwünscht. Dagegen ich: gefährlich und verhasst. Für wen würdest du dich entscheiden?«

Ihre Blicke trafen sich, aber er drehte den Kopf weg. Der Pfad weitete sich und mündete in einem lichten Wald, der Schutz vor dem beißenden Wind versprach.

»Wenn mir meine Erinnerungen eins beigebracht haben, dann ist es, dass jedes Leben den gleichen Wert besitzen sollte.« Jetzt sah er sie endlich wieder an. Seine Augen waren ihre Zuflucht. Obwohl sie braun waren, meinte sie, oben an der Iris grüne Punkte schimmern zu sehen. Vielleicht war es bloß dem Licht verschuldet, aber seine Augen schienen in der Farbe seiner Seele zu leuchten. Ehrlichkeit. Diese Erscheinung sprach von Ehrlichkeit.

Konnte er recht haben? Durfte es sie wirklich geben, eine Welt, in der jedes Schicksal gleich viel galt?

»Warum hast du so wenige Splitter, Vemery? Du bist von Schuppen übersät.«

»Ich … habe nicht viele getötet. Es kam mir nicht richtig vor, ich …« Sie biss die Zähne zusammen. Der Velenjunge, dem sie mit einem Zerteiler den Kopf abgeschlagen hatte. Ihr erster Mord.

»Schieß seitlich und guck weg.«

Zwei weitere Opfer, ein Azre und ein Vele. Clif hatte ihr gedroht, sie zu verlassen, wenn sie sich nicht stärker für die Vollkommenheit anstrengte. Sein Lob hatte ihre Schuld niemals reingewaschen.

Sie hatte viel mehr Unschuldige umgebracht, Wesen mit einer Vergangenheit und mit Gefühlen. Machte es sie perfekter, die Perfektion anderer zu zerstören? War das der richtige Weg?

»Für dich hätten diese Unschuldigen Heilung bedeutet. Aber du hast dich dagegen entschieden. Weil ihre Leben für dich denselben Wert hatten wie dein eigenes. Welchen besseren Beweis gibt es für eine vollkommene Seele?«

Vemery vergrub das Gesicht in ihrer gesunden Hand. Hatte sie in der Zwischenzeit mehr Seele bekommen? Nicht durch neue Splitter, sondern durch die Ausweitung der alten, die sie mehr fühlen und denken ließ? War sie fähig, die Vollkommenheit anders zu erlangen als mit Mord und Angst?

Ihre Fingerkuppen kratzten an den scharfen Schuppen an ihrer Wange. Nein. Nein, sie war nicht vollkommen. In ihr saß dasselbe Monster wie in all den Chroniken zuvor. Sie konnte sich nur von ihm befreien, indem sie es auf andere losließ. Oder indem sie selbst davon gefressen wurde.

»Du irrst dich, Tamnes«, hauchte sie. »Am Versagen ist nichts löblich. Ich war bloß feige und bin gescheitert, als meine Ziele einen Preis gefordert haben. Ich habe mich nie nach etwas anderem mehr gesehnt, als zu dieser Welt dazuzugehören. Aber ich war nicht bereit, dafür zu zahlen.« Sie schüttelte den Kopf. »Ich habe aufgegeben. Clif war ein Kämpfer.«

»Nein, hast du nicht. Du warst stark genug, deinen eigenen Prinzipien treu zu bleiben.«

Vemery sah ihn durch ihre Wimpern an. Milde lag in seinen Zügen, in denen die wachsenden Moosflecken grünlich schimmerten. Seine Emotionen, zuerst noch fremd und taumelnd in ihrem Geist, fügten sich schon bald mit der Melancholie in ihrem Inneren zusammen. Wie ein Mosaikstück, das ihr gefehlt hatte. Wie ein Freund, den sie sich so lang gewünscht hatte.

»Es erfordert viel Kraft, seine Ideale zu verteidigen. Du bist standhaft geblieben. Du hast gekämpft. Und du kämpfst immer noch.«

»Warum denkst du das?«, fragte sie kaum vernehmbar.

»Weil du dich auch dann geweigert hast, Unschuldige zu töten, als du verstanden hast, welche Folgen das hat. Du hast gesagt, dass dein Bruder zielstrebig nach Splittern gesucht hat. Er hätte niemanden bei sich geduldet, der seine Handlungen anzweifelt. Du hättest ihn verlieren können. Und trotzdem hast du deine Meinung nicht geändert.«

Tamnes‘ Zweige strichen über einen breiten Baumstamm, als sie in den Wald eintauchten. Der Duft von Wildblumen und Rinde steig ihr in die Nase. »Meine Erinnerungen haben mir gezeigt, wie schwierig der Aufstand ist. Vor allem ein Aufstand gegen die Werte, die dir schon seit der Geburt auferlegt wurden.«

»Du sprichst von den Azren.«

»Ja.« Er nickte, langsam und bedächtig. Der Wind schlug Wirbel zwischen seinen Wurzeln, aber wurde immer dünner, sanfter, je tiefer sie in das Gehölz eindrangen. »Unser Gehorsam gegenüber den Velen. Wir haben unsere eigene Identität verneint und sind zu einer Erinnerungspflanze für sie geworden. Glaub mir, das ist das Schlimmste, was einem Azren passieren kann.« Seine Stimme brach. Vemery war sich nicht sicher, ob es angebracht war, aber instinktiv streckte sie den Arm aus und fuhr über seinen Ast. Er wich nicht zurück.

»Sie konnten gut befehlen und regieren, also haben wir uns ihnen gefügt«, sagte er, diesmal etwas fester. »Wir haben nicht nachgedacht. Wir haben ihre Macht zum Grund dafür erhoben, dass wir uns ihnen unterordnen sollten. Als Diener.«

Ich habe meine Unvollkommenheit zum Grund dafür erhoben, dass ich in den Abgründen des Systems kriechen sollte. Als Abschaum.

»Niemand würde unsere Freiheit zulassen.«

Niemand meine Akzeptanz zulassen.

»Bis wir sie uns selbst geschenkt haben.«

Bis ich mir sie selbst schenke.

Vemery zuckte zusammen. Da war sie, eine Idee, die sich so natürlich in ihre Gedanken eingeflochten hatte, dass es Schmerzen bereitete, sie herauszulösen. Vorsichtig schob sie Ursachen und Schlussfolgerungen auseinander, damit sie sie betrachten konnte.

Und da sah sie es. Ihre Venen kribbelten. Diese Sehnsucht hatte sich schon seit vielen Chroniken in ihr eingenistet, verborgen unter der Schicht von Träumen und Hoffnungslosigkeit. Eine Splitternde zu bleiben, die sinnlose Suche zu beenden, nie mehr zu morden.

Sie schauderte. Hatte sie sich nicht genau das ihr Leben lang gewünscht? Sich selbst zu akzeptieren. Sie hatte sich diesen Weg verboten. Clif hätte sie verlassen, sobald sie ihre Absichten aussprach. Jetzt aber, da er von ihr gegangen war und sie nichts zu verlieren hatte …

»Ich bin nicht gut genug.«

»Wir waren nicht stark genug.« Tamnes raschelte mit den Ästen. Das Geräusch flocht sich natürlich in das Lied des Waldes ein. »Es ist alles eine Frage der Einstellung. Du allein entscheidest, was dich ausmacht. Ob du ein Knecht oder ein Krieger bist, etwas Unvollständiges oder Vollendetes. Lass dich zu. Du bist der Teil, der dir zur Vollkommenheit fehlt.«

KAPITEL 31

Ophiot

Ophiot schob seine Lichtschutzbrille zurück auf die Nase, damit ihn die pinke Wiese nicht blendete, und presste einen Grashalm in seine Phiole aus. Dickflüssiger, fruchtig riechender Saft rann heraus und verklebte die Öffnung des Fläschchens. Er riss einige Stückchen der Pflanze ab und stopfte sie hinein.

Ophiot wiederholte den Vorgang für weitere Proben: schüttelte Erde in ein zweites Gläschen und füllte ein drittes mit der Stielhaut von einem großen Pilz, der Monde statt einem Hut trug. Seine und Amaranthes Untersuchungen hatten bewiesen, dass etwas an diesem Ort anders war. Die organische Substanz der Wiese ähnelte keiner aus Ilmestys. Sie war zu einfach. Passte in keine magische Matrix.

»Hallo, Ophiot.«

»Du bist spät.« Ophiots Blid projizierte die Ziffern 15:36 zwischen die Grashalme. Er stand auf und schmierte sich dabei den roten Saft über die Hosen. Mit einem Nicken bedeutete er Clif, ihm in den Wald zu folgen, der in einem Halbkreis das Feld säumte.

»Ich habe lange auf den Vassel gewartet«, erwiderte er. »Aber wie es aussieht, hast du dich auch ohne mich beschäftigt.«

Ophiot schielte zu ihm hinüber. Diese Schlagfertigkeit war ungewöhnlich für Clif. Wann hatte der Splitternde, der zuerst vor Unvollkommenheit gebrüllt und dann um seinen Rat gebettelt hatte, sich so entwickelt? Seit er als Vele zu ihm gekommen war, waren bloß sechzig Tage vergangen.

Dreißig Zyklen. *Heute hätte die Auswahlzeremonie beginnen sollen.* Stattdessen lag ein Königskandidat tot unter der Erde und die gesamte Elite von Ilmestys zerbrach sich den Kopf darüber, wie das hatte passieren können.

Der Azrenälteste hatte gehalten, was er versprochen hatte.

»Ich bitte dich dennoch darum, beim nächsten Mal pünktlich zu sein. Es fällt auf, wenn meine Probensammlungen unnötig lange dauern.«

Clif nickte. »Du hast mich gerufen. Worum geht es?«

Überrascht sah Ophiot zu ihm auf. Seine Gefasstheit, die Ruhe … Waren sie echt? Er hatte den Mann genau zur richtigen Zeit getroffen, bevor sein Selbstbewusstsein in Unabhängigkeit ausartete. »Ich merke, du hast dich gut in deiner neuen Rolle eingefunden. Wie gefällt dir die Arbeit als Journalist?«

Unter dem perlenbesetzten Jackett versteifte sich Clif.

Also doch nicht selbstsicher, dachte er. Die Vergangenheit klebte an ihm. Er wirkte nur stark, solange die anderen nicht in sein Inneres sahen.

»Gut«, gab er angestrengt zurück. »Meine Texte sind beliebt.«

»Habe ich gehört.« Ophiot stützte sich an den hochgewachsenen Wurzeln eines Baums ab. Clif hielt Abstand zu ihm. »Du hast sehr schnell gelernt. Ich hätte nicht gedacht, dass du in so kurzer Zeit in der Lage sein wirst, deine Meinung fast ohne meine Hilfe auszuformulieren. Nicht, dass ich mich beschweren würde – das entlastet mich.«

»Ich hatte viel Zeit. Und zu viele Gedanken im Kopf. Wenn man lange nicht schreiben kann, sammelt sich das an.«

Ophiot setzte seine Brille ab. Ohne die Verdunkelung der Gläser strahlte die Wiese intensiv in den Wald hinein. »Es war eine starke Idee, die gesellschaftskritische Richtung einzuschlagen. Dein Artikel über den Sinn von doppelter Herrschaft hat für Aufsehen gesorgt.«

»Der über die Gleichberechtigung von Azren ebenfalls.«

»Vielleicht liegt Gesellschaftskritik euch Splitternden in den Venen.«

Clif verengte die Augen. »Ich bin kein Splitternder mehr, Ophiot.«

Da waren sie wieder: die Wut, die Aggression. Er hatte nach ihnen getastet und sie unweit der Oberfläche gefunden. Der Mann, den er vor seiner Hinrichtung gerettet hatte, kehrte zurück, kaum, dass man ihn bei Namen rief. Sein Plan würde funktionieren. Clif würde alles daran setzen, sich in seiner neuen Identität zu beweisen.

Ein Velenkönig würde genau die Genugtuung bekommen, die sich der Splitternde in ihm gewünscht hatte. *Aber noch nicht jetzt. Langsam.*

»Natürlich.« Ophiot lächelte versöhnlich. »Wie kommst du mit dem Lernen voran? Kennst du schon die wichtigsten Velentraditionen?«

»Soll das eine Prüfung werden?« Clif wich zurück, als ein Baum neben ihm schmatzte und mit den Wurzeln nach einer zerfaserten Traumwolke griff. Die Blitze darin explodierten kurz vor der Baumhöhlung, die sich direkt bei Clifs Bein befand. Fluchend schüttelte er den Ruß von seinen grauen Lederhosen.

»Im Gegenteil, eher persönliches Interesse«, widersprach Ophiot. »Vergiss nicht, dass ich dich erschaffen habe. Ich habe Zeit in dich investiert und meine Stelle als Leader riskiert, und das nicht ohne Grund. Du bist wie ein Sohn für mich. Kümmern sich Väter nicht um ihre Kinder?«

Lüge. Schlechte, schlechte Lüge. Die Narben von den Gürtelschlägen auf seinem Rücken brannten noch heute.

»Ich hatte nie einen Vater«, zischte Clif.

»Dann hast du jetzt einen.« Ophiot inspizierte sein Gesicht: die mahlenden Kiefer, die gerupften Haarsträhnen, die ungerade Nasenwurzel. Er musste dafür sorgen, dass Clif ihm über sein Forschungsinteresse hinaus vertraute. Erst wenn er ihn selbst zu seinem Mentor ernannte, wäre Ophiot in der Lage, seine Entscheidungen zu lenken.

»Ich bin kein beschissenes wissenschaftliches Experiment«, würgte Clif.

»Wärst du eins, hätte ich dir nicht geholfen, als du mich über das Kom-Gerät kontaktiert hast. Ich hätte ein Häkchen hinter den Plan gesetzt und dich deinen eigenen Sorgen überlassen.« Er pausierte. Die Luft hier machte es ihm schwer, lange zu sprechen. Sie war so rau, so … löchrig. Als würde es ihr an etwas Wichtigem mangeln, das für ihn auf allen anderen Sphären selbstverständlich war. War es dadurch bedingt, dass sich dieser Ort so fern vom Stern befand? Er hing an der unteren Azrensphäre, der tiefste Punkt im ganzen System, und war unerreichbar für jegliches Licht außer seinem eigenen – dem der Wiese.

»Stattdessen habe ich eine Stelle für dich besorgt, Texte für dich geschrieben und mich nach dir erkundigt«, ergänzte Ophiot. »Woher kommt das plötzliche Misstrauen, Ravine?«

Beim Klang seines neuen Namens zuckte er zusammen. »Niemand tut etwas für einen anderen ohne Eigennutz.«

Ophiot seufzte. Es war dasselbe Argument, das Clif vorgebracht hatte, als er nach seiner Hinrichtung bei den Seelenwebern aufgewacht war. Argwohn gehörte zur Überlebensstrategie der Splitternden. Er hatte damit gerechnet, sich erklären zu müssen. Doch dass es schon so früh käme …

»Wissenschaftler stoßen häufig auf das Problem, nichts zu

bewirken«, fing er an. »Wir forschen in unseren Laboren und entdecken die großartigsten Dinge. Wir mischen Nährstoffe als Würfel in unseren Joghurt und spalten die Hörnerzellen von Azren, um etwas über ihre Erinnerungen zu erfahren. Das ist alles wichtig, zweifellos. Aber es interessiert nur uns. Niemanden sonst.«

»Verschwinde und sprich erst wieder mit mir, wenn du etwas Progressives herausgefunden hast.« Der Bass seines Vaters vibrierte in seinen Ohren.

Er sah Clif an. »Fast keiner schafft es, die Welt wirklich zu revolutionieren. Ich will keine leeren Forschungen anstellen, sondern etwas bewegen.«

Das Syndrom irrealer Träume, der Wunsch, seinem Sein einen größeren Sinn zu verleihen. Wer würde es besser begreifen als ein Splitternder, der sein Leben lang danach suchte?

O ja, er würde das System umwälzen. Aber in einer viel globaleren Sicht.

»Ich will dein Leben verbessern, weil es mir beweist, dass ich etwas verändern kann.«

Clifs Stirnfalte glättete sich. Er verstand. »Du bist größenwahnsinnig.«

»Es würde mich wundern, wenn du es nicht bist. Jetzt, als Vele, mit so vielen Perspektiven, die dir offen stehen? Du könntest ein angesehener Journalist werden. Ein König.«

Clifs Blick bohrte sich in seinen.

Er hat es sich schon einmal überlegt, stellte Ophiot zufrieden fest. *Das Leben als Gleichwertiger lässt ihm jeden Lebensweg, jeden Aufstieg real erscheinen. Selbst den zum höchsten Posten von Ilmestys. Ich werde ihn nicht lange überreden müssen, sobald er reif dafür ist.*

»Du könntest einen Unterschied machen. Ist es nicht das, was du dir gewünscht hast? Kein nichtiger Splitternder zu sein, sondern jemand, dessen Namen die Welt kennt?«

Ophiot ließ seine Worte nachklingen. Die Stille erzeugte eine Sphäre unendlicher Möglichkeiten, die die surreale Landschaft um sie herum nur verstärkte. Ein Windzug aus dem Nirgendwo zischte durch die Wiese in den Wald und flaute erst zu seinen Füßen ab.

»Einen Unterschied machen.«

Vertrauen und Triumph. Clifs Empfindungen waren so stark, dass sie ihm förmlich entgegen wallten.

»Das kannst du. Wir können alles zusammen, du und ich.«

»Du willst mich in diese Welt eingliedern und schauen, wie weit ich es bringe. Damit du etwas bewegt hast.«

»Ja.«

»Also doch ein Experiment.«

»Nein. Eine Ideologie.« Ophiot wartete. »Bist du dabei?«

Clif zog einen Mundwinkel hoch. Er trennte sich umständlich von einem Baum, der eine Wurzel um seinen Arm geschlagen hatte, legte die Hände in seinen Gürtel und schlenderte zum Waldrand hinüber. Ophiot folgte ihm ohne Eile.

»Ich kenne die Velentraditionen.«

»Was?«

»Du hast mich gefragt, ob ich schon die wichtigsten Velentraditionen verinnerlicht habe. Ich kenne sie. Genauso wie das Alphabet oder die Eigenschaften einiger flüssiger Materialien.« Seine Augen funkelten, als er sich zu ihm drehte. »Und ich lerne schnell.«

»Diese Pflanze hat keine Magie.«

Ophiot blickte von den Deckenlampen wieder zu Amaranthe. Sie hatte ihr rotes Haar zu einem Dutt hochgesteckt und beugte sich über das Zersetzungsgerät, in dem seine Probe von der Wiese pink glühte. Der Quader brummte seine Analyseergebnisse auf ein Tableau an seiner Seite.

»Gar keine? Das ist absolut undenkbar. Die gesamte Natur im Sphärensystem ist von Magie durchsetzt. Je nach Art ist sie manchmal sehr gering ausgeprägt, aber sie verschwindet nie komplett.« Eine Frau mit neonblau leuchtenden Nackenimplantaten wischte über ihr Hologramm. Sie war eine der drei Wissenschaftler in Amaranthes Team, deren Namen Ophiot vergessen hatte.

»Die Messung ist auf sieben Nachkommastellen exakt«, widersprach er. »Das Gerät erfasst das kleinste Vorkommen von Magie.«

»Und es zeigt hier eine Null an.«

Ophiot schob den Mikroskopstift zurück in den Greifarm, der an einen langen Tisch geschraubt war, und bahnte sich seinen Weg zwischen den Bildschirmen und Untersuchungsgeräten zu Amaranthe. Die Labore der mittleren Stöcke waren bei Weitem nicht so breitflächig angelegt wie die der oberen. Aber es war der einzige Raum, den Initiator Crawls ihnen für ihre gemeinsame Forschung an der Herkunft der Magie bereitstellen konnte. Wenigstens verbrachte er täglich nur drei Stunden in dieser Enge.

Und wenigstens nutzte Amaranthe sie heute nicht aus, um ihm näherzukommen.

Sie stellte sich zur Seite, damit er das Tableau studieren konnte. Auf der dunklen Anzeigetafel wechselten sich Zahlen und Grafiken ab. Anzahl der Atome, Energiepunkte, chemische Formeln der Stoffe, und schließlich, unten rechts in der Ecke, der Grad der Magie. Eine Null blinkte in der Zeile. Wie Amaranthe gesagt hatte. Wie sie bereits nach der ersten Probe der pinken Grashalme vermutet hatten.

»Ich habe keine vergleichbaren Fälle gefunden.« Ein Mann mit heller Haut und im Nacken zusammengebundenen Locken schüttelte den Kopf über seinen Notizen. »Die Zersetzungsgeräte sind hochsensibel programmiert. Ich habe mir die Historie angesehen. Kein Material wurde mit weniger als einer zwei bewertet. Das lässt viel Luft nach unten.«

»Und es liegt auch nicht an der Technik. Sie wurde noch heute Morgen auf Funktionsfähigkeit überprüft.« Amaranthe biss sich auf die Lippe.

»Bei den Proben von Rinde und Erde ist es dasselbe.« Eine hochgewachsene Frau mit braunem Teint und schmalem Kinn trat hinter der Trennwand hervor. Wie Amaranthe trug sie ein kniehohes Kleid aus Ledersechsecken, die sich auch auf den Wänden des Labors wiederfanden. »Das scheint ein Merkmal dieses Ortes zu sein. Es wundert mich, dass so etwas innerhalb des Sphärensystems existiert.«

»Selbst unsere Ausstattung hat einen geringen Magieanteil, weil die Rohstoffe aus der Außenwelt kommen«, fügte er hinzu.

»Vielleicht sind unsere hochsensiblen Instrumente einfach nicht sensibel genug.« Amaranthe stand auf und bewegte sich zielstrebig auf das Zersetzungsgerät zu. In ihrer Hand hielt sie einen Plastikhandschuh.

»Was hast du vor?«, fragte die Frau mit den Nackenimplantaten, da öffnete sie bereits die Tür, entnahm Ophiots Probe und schob den Handschuh hinein. Ehe jemand reagieren konnte, verriegelte sie das Schloss und drückte auf Start.

»Warum willst du einen –«

»Für die Differenz. Womöglich ist der Magiegrad von zwei kein absolutes Minimum, das in Ilmestys existiert, sondern die Minimalgrenze des Geräts. Alles, was darunter liegt, erfasst es nicht. Wenn wir den Wert durch zusätzliches Material erhöhen, könnte die Messung klappen. Die Differenz würde uns verraten, wie viel Magie in der Probe steckt.«

»Sie ist gut«, murmelte Ophiot.

»Sie ist nicht umsonst die Initiatorin von Energetik.« Der Mann klopfte unsichtbare Staubpartikel von seiner Lederhose.

Ophiot nickte. Er würde es niemals vor ihr zugeben, aber wenn sie ihren Blid angeschaltet ließ, war die Zusammenarbeit mit ihr wirklich spannend. Sie war exzellent auf ihrem Fachgebiet.

Leider änderte es nichts daran, dass sie sich nicht im Geringsten an die Lösung herangetastet hatten. Bis heute hatten sie weder die Umwelt noch die Seele als Magiequelle ausgeschlossen.

Gebannt beobachtete er das Tableau. Einige Sekunden lang liefen Wellen über den Bildschirm, dann leuchteten die ersten Angaben auf.

»Magiewert von zwei Komma eins vier sieben drei«, las er vor.

»Richtig.« Amaranthes Kollegin öffnete die Tür des Geräts und gab die Probe zum Handschuh. Als die Apparatur wieder zu vibrieren begann, richteten sich alle Augen auf die Anzeige. Langsamer als gewöhnlich tauchten die Zahlen darauf auf. Flimmernde Balken, Kreisläufe, laufende Textzeilen. Der Magiegrad fehlte zu lange.

Er sah weg.

Sah wieder hin.

Ein Oval zeichnete sich in der unteren rechten Ecke ab. Eine Null.

»Unmöglich«, hauchte Amaranthe.

»Der Handschuh allein hat einen Wert von mehr als zwei. Es muss an der Technik liegen …« Der Wissenschaftler mit den Kringellocken schnappte die zweite Probe. Er wuselte an den Instrumenten vorbei zum Vorraum hinter der Sechseckwand, den eine Forscherin vorher verlassen hatte. Ophiot eilte ihm hinterher.

»Amaranthe, Brilata, Leth, nehmt die dritte Phiole und wiederholt den Versuch«, wies der Mann die Forscherinnen an. Es verwunderte Ophiot, dass Amaranthe fremden Anweisungen folgte. Aber mit dem Blid handelte sie tatsächlich rational.

Nach dem Forscher betrat er den zweiten Sektor des Labors. Im abgedunkelten Licht, das aus dem Boden und nicht der Decke stammte, bildeten die Regale, Rohre und Bildschirme eine sterile Ordnung. Der Mann hielt auf das Zersetzungsgerät in der Mitte der Ringhalle zu, um das herum Pipetten und Schalen angeordnet waren.

»Du meinst, das wird funktionieren?«

»Es können doch nicht zwei frisch überprüfte Apparate gleichzeitig einen Ausfall erleiden«, murrte der Mann.

Ophiot stellte sich neben ihn, während er die Gerätetür öffnete und eine Pipette hineinlegte. »Das Glas der Probe dürfte die Messung eigentlich nicht behindern.«

Der Forscher schloss die Tür. »Das tut es nie. Wir haben die Phiolen extra dafür konzipiert. Das Gerät extrahiert ihre Werte, bevor es die Resultate anzeigt.«

Ophiot stützte sich an der Kante des Tisches ab. In der glatten Oberfläche spiegelte sich seine gerunzelte Stirn.

»Zwei Komma zwei eins eins acht vier zwei«, gab der Wissenschaftler von sich.

»Gut. Und jetzt mit der Probe.«

Sein Partner befolgte die Anweisung. Das Brummen des Automaten erfüllte die Stille und ging in seine Finger über, die den grauen Sockel umklammerten. Hinter dem durchsichtigen Glas durchleuchteten orangene Messdioden die Phiole und die Pipette.

Seine Augen tränten, weil er ohne zu blinzeln den Screen anstarrte. Bis sich in der rechten unteren Ecke eine Null visualisierte.

»Unmöglich«, flüsterte er.

»Wie lautet euer Befund?« Die Frau mit den Nackenimplantaten und die Hochgewachsene schoben sich an der Trennwand vorbei zu ihnen. In ihren Gesichtern lag dieselbe Verblüffung, die seine Lippen geteilt hatte.

»Null. Gar nichts. Ich verstehe das nicht.« Der Mann neben ihm rieb sich den Scheitel. »Es kann doch nicht sein, dass der Magiewert völlig verschwindet.«

»Er verschwindet nicht.« Amaranthe marschierte ebenfalls herein. Ihr Blick war auf das Gerät gerichtet.

»Wie meinst du das?«

»Welchen Magiewert muss die Probe besitzen, damit sie in Summe mit einem anderen Objekt null ergibt?«, fragte sie.

Das Gesicht des jungen Forschers dehnte sich in die Länge. »Einen negativen. Alle Proben sind negativ. Und zwar genauso stark wie die Objekte, mit denen sie in Berührung kommen, positiv sind.«

Sie neutralisieren sie.

Ophiot starrte das Fläschchen im Zersetzungsgerät an. Konnte es wahr sein? Hatte er tatsächlich einen Ort gefunden, der sich jeder Magie verweigerte? Der sie sogar gänzlich *vernichtete?* War das möglich? Das Sphärenanhängsel gehörte zu Ilmestys wie die Menschenebene auch. Als letzte hinzugekommene Sphäre zum System hätte sie diejenige sein müssen, in der die Magie fehlte. Aber sie hatte alles durchzogen. Nur nicht dieses Gebiet.

Er hatte es gespürt. Die raue Luft, in der etwas zu fehlen schien, sodass sich große Lücken in seinen Lungen bildeten. Die Erde. Die Wiese. Die Bäume. Sie passten in keine magische Matrix. Weil sie das Gegenteil von Magie waren.

Mit diesen Proben konnte er die Kräfte von allen Wesen in Ilmestys unwirksam machen. Kerntum forschte schon länger daran, wie sie die Magie von allen Arten vereinheitlichen konnten. Er selbst hatte danach gestrebt, alle Wesen mit denselben Fähigkeiten auszustatten. Aber was, wenn er ihnen stattdessen die Magie nahm? Es würde sie genauso angleichen. Grund und Ziel seiner Forschung war in diesen Phiolen eingeschlossen. Sobald Clif König würde und er die Chance hätte, seine Reformideen zu formulieren …

»Ophiot?«

Erschauernd wandte er sich den anderen Wissenschaftlern zu. Worüber hatten sie gesprochen?

»Ich vermute, wir haben den Ursprung der Magie gefunden«, sagte Amaranthe.

Und gleichzeitig ihr Ende. Es war so nah. Ein umsetzbares Konzept statt dem idealistischen Irrealis, den er all die Chroniken mit sich getragen hatte.

Keine Privilegien mehr. Kein Grund zur Hetze oder Flucht.

Jeder würde die gleichen Voraussetzungen zum Leben haben. Wenn niemand etwas besaß, besaßen alle genug.

Das war Gleichheit, desinfiziert von Ineffizienz und Irrationalität.

Das ist Gleichheit.

ARCHIV:

LABORBERICHT 7553162ID

Psychologische Gutachten Remedium
Blid-Technologie
Psychologische Auswirkungen bei langfristiger Blid-Ausschaltung
Untersuchte Person: Irwin Zrogka (Leader, Synthesphär)
Version: öffentlich
Mitbearbeiter: Louwe Dwoos, Xander Peverco

3. Psychologosches Gutachten
Dieses Gutachten setzt die zwei vorangegangenen Gutachten 7553160ID und 7553161ID fort.

Nachdem uns Ophiot Zrogka mitgeteilt hat, dass er seinen Vater beim Malen beobachtet hatte, forderten wir Letzteren zu einem dringenden Gespräch auf. Er erschien nicht. Wir schickten einen Durchsuchungstrupp in seine Wohnung und informierten den Synthesphär-Initiator. Dieser ließ den Leader in Begleitung von zwei Kollegen zu uns bringen.

Der Patient wirkte verwirrter als am Nachmittag zuvor. Er konnte seinen Blick nicht fokussieren, antwortete verzögert auf unsere Fragen und schweifte in seiner Rede ab. Auf unsere Beschreibung des Vorwurfs reagierte er nicht.

Der Durchsuchungstrupp fand im Entsorgungssystem seiner Wohnung Bilder von Landschaften. Die Farben, die dabei verwendet wurden, stellten sich bei näherer Untersuchung als Proben von der Velensphäre heraus. Wir gehen davon aus, dass Leader Zrogka sie aus seinem Komplex gestohlen hat, um seine Kunst zu praktizieren.

Als wir dem Patienten die Bilder gezeigt haben, gab er zu, ihr Urheber zu sein. Der Fund schien ihn schwer entmutigt zu haben, obwohl er ihn nach eigener Aussage erwartet habe. Dass sein Sohn Ophiot Zrogka von seinem Malen berichtete, ließ der Leader ebenso unkommentiert wie die Frage danach, warum er ihn vom Kampfunterricht abgemeldet hatte. Er weigerte sich, zu erklären, woher die Verletzungen am Hals und an den Unterarmen des Jungen stammten.

Der Leader räumte ein, die verschriebenen Medikamente nicht eingenommen zu haben. Er habe auch nicht beabsichtigt, seinen Blid wieder anzuschalten. Nur ohne die emotionshemmende Funktion des Geräts sei er in der Lage, seine Fehler aufzuarbeiten und »zu einem besseren Menschen zu werden«.

Einstufung als unheilbar

Die geistige und körperliche Verfassung des Patienten sowie sein Unwille, etwas daran zu ändern, machen ihn nutzlos und unberechenbar. Seine emotionale Instabilität gefährdet sowohl seine Kollegen in der Forschung als auch seinen Sohn und die Menschen, mit denen er Sport betreibt.

Bei unserem letzten Termin wiesen wir Leader Zrogka darauf hin, dass sein Handeln die Einschläferung als Folge haben könnte. Dieser Option müssen wir nachgehen. Wir bedauern, einen herausragenden Wissenschaftler frühzeitig verloren zu haben, und übergeben den Fall an das Todesmanagement von Remedium.

Kopie der Anmeldung der Einschläferung X7LZ3236 vom Todesmanagement von Remedium

Leader Irwin Zrogka wird eingeschläfert. Vorher erhält er die Möglichkeit, seine laufenden Projekte im Synthesphär-Komplex an einen neuen Leader zu übergeben und sich von seinem

Sohn und seiner Ex-Frau zu verabschieden. Die Treffen werden, um die Sicherheit der Beteiligten zu gewährleisten, in den Räumlichkeiten von Remedium unter Videoüberwachung abgehalten.

Leader Zrogka erklärte sich damit einverstanden, dass sein Körper nach dem Tod dem Remedium-Komplex für Forschung bereitgestellt wird.

KAPITEL 32

Aistyra

Damast, Taft und Satin. Der Thron kühlte ihren nackten Rücken und ihre Finger verloren sich in den Wellen des Stoffes, der den Thronsockel verschlang und smaragdgrün über das Podest schäumte. Weit genug, um die Gegner ihrer Herrschaft darin zu ersäufen.

Sie trommelte mit den langen Nägeln auf die Armlehnen. »Drei.«

»Wie bitte?« Der Journalist vor ihr schluckte schwer. Es war ein junger, schmächtiger Vele, der durch seine eingezogenen Schultern noch kleiner wirkte. Seit sie Eune hatte gefangen nehmen lassen, übte sich ihr Berufsstand in Vorsicht und Zurückhaltung. Wenigstens eine ihrer Maßnahmen, die nicht gescheitert war. *Eine ungerechte.*

Du hast keine Zeit für Gewissensbisse.

»Drei«, wiederholte sie. »Oaev, Juna und Menial. Bisher sind das die Kandidaten, deren Bewerbung zum König ich freigegeben habe. Ob weitere mit ihnen konkurrieren werden, entscheide ich in den nächsten drei Zyklen.«

»Und die Auswahlzeremonie fängt direkt danach an?«

»Ja.« Sie verzog ihre golden geschminkten Lippen zu einem Lächeln. Kriegsbemalung, die die Wunden einer verlorenen Herrschaft kaschierte. Denn das war es, was sich in diesem riesigen Berg aus ilmestyschem Samt und Perlen verbarg: eine Niederlage. Eine Katastrophe.

»Ich lade mein Volk dazu ein, dem Ritus beizuwohnen. Die erste Prüfung findet im Palast statt, die zwei anderen außerhalb.«

Der Journalist nickte eifrig. »Eure Majestät, darf ich fragen ... Was mit Lorian passiert ist? Dem Fließer, der ebenfalls für das Königsamt nominiert war?«

»Er ist tot«, antwortete sie kalt.

Der Vele nestelte an der Spitze seines Jacketts herum, das von einer Seite mit flügelartigen Platten bedeckt war. »Ich meine ... Ob die Untersuchungen zu seinem Tod schon etwas ergeben haben? Habt Ihr seinen Mörder gefunden?«

Sie neigte den Kopf. Die Krone beschwerte ihr Haar und hielt die weißen Locken zurück, die ihre Zofe kunstvoll um ihr Gesicht arrangiert hatte. Das Strahlen, das sie aussandte, würde ihre Untertanen vom Untergang ablenken, den sie erlebte. »Ein Splitternder. Er wird übermorgen hingerichtet.«

Der Journalist wich zurück. »Er ... Er hat gestanden?«

Unter Folter gesteht jeder alles. Auch das, was er nicht getan hat.

»Zweifelst du meine Rechtsprechung an?«

»Der Stern verschone mich, nein!« Der Ausruf kam so schnell, dass der Vele nicht darüber nachdenken konnte. Amüsiert beobachtete Aistyra, wie seine Haut helle Flecken bekam und dann wieder zu ihrem Blau zurückkehrte. »Ent-schuldigt mich, Eure Majestät«, stammelte er. »Ich meine, mir würde niemals in den Sinn kommen, Eure Urteile infrage zu stellen.«

»Gut.« Sie sah ihn so lange an, bis sie sich sicher war, dass er es genauso in seinem Bericht schreiben würde. Sie musste mit allen Mitteln verhindern, dass Lorians Tod ihr Volk in Panik ausbrechen ließ. Und wenn es erforderte, einen Unschuldigen zum Täter zu erklären … Nun, Splitternde waren nie unschuldig.

Und der Mann, der als Züchter verkleidet fast in den Palast vorgedrungen war, war am weitesten davon entfernt. Er hatte so wenige Schuppen, dass er dafür Dutzende getötet haben musste.

»Hast du noch Fragen?«, erkundigte sie sich brüsk.

»Nein … Nein, Eure Majestät. Danke für Eure Zeit.« Der Vele – schlackerndes Brokatjackett, weit aufgerissene graue Augen – verbeugte sich.

Mit erhobenem Haupt und scharfem Blick wartete sie, bis er aus der Qualle geschlichen war. Würdevoll selbst im Angesicht ihres Scheiterns, das dieser verdammte Vele schon am Anfang des Niedergekommenen überall verkünden würde. Schimmelnde Scheiße.

Erst als sich die Membran hinter ihm schmatzend schloss, bedeckte sie ihr Gesicht mit den Händen. Vier Zyklen blieben ihr, bis sie die Macht, für die sie Tränen gerotzt und Schweiß geleckt hatte, mit jemandem teilen müsste. Man hatte ihr weniger als eine Chronik gegönnt, um sich als alleinige Königin zu beweisen. Die Traditionen waren zu mächtig. Das Kriegsende mitsamt seinem Chaos zu frisch. Alles, worauf sie hingearbeitet hatte, zerfiel in dreckvergammelte Trümmer.

Nur allein bist du alles.

Nur allein bist du nichts.

Niemand stand auf ihrer Seite. Den Einzigen, der diesen Druck jemals verstanden hatte, hatte sie mit ihren lächerlichen Anschuldigungen abgewiesen.

»Ihr seid Mörder, ihr alle.«

Die Verletzung in Zastans Gesicht verfolgte sie.

Sie ballte die Hände zu Fäusten. Sie musste zu ihm. Sich entschuldigen, ihm sagen, wie egoistisch und unüberlegt sie gehandelt hatte.

Ihre Schleppe glitt flüsterleise über die Quallenmembran, als sie sich erhob und durch die Qualle stolzierte. Der Quallenschirm umwölkte die beiden Throne aus schwarzem Felsgestein mit Schatten, die die Esks mit Gold schliffen. Sie mied den Anblick des rechten: den seidenumwickelten Stuhl, der mit aufwendigen Schnitzereien geschmückt war. Seine Säulen ragten höher auf als die ihres Throns.

Vielleicht solltest du ausnahmsweise mal an etwas anderes denken als an dich selbst und daran, wie schlecht es dir geht.

Rauschend durchschritt sie andere Quallen, raunte ihre Farben und nahm ehrfürchtig das Zittern auf, mit denen die Pflanzen den Wind erwiderten.

Ein Wachmann half ihr dabei, an den Tentakeln der Qualle hinabzuklettern, folgte ihr jedoch nicht. Sein verurteilender Blick bohrte sich ihr in den Rücken. Aistyra wusste, was er dachte: In Zeiten von ermordeten Königskandidaten war es eine wahnsinnige Idee, allein unterwegs zu sein. Als würde sie sich ein Schild mit der Aufschrift »Freiwild« umhängen. Tatsächlich regten sich Schuldgefühle in ihr, weil sie als Königin so verantwortungslos handelte. Doch sie wollte nicht als Königin zu Zastan kommen, sondern als Freundin. Ein Wächter neben ihr würde die Aufmerksamkeit auf ihren Status lenken. Dabei wollte sie einfach mit ihm sprechen.

Der Stern, eine riesige silberne Kugel hinter dem Palast, schmolz seinen Schein in Schluchten aus, die sich in Flüsse verjüngten und den Felsboden in Inseln teilten. Ein intensiver Geruch nach Quecksilber entstieg ihnen. Das gleißende Leuchten blendete Aistyra nach dem Schummer der Quallen. Sie wandte sich ab und marschierte in die entgegengesetzte Richtung. Dort, wo sich das Licht an den hohen Wimmerbergen brach und nicht mehr zurückkehrte und wo das Gestein jede Pflanze ausmerzte, trainierte jeden Zyklus die Fraktion.

Sie hatte keine Angst. Redete sich ein, dass sie keine hatte. Die Splitternden würden nicht so schnell wieder zuschlagen. Abgesehen davon würde sich wohl niemand trauen, die Königin anzugreifen …

Die beiden Splitternden auf dem Sphärenanhängsel haben es gewagt. Und du hast sie am Leben gelassen.

Ihr Atem ging schneller. Sie wirbelte herum, suchte mit den Augen die Berge und die Quallen ab, die sie zurückgelassen hatte. Nichts regte sich. Sie war allein.

Aistyra beschleunigte die Schritte. Ihre Venen verengten sich schmerzhaft, während sie das Felsplateau erklomm. Die silbergetränkte Schleppe ihres Kleides malte Schlieren auf den Boden, die sich räkelten und wanden. Sie löste die Nadeln aus ihrem Haar, nahm die Krone in eine Hand und zog ihre Schuhe aus, sodass der Stein ihre Fußsohlen kühlte.

»In deiner Lage schadet es nicht, Verbündete zu haben, Aist.«

Hinter ihr löste sich ein Gesteinsbrocken und rollte mit einem Krachen hinab. Vom lauten Geräusch zuckte Aistyra zusammen.

Was würde sie Zastan sagen? »Tut mir leid, dass ich geschändet habe, was du am meisten liebst.« Was sie ihm vorgeworfen hatte, war unverzeihlich. Sie war hierhergestürmt, ohne einen Plan, in Gedanken ganz bei ihrem Mist, weil sie seine Abwesenheit nicht mehr ertrug. Sie hatte noch in diesem Moment gewusst, dass ihre Unterstellungen falsch waren. Und doch hatte sie sie ausgesprochen.

Welche Entschuldigung hatte sie vorzuweisen? Dass sie jetzt, nach sieben Zyklen, Reue zerfressen hatte? Dass sie ein uneinfühlsames Stück Sternendreck war? Zastan hätte sich so etwas niemals erlaubt.

Würde er ihr verzeihen?

Hätte sie sich verziehen?

Aistyra schnappte nach Luft. In dieser Höhe veränderte sich ihre Zusammensetzung: Der Quecksilberdunst klammerte sich beharrlich an den Boden und stieg nicht bis zum Gipfel auf, was das Atmen deutlich erschwerte. Spitz und mühsam stach sich die

Luft durch ihre Gefäße, statt wie gewöhnlich hindurchzugleiten. Dass die Fraktion unter diesen Bedingungen viele Stunden lang kämpfte, grenzte an Irrsinn.

Sie erspähte sie hinter dem Felsvorsprung. Inmitten eines ovalförmigen Plateaus rangen vier Figuren miteinander. Ein Blick genügte, um den Lehrer unter ihnen auszumachen. In seinen fließenden Bewegungen verschwand sein Hinken. Seine Schritte waren die Choreografie zu einem Lied, das nur er selbst hörte. Der Wind peitschte weiße Strähnen über seinen Brustpanzer und sein Degen flammte, als er in einem Halbkreis um seine Gegner zischte. Die Rekruten duckten sich gerade rechtzeitig.

Einen unendlichen Augenblick lang blieb Aistyra stehen und sah dem Kampf zu. Der Felsvorsprung schützte sie vor den Augen der Fraktion, während sie sie gleichzeitig genau beobachten konnte. Namata war schnell, aber sie kämpfte mit links und ein Teil der Hiebe fiel ins Leere. Die anderen beiden Soldaten trafen schwer und präzise, doch ihnen fehlte die nötige Koordination. Jeder ließ Dutzende Schläge auf Zastan niederfahren, bleckte die Zähne bei seiner Abwehr und stieß mit größerer Wut auf ihn zu. Dies war die Form von Rage, die sie selbst die lang gelernten Abfolgen von Angriffen vergessen ließ. Es galt nur, den Feind niederzumetzeln.

Und Aistyra ahnte, wen sie sich statt Zastan vor sich vorstellten.

»Genug!«, brüllte er, und sofort ließen die Rekruten die Waffen sinken. Atemlos stützen sie sich auf den Knien ab. »Ihr kämpft wie Luder, den zweiten Zyklus in Folge. Welcher lausige Quallensohn hat eure Arme mit Beinen vertauscht?«

Die Enttäuschung in seinem Tenor war unüberhörbar. Aistyra entfuhr ein leises Stöhnen. Beim Mord an Lorian hatte sie nur an ihre Bedrohung gedacht. Dabei musste die Fraktion mindestens genauso leiden wie sie. Mutproben abgehalten zu haben, während einer der wichtigsten Velen in Ilmestys direkt nebenan gemeuchelt wurde … Es war hart genug. Wie musste es sich anfühlen, nachdem sie zwei aus ihren Reihen verloren hatten? Ihre offizielle Trauerzeit war vorbei, und dennoch …

Die Stille, die sich über die Soldaten senkte, drang mit Krallen in ihren Verstand ein.

»Hört zu, es ist mir scheißegal, was die Königin über euch sagt«, knurrte Zastan. »Ich glaube an eure Unschuld, an die jedes Einzelnen von euch. Andernfalls hätte ich euch nicht ausgewählt.«

Aistyra versteifte sich. Sie wusste es, er hatte es schon tausendfach vor ihnen beteuert. Was die Fraktion betraf, zählte ihre Meinung weniger als das Leben eines Splitternden. Dennoch schmerzte es immer wieder aufs Neue, zu spüren, wie er sie aus seinem Leben ausgrenzte. Sie schloss ihn in ihres ein.

»Wir sind eine Einheit, hört ihr?«, fuhr Zastan fort. »Wäre es anders gewesen, wärt ihr jetzt nicht mehr hier, sondern zerstreut. Einer auf der Suche nach Ruhm, einer auf der Flucht vor Lorians Verwandtschaft, einer beim Heiler wegen Schimmelpocken an seinem Hintern.«

Leises Gelächter perlte durch die Reihen. Aistyra konnte nicht anders, als das Schmunzeln zu bewundern, das Zastans Gesichtszüge weichzeichnete. Er sah so glücklich unter ihnen aus. Die Fraktion fürchtete und respektierte ihren Anführer, aber die zurückhaltende Wärme in ihren Augen verriet, dass sie ihn auch liebte. Trotz des Befehls, der Heyla und Utare das Leben gekostet hatte. Trotz allem. Sie waren zur Familie geworden, die er sich ausgesucht hatte. Getreten an die Stelle der Velen, die ihren Sohn an Splitternde verraten hatten.

Wie hatte sie so grausam sein können, sie trennen zu wollen?

»Wir sind hier, weil wir gemeinsam gegen unseren Feind kämpfen. Der Mörder, der Lorian das Leben genommen hat, ist noch immer auf freiem Fuß. Wir dürfen nicht straucheln. Vor allem dürfen wir uns keine Zweifel aneinander erlauben.« Zastan bedachte die Soldaten mit einem intensiven Blick. »Wenn wir in einer Stunde losziehen, erwarte ich von jedem von euch vollen Einsatz und Zusammenhalt. Arbeitet miteinander, nicht gegeneinander. Niemand außer uns selbst wird uns den Rücken stärken. Verstanden?«

»Verstanden!«, brüllten die Rekruten.

»Gut. Itreas und Monewe, ihr trainiert zusammen. Koloz, Dereann, Avri, Namata, ihr seid zu viert. Vaz und Felkmer ...«

Aistyra wartete, bis Zastan alle Soldaten zugeordnet hatte. Kalte Nervosität stieg in ihr hoch. Sie drückte und drehte die Krone zwischen ihren Fingern. Wie würde die Fraktion darauf reagieren, dass sie hier war? Wie würde Zastan ihr begegnen? Er hatte ihnen von ihrem Vorwurf erzählt.

Du bist ihre verdammte Königin, Aistyra. Und sie deine verdammten Untertanen.

Aistyra atmete ein. Füllte ihre Venen mit der borstigen Luft, die sie unbefriedigt zurückließ. Und trat hinter ihrem Versteck hervor. »Zastan?«

Er wirbelte herum. Die Rekruten erstarrten in ihren Bewegungen und drehten sich langsam zu ihr. In ihren Zügen las sie einen Sturm an Emotionen: Überraschung, Groll, Argwohn, Erleichterung.

Und am Ende dieses Spektrums stand er. Schweiß glänzte auf seinen Wangen und seine Kiefer waren aus den Schatten des Niedergekommenen gemeißelt. Langsam, quälend langsam, glitt sein Blick von ihrem luxuriösen Kleid über die Krone in ihrer Hand zu ihrem Gesicht. Seine Augen verdunkelten sich, als er sich verneigte. »Wir freuen uns über Euren Besuch, Eure Majestät.«

KAPITEL 33

Aistyra

»Ich würde gern mit dir allein sprechen.«

Die Blicke der Rekruten bohrten sich in sie. Namata rammte ihr Schwert auffällig heftig in einen Steinriss. Ein anderer Soldat – Koloz, wie Zastan ihn gerade genannt hatte –, verzog das Gesicht. Aber Aistyras Aufmerksamkeit galt Zastan. Die Fraktion respektierte Standhaftigkeit und verabscheute Schwäche. Ihr Fehler mochte noch so schrecklich sein, sie durfte nicht in Geständnisse zerfallen.

Zastans bleiche Augenbraue wanderte nach oben. »Wir trainieren gerade, Eure Majestät.«

»Ich bin mir sicher, die Rekruten werden eine Zeit lang ausgezeichnet ohne dich klarkommen. Oder bildest du sie zu kleinen Luschen aus, die Hilfe beim Heben ihres Schwerts brauchen?«

Verwirrte, angespannte Posen, wohin sie auch sah. Es sollte ein Witz werden, aber es klang wie Spott. Bei allen schimmelnden Quallen, was machte sie bloß?

In Zastans Mimik lag kein Hauch von Belustigung. »Natürlich, Eure Majestät.« Mit einer herrischen Gebärde in Richtung der

Soldaten brüllte er: »Setzt die Übungen in der Aufteilung fort. Wenn ich zurückkomme und einen von euch beim Ausruhen erwische, schmeiße ich ihn aus der Fraktion.«

Bei dieser Androhung strammten die Rekruten ihre Schultern und marschierten eilig zu ihren Kampfplätzen. Zastan wandte sich wieder ihr zu. »Ein Spaziergang, Eure Majestät?«

»Nur zu«, presste sie hervor.

Mit einem Nicken steckte Zastan seinen Degen in die schwarze Lederhalterung, die an seinem Gürtel baumelte, und folgte ihr den Abhang hinunter. Seine sicheren Schritte neben ihr gaben den geübten Kletterer preis.

»Also, genug Förmlichkeiten. Was tust du hier? Spielst du das große Pathos?«

Der Felssturz unter ihnen verengte sich. Zastan verlangsamte und überließ ihr den Vortritt. Vorsichtig tappte sie weiter.

»Wenn ich deine Bewunderung richtig gedeutet habe, ist es mir gelungen.«

Er schwieg. Sein Atem strich über den Streifen nackter Haut in ihrem Nacken und pflanzte einen Schauer nach dem anderen auf ihren Rücken. »Ich bin nicht in der Stimmung für Humor.«

»Natürlich, der ernste Fraktionsanführer.« Sie sollte den Mund halten. Es war eine scheußliche Situation, sie selbst war scheußlich. »Gehört es zu eurer Ausbildung, Lachen zu verlernen?«

Heiliger Sternendreck. Warum sagte sie das? Sie war nicht dafür hierhergekommen. Sie machte alles nur noch schlimmer!

»Aistyra«, setzte er an. »Wenn du jemanden für leichte Unterhaltung suchst, bin ich nicht der Richtige.«

»Ich will auch nicht –« Beim Umdrehen rutschte sie auf dem glatten Stein aus, verlor den Halt und wäre gestürzt, hätte er sie nicht an der Taille festgehalten. Schnell schlang er den Arm um sie und zog sie zu sich. Nur wenige Zentimeter trennten ihre Gesichter voneinander. Spröde Luft, nicht so zart wie die feinen

Atemzwirbel zwischen seinen Lippen und oh, längst nicht so weich.

Er schien es auch zu fühlen. Dunkelheit gewitterte in seinen Augen, donnerte durch die Milliarden dünner Goldadern an seinem Hals. »Warum bist du hier, Aistyra?«

Aistyra. Nicht Aist.

»Du hast dir doch deine Antwort selbst gegeben«, flüsterte sie, unfähig, sich von ihm zu lösen. Sie hatten sich noch nicht weit genug vom Übungsplatz entfernt, die Fraktion könnte sie sehen. Und sie hatten sich gestritten. Aber Zastans Hände und das Verlangen, das von seinen Fingern aus in ihren Körper hinein kreiste …

»Nein. Warum bist du *wirklich* hier?«

Das war er. Der Moment, den sie gefürchtet hatte und für den es sie doch hierhergetrieben hatte. Und jetzt, da sie mit ihm sprach und sich in seiner Umarmung wärmte, verstand sie zum ersten Mal, wie viel Angst sie davor hatte. Selbst die Immunität einer Königin schützte sie nicht vor der Verletzlichkeit, dem Urteil ihrer Liebsten ausgeliefert zu sein.

»Ich möchte mich bei dir entschuldigen.« Sie wickelte sich vorsichtig aus seinen Armen. »Bei unserem letzten Gespräch bin ich nicht besonders … sensibel vorgegangen.«

Zastan legte den Kopf zur Seite. Die Goldvene quer über seinem Gesicht verlieh seinem Ausdruck Härte, hinter der Schmerz kauerte. Sie hatte ihm wehgetan.

»Und auch nicht besonders vernünftig«, fügte sie hinzu. »Die Fraktion bewacht Ilmestys besser als alle Soldatentruppen zusammen. Es war unvernünftig von mir, euch zu verdächtigen. In Ilmestys lebt kein Vele, der mehr für mich geopfert hat als ihr. Euch auf euer bloßes Mörder-Dasein zu reduzieren, das war …« Sie verstummte.

»Kränkend«, vervollständigte er ihren Satz.

»Ja. Und auch das mit Nires. Ich hätte es nicht ausspielen dürfen. Du hast mir vertraut.« Sie atmete aus. Sie musste nicht nach seinem Blick suchen. Er traf den ihren direkt, offen und verwundbar. Der Soldat, den die Welt fürchtete; der Mörder, der die Splitternden vor dem Tod ihren Namen vergessen ließ; dieser Vele offenbarte ihr sein Innerstes.

»Ich habe dein Vertrauen missbraucht. Es tut mir leid.«

»Es ist das erste Mal, dass du dich bei mir entschuldigst«, sagte er leise.

Sie schluckte. »Es fällt mir sehr schwer ... Fehler zuzugeben.«

Sie war als kleines Mädchen in den Palast einberufen worden. Seit ihrer Ernennung zur Thronfolgerin hatten Dagian und Fearne sie gelehrt, majestätisch und undurchdringbar aufzutreten und Ungehorsam mit Blut zu bestrafen. Zu ihrer Ausbildung hatte nicht gehört, Fehler einzugestehen. *Dabei ist es wichtiger, als die Namen der letzten fünfzig Könige nennen zu können.*

»Warum? Denkst du, dass dich keiner mehr respektieren wird, wenn du dich zu deinen Makeln bekennst? Die Entschuldigung ist eine Form der Wertschätzung, nicht der Schwäche. Die Leute werden dich verurteilen oder sie werden dich lieben. Ganz egal, wie perfekt du nach außen wirkst, sie werden trotzdem Fehler bei dir finden.«

»Und du? Verurteilst du mich, Zastan?« Der Wind riss ihr die Worte von den Lippen, ehe sie darüber nachdenken konnte. Warum fühlte sie sich plötzlich so elend angreifbar? Sie wollte die Unsicherheit aus ihren Venen herauskratzen.

»Was glaubst du?«

»Ich glaube ...« Aistyra bohrte ihre Fingernägel in die Krone und sah in den Himmel. »Ich glaube, dass ich niemandem vorschreiben darf, was er mir gegenüber empfindet. Ich schleppe keine Azren mit NLes in den Palast und füttere sie dann mit reicher Erde, damit sie vergessen, wie ich ihre Wurzeln vier Zyklen lang geknebelt habe. Ich habe darauf verzichtet, ein Fest zu veranstalten, um mich bei den Velen einzuschleimen.« Sie schüttelte sich.

»Die Leute werden mich verurteilen oder sie werden mich lieben. Aber wenigstens werden sie es freiwillig tun. Genauso ist es bei dir.«

Während sie gesprochen hatte, hatte ein Ausdruck der Bewunderung seine Stirn geglättet. Sehnsüchtige Hurrikane wanderten in seinem Blick, wie damals, als sie sich nach den verräterischen Wetten der Wachen so nahegekommen waren. Alles in ihr prickelte als Antwort darauf. Einmal mehr fragte sie sich, wie es wäre, einfach in sie hineinzustürzen. Es zuzulassen. Was auch immer aus ihnen werden würde.

»Ich mag überall sonst versagt haben, aber wenigstens bin ich nicht so scheinheilig wie Fearne und Dagian.«

»Du hast nicht versagt«, widersprach er sanft.

»Ich konnte mich nicht allein auf dem Thron halten.«

»Das ist kein Versagen.« Behutsam strich er ihr eine Strähne hinter das Ohr. Seine Hand, wuchtig und grausam beim Kampf, fuhr bebend über ihre Wange. »Es ist eine Tradition, Aist.«

Wärme durchflutete sie, als er wieder ihren Spitznamen benutzte. Ob er merkte, was es mit ihr machte?

»Die Azren haben unsere Ordnung aufgewirbelt und jetzt klammert sich dein Volk umso mehr daran. Es schenkt Sicherheit, Muster zu befolgen.«

»Dann habe ich meine Krone an Traditionen verzockt«, brummte sie. »Großartig.«

Schwielige Finger umschlossen die ihren. Aistyra betrachtete sie zitternd.

»Erinnerst du dich daran, wie ich dir gesagt habe, dass es nicht die richtige Zeit für Reformen ist?«

»Ja.« Er hatte es am selben Zyklus geäußert, ein Hauch von Mordlust zwischen den zusammengebissenen Zähnen.

»Gewalt ist die Politik der Könige.«

»Es war *die Politik von Dagian und Fearne.«*

»Wenn du akzeptiert werden willst, musst du dich daran halten, was sie kennen.«

»Du hast nicht auf mich gehört.« Seine Hand wanderte über ihren Arm, entfachte Zyklone in ihr, in denen Wut und Lust nicht mehr voneinander unterscheidbar waren. Sie hasste das alles. Sie wollte ihn.

»Was hättest du mir denn geraten? Alles aufgeben und die zweite Krone an den erstbesten Velen übergeben? Verdammt, Zastan, es gibt nie den richtigen Zeitpunkt! Und wenn er vorher noch in einem Winkel dieser beschissenen Welt existiert hätte, ist er jetzt weg!«

»Nein. Du hast gerade eine Ewigkeit dazubekommen.«

Sein Duft nach Sturm und Pfeffer umtoste sie, machte es ihr so schwer, bei Verstand zu bleiben. An seiner vibrierenden Spannung erkannte sie, dass er dieses Verlangen teilte. Ihre Schenkel schmerzten. *Wohin soll das führen?*

»Was?«

»Du allein bestimmst den König, Aist. Die Auswahlzeremonie ist für das Volk, aber die reale Wahl liegt bei dir. Du kannst dir aussuchen, ob dein Partner ein selbstsicherer Protz ist, der die Macht an sich reißt, oder ob du mit einem zurückhaltenden Denker zusammenarbeitest. Die Krone liefert keine Aussage darüber, wie viel Kontrolle man besitzt.«

Sie starrte ihn an. Sie hatte die Vorstellung aufgegeben, allein zu regieren. Aber was, wenn der zweite König nur eine Marionette wäre? Einzig dazu da, das zu erfüllen, was das Volk von ihr verlangte? Hone war zu klug gewesen, um sich zur bloßen Repräsentantin herabwerten zu lassen. Aber Hone hatten Dagian und Fearne erwählt. Jetzt lag die Entscheidung bei ihr.

»Du meinst …?«, stieß sie hervor. Ihr Körper war gierig in seiner Nähe. Ihre Gedanken taumelten vor seinen Worten.

Sein Flüstern brannte auf ihrer Haut. »Es ist noch nicht alles verloren.«

»Aber ich habe Velen und Azren zur Auswahlzeremonie eingeladen. Ich kann nicht ohne Grund den schwächsten Kandidaten krönen«, entgegnete sie erstickt.

»Du legst fest, was Stärke und Schwäche bedeutet. Du kannst ihnen solche Aufgaben stellen, bei denen der schwächste Kandidat als Sieger hervorgeht. Aufgaben, bei denen der nachgiebigste, loyalste, gehorsamste Bewerber die besten Chancen hat.«

Er ist gut. Aistyra hielt vor ihm inne. Sie standen nun wieder auf der Erde, ihre Schatten versunken im Schandfleck des Felsens, der selbst den Sternnarben das Leuchten nahm. Wer war er? Fraktionsführer? Stratege? *Geliebter?*

»Denk darüber nach. Du bist die Königin«, raunte er. Und dann, langsam, beugte er sich zu ihr vor und hauchte ihr einen Kuss auf die Wange.

Sie erstarrte. Wogen von Schwindel und Hunger erhoben sich in ihr, rangen erbittert miteinander. Sie spürte seine Lippen überdeutlich: die vernarbten Konturen, die weiche Haut und darunter, ganz nah, die schwelende Hitze, die keinen Zweifel daran ließ, wonach er sich sehnte. Sie wollte schreien. Sie wollte stumm sein. Sie wollte ewig brennen und sofort verlöschen.

Ist

»Zeig …«

Hingabe

»… es …«

Kontrollverlust?

»… ihnen.«

KAPITEL 34

Tamnes

»Hier entlang, Botschafter Tamnes.« Eine kahlköpfige Wache deutete eine Verneigung an und trat zur Seite, damit er den Qualleneingang passieren konnte. Schweres Blau kräuselte sich unter und über ihm, so intensiv, dass ihm schwindelte. Seit seinem ersten Besuch im Palast war sein Gefühl, von der Dunkelheit der Schirme erdrückt zu werden, nicht verschwunden.

Umso dankbarer war er für das Licht, das in der nächsten Qualle auf ihn wartete. Tamnes atmete aus und glitt am Wachvelen vorbei in den Konferenzsaal. Aus der türkisfarbenen Helligkeit schnitt sich ein Tisch aus schwarzem Felsgestein heraus, der fast die gesamte freie Fläche für sich beanspruchte. Und an seinem entfernten Ende saß niemand Geringeres als die Königin.

»Hallo, Tamnes«, sagte sie mit einem diplomatischen Lächeln.

»Eure Majestät.« Seine Äste verflochten sich mit seinen Wurzeln, als er sich verbeugte und unschlüssig vor dem Tisch ausharrte.

Aistyra nickte ihn zu sich hinüber. »Schön, dass dich meine Soldaten so schnell gefunden haben. Du siehst etwas erschöpft aus.

Ich weiß, ihr Azren steht lieber, aber vielleicht möchtest du dich setzen?«

Dankbar ließ er sich auf dem runden Gesteinsblock nieder, den jemand für ihn an den Tisch herangeschoben hatte. Heute im Zwielicht war er so viel herumgewandert, dass sein Körper wehtat, und der Sitz war wirklich angenehm. Gewundene Einsparungen bedeckten die Seiten des Zylinders – für Kreaturen mit Wurzeln. *Du räkelst dich auf deinem Stuhl, während die früheren Azren an den Thron gefesselt wurden.*

Er zwang sich dazu, nicht daran zu denken. Es war zu spät, sein Botschafteramt zu bereuen. Abgesehen davon hatte es ihm eingebracht, was er sich erhofft hatte. Eine Splitternde. *Vemery,* ermahnte er sich.

»Was wolltet ihr mit mir besprechen, Eure Majestät?«

Sie faltete ihre Hände auf dem Tisch. »Hast du *Erinnerungen* dazubekommen?«

Sie musste es nicht laut aussprechen, damit er verstand. Er sollte für sie Erinnerungen aus Seelen sammeln, die Splitternden gehört hatten, und aus Seelen, die durch Splitternde getötet worden waren. Es ging das Gerücht um, die Fraktion hätte Splitternde gefangen genommen, die vorgaben, Velen gewesen zu sein.

»Ja, das habe ich.«

Aistyras Kieferlinie verhärtete sich. Heute wie bei ihrem ersten Treffen verwirrte Tamnes der Kontrast, den sie mit den vollen Wangen und den schmalen Augenbrauen bildete. »Ich warte.«

»Ich fürchte, sie sind für euch nicht von Wert. Es handelt sich um Erinnerungen an den Tod, allesamt sehr kurz und brutal. Nichts Auffälliges.« Seine Wurzelknospen gebaren einen Schauder, der in seinen Ranken gedieh und in seiner Mitte gerann. Ein blaugoldenes Kolorit von Erinnerungen drängte sich ihm entgegen. Wenn ihm bloß schon Hörner oder Farne gewachsen wären, hätte er sie dort sicher verschließen können. Jetzt aber tobten sie in seinem Kopf, nah an seiner Angst. Die blutschäumenden

Schreie. Das Flehen aus zerschlagenen Lippen. Das Blut. Und die Erkenntnis, dass eins dieser Wesen, wenn auch hilflos und gebrochen, jeden Zyklus mit ihm über die Sphären wanderte. *Vemery würde so etwas niemals freiwillig tun. Ihr Bruder hat sie zum Töten gezwungen. Sie ist kein Monster. Sie war es nie.*

Die Königin hatte ihn genau beobachtet. Seine Gefühle mussten sich in seinem Gesicht widergespiegelt haben, denn sie schnalzte mit der Zunge und sah desinteressiert zur Seite. »Berichte mir unverzüglich, solltest du Neues erfahren haben.«

»Ja, Eure Majestät.«

»Schön.« Sie beugte sich zu ihm vor. Die Goldfäden in ihrem roten Kleid setzten ihre goldenen Venen fort, die der Ausschnitt ihres Kleides entblößte. »Da ist noch etwas. Übermorgen beginnt die Auswahlzeremonie. Ich will, dass du diese Nachricht unter den Azren verbreitest, die sie noch nicht über die Esks gehört haben. Alle sind herzlich in den Palast eingeladen.«

Ihre Augen – eins milchig grau, das andere durchdringend blau – fixierten die seinen. Tamnes schreckte vor der Härte darin zurück. Er hatte schon viele Azren abfällig über sie sprechen gehört. Man mochte von der Königin halten, was man wollte, aber ihr Selbstbewusstsein im Angesicht der Spannungen verlangte ihm Respekt ab. Ob es auch seinen Dienst bei ihr aufwertete?

»Das werde ich, Eure Majestät.«

»In Ordnung. Du bist entlassen.« Sie wedelte mit der Hand.

Nicht ohne Erleichterung verließ Tamnes seinen Sitz.

»Tamnes?« Aistyras Stimme stach in sein Gehör. Bereits an der Quallenschwelle angekommen, kehrte er um. Die Königin saß noch immer am Felstisch, die Wimpern zitternd vor dem Gewicht der goldenen Farbpigmente. Und da erkannte er sie. Die Sorge. Die Erschöpfung. Eingebeutelt in die Tränensäcke, die unter ihrem blauen Puder hervortraten, und schattig auf ihren Lidern, deren Falten sich zu stark vertieften.

Für den Bruchteil einer Sekunde erhaschte Tamnes einen Blick auf die wahre Königin. Schnell, schnell, ehe sein Mitgefühl es trüben konnte, verstaute er das Bild in seinem Gedächtnis. *Eine Erinnerung. Und zwar eine wertvolle.*

»Ihr habt mich gerufen, Eure Majestät«, erinnerte er sie sanft.

Sie verzog die Lippen, und sofort war die Müdigkeit von ihrem Gesicht verschwunden. »Ich erwarte, dass du der Zeremonie beiwohnst.«

»Natürlich, Eure Majestät.« Er verbeugte sich. »Ich stehe stets zu Euren Diensten.«

»Wie findest du sie? Also die Königin?«, wollte Vemery wissen, kaum, dass er zu ihr zurückgekehrt war. Sie hatten es sich unter einer Baumkuppel bequem gemacht, am Ufer eines Flusses, der keiner war. Sie nippte Quecksilber aus einer Blätterschale und er lehnte sich an einen der sieben Baumriesen, deren Zweige wie ein Tempel über ihm aufstiegen.

»Sehr direkt. Entschlossen. Und sehr scharfsinnig. Sie durchschaut mich, noch bevor ich anfange zu sprechen. Wenn jemand den Niedergekommenen noch verflüssigen würde, hätte ich getippt, dass sie ihn einnimmt.« Er zuckte mit den Ästen. »Aber vielleicht ist sie einfach so.«

Tamnes streckte seine Wurzeln vor sich aus und massierte die aufgeschrammten Spitzen. Obwohl seine Wunden vom Kampf mit den Betehs verheilt waren, vertrug die sensible Rinde noch keine langen Wanderungen.

Vemery linste zu ihm hinüber und rutschte dann zögerlich an ihn heran. Seit sie sich ihm zum ersten Mal geöffnet und von ihrem Bruder erzählt hatte, schien sie seine Nähe zu suchen. Noch immer bemerkte er in ihren Bewegungen eine Anspannung. Doch mit jedem Zyklus, den sie miteinander verbrachten, dimmte das Vertrauen ihre Angst.

»Tut mir leid«, sagte er leise, als sich die Pause zu lang ausdehnte. »Es muss dir wehtun, dass ich so freundlich über die Königin spreche. Sie hat deine Hinrichtung veranlasst.«

Vemery strich gedankenverloren durch das Gras unter ihr. »Ich … Ich bin ihr nicht böse darum.«

»Sie hätte dich umgebracht.«

»Nein, sie –« Vemery stockte, als ob sie einen Gedanken gerade noch auf ihrer Zungenspitze festgehalten hatte, und schüttelte dann den Kopf. »Sie ist die Königin. Es ist ihre Pflicht, ihre Untertanen zu beschützen. Die Velen haben zurecht Angst.«

Ihre Schultern verkrampften sich unter seinem ungläubigen Starren. Hastig schaute er weg und widmete sich dem Flussbett, durch das ineinandergeschlungene Schatten glitten. Samtig schwarz und hell schufen sie eine Illusion von fließendem Wasser, dessen Rauschen er beinahe hören konnte.

»Die Angst vor uns hat ihre Gründe«, fuhr Vemery fort. »Die meisten Splitternden sind Mörder. Ich kann mich dagegen entscheiden, aber ich kann nicht leugnen, was die anderen tun.«

Sie denkt an ihren Bruder. Mit einem Mal breitete sich ein Ziehen in seinen Sinnen aus und forderte ihn dazu auf, sie in seine Ranken zu schließen. Dem unerträglichen Drang folgend legte er seinen Ast auf ihre Hand. Sie zuckte zusammen und verkrampfte sich, während ihre Augen von ihm zu seinen Zweigen und wieder zurück huschten. Tamnes wartete. Aber sie wich nicht von ihm.

Er hatte angenommen, seine Erinnerungen hätten das Wesen der Splitternden eingefangen. Doch die vom Alter verwischten, mit Vorurteilen beschwerten Bilder wurden nicht dem gerecht, was sie tatsächlich waren. Was Vemery war. Kein Abschaum und kein Fehler des Systems, für den alle ewig büßten. Nein. Vemery war vollkommen, aber der Hass dieser Welt ließ sie splittern. Und statt sie zurück zu hassen, brachte sie ihr Verständnis entgegen.

»Was hat dir die Königin erzählt?«, wisperte Vemery in die Stille hinein, die sich zwischen ihnen gebildet hatte.

»Übermorgen beginnt die Auswahlzeremonie.«

Sie nickte. »Welche Prüfungen wird es geben?«

»Das kann niemand außer der Königin selbst sagen«, erwiderte er. »Die Wettbewerbe ändern sich jedes Mal. Das Einzige, was wir vermuten können, ist, dass sie härter sein werden als die, die Aistyra damals bestehen musste.«

»Warum?«

»Aistyra wurde als kleines Kind erwählt. Ihr Partner soll ein erwachsener Vele sein.« Er kratzte eine Wurzel mit der anderen. »Wissensfragen oder Silberdiebe eignen sich dafür nicht mehr so gut.«

»Silberdiebe?« Sie war wirklich neugierig. Er konnte es ihr nicht verübeln. Splitternde waren aus der Gesellschaft ausgeschlossen, bekamen das Leben darin nicht mit. Sie musste sich so sehr danach sehnen, es kennenzulernen. Er war ihr einziger Kontakt in die Außenwelt.

Er wünschte, er könnte es ändern. Zu gern würde er alle Azren und Velen davon überzeugen, dass sie nichts von ihr zu befürchten hatten. Dass dieses verletzliche, stille Mädchen ihre Welt um so vieles bereichern würde, wenn sie ihr bloß die Chance dazu gaben. Aber er wusste, dass ihm niemand glauben würde. Er hätte es selbst nicht getan.

»Es war eins von drei Spielen, mit denen Dagian und Fearne ihre Nachfolger gewählt haben«, sagte er leise. »Meine Eltern haben es damals miterlebt.« Er beobachtete ihre Finger, die sich zwischen den Halmen verirrten. Die Lichter aus dem Fluss tanzten auf ihrer Haut und küssten ihre Fingerkuppen. »Man hat die Kandidaten in zwei Gruppen aufgeteilt und ihnen die Aufgabe gegeben, dem Gegner Silberketten vom Hals zu stehlen. Alles war erlaubt: verflüssigte Materialien trinken, mit Waffen kämpfen, die Feinde als Geisel nehmen.«

Vemery fröstelte. Ein feiner, kaum vernehmbarer Duft nach Iris – ihr Duft – kitzelte wohlig seine Nase.

»Schönes Kinderspiel.« Vemery biss sich auf die Lippe.

»Aistyra hat nichts davon gemacht. Sie ist einfach zu den anderen marschiert und hat mit ihnen verhandelt. Ich vermute, das war der Grund, warum man sie gekrönt hat.«

Diese Diplomatie hatte sie sich bis heute bewahrt, wie er sich eingestand. Ob man sie zu harsch für ihre Sturheit kritisierte? Sie hatte auf ihrer Krone beharrt. Aber gleichzeitig hatte sie seinem Volk die Freiheit eingeräumt, die frühere Könige verweigert hatten.

Vemerys Flüstern riss ihn aus seinen Gedanken. »Du wirst bei der Zeremonie anwesend sein. Bei der kommenden, meine ich.«

»Ja. Und ich werde den Azren davon erzählen. Das ist meine Aufgabe als Botschafter.« Er schielte zu ihr hinüber. Noch immer lagen seine Zweige auf ihrer Hand, aber sie schien das nicht zu stören. »Ich werde im nächsten Zwielicht für einige Zyklen fortgehen, Vemery. Es tut mir leid, ich darf dich nicht auf meine Reise mitnehmen.«

Sie drückte seine Ranken – zaghaft, schüchtern, und drehte sich sofort zum Fluss, als ob sie sich gleichzeitig wünschen und fürchten würde, er hätte ihre Geste bemerkt. Dann lächelte sie. »Das ist nicht schlimm, weil ich auf dich warten werde. Du kehrst zurück.«

Es war ein Flehen und eine Hoffnung zugleich. Etwas in Tamnes ziepte in dem Wissen, dass er diese Bitte nicht abweisen konnte. Wie konnte er sie verlassen, da er erfahren hatte, wie viel Güte in diesem unerwünschten Geschöpf lag? Wenn sie jetzt ausspräche, dass sie nicht vollkommen werden wollte, bekäme Tamnes die Erinnerung, die der Älteste eingefordert hatte. Würde er sich einfach davonstehlen? Und was würde dann aus ihr werden? Das war nicht die Gerechtigkeit, zu der er sich verpflichtet hatte.

»Natürlich«, gab er leise zurück. »Ich werde immer zu dir zurückkehren.«

KAPITEL 35

Tamnes

Metall schreit in meinen Wurzeln. Der Geruch von Eisen ist beinahe unerträglich, schlägt seine Fesseln um meine Lungen, während die Kettenglieder meine Äste knebeln. Jeder Atemzug ist Feuer und Asche und Glut.

»Ich habe dich gefragt, wie ich die verflüssigten Materialien mischen kann«, brüllt mich eine männliche Stimme an. Rau wie heruntergeschliffene Hörner. Ich brauche Zeit, um sie zuzuordnen. Die dicken Metallbolzen, die bei jeder falschen Antwort immer tiefer in meinen Körper dringen, zerhacken meine Gedanken.

»Ich weiß es nicht, Eure Majestät«, würge ich. Ein Bolzen fährt in meine Wurzel, sodass sich die Rinde um den Schaft stülpt. Ich stöhne auf. Pflanzensaft und Erbrochenes verschmieren die Qualle unter mir. »Ihr ... müsst ... mir ... glauben. Azren ... lügen ... Wir ... lügen nicht.«

»Und du denkst, ich würde dir diese lächerliche Ausrede abkaufen? Jeder kann lügen! Aber ich zeige dir, wie man die Wahrheit sagt, dumme Pflanze!«

Noch ein Metallstab, mit voller Wucht in meine Wurzeln gerammt. Direkt an den Beginn meiner Verzweigungen. Schreiend bäume ich mich auf, doch die Bolzen halten mich am Boden fest. Der Ruck treibt sie tiefer in mich, bis der Schmerz hinter meinen Lidern flackert und alles versengt. Es ist zu hell. Es ist viel zu hell.

»Ist das Ansporn genug, kleiner Azre? Beantworte mir meine Frage. Welche Stoffe muss ich vermengen, damit sie stärker sind als die beste Technik der Menschen?«

Ein Schlag. Meine Tränen lassen die Silhouette des Königs zu blaugoldenen Schlieren verschwimmen.

»Was ist die Formel, um verflüssigte Materialien zu mischen?«

»Ich kenne ... sie ... nicht«, presse ich hervor.

»Lüge.«

Ein neuer Bolzen stößt in meine Wurzeln, direkt neben den vorherigen. Die Rinde bricht mit einem feuchten Knacken auseinander. Und dann, als sich der Spalt durch meine übrigen Wurzeln zieht, reißen all meine Verästelungen auf einmal ab. Als hätten sie mein ganzes Leben lang nur locker an mir gehangen, gleiten sie herab und hinterlassen einen Matsch aus Eingeweiden, Kruste und Pflanzensaft. Kälte frisst sich durch die Löcher in meinen Körperstumpf. Doch schlimmer als der endlose schwarzheulende Schmerz ist meine Erkenntnis. Ich werde keine Erinnerungen mehr sammeln können. Keine einzige.

Die an meine Folter wird für immer die Letzte sein.

»Wir werden gegen sie kämpfen.« Meine hochgehobene Ranke bringt mich ums Gleichgewicht.

Ein Azrenmädchen streckt die Äste nach mir aus, aber ich drehe mich von ihr weg und richte mich aus eigenen Kräften wieder auf. Ich wünsche, sie würde mir nicht wie ein Schatten hinterherhuschen. Nur, weil statt Wurzeln Astprothesen an mein Haupt gebunden sind, bin ich nicht hilflos.

Und die Menge weiß das. Zustimmend recken die Azren ihre Zweige in die Luft, röhren und johlen mir zu. Zu viele von ihnen haben die Gewalt der Herrscher am eigenen Leib erfahren. Ihre Rinde ist abgeschabt, ihre Hörner gestutzt oder abgesäbelt. Das muss ein Ende haben.

»Wir haben genug gelitten!«, gröle ich. »Es ist Zeit, dass die Könige fallen!«

Die Baumstämme erzittern vor dem anerkennenden Poltern meines Volkes. Wie viele haben sich hier unter den Windesbäumen versammelt? Dutzende? Hunderte vielleicht? Es ist nicht der erste Aufstand in der letzten Chronik. Aber es ist der Erste, der etwas bewirken wird. Eine Revolution. Einen Krieg.

»Niemand hat das Recht, uns zu foltern. Unsere Erinnerungen, unsere Freiheit gehören nur uns!«

Peitschende Äste und kreischende Begeisterung. Die Hitze der Azren durchströmt mich, schüttelt mich von meinen Wurzelstümpfen bis zu den Farnen an meinem Kopf. Ich unterdrücke einen Schmerzenslaut, als meine Prothese verrutscht und die Zweige gegen die verschrumpelte Rinde drücken. Sie werden dafür büßen. Das habe ich mir geschworen.

»Krieg den Velen!«, rufe ich gegen den Schmerz an. Und da explodiert das Brüllen in ein rhythmisches Stampfen und Jubeln. Ihre Wut wird die Welt versenken. Und ich werde es sein, der die Köpfe der Könige in die Fluten hineintaucht.

Die Wiese unter mir müsste weich sein; ich würde es spüren, wenn ich meine Wurzeln noch besäße. Es ist erstaunlich, wie sehr ich mich heute, da der Krieg mit all seinem Lärm und seiner Hysterie abgeklungen ist, nach genau diesen stillen Empfindungen sehne. Beinahe beneide ich das Mädchen neben mir; die Azre, die mein Schatten ist.

»Die neuen Könige sind gnädig«, sagt sie und befreit ihre Wurzeln aus einem Fleck satter, aschegedüngter Erde. Ihre Augen sind geschlossen und ihre Lippen bewegen sich kaum merkbar. Ich kenne diese Mimik schmerzhaft gut. Dabei halten bloß meine Träume die Empfindung am Leben. Dieses Nachschmecken frischer Erinnerungen … Wie viel würde ich dafür geben, sie wieder zu kosten! »Sie haben aus den Fehlern ihrer Vorgänger gelernt. Spätestens jetzt haben sie bemerkt, dass sich Wissen und Wahrheit nicht erzwingen lassen. Wir lügen nicht. Und wir dienen nicht.«

»Ich hoffe, dass sie diese Lektion auch an ihre Nachfolger weitergeben.«

Mit einem unbestimmten Ausdruck hält die Azre inne und lässt ihre Wurzeln kreisen.

»Ist alles in Ordnung bei dir?«

»Ja ... Nur ein ... komisches Gefühl.« Wie zur Prüfung rollt sie ihre Verästelungen ein und aus, dann zuckt sie mit den Schultern und schließt zu mir auf. Hinter den Hügeln zerfließt der Stern in Licht und versilbert die Wiese mit seinem Schimmer.

»Wir haben dir unsere Freiheit zu verdanken. Ohne dich wären wir – aaah!« Schmerz krümmt ihren Rücken, knackt einen Wirbel nach dem anderen und erschlafft ihre Gesichtszüge. Ihre Mundwinkel verzerren sich zu einer Grimasse.

Ich ergreife ihre Schulter. »Was ist los? Was passiert mit dir?«

»Ich ... Meine ... Wurzeln ...« Ein Stöhnen entringt sich ihrer Kehle. Sie stolpert nach vorn, wankt fiebrig auf ein unbestimmtes Ziel zu.

»He! He, warte! Wohin rennst du? Halte an!« Ich packe sie an den Ästen. Ihr gequälter Schrei lässt mich zurücktaumeln.

»Kann ... nicht ... stehenbleiben.« Sie hetzt immer weiter. Eine Übermacht scheint sie anzutreiben: eine Kraft aus der Ferne, die sie zu sich zerrt, damit sie sie verschlingen kann. Noch nie zuvor habe ich etwas Vergleichbares erlebt.

Das ist nicht natürlich. Beim Ältesten, was ist das?

»Wohin rennst du?«, rufe ich, während sich das Grauen in meine Zellen schleicht. Die Angst ist scheußlich bekannt. Sie reißt Bilder von abgetrennten Wurzeln und wütenden Metallbolzen aus meiner Erinnerung und schmettert sie in meinen Geist. Meine letzte Erinnerung. »Ist das Ansporn genug, kleiner Azre?« *»Wohin rennst du?«, keuche ich wieder. Die Grashalme verhängen sich in meinen Ästen und reißen auf. Ihr Saft spritzt auf mich, aber ich bemerke es kaum. Die Azre hat sich genährt, bevor das alles angefangen hat ...*

»Zum ... Palast.«

Ich hatte recht. Kälte fällt über mich her, genauso wie damals in der

Gefangenenqualle. Vielleicht fühlt sie sich so vertraut an, weil die Gewalt niemals vorüber war.

»Die Velen haben etwas in die Erde gemischt. Die Könige ... Das ist ihr Werk.« Die Panik entzieht meinen Worten die Luft. Atemlose, sinnfreie Vokale blubbern aus meinem Hals. Wie damals. Mein Leid, mein Racheschwur, mein Krieg – wofür das alles? Wir haben vom ersten Moment an verloren.

Wimmernd, krächzend stolpert das Mädchen vor mir weiter. Durch bissige Gestrüppe und bunte Gräser, vorbei an Kernbäumen, dorthin, wo Hügel in Felsen brechen. Und erst jetzt sehe ich es. Dutzende, nein, hunderte Azren strömen zwischen den Quallen über die Quecksilbertümpel auf den Palast zu. Ihre Körper biegen sich in spitzen Winkeln, nur ihre Wurzeln tragen sie nach vorn. Wehklagen und Rufe verdicken die Atmosphäre wie Blut.

Ranken knallen mich zur Seite, Wurzeln bringen mich zu Boden. In Sekundenschnelle umschließen das Mädchen andere Azren, die dem Befehl der Velen folgen. Sie verschwindet in der Masse. Ich schaffe es nicht einmal, ihren Namen zu rufen. Gerade noch rechtzeitig rolle ich mich fort, ehe die Menge mich in ihrem unfreiwilligen Marsch zertrampelt. Ein Gestrüpp mit mehr Dornen als Blüten empfängt mich. Und dort, fluchend, blutend, röchelnd erkenne ich den Anfang vom Ende.

Oh, die neuen Könige sind nicht gütiger geworden. Bloß schlauer. Denn heute brauchen sie keine Nähe mehr, um uns zu lenken.

Sie haben die Anker in unsere Körper geschlagen.

Es war ein Schrei, der die Erinnerung sprengte. Die Palastquallen und die Azren splitterten vor Tamnes' Augen, rote Dunkelheit quoll in die Risse und spannte die Welt auseinander. Irgendwo dazwischen blitzte seine Realität hervor – er, der in einem Kernbaum schlief –, doch er fand nicht den Weg dorthin. Er war nicht schnell genug.

Was haben sie nur mit ihm getan?

Stattdessen verirrte er sich in der Mitte, wo ihn die krachenden Schatten von Bäumen und Quallen nicht mehr verletzen konnten. Die Wirklichkeit sickerte in einem dünnen Rinnsal in die Erinnerung. Wie konnte er zurückkehren? Wie konnte er aus seinem Kopf zurück-

»Tamnes!«

Ein Ruck erschütterte seinen Körper und schleuderte ihn in die Gegenwart. Wimmernd stürzte er auf das trockene Gespinst hinter sich.

»Du hast geschrien. Geht es dir gut? Bist du verletzt?«

Vemerys besorgte Stimme über ihm. Sie musste aus ihrer Wabe zu ihm gestürmt sein, denn gestern hatten sie sich zu verschiedenen Schlafplätzen verabschiedet. Nur langsam wich die Panik aus seinen Gliedern. Statt ihr breiteten sich hohle Erschöpfung und Erleichterung in ihm aus.

Was war das? Nie zuvor hatten ihn die Erinnerungen im Schlaf aufgesucht. Sie waren so echt gewesen, genauso wie in den ersten Sekunden, wenn er sie aus der Erde aufsog und noch nicht eingeordnet hatte. Emotionen übersättigten sie. Zu viele scharfe Details, die ihr Träger in diesem Moment gespürt hatte.

Ein Albtraum.

»Nein, nein, ich bin unverwundet.« Die Worte drehen sich schwer auf seiner Zunge. Wie spät war es? Er war kaum zur Ruhe gekommen.

Eine kühle Hand legte sich auf seinen Rücken und drehte ihn vorsichtig um. Im schummrigen Rot der Wabe war Vemery nur ein Umriss ihrer selbst. Ein Seufzer entglitt ihr, sobald sie erkannte, dass er unversehrt war. »Ich habe mir Sorgen um dich gemacht. Ich hatte Angst, dass dich ein Beteh geschnappt hat und ich zu spät bin.«

Das Geständnis sprudelte über ihre Lippen. Sie sprach so schnell, als würde sie befürchten, dass er sie dafür rügte, und

wollte es rasch sagen, bevor er sie unterbrach. Tamnes fand keine Kraft, etwas darauf zu erwidern.

Er schloss die Augen und ließ seinen Körper sich entspannen. Doch obwohl die Verkrampfung abflaute, fühlte er sich nicht leichter. Diese Erinnerung … All diese Dinge waren wirklich passiert. Schmerz und Scham brannten hinter seinen Lidern. Er konnte verstehen, warum die Azren den Velen nie vergeben hatten. Er konnte es wirklich verstehen.

»Du hattest einen bösen Traum.« Vemery wich zur Seite, damit er sich aufrichten konnte, blieb jedoch dicht bei ihm. Früher hätte sie sich tief in die holzigen Wandfasern der Wabe gepresst und ihn von dort aus beobachtet.

»Ja.« Er schluckte. »Es tut mir leid, dass ich dich geweckt habe, ich … Das ist mir zum ersten Mal passiert.«

Sie nickte. Eine Strähne ihres Haars, weißhell selbst in der Dunkelheit, fiel in ihr Gesicht. »Träume können manchmal scheußlich sein.«

»Das klingt so, als hättest du viel damit zu kämpfen.« Er war froh darum, das Thema zu wechseln.

Sie schlang die Arme um ihren Körper, sodass sich rote Schatten über ihre Figur bewegten. »Fast jeden Niedergekommenen«, flüsterte sie.

»Oh.« Die dünnen, kokonartigen Flechten der Wabe knisterten, als er sich dagegen stemmte. Das Geräusch ging im Klirren der Sternstaubbrocken unter.

»Ich träume von den Wesen, die ich getötet habe«, hauchte sie noch leiser. »Ich durchlebe ihre letzten Minuten, immer und immer wieder. Danach komme ich mir vor wie ein Ungeheuer.« Sie schüttelte den Kopf. »Ein schlimmeres, als ich ohnehin bin.«

Die Trauer in ihrer Stimme brach ihm das Herz. »Das ist nicht wahr, Vemery. Du entscheidest dich gegen das Morden. Was du früher getan hast … Ich sage nicht, dass du es vergessen solltest, aber du kannst es dir verzeihen. Weil es nicht das war, was du wolltest, sondern das, was die Gesellschaft von dir erwartet hat.« Azren logen nie. Doch während er diese Worte aussprach, wusste er, dass in ihnen eine tiefere Wahrheit lebte als in allem, was er jemals gesagt hatte. Vemery war ein Opfer, keine Täterin. Ein Opfer der Ungerechtigkeit, die nicht leichter wurde, weil man sie begründete.

Er sah sie sanft an. Es beruhigte ihn selbst, sie zu trösten. Als wären ihre Seelen auf eine seltene Art miteinander verbunden. »Wenn man von der Geburt an für ein Monster gehalten wird, verhält man sich bald wie eines.«

Ein Donnern ließ sie zusammenzucken. Der Niedergekommene wütete heute besonders heftig. Vemery hatte ohne lange Überlegungen riskiert, davon erschlagen zu werden, um zu ihm zu eilen. So wie sie schon früher, beim Angriff der Betehs, ihr Leben aufgegeben hätte, damit er seines rettete. Er hätte sie um eine Farnhaarbreite verloren.

»Danke, Tamnes«, raunte sie und zupfte am holzigen Gewebe der Wabe. »Was hast du geträumt?«

Er senkte die Lider. Für den Bruchteil einer Sekunde erlaubte er dem Traum, ihn zu beherrschen: spürte den Metallbolzen in seinen Wurzeln, hörte die brüllende Menge und die winselnde Azre. Dann unterbrach er die Erinnerung und schob sie fort von sich in das Moos, das sich auf seiner Brust abzeichnete. Nah genug, um sie noch ertasten zu können, aber zu fern, als dass sie ihn wieder plagen könnte.

»Es war eine Erinnerung an den Krieg der Azren gegen die Velen. Keine schöne, wie du dir vorstellen kannst.«

Vemery antwortete nicht sofort. »Clif und ich haben uns während des Krieges versteckt. Er sagte, wir müssten das Chaos ausnutzen und jetzt erst recht Azren und Velen jagen, aber die Gefahr …« Sie redete nicht weiter.

»Ich meine nicht diesen Krieg.«

Rote Schatten tummelten sich hinter ihrem ungeraden Nasenbein. Obwohl er es nicht genau sah, war er sich sicher, dass sie eine Augenbraue gehoben hatte.

»Es gab einen anderen Krieg vor diesem. Im fünfzehnten Umbruch, schon sehr lange her. Die Azren haben die Könige schon früher beraten und wurden für ihr Wissen sehr geschätzt. Zwei neue Könige haben diese Politik geändert. Ich weiß nicht, warum sie es taten. Aber sie haben uns mit Gewalt dazu gezwungen, ihnen zu dienen.« Obwohl er die Erinnerung fern in seiner Hüfte geborgen hatte, kullerte Schweiß sein Rückgrat hinunter. Siebzehn Umbrüche später und die Azren mussten sich wieder die Freiheit erkämpfen, die einst selbstverständlich war. »Sie haben nicht daran geglaubt, dass wir nicht lügen können, und dachten, mit Folter könnten sie alle Informationen von uns bekommen.« Er schnappte nach Luft, um sich für seine nächsten Worte zu wappnen. Vemery hörte ihm bloß zu. »Zu dieser Zeit waren die Velen besessen von der Idee, auch die Menschen unter ihre Knute zu zwingen. Sie haben nach einer Formel für verflüssigte Materialien gesucht, die ihnen mehr Stärke verleihen würde als die besten Waffen den Menschen.«

Als würde sie die Katastrophe vorhersehen, die dieser Geschichte folgte, rückte Vemery näher. Doch statt ihren Kopf auf seine Schulter zu betten, wie so oft, wenn ihr etwas Kummer bereitete, legte sie die Hand auf seine Äste. Eine zarte, zu nichts verpflichtende Berührung. *Du bist nicht allein.* Tamnes merkte erst, wie sehr er es gebraucht hatte, als ihre Haut seine Rinde wärmte. Er fror scheußlich.

»Ihre Foltermethoden brachten Dutzende Azren um«, murmelte er. Tamnes hatte sich geschichtlichen Erinnerungen verschrieben. In solchen Momenten bereute er es, die Historie mit all ihrem Horror nicht loslassen zu dürfen. Er wünschte, das Vergessen wäre so einfach wie das Erinnern. Das Wissen zwang ihn zur Anteilnahme, obwohl er sich manchmal bloß verstecken wollte.

Vemerys Finger zeichneten beruhigende Kreise auf seine Rinde. »Wir haben uns gewehrt. Beide Könige starben in einem Krieg. Ihre Nachfolger schienen zuerst gütig und gerecht, das Gegenteil von den vorherigen Regenten. Und dann haben sie die NLes eingeführt.«

Mit aller Macht versuchte Tamnes die Bilder zurückzuhalten, die sich aus seinen Gedanken und Knochen, aus seinen Ästen und Fasern entkapselten. Die Velen hatten mit den NLes Generationen von Azren misshandelt. Nun erhoben sich deren Stimmen in ihm, schrien ihm ihre Schicksale zu. Er wollte sie nicht hören. Nicht jetzt, nach diesem Traum, der zu real in sein Leben eingebrochen war. Das war zu viel.

»Es ist alles gut, Tamnes. Du musst das nicht erzählen, wenn du nicht möchtest.« *Und wenn du es tust, dann bin ich für dich da.*

Seine Brust hob und senkte sich fiebrig. Er hatte noch nie mit jemandem über die Tragödie seines Volkes gesprochen. Die anderen Azren mieden es, dieser Vergangenheit in Gesprächen zu begegnen. In seinem kurzen Leben hatte sich Tamnes damit angefreundet, seine Erinnerungen allein durchzustehen. Doch plötzlich war da jemand, der ihn stützte. Erst jetzt begriff er, wie gut ihm das tat.

Wie gut Vemery, dieses zerstörte Mädchen, ihm tat.

Die Nervosität, die seine Wurzeln aufgedunsen hatte, schwoll unter ihrer Hand ab. »Sie verstreuten die Chips in der Erde. Die Menschen haben sie so erstellt, dass sie sich in ganz Ilmestys verbreitet haben und in den Körper jedes Azren gelangt sind, sobald er etwas aß.« Er konnte nicht aufhören zu sprechen. »Wir waren die Sklaven der Velen. Wenn sie es befohlen haben, mussten wir in den Palast hasten. Wenn wir zögerten oder uns weigerten, haben die NLes unsere Wurzeln verätzt. Dann konnten wir keine Erinnerungen mehr aufnehmen.«

»Ein furchtbares Schicksal.« Vemery drückte ihn leicht. Ihre Haarspitzen kitzelten ihn.

»Ein grausames«, erwiderte er heiser. »Ich brauche dir nicht zu beschreiben, in welchen Krieg das viele Umbrüche später ausgeartet ist.«

»Es tut mir leid. Ich ... Ich weiß, wie es ist, rechtlos zu sein.«

Direkt neben ihnen zerbarst ein Brocken Sternstaub mit einem lauten Knall. Seine Muskeln verkrampften sich. Er hatte ihr fast alles erzählt. Doch das, wofür er sich am meisten schämte, fehlte. »Die Azren haben getötet, Vemery. Bei unserem Sturm auf den Palast sind Unschuldige gestorben. Wir wussten nicht, ob sie die Meinung der Könige vertraten. Wir haben sie einfach ermordet, weil sie im Weg standen.«

Sein Atem stockte. Tamnes traute sich nicht, zu Vemery zu blicken, sie anzusehen. Für wen hielt sie ihn, jetzt, nachdem sie es erfahren hatte? Die Velen hatten seinem Volk das Schlimmste angetan, was er sich vorstellen konnte. Aber die Azren ... Sie waren auch nicht unschuldig.

Plötzlich überrollte ihn die entsetzliche Angst, dass Vemery ihn wieder fürchten würde. Er wusste nicht, warum, aber er würde es nicht ertragen, wenn sie vor ihm floh wie bei ihrer ersten Begegnung.

Doch sie rückte nicht von ihm ab. Ihre Finger wärmten noch immer seinen Ast und in ihrer Stimme lag keine Verurteilung, als sie neben ihm flüsterte. »Wenn man von der Geburt an für ein Monster gehalten wird, verhält man sich bald wie eines.« Seine eigenen Worte, die er zu ihr gesagt hatte.

Unauffällig blinzelte Tamnes zu ihr hinüber. Hatte sie recht? Rechtfertigte die chronikenlange Qual das Vergehen, das sein Volk begangen hatte? Konnte man überhaupt von Gleichgewicht sprechen, wenn es um Leben ging?

Schweigen spannte sich in der engen Wabe auf und verstärkte das Geräusch vom Schlagen und Donnern draußen. Der Niedergekommene dauerte so lange, so lange. Er bezweifelte, dass er Schlaf finden würde. Die Vorstellung, sich viele Stunden seinen Gespenstern hinzugeben, stimmte ihn elendig.

»Ich kann den Rest des Niedergekommenen bei dir verbringen, wenn du möchtest«, schlug Vemery vor.

Mit leicht geöffnetem Mund schaute er zu ihr. Würde sie tatsächlich … Hatte sie wirklich … »Das würdest du für mich tun?«, fragte er rau.

Ihre Augen waren nachdenklich auf ihn gerichtet. Das rote Unlicht des Kernbaums verlieh ihnen noch mehr Ernst und Traurigkeit. Doch dahinter, ganz dicht an der Iris, schimmerten zwei Flecken wie rieselnder Sternstaub. Sie waren weich und neu in der Blässe, die er seit ihrem ersten Treffen immer bei ihr gesehen hatte. *Hoffnung.*

»Ja.« Sie lächelte scheu. »Das ist es doch, was Freunde füreinander tun. Also natürlich nur … wenn du auch mit mir befreundet sein möchtest?«

Etwas in ihm zersprang bei dieser Frage. Die Sehnsucht und die Hoffnung darin fanden Anklang, schlugen zart an wie bei den Saiten einer Harfe. Und ebenso wie ihre Gefühle in ihm widerhallten, ging ihr Lächeln auf ihn über. Er konnte nichts dagegen tun, als seine Mundwinkel zuckten. Und er wollte es auch nicht.

»Sehr gern«, hauchte er. »Ich würde sehr gern mit dir befreundet sein, Vemery.«

Ihre Augen strahlten. »Das ist schön«, flüsterte sie zurück. Und dann schmiegte sie sich an ihn und bettete den Kopf in seine Halsbeuge. Diesmal aber suchte sie keinen Trost. Sie wollte ihm den Zuspruch und das Verständnis schenken, die seine Art ihm entsagt hatte.

Ein Kloß bildete sich in seinem Hals, groß und pelzig. Vemery gab so viel, obwohl sie selbst nichts hatte. In diesem Gespräch zwischen ihnen … Er hatte sich ihr so nah gefühlt. Vielleicht könnte sie seine Vertraute werden, die er unter seinesgleichen nie finden würde.

Als sich Tamnes in ihrer Umarmung zurücklehnte, dachte er, es wäre vielleicht gut, dass sie ihre Ziele für die Zukunft nicht kannte. Wie schnell wäre er früher zum Ältesten gehastet, wenn sie gesagt hätte, sie wolle nicht vollkommen werden? Wie viel von ihr hätte er verpasst? Was für ein Narr er doch gewesen wäre.

Vemery war mehr als ein Tausch für den Ältesten. Sie war seine Freundin.

Und er würde die Erinnerung an sie niemals hergeben.

KAPITEL 36

Ophiot

Die pinke Wiese wirkte anders, wusste man, woraus sie bestand. Aus reiner Nicht-Magie. Aus einem Stoff, der die Magie neutralisierte. Jetzt erst konnte er die seltsame Luft hier unten begründen – die Rauheit, als würde ein Bestandteil fehlen, der sie glättete. Er hätte es nicht entdeckt, wenn er nicht einen Splitternden in einen Velen verwandelt und sich hier mit ihm getroffen hätte. Und niemand anderes als dieser Splitternde würde diese Wiese dazu nutzen, alle Arten aneinander anzugleichen. Er musste ihn nur davon überzeugen, ein König zu werden.

So fügen sich die Dinge zusammen.

Im Wald nahm Ophiot die Lichtschutzbrille ab und musterte Clif. »Was ist so abstrus daran, sich als König zu bewerben?«

»Ich weiß nicht, vielleicht alles?« Der Splitternde warf die Arme in die Höhe.

»Du bist ein Vele, Ravine«, entgegnete er mit Nachdruck. Beim Klang seines neuen Namens zuckte Clif nicht mit der Wimper. *Er hat sich daran gewöhnt.* Ein weiterer Punkt in seiner Liste an Argumenten. »Jeder Vele kann als König kandidieren.«

»Übermorgen beginnt die Auswahlzeremonie.«

»Bis übermorgen kannst du dich aufstellen lassen.«

Der Splitternde trat von einem Bein auf das andere, sodass trockene rote Knollen unter seinen Stiefeln knisterten. Perlen besetzten das Leder seiner Schuhe. Ophiot hatte keine Ahnung, woher er seine Kleidung beschaffte, aber offensichtlich hatte er sich in die Gesellschaft der Journalisten gut integriert.

»Wie soll ich die Prüfungen bestehen?«, rief Clif. »Ich habe nie gelernt, wie so etwas funktioniert!«

Er schließt nicht das Königsamt aus, sondern nur den Weg dorthin.

»Niemand unter den Bewerbern kennt die Aufgaben. Du hättest genau dieselben Bedingungen wie sie alle.«

»Mit dem kleinen Unterschied, dass sie als Velen aufgewachsen sind, während ich zwanzig Chroniken lang ein beschissener Splitternder war!« Clifs Schrei klingelte in seinen Ohren. Die Bäume um sie herum erwachten, streckten ihre knorrigen Wurzeln zu ihm aus, als würden sie darauf hoffen, einen Traumschwaden zu erwischen.

»Du solltest nicht so brüllen«, beschwichtigte Ophiot ihn.

Clif schritt zwischen den Bäumen vor und zurück. Seine Haltung hatte sich verändert: Bereits als Splitternder hatte er den Kopf nie gesenkt, doch nun streckte er seinen drahtigen Körper zu voller Größe aus.

»Dein Lerngerät hat dir alles Wichtige über Ilmestys beigebracht«, beharrte Ophiot. »Du kennst ihre Traditionen, ihre Denkweisen, ihre Werte. Als Journalist bist du zu einem von ihnen geworden.«

Clif stemmte die Faust gegen eine Baumwurzel. Die Pflanze schnupperte an ihm, regte sich aber nicht weiter. »Ich war … Ich bin –«

»Was ist, willst du sagen, dass in dir ein Splitternder steckt?«

»NEIN!« Clifs Stimme war härter, bedrohlicher geworden.

Ophiot hatte die Provokation genau berechnet. Es waren dieselben Tricks wie bei ihrem ersten Treffen. Und sie schlugen unfehlbar an.

»Nein?« Ophiot bemühte sich um eine beiläufige, fast desinteressierte Mimik. Er hätte häufiger üben sollen. Der untere Teil seines Gesichts, der vom schwarzen Plastik ersetzt wurde, fühlte sich unbeweglich an. »Wenn Wissen oder Identität keine Probleme sind, was hält dich dann vom Königsamt ab? Du willst mir doch nichts von moralischen Bedenken erzählen.« Wenigstens die Emotionsbeschreibungen in seinem Blid-Glossar hatte er lange genug gelernt, um in Clifs Blick Wut zu lesen. »Du könntest einen Unterschied machen. Etwas in der Welt bewegen.« Er musste sich an ihr letztes Gespräch dazu erinnern.

Zwischen Clifs Augenbrauen legte sich eine Falte. »Was soll das werden, Ophiot?«

»Du könntest zu einem König aufsteigen.«

»Und danach? Was mache ich auf dem Thron? Was bringt es mir, der Herrscher von Ilmestys zu sein?« Seine Reaktion klang nicht wie der Widerspruch gegen Ophiots Vorschlag. Je länger er Clif studierte, desto klarer wurde ihm, dass sich seine Einwände meistens nur gegen ihn selbst richteten. Der Vele protestierte gegen die Träume, die sich ein Splitternder niemals erfüllen könnte. Damit er Ophiots Willen frei gehorchte, musste er seine alten Grenzen für ihn niederreißen.

»Du kennst die Antwort, Clif«, sagte er weich. »Sie ist dir schon tausendmal durch den Kopf gegangen. Macht. Du würdest die beherrschen, die dich gejagt und verachtet haben. Ist es nicht die beste Form der Rache?«

Es hieß, die fühlenden Wesen würden sich nicht mit der Vernunft als Motiv begnügen, um Entscheidungen für ihr Leben zu treffen. Wie konnte etwas so Instabiles wie Liebe oder Hass die Psyche mehr beeinflussen als Logik? Dass es funktionierte, schien unmöglich. Und dennoch kaute Clif an seinen Fingernägeln, sein Gesicht verzerrt vor Wut und Gier.

»Du würdest ihre Ordnung umkehren«, fuhr Ophiot fort. »Hast du dir nicht gewünscht, in ihre Gesellschaft aufgenommen zu werden? Du würdest darüber thronen. Ein ehemaliger Splitternder als König, und niemanden stört es, weil du nicht mehr wie einer aussiehst. Beweist das nicht, wie irrsinnig das System ist? Sie wollten dich töten, und jetzt werden sie dich feiern.«

Ophiot ahnte, wie erfolgreich dieses Versprechen würde. Es war eine perfekte Argumentation, zurechtgelegt in den Morgenstunden, wenn sich die Menschen mit ihren Gefühlen beschäftigten und er die Welt veränderte.

Ein Leuchten blitzte in Clifs Augen auf.

Oh, Vater, was würdest du sagen, wenn du es sehen könntest?

»Ich könnte es ihnen endlich zurückzahlen. Ich könnte ihr König werden«, flüsterte Clif. Die Bäume um sie herum raschelten wie zur Bestätigung.

»Du würdest triumphieren.«

Clif warf ihm einen Blick zu. Sofort verdüsterte sich sein Gesicht. »Aistyra ist zu herrisch. Jedem ist klar, dass sie einen Partner nur ernennt, weil ihr Volk sie sonst stürzen würde. Sie wird niemanden dulden, der ihre Macht ernsthaft gefährdet.«

»Und doch erwählt sie einen zweiten Velen, mit dem sie die Macht teilen muss.«

Clif sah ihn unverwandt an.

»Sie ist schon gebrochen. Wir müssen sie nur da behalten, wo sie ist.«

»Wir?«

Ophiot ließ sich Zeit mit der Antwort. Er inspizierte Clifs verkrampfte Finger und seinen tippenden Fuß, vergewisserte sich, dass keine Abneigung in dieser Frage lag. Bloß Nervosität. Die Arbeit als Journalist hatte sein Selbstbewusstsein gestärkt, ihn aber nicht vergessen lassen, wem er das alles zu verdanken hatte.

Also lächelte er. »Ich werde dich dabei begleiten. Bei der Krönungszeremonie und dem, was danach kommt. Du kannst auf meine Unterstützung zählen.«

»Stimmt, deine Ideologie. ›Ich will dein Leben verbessern, weil es mir beweist, dass ich etwas verändern kann‹«, zitierte Clif. Er lachte trocken, doch das Geräusch erstarb im Dickicht. »Du hast alles durchdacht, was, Mensch? Splitternder, Vele, Journalist, König. Vom Verurteilten zum Herrscher über Ilmestys. Ein herausragender Fortschritt. Bist du stolz darauf?«

»Du kannst jederzeit aussteigen, wenn du willst.«

Clifs Grinsen erstarb. »Nein«, sagte er bestimmt. Seine Züge wirkten straff. Kalt. Es war ein Gesicht, zu dem eine Krone ausgezeichnet passen würde. »Nein, dafür hast du mich zu weit gebracht, Ophiot. Und jetzt bring mich ins Finale.«

PRIVATE VERMERKE Ophiot Zrogka
Privater Ordner
Ideen zur Stärkung der Königsposition

Hintergrund
Nach der Krönung zum König von Ilmestys würde ein ehemaliger Splitternder Hilfe benötigen, um sich als Herrscher neben Aistyra zu behaupten und sie später zu schwächen.

Konkrete Ideen
- Velenfest, um die Sympathie bei den Velen zu steigern (eventuell zu Ehren eines verflüssigten Materials? Diese sind ohnehin regelmäßig)
- Viele öffentlichen Auftritte → Sichtbarkeit und Positionierung als Held, der gekommen ist, um Ordnung und Frieden zu schaffen
- Gerichtliche Anschuldigungen gegenüber Aistyra

  Anmerkung von Ophiot: Zeit beachten. Diese Aktion kann der Splitternde erst ausführen, nachdem er eine hohe Reputation beim Volk erlangt hat. Die Velen müssen ihm genug vertrauen. Andernfalls würde der Vorwurf den Eindruck erwecken, dass er gegen die Königin arbeitet.
- Nachgiebigkeit: Zugeständnisse in den Angelegenheiten, die Aistyra normalerweise strenger regelt
- Inszenierte Situationen, in denen der Splitternde wie ein gütiger, gerechter Herrscher auftritt, der sein Volk an die erste Stelle setzt
- Verflüssigter Niedergekommener zum Gedankenlesen (siehe unten)

Verflüssigter Niedergekommener (Beschreibung archiviert)
Die Idee zum verflüssigten Niedergekommenen stammt aus der Zeit meines Praktikums in Energetik. Ich habe einen Zettel

mit seiner Bestellung in Amaranthes Wohnung gefunden. Sie erhält es von einem gewissen Nawed, einem Fließer, der es illegal produziert.

Genauso wie andere verflüssigte Materialien wird auch der Niedergekommene üblicherweise nur von Velen verwendet. In einigen Berichten heißt es jedoch, dass es sich positiv auf die kognitive Leistung von Menschen auswirkt, zugleich berauscht und Abhängigkeiten verursacht. Bei den Velen ist es verboten, weil es den Konsumenten zum Gedankenlesen befähigt. Das würde dem Splitternden große Vorteile bringen. Ich werde versuchen, mit Nawed zu verhandeln.

Nachtrag 1
Ich bin Kunde bei Nawed geworden. Es hat Überzeugungsarbeit gebraucht, aber der Fließer würde alles dafür tun, dass man sein Geheimnis bewahrt. Sobald ich einen geeigneten Splitternden gefunden habe, wird er mir die erste Dosis ausliefern.

Nachtrag 2
Ich habe einen Fehler gemacht. Ich hätte den verflüssigten Niedergekommenen früher annehmen sollen und nicht erst, nachdem Clif als Vollkommener zurückgekehrt ist. Nawed hat unsere Vereinbarung aufgelöst. Er produziert nur noch für eine Person. Da er mir ihren Namen nicht verraten wollte, gehe ich davon aus, dass es jemand Einflussreiches sein muss. Er muss sich vor seiner Strafe fürchten.

Königin Aistyra ist die einzige Vele, die dazu befugt ist, Strafverfahren zu führen. Es ist sehr wahrscheinlich, dass sie die Kundin des Fließers ist.

KAPITEL 37

Aistyra

Die Quallen setzten die Landschaft in Brand. Über Aistyras Kopf flammten karminrote und papayafarbene Schirme, deren Spiegelbilder in den Sternnarben zu einem verflossen. Der Unverhangene blieb seinem Namen treu: Kein Wölkchen Sternstaub trübte das Strahlen des Sterns. Sein Leuchten war heute besonders intensiv, wie ein gleißendes Feuer, das ganz Ilmestys entzündet zu haben schien. Dabei wünschte sie den Nebel herbei, damit sie die Freude nicht sah. Die Feier, zu der das Volk ihren Niedergang erklärt hatte. Die Auswahlzeremonie war ein Arschloch.

»Eure Majestät, die Soldaten haben für Ordnung gesorgt. Ihr könnt nun zum Thron schreiten«, berichtete ein Diener, der zwischen zwei Quallen stand und die Situation dahinter beobachtete. In kurzer Entfernung zum Palast, auf einem Feld, das von den Pflanzen umschlossen war wie von aufdringlichen Wachen, hatten sich die Lieblinge von Ilmestys neben seinen Abschaum geschart. Lumpen an der Seite von reichen Gewändern, Glotzer und Schnüffler, heimliche Rebellen und Anbeter der Krone.

Aistyra kannte die Menge, ohne sie gesehen zu haben. Damals bei ihrer Auswahlzeremonie war es dieselbe gewesen.

»Auf Euren Befehl, Eure Majestät.« Zastan blickte sie ernst an. Hinter ihm, die Kampfmonturen bis zum Hochglanz poliert, hatte sich die Fraktion aufgestellt. Er selbst war in Leder und Stahl gewandet, sein Haar fiel ihm glatt und lang auf den Rücken. Ein weißes Tuch schlang sich um seine Schulter – aus demselben Brokat gefertigt, aus dem auch ihr Kleid genäht war. Sogar jetzt, da die Aufregung das Gefühl ersticken müsste, überkam sie das Verlangen wie ein Schwindel.

Wenn das alles vorbei ist …

Es wird niemals vorbei sein.

Sie wandte sich ab. »Wir fangen an«, kommandierte sie mit fester Stimme.

Eiliges Nicken, geflüsterte Aufforderungen. Der Geruch von Quecksilber schoss in ihre Nase, als sie einatmete und ihren schweren weißen Umhang zurückwarf. Hoheitsvoll bis zum Ende. Dann ertönten die Fanfaren.

»Ihre Majestät Königin Aistyra von Ilmestys!«, brüllte der Ausrufer.

»Zeig es ihnen«, flüsterte Zastan und berührte ihre Finger.

Mit einem einzigen, flüchtigen Händedruck
schritt sie hinaus
zwischen die Quallen
in die Menge,
die sie hasste.

Das Feld hatte die Form eines Beckens. Oben auf den Rändern drängten sich die Zuschauer aneinander, während ihr Thron in der Mitte weiter unten positioniert war. Der Jubel ihres Volkes übertönte ihre Nervosität. Velen und Azren wallten ihr entgegen, skandierten ihren Namen, begrüßten sie in umständlichen Gebärden. Einige sanken auf die Knie. Die anderen streckten ihre Arme und Äste nach ihr aus, als hofften sie auf einen Segensspruch. Es waren dieselben Velen, die sie noch einen Zyklus vorher verflucht und beschimpft hatten.

Ihr Umhang sog sich mit dem Quecksilber aus den Sternnarben voll, während sie auf den Thron zu hielt. Die Nässe ließ goldene Fäden durch den Stoff greifen, die den Versammelten ein Aufseufzen entrangen. Sie genoss das ehrfürchtige Staunen, das durch das Meer aus Gesichtern schwappte. Wer sich mit Gold – dem Gift der Velen – schmückte, maß sich an, mächtiger als die Magie selbst zu sein.

Die Fraktion begleitete sie bis zum Königsstuhl und baute sich dann hinter ihr auf. Unter dem flirrenden Gesang Dutzender Trompeten stieg sie auf den schwarzen Stein, den man für die Auswahlzeremonie aus der Thronqualle gewuchtet hatte. Im Palast war nicht genug Platz für die Masse, die sich auf dem Königsfeld ausgebreitet hatte. Und durch die grabenförmige Form des Feldes würden sie alle besser sehen können als auf einer flachen Membran.

»Mein Volk.« Sie ließ ihren Blick über die Menge schweifen, die sich oben versammelt hatte. Schillernde Kleider, blütenumwundene Hörner. Die Erwartung einer großen Show klemmte zwischen spitzenbesetzten Kragen und silbernen Armreifen. Nun, sie würden sie bekommen.

»Heute feiern wir die Wiedergeburt unserer Tradition. Wir werden einen König wählen, der euch zusammen mit mir dienen wird. Ein Herrscher ist stark, aber angreifbar. Erst eine Partnerschaft festigt die Macht und verspricht Stabilität. Aus diesem Grund haben uns unsere Vorfahren das Vermächtnis der doppelten Regentschaft hinterlassen.«

Obwohl es genau diese Tradition war, die ihr die Monarchie entrissen hatte, berief sie sich darauf, als wäre sie eine Errungenschaft. Sie hatte diese Rede lang genug eingeübt, um die letzte Spur des Versagens darin auszulöschen.

»Wo meine Augen an Schwäche leiden, soll ein zweiter König für mich sehen. Wo meine Ohren nicht hören, soll ihm kein Geräusch entgehen.«

Ein Johlen überschüttete das Feld wie Gift. Oh, ihr Volk täuschte seine Ergebenheit zu gut vor. Sie musste nur tun, was es von ihr verlangte, und schon war sie die beliebte Königin.

»Unsere Könige werden erwählt. Doch das eigene Urteil jedes Wesens ist schwach und ungenau. Es eignet sich nicht dazu, den zu bestimmen, der sein Amt würdevoll trägt. Also gaben uns unsere Ahnen die Auswahlzeremonie – im Gedanken, dass sich ein wahrer König stets zwischen den anderen hervorheben wird.«

Effektvolle Pause. Sie wartete auf den Applaus, der ihren Worten folgte wie die Schleppe ihres Kleides. Die Fraktion hinter ihr gab kein Geräusch von sich.

»Drei Werte zeichnen den zukünftigen König aus. Drei Werte, die die Bewerber in drei Prüfungen beweisen müssen. Der Sieger wird fortan mit mir die Verantwortung und die Macht teilen.«

Mit einer herrischen Bewegung deutete Aistyra auf den zweiten Königsstuhl, der neben ihrem aufgestellt worden war. Schwarzes Gestein, drapiert mit goldbesticktem Satin. Nach dem Tod der früheren Könige hatte niemand den Stoff vom Thron entfernt, der Hone zugestanden hatte. Nun floss er über den Stein wie das Leichentuch einer untergegangenen Dynastie.

Nur allein bist du alles.

Sie stieß die Zähne zusammen. »Entschlossenheit.«

Meine Befehle ausführen.

»Unbestechlichkeit.«

Meine Korruption ignorieren.

»Gerechtigkeit.«

Meine Regeln befolgen.

Sie hatte auf Zastans Rat gehört und einen doppelten Sinn in die Prüfungen eingebaut.

Die Menge kreischte ekstatisch. Hunderte, nein Tausende Körper wogten im Rhythmus über das Feld und drängten sich zu ihr. Die Soldaten hielten sie zurück.

»Einer von fünf Kandidaten wird sich als wahrer König erweisen«, fuhr Aistyra fort, nachdem sich die Velen und Azren beruhigt hatten. Die warme Luft um sie herum ließ ihre Stimme voller klingen. »Die anderen vier kehren zu ihren Berufen zurück. Und nun, mein Volk, begrüßt die Velen, die ihr Leben in den Dienst der Krone stellen wollen!«

Grölender Beifall begleitete die Fanfaren, die zum zweiten Mal an diesem Zyklus erklangen. Zum Geräusch von trampelnden Füßen und schlagenden Wurzeln traten die Bewerber hinter den Quallen hervor und umrundeten die Menge, bevor sie ins Felsbecken herabstiegen. Eine Wache schritt neben jedem von ihnen, gekleidet in ein schlichtes Grau. Die Tracht der Kandidaten erstrahlte in Herrlichkeit: ausladende Chiffonroben in Malve, fließende Tuniken, funkelnde Westen aus Damast und Samt. All das leuchtete mit dem Rot der Quallen um die Wette.

»Oaev, Fließer!«, deklarierte der Ausrufer. »Juna, Heilerin! Menial, Züchter!«

Die Genannten hielten vor dem Thron inne, wo sie in eine tiefe Verbeugung fielen. Aistyra schenkte ihnen ein Lächeln. Aber ihre wahre Aufmerksamkeit galt einem anderen.

Im Vergleich zu seinen Konkurrenten bewegte sich der Mann unsicher, beinahe hilfsbedürftig. Die schrille Freude der Menge schien ihn zu irritieren. Obwohl er sich um eine sichere Haltung bemühte, erkannte sie die Beugung seines Rückens.

Aistyra horchte in sich. Der verflüssigte Niedergekommene klärte ihre Sinne, dehnte sie aus, sodass sie sich tastend und lauschend in seine Richtung begaben. Bis in seinen Kopf hinein, wo sie seine Gefühle flirrend an der Oberfläche sah. Hatte er –

»Pecete, Soldatin!«, schrie der Ausrufer und lenkte ihr Interesse auf eine junge Frau, die vor ihrem Thron innehielt. Sie deutete eine knappe Verneigung an, salutierte der Fraktion hinter Aistyra und nahm ihren Platz in der Reihe der Bewerber ein. Genauso wie der Mann war sie erst in den letzten Zyklen nachgerückt.

»Ravine, Journalist!«, beendete der Ausrufer die Aufzählung. Der Genannte fiel in eine tiefe Verbeugung. Es war der Vele, der nicht vor allzu langer Zeit im Palast erschienen und sie um die Stelle des Journalisten gebeten hatte. Das Königsamt sollte wohl der nächste Schritt in seiner schnellen Karriere werden.

Aistyra zuckte leicht zusammen, als eine Wolke flammender Federn über sie hinweg zischte und auf ihrer Schulter landete. Ceder.

»Ich begrüße euch, Velen von Ilmestys«, sprach sie. »Ihr habt euch dazu entschieden, als Königskandidaten der Zeremonie beizuwohnen. Eure Leistungen im Beruf haben euch als gute Ilmestysianer erwiesen. Doch erst eure Leistungen in den Prüfungen werden zeigen, ob ihr gute Könige wärt.«

Die Kandidaten sogen ihre Worte auf.

»Und nun frage ich euch: Seid ihr bereit, euer altes Ich zu vergessen? Seid ihr mutig genug, alles zu geben und nichts zu fürchten, bloß für den Hauch einer Chance, erwählt zu werden? Traut ihr euch, Könige zu werden?«

Ein lautes Ja aus fünf Mündern erschütterte die Luft.

Aistyra faltete die Hände. »Nun denn. Ihr habt die Eigenschaften gehört, nach denen ich meinen Partner bestimmen werde. Es wird Zeit, die erste von ihnen zu zeigen.«

Hinter den Quallen rasselte es. Die Schirme beulten sich, als würden selbst sie angeekelt von dem Ungeheuer zurückweichen, das dahinter wartete. Der Gestank von Goldblut, eisern und unverkennbar trotz des vielen Parfums, griff um sich und legte sich um den Hals der Velen. Und dann traten sie hervor.

Sie sahen nicht aus wie Splitternde. Feine Kaftane waberten um ihre Beine und verdeckten die Sünden auf ihren Körpern. Die

Schuppen. Wären da nicht die Ketten gewesen, die sie müde hinter sich her schleiften, hätte man sie für gewöhnliche Velen halten können. Jemandes Bruder. Eines anderen Freund. Des dritten Geliebte.

Sie sahen *so unschuldig* aus. Genauso unschuldig wie der Mann, der fast in den Palast eingedrungen wäre und den sie als Mörder von Lorian hingerichtet hatte.

Die Fraktion hatte noch mehr von ihnen gefunden.

»Entschlossenheit«, deklamierte sie und streichelte Ceder beiläufig das Gefieder. »Ein König fällt jeden Zyklus neue Entscheidungen. Wer bereut, verliert die Gegenwart. Wer zögert, die Zukunft. Das Volk vertraut auf die feste Hand seines Anführers. Habt ihr eine?«

Die Menge schwappte zurück, als die Wächter die Gefangenen an ihnen vorbei nach unten trieben. Aistyra musste sie nicht ankündigen. Wer von so vielen Soldaten bewacht wurde, musste ein Mörder sein, ein Splitternder. Einige Velen und Azren schrien. Der Rest stammelte hastige Gebete an Götter, an die keiner glaubte.

Die Soldatin, Pecete, verspannte sich. Die Augen des Fließers und des Züchters weiteten sich. Die Heilerin schüttelte immer wieder den Kopf. Und Ravine ... Ravine schrumpfte zusammen und starrte die Gefangenen ausdruckslos an.

»Diese Splitternden haben sich allein durch ihre Existenz schuldig gemacht. Tötet sie.« Sie lächelte in die Stille hinein, die sich langsam wie eine blutige Lache über das Feld ausbreitete. Schock rann in die Mundwinkel, die gerade noch die Jubelschreie zerrissen hatten.

Niemand wusste sicher, ob es Splitternde waren, die die Soldaten in klirrenden Ketten vor den Thron stießen. Sie mussten ihrem Wort vertrauen. Wer ihrem Befehl folgte, könnte sich im Angesicht von ganz Ilmestys in einen Mörder verwandeln. Und doch würde er etwas beweisen, das für Aistyra viel wichtiger war als Entschlossenheit. Loyalität.

Wer diese Prüfung besteht, wird für mich nicht zur Gefahr werden.

Die Soldaten stürzten die Gefangenen auf die Knie und zogen sich zurück, damit fünf kahl rasierte Wachen vor die Bewerber treten konnten. Sie alle trugen weiße Stoffbahnen, in die polierte Stecher gebettet waren. Die Waffen der Fraktion, gesäubert und geschliffen für diese eine Bluttat. Stumm hielten sie sie den Velen hin.

»Wir sehen euch gebannt zu, Kandidaten. Möge die erste Prüfung beginnen.«

KAPITEL 38

Ophiot

Das Hologramm um ihn flackerte, als sich die Kacheln schwarz färbten und neu zusammensetzten. Er hatte eine Kamera an Clifs Westentasche befestigt, die er über Fernsteuerung kontrollierte. Auf seinen Wunsch hin zoomte sie näher an die Gefangenen heran.

Ophiot runzelte die Stirn. In den Gesichtern der Splitternden leuchtete keine einzige Schuppe. Ihre Haut strahlte in vollkommenem Blau. Ihre Unvollkommenheit könnte unter ihren Kaftanen verborgen sein, aber es war höchst unwahrscheinlich, dass ihre Gesichter kein Zeichen davon trugen. Konnte es sein, dass es sich nicht um Splitternde handelte, sondern um Velen? Andererseits waren Clif auch keine Schuppen im Gesicht gewachsen, als er ihn kennengelernt hatte.

»… Tötet sie.«

Das Bild wackelte und wurde unscharf, als ob Clif heftig zitterte. Hatte er Angst? Nachdem er so viele in seinem Leben ermordet hatte?

»Du darfst jetzt nicht versagen«, warnte Ophiot ihn. Clif und er waren durch einen Chip verbunden, den der Splitternde im Ohr trug. Er musste nur die Lippen bewegen, und schon übertrug die Einrichtung das lautlos Gesprochene in Ton zu Ophiot.

»Die Splitternden …« Clif verstummte.

»Was ist mit ihnen?«

»Sie sind … Das sind …«

Die Kamera fasste wieder ein größeres Bild vom Feld ein. Velen mit kahlen Köpfen und glitzerschwarz betupften Händen reichten den Kandidaten ihre Stecher. Es waren Manschetten aus Stahl, die über den Fingern in Zwillingsklingen endeten. Ophiot hatte schon oft mit ihren Projektionen geübt. Es handelte sich um keine schwere Waffe, aber sie erforderte Körperkontakt. Die Velen würden jede Zuckung ihrer Opfer spüren, während sie sie töteten.

Obwohl in seiner Wohnung immer Stille herrschte, nahm Ophiot sie jetzt überspitzt wahr. Es war die Abwesenheit vom Brüllen und Johlen, die noch wenige Minuten zuvor durch den Blid in sein Ohr gedröhnt waren. Der Schock hatte Ruhe herausgefiltert.

Die Soldatin bewegte sich fast unmöglich langsam. Unter dem angehaltenen Atem der Menge zog sie den Stecher von den Stoffbahnen, schob ihn sich über die Hand und rückte einen Schritt auf den ersten Gefangenen zu. Vor ihr kniete ein Mann mittleren Alters, stoppelig, dürr, die Stirn aufgescheuert, sodass seine Adern wie Narben hervortraten. Die Wache hinter ihm zerrte an der Kette und sein Kopf ruckte hoch. Graue Augen starrten die Kandidatin flehend an. Ohne noch einen weiteren Moment zu zögern, rammte sie ihm den Stecher in den Hals.

Die Waffe glitt durch die Haut und zertrennte einen der zentralen Venenknoten. Goldblut spritzte aus der Wunde und befleckte die Brust der Soldatin. In dem Zylinder aus Bildschirmen stehend war Ophiot ganz nah, als der Mann umkippte.

Für einen Velen war diese Art der Hinrichtung undenkbar. Egal, welches Verbrechen er begangen hätte – er würde auf eine ehrvollere Weise sterben als von einer Königskandidatin erstochen zu werden. Die Gefangenen mussten wirklich Splitternde sein. Aber warum ließ Aistyra dann ihre Schuppen verdeckt? Damit die Kandidaten ihr ohne einen Beweis glaubten?

»Ich gratuliere, Pecete. Du hast die erste Prüfung erfolgreich hinter dich gebracht. Jetzt sind die anderen an der Reihe.« Durch das zusätzliche Mikrofon an Clifs Tunika hörte Ophiot die Anweisung der Königin. Sie klang kühl, autoritär. So wie sie vor den Kandidaten thronte, der Rücken stählern, die Finger in den Federn ihres Balphen, verlangte sie ihm Respekt ab. Auch wenn er derjenige sein würde, der sie stürzte.

Die übrigen Bewerber starrten paralysiert den Mann an, der selbst im Tod nicht wie ein Splitternder aussah. Aus der zerfetzten Kehle tropfte Gold auf den schwarzen Boden.

»Ich … kenne sie …« Die automatische Stimme, die Clifs angedeutete Worte in seinem Ohr aussprach, ließ ihn zusammenzucken.

»Was? Wen meinst du?«

»Die … Splitternden … Sie waren früher keine.«

»Was?«

»Nun? Traut sich denn niemand, den Schritt zu gehen?« Die Königin trommelte über die Armlehnen ihres Prunkstuhls, auf denen sich ein dunkles Relief abzeichnete. Die zweite Vele trat vor und nahm den Stecher an sich. Es war Juna, die Heilerin.

Die Waffe schien ungewohnt schwer für sie zu sein. Beinahe wäre sie zu Boden gescheppert, ehe die Vele sie aufwändig um ihre Hand stülpte, auf der ein Verband unter dem spitzenbesetzten Ärmel hervorschimmerte. Mit einem tiefen Atemzug rückte Juna auf eine Gefangene zu. Ein Mädchen, fast noch ein Kind.

»Bitte … nicht«, schluchzte sie. Der Wachvele hinter ihr riss an ihrer Kette, sodass ihr mit einem Pfeifen die Luft entwich.

»Halt!« Ein schriller, hysterischer Schrei. Bewegung kam oben in den hinteren Reihen der Velen auf. Jemand kämpfte sich nach vorn, rempelte die anderen an und schlug eine Schneise durch die Menge. Die Königin, die Heilerin und die Gefangenen hielten inne und beobachteten, wie ein Mann auf sie zu stolperte. Sein Hemd war nicht ganz zugeknöpft, sein weißes Haar ungekämmt und strähnig. »Halt!«, brüllte er noch einmal. »Ihr dürft das nicht tun. Dieses Mädchen ist meine Tochter!«

Ophiot riss die Augen auf.

Die Heilerin wankte keuchend zurück.

»Diese Gefangene ist eine Splitternde«, widersprach die Königin. Sie hatte ihre Hand vom Balphen genommen, der wieder in die Höhe flatterte, und sah den Fremden hart an.

»Nein. Sie ist eine Vele. Sie ist meine Tochter! Sie ist verschwunden, ich habe sie überall gesucht! Ihr müsst sie mit jemandem verwechseln. Meine Tochter ist unschuldig!«

Unruhe pulsierte in der Menge – die Unsicherheit, die beim Anblick der Verurteilten aufgekommen war, schien sich zu verstärken. Das Wimmern der Gefangenen ging darin völlig unter.

Durch das Mikrofon drang Clifs schweres Atmen zu Ophiot.

»Clif«, rief er ihn leise. Keine Reaktion.

»Du wagst es also, deine Königin anzuzweifeln?« Aistyra beugte sich zu ihm vor. »Soldaten, entblößt ihren Arm!«

»Bitte nicht!«

Niemand achtete auf den erstickten Schrei des Mädchens. Die Wächterin, die hinter ihr stand, griff nach ihrem Arm und zog den Stoff mit einem Ruck hoch. Und dort, inmitten von blauer Haut glänzte eine goldene Schuppe. Also doch eine Splitternde. Aistyra hatte es bloß aus strategischen Gründen verheimlicht.

»Nein«, hauchte der Mann.

»Papa!«, schluchzte die Gefangene.

»Tötet sie!«, brüllten die Velen und Azren.

»Ich denke, das war Beweis genug.« Aistyra reckte das Kinn vor.

Der Mann fiel auf die Knie. Soldaten eilten herbei und hievten ihn hoch, zerrten ihn aus der Mitte des Königsfeldes zurück zum Rand, wo die Velen für sie zu den Seiten traten. Er wehrte sich nicht. Doch während sie ihn von der Splitternden wegzogen, war sein Blick ununterbrochen auf sie gerichtet. In der Ekstase der Azren und Velen, die lauthals den Tod der Splitternden forderten, erhob sich Aistyras Stimme so spitz und klar wie ein Schwert, das den Lärm durchschnitt. »Ein gerechter König würde niemals jemanden töten, dessen Schuld er sich nicht sicher ist. Aber es erfordert dennoch Mut, das Urteil eines Schuldigen selbst zu vollstrecken. Fahre fort, Juna!«

Die Vele wankte näher auf die Splitternde zu. Blieb stehen. Knickte ein. Und brach schluchzend zusammen.

»Ich … Ich kann das nicht«, wimmerte sie. »Ich bin eine Heilerin. Ich lindere Schmerzen, statt sie zu verursachen. Und schon gar nicht töte ich andere Wesen.«

Rufe wurden laut, wütendes Grölen und Beleidigungen. Der Balph, der sich auf dem Rücken des Throns niedergelassen hatte, krähte. Auf das Zeichen der Königin sorgten die Soldaten mit ihren Lanzen schnell für Ruhe.

»Du musst dich nicht zwingen, Juna«, sagte Aistyra seidig. »Aber bedenke, dass die Kandidaten, die die erste Prüfung nicht ablegen, die Auswahlzeremonie verlassen. Es ist deine Wahl.«

Zitternd sah die Vele zwischen dem Mädchen und dem Thron hin und her. Genauso wie ihr Opfer war auch sie jung; Ophiot schätzte sie auf knapp zwanzig. Weiße Pigmentierungen unter den Augen, schmale Finger. Er stellte sich vor, wie sie geschickt eine Kompresse anlegten oder die Gifte aus einer Wunde entfernten. Heilerin, keine Mörderin. Es vereinfachte seine Aufgabe um ein Vielfaches, dass Clifs Zeit als Splitternder jedes Mitleid in ihm vernichtet hatte.

»Bitte verschone mich.« Die Augen des Splitterndenmädchens füllten sich mit Tränen. Tiefe Schatten ränderten ihre Lider. Man hatte sie gefoltert, bevor sie in ihre Kleider gesteckt und hier vorgeführt worden war.

Hätte ihr die Heilerin in einer anderen Situation geholfen? Hätte sie gegen alle Gesetze verstoßen und ihren Beruf höher gewertet als ihre Pflicht als Ilmestysianerin? Er hatte seine Forschung schon oft über jeden Grundsatz gestellt.

»Ich kann das nicht«, wisperte sie. Sie wich zurück und schüttelte immer wieder den Kopf. »Ich kann das nicht.«

Die Spannung um sie herum schwoll weiter an.

»In diesem Fall hast du dich entschieden«, entgegnete die Königin. »Mein Volk, hiermit schließe ich die Kandidatin Juna –«

Die Vele gab ihr keine Gelegenheit, weiterzusprechen. Die Lippen zusammengepresst, das kindliche Gesicht verzerrt vor Überwindung, stolperte sie wieder auf die Splitternde zu. Ihr Stecher reckte sich erst im letzten Moment in die Höhe. »Es tut mir leid«, hauchte sie.

Der Schlag traf das Mädchen in die Brust. Er war unsicher, schwach, ausgeführt von einer Laiin. Doch das Metall war spitz und die Heilerin hatte Glück und die Zwillingsklingen glitten durch den Kaftan in den Körper darunter. Goldene Flecken fraßen sich faserig in den weißen Verbandstoff der Vele. Die Splitternde gurgelte Blut. Ihr Schrei riss auf halber Note ab – und verklang im Tosen des Volkes.

Niemand hielt sie, als sie vornüber kippte und ihre wirren Strähnen durch ihr eigenes Blut wischten. Ophiot trank sein Wasser aus und zoomte aus der Nahansicht heraus. Juna hatte sich zu schnell umentschieden. Als emotionales Wesen würde sie es bereuen, daran bestanden keine Zweifel. Vielleicht würde sie sogar aus der Zeremonie aussteigen.

Noch drei Kandidaten.

»Meine Glückwünsche, Juna«, sprach die Königin gedehnt. »Du hast dir deinen Platz unter denen erkämpft, die nicht vor

ihrer Pflicht zurückweichen, egal, wie grausam sie ist. Deiner Entschlossenheit gebührt mein Respekt. Kann ich das auch von euch anderen behaupten?«

»Clif!«, rief Ophiot erneut. Ein Röcheln war seine Antwort.

Ophiot sah nicht mehr zu, wie die übrigen Kandidaten die Exekution fortsetzten. Sein Blick scannte die Menge weiter oben auf dem Felsen, suchte, wägte ab. In den meisten Gesichtern spiegelte sich berauschtes Grauen wider, aber dahinter saß Hoffnung. Das Volk glaubte daran, dass die Zeremonie einen würdigen Herrscher herausbringen würde. Clif würde es nicht schwerfallen, ihr Vertrauen zu gewinnen.

Ein Klappern. Ein erstickter Seufzer. Die Menge pulsierte in dem Versuch, sich dem Toten zu nähern und die Sensation aus der ersten Reihe zu sehen.

Noch zwei Kandidaten.

»Clif? Hörst du mich?«, versuchte er es wieder.

»Ich habe sie splitternd gemacht.« Clif keuchte. »Sie waren meine letzten Seelenfragmente.«

»Wovon redest du?«

Das Bild flackerte. Was tat Clif dort?

»Der Seelensprenger … Ich habe ihre vollkommene Seele herausgesprengt.«

»Du …«

Die vollkommene Seele herausgesprengt. Er hatte Clif nicht von seinem Experiment mit dem Fraktionsmädchen erzählt. Natürlich nicht. Er hatte ihre Verwandlung verschwiegen, damit sich der Splitternde auf sein Angebot einließ. Immerhin konnte es selbst bis heute nicht erklären, wie sie zustande gekommen war. Clif hatte nicht geahnt, was er bewirken konnte, indem er die Seelensplitter mit dem Gerät entnahm.

Wie wahrscheinlich war es gewesen, dass genau seine Opfer bei der Zeremonie auftauchten?

»Bitte nicht!«, kreischte ein Verurteilter im Hintergrund. »Ich bin kein Splitternder, ich war es nie! Du bist selbst ein Fließer. Wir arbeiten zusammen, du hast mich bestimmt schon einmal gesehen! Bitte töte mich nicht! Ich bin kein Sprrrrrr …«

Ein undefinierbares Glucksen unterbrach das Flehen. Alle hielten den Atem an, als ein blutiger Körper auf den Felsen klatschte.

Noch ein Kandidat.

»Clif, du musst mir zuhören –«

»Du hast es gewusst, oder?« Die automatische Stimme nahm den Zorn aus Clifs Worten. Ophiot war sich sicher, dass er ihn anschrie. »Du hast gewusst, dass sie zu Splitternden werden! Dein krankes Menschenhirn hat doch alles berechnet!«

Das Video flimmerte immer noch. Ophiot versuchte, den Winkel zu ändern, die Kamera so zu drehen, dass sie wieder die Königin und ihre Bewerber zeigte. Es funktionierte nicht. Vor ihm rammten und rempelten sich gegenseitig Velen und Azren an, die, aufgestachelt durch Gewalt, mehr Hinrichtungen verlangten. Hatte Clif das Objektiv verstellt?

»Du bist der Letzte, Ravine.« Aistyras Stimme hallte über dem Lärm. »Stellst du dich unserem gemeinsamen Feind? Oder sind die Hände eines Journalisten zu fein für Goldblut?«

»Clif, du darfst jetzt nicht nachgeben!«, warf Ophiot dem Hologramm entgegen. »Du hast recht, das waren früher Velen, aber jetzt sind sie Splitternde! Gefährlich. Tödlich. Du hast selbst erlebt, wozu sie in der Lage sind.«

Clif konnte ihm nicht antworten, während die Aufmerksamkeit der Königin auf ihm lag. Quälend lange Sekunden verstrichen, bis sie von ihm abließ und ihr Volk ansprach. Clif ergriff die Chance sofort. »DU hast sie dazu gemacht! ICH könnte an ihrer Stelle stehen! Hattest du vor, mir jemals davon zu erzählen? Sollte ich genauso enden, sobald du mit deinen Plänen für mich durch wärst?«

»Rede keinen Unsinn! Selbstverständlich hätte ich dich eingeweiht! Du warst nur noch nicht –«

»Wer bereut, verliert die Gegenwart, Kandidat. Die Prüfung dauert nicht ewig an. Töte die Splitternde oder du scheidest aus.« Die Königin drehte sich wieder zu Clif um.

Ein Vele stimmte mit seiner kratzigen Stimme ein Lied an, in das nacheinander alle Zuschauer einstiegen. »Tötet die Splitternde! Tötet die Splitternde! Tötet die Splitternde!«

Ophiot fasste sich an den Kopf. Clifs irrationaler Groll durfte nicht dazu führen, dass er scheiterte. All die Chroniken Pläne, Strategien, Vorbereitungen … Es durfte nicht untergehen, weil ein Splitternder nach einem Leben in Mord und Hetze beschlossen hatte, eine Moral zu entwickeln.

»Töte die Splitternde! Töte die Splitternde!«

Ophiot beugte sich zum Screen vor. »Du würdest über die herrschen, die dich gejagt und verachtet haben, erinnerst du dich? Ist es nicht dieses Opfer wert? Ist es nicht *jedes* Opfer wert, allem voran den Tod eines Splitternden?«

Stille. Nur die kehlige, spuckefeuchte Hymne der Menge schraubte sich in den Himmel und hallte in seiner lautlosen Wohnung wider.

TÖTETdieSplitterndeTÖTETdieSplitterndeTÖTETdieSplitternde.

Wo war Clif? Hatte ihn Ophiots Eingeständnis so außer sich gebracht, dass er sich einbildete, die Prüfungen ohne seine Hilfe zu bestehen? Er musste doch verstehen, wie gefährlich diese Idee war!

»Du bist ein Vele, vergiss das nicht! Kein Splitternder mehr!«, rief er.

Die Kacheln verpixelten sich. Ophiot drückte auf seinem Blid herum, aber das Bild besserte sich nicht. Was tat Clif mit der Kamera?

»Leck mich an den Splittern, Ophiot.«

Und dann brach Clif die Verbindung ab. Mit einem puffenden Geräusch wurden alle Kacheln schwarz. Ophiot stand da, umgeben von seinem Hologramm, das nichts zeigte, und sah zu, wie die Anwendung herunterfuhr. Die Grafik verblasste und verschwand ganz. Schmucklose weiße Wände kamen zum Vorschein, in denen das Licht zur Vorbereitung auf den Schlaf automatisch gedimmt glomm.

Ophiot starrte sie an. Es war genau wie damals, als er seinem Vater ein Programm gezeigt hatte, das er für die Schule entwickeln musste, und die Anwendung nach der ersten Codezeile abgestürzt war. Sein Vater hatte ihn geschlagen. Und dann hatte er ihm erzählt, dass er versagt hatte.

Ophiot hatte nicht die geringe Wahrscheinlichkeit berücksichtigt, dass das Programm den Code falsch lesen würde.

Er hatte nicht die geringe Wahrscheinlichkeit berücksichtigt, dass Clif seine Opfer wiedersehen würde.

Sein Blid projizierte eine Zeitanzeige auf das Ausgabegerät: 24:43. Die Zeremonie würde erst übermorgen weitergehen. Ophiot rief die Einstellungen für die Videoübertragung auf. Er konnte sich nicht leisten, dass der Splitternde verlor.

KAPITEL 39

Aistyra

»Tritt ein, Ravine.« Aistyra bedachte den Kandidaten mit einem verpflichtenden Lächeln. Ein leichter Geruch nach Asche wehte in den Thronsaal, als er durch den Eingang stelzte und in gebührendem Abstand zu ihr innehielt. Es war der zweite Zyklus der Auswahlzeremonie und obwohl die erste Prüfung nicht genau nach ihren Vorstellungen verlaufen war, hatte sie ihr Ziel erreicht. Sie hatte herausgefunden, welche Kandidaten sie auf keinen Fall zu ihrem Partner ernennen sollte. Und Ravine war einer von ihnen.

»Eure Majestät«, grüßte er.

Die Beine in ihren Lederhosen lässig übereinandergeschlagen, beobachtete Aistyra, wie der Vele sich vor ihr verbeugte. Drei Wachen lösten sich aus den sturmblauen Schatten hinter dem Thron und marschierten auf ihn zu. Ravine sah erschrocken auf, doch die Soldaten tasteten ihn bloß rasch nach Waffen ab und verschwanden.

Sie allein wusste, dass sie in direkter Nähe zu ihnen postiert waren. Die Prüfung, für die sie den Bewerber einberufen hatte, erforderte den Anschein höchster Diskretion.

»Nun.« Sie spielte mit dem eleganten Reifen um ihren Arm. Im unregelmäßigen Licht der Esks verlief das Metall in Gold- und Silbertönen. »Herzlichen Glückwunsch zur ersten bestandenen Prüfung, Ravine. Stiche in den Hals und die Brust, ein sehr effektiver Mord. Du handelst präzise und direkt.« Sie legte den Kopf schief. »Mir gefällt deine Entschlossenheit.«

Ravine verneigte sich erneut. »Ich freue mich, Euren hohen Standards zu entsprechen, Eure Majestät. Das Lob einer Königin ehrt mich.«

Er schmeichelt mir, obwohl er weiß, dass er dadurch keinen Vorteil bekommt. Der verflüssigte Niedergekommene kribbelte in ihren Venen – eine träge, ölige Flüssigkeit, von der ihr leicht schwindelte. Sie hatte heute mehr davon getrunken, als gesund für sie war; vor allem, wenn sie ihre ausgedünnten Adern nach dem Feuerunfall in der Kindheit bedachte. Aber ein Heilertermin war es wert, in den Gedanken der Kandidaten zu lesen.

»Lass mich dich etwas fragen, Ravine.«

Der Vele spannte sich an.

»Du hast gezögert. Warum hast du bis zum Schluss gewartet, statt meinen Befehl sofort auszuführen?«

Ravine öffnete den Mund und verschloss ihn wieder. »Ich wollte anderen den Vortritt überlassen«, sagte er nach einer längeren Pause. Aistyra musste es ihm hoch anrechnen, dass seine Stimme nach diesem ersten Angriff fest blieb. Es war offensichtlich, dass er log.

»Tatsächlich? Oder hattest du Angst und wolltest sehen, wie andere Bewerber mit der Aufgabe umgehen?« Ihr Wort hatte nicht ausgereicht, um ihn zum Handeln zu bewegen. Sollte er König werden, könnte er ihr mit seinem Protest im Weg stehen.

Der Vele umfasste den Saum seines blau bestickten Jacquardmantels. Hatte er die Farbe ausgewählt, weil sie so gut zur Thronqualle passte? Wollte er ihr zeigen, wie perfekt er sich als König hier einfügen würde?

»Wir können hier offen reden, Ravine. Um uns herum gibt es keine Wachen und kein Volk, das über fremde Angelegenheiten lieber tratscht als über eigene. Niemand, der dich für deine Zweifel verurteilen würde.« Aistyra lehnte sich auf dem Thron vor. »Bist du dir sicher, dass du König werden willst?«

Das war er. Der erste Stich in seine Motive, um zu prüfen, ob sie platzten. Sie konnte keinen Partner gebrauchen, der das Amt nur aus Ruhmgier anstrebte. Und wenn sie in den Eingeweiden seiner Seele wühlen musste, um das herauszufinden, würde sie es tun.

Die meisten verflüssigten Materialien schärften die Instinkte oder glichen deren Schwächen aus. Der Niedergekommene tat Ersteres – aber mit einer Intensität, die sie noch bei nichts anderem erlebt hatte. Wie Tentakel einer Qualle streckten sich ihre Sinne, beweglicher und empfindlicher als zuvor, allem entgegen, das sie vorfanden. Der Atem von Soldaten, die einige Quallen von ihr entfernt postiert waren, pflanzte Schauer auf ihre Haut. Auf ihrer Zunge prickelten Asche und Quecksilber, die in Wahrheit nur dünne Spuren in der Luft bildeten. Und die Gedanken des Velen … *Ravines* Gedanken reckten sich ihr mit jedem Heben und Senken seiner Brust so deutlich entgegen, als wären sie materiell wie ihre Krone.

Das ist eine Prüfung.

Er begriff schnell.

»Wäre es nicht so, stünde ich nicht hier, Eure Majestät.« *Gib ihr kurze, unmissverständliche Antworten, die zu keinen weiteren Fragen führen*, las Aistyra in ihm.

Also ein Stratege. Klüger als Juna und Oaev, aber umso gefährlicher für sie selbst. Sie krallte die Finger in die Thronlehnen.

»Womöglich täuscht dich dein Wunsch. Vielleicht sollte dich dein Instinkt davor bewahren, etwas zu werden, das du nicht bist.«

Der Vele verkrampfte sich noch mehr. Wuchtige weiße Augenbrauen vereinten sich über seinem ungeraden Nasenbein. *Das Königsdasein. Sie spricht nur vom Königsdasein, von nichts anderem.*

Er verbirgt etwas. Wer war er, bevor sie Eunes Stelle an ihn vergeben hatte? Sie hatte sich so beeilt, alles zu vernichten, was mit ihrer alten Freundin zusammenhing, dass sie ihn nicht nach seiner Vergangenheit gefragt hatte. Außerdem hatte sie so dringend Journalisten gebraucht. Hatte er sich früher als Dieb umhergetrieben? Als Mörder, der seine Identität gewechselt hatte? *Etwas zu werden, das du nicht bist.* Was hatte er unter diesen Worten verstanden?

Es schien, als würde er mit allen Kräften vermeiden, daran zu denken.

»Du bist ein Journalist, Ravine«, fuhr sie fort. Keine Regung. Kein Gedanke. »In deinen Berichten hast du das Königsamt von außen betrachtet. Aus einer sicheren Entfernung heraus. Nichts hat dich darauf vorbereitet, es von innen zu überleben. Schon allein die Hinrichtungen verlangen mehr ab, als die meisten geben können. Und du hast nie getötet. Es war nur natürlich, dass du gezögert hast.«

Wieder ein Zucken. *Kontrolliere dich,* hörte sie seine Warnung an sich selbst. Sie klang anders als seine vorherigen Gedanken. Entfernter, methodischer. Wie die Stimme eines Zweiten in seinem Kopf.

Was *verheimlichte* dieser Vele?

»Wenn ich mich richtig erinnere, habt Ihr auch nicht getötet, bevor man Euch erwählt hat, Eure Majestät.« Er senkte nicht den Kopf bei der Anrede. »Die königlichen Aufgaben erlernt man im Prozess.«

Zu taktisch. Er überlegte zu taktisch. Sie brauchte jemand … Einfacheren. Einen Partner, der ihr zustimmen würde, statt sie herauszufordern.

»Warum willst du ein komplett neues Leben anfangen?« Aistyra stützte ihr Kinn auf einem Handballen ab. Es sollte den Eindruck von Gelassenheit erwecken, von leichter Erschöpfung,

in der ihre Aufmerksamkeit nachließ. »Du hast Erfolg als Journalist. In der kurzen Zeit, die du in diesem Beruf arbeitest, hast du es weiter gebracht als die meisten von ihnen. Die Azren respektieren deine Meinung. Die Velen bewundern dich. Wäre es nicht leichtsinnig, das alles für etwas aufzugeben, das du weder kennst noch kannst?«

Sie hatte dieses Spiel schon dreimal gespielt. Jedes Mal begonnen mit einem anderen Zug, aber geführt zur selben Falle. Die Medikamente, die die Menschen für die Heilerin anfertigen würden, wenn sie sich aus der Zeremonie zurückzog. Der Lockruf der Fraktion, den die Soldatin niemals erwidern würde, wenn sie den Thron bestieg. Die Erlaubnis, unbegrenzt Materialien für sich selbst zu verflüssigen, wenn der Fließer auf seine Kandidatur verzichtete.

Sie prüfte Unbestechlichkeit mit einer Bestechung ab. Aistyra musste nur etwas finden, das Ravine mehr begehrte als das Königsamt, und er würde freiwillig abtreten. Der Verlust seines Erfolgs, seiner Karriere … Es war einen Versuch wert.

»Sobald du König wirst, interessiert es niemanden mehr, was du vorher gewesen bist«, fügte sie hinzu. »Du wirst dir deine Anerkennung neu verdienen müssen. Wäre es das wert?«

Gib die Frage zurück. Je mehr ihr über sie sprecht, desto weniger musst du preisgeben. »Würdet ihr nicht sagen, dass sie es wert ist, Eure Majestät?«

Sie ignorierte ihn. »Du könntest eine glänzende Zukunft haben, Ravine. Ruhm, Ehre, Liebe. Denk nur daran, wie es wäre, der beste Journalist in ganz Ilmestys zu sein.«

Sie senkte die Lider und ließ ihren Blick verträumt durch die Qualle wandern, als würde sie sich seine Auszeichnung hier, in dieser Thronqualle ausmalen. Und tatsächlich teilten sich seine Lippen. Seine Gedanken fluoreszierten in seiner Seele wie die goldenen Adern in seinem Körper. Sie waren so laut, dass sie sie vermutlich auch ohne den Niedergekommenen hören könnte. *Anerkennung. Ehre. Ich könnte alles haben, was mir mein Leben lang verwehrt blieb.*

Er wird nachgeben. Der Triumph schäumte heiß und rot in ihr auf, ein willkommenes Gefühl nach den Mühen der letzten Stunden. Doch es war auch der Triumph, der die Magie in ihr verdünnte und sie schneller durch ihre Venen rasen ließ. Schwindel kam in ihr hoch. Hastig befahl sie sich, zu ihrer Beherrschung zurückzukehren, und setzte sich aufrechter hin. Das flüssige Material durfte seine Zirkulation nicht beenden, ehe dieses Gespräch vorbei war.

»Ich kann dich zum königlichen Journalisten ernennen, Ravine. Ich kann dir grenzenlosen Zugang zur Lichtflut im Palast verschaffen, aus der du Wissen schöpfen kannst, das nicht einmal die Azren besitzen.« Aistyra pausierte und wartete auf die Freude, die aus seinen Gedanken zu ihr schwappen würde. Sie spürte sie nicht. *Also ein anderes Lockmittel.* »Oder ich kann dir verflüssigtes Glas schenken, mit dem dir jeder sofort vertraut. Du könntest den Velen ihre pikantesten Geheimnisse entlocken, ihre genialsten Verbrechen.« Sie verschwieg, dass ihn die Velen nach diesen Geständnissen vermutlich töten wollen würden. Es war der Grund, warum sie das Material selbst nur sehr selten einnahm. Sie konnte nicht noch mehr Feindseligkeit von ihrem Volk gebrauchen. »Stell dir für eine Sekunde vor, wie deine Berichte einschlagen werden.« Aistyra drehte die Ringe um ihre Finger. Eine beiläufige Bewegung, der Ausdruck entspannter Eleganz. »Du wirst eine Bedeutung über viele Chroniken bekommen.«

Ich werde eine Bedeutung haben, echote es in seinen Gedanken.

Sie lächelte. *Jeder hat seinen Preis, Vele. Deiner sind offenbar ein paar schmutzige Geheimnisse und Lästereien.* »Steig aus der Auswahlzeremonie aus und du erhältst den Ruhm, den du verdienst.«

Sie hatte ihn fast. Ein Wort, eine Zusage genügte und die Gefahr, die von diesem zu klugen Kandidaten ausging, würde niemals in ein ernstes Risiko umschlagen.

Der Niedergekommene beschleunigte wieder seinen Fluss. Dunkelfeucht erreichte er ihren Hals und stürzte von dort aus ihren Arm hinunter. Sie hatte nur noch wenige Minuten.

Sag es.

Vergiss nicht, wieso du diesen Posten willst, Ravine.

Sag es.

»Bei allem Respekt, ich muss Euer Angebot ablehnen, Eure Majestät.«

Verdammter Quallenlutscher. Aistyras Lächeln kaschierte die zusammengebissenen Zähne. Sie hatte ihn fast gehabt. Diese Drohung, die seine Überzeugung im letzten Moment gekapert hatte ... Was, bei allen Mächten des Sterns, war das für eine Stimme? Sie gehörte nicht ihm.

Sie hob eine perfekt gezupfte Augenbraue. »Tatsächlich?«

»Es ist verlockend, aber ich habe mich nicht umsonst für das Königsamt beworben.« *Ich werde nicht zurückweichen.*

»Du könntest scheitern«, beharrte sie. »Und dann wirst du dir wünschen, du hättest mein Angebot angenommen.«

Ihr eisiger Ton ließ Ravine schaudern. Er schob das Kinn vor und wischte sich eine weiße Strähne von der Stirn.

Und in einer Welt, in der Aistyra keine Königin war, in der sie sich nicht vor ihrem Volk beweisen musste und seine Stärke keine Konkurrenz für sie bedeutete, in dieser Welt bewunderte sie ihn dafür.

»Dann soll es so sein, Eure Majestät. Ich werde dafür kämpfen, die Prüfungen als Bester zu bestehen.«

Aistyra zupfte eine Falschmotte von der schwarzen Spitze ihrer Bluse und schickte ihre Gedanken voraus. Getränkt mit dem Niedergekommenen schmiegten sie sich an seine und saugten die Gefühle daraus auf. *Was willst du wirklich?*

Plötzlich ging ein Ruck durch ihre Venen. Die zarte Verbindung, die sie zwischen ihnen gesponnen hatte, erschlaffte und riss ab. Die Flüssigkeit hatte ihren Körper voll durchlaufen. An ihrer Stelle füllte Erschöpfung die Hohlräume. Sie sah ihn nicht mehr. Einen Augenblick lang war es, als wäre sie auf einem Auge blind geworden.

Sie stützte ihren Kopf an der Säule ihres Throns ab, um ihre Schwäche zu verhüllen. Sie hatte eindeutig zu viel verflüssigten Niedergekommenen gekippt.

»Wie ich sehe, bleibst du deinen Prinzipien treu«, sagte sie gedehnt.

Der Vele verbeugte sich zum dritten Mal.

»Ich wäre eine schlechte Königin, wenn ich es nicht gutheißen würde. Du hast die zweite Prüfung abgeschlossen. Herzlichen Glückwunsch dazu.«

»Ich danke Euch, Eure Majestät.« Obwohl der Vele den Blick gesenkt hielt, erahnte Aistyra ein Aufflackern darin. Etwas, das beinahe an Genugtuung grenzte. Warum musste sich der Niedergekommene gerade jetzt aufgelöst haben!

»Wir sehen uns morgen zur dritten Prüfung, Ravine.« *Ich hoffe, dass du versagst.*

»Ich hoffe, dass ich bestehe.«

Unter ihrem geduldigen Nicken drehte sich der Vele um und trat hinaus. Das Licht der Qualle konturierte seine drahtige Silhouette, bevor sie im blauen Dunst verschwand. Aistyra sah ihm nach, bis sich die Membran von beiden Seiten zueinander zog und verschmolz. Ihre Augen waren wachsam, obwohl sie sie halb geschlossen hatte; ihre Finger mit den Klunkern lasziv an ihren Hals gelegt.

Juna war ausgeschieden. Pecete hatte ihre Bewerbung fast für einen Aufstieg in die Fraktion aufgegeben. Womöglich würde sie sich auch von Aistryras Feinden bestechen lassen, falls sie be-

schlossen, dass ihnen Pecete auf dem Thron ausreichte. Ein König, der bei der Hinrichtung so zitterte wie Oaev, würde die Velenherrschaft lächerlich aussehen lassen. Und Ravine verbarg etwas, das ihn schwer zu kontrollieren machte. Wenn sich Menial nicht als Großfang entpuppte – wen würde sie krönen?

Wen *könnte* sie dann noch krönen, ohne den letzten Fetzen ihrer Souveränität zu verlieren?

KAPITEL 40

Tamnes

Die Menge war entwurzelt. Der Boden unter Tamnes war kein schwarzer Felsen mehr, sondern haltloses Wasser, als ihn Hunderte Körper in ihre Richtung zerrten, drückten und schoben, um sich nach vorn, immer weiter nach vorn zu drängeln. Kaum, dass er eine ruhige Nische zwischen Roben und Moos gefunden hatte, spülte ihn die nächste Welle Schaulustiger zur Seite.

»Gerechtigkeit!«, brüllten die Versammelten. »Lasst Gerechtigkeit walten!«

»Er hätte dich gerettet, verdammt nochmal!«

»Ohne Volk kein König!«

Ein Korsett aus Stahl stieß ihm in die Äste. Der Vele rauschte an ihm vorbei, davongetragen von anderen Meuterern. Tamnes ächzte und schwankte zurück.

»Er soll gehen! Wir wollen ihn nicht!«

Eine Wurzel schlug heftig gegen seine. Wimmernd vor Schmerz stolperte Tamnes in eine Lücke zwischen blauen Leibern. Wenn er nicht schnell genug aus der Mitte dieses polternden, heulenden Mobs verschwinden würde, würde man ihn zertreten.

»Ruhe!«, schallte eine Stimme über die Schreie hinweg. Das Publikum schwang ihr entgegen. Rings um das Feld, dessen Felsboden sich wie ein Krater zu den Seiten hin erhob, hatten sich alle Velen und Azren von Ilmestys versammelt. Gegensätzliche Bewegungen durchschnitten ihre Reihen – als wäre die Königin der Stern, dessen Schein sie genauso blendete wie anzog.

Tamnes wurde herumgedreht, angerempelt und ganz nach vorn geschubst. Er atmete aus. Nur zwei Azren vor ihm trennten ihn davon, das Geschehen in vollem Ausmaß sehen zu können. Er war dem Zentrum entkommen.

»Oaev hat sein Urteil gefällt«, verkündete Aistyra. Obwohl sie sich nicht darum bemühte, die Menge zu übertönen, drang jedes ihrer Worte hell und klar an seine Ohren.

Die Schreier verstummten vor ihrer Königin.

»In diesem Gerichtsverfahren gibt es keine eindeutige Lösung. Die Kandidaten können weder bestehen noch verlieren. Ich habe euch Oaevs Verständnis von Gerechtigkeit gezeigt. Nach diesen Prinzipien würde er euch richten, sollte er am Ende die Krone erhalten.«

Drei Bewerber hatten ihre letzte Prüfung abgelegt, nachdem Juna gestern ausgeschieden war. Ihre Prozesse waren einfach gewesen. Sie hatten genauso wenig Proteste hervorgerufen wie Beifall erregt. Aber angesichts der Reaktion auf das vorletzte Verfahren fragte sich Tamnes, ob es nicht besser war, unscheinbar zu sein.

Er warf einen Blick hinter den Thron neben Aistyras. Dort warteten die drei Bewerber und kauten auf ihrem Neid herum. Oh, sie zogen es vor, um jeden Preis aufzufallen.

»Bei einem gekrönten König würdet ihr diese Entscheidung respektieren. Also tut es auch bei ihm.« Aistyra erhob sich von ihrem Prunkstuhl und legte dem Fließer ihre Hand auf die Schulter. Der Vele hatte seine Finger in seinem breiten Gürtel verschränkt, damit sie nicht zitterten. Tamnes zeichnete das Bild in seiner Erinnerung nach, kartografierte es in seinem Gedächtnis, um es niemals zu vergessen.

Er war nicht zur Auswahlzeremonie erschienen, weil die Königin es ihm befohlen hatte. Nicht nur. Das war der Ort, an dem Geschichte auf die Welt kam. Die Velen bemerkten es bloß noch nicht. Doch während sie sich schon bald nicht mehr daran erinnern würden, würde er den Moment sorgsam in sich aufbewahren.

»Schreiber, wiederhole den Prozess«, befahl die Königin.

Tamnes reckte den Hals, um den Azren am Tisch zwischen den beiden Thronen besser zu sehen. Farne fielen in sein runzliges Gesicht, als er sich vorbeugte und zu lesen begann. »Im erdachten Gerichtsfall tritt Bewerber Oaev als König auf. Ein Wachmann wird angeklagt, verflüssigte Materialien in großer Zahl gestohlen zu haben.«

Gegenüber von Oaev trat ein Schauspieler in der grauen Uniform eines Wächters von einem Fuß auf den anderen. Offensichtlich bereitete es ihm Unbehagen, vor so vielen Velen und Azren einen Verbrecher zu verkörpern. Und er? Wie würde er sich fühlen, wenn er dort vorn stehen würde – als wahrer Straftäter?

Seine Wurzeln zuckten. *Bisher hat niemand etwas von Vemery erfahren. Und hoffentlich wird es auch so bleiben.*

»Mit ihrer Hilfe konnte er allerdings den Angriff abwenden, den Rebellen auf den Palast ausgeübt haben«, fuhr der Schreiber vor. »Oaev soll seine Schuldfrage klären.« Ein Schillern spannte sich flügelartig um die Lichtflut auf dem Tisch des Azren. Durch die hinein geritzten Buchstaben trat Saft heraus. »Kandidat Oaev erklärt den Angeklagten für schuldig.«

Unmutiges Gemurmel rauschte durch die Menge hinter Tamnes. Aistyra brachte sie mit einer Handbewegung zum Schweigen.

»Er erlegt ihm die übliche Strafe bei solchen Vergehen auf: hundert Zyklen Gefängnis.« Der Azre verstummte.

Tamnes machte sich so klein wie möglich, um vom Mob nicht erschlagen zu werden. Dieses Urteil war gerecht. Der Vele hatte

nur die Gesetze befolgt. Aber er ahnte, dass die Velen es nicht so sehen würden.

Die Stille, die auf die Verkündung des Schreibers folgte, bestand aus Wut. Sie schloss all die ungesagten Vorwürfe in sich ein, all die unausgesprochenen Beleidigungen, die die Versammelten für Oaev übrig hatten. Der lautlose Druck der Menge pochte in seinen Ohren. Und als die Ruhe implodierte, glich es mehr einer Erleichterung als einem Schock.

»Er ist ein Volksverräter!«

»Jemand wie er verdient unseren Schutz nicht!«

Oaev erbleichte und kippte nach hinten. Aistyra verschränkte die Arme vor der Brust. Und die Soldaten der Königin begegneten den Zuschauern schon zum zweiten Mal mit Piken.

Ihre Metallkorsette flammten im Licht des Sterns. Ihre Waffen richteten sich auf die Azren und Velen in der ersten Reihe. Diese aber tauchten eilig unter, schoben sich an Tamnes vorbei und … überließen es ihm, mit den Soldaten fertig zu werden.

Die Pikenspitze touchierte Tamnes' Brust. Genau den kleinen Fleck Moos, der ihm erst vor zwei Zyklen gewachsen war und in den er die Erinnerungen seiner Eltern verlagert hatte. Langsam, benommen langsam sah er vom Metallansatz in die kajalumrandeten Augen der Soldatin, während die Velen um ihn herum weiter zurückwichen.

Nur er und die Frau standen einander auf dem Feld gegenüber. Zwischen ihnen die längste Waffe, die Tamnes jemals zu Gesicht bekommen hatte.

»Ich … b-bin … der B-botschafter«, stotterte er.

»Warum gesellst du dich dann nicht zu deiner Königin, statt hier Chaos anzuzetteln?«, gab die Soldatin bissig zurück.

»Tamnes!« Aistyras Ruf klang wie eine Befreiung. Als er wagte, sich von der Pike abzuwenden, erkannte er, dass die Königin ihn zu sich heranwinkte.

Knurrend ließ die Kajaläugige ihre Waffe sinken. »Nimm dich in Acht, Botschafter.«

Er nickte schnell. Die Aufmerksamkeit von ganz Ilmestys lastete auf ihm, als er an der Soldatin vorbei trat und hinunter in die Senke auf die Throne zu glitt. Sie warfen ihm ihre Neugierde, ihr Misstrauen und ihren Argwohn vor die Wurzeln, sodass er stolperte und auf dem kurzen Weg fast hingefallen wäre.

»Wie schön, dass du da bist, Tamnes.« Aistyras Worte kontrastierten mit der Steifheit ihrer Züge. Erst aus direkter Nähe fielen ihm ihre geschwollenen Goldadern auf, ihre wund gebissenen Lippen. Einzig ihre verschieden farbigen Augen – blau und milchig grau – waren noch genauso wie bei ihrem ersten Treffen. »Mein Volk, ich darf euch meinen treuen Botschafter vorstellen.«

Unsicherer Beifall rollte durch die Menge, deren Hitze die Soldaten deutlich abgekühlt hatten. Tamnes' Wurzeln juckten. Hätte man ihn bloß nicht bemerkt!

In den Mundwinkeln der Königin gerann ein Lächeln. »Dieser Azre glänzt nicht nur durch sein diplomatisches Geschick, sondern auch durch seine große Weisheit. Er kennt die Gesetze und Strafen von Ilmestys besser als jeder von uns. In seinen Erinnerungen hat er sie alle erlebt. Aus diesem Grund«, sie tätschelte seinen Rücken, »möchte ich, dass er in der nächsten Gerichtsverhandlung den Kläger spielt.«

»Eure Majestät, bitte nicht«, stammelte er.

»Tamnes! Tamnes!«, johlten die Versammelten, die jetzt von der Erhebung des Königsplatzes auf ihn herabsahen.

»Kandidat Ravine wird die Rolle des Königs übernehmen«, fuhr die Königin unbeirrt fort. »Die Angeklagte bin ich.«

Bei den Hörnern des ersten Azren. Die Luft in seinen Lungen zerfiel zu Staub und er hustete, ohne den Geschmack von Quecksilber und Angst von seiner Zunge verscheuchen zu können. Er musste die Königin anklagen … Er musste ihr etwas zur Last legen, wofür sie keine Schuld trug, als ihr Diener, vor ganz Ilmestys … War das eine Prüfung? Und wenn es so war: Was wusste sie über ihn?

Gedanken jagten einander in seinem Kopf, geknüllte WasWäreWenns und verirrte DasDarfNichtSeins. Er versuchte noch immer, Ordnung in seinen Geist zu bringen, da trennte sich eine Gestalt von den Quallen am Felsrand und marschierte herunter in die Senke.

In scharlachroter Livrée mit goldenen Knöpfen näherte sich der Kandidat wie ein Lauffeuer. Sein Gang war der eines Velen, dem der Ruhm an den Sohlen klebte, und das Publikum begrüßte ihn, als ob es sich schon bald bewahrheiten würde. Aistyras Blick blieb jede Begeisterung fremd.

Er musste hier fort. Beim Ältesten, zwischen der Königin und ihrem Rivalen zu verhandeln war das Letzte, was er wollte!

»Eure Majestät.« Der Vele verbeugte sich – erst vor Aistyra und dann vor ihm. Obwohl seine Geste hohen Respekt bedeutete, glaubte Tamnes ihm nicht. Da war ein verschlagenes Funkeln unter den bleichen Wimpern. Ein Leuchten, dem er besser nie begegnet wäre.

»Schreiber, verlies den Fall«, gebot Aistyra, ohne Ravines Gruß zu erwidern.

Tamnes' Kopf zuckte hilfesuchend zum Azren hinüber. Doch der Schreiber presste nur entschuldigend die Lippen zusammen und vertiefte sich wieder in seine Lichtflut. Die drei Kandidaten hinter dem Thron brauchte er gar nicht erst um Beistand zu bitten.

»Im erdachten Fall tritt Bewerber Ravine als König auf. Königin Aistyra wird angeklagt, Splitternde in Schutz genommen zu haben.«

Tamnes atmete nicht aus. Die Luft floh aus seinen Zellen. Panik verstopfte seinen Mund, seine Nase, sodass er weder krächzen noch stöhnen konnte. Die Rinde an seinen Ästen spannte sich so sehr, dass sie gleich reißen musste. *Splitternde in Schutz genommen zu haben.* Wie konnte es ein Zufall sein, dass Aistyra ihn ausgerechnet für diese Prüfung zum Kläger ernannt hatte! Seine fast zu natürliche Einberufung, die Korsette der Soldaten um ihn herum in der Menge, die Fraktion hinter dem Thron ... Hatte man ihn beobachtet? Wie lange?

Sie dürfen nichts von Vemery erfahren!

Das Feld schwamm vor seinen Augen. Der Ring aus Quallen und das Volk, das sich davor wie in einem Kolosseum aufgestellt hatte, verwischten ineinander. Die Stimme des Schreibers war ein Hammer, der seine Wurzeln unter Schmerzen in diese grausame Welt rammte.

»Ravine soll ihre Schuldfrage klären.«

Gegen den pochenden Pflanzensaft in seinen Ohren zwang sich Tamnes zur Ruhe. Er durfte Vemery nicht verraten. Jedes Anzeichen von Angst würde den Verdacht auf ihn lenken. Den ernsten, den tödlichen Verdacht. *Ich habe ihr versprochen, nach der Zeremonie zu ihr zurückzukehren.*

»Nun denn.« Aistyra glättete ihr Kleid. Goldene Blüten schossen vom Rock bis zu den Ärmeln hoch und verdichteten sich über ihrer Brust. *Wie Schuppen.* »Tamnes, würdest du uns an die Strafe erinnern, die den Ilmestysianern nach dieser Tat zusteht?«

»Der Tod«, erwiderte er heiser.

Ein Raunen ging durch die Menge. Eine Kandidatin keuchte auf. Hände schlugen vor Münder und sensationslüsterne Schreie brachen aus Dutzenden Kehlen. Vielleicht hatten sie durchschaut, welchen wahren Sinn diese Prüfung verfolgte. Aber niemand von ihnen ahnte, dass sie einen zweiten Teil besaß.

»Genauer.« Das Gesicht der Königin zeigte keine Regung. Bildete er sich das alles nur ein? Verdächtigte sie ihn überhaupt nicht? Womöglich hatte sich Vemerys Misstrauen auch auf ihn übertragen. *O bitte, bitte, es muss ein Fehler sein.*

»Wer Splitternden dabei hilft, sich zu verstecken, die Mitglieder der Fraktion anzugreifen oder nach ihren Splittern zu suchen, wird zusammen mit ihnen hingerichtet«, sagte er fahl. Zu viele Ängste in diesem Gesetz, zu viele Vorurteile. Was wussten die Velen schon über die, die sie töteten?

Tamnes entging nicht, wie Ravine bei seiner Aussage erschauerte. Das Leuchten, das er bereits in seinen Augen bemerkt hatte, glühte heller. Als er Tamnes' Aufmerksamkeit spürte, senkte er sofort die Lider.

»Danke, Tamnes.« Mit erhobenem Haupt setzte sich Aistyra in Bewegung und umkreiste den Kandidaten. Tamnes konnte nicht die Vorstellung vertreiben, wie sie es bei ihm tat. In vertauschten Rollen. Mit derselben Ahnung, die zwischen ihnen in der Thronqualle hing. *»Würdest du uns an die Strafe erinnern, die den Ilmestysianern nach dieser Tat zusteht?«*

»Diese Prüfung stellt Euren Sinn für Gerechtigkeit auf die Probe.« Der Schreiber schien über seiner Lichtflut in sich zusammenzufallen. »Wenn Ihr die Hinrichtung befehlt, befolgt Ihr die Tradition. Gleichzeitig stehlt Ihr dem Volk seine Königin. Was ist Eure Wahl?«

Aistyra neigte den Kopf. »Was ist gerecht, Ravine?«

Der Kandidat antwortete nicht. Blässe kroch über seine Wangen und seine Lippen flatterten geräuschlos, als würde er zu jemandem sprechen. Doch da war niemand, der ihm helfen würde. Genauso wie es niemanden gab, der Tamnes aus all dem befreien würde.

»Tamnes?« Der Ton der Königin war ungeduldig. Sie hatte ihm zu ihrem Kläger ernannt, aber er traute sich nicht, ihr etwas anzulasten.

Du bist auffälliger, wenn du schweigst.

»Ich plädiere dafür, die volle Strafe zu verordnen«, stammelte er. »Mit ihrer Tat hat die Königin ihr gesamtes Volk in Gefahr gebracht. Wir wissen alle, wozu Splitternde fähig sind. Dass sie dieses Risiko mutwillig eingegangen ist, zeigt, dass sie das Leben wertloser Kreaturen über das ihrer Untertanen stellt.«

Die Menge oben an den Rändern des Felsbeckens johlte zustimmend. Pfiffe wurden laut, die die kleinsten Risse in seiner Rinde, seiner Seele fanden und in ihn hineinstießen. Gegen den uralten Hass dieses Mobs war er genauso hilflos wie das Wesen, das er verteidigte.

Sie haben zugejubelt, als die Kandidaten Splitternde niedergemetzelt haben. Worauf hast du gehofft?

»Diese Entscheidung wäre plump und unbedacht, Ravine.« Die Königin schnalzte mit der Zunge. »Ich könnte aus verschiedenen Motiven gehandelt haben. Die Sympathie mit Splitternden ist nur eins davon. Was aber, wenn ich sie verschont habe, damit sie für mich die anderen ihrer Art ausrotten? Sie kennen ihre Verstecke besser als jeder von uns.«

Sie ist überzeugt, dass er sie nicht verurteilen wird. Sie hat diese Prüfung nur organisiert, weil sie sich sicher ist.

Der Bewerber blieb still. Schweißtropfen glänzten auf seiner Stirn. Sein Blick sprang zwischen der brüllenden Meute und Aistyras goldenem Kleid hin und her. Hatte ihn die Ähnlichkeit zu Schuppen auch verstört?

»Gute Motive ändern nichts an der Tat. Ihre Majestät hat die Sicherheit ihres Volkes bedroht. So jemand verdient keinen Königstitel.« Er überkreuzte die Wurzeln. Gegen die Splitternden zu argumentieren war seine einzige Chance, sich und Vemery bedeckt zu halten. Aber das, was er gleich aussprechen würde ... Es war keine Lüge, weil er es in seiner Rolle sagen musste. Trotzdem war es falsch. Alles daran. »Und auch kein Leben.«

Seine Forderung hallte in Hunderten Rufen wider. Wiederholte sich, wurde immer grausamer, je mehr Velen und Azren in sie einstiegen. Nur die Bewerber und die Fraktion, die sich hinter der Königin postiert hatte, blieben still. Angst, Zorn und Hass

schwappten Aistyra entgegen, bereit, sie in den roten Roben und Quallen zu ertränken.

»Er hat recht!«

»Die Königin hat uns verraten!«

»Vor dem Gesetz sind alle gleich!«

»Wer sich mit Splitternden verbrüdert, stirbt genauso wie sie!«

Schrecken und Überraschung zeichneten sich in Aistyras starrer Pose ab. Damit hatte sie nicht gerechnet. Eine Sekunde lang befürchtete er, dass er es übertrieben hatte. Hatte seine harte Anklage das Gegenteil von dem bewirkt, was er anzielte? Aber es war doch genau das, was Aistyra gewollt hatte!

Angst kroch kalt und schleimig in ihm hoch. Was würde mit ihm passieren, sobald das alles vorbei war?

»Überlege dir gut, welche Folgen dieses Urteil hätte.« Aistyras Stimme klang dumpf. Ihre Samthandschuhe überspielten das Zittern ihrer Finger, aber aus der Nähe war es unverkennbar.

Was wird sie mir antun?

»Wenn du mich tötest, wirst du einen Thron leer zurücklassen. Die jüngsten Umstände haben bewiesen, dass ein Herrscher allein nicht regieren kann.«

»Besser gar keine Königin als eine, die ihre eigenen Gesetze bricht!«, brüllte jemand aus der ersten Reihe.

Dieser Ruf entfesselte das Chaos. Gellende Schreie überschütteten das Feld, bauschten sich auf, rasten ihnen entgegen. Selbst die Soldaten mit ihren Piken konnten sie nicht mehr aufhalten. Die Luft pulsierte vor geballter Anspannung. So präsent wie der Geruch von Quecksilber durchzog sie die Atmosphäre und schien die Menge mit jedem Atemzug immer mehr in Ekstase zu versetzen. Verstanden sie überhaupt noch, dass dies bloß ein erdachtes Verfahren war? Oder hatten sie die Königin längst zum realen Tod verurteilt?

Er wollte fort. Das war nicht die Geschichte, die er hatte erleben wollen. Er sollte kein Teil von ihr sein, nicht der Raserei dieses Mobs zum Opfer fallen. Er hatte bloß zuschauen wollen …

»Ich habe einen Entschluss gefasst.« Ravines Worte setzten nicht der allgemeinen Rage ein Ende, aber wenigstens dem Lärm. Tamnes erkannte Äste, die sich in argen Winkeln bogen und Venen, die auf das Doppelte angeschwollen waren. Unzählige Velen und Azren wandten sich ihm zu, in der Erwartung einer Verurteilung, eines Freispruchs. Und mehr noch als sie alle bangte er um Ravines Entscheidung.

Der Fraktionsführer tätschelte seinen Degen.

Die Königin straffte die Schultern. »Und der wäre?«

»Ihr müsst sterben.«

Als hätte Tamnes wie ein Vele Kupfer eingenommen, um den Zeitlauf zu verlangsamen, dehnte sich der Augenblick zu einer Ewigkeit aus. Die Zeit splitterte und zerfiel in Scherben von Ereignissen, die sich glänzend und zerstückelt vor ihm ausbreiteten. Er nahm jedes von ihnen zu genau wahr.

Die Panik in den Zügen der Königin, nur eine Sekunde kurz, bevor sie sich fasste und sich wieder die distanzierte Maske überstreifte. Die Verwirrung in den Augen des Schreibers. Die Hände der restlichen Fraktion, die zu den Waffen an ihren Hüften glitten. Und irgendwo dazwischen, stechend scharf, sein eigener Gedanke: *Er darf nicht König werden.*

Das Johlen des Publikums war ein einziges Dröhnen in seinem Kopf. Nur mit Mühe konnte er die Worte der Königin auseinanderhalten. »Deine Entscheidung ist endgültig?«

»Ja, Eure Majestät.«, bestätigte Ravine.

»In diesem Fall …« Sie drehte sich zu ihrem Kandidaten. Hart und kalt und berechnend.

Er darf nicht König werden. Bitte, bitte, lass ihn nicht König werden.

»In diesem Fall«, wiederholte Aistyra, »ist deine Prüfung beendet.«

Oh, Ältester. Tamnes ließ den Kopf hängen, um den Beifall der Menge nicht sehen zu müssen. Er wollte vergessen, wie sie ihm zujubelten. Er wünschte, er hätte es nie erlebt. Denn diese Begeisterung offenbarte schneller als der ehrlichste Azre, wer der Favorit des Volkes war. Und falls die Königin auf ihn hörte … Falls er tatsächlich gewinnen sollte …

Dieser Mann würde Vemery töten, das spürte er. Hätte er die Macht, würde er alle Splitternden töten.

»Ich werde immer zu dir zurückkehren.«

Der Felsboden bebte unter seinen Füßen. Einmal. Zweimal. Er schrieb es dem Applaus zu. Bis er verstand, dass der Applaus längst verstummt war. Stattdessen zerfetzten Schreie das Feld.

Er hob das Kinn. Velen hatten die Reihen der Zuschauer gesprengt und bedrohten sie mit Stechern und Messern. Bei allen Mächten des Sterns! Sie mussten aus ihrer Mitte gekommen sein. Im trüben Licht blitzte Metall auf. Er konnte nicht erkennen, ob einige schon verwundet worden waren. Roben wallten um Stiefel und Mäntel schwangen um stählerne Korsette – *Korsette.* Er hatte sie vorher bemerkt! Der Vele, der in der Menge an ihm vorbeigerauscht war, hatte eins getragen. Die Soldaten Ihrer Majestät ebenso.

Das ist ein Aufstand!

Er zitterte. Fiebrig sah er sich um. Ringsum tobte Chaos, das kein Ende zu finden schien. Alle Soldaten stürzten sich auf die kreischende Menge. Verbarrikadierten die Wege zwischen den Quallen, kreisten sie ein. Nur ein kleiner Durchgang war offengeblieben, zu dem eine Stählerne mit wehendem Umhang hetzte.

Er könnte vor ihr dort sein.

Ohne auf die drei Kandidaten hinter dem leeren Thron zu achten, stürmte er aus der Vertiefung des Feldes auf die Erhebung.

Das hier war ein anderer Tumult, ein anderer Zyklus. Er spürte das Echo davon auf seiner Haut: der Windzug, wenn Ranken knapp an ihm vorbei peitschten, und der Kiesel, der in seine empfindlichen Wurzeln drückte. Er war in die Krönung des Ältesten geplatzt und hatte dem Volk vom Schwur der Arten erzählt. Damals war er geflohen, als die Lage gekippt war und die Azren die Velen angegriffen hatten. Heute würde er es wieder tun.

Er hatte genug gesehen. Für mehr reichte sein Traum von geschichtlichen Erinnerungen nicht aus.

Er würde sein Versprechen an Vemery nicht einhalten, wenn er starb.

KAPITEL 41

Ophiot

»Das Briefing sollte alle wichtigen Details zur Datenauswertung enthalten«, erklärte Ophiot. Seine Stimme war leise, um die anderen Novizen nicht bei ihrer Arbeit zu stören. »Wenn etwas unklar ist, schau bitte in Kerntums Datenbank nach, bevor du jemanden fragst. Ich vermute, du wirst bis zum Abend damit beschäftigt sein. In der Zeit will ich nicht gestört werden. Verstanden?«

»Verstanden, Leader Zrogka.« Kadyn nickte eifrig, wodurch seine braunen Locken über die Stirn hüpften. Er würde ihm sagen müssten, dass er sich die Haare abschneiden sollte, wenn er keine Haube bei der Forschung trug. Ein anderes Mal. Jetzt hatte er Wichtigeres zu tun, als seine Frisur zu besprechen.

»In Ordnung.« Er drehte sich auf den Fersen um und verließ das Gemeinschaftslabor, in dem neben Kadyn noch fünf weitere Novizen an ihren Projekten arbeiteten. Blaue Hologramme flirrten in der Luft, die stark nach Desinfektionsmittel roch, und auf den Stehtischen waren in geraden Reihen Proben angeordnet. Die Forscher hörten seine Verabschiedung nicht.

Ophiot durchschritt einen langen Flur mit weißer Decke, stieg in einen von Kerntums zweiundsiebzig Aufzügen und fuhr zu seinem Labor hoch. Nach dem Ende von Clifs dritter Prüfung hatte er eine Pause machen müssen, um Kadyn neue Aufgaben zuzuweisen. Der Junge machte große Fortschritte. In den letzten Tagen war Ophiot dazu übergegangen, ihm kleine Teile seiner eigenen Forschung anzuvertrauen. Das sparte Zeit. Zeit, die ihm durch seine ständige Präsenz bei der Auswahlzeremonie fehlte.

Die schwarzen Glastüren des Lifts glitten mit einem Zischen auseinander. Ophiot fand sich in einem Korridor mit sterilen weißen Wänden wieder, in die knisternde Energiefelder eingelassen waren. Der rasche Aufklang seiner Boots auf dem Plastik war das einzige Geräusch auf dem Flur. In ihren Laboren hinter den Energiefeldern waren die Wissenschaftler ganz in ihre Arbeit vertieft. Niemand würde merken, dass er sich mit etwas anderem befasste als seinen Aufträgen.

Nachdem er sein Tattoo unter einen Scanner gehalten hatte und seine Uniform von reinigenden Strahlen durchleuchtet worden war, betrat Ophiot sein Labor. Das Gestell im Zentrum des Raums war auseinandergeklappt. Spritzen und Pinzetten lagen in ihren Halterungen neben Döschen mit leuchtender Flüssigkeit und Druckmessern. Er überging sie und stieg die Stufen zum zweiten Stock hinauf.

Hoffentlich hatte Clif sich an ihren Plan gehalten. Er hatte den Prozess fast beendet. Ein Fehler, und sei es nur Unsicherheit, wäre fatal. Er durfte es nicht verdorben haben.

Noch während Ophiot die oberste Stufe hinter sich ließ, tippte er zweimal an seine Schläfe. Der Blid aktivierte die Verbindung zu Clifs Kamera. Virtuelle Kacheln bauten sich vor ihm auf und verdeckten den Garten im hinteren Bereich des Stocks, in dem ein Baum verkabelt unter einer Glaskuppel wuchs. Aus den schwarz transparenten Quadraten wurde ein Rechteck, gleich darauf ein Zylinder mit Ophiot in seiner Mitte. Das Hologramm schloss ihn ein und das Labor aus. Selbst der leichte blumige Duft des Baums schien sich hinter der Grafik aufzulösen, die noch immer nichts zeigte.

Und dann kamen die Bilder.

Clifs Kamera transportierte das Chaos im perfekten Maß. Klein genug, um nicht darin unterzugehen, und groß genug, um nicht den Überblick zu verlieren. Dennoch überwältigte Ophiot in den ersten Sekunden die schiere Masse an Velen und Azren, die in undefinierbaren Abläufen drängten, angriffen und rannten. Das geordnete Feld mit den Thronen, den Kandidaten und dem Publikum hatte sich in Tumult aufgelöst. Er konnte kaum unterscheiden, von welcher Richtung er das Geschehen beobachtete.

»Was ist hier los?«, fragte er.

»Ophiot!«, drangen Clifs Worte zu ihm durch. »Ophiot, du bist wieder da!«

»Was geht hier vor sich?«

»Ich weiß es nicht!«

Ein Krachen. Jemand musste gegen Clif geprallt sein. Das Bild wurde durchgeschüttelt und Clifs Stöhnen knarzte in der Verbindung. Im unteren Winkel des Hologramms erkannte Ophiot ein sich entfernendes Metallkorsett.

»Niemand weiß es! Die Soldaten … Sie haben uns angegriffen! Das müssen Rebellen sein. Sie haben die Ausgänge versperrt!«

Erneut zitterte das Bild. Diesmal erhaschte Ophiot einen Blick auf den Ring aus Quallen, die rot über dem Felsenboden schwebten. In den Durchgängen dazwischen waren Soldaten postiert.

Ophiot zoomte kurz an sie heran. »Wo ist die Königin?«

»Weg! Und die Fraktion auch! Sie haben sich in Sicherheit gebracht, und wir –«

»Wo ist die *Königin,* Clif?«

»Ich sagte doch –«

»Sie würde niemals verschwinden, wenn es wirklich Rebellen

wären. Nicht Aistyra! Nähere dich ihnen. Ich brauche ein klares Bild, der Zoom ist gerade unscharf.«

»Ich soll mich direkt auf diese Knüppel zubewegen? Willst du, dass sie mich umbringen?«

Begriff Clif denn nicht? »Dir wird nichts passieren. Und jetzt rück auf sie zu, los!«

Seine Sicherheit schien ihn überzeugt zu haben. Fluchend bahnte sich der Splitternde einen Weg zwischen flatternden Roben und Ästen, tiefer in das Gewimmel hinein, an dessen Rand er offenbar gedrängt worden war. Ein paar Reihen weiter blitzten Stahlstäbe auf grauer Uniform auf.

»Ist das nah genug?«

»Das reicht.« Die wirbelnden Kleider der Velen störten immer wieder Ophiots Sicht, aber irgendwann klaffte ein Spalt auf. Zwischen abgehackten Bewegungen der Flüchtlinge erhaschte er den Blick auf den Soldaten, der mit einem Stecher wedelte. Die Zwillingsklingen an der Manschette versanken in den Umhängen der Menge. Doch als er sie wieder herauszog, hatten sie den Stoff nicht zerschnitten. *Er kämpft nicht wirklich.*

Die Kamera wurde zur Seite und dann heruntergestoßen. Das Bild wackelte, als Clif stolperte und einen Meter vom Soldaten fortgetragen wurde.

»Geh dorthin zurück!«, befahl Ophiot.

»Ich kann nicht!«

Die Menge schob ihn weiter. Ein Strom an verängstigten Gestalten schoss über das Hologramm und zwang jeden, der ihm entgegenkam, in seine Richtung.

Ophiot biss die Zähne zusammen. »Dann finde einen anderen Soldaten! Ich brauche ein Bild von ihnen!«

»Ich bin ein Königskandidat und kein verdammter Selbstmörder, Ophiot!«

Dort hinten! Clifs nach unten gerichtete Kamera erwischte die

Hosen einer Uniform. Ein Soldat schwenkte seine Waffe – aber nicht entschlossen und energisch, sondern vorsichtig. Ein Lichtstrahl fiel zwischen die Körper und glitt über die Klingen des Stechers.

Von unten, wo sich die spitze Seite befinden sollte, war das Metall mit einer durchsichtigen Folie abgeklebt. Man hatte die Schneide abgedeckt, damit sie niemandem schaden konnte. Die untergetauchte Königin, die abgestumpften Waffen, die Soldaten, die sich während der Verhandlungen in der Menge versteckt hielten ... Er hatte recht gehabt.

»Das ist eine Prüfung«, stellte er fest.

»Was?«

»Das sind Schauspieler, keine Aufständischen!« Ophiot beeilte sich mit der Erklärung. »Sie sollen das Volk einschüchtern und euch in eine hilflose Lage versetzen. Die Königin will sehen, wie ihr reagiert. Und bisher reagiert ihr alle falsch.«

»Aber alle drei Prüfungen sind –«

»Du glaubst doch nicht, dass Aistyra sich an Regeln hält!«

Eine neue Welle panischer Velen und Azren drückte Clif fort vom Soldaten und tiefer in die Menge hinein. Er musste dort heraus. Aistyra würde ihren Bewerbern nur wenig Zeit für die Prüfung einräumen und er hatte keine Einschätzung, wie viel davon Clif schon verschwendet hatte. Je länger sie warteten, desto höher war die Wahrscheinlichkeit, dass ein anderer Kandidat die Täuschung verstand.

»Hör mir zu, Clif! Du musst zu den Quallen gelangen. Egal, wie, du musst dich durchboxen! Renn zum Palast. Wenn das eine Prüfung ist, wird Aistyra dafür gesorgt haben, dass die Besten von euch sie bestehen. Eventuell hat sie außerhalb des Königsfeldes Truppen postiert. Du musst die Situation unter Kontrolle bekommen, verstehst du? Das ist deine Aufgabe.«

Ein schweres Atmen ins Mikrofon dämpfte die Schreie. »Sie

werden mich auf dem Weg dahin zertrampeln. Siehst du nicht, was hier passiert?«

»Willst du König werden, Clif?«

Stille. Danach eine Zustimmung. Die automatische Stimme, die Clifs Mundbewegungen vertonte, besaß keine Emotionen. Es war besser so, denn auf diese Weise musste er sich nicht mit seinem Protest auseinandersetzen.

»Dann tu, was ich dir sage. Und richte deine Kamera wieder.«

Münder, Stiefel und Wurzeln flackerten auf dem Hologramm, als Clif das Objektiv neu einstellte und zu sprinten begann. Er musste sich seinen Durchgang mit Fäusten bahnen. Die Velen und Azren, die ihm auswichen, stießen schmerzvolle Laute aus.

Es schien zu wirken. Je weiter Clif sich zwischen die Körper keilte, desto breiter wurde sein Pfad. Kurz sah Ophiot im oberen Winkel des Screens Pecete vorbeischnellen. Ihre weißen Haare schlugen um ihre Schultern und ihre Hände bearbeiteten die umherstehenden Velen wahllos mit Hieben. Sie hatte noch nicht bemerkt, dass die scheinbaren Rebellen niemanden verletzten. Gut. Als Soldatin wäre sie die Erste, der so etwas auffallen müsste.

»Schneller«, forderte Ophiot.

Pecetes wilde Abwehr scheuchte Velen in Panik quer über das Feld. Sie war zu impulsiv und damit ungeeignet. Abgesehen davon, dass diese Prüfung schlecht für Clif ausgehen könnte, war sie eine herausragende Idee. Die ersten drei Aufgaben hatten die Kandidaten in der Theorie gezeigt. Die vierte sollte herausstellen, wer von ihnen der Praxis gewachsen war.

Obwohl sie Ophiot behinderte, musste er Aistyras Brillanz anerkennen.

Der Splitternde hatte die Erhebung erklommen und den Rand des Feldes erreicht. Die Soldaten zwischen den Quallen waren so beschäftigt damit, das Volk an der Flucht zu hindern, dass er unauffällig vorbeihuschen könnte.

»He, du da!« Die Kamera wirbelte herum und zeigte einen glatzköpfigen Velen im Metallkorsett, der Clif den stumpfen Stecher vorhielt. »Kein Ausgang! Verpiss dich von hier!«

»Ich bin Kandidat Ravine.«

»Es ist mir verdammt nochmal egal, wer du bist!« Der Soldat stürzte sich nach vorn und scheuchte einen Azren zurück, der die Ablenkung des Wächters zu seinem Vorteil hatte nutzen wollen. Der Azre heulte auf, als ihn der Vele mit dem Stecher traf – mehr vor Angst als vor Schmerz. Kurz vor dem Schlag hatte der Soldat seine Waffe abgebremst.

»Zisch ab, hab ich gesagt!« Der Vele preschte auf Clif zu und deutete einen Hieb an. Clifs Kamera sprang.

Die Grafik warf flackerndes Licht auf Ophiots Gesicht. »Er wird dir nichts tun! Die Waffe ist gesichert. Lauf ihm entgegen, damit rechnet er nicht!«

Clif hörte ihn nicht. Das Bild polterte und wurde herumgedreht. Jemand hatte Clif gerammt, und es war nicht der Rebellenschauspieler.

»Clif!«, rief er.

Die Menge stieß Clif von hinten an. Sie strömte jetzt von überall auf ihn ein. Wahrscheinlich hatten die Velen hier einen Schwachpunkt der Belagerung entdeckt. Wenn sie alle auf einmal über den Soldaten herfielen, könnte Clif entkommen …

Ein Vele in schwarzer Lederhose und zerknitterter Tunika raste an ihm vorbei auf den Wächter zu. In einem Atemzug bückte er sich unter dessen Arm hinweg, schlängelte sich zwischen den Quallen und war fort.

Das Volk pochte gesammelt gegen die Soldatenlinie.

Das war Clifs Chance.

»Mach schon, jetzt!«, feuerte Ophiot ihn an.

Das Bild bebte noch immer. Ophiot wusste nicht, ob es an Clifs Stolpern oder Rennen lag. Mit einem Mal wurde die Kamera herumgeschleudert. Sie fing die Risse im steinigen Boden ein, die Wunden in den Wurzeln der Azren. Dann das brennende Rot einer Qualle. Jemand schrie ins Mikrofon und die Grafik rumpelte noch heftiger.

Ophiot drückte an seinem Blid herum. »Clif? Clif, hörst du mich?«

Wieder das Bild vom Felsgrund. Eindeutig eine andere Stelle, aber das konnte alles bedeuten.

»Clif, wo bist du?«

KAPITEL 42

Aistyra

»Sie sind spät dran, Eure Majestät.«

»In der Tat.«

»Was, wenn niemand von ihnen verstanden hat, dass es sich um eine Prüfung handelt?«

»Dann muss Ilmestys die Weitsicht seiner Königskandidaten betrauern.« *Und ich bekomme, was ich mir von dieser Prüfung erhofft habe.*

»Eure Majestät, erlaubt …«

Aistyra nagelte den Armeeführer mit ihrem Blick vor den Palastquellen fest. Sogar jetzt, da sein Lederumhang die groben Glieder kaschierte, wirkte der Vele stämmig. Der Waffenriemen an seiner Hüfte war auf dem letzten Loch festgeschnallt und Armschienen aus Metall schnürten seine Haut ein. Aber selbst in ihrer schlackernden Soldatenuniform und ohne Krone schien sie ihn mehr einzuschüchtern als umgekehrt.

Er leckte sich die verkrusteten Lippen. »Sollten die Kandidaten scheitern, werden sie das Volk nicht allein beruhigen können. Die Zuschauer werden vor Angst durchdrehen, Eure Majestät.«

»Wir werden einschreiten, bevor das passiert.« Dann würden sie merken, wie wenig ihnen ein zweiter König nützte. *Die Kandidaten sollen versagen, damit ich glänze. Ich muss nur die Rebellen vertreiben und schon bin ich die Heldin.*

Sie würde ihre Alleinherrschaft nicht retten können. Doch sie würde dafür sorgen, dass das Volk den zweiten Herrscher noch weniger leiden konnte als sie. *Wenn du nicht strahlen kannst, lösch den anderen ihr Licht aus.*

Der Armeeführer trat zurück. Um seine Nase zuckte es vor Widerstreben. »Ihr bestimmt, wann wir losziehen, Eure Majestät.«

»Das werde ich.« Mit trockenen Augen fixierte sie den schwarzen Felsboden, als würde allein ihr Wille die Kandidaten von hier fernhalten. Außer den rot flammenden Quallen am Königsplatz blieb der Horizont leer. *Gut so.*

Der Wind hatte zugenommen und riss Strähnen aus ihrem Zopf, den sie geflochten hatte, um als Soldatin nicht aufzufallen. Nur noch wenige Minuten und sie würden aufbrechen. Sollten sich Velen oder Azren hierhin verirren, mussten sie erzählen, dass Hilfe vor Ort gewesen war. Dass auch die letzte Prüfung eine Lösung gehabt hätte und Aistyra von den Kandidaten zwar viel verlangt hatte, aber nichts Unmögliches. Nur noch wenige Minuten würden sie hier warten, um es zu beweisen. Danach konnte sie endlich aufatmen.

Mit kalten Fingern berührte sie den OrEsk an ihrer Ohrmuschel. Der Draht ziepte und reizte ihre Haut und erinnerte sie daran, warum sie weder Journalistin noch Soldatin geworden war. Wenn es glatt lief, würde sie nicht dazu kommen, diese verschimmelte Technik zu benutzen.

Die Soldaten, die sich in einiger Entfernung zu ihr vor dem Palast aufgestellt hatten, trauten sich nicht, zu sprechen. In der Residenz selbst waren nur wenige Wachen geblieben; alle anderen hatte sie auf das Feld hinausbefohlen oder hier versammelt. Zastan und die Fraktion mischten sich ins Volk, um für sie die vier Bewerber zu beobachten. Drückende Stille hing zwischen ihr und ihren restlichen Kämpfern. Es reichte.

Sie wandte sich an den Armeeführer. »Wir gehen los.«

»Da ist jemand, Eure Majestät!«, rief ein Soldat aus den vorderen Reihen.

Sie drehte sich um. Er hatte recht: Ein Mann in der unverkennbaren rotgoldenen Livree rannte auf sie zu. Unter seinen Stiefeln spritzte Quecksilber aus den Sternnarben. Ravine. In ihren Venen stockten Klumpen.

Nein.

»Soldaten! Ihr müsst mit mir kommen. Sofort!« Atemlos hielt er inne.

Sie zog ihre Kapuze tiefer, damit er ihre flatternden Nasenflügel nicht sah. Damit er *sie* nicht sah. *Nein. Nein, nein, nein.*

»Kandidat Ravine.« Der Armeeführer verneigte sich. »Was ist passiert?«

»Die Zeremonie wurde von Rebellen gekapert. Sie haben die Zuschauer angegriffen und Ihre Majestät entführt. Sie versperren alle Ausgänge vom Feld. Wir müssen die Versammelten dort herausholen, bevor sie sie alle umbringen.«

Eine Böe schlug gegen Aistyra und ließ sie zurück wanken. Wie konnte das sein? Sie hatte jedem von ihnen so viele Hindernisse in den Weg geschleudert, dass sie sie hätten steinigen sollen. Die kollektive Panik. Die Schauspielerrebellen. Dass er überhaupt bis zu ihren Wächtern vorgedrungen war, schien unmöglich. Und doch stand er da. Er. Der Vele, der die besten Chancen hatte, der Liebling des Volkes und ihr größter Konkurrent zu werden.

Goldblut pochte in ihren Adern. Sie würde es nicht zulassen.

Ravine redete weiter auf den Armeeführer ein. »Wir müssen sofort dorthin. Ruf alle Soldaten, die zur Verfügung stehen, und wir fangen an.«

»Verstanden, Kandidat Ravine«, erklärte der Hauptmann und wiederholte die Order für seine Soldaten. Hundert Frauen und Männer formten eine Vor- und Nachhut um den Bewerber und marschierten los. An ihren Rücken baumelten Schwertscheiden und in ihren Händen lagen Degen. In Abwesenheit der Königin gehorchten sie dem Nächsthöheren. Und obwohl sie es hasste, wie sie ihm folgten, gab es ihr Zeit für die Vorbereitung.

»Los, vorwärts!«, kommandierte der Armeeführer.

Von den Sternnarben stieg penetrant riechende Feuchtigkeit auf und drang durch die Schlitze in ihrem Brustpanzer bis zu ihrer Tunika hindurch. Aistyra zog die Schultern hoch, um ihren Hals zu bedecken, und passte sich dem Rhythmus der Schritte an. Stiefel schrammten über den rauen Felsboden. Der trübe Stern hing hinter ihnen, angefressen von Wolken aus Staub. Sie würde Ravine nicht von seinem Vorhaben abbringen. Doch sie würde dafür sorgen, dass es ihm nicht nützte.

Das Volk würde längst befreit sein, wenn er eintraf.

Das Haupt geduckt, langte Aistyra wieder nach ihrem OrEsk. Wenigstens einen Vorteil hatte diese beschissene Erfindung: Alle Soldaten verständigten sich darüber, angefangen von der Fraktion bis hin zu den Velen, die sie als Schauspieler für Rebellen angeheuert hatte. Sie hatte zu ihrer Tarnung genauso dazugehört wie ihr Umhang oder das Metallkorsett. Sie war unauffällig. Nicht nur für Ravine, sondern auch für die Kämpfer um sie herum.

Alles würde nach einem Unfall aussehen. Der Ansturm der Velen und Azren war zu stark gewesen, die Kräfte der Schauspieler hatten geschwächelt. Das Volk war ausgebrochen, bevor jemand es aufhalten konnte. Niemand würde Verdacht schöpfen. Und niemand würde Ravines Erfolg würdigen.

Aistyra vergrub das Kinn in ihrem Kragen. Sie hatte sich in eine der hinteren Reihen eingegliedert und die Soldaten vor ihr konzentrierten sich voll darauf, Ravines weit entferntem Bericht zu lauschen. Der ideale Moment.

»Rückt ab«, flüsterte sie. Der OrEsk knisterte als Antwort. Jetzt musste sie nur darauf vertrauen, dass er ihren Befehl übertragen würde.

Von den Palastquallen zum Königsfeld waren es fünfzehn Minuten Fußweg. Sie erreichten es in sieben. Schon von Weitem kündigte sich das Chaos durch laute Schreie an, durch Metallklirren und das Heulen eines Mobs, den man in ein Schlachthaus gesperrt hatte. Sie würden ihr nicht vergeben, ihre Angst missbraucht zu haben, da war sie sich sicher. Aber sie würden nie davon erfahren.

»Eure Befehle, Kandidat Ravine.« Der Armeeführer brüllte, um die Rufe zu übertönen. Der Quallenring vor ihnen zitterte in allen Nuancen von Rot. Jeden Moment würde die wimmernde, keuchende Menge daraus explodieren und das Schwarz des Bodens mit ihren bunten Kleidern beflecken. Gleich. *Geduld.*

»Wir müssen die Ausgänge befreien. Das Volk geht vor. Es muss fliehen, bevor die Rebellen die Möglichkeit haben, auf unseren Angriff zu reagieren. Das Wichtigste ist Schnelligkeit.«

Die Rücken der Soldaten verdeckten ihre Sicht auf Ravine, doch seine Stimme reichte aus. Eine unnatürliche Beherrschung schwang darin mit, dieselbe, die auch bei seiner vorletzten Prüfung hervorgeblitzt war. Aistyra hätte schwören können, dass er fremde Worte wiederholte.

Egal, wie schlecht die anderen Kandidaten abschnitten, egal, wie sehr das Volk Ravine liebte, jemand wie er durfte nicht König werden.

Unruhig schielte sie zu den Quallen hinüber, die die scharfe Linie des Horizonts ausbuchteten. Noch immer zeichnete sich keine Silhouette vor ihnen ab. Die Schreie kamen von innen, nicht von außen. Das Volk hätte schon längst freigelassen werden sollen.

»Wie wollt Ihr sie attackieren?«

»Wir teilen uns auf und umkreisen die Quallen«, beschloss Ravine. »Zu zweit auf jeden Wächter. Einer fesselt ihn, der andere läuft weiter auf das Feld und nimmt sich einen Rebellen aus der Mitte vor. Habt ihr Seile?«

Die Soldaten vor ihr klappten ihre Umhänge zur Seite. Nur aus dem Augenwinkel sah Aistyra die Stricke, die in den Stoff neben einer Reihe von Messern genäht worden waren. Ihr Blick klebte am Quallenring, an der Ruhe außerhalb des Feldes, wo die Zeremonie stattgefunden hatte. Sie hatte ihren Befehl zum Rückzug vor vielen Minuten gegeben. Genug Zeit, um die Posten zu räumen und zu verschwinden, sodass die Zuschauer herausströmen konnten.

Aber sie taten es nicht. Wenn sie jetzt nicht flohen, würde Ravine mit den Soldaten das Feld stürmen und …

Ravine zwängte sich zwischen ihre Gedanken. »Sehr gut. Tötet sie nicht. Die Königin soll über ihr Leben entscheiden. Sorgt nur dafür, dass die Velen und Azren ungehindert entkommen können. So verschreckt wie sie sind, werden sie jede Möglichkeit dazu direkt nutzen.«

Panik lachte in ihrem Bauch und ihre Hände wurden kalt. Warum befolgten die Soldaten nicht, was sie sagte? Aus Trotz? Widerstand? Jeder an ihrer Stelle wäre froh darum, einen großen Abstand zwischen sich und diesen wild gewordenen Schwarm zu bringen. Es ergab keinen Sinn, dass sie blieben. Es sei denn … Sie hatten sie nicht gehört.

Ihre Finger krümmten und verkrampften sich um ihr Messer. Ihre Augen sogen die Schatten vor den Quallen auf. Das durfte nicht sein. Die Technik der Menschen setzte nicht aus.

Woher willst du das wissen, Aistyra? Hast du das Gerät vorher überprüft? Hast du es eingestellt? Oder hast du es nur angewidert an dein Ohr geklemmt und den Moment herbeigesehnt, in dem du es wegwerfen kannst?

Ravines Anweisungen glitten in einem weißen Rauschen an ihr vorbei. Nein. Nein, das war unmöglich. Ihr Plan war ideal, dieser lächerliche Fehler konnte ihn nicht vereiteln …

Was, wenn doch?

In den Reihen vor ihr kam Bewegung auf.

»In Ordnung, Kandidat Ravine«, bellte der Hauptmann. »Soldaten, hört ihr? An die Arbeit!«

Ein unkontrolliertes Zittern zermalmte ihren Körper. *Macht es nicht, macht es nicht, macht es nicht.* Dort hinten, dieser blauschwarze Fleck ... War das ein Vele? Bei allen Mächten des Sterns, es musste einer sein!

»Wartet!« Sie hatte nicht bemerkt, dass sie es laut gerufen hatte. Um sie herum blickten die Soldaten zu ihr auf. In ihren kapuzenverhüllten Gesichtern stand Schreck – und Unverständnis.

»Soldatin?« Der Armeeführer hatte seinen Platz an der Vorhut verlassen und sich vor ihr aufgebaut. Ein fragender Ausdruck hob seine Augenbrauen. »Wollt ihr uns irgendetwas mitteilen?« Seine Stimme war hart, um keinen Verdacht zu erregen, aber sein Lid zuckte nervös.

Aistyra schluckte. Sie blinzelte vom leeren Gelände zum Soldaten und bemühte sich, ihr Beben unter Kontrolle zu bekommen. Den Teil ihrer Strategie, der für ihn und die anderen Krieger bestimmt war, kannte er auswendig. Er beinhaltete keine Abweichungen. Weder für ihn noch für sie.

»Ich habe –«

»Wir verlieren Zeit!«, blaffte Ravine.

Die Kämpfer spannten sich an.

»Soldatin?« Der Armeeführer fixierte sie. Er wartete auf ihre Befehle. Aber sie konnte ihm keine geben.

»Beende das alles. Ruf deine Truppe zurück. Halte den Kandidaten fest und hol das Volk vom Feld herunter. Es ist vorbei«, wollte sie schreien. Stattdessen schwieg sie. Für Ravine war Königin Aistyra nicht hier. Und eine Soldatin würde sich niemals trauen, den Auftrag ihres Anführers zu hinterfragen. »Ich entschuldige mich.«

Der Armeeführer nickte langsam. Zum letzten Mal musterte er ihre Fäuste, dann machte er kehrt. Sein Bass dröhnte über den Felsen. »Ihr habt Kandidat Ravine verstanden. Los, wir fangen an!«

Die Kämpfer ließen sich den Befehl nicht zweimal sagen. Ihr Lauf ging in einen Sprint über, als sich die Truppe trennte und auf die flackernden roten Quallen zu flog. Alles, was ihr blieb, war es, sich ihr anzuschließen.

Das Gefühl des totalen Untergangs, kalt und ölig wie Quecksilber, ummantelte ihren Verstand und verwässerte ihre Empfindungen. Sie folgte den Soldaten mechanisch. Ihr Körper ahmte ihre Bewegungen nach: rennen, ducken, greifen, ziehen, aber ihre Gedanken blieben stumm. Wie der verfluchte OrEsk an ihrem Ohr, den sie in ihrer eigenen Sturheit und Narrheit nicht kontrolliert hatte.

Quallen türmten sich zu ihren Seiten auf. Sie wich zurück, als sich die anderen Soldaten auf die Schauspieler stürzten und ihre Korsette mit den Seilen zusammendrückten. Das Quietschen des Metalls war unerträglich.

Genauso wie die Schreie. Sie nahmen nicht ab, während sich Azren und Velen an ihr vorbei pressten, Wurzeln, Beine, Arme, Münder. Noch nie zuvor hatte sie die Größe ihres Volkes so intensiv am eigenen Leib erlebt. Die Wucht von Tausenden schlug ihr entgegen, kaum, dass die Rebellen von den Ausgängen zurückgetreten waren. Sie riss sie von den Beinen und wirbelte sie im Strudel der Flüchtlinge, drückte sie gegen verschwitzte Brüste und entstellte Ranken.

Das Gewicht der Menge war erschütternd. Ernüchternd. Wie viel Macht hatte sie schon, wenn alle beschlossen, dass Ravine der neue Regent werden sollte? Sie hatte versagt.

Schwindel schlingerte in ihren Adern, als die Masse sie in der Mitte des Feldes ausspuckte. Sie sperrte ihn in sich ein und ließ ihn verrotten. *Du musst zusehen.* Keine einzige Sekunde lang trennte sie ihren Blick vom Kandidaten, der sich hinter den Soldaten versteckte, aber häufig genug hervortauchte, damit das Volk ihn erkannte. Damit es ihn später verehrte. Sie hätte an seiner Stelle stehen sollen.

Er hatte gewonnen. Spätestens jetzt hatte dieser Quallenlutscher gewonnen. Sie konnte ihn nicht mehr aufhalten.

Aistyra hatte keine Einschätzung, wie lange es dauerte. Stunden verwechselten sich mit Minuten und Minuten mit Stunden, bis das stetige Klopfen in ihrem Nacken abnahm und die Flut der Flüchtlinge endete. Langsam, wackelig drehte sie sich um die eigene Achse. Die Leere, die ihr entgegen gähnte, trug vier Namen.

Der Erste war Pecete, die auf der gegenüberliegenden Seite kraftlos zu Boden sank. Ihr Langdolch klapperte auf das Gestein und das Gold, das daran hinunterfloss, bildete einen scharfen Kontrast zur Schwärze des Felsens. Aistyra konnte nicht dafür bürgen, dass es keinem Unschuldigen gehört hatte.

Der Zweite war Oaev. Hineingepresst in eine Qualle zitterte und zuckte er wie ein Splitternder kurz vor seiner Hinrichtung.

Der Dritte war Ravine. Umkreist von Soldaten versuchte er, die Velen zu beruhigen, die mit überschlagenen Stimmen auf ihn einredeten.

Pecete. Oaev. Ravine. Das waren alle, die ihr übrig geblieben waren. Die Heilerin, Juna, hatte die Auswahlzeremonie verlassen. Der Züchter war geflohen. Und jetzt lautete ihre Wahl Mörderin, Feigling oder Stratege.

Rasselnd atmete Aistyra aus. Erneut stieg ein Dröhnen in ihrem Hinterkopf auf und übertönte für einen schmerzlich perfekten Moment die Gedanken, die sie nicht zu hören bereit war.

Jeder von ihnen würde sie ins Verderben stürzen. Pecete würde ihr ein Messer in einen Venenknoten rammen, sobald sich ihre Ansichten einmal widersprachen. Oaevs Feigheit würde den letzten kläglichen Fetzen Ansehen in den Dreck ziehen, den sie behalten hatte. Und Ravine … Seine Geheimnisse, seine Strategie waren das Schlimmste von allem. Ihn zu krönen war dasselbe wie einen Splitternden in den Palast zu winken.

Aber das Volk ließ ihr keine andere Wahl.

Aistyra stieß einen Fluch aus. Blickte in den schmierig grauen Himmel auf und fragte sich, warum der Niedergekommene nicht längst auf sie heruntergekracht war, um sie unter sich zu begraben. Es wäre so viel einfacher gewesen.

Nur allein bist du alles.

Zum ersten Mal in ihrem Leben wünschte sie, das Miststück Hone wäre nicht gestorben.

KAPITEL 43

Ophiot

Es war unproportional, wie viel Effekt ein einfacher Schritt manchmal hatte – während die weitaus schwierigeren gerade einmal eine minimale Verschiebung im System verursachten.

Viele Umbrüche lang hatte er auf diesen Moment hingearbeitet. Er hatte die NLes ausgeschaltet und Krieg provoziert, der den Ältesten zu seinem König machen sollte. Er hatte den Seelensprenger konzipiert und wieder verworfen, hatte ein Mädchen aus der Fraktion für seine Experimente eingeschläfert und die Königin erpresst, um einen Splitternden für seine Zwecke zu bekommen. Er hatte einen Verstoßenen an die Spitze der Gesellschaft getrieben und den Ältesten in seinem Auftrag töten lassen. Er hatte Gesetze gebrochen. Hatte den Schlaf vergessen.

Nichts davon war so leicht gewesen wie Clif durch seine letzte Prüfung zu leiten. Dennoch war es genau das, was ihn an sein Ziel brachte.

»Ich habe es geschafft, Vater«, flüsterte er in die Stille der Straße. »Du wärst stolz auf mich.«

Neonweiße Röhrenleuchten erhellten das Halbdunkel, in das die Menschensphäre getaucht war. Wenn er den Kopf hob, sah er die riesigen Leuchtdioden im Himmel, die so viele Meter weiter unten verschwindend klein erschienen. Die zentrale Steuerung dimmte sie, um Abend und Ruhe für die Menschen einzuläuten. Aber Ophiot dachte nicht an Schlaf.

Seine Boots klapperten über den Plastikboden und wiederholten die Schritte Hunderter anderer Forscher, die sich aus Kerntum nach Hause begaben. Im gedämpften Licht wirkten die pinken und orangenen Häuserfronten nicht mehr so grell und die Rillen zwischen den weißen Straßenplatten nahmen an Grau zu. Ophiot bog um eine gelbe Fassade und landete vor seiner Wohnung.

Sein Appartement empfing ihn mit dem stickigen Geruch von Schweiß und Kalk. Ophiot drehte die Belüftung hoch, woraufhin die matten Wände etwas durchsichtiger wurden, und holte sein Essen aus dem Automaten heraus. Diesmal war der Joghurt gespickt mit grünen, blauen und gelben Würfeln. Clifs Vorbereitung zusätzlich zur normalen Arbeit hatte seinen Körper ausgelaugt, aber die Mahlzeit würde es ausgleichen.

Er bereute ohnehin nichts. Und gleich, sobald er sich wieder zu Clif dazu schalten würde, würde er die Belohnung für seine Mühen bekommen. Es war sein Finale. Sein Triumph. Denn nach Clifs Rettungsaktion bestand kein Zweifel daran, wem Aistyra die Krone aufsetzen würde.

Ophiot stellte die Schale auf dem Tisch ab, der aus einem Blatt Stahl gebogen war, und setzte sich daran. Zweimal Tippen an die Schläfe und ein Hologramm materialisierte sich vor ihm, das er in den letzten Tagen unzählbar oft aufgerufen hatte. Er wartete darauf, dass sich die Verbindung aufbaute. Sobald der schwarze Felsboden und die blauen Quallen den Bildschirm beanspruchten, lehnte er sich zurück. »Ich bin da, Clif.«

Deutlich weniger Velen als bei den Prüfungen waren zur Krönung angereist. Der Überfall der Rebellen musste sie eingeschüchtert haben. Viele von ihnen bevorzugten es, die Verkündung später über die Esks in ihren Quallen zu hören. Doch die, die gekommen waren, überstrahlten mit ihrem Glanz die Abwesenheit der anderen.

Auf der Velensphäre, die nicht durch künstliches Licht reguliert wurde, schien der Stern immer noch hell. Sein Leuchten spiegelte sich in den Korsetten der Armee, die direkt vor den Quallen postiert war.

Von beiden Seiten bildeten perlenbesetzte Chiffonkleider und Uniformen mit polierten Schulteraufsätzen Reihen vor dem Palast, durch die Clif gleich schreiten würde. Am Ende des Ganges wartete einer von zwei Thronen auf ihn – ein riesiger Stuhl aus schwarzem Stein, dessen geriffelte Säulen hoch über der Menge aufragten. Ein weißes Tuch fiel davon auf den Felsboden hinunter.

Die Azren warfen verstohlene Blicke darauf. Es war derselbe Ort, dieselbe Aufstellung wie an dem Tag, an dem der Älteste hätte gekrönt werden müssen. Fast. Denn jetzt beherrschte Aistyra den rechten Thron und der zweite König würde ein Vele werden.

Ab dem Tag, an dem ein Azrenjunge vom Schwur zwischen den Velen und Azren erzählt hatte, hatten sich die Dinge ideal für Ophiot zusammengefügt.

»Bist du bereit?«

Clifs Antwort ging im Spiel der Fanfaren unter, die von zehn Velen in höfischer Tracht hineingetragen wurden. Langsam durchquerten sie den Gang zwischen den Zuschauern und hielten vor Aistyras Thron inne. »Eure Majestät!«

Mit einer knappen Geste erlaubte sie ihnen, einen Platz in den Reihen des Publikums einzunehmen. Die Krone warf goldene Schatten auf ihr Haar, das mit dem schwarzblauen Kleid kontrastierte. »Herzlich willkommen, Volk von Ilmestys. Heute feiern wir das wichtigste Ereignis in jeder Dynastie: Die Krönung eines neuen Regenten.«

Clifs Atem rasselte ins Mikrofon. Er musste abseits stehen, unsichtbar für das Publikum hinter einem Felsen, durch dessen Spalt

er das Geschehen beobachtete. Der steinerne Rahmen zitterte bei jeder seiner Bewegungen.

Ophiot nickte. Bisher lief alles nach Plan. »Halte dich daran, was wir besprochen haben.«

»Ich bin nicht dumm, Ophiot.«

»Der Krieg und der Verlust von Fearne, Dagian und Hone«, Aistyra hustete leicht beim letzten Namen, »haben von uns außerordentliche Maßnahmen erfordert. Jetzt kehren wir zu unseren Traditionen zurück. Von nun an werden zwei Könige vereint für Ilmestys einstehen.«

Die Menge tuschelte zustimmend. Zwischen den Besuchern entdeckte Ophiot drei Journalisten an ihren Blusen mit flügelartigen Platten über der Schulter. Sie inhalierten jedes von Aistyras Worten. Clif hätte bei ihnen gestanden, wenn er ihn nicht weiter gedrängt, höher befördert hätte. Er hatte Ophiot alles zu verdanken. Jetzt musste Ophiot nur dafür sorgen, dass er es wertschätzte.

Aistyra reckte das Kinn. »Die Prüfungen haben gezeigt, welcher Kandidat würdig ist, die Krone von Ilmestys zu tragen. Er ist entschlossen, unbestechlich und gerecht. Aber gestern hat er eine noch viel wichtigere Eigenschaft bewiesen: die Bereitschaft, euch, mein Volk, zu beschützen. Ilmestys begrüßt diesen Mut.«

Als wären diese Worte ein Signal gewesen, brach kollektiver Jubel aus. Die Velen warfen ihre Fäuste in die Höhe und die Azren schüttelten ihre Äste. Aistyras Lobrede diente nicht Clif, das stand außer Frage. Die Königin versuchte bloß, seinen Ruhm auf das Königsamt und sich selbst zu übertragen. Aber dass sie ihn dafür beim Volk anpries, spielte ihm genau in die Hände.

Es fiel immer leichter, jemanden zu stürzen, der seinen Erfolg nicht verdient hatte.

»Und Ilmestys belohnt ihn«, ergänzte Aistyra, sobald sich die Ruhe wiederhergestellt hatte. »Mein Volk, begrüßt euren zweiten König: Ravine!«

»Es geht los.« Eine Männerstimme ertönte, die zu vertraut klang, um sie nicht zu kennen, und zu selten, um sie zuordnen zu können. Clifs Kamera fuhr herum und erfasste den Brustpanzer eines Velen, dessen Haar in einem strengen Zopf an seinem Hals hinuntergeflochten war. Schwarze Augen schienen Ophiot durch die räumliche Barriere genau zu beobachten. Der Fraktionsführer. Es war der Mann, den Clif als Splitternder am meisten gefürchtet haben musste – und der ihm fortan dienen würde. Wenn er bloß wüsste, wen er zum Thron begleitete … Die Ironie dieser Situation war zu perfekt.

»Seid Ihr soweit, Kandidat Ravine?«

»Ihr solltet mich mit ›Eure Majestät‹ ansprechen.«

»Halte dich zurück, Clif«, flüsterte Ophiot.

»Bei allem Respekt, ›Eure Majestät‹ nenne ich Euch erst, wenn die Königin den Befehl dazu gibt.«

Ophiot rieb sich die Falte an seiner Stirn. Clif war voreilig. Er musste es ihm schnell abgewöhnen, wenn er die Reformen schleichend einführen wollte.

Die Fanfaren stimmten wieder ein. Die Felstextur verließ das Hologramm und wurde vom Bild einer schreienden Menge ersetzt, deren Reihen sich vor Clif schlossen. Die Fraktion marschierte vor ihm und säuberte den Durchgang. Ihre Rücken blockierten Ophiot die Sicht auf Aistyra. Die Ketten und Panzer an ihren Rüstungen waren alles, was er sah. Hände aus jeder Richtung infiltrierten den Bildschirm. Ihre Besitzer wurden von der Kamera abgeschnitten.

»Kandidat Ravine!«

»König Ravine!«

Die Fraktion hatte offensichtlich Mühe damit, bettelnde Arme von Clif fernzuhalten. Endlich erreichten sie den Thron. Die Soldaten vor ihm sanken in eine tiefe Verbeugung, bevor sie sich nach rechts und links verteilten. Ohne die Barriere ihrer Kämpfer nahm Aistyra die gesamte Fläche des Screens ein.

Der Blid projizierte sie in realen Maßen über seinen Tisch. Sie hatte ein Gesicht voller Gegensätze mit markantem Kiefer und weichen Wangen, schmalen Augenbrauen und einer breiten Nase. Ein Kranz aus goldenen Spangen richtete sich wie die Strahlen eines Sterns hinter ihrem Rücken auf und berührte ihre hochgesteckten Haare. Es war das Ebenbild der Krone.

Ophiot faltete die Hände. Ob sie sich an ihn erinnerte? Sie musste es. So wie sie versuchte, sich den anderen zu beweisen, hatte sein Ultimatum Splitternder gegen Schweigen ihrem Selbstbild erheblich geschadet. Wahrscheinlich hoffte sie, dass sie ihn nach dieser Bloßstellung nie wiedersehen würde. Wie würde sie reagieren, wenn sie erführe, dass Ravine nur durch seine Hilfe hier stand? Mehr noch: Dass er genau der Splitternde war, den sie für ihn verschont hatte?

»Herzlich willkommen, Ravine.« Aistyras Blick war durchdringend. »Du hast die Prüfungen als Bester abgeschlossen. Ilmestys hat sich für dich entschieden. Aber entscheidest du dich auch für uns? Als Vertreter des Volkes musst du die Macht über Tausende wahren. Wirst du sie beschützen und sie lieben, wie es sonst nur ein Vater tun würde?«

»Kümmern sich Väter nicht um ihre Kinder?«

»Ich hatte nie einen Vater.«

Clif wartete nicht lange. »Ja, das werde ich.«

»Kannst du dich selbst opfern, wenn die Lage es von dir verlangt? Wirst du deine Untertanen immer an erste Stelle setzen – unabhängig davon, was es für dich bedeutet?«

Wirst du den Arten ihre Unterschiede nehmen, um Gleichheit für alle zu schaffen? Auch wenn du die Privilegien verlierst, um die du dein Leben lang gekämpft hast?

»Ja, das werde ich.«

»Und kannst du …« Aistyra legte eine Pause ein. Das Volk hielt den Atem an. »Kannst du alles aufgeben, was du gewesen bist?

Deine Brüder und Schwestern, deine Geliebten, deine Zukunft und deine Vergangenheit? Ein König existiert nur im Jetzt. Alles, was du davor gewesen bist, wird unwichtig. Kannst du dich selbst vergessen, Ravine?«

»Ja, das kann ich.« Die Antwort kam schneller als jede andere. Abseits seines früheren defekten Daseins gab es nicht viel, was Clif verlieren konnte. Und an der Art, wie Aistyra das milchige Auge zusammenkniff, verstand Ophiot, dass sie Verdacht schöpfte.

Aber niemand außer ihm bemerkte es. Das Publikum verfiel in tosenden Applaus, trommelte und stampfte und brüllte Clifs falschen Namen. Ophiot regulierte die Lautstärke des Blids herunter.

Die Aufmerksamkeit aller war auf Aistyra gerichtet. Als sie lächelte, bedeckte eine perfekte Maske ihren wissenden Ausdruck.

»In diesem Fall«, sagte sie in einem Singsang, »kröne ich dich, Ravine, zum König von Ilmestys.«

Ihr Grinsen war eine Einladung und eine Kriegserklärung zugleich. Ophiot lehnte sich auf seinem Stuhl zurück und strich sich über das Kinn. Er hatte sie unterschätzt. Diese Frau war gefährlich. Er hatte nicht gewonnen, noch lange nicht. Ihr Konflikt hatte sich nur vom Feld in die Palastquallen verlagert. Clifs Position würde erst gefestigt und seine Reformen dann möglich sein, wenn sie entmachtet im Gefängnis landete.

Bis dahin würde sie kämpfen.

KAPITEL 44

Aistyra

Die Krone stand ihm nicht. Es war das Einzige, was sie dachte, das Einzige, was sie sich zu denken erlaubte, nachdem sie die Krone von einem Samtkissen gehoben und dem knienden Ravine aufgesetzt hatte.

»Ruhm und Ehre für den neuen König!«, riefen ihre Lippen, während ihr Geist ganz andere Worte flüsterte. Verschimmle. Verrecke. Versage.

Nur allein bist du alles.

Die Krone stand ihm nicht. Sie rutschte auf seinem mickrigen Kopf hin und her, sodass ein Diener herbei trat und sie mit Spangen fixierte. Ihre eigene saß fest zwischen ihren üppigen Locken, aber niemanden interessierte es. In dem Moment, in dem sich Ravine aufrichtete und sich langsam zu den Zuschauern drehte, wurde sie unsichtbar.

Die Rufe des Volkes malträtierten ihr Gehör. Gellend und kreischend wie die verdammten Fanfaren, die ihr Spiel wieder aufnahmen, zwängten sie sich in sie hinein und zersplitterten den Traum ihrer Herrschaft zur Hymne von Ilmestys. Jeder Vers war ein Hieb. Seide und Gold konnten vieles beschönigen, aber nicht ihr Versagen.

Destillierte man die Gedanken aller Wesen, blieb nichts mehr übrig außer Egoismus, Neid und Gier. Ihr Kontrolldrang gehörte zu Letzterem.

Kälte brannte auf ihrer Haut. Sie war eisig wie das Gefühl des Felsgesteins, das sie auf den Quallenboden drückte und ihr die Luft aus den Venen presste. *Eisig wie das Lächeln einer Vele mit Augenringen und kurzem weißen Haar, die auf mich herabsieht, während sich hinter der zerfetzten Quallenmembran Azren nähern. Ich kann sie hören, ihr wildes Peitschen mit Ranken und das Klatschen der Baumäste, die ihnen folgen wie riesige Würmer. Sie werden mich holen. Oh, sie werden mich töten.*

»Es tut mir leid, Aist«, sagt Hone, aber es klingt nicht aufrichtig. »Als König wird man so gründlich bewacht, dass man nie lernt, auf sich selbst zu zählen. Vielleicht behältst du es als Lektion. Oder du stirbst. Nur allein bist du alles.«

Die Schreie bei der Krönung … Sie klangen genauso wie die Schreie im Krieg.

Aistyra zerrte sich selbst zurück in die Gegenwart. Die Hymne war abgesungen und die Trompeten bliesen die letzten Töne in die quecksilberschwere Luft. Sie konnte nicht sagen, ob sie all die Zeit über stumm geblieben war oder nicht.

»Mein Volk.« Ravines Stimme war belegt. »Ich danke euch für euer Vertrauen in mich. Es ist eine Ehre, euch dienen zu dürfen. Ich schwöre, ich werde euch nicht enttäuschen.«

Die Masse erhob sich ihm entgegen. Schreie und Gesang, Treueschwüre und Huldigungen. Ravines Ansprache ging unter in der kollektiven Feier. Sie hatten ihn so hoch auf ihr Podest gestellt, weil nichts schlimmer sein könnte als ihre Herrschaft. Egal, wie er regieren würde, sie würden ihn zu ihrem Retter weihen. Er hätte wiederaufgebaut, was sie fast unumkehrbar zerstört hätte.

Je länger sie darüber nachdachte, desto mehr wirkte Kontrolle wie ein Trugschluss. Ein Phantom, das vielleicht ihrem Wunsch entsprach, aber nicht der Realität. Wenn ihre Alleinherrschaft nicht auf diese Weise untergegangen wäre, wäre es eine andere geworden – die Version einer Wirklichkeit, in der sie mit Hone ihren Thron teilte. Sie wäre nicht besser gewesen. Sie hätte ihr nicht die Kontrolle geschenkt, ohne die sie erstickte.

Jedenfalls musste sie sich das einreden, weil sie sonst nicht überlebte.

KAPITEL 45

Vemery

Vielleicht ergab es keinen Sinn, dass das gesamte System die Splitternden hasste.

»He, Vemery! Wollen wir weiter? Ich habe Hunger und die Erde hier schmeckt ziemlich fade.«

Vielleicht genügte die Freundschaft eines einzigen Azren, um dieses System zu verändern.

Lächelnd wandte sie sich von dem Windesbaum ab, warf zuvor jedoch noch einen letzten Blick darauf. Böen umwickelten seine Krone in dicken Ringen. Der Baum verlor sich in ihnen. Sie wünschte, sie könnte einfach hierbleiben. Sie wollte sich an seinen Stamm lehnen, Tamnes zu sich bitten und stundenlang mit ihm reden. Am Ende des Unverhangenen würden sie weiterziehen und sie würde ihm von sich erzählen. Bloß, um zu fühlen, wie es war, wenn jemand sie gern hatte.

Um zu fühlen, wie es war, wenn man sie nicht verstieß.

»Tamnes?« Ihre Stimme klang leichter, erholter. Sie wunderte sich selbst darüber, wie die Zyklen mit Tamnes ihre Noten geebnet und versöhnt hatten. Sie hatte ihn vermisst. Seitdem er gestern von der Krönung zurückgekehrt war, fühlten sich die Splitter in ihrer Seele nicht mehr so überwältigend zerbrochen an. Beinahe so, als wäre sie ganz.

»Ja?« Er schüttelte Erdbrocken von seinen Wurzeln ab. Die Bäume scheuchten Windstöße zwischen seine Verästelungen.

»Ich bin froh, dass dir nichts passiert ist.«

Tamnes hielt in der Bewegung inne. Seine braunen Augen trafen ihre, suchten in ihrem Gesicht nach etwas und leuchteten heller, als sie es fanden. »Du meinst die Revolte nach den Gerichtsverhandlungen?«

»Ja.« Mit einem Nicken schloss sie zu ihm auf. Ein Waldweg führte sie zwischen den Baumgiganten auf eine Erhöhung. Rechts von ihr fiel die Erde einen Abhang hinunter, der von den Wurzeln der Windesbäume zerschnitten wurde. Unwillkürlich streckten sich ihre Finger nach Tamnes aus. »Ich weiß, als Botschafter musst du viel reisen, aber … sei vorsichtig.«

»Das bin ich. Danke, dass du dich um mich sorgst, Vemery.« Tamnes' Zweige kamen ihr entgegen, wanden sich um ihre einzige Hand und verharrten dort. Seine Rinde kratzte an ihrer Haut, aber es war keine unangenehme Empfindung. Es war eher so … als würde die Wärme, die er aus der Erde empfing, ihren Geist umarmen.

Sie lehnte sich in seine Gesellschaft wie in einen Kokon, den sie nie mehr verlassen wollte. Umgab sich mit seinem emeraldgrünen Frieden und hoffte darauf, dass es für immer so bleiben würde.

»Ich wünschte, ich wäre wie du«, flüsterte sie, und der Wind schlenkerte ihre Worte über ihnen.

»Warum?«

»Du stößt alles Schlimme ab. Oder vielleicht nimmst du es in dich auf und machst es zu etwas Schönem. Du kannst alte Grausamkeiten aussperren. Bist du deswegen so friedlich?«

Tamnes zog seine Äste zurück. Reue überkam sie, doch er strich sich nur über das Moos an seinem Bauch und verwirbelte seine

Zweige wieder mit ihren Fingern. »Das mit meinen Erinnerungen ist nicht so einfach, wie es klingt.«

»Erkläre es mir.«

Er seufzte. Licht huschte über seine braunen Wangen und sie hielt inne, um jedes Detail in sich aufzunehmen. Weich geschwungene Lippen, tief gesetzte Augen. Sie würde so gern dahinter sehen. Ihn verstehen. Clif hatte sich immer vor ihr verschlossen und sie aus seiner Welt verbannt, nachdem die Welt sie aus sich heraus verbannt hatte. Tamnes hatte sie hineingelassen. Und jetzt, da sie an seinem Eingang stand, sehnte sich alles in ihr danach, hereinzukommen und nie mehr zu gehen.

Er hatte sich ihr geöffnet, an jenem Zyklus, an dem sie ihn nach seinem Albtraum getröstet hatte. Und obwohl es wehgetan hatte, ihn so hilflos zu erleben, wünschte sie, dass er es wieder tat.

»Die wirklich schlimmen Erinnerungen lassen nie los«, sagte er leise, während er achtsam um einen Blumenteppich herum glitt. Die Blüten zitterten wie Flügel, die sich bald erheben würden. »Ich kann sie verlagern, kann sie an den entferntesten Punkt meines Körpers schicken. Aber ich weiß immer, dass sie da sind. Sie sind wie eine abgetrennte Hand.«

Sie versteckte den Stumpf in ihren Lumpen.

Tamnes bemerkte es nicht. »Du vergisst häufig, dass die Wunde da ist, und dann schmerzt sie wieder und du erinnerst dich. Der Unterschied ist, dass eine verletzte Hand nicht normal ist. Unser Kampf gegen die Vergangenheit schon. Deine Schmerzen gelten nicht als Krankheit und niemand wird dich jemals heilen.« Er atmete rasselnd aus. »Du musst diese Erinnerungen behalten, egal, wie schlimm sie sind. Und im Gegensatz zu einer abgetrennten Hand werden sie niemals leichter zu ertragen sein. Ihre Intensität nimmt nie ab.«

In seine Stimme war das Leid von Generationen hineingraviert. Wenn sich selbst diese harmonischen, ruhigen Kreaturen so quälten, wer versprach ihr, dass ihr Leben als Vele besser würde? Ihre gesamte Existenz baute auf der Überzeugung, dass sie nur als Vollkommene glücklich werden könnte. Im Gegensatz zu ihrem Dasein wirkte jedes andere erfüllt, schmerzlos. Es hatte niemanden gegeben, der ihr das Gegenteil gezeigt hätte.

»Und wenn du die Wahl hättest«, setzte sie an. »Wenn du deine Erinnerungen gegen ewigen Frieden eintauschen könntest – würdest du es tun?«

»Nein.« Goldpollen glitten von seinen Augenbrauen herab, als er sie anhob. »Wie kommst du darauf, dass ich es könnte?«

»Sie belasten dich. Wäre es keine Erlösung, auf sie zu verzichten?«

»Jeden belastet etwas.« Vorsichtig stieg er über die Ausweitungen eines Windbaums hinweg. Wie Knoten ragten sie aus der Erde heraus und schnellten dann mit einer Urgewalt den Berghang hinunter. Einen Teil von ihnen bedeckte eine Schicht aus Moos und Farnen, von der ein herber Geruch ausging. Tamnes heftete den Blick darauf, um keine Wurzel versehentlich zu verletzen.

»Ich weiß, du glaubst daran, dass es eine perfekte Existenz gibt. Das ist nicht wahr. Meine Vorfahren haben schon so viele von ihnen gesehen. Es stimmt, dass es manche schwerer haben als andere. Aber letztendlich ist unsere Erlösung nicht an eine Art oder Magie gekoppelt. Sie ist allein unsere Entscheidung.«

»Was ist mit dir? Bist du glücklich als Azre?«

»Das bin ich.«

»Trotz deiner Albträume?«

»Trotz der Einsicht, dass ich diese schrecklichen Erinnerungen nicht verändern kann, ja.« Tamnes wartete darauf, dass sie über einen breiten Ast kletterte, der so schwer war, dass er den gesamten Baum zur Erde neigte. Eine Wolke Wind schwebte darüber. »Ich kann sie sammeln und aufbewahren, damit die Wesen nach uns nicht dieselben Fehler begehen. Ich kann verhindern, dass

noch mehr Horror passiert. Und wenn diese bedrückenden Erinnerungen der Preis dafür sind, dann zahle ich ihn gern.«

Vemery lächelte, voller Freude für ihn und dafür, dass er selbst in der Schwere seines Schicksals Leichtigkeit fand. *Kannst du es auch tun?*, pochte es in ihrem Kopf. *Kannst du in diesem Leben, in diesem Zustand glücklich werden?* Vielleicht ... Wenn Tamnes noch ein bisschen länger bei ihr bliebe ... Wenn er sie noch ein bisschen länger begleitete ... Mit ihm schien es möglich.

Die Vorstellung von der Vollkommenheit hatte sie schon immer verängstigt. Sie könnte sie aufgeben.

Als hätte Tamnes in ihr gelesen, tätschelte er ihre Seite. Sein sanfter Duft nach Rinde und Moos hauchte Ruhe in ihre aufgewühlten Gedanken. »Die Dinge sind nicht nur hässlich oder nur schön. In jeder Existenz gibt es mindestens einen Grund, warum es sie zu leben lohnt.«

»Welchen hätte eine Splitternde, die nicht vollkommen werden will?«

Tamnes blieb neben ihr stehen und erforschte ihre Lippen, als würden daran die Wortreste kleben, die sie gerade geäußert hatte. Sie bedeckte ihren Mund mit der Hand. Wie unerwartet die Wahrheit doch manchmal kam. Nichts in ihrem ganzen Leben hatte sich je so rein, so offen echt angefühlt wie dieser Wunsch.

Sie hatte niemals vollkommen werden wollen. Nicht in den Malen, in denen ihr Clif in einem Anflug von Freundlichkeit von seinen Träumen erzählt hatte. Auch nicht, als sie zitternd in die goldblutfeuchte Erde gefallen war und sich eine einzige Schuppe an ihrem Bein brennend aufgelöst hatte. Clif hatte ihr verboten, darüber zu reden. Aber jetzt, da sie es aussprach ...

»Du weigerst dich, zu einer Vele zu werden.« Der Wind raschelte zwischen Tamnes' Ästen. Sie waren verschwommen, diese Zweige. Schemenhaft und konturlos unter den milchig feuchten Schlieren in ihrer Sicht. Als eine Träne ihre Wange hinunter kullerte, hinterließ sie dieselben Schlieren auf ihrer Haut.

»Ich habe Angst, Tamnes.«

»Wovor?«

»Vor mir. Vor allem. So etwas wie mich sollte es nicht geben.« Sie breitete die Arme vor ihm aus. Er hielt sie fest. »Wer bin ich?«

»Du bist du, Vemery. Und das ist vollkommen genug.«

Sie schüttelte den Kopf. Der Wind warf Haare in ihr Gesicht und die Strähnen klebten an den nassen Streifen unter ihren Wimpern. Wer wäre schon eine Splitternde, die zufrieden mit sich war?

Du hast bloß Angst zu töten, flüsterte Clifs Stimme ihr ein. *Deswegen bildest du dir ein, du könntest auch als der Abschaum weiterleben, der du bist. Aber insgeheim weißt du doch, dass die Dinge nicht so funktionieren. Abschaum bleibt Abschaum, egal, wie man es wendet.*

Ein Schluchzer brach aus ihrer Kehle. Vemery kniff die Augen zusammen, um die Vision zu verscheuchen. Nein. Nein, das stimmte nicht. Tamnes mochte sie. Er erinnerte sich daran, wozu Splitternde imstande waren, und trotzdem verbrachte er Zeit mit ihr. Es musste irgendetwas an ihr geben, das eine so weise Kreatur wie er wertschätzte.

Sie musste mehr sein als eine Splitternde, mehr als eine Vollkommene. Bitte, bitte, sie wollte so unbedingt mehr sein.

Das Einzige, was du je sein wirst, ist eine Schande für unsere Art.

»Vemery.« Die Weichheit, mit der Tamnes ihren Namen aussprach, streichelte ihre Seele. Vielleicht waren es missgeborene Hoffnungen, aber oh – sie hoffte. Zum ersten Mal traute sie sich, ein schönes Leben für das Wesen zuzulassen, das sie wirklich war. »Du reichst aus, Vemery. Mit allem, was du bist. Du reichst aus.«

»Denkst du, dass es für jeden ein gutes Ende gibt?«, hauchte sie.

»Ich denke, dass du es gut machen kannst.«

Vemery blinzelte zu ihm hoch. Hinter seinem Ohr kräuselte sich ein junges Farnblatt, an dem die Böen zupften. Azren logen nicht. Tamnes glaubte wirklich an sie. Und sie … In diesem Moment, in dem die Orkane in den Baumkronen über ihr brausten und ein Azre, halb Baum, halb Erinnerung, sie an sich drückte, glaubte sie auch an sich selbst.

»Danke«, sagte sie schlicht.

Tamnes Mundwinkel zuckten. Sie beobachtete, wie sich eine inzwischen vertraute Falte um seinen Mund bildete. Doch statt ein Lachen zu rahmen, formte er einen Schrei. Mit einer verzerrten Langsamkeit entschlüpften ihr seine Äste und glitten an ihr herunter. Und Tamnes

stürzte

herab.

»Tamnes!« Sie stürmte zu ihm. Er rutschte von der Bergkuppe. Der Hang beschleunigte seinen Fall. Mehrmals drehte er sich um. Äste und Wurzeln peitschten Halt suchend in alle Richtungen, zwischen den Drehungen blitzte etwas Silbriges an seinem Wurzelansatz auf. Er rollte zu schnell.

»Tamnes!«, rief sie.

»Ich werde ihn holen!«

»Das Mädchen zuerst, bring es um!«

Wem gehörten diese Stimmen? Wer war hier? »Tamnes!«

Mit einem heftigen Schlag prallten Tamnes' Wurzeln gegen den Stamm eines Windesbaums. Er wickelte sich darum, zog sich zitternd daran hoch. Wenige Zentimeter weiter rechts und er wäre den Bergsturz hinunter geschlittert.

»Geht es dir gut?« Atemlos stolperte sie zu ihm und fiel neben ihm auf die Knie. Seine Äste standen in grotesken Verrenkungen ab. Sein Gesicht war nach unten gedrückt und unverständliche Laute drangen aus seinem erdgefüllten Mund. »Tamnes!«

Als sie ihn zu sich drehen wollte, stieß sie auf Widerstand. Ein Halbring hatte sich in seinem Wurzelansatz verhakt. Nein, nicht verhakt – er war hineingerammt worden. Eine schwarze Wunde zerfetzte die Rinde. Sie stank nach verbranntem Grün.

»Ihr werdet nicht entkommen!«

Vemery wirbelte herum. Zwei Velen waren hinter einem Baum hervorgesprungen und näherten sich ihnen mit einer erschütterten Endgültigkeit. Einer von ihnen mit einem wallenden goldenen Umhang. Der Zweite mit einem Halbring in der Hand. Das Gegenstück dazu steckte in Tamnes. *Der Zerteiler.* Es war die Fraktion. Schweiß brach unter ihren Achseln aus.

»Tamnes!«

Ein Zucken seiner Wurzeln. Sein Pflanzensaft nässte die Wiese und durchdrang die Fetzen ihrer Kleidung.

»Tamnes, wir müssen hier weg!«

Sein Gurgeln galt als Antwort. Ihr Blick flog zwischen ihm und den Velen hin und her. In wenigen Minuten würden sie bei ihnen sein.

»Lauf onneh mihch.«

»Nein! Nein, nicht ohne dich!«

»Laufff wek, Vemeryyy!« Er wälzte sich keuchend auf dem Boden.

Panisch sah sie sich um. In ihren Ohren klingelte es. Ihre Angreifer waren nur noch wenige Dutzend Meter von ihr entfernt. Einer von ihnen hob die Hand wie zu einem Schlag. »Ihr werdet Eurem König die Ehre erweisen, ihr Missgeburten!«

Der König ... Der Regent selbst war hinter ihnen her. Sie mussten fliehen. Nur wohin?

»Tamnes, du musst aufstehen! Ich werde dich tragen. Wir müssen den Abhang hinunter, das ist unser einziger Ausweg. Aber dafür musst du aufstehen!«

»Icchk kann niiiec ...«

»Du kannst das! Hilf mir ein bisschen, wir schaffen das.«

»Icckkk halte dich auffff ...«

Die Zähne bis zum Schmerz zusammengebissen, zerrte Vemery an Tamnes und hievte ihn hoch. Auf den Felssturz zu, direkt auf den Felssturz zu! Sie mussten nur das Gleichgewicht halten und wären in Sicherheit. Dort unten schmiegte sich ein Wald an den Berg, in dem sie untertauchen könnten.

Ihr gesamter Körper protestierte gegen das Gewicht seiner Ranken. Seine Glieder rutschten an ihren schweißnassen Armen ab und ihr Handstumpf fand keinen Halt zwischen seinen Ästen.

»Vemeryyyy …«

»Bleib stehen!«, bellte jemand.

»Ich befehle es dir!«

Etwas Spitzes, Schlankes sirrte durch die Luft. Vemery spürte es, ehe sie es zugeordnet hatte. Der zweite Zerteiler bohrte sich mit voller Wucht in ihren Rücken und riss Gewebe auseinander. Schmerz sprengte sie innerlich, bis sie zu Leere und Blut explodierte. Mit einem Mal wich jede Kraft aus ihren Armen. Tamnes sackte herab, die Äste schützend auf die Wunde an seinem Wurzelansatz gepresst. Sie waren kaum vorangekommen.

»Vemery, bitte …«

»Ich … lasse dich … nicht … zurück!« Ächzend beugte sie sich über ihn. Das Metall der Waffe flammte in ihrem Rücken, unerreichbar für ihre Hand. Mit dem bitteren Geschmack von Goldblut auf der Zunge griff sie nach Tamnes und schleifte ihn zu sich. Er bewegte sich keinen Zentimeter. Dafür kamen die Schritte der Angreifer immer näher. Das bekannte Beben der Erde unter ihren Stiefeln echote das Klopfen in ihren aufgeschlitzten Venen. Schritt. Schmerz. Schritt. Schmerz. Schritt. Schmerz.

Bei allen Mächten des Sterns, bitte nicht!

»Ich hab sie!«

Etwas Feuchtes rann an ihrer Wange hinunter. Vemery konnte nicht sagen, ob es sich um Goldblut oder Tränen handelte. Sie wagte es nicht, aufzusehen. Konnte kaum in die Gesichter der Velen blicken, die sie ermorden würden. So viele Chroniken Verstecken, und jetzt hatten sie sie erwischt. Doch diesmal würde es keinen Wissenschaftler geben, der sie halbtot nach ihrer Hinrichtung weckte.

»Ergib dich, Miststück!«

Dieser Zyklus sollte ihr Neuanfang werden. Stattdessen würde hier alles enden.

Ihre Finger gruben sich in Tamnes' Zweige. Vemery ertastete die Furchen in seiner Rinde, die Kruste, die Rillen. Sie klammerte sich so fest an ihn, als ob es ihn retten könnte – als ob es sie beide retten könnte. Dabei wusste sie selbst, dass Splitternde nur den Tod brachten.

»Es tut mir so leid«, schluchzte sie. »Es tut mir so leid, Tamnes, das ist alles meine Schuld.«

»Vemery –«

»Sieh mich an!« Hände, die sich um ihr Kinn schlossen. Sie rissen sie zu sich herum und hoben ihren Kopf ganz nah an einen anderen. Da waren schwarze Augen, die ihr Spiegelbild verschlangen …

»Dich kenne ich doch.« Die Goldader im Gesicht des Velen pochte.

Angst schwoll in ihr an, so übermächtig, dass sie selbst den Schmerz verdrängte. Sie zitterte unkontrolliert. Dieser Mann … Diese zinnoberrote Seele gehörte nur einem. Es war der Soldat, der Clif und sie vor so vielen Zyklen gefangen genommen hatte. Es war der Fraktionsführer.

»Du bist die Splitternde, die Aistyra hingerichtet hat. Du müsstest tot sein.«

Die schwarzen Augen durchdrangen Vemery. Eine ankerlose Dunkelheit schwappte über sie. Es durfte nicht so viel davon geben. All die Wut, die auf dieser Welt existierte, würde nicht ausreichen, um diese Finsternis zu zeugen.

»Haben Splitternde mehrere Leben?« Er erwartete keine Antwort von ihr. Die Antwort war die Klinge, die sich scharf an ihre Kehle presste. Ihr flacher Atem beschlug das Metall an ihrem Hals.

Alles kam so, wie es all die Zeit hätte kommen sollen. Aber Tamnes … Er hätte nicht hier sein dürfen. Sein einziges Vergehen war die Güte ihr gegenüber. Und dafür würden sie ihn umbringen.

»Willst du mir nicht erzählen, wie du damals überlebt hast, Mädchen? Ich habe zugesehen, wie du gestorben bist.«

»Mach ihr ein Ende.«

Beim Klang dieser Stimme zuckte sie zusammen. Der Mann hatte schon vorher gesprochen, doch erst jetzt erkannte sie die Noten. Eine Tonleiter, die man in der Mitte aufgesplittert und dann wieder geglättet hatte, aber nicht so geschickt, dass es die Brüche darin kittete. Es war unmöglich. Unvorstellbar. Und dennoch war es wahr.

»Clif«, hauchte sie.

KAPITEL 46

Vemery

Die Stille zerschlug die Welt ebenso heftig, wie der Schmerz sie zerspringen ließ. Tamnes' Stöhnen und das Pochen des Goldbluts in ihren Adern vermischten sich zu einer Kakofonie des Leids, als sie den Kopf herumdrehte und ihn sah. Ihren Bruder.

Clif hatte sich gewandelt. Nicht nur trug er sein Haar nun zu einem kunstvollen Zopf geflochten. Eine makellose blaue Haut spannte sich über seine Wangen und seinen Hals. Er sah gesünder aus. Kräftiger, wenngleich nicht glücklicher. Doch die größte Veränderung krönte seinen Scheitel.

Clif war nicht bloß vollkommen geworden. Er war der König von Ilmestys.

»Clif«, wiederholte sie hilflos und langte nach ihm. Ihre Seele erkannte ihn, obwohl er für alle anderen eine neue Person war. Doch sie streckte sich sehnsüchtig seinem Stahlblau entgegen. Ihr Bruder, ihre einzige Familie. Sie hatte ihn verloren geglaubt. Nun waren sie wiedervereint. »Clif, ich freue mich so sehr, dass –«

»Du rührst Seine Majestät nicht an!« Das Knurren des Soldaten zerrüttete ihr kleines Universum. Jäh kehrten Tamnes' Schmerzenslaute zurück, ebenso wie das Feuer in ihrem Rücken und die Klinge an ihrer Kehle. Clif war nicht für sie hierher gereist. Aber er würde sie retten. Er würde es doch, oder?

»Kennt Ihr dieses Miststück, Eure Majestät?«

Vemery drückte gegen die Hand an ihrem Hals, schob sich voran, um ihren Bruder sehen zu können. Neben ihr versuchte Tamnes, aufzustehen, doch es war ihr egal. Alles war es. Einzig Clifs Gestalt zählte, die nur wenige Schritte von ihr entfernt wartete …

… und die keine Regung zeigte.

»Nein, Zastan. Ich kenne sie nicht.«

Nein.

»Du hast meinen Befehl gehört.« Clif rümpfte die Nase. »Mach ihr ein Ende.«

Nein, nein, nein!

»Clif!« Ihr Schrei war so schrill, dass er ihre Brust aufriss. Sie warf sich nach vorn, schnitt sich am Messer den Hals blutig. Doch selbst als Gold siedend heiß über ihre Haut rann, war er alles, was sie wahrnahm. »Warum sagst du so etwas? Ich bin deine Schwester! Ich bin es, Vemery! Erkennst du mich nicht wieder?«

Clifs Züge blieben gleichgültig. Keine Erinnerung in seinen blassen Augen, kein Zucken an der Schläfe. Sie wünschte, er würde sie verfluchen, wie er es damals oft getan hatte. Sie beleidigen. Alles wäre besser als diese entsetzliche Gleichgültigkeit.

»Vemeryy, die Bb … Die Bbäume«, stieß Tamnes hervor. Sie hörte ihm nicht zu. Erst jetzt bemerkte sie, wie kalt das Metall an ihrer Kehle war.

»Bitte sag mir, dass du dich an mich erinnerst!«, flehte sie.

»Wir könnten sie am Leben lassen.« Der Soldat sägte mit dem Messer an ihrem Hals, ohne sie ernst zu verletzen. Noch mehr Tropfen Goldblut kullerten darunter hervor und versengten ihre Haut. »Mit ein paar Mitteln würde sie uns sicherlich viel über die

Verstecke ihrer Freunde erzählen. Eure Majestät Ravine, für die Fraktion –«

Ravine.

»Nein.«

Ravine. Er hatte einen neuen Namen. Ein neues Leben an der Spitze einer Welt, die sie nicht duldete. Aber wie konnte das sein? Er konnte sie doch nicht so einfach vergessen haben! Jemand musste sie aus seinem Gedächtnis gestrichen haben. *Der Hurku.*

Ihr wurde schwindelig.

»Erledige deine Arbeit, Zastan«, gebot Clif.

»Die Bbäume, Vemeryyy!« Tamnes krächzte. »Ich kann sie nicckkkt … kontrlll …«

»Die Fraktion kann den Azren nehmen.« Clif machte eine wegwerfende Handbewegung. »Bring ihn in den Palast. Aus ihm bekommt ihr mehr heraus als aus dieser Wahnsinnigen.«

»NEIN!« Ein Schrei. Von ihr, von Tamnes, von ihnen beiden. Die Trauer schmeckte nach reißenden Stimmbändern und salzigen Tränen. Sie hatte ihren Bruder verloren, dem der Hurku die Erinnerung an sie gestohlen hatte. Und jetzt würde sie ihren einzigen Freund verlieren.

Der Himmel zerbarst. Ranken durchkreuzten ihn und der Wind pfiff zwischen ihnen. Die Windesbäume neigten sich und krachten auf sie herab. Ehe der Soldat die Waffe in ihren Hals stoßen konnte, warf ein mächtiger Ast ihn zu Boden. Ein Zweiter schlug ihren Angreifer von ihr fort.

Der Soldat robbte zurück, um nicht vom Dritten getroffen zu werden. »Die Bäume … Sie greifen uns an!«

Clif duckte sich unter einer Ranke, die zischend einen Kreis beschrieb. »Mach was dagegen!«

»Clif!« Vemery warf sich zur Seite, kroch unter einem dicken Zweig hindurch und hielt auf ihren Bruder zu. Sie war so nah am Abgrund. Eine unvorsichtige Bewegung und sie würde fallen.

»Clif, geht es dir gut?«

»Vemeryyy …«

Sie achtete nicht auf Tamnes. Eine kräftige Bö wallte ihr entgegen. Der Wind machte es ihr unmöglich, weiter zu krabbeln. Neben ihr schwang der Soldat seinen Degen und stach Wunden in die wütenden Äste. Doch der Baum gab nicht nach.

»Clif!« Vemery hatte Tamnes' Gegenseite erreicht und konnte kaum gegen die Böen blinzeln. Staub wirbelte auf und reizte ihre Nase, sodass jeder Atemzug zu einem Krieg wurde. Wo war ihr Bruder? Er war gerade noch da gewesen, aber jetzt … Hatten die Bäume ihn erschlagen? Nein, nein, nein, nein!

»Ich habe dir gesagt, du sollst sie töten!« Es war sein Ruf. Er lebte!

Vemerys Adern verengten sich. Sie hatte zu früh gehofft. Ein Ast hatte Clif weit über ihr in eine enge Drehung gezwungen und presste ihm die Luft aus den Venen. Ein Schlenker und er raste wieder herunter, unaufhaltsam direkt auf Tamnes und den Soldaten zu. Sie wollte zu ihm rennen. Der Druck des Windes schleuderte sie nach hinten.

In diesem Moment wuchtete ihn der Zweig zurück auf die Erde und wand sich um Clif, Tamnes und Zastan wie ein Kokon. Ein Zweiter folgte ihm. Ein Dritter, Vierter, Fünfter … Bis eine Kuppel aus Pflanzen alle drei umgeben und sie vor ihr abgetrennt hatte. Die Rinde knarzte.

Und verschloss sich dann ganz.

»Nein!«, brüllte sie die Bäume an. »Gebt sie zurück!«

Alles, was danach geschah, fand im Außerhalb statt. Ein fremder Körper hetzte auf das Geflecht zu, strauchelte und fiel. Ein fremder Körper schrie, ein fremder Körper wurde von einem Sturm fortgefegt und den Berghang hinunter geworfen. Ein fremder Körper rollte das Gefälle hinab, Meter für Meter für Meter, und riss sich die Arme und Beine an den Wurzeln der

Windesbäume auf. Ein fremder Körper verfing sich in einem Gestrüpp. Ein fremder Körper bewegte sich nicht mehr.

Sie wünschte, sie würde nie wieder in sich zurückkehren.

Wann geht schon das in Erfüllung, was wir uns sehnlich wünschen?

Vemerys Kopf dröhnte. Ihre Lider brannten, aber selbst mit geschlossenen Augen fand die giftig helle Realität einen Spalt, durch den sie zu ihr dringen konnte. Schatten lechzten nach ihr – von Bäumen, Felsen? Sie fand keine Kraft für das Aufstehen und keine für das Weinen. *Du hättest ihn retten müssen.*

Sie versuchte sich aufzurappeln, aber ihre Glieder schienen ineinander gedreht, abgeschnürt. Dort oben waren ihr Bruder, der ihren Tod befohlen hatte, und ihr Freund, der alles dafür getan hatte, es zu verhindern. Falls Tamnes überlebte, würde Clif ihn foltern. Und sie allein trug die Schuld daran.

Du hättest ihn retten müssen. Er ist der Einzige, der dich jemals gemocht hat. Stattdessen hast du ihm deinen Bruder vorgezogen, der dich töten wollte.

Du hast Clif schon immer zu Unrecht geliebt.

Eine einsame Träne schlüpfte unter ihren Wimpern hindurch und bahnte sich einen Weg zwischen dem Schmutz und den Goldschuppen auf ihrer Wange. Jede Einzelne von ihnen fühlte sich herausgerupft an, gerauft von einer der Wurzeln, gegen die sie gestoßen war. Doch sie würden nachwachsen. Nur der Schmerz würde als Mahnmal in ihrer Seele bestehen bleiben, als eine Erinnerung daran, was sie wirklich war – und heute fast vergessen hatte.

Eine Splitternde. Der Name bestimmte ihr Leben und ihren Tod. Sie würde nie heilen und nie glücklich werden. Tamnes hatte sich geirrt, als er sagte, es gäbe für jeden ein gutes Ende. Oder vielleicht hatte er bloß zu wagemutig gehofft.

DANKSAGUNG

»Splitterstürme – verstoßen« ist mein zweiter Roman und ich habe immer noch keine Ahnung, wie man eine Danksagung schreibt. Allem voran liegt das daran, dass ich zu vielen Menschen danken möchte und ständig Angst habe, jemanden zu vergessen. Aber ich versuche es dennoch, Name für Name. Zeile um Zeile, so wie dieses Buch entstanden ist.

Zuerst einmal möchte ich meinen Verlegern Jay und Peter mein tiefes Dankeschön aussprechen. Es ist eine Ehre für mich, dass ihr an diese Geschichte geglaubt habt, noch bevor ihr sie wirklich kanntet. Ich freue mich unglaublich darüber, Teil eures Verlags sein zu dürfen. Auf viele weitere tolle Aktionen und begeisterte Leser!

Mein aufrichtiger Dank gilt auch meiner Coverdesignerin und Lektorin Nina. Von deinem ersten Entwurf für das Cover bis zu deinem letzten Kommentar im Manuskript hatte ich das Gefühl, dass es großartig wird. Und das wurde es.

Bedanken möchte ich mich auch bei allein anderen Mitgliedern des BOOKAPI-Teams, die diesen Release möglich gemacht und mich dabei begleitet haben. Wenn ich schreibe, fühlt sich die Geschichte lange nicht so ganz real an. Ihr macht sie für mich dazu.

An meine Testleserinnen Jessica, Sophia, Ceylan, Lisa, Lea und Berit und an meine Schreibbegleiterinnen Eileen, Meret und

Nathalie: Ihr seid klasse! Danke für eure wertvollen Tipps, Meinungen und Korrekturen. Jeder Mensch braucht Cheerleader in seinem Leben. Ihr seid meine.

Genauso sehr danke ich auch meinen Autorenbloggerinnen Saskia, Ceylan, Maria, Linn und Bianka. Ihr habt das Buch wunderschön in Szene gesetzt, so tolle Worte dafür gefunden und mit mir Aktionen organisiert. Danke für euren großartigen Einsatz!

Thomas: Ich würde gern viele Seiten für dich schreiben, aber ich habe nicht so viele Worte, um auszudrücken, wie dankbar ich dir bin. Für alles. Dafür, dass du Zettel mit aufmunternden Rückmeldungen an meine Wand geklebt, mit mir geplottet und mich umarmt hast, als alles zu viel wurde. Diese Reihe ist das Schwierigste, das ich jemals geschrieben habe. Du weißt das. Danke, dass du all die Zeit über für mich da warst.

Schließlich danke ich meinen Lesern. Ihr haucht Leben in Aistyra, Ophiot, Tamnes und Vemery ein. Ihr liebt sie genauso wie ich. Ihr schreibt mir Nachrichten und markiert mich in Instagram-Stories – danke dafür. Ich hoffe, dass ihr zwischen diesen Seiten etwas findet, das euch bewegt. Und vergesst nie, niemals: Ihr seid vollkommen genug.

TRIGGERWARNUNGEN:
- Depression
- Suizidgedanken
- körperlicher Missbrauch

Wir bitten zu berücksichtigen, dass jeder Mensch anders mit schweren Schicksalsschlägen umgeht und dieses Buch keinen Ersatz für therapeutische Hilfe darstellt.